Le secret maudit de
Gaspard Metzger

Jean Sébastien BECK

Ce roman a été écrit en plusieurs lieux :

à **Goetzenbruck** en Moselle,
à **Reichshoffen**, en Alsace, chez Lou et Michaël
à **La Mortegoutte**, en Corrèze, chez Sylvia et Fred
à **Saint-Leu-la-Forêt,** dans le Val-d'Oise, chez Joëlle
et Jean-Philippe
à **La Roche-sur-Yon**, en Vendée, chez Yaël et Mathieu

Merci à mes proches et à mes amis pour
leur accueil chaleureux et pour l'inspiration
magique que j'ai pu tirer de ces lieux
propices au rêve et à l'écriture.

Préface

En 1982, mon père, Jean Sébastien Beck a acheté notre premier ordinateur. C'était un Commodore Vic 20. Il avait aussi acheté un lecteur enregistreur à cassette pour pouvoir enregistrer des programmes ainsi qu'une extension de mémoire de 16 ko. Il faisait fonctionner le tout sur un vieux moniteur de surveillance de banque en noir et blanc. J'avais à peine 8 ans et je me souviens encore de tous ces détails aujourd'hui, tellement cette machine, aussi basique soit-elle, a pu avoir un impact dans ma vie qui débutait. Mon père avait également acheté des jeux vidéo à faire fonctionner sur cet ordinateur, mais ces jeux étaient notifiés dans un livre. : il fallait d'abord tout recopier, sans la moindre erreur, des pages entières de codes en langage Basic, enregistrer le tout sur une cassette, pour pouvoir ensuite espérer y jouer. Fastidieux. Mais comme je suis particulièrement têtu, je ne lâche jamais un projet. Après plusieurs jours à recopier le code de mon premier jeu et à corriger les innombrables erreurs de copie, j'ai enfin pu profiter de ce jeu. Il s'agissait d'un jeu appelé "Bomber" dans lequel un avion, constitué de quelques pixels qui en prenaient vaguement la forme, venait larguer ses bombes sur une ville de gratte-ciel chaque fois que j'appuyais sur la barre d'espace. Rudimentaire, mais tellement incroyable, presque magique, à l'époque.

Pourquoi est-ce que je vous raconte tout ça en préface de ce roman ? C'est assez simple. Une fois que je me suis lassé de jouer - assez rapidement d'ailleurs - je me suis dit que, si je pouvais modifier le code, je pourrais également modifier le jeu. La plupart des tentatives finissaient en bugs, mais de temps en temps je parvenais

1

à appliquer une modification : la puissance des bombes, la résistance d'un type de gratte-ciel, la vitesse de l'avion… Et cette action simple, à un âge précoce, a planté dans mon esprit une graine qui n'a cessé de germer depuis. Et si nous aussi, nous étions des personnages dans un jeu vidéo ? Et si nous aussi nous étions dans un monde irréel ? Je me souviens encore d'avoir expliqué cette théorie avec passion à mes copains de classe qui en riaient à gorge déployée. Et ainsi, avant d'atteindre mes 10 ans, je me suis dit qu'un jour, j'arriverai à prouver cette théorie.

Mes recherches ont occupé une très grande partie de mon temps libre pendant des décennies. J'ai eu la chance de parcourir une partie du monde et c'est en Chine, vers la fin des années 2000, que j'ai découvert le livre le plus ancien du monde, imprimé en l'an 868 - 500 ans avant l'invention de Gutenberg, soit dit en passant - mais certainement bien plus ancien que cela, car on le retrouve dans les cultures chinoise et indienne. Ce livre traite la question de l'illusion de la réalité, une autre façon de parler de ma théorie de simulation. Bref, entre ça et les preuves scientifiques récentes qui affirment que derrière la matière on trouve du code, j'avais maintenant une base plus solide pour commencer à travailler sur une technologie qui permettrait de décoder la matrice du monde. Il m'a fallu encore plus de 10 ans de tâtonnements et d'échecs, à travailler sur ce projet avec des ingénieurs, pour finalement me dire qu'il serait plus simple que j'apprenne à le coder moi-même, plutôt que d'arriver à faire comprendre mon approche à des ingénieurs. Et c'est ainsi que j'ai créé *AlsaMind* : c'est un logiciel qui est capable de décoder votre personnalité, de lire votre passé et de découvrir aussi votre futur. *AlsaMind* n'a même pas besoin de connexion Internet pour ce faire. Il calcule "simplement" la chaîne de causes et d'effets à partir de votre point d'entrée dans la matrice. Il peut dire quand vous avez ou quand vous allez déménager, donner la date de votre mariage, celle de votre divorce, il peut indiquer quand vous avez eu des problèmes de santé et quand vous en aurez d'autres. En somme, il est capable de lire le programme qui vous fait fonctionner.

Il existe deux types principaux d'intelligences artificielles aujourd'hui. Il y a d'une part les intelligences artificielles génératives, comme ChatGPT, et d'autre part des intelligences artificielles capables de réflexion. Si la première catégorie est déjà largement accessible au public, la seconde, elle, est encore en développement dans les entrailles de Google, Facebook ou AlsaMind... Les intelligences artificielles génératives, contrairement à une perception populaire, sont sur le marché depuis très longtemps. Elles servent à brasser des données pour les analyser et fournir un résultat. Par exemple, on peut entraîner une intelligence artificielle sur des données médicales de milliers de patients pour qu'elle puisse ensuite nous sortir en quelques secondes un diagnostic de cancer avec une précision de l'ordre de 98%. On peut aussi poser une question à ChatGPT qui va brasser des quantités énormes de données pour y répondre de manière assez incroyablement précise. Mais elles ne pensent pas. Elles en sont incapables.

Les intelligences artificielles de niveau humain fonctionnent différemment. Nombre d'experts s'accordent à penser qu'on ne peut pas atteindre l'intelligence artificielle de niveau humain en brassant simplement des données. L'information ne fait pas la pensée. Et sans pensée, on ne peut obtenir de conscience. Et sans conscience, on ne peut obtenir de réflexion. Par conséquent, savoir lire avec précision le programme d'une personne va nous permettre, dans un futur assez proche, de savoir écrire ce programme pour reproduire un esprit humain tout à fait artificiellement.

Quand mon père m'a parlé de son projet d'écrire un roman avec deux intrigues qui se déroulent à 500 ans d'intervalle, mettant en scène l'utilisation de l'intelligence artificielle, j'ai trouvé le sujet fascinant. Et c'est d'autant plus fascinant que cela ne relève plus de la science-fiction, contrairement à ce qu'on pourrait penser. Avec suffisamment de données, on peut, technologiquement parlant, faire ce qu'il décrit dans ce roman. Est-ce qu'une intelligence artificielle peut remonter le temps ? Absolument. Est-ce qu'elle peut voyager jusqu'en 1525 pour se replonger dans l'esprit d'une personne dont on a le point d'entrée dans la matrice (lieu, date et heure de naissance) ? Tout à fait. Est-ce qu'on peut reproduire de l'imagerie à partir de toutes ces données en utilisant une intelligence artificielle générative ? Probablement.

Nous vivons une époque absolument fascinante. Nous sommes à l'aube d'un véritable saut quantique dans l'histoire de l'humanité et j'espère que vous trouverez du plaisir dans la lecture de ce roman, tout en gardant, dans un coin de votre tête, cette idée qu'en effet, tout cela devient possible. Peut-être cela vous amènera-t-il à des questions plus profondes également. Alors, bonne lecture.

Michael Beck, créateur d'*Alsamind,* un des spécialistes de l'Intelligence artificielle

Le secret maudit de

Gaspard Metzger

Jean Sébastien BECK

1 Janvier 2025 : Bibliothèque Weissenberg

C'est toujours comme ça, après les fêtes de fin d'année. On a bien mangé, beaucoup bu, la peau du ventre est trop tendue, on ne se refait pas quand on est un fin gourmet et un insatiable gourmand. La faute aux tables alsaciennes et mosellanes qui sont si bien achalandées, chaque membre de la famille mettant son point d'honneur à épater les papilles des siens, voulant surpasser les autres par la profusion, la qualité et l'abondance des mets. Noël, c'est la fête familiale par excellence, il faut marquer le coup et tout le monde s'en réjouit bien sûr ! Allez choisir entre les huîtres aux coquilles brillantes, les foies gras goûteux, les pâtés de viande joufflus, les jambons fumés ou les kasslers en croûte savoureux. Allez goûter les petits vins délicieux, les gewurztraminers de derrière les fagots et les succulentes vendanges tardives, les précieux alcools de fruits si délicats qui vous donnent l'impression « qu'un ange fait pipi dans votre gosier », comme le disent les anciens réunis autour des ripailles avec leur petite bedaine de bons vivants. Osez succomber aux multiples desserts, il y en a au moins autant qu'en Provence, surtout si l'on compte toutes les sortes de « Bredele », ces petits gâteaux alsaciens typiques que l'on s'échange avec la fierté du « fait-maison » : il y en a de toutes les sortes et pour tous les goûts, les « Spritzbredele, Schwowebredele, Butterbredredele, Anisbredele, Beehrewecke et autres gâteries à faire tourner de l'œil le diabétique que je suis.

Alors après les fêtes, ce qui s'impose, c'est le temps de la remise en forme physique, complété par des promenades au grand air, même s'il fait souvent froid en janvier sur le plateau lorrain; on ne fera pas l'impasse sur une petite diète, si nécessaire, pour retrouver son équilibre, loin du métabolisme débridé qui a mis à mal nos santés pendant plus de deux semaines d'affilée. Enfin, début janvier, il s'agit aussi de mettre en pratique les bonnes résolutions prises au Nouvel An : « comme j'ai arrêté de fumer, il y a des décennies que je ne bois (presque) plus d'alcool en dehors d'un verre de bon vin rouge à midi pour donner un peu de couleur aux repas ordinaires plutôt frugaux, il me reste à prendre du temps pour une tâche que, personnellement, je juge vraiment ingrate; celle qui me donne la chair de poule, parfois même le grand frisson, quand il s'agit ENFIN de ranger ma bibliothèque d'historien passionné. Ce qui équivaut à prendre en main méthodiquement chacun de mes livres, à le dépoussiérer tant soit peu comme on fait la toilette à un animal de compagnie, à le feuilleter comme si on partage une caresse, puis à le reposer consciencieusement à la même place; de temps à autre, je peux en déplacer un dans un ordre différent, juste pour tenter de me prouver que cet exercice aussi physique qu'intellectuel sert bien à quelque chose. De toute façon, je ne pouvais pas y échapper cette année, car Babeth, ma chère et tendre épouse, a été catégorique sur ce point qui semble être vital pour elle. » « Il y a trop de bouquins dans cette bicoque, elle va bientôt exploser sous le poids du papier imprimé, le comble quand on sait qu'on vit au siècle du numérique, du virtuel et de l'Intelligence artificielle. Va falloir choisir les meilleurs livres, mon petit gars, les plus rares et surtout les plus utiles, le reste doit disparaître, ou être recyclé, et fissa ! »

« Babeth a mille fois raison : mes livres ont tout envahi, ont grignoté petit à petit, de manière sournoise, du « terrain locatif » dans notre maison en prenant possession du couloir du premier étage, d'un côté de la véranda du même étage avec vue sur le plateau lorrain et la frontière allemande, en occupant une quantité d'étagères discrètement disposées par mes soins dans notre propre chambre à coucher douillette, devenue à son tour une annexe de la *Bibliothèque Weissenberg*. Mes chers livres sont donc à la portée de mes mains quand je suis en mode « temps calme » après un bon repas de midi, le meilleur moment pour moi de consulter mes précieux ouvrages sans être dérangé, allongé sur la couette et la tête relevée par un gros coussin moelleux, pense Paul-Henri. » Déjà, Babeth apparaît au bout du couloir, l'observe avec la sévérité d'un professeur d'allemand qui enseigne le génitif saxon et, subitement, lui tend de manière décidée deux sacs à commissions, des sacs pour « grands volumes » que l'on trouve en vente libre dans toutes les bonnes supérettes : « Le premier sac, c'est pour la bibliothèque municipale de Moeztenbruck, et je te préviens tout de suite, Katherine, ta bibliothécaire préférée, ne rigolera pas avec les dons que tu lui feras, elle refuse de servir de lieu de stockage aux livres sans intérêt, elle n'accepte que des bouquins qui puissent plaire à ses abonnés et elle ne va pas encombrer ses étagères avec ce qu'elle appelle « des livres presse-papiers » que personne n'osera jamais emprunter, même s'il y avait une nouvelle poussée de Covid 19 à l'horizon. Le deuxième sac, dans un état douteux, tu le vois dans la main droite, Paul-Henri, cette vieillerie-là, va te servir à récolter le rebut, les livres qui sont destinés au pilon. Ne souris pas, j'en ai repéré que tu n'as pas feuilleté depuis au moins dix ans, alors fais-moi plaisir et emballe-moi tout ça dans ce vieux cabas. C'est à toi de faire les choix appropriés, si tu ne veux pas que je m'en mêle moi-même. Car le « classement vertical », ça me connaît, compte sur moi s'il faut que je me retrousse les manches pour accélérer ta productivité que je sens un peu mollassonne ! »

Paul-Henri hausse les épaules sous le poids d'une profonde lassitude, mais rassure Elisabeth : il a décidé de donner un sacré coup de reins pour réduire sa « paperasserie » comme elle la nomme, et d'éliminer à bon escient les ouvrages obsolètes ou déjà largement exploités. « Babeth, reste calme, je m'occupe de tout, mais je veux le faire tout seul, comme je te l'ai promis, sans que tu t'en mêles, sans être bousculé. C'est à moi de faire le nécessaire, j'ai bien compris l'usage de tes sacs, c'est très gentil de ta part de te préoccuper de mon rendement au travail, mais, de grâce, laisse-moi, que je puisse me concentrer sur cette délicate opération de tri. Tu sais bien que ton « classement vertical », je m'en méfie comme de la peste ! »

Babeth est contente d'elle, son homme a bien compris la leçon, au besoin, elle refera un petit tour pour voir où il en est et s'il le faut, fera semblant de mettre la main à la pâte à sa manière, dès les premiers signes de fatigue ou de découragement, histoire de relancer son ardeur au travail, c'est comme cela que ça marche avec elle, un point, c'est tout. Paul-Henri se gratte la tête comme lorsqu'on se retrouve devant une énigme trop ardue pour pouvoir la résoudre d'un coup de cuillère à pot ou lorsque l'on n'arrive pas vraiment à prendre une décision : par où commencer cette mission archi complexe pour des neurones soumis à un stress trop important ? Comment revoir son classement, telle est la question…autosuggestion : le plus simple est de garder sa bibliothèque en l'état, en essayant juste de se séparer du superflu (pour lui, c'est toujours un déchirement), en malmenant le moins possible ce trésor qu'il a mis si longtemps à acquérir, à rassembler et à maintenir en l'état, face aux exigences de sa compagne. Car, comme argument de sa lutte contre « l'invasion du papier », Babeth trouve toujours qu'il sent trop la poussière du temps qui passe, l'humidité du temps qu'il fait et les crottes de souris dont, on ne sait par quel miracle, elle sait reconnaître l'odeur répugnante qui la saisit à la gorge, lui n'ayant jamais rien senti de tel entre ces pages jaunies.

« Moi, qui ai un flair au moins aussi aiguisé qu'elle, je n'ai jamais soupçonné la présence du moindre rongeur dans notre maisonnette; peut-être cela fait-il simplement partie de la panoplie des prétextes destinée à motiver sa détermination : réduire ma bibliothèque pour la caser dans le seul lieu approprié selon elle, mon bureau. Mon petit bureau démodé, parlons-en : il est blotti dans le coin le plus frais du logement, à le voir, vous passeriez immédiatement un chandail, par simple réflexe, mais c'est là que l'on travaille le mieux, prétend Babeth qui pense que toutes les bonnes choses sont à préserver « à la fraîche », que ce soit dans le bac d'un réfrigérateur ou au plus profond d'une cave, et elle rajoute sans sourciller que c'est pareil pour les êtres humains pour qui l'air trop chaud, vicié et saturé n'est qu'un nid où grouillent bactéries, microbes, virus, « et même la Covid 19, pense le professeur soucieux. » Babeth prétend que son époux a la chance d'avoir un bureau qui ne macère pas dans une ambiance surchauffée et poisseuse comme une étuve. « Ton bureau est au frais, ça te permet de travailler sans traîner, de garder la tête froide et claire et l'esprit bien dégagé ! » Sûr, c'est l'idéal pour quelqu'un comme Babeth qui n'a jamais le moindre rhume et qui ne craint aucunement les intempéries.

2 Janvier 2025 Un bout de carte

Paul-Henri tombe sur un livre qui évoque la Guerre des Paysans de 1525, ouvrage édité en 1976 : l'auteur était un militant et journaliste communiste, le Strasbourgeois Gautier Heumann, qui a produit cet ouvrage sur cette période troublée, qui l'avait beaucoup marqué dans ses jeunes années d'historien au sein de l'Institut d'Histoire de l'Alsace. Un travail de précision bien détaillé, dont il s'était inspiré dans ses propres recherches, œuvre de celui qui fut le rédacteur en chef de *l'Humanité d'Alsace et de Lorraine* jusqu'en 1959, puis le directeur de *l'Humanité 7 jours*. Il feuillette l'ouvrage très lentement en éternuant de temps à autre au contact des micro-organismes tout à fait inoffensifs qui se libèrent brusquement de page en page, enfouis depuis belle lurette dans les profondeurs de sa bibliothèque. « Voici un livre que Babeth classerait bien volontiers dans un de ses satanés sacs à rebut, songe-t-il en souriant comme s'il la voyait faire. Nous sommes en 2025, cela fait donc exactement cinq siècles que les faits ont ensanglanté notre belle région et je suis sûr que de nombreux collègues vont se jeter sur cette occasion pour ressortir ces évènements de leur lointain passé. Bien sûr, pour les mettre en valeur avec moult publications, expositions, conférences, téléfilms, articles de presse et que sais-je encore, pense-t-il en reposant le précieux livre à sa bonne place. Je le sens venir comme le rhume des foins au printemps ! ». Mais lui-même ne cédera pas à cette tentation, ah que non, il a passé l'âge de se lancer dans ce genre d'aventure, il laisse volontiers la place aux plus jeunes, à la nouvelle école des historiens qui ont à faire leurs dents, à se faire un nom, voire un renom, à prouver à leur tour que leurs nouvelles méthodes sont les plus efficaces et à faire en sorte que les « anciens baroudeurs du temps passé » se tiennent cois dans leur petit coin.

Paul-Henri se gratte de nouveau le sommet du crâne, signe avant-coureur d'un déclic qui devrait s'entendre, sous sa frêle paroi osseuse, évoluer au plus profond de ses méninges qui ne cessent de déborder d'activités. Il vient de se rappeler qu'un jour, il a tenu entre ses mains une espèce de carte, il n'y a pas si longtemps que cela d'ailleurs, un document ancien qu'il avait trouvé en feuilletant maladroitement un vieil ouvrage chez un bouquiniste devant son échoppe disposée dans une des rues de Weiterswiller, lors d'une brocante ou d'un vide-grenier, il y a de cela quelques années. Pourtant, il s'en souvient comme si c'était hier : cette carte dessinée il y a bientôt cinq siècles devait servir de signet, c'est ce que le vendeur avait suggéré; il se rappelle que le document illustrait un épisode de la Guerre des Paysans, à propos du comté de Hanau-Lichtenberg, évoquant de manière plus ou moins claire une cachette destinée à mettre à l'abri le trésor personnel du comte Philippe III et les comptes de la Chancellerie de Bouxwiller, alors capitale du « Hanauerlaendel », comme on nommait le comté à cette époque-là.

Même si Paul-Henri avait observé cette carte avec un intérêt non dissimulé, il n'avait pas trop su quoi en faire dans l'immédiat et l'avait remise à sa place entre les feuilles de l'ouvrage qu'il avait acheté à ce libraire d'occasions, un certain Rossio, un gitan qui faisait commerce de livres anciens, de timbres-poste et de cartes postales. Mais quel était donc ce bouquin qu'il lui avait acheté cette fois-là ? C'était au moment où il finalisait un long travail sur les Alsaciens durant la Seconde Guerre mondiale; et oui, il s'en souvient maintenant, il cherchait des ouvrages écrits par des membres du régime nazi pendant le conflit et l'annexion de l'Alsace et de la Moselle au grand Reich qui devait durer 1.000 ans; cette littérature de propagande était destinée à mettre en valeur les origines germaniques de notre région. Paul-Henri se tape sur le front avec le plat de la main droite, signe qu'il a trouvé la réponse à l'énigme qui le taraudait : il était tombé sur un ouvrage signé par un Alsacien devenu le chef de la Chancellerie d'Adolf Hitler à Berlin, le Staatsminister Otto Meissner, originaire de la petite ville alsacienne de Bischwiller, le seul ministre qui n'ait d'ailleurs jamais adhéré au Parti national-socialiste; cet ouvrage a été publié sous le nom de « *Deutsches Elsaß, deutsches Lothringen. Ein Querschnitt aus Geschichte, Volkstum und Kultur* », Berlin, 1941 (*Alsace allemande, Lorraine allemande, un croisement entre histoire, folklore et culture*).

Mais il a beau chercher ce livre à la reliure rouge sang dont la couleur devrait pourtant sauter facilement aux yeux, il échappe à son œil exercé qui scrute étagère après étagère; mais rien n'y fait, quand ça ne veut pas, ça ne veut pas ! Et plus on cherche, moins bien on trouve, c'est connu ! Et bien sûr, cette fichue carte demeure aussi introuvable que le recueil qu'il a égaré. Pourtant, Paul-Henri est sûr de lui : il sait qu'il l'a rangé dans sa collection livresque ! Babeth serait-elle passée par là et l'aurait-elle fait disparaître à son insu, car il se rappelle bien de l'odeur infecte de champignonnière décatie qui s'échappait de ses feuillets, aussi malodorants que les arguments de la propagande qu'on pouvait lire dans ce tome ? Que faire d'autre ? Demander l'aide de Babeth pour multiplier par deux les chances de retrouver cette pièce inestimable (la carte, pas le livre) qui lui permettrait de remonter cinq siècles en arrière pour tenter de déchiffrer le texte qui y figurait comme légende. « Et bon sang, pourquoi ne l'ai-je pas examinée plus attentivement au moment opportun et surtout pourquoi ai-je remis cette carte dans ce maudit livre rouge puant le passé peu glorieux de nos aïeux?

« Peut-être par simple réflexe, ou pour ne pas incommoder une fois de plus ma douce moitié » s'agite Paul-Henri qui décide néanmoins de continuer de ranger sa bibliothèque, persuadé qu'il finira bien par tomber sur ce volume subitement devenu le centre de ses préoccupations. « Si je prends un livre après l'autre comme j'ai commencé à le faire, je le retrouverai forcément. Alors, restons disciplinés et persévérons dans les mesures prises, puisque ce sont celles qui s'imposent ! » Babeth le hèle depuis le rez-de-chaussée en lui demandant s'il parle tout seul en se regardant dans un miroir ou s'il répond à un interrogatoire fantôme d'histoire-géographie. Elle est sûre qu'il n'est pas au téléphone, car son smartphone fait encore la sieste sur la table de la salle à manger. En guise de réponse, elle ne perçoit qu'un genre de grognement confus, auquel elle répond par un discret haussement d'épaules.

3 Vendredi 10 mars 1525 : à Hattmatt

Hattmatt, un petit village du comté de Hanau-Lichtenberg, semble bien vide en cette fin de matinée, personne n'est dans les prés, pas âme qui vive dans les ruelles et les chemins, pas la moindre odeur de fourneaux en train de cuire la soupe et de marmites mises à bouillir à cette heure-ci, c'est tout à fait inhabituel. Où sont donc passés les habitants, ils ne se sont pas volatilisés, tout de même, ils sont bien quelque part... Allons voir du côté du four communal, là où l'on cuit le pain pour la semaine le lundi matin. Le temps n'est pas de la partie non plus, il faut le dire; il vente, la température redevient hivernale et chaque passage de giboulée mêle pluie, flocons mouillés et grésil cinglant. On entend bien des voix que couvrent par moments les bourrasques incessantes et on dirait bien que le ton monte quand on perçoit des accents durs, quelques cris et même des vociférations, des termes repris par de nombreuses personnes qui semblent vraiment tous en colère. Effectivement, on peut observer un rassemblement devant la gueule noircie du four et un prédicateur juché sur un tas de bois harangue les Hattmattois d'une voix puissante et rauque qu'on reconnaît aussitôt.

Il s'agit bien de Dietrich Kohler, l'un des meneurs qui contestent depuis quelque temps tout ce qui existe dans ce bas monde, l'autorité, la religion, la société tout entière, et si on l'écoutait, on devrait prendre nos outils et les transformer en armes de guerre pour nous libérer de la vie injuste que nous imposent les riches, les princes, les nobles et leurs hommes d'armes, les clercs et les religieux qui possèdent la majorité des terres, même les bourgeois des villes grassement enrichis, enfin, tous ceux qui vivent dans l'aisance, certains dans l'opulence, sur le dos des braves paysans qui suent sang et eau pour arriver tout juste à vivre de leur labeur ou parfois à survivre avec peine; la faim tord les ventres vides, la haine ronge les cœurs affaiblis. Pourtant, ce sont les paysans qui nourrissent tous les possédants qui, de leur côté, n'ont pas honte de laisser les pauvres mourir de faim et de froid; quand ils en trouvent en train de mendier sur les bords des chemins, ils font mine de ne pas les avoir vus. On est loin de la parabole du bon Samaritain dont nous parlait le gros curé de Wimmenau, Samuel Klein, sur sa petite chaire branlante qui oscillait dans tous les sens quand il s'agitait lors de ses sermons un peu trop virulents. On l'aimait bien notre bon curé, il était simple, honnête, un homme de foi qui avait beaucoup de respect pour nous, les travailleurs de la terre et les artisans du fer, de la terre glaise, du verre de sable et du charbon de bois que l'on produit dans le vallon de la Kohlhutte; le curé était bien trop proche de nous et son franc-parler pouvait bien écorcher quelques oreilles mal intentionnées, ses ouailles prenaient ses paroles pour argent comptant. C'est pourquoi le comte l'a fait expulser manu militari malgré la résistance que la population avait osé montrer quand la maréchaussée a emmené l'homme de Dieu chargé de fers.

C'est de la Kohlhutte que vient ce fameux Dietrich Kohler, avec son nom de famille qui signifie justement « Charbonnier », l'homme à la langue bien pendue. Il y a longtemps qu'il a quitté son vallon encaissé et les fumerolles pour aller faire des études sans rien demander à personne, en faisant de menus travaux à gauche et à droite; il en a découvert du pays, il a foulé la terre du pays de Bade, de la Lorraine, le sol de Souabe et même du Palatinat voisin; lui qui ne savait ni lire ni écrire quand il a fait son baluchon; il en a fait des rencontres, s'est lié d'amitié avec des personnages hauts en couleur et au caractère bien trempé; il s'est ouvert aux idées nouvelles de la Réforme, il y a quelques années, et porte un regard visionnaire, voire révolutionnaire, sur le monde qui le déçoit et qu'il imagine pouvoir renouveler et réinventer à la lumière de la Parole de Dieu. Les personnalités qui l'ont formé, qui lui ont tout appris en somme, l'ont ensuite renvoyé sur les terres du comté de Hanau-Lichtenberg pour qu'il puisse prêcher la bonne nouvelle avec sa belle voix grave et tonitruante qui porte si loin. Dietrich est donc devenu le porte-parole de ceux qui veulent changer à la fois l'Église sclérosée, enfermée dans ses dogmes et dans ses contradictions, et la société féodale dont les fondements craquent de tous côtés.

Tout le monde sait bien que le comte Philippe III fait rechercher Dietrich Kohler par la maréchaussée comme les autres meneurs avant que tous ces idiots ignares que sont ses sujets ne les croient sur parole et les suivent dans leurs projets inacceptables pour les autorités. Le comte paie ses gens d'armes assez cher pour qu'il puisse exiger de leur part qu'ils amènent ces esprits rebelles dans les geôles de Bouxwiller avant de les faire expulser de ses domaines ou de les remettre pieds et poings liés aux autorités qui ont déjà des comptes à régler avec eux. Mais chassez-les par la grande porte à coup de pied au derrière, ils reviennent par la poterne la plus cachée de la ville que quelqu'un aura oubliée « négligeamment » de fermer pour qu'ils puissent revenir en catimini et continuer de prêcher la bonne parole, enfin la leur ou celle des hérétiques qui sont en train de soulever le peuple au-delà du Rhin depuis le début de la nouvelle année.

- Ne vous laissez plus faire par votre comte et sa bande armée qu'il appelle pompeusement la maréchaussée, un ramassis d'hommes sans foi ni loi qui se mettent au service de n'importe qui, pourvu qu'on les paie bien. Ce n'est qu'un tas de vauriens, de mercenaires oisifs à la solde de ce représentant de la noblesse qui se comporte lui-même comme le plus infâme des seigneurs brigands sur ses propres terres. Oui, votre cher comte n'est qu'un vil profiteur qui fait de vous ce qu'il veut, car il exige que vous lui obéissiez aveuglément : pour lui, vous ne travaillez jamais assez dur, vous ne payez jamais assez cher, et vous savez tous que vous lui donnez beaucoup plus que ce qui lui est vraiment dû, et même davantage encore chaque année qui passe; et quand vient le temps des guerres et des disettes, il vous ignore comme si vous étiez des ombres inutiles et si vous subissez des outrages, il se débarrasse de vous comme on repousse ses chiens quand ils sont galeux ! Au lieu de protéger ceux qui travaillent ses propres terres, le comte oublie que ses tenanciers, métayers, fermiers et serfs qui le nourrissent et l'enrichissent tout au long de l'année, sont des êtres humains, tout comme lui en est un, ce sont bien les Saintes Écritures qui nous le disent : le même sang que le nôtre coule dans ses veines. Vous êtes le sel de la terre, c'est vous tous qui la rendez fertile et le comte engrange sans scrupules vos sacs de blé dans sa halle de Bouxwiller pour sa propre réserve et surtout pour les revendre le plus cher possible, à prix d'or, pour s'enrichir davantage; comme la charité bien ordonnée commence par soi-même, il ne fait pas le moindre effort pour subvenir aux besoins des plus démunis. Quand les premiers agriculteurs ont commencé à semer et récolter, il n'y avait ni chevaliers, ni seigneurs, ni prêtres, ni abbés pour les déposséder d'une grande partie du fruit de leur travail. Non, ces paysans-là étaient totalement libres et nous tous, même ceux qui sont des paysans en principe libres et non des serfs, nous sommes aujourd'hui traités exactement comme les esclaves le furent autrefois, dit Dietrich toujours en équilibre sur son tas de rondins.

- C'est facile pour toi de nous raconter tout ça, toi qui te contentes de vivre sans travailler et de mendier ton pain auprès de nous à longueur d'année. Tu nous expliques de quoi est faite notre misère, comme si on ne savait pas déjà. On n'a pas besoin de tes paroles rabâchées à tout venant, je te le répète, ça ne nous console pas le moins du monde et ça ne nous apporte rien de plus que des grincements de dents qui nous blessent habituellement. Quand le vent souffle fort, comme aujourd'hui, rien ne peut l'arrêter, il en est malheureusement de même pour nos vies dont nous avons hérité de nos pères et de nos mères sous la coupe des comtes; rien ne peut changer avec des paroles vaines comme les tiennes, s'énerve le « Meister », celui qui représente les paysans du village qui l'ont élu à cette fonction.

- Vous croyez que c'est facile pour moi d'essayer de vous ouvrir les yeux sur la réalité de votre vie et ensuite d'entendre vos reproches, parfois même vos insultes. Certainement pas, beaucoup de gens comme toi doutent, d'autres se mettent subitement en colère, d'autres encore espèrent que ça changera vraiment un jour et c'est pour ceux-là que je suis venu à Hattmatt. C'est vrai, pour que tout cela change dans un avenir proche ! Vous n'êtes pas instruits, peu savent lire et encore moins écrire, ceux qui ont ce pouvoir, la plupart des gens aisés et cultivés, vous racontent ce qu'ils veulent et vous êtes obligés de gober leurs mensonges et leurs tromperies comme les benêts que vous êtes; on ne vous instruit pas, car il est bien plus commode de dominer les gens qui ne peuvent pas puiser aux sources de Saintes Écritures et d'autres ouvrages; on escamote le vrai sens des Paroles de Jésus Christ; souvent, on les déforme complètement, seulement pour vous obliger à vous plier à leur volonté, celle des puissants qui règnent sur leurs domaines comme s'ils étaient des dieux, alors qu'ils ne sont que des hommes, faits de chair et d'os comme vous et moi. Alors, qui veut que ça change ici, dans ce pauvre village battu par la tempête, une fois pour toutes, levez la main, hurle Dietrich : presque tous tendent leur bras droit haut vers le ciel.

- Moi, je veux que ça change, dit Herrmann, en grommelant dans sa grosse barbe, nos vies sont devenues insupportables ! Nous ne sommes même plus capables de donner assez à manger à nos enfants, juste de quoi calmer leur faim, pas même de quoi leur donner des forces pour qu'ils deviennent grands et forts ! Et je ne suis pas le seul ici à penser ça. C'est vrai qu'on nous méprise et quand on vient à Bouxwiller pour vendre nos fruits, légumes, œufs et volailles, même les bourgeois nous considèrent comme des moins que rien. Et quand on a le courage de se plaindre pour les prix bas qu'on daigne bien nous payer, la garde nous jette dehors à coups de pied au cul et on nous traîne dans la boue.

- Moi non plus, je ne veux pas continuer à me tuer au travail, rajoute Germaine, juste pour pouvoir survivre aux fléaux que nous fait subir la Nature et pour essuyer le comportement infâme des gens d'armes du comte. Maudit soit-il, celui-là ! On ne le voit jamais qu'à cheval chasser le grand gibier ou disperser l'épée à la main les braves gens qui osent lui tenir tête. Le comte Philippe est-il devenu complètement aveugle ou quoi ? Moi, je pense plutôt qu'il ne veut pas voir la réalité en face ni rien savoir de nos pauvres vies de chrétiens attachés à la terre comme des chiens à leur chaîne. Les chiens, attention, ça aboie et ça mord, nous, on pourrait bien hurler à notre tour et nos dents pourraient mordre aussi bien que nos molosses…

- Oui, on pourrait mordre ! Que le diable l'emporte notre comte, s'écrie Arbogast, et tous ses mercenaires avec lui. Dès qu'on ose mettre en cause les mauvaises décisions du comte, plus ou moins soutenu par les bourgeois de Bouxwiller, il nous envoie ses hommes de main pour nous châtier. Comment tenir tête à ses soudards armés jusqu'aux dents, ceux qui passent leur temps à s'entraîner dans la cour du seigneur en se pavanant devant les gentes demoiselles ? Que pouvons-nous contre eux avec nos faucilles, nos faux, nos fléaux, nos haches et nos vieux marteaux rouillés : avec ses outils, cogner, ça, on peut le faire, mais ça rime à quoi si la mort nous attend au tournant ?

- J'ai la réponse à toutes vos questions, reprend Dietrich Kohler. Nous avons un énorme avantage sur ceux qui nous exploitent, car nous sommes les plus nombreux, réfléchissez bien, nous sommes la masse la plus importante de la société, nous sommes le peuple et le peuple peut tout s'il est uni dans un même but. Sur cent hommes qui vivent dans notre comté, un seul est un noble, seigneur, chevalier ou écuyer, et un autre un de ses hommes d'armes; alors, réfléchissez un instant : qui sont les 98 personnes qui restent ? C'est pourtant simple, c'est nous tous ! Que peut un homme et son lieutenant armé et entraîné contre 98 paysans en colère, en blesser ou en tuer l'un ou l'autre, et après ! Si tous se jettent sur eux, ils plieront, mourront ou s'enfuiront. C'est le nombre qui fait la loi, sachez-le, et le nombre, c'est nous tous, si nous restons unis et solidaires. Si je suis venu aujourd'hui, c'est surtout pour vous annoncer qu'un grand mouvement de révolte va éclater dans un mois dans toute l'Allemagne, en Alsace et en Lorraine, une immense conjuration populaire qui fera de nous des hommes nouveaux. Partout, nous préparons une insurrection générale contre ceux qui nous font plier sous leur joug depuis des siècles. On veut mettre fin aux injustices tellement criantes que nous allons tous renverser cette société inéquitable ! Maintenant que nous pouvons lire les Saintes Écritures nous-mêmes, écoutez ce qui est écrit dans les textes qu'on nous a toujours cachés jusqu'ici : chaque être humain est un enfant de Dieu et chacun compte autant que l'autre, comme des frères et des sœurs au sein d'une grande famille, celle que nous formons tous autour de notre Père et de Jésus-Christ son fils unique, notre Sauveur, amen. Personne d'autre ne possède l'autorité de droit divin sur nous, car nous sommes des hommes libres, seulement soumis à l'autorité de notre Créateur; et libres, nous le sommes tous en réalité, même ceux qui subissent encore le statut honteux du serf. Car le servage doit être supprimé une fois pour toutes et nous devons vivre libres comme le certifient les Évangiles.

- Mais comment vivre libre, si le comte refuse de nous octroyer quoi que ce soit, s'il nous demande de plus en plus de corvées et nous réclame de plus en plus d'impôts ? demande Germaine. Il nous a même confisqué l'usage des bois qui était pourtant un droit ancestral dont nos aïeux disposaient sans aucun problème autrefois. Il nous a confisqué des terres communes qui nous servaient à faire paître le bétail parce que Monsieur le Comte a voulu en faire des emblavures, tout ça pour stocker encore davantage de blé dans sa halle à Bouxwiller. Et nous devons réduire nos troupeaux qui n'ont plus le droit de glaner dans les bois et de brouter dans les prairies disparues à cause de la cupidité de notre seigneur et maître. On mange de moins en moins de viande et même parfois le dimanche, on se contente des œufs de nos poules décharnées. Qu'en dis-tu, toi, le prédicateur, quel est ton remède, grand parleur devant l'Éternel ?.

- Tu as tout à fait raison, Germaine, c'est pourquoi, quand dans quelques semaines le glas sonnera au clocher de votre église, ce sera le signe que vous attendrez, le signal du soulèvement général de tous les chrétiens de nos terres pour réclamer le seul dû qui ne puisse pas nous être confisqué comme c'est le cas depuis des siècles, notre liberté ! Cette liberté doit devenir un droit sacré, un droit pour tous les chrétiens ! Nous réclamerons tous ensemble le respect qu'on nous doit et l'honneur qu'on nous refuse d'avoir à décider seuls de notre avenir !

- Mais ça sert à quoi d'être libre pour nous pauvres bougres ? s'exclame le fringuant Reichard. Je veux partir d'ici depuis bien longtemps, nos terres n'arrivent plus à nourrir nos progénitures, il me faut davantage de revenus pour réussir ma vie de père et de grand-père et assurer un avenir à ceux, jeunes et vieux, que j'ai à ma charge. Je veux bien être libre, mais pas mourir dans la misère et y entraîner les miens.

- Quand nous serons libres et tous égaux devant Dieu, nous ferons appliquer de nouvelles lois inspirées de la Sainte Bible, des lois que nous déciderons d'établir ensemble avec l'aide des nouveaux pasteurs qui veulent réformer notre Église décadente et stérile, mais aussi avec le secours de savants et des humanistes qui connaissent le droit et la théologie mieux que tout le monde ici présent. Et nous formerons un monde nouveau, plein de promesses, pour que les pauvres soient respectés pour le travail qu'ils font et soient aidés par les plus nantis, nobles, clercs et bourgeois, quand les temps seront trop durs comme c'est le cas aujourd'hui.

- Et tu crois que les princes et les riches vont vous laisser faire ? questionne Alphonse. Leur argent servira à nous mettre les bâtons dans les roues dans le meilleur des cas, et leur argent qui pue toute la merde de ce bas monde ne sera pas dépensé pour notre cause, jamais, car leur argent a les relents de la honte et l'odeur pestilentielle de la mort.

- Et dans le pire des cas, ils se ligueront contre nous et paieront des dizaines de milliers de mercenaires, s'il le faut, pour nous désarmer et nous remettre au travail forcé, ou alors nous massacrer sans le moindre remords ! répète Germaine.

- Vous n'avez pas encore bien compris la portée de mon message. Ce ne sont pas des paroles en l'air. De nombreuses personnes préparent l'insurrection qui ne va pas être un déchaînement de colère, mais un grand mouvement organisé et encadré avec des chefs chargés de former une armée de paysans, notre armée qui sera la plus puissante de toutes et qui fera qu'on nous respectera sous la menace, si ce n'est par la raison. Et puis, les riches ne peuvent pas massacrer tous ceux qui les font vivre et qui les enrichissent, on ne tue pas la poule aux œufs d'or; ils seraient tous ruinés eux-mêmes, ils ne sont pas bêtes à ce point. N'oubliez pas que vous êtes la masse, que vous êtes le nombre, et qu'unis, vous êtes les plus forts; c'est vous qui mènerez le monde quand vous aurez gagné votre liberté et le respect, quand vous aurez gagné le droit à la même justice pour tous, qu'on soit

25

riche ou pauvre. Vous, les enfants de Dieu sur cette terre, vous ferez peser vos lois appuyées sur les Évangiles sur toute la société renouvelée et chacun devra rendre compte de ses actes devant les hommes comme devant Dieu. Amen ! achève ainsi son discours le prédicateur Dietrich Kohler, l'ancien charbonnier originaire du hameau de la Kohlhutte près de Wimmenau.

- 4 Vendredi 10 mars 1525 : à Bouxwiller

À la taverne du Cheval blanc, on se tient au chaud, tous rassemblés autour du « Stammtisch », la grande table où tout le monde se rencontre et discute de tout et de rien, du bien comme du mal, des mendiants comme des princes; c'est là où l'on négocie le bout de gras si c'est nécessaire, mais toujours autour d'une bonne bière ou d'un verre de vin blanc de Weinbourg, le meilleur de la région, dit-on, après ceux de Neuwiller. Il fait bon de se retrouver ainsi entre hommes dans cette vieille demeure qu'Emerich Zins, le propriétaire, tente de maintenir salubre, proprette si l'on n'est pas trop regardant, et bien sûr convivial, mais ça, ça ne dépend pas que de lui. Car il doit maintenir l'ordre, si vous voyez ce que cela veut dire, et aussi un minimum de respect entre les convives qui animent son fonds de commerce, et pour cela, il est suffisamment grand et costaud pour pouvoir se mesurer aux plus colériques d'entre eux comme aux ivrognes invétérés qu'il n'hésite pas à jeter sur le pavé de la rue, s'il le faut avec l'aide de son gros gourdin qui a l'air d'avoir déjà beaucoup servi ! Emerich Zins a le verbe haut, la parole claire et le ton fort qui sied à son métier; c'est un homme courageux, bien qu'un peu fanfaron quand on le cherche dans ses retranchements, mais en réalité, il n'est pas aussi sûr de lui qu'on pourrait le penser en le jaugeant rien que sur son allure; il est même assez influençable, le pauvre, et se laisse entraîner parfois dans des voies où les dérapages ne sont pas rares.

Emerich a un avantage indiscutable : il sait brasser de la bonne bière, comme on l'aime par chez nous, pas trop amère, bien claire, aux fines bulles capables d'animer longtemps une chope de verre ou de terre cuite; il ne boit pourtant jamais la moindre goutte d'alcool, le bougre, mais chut ! Personne ne le sait : « Si je veux garder l'esprit qui sied à mon commerce, je ne dois pas donner prise à l'insidieux poison que l'alcool distille dans nos veines, a-t-il dit à sa femme. » Alors à le voir s'affairer derrière son comptoir, à faire croire qu'il boit un verre après l'autre comme on tète un biberon tout au long de la journée, qu'importe bière ou vin, il tente de bien montrer à tous ses convives qu'il savoure les boissons qu'il vend comme si c'était un cadeau béni du Ciel, se comportant comme le meilleur des bons vivants dans ce haut lieu prisé de la société de Bouxwiller. On se méfierait trop d'un brasseur qui ne touche pas à sa production; alors il trinque du matin au soir, n'hésite pas à lever son verre à l'amitié, à l'amour, à la joie comme tous ses clients qui ont besoin de se remonter le moral dans cette période de crise à l'avenir morose.

Ce soir du 10 mars, l'ambiance n'est effectivement pas au beau fixe, comme le temps qu'il fait dehors depuis toute la semaine déjà, entre pluie et neige mouillée, entre neige molle et pluie glacée, allez savoir où sont les limites quand tout change sans cesse. Son épouse Amandine fait grise mine; c'est elle qui tient les comptes et les affaires vont plutôt mal en ce moment. C'est pour tout le monde pareil : quand les paysans renâclent, les artisans vendent moins, les caisses se vident, on boit beaucoup moins que d'ordinaire quand tout va de travers et que le commerce de détail ne va pas bon train. On parle sans cesse d'une révolte qui gronde de l'autre côté du Rhin où, paraît-il, les ouvriers et même des bourgeois ont rejoint les paysans conjurés pour renverser le vieux système féodal que le commun des mortels semble prendre définitivement en grippe. La société est devenue un carcan si pénible à supporter, contraignant presque tous les hommes à se soumettre aux seigneurs et aux maîtres, ou alors aux abbés et aux prieurs qui sont parfois pires que les premiers.

Johannes Englisch, un enfant de Bouxwiller, du haut de ses 23 ans bien sonnés, a eu la chance de suivre de près les évènements en Allemagne. Il est tout juste de retour chez ses parents, de modestes bourgeois de Bouxwiller, pour le carême et les fêtes de Pâques, heureux de retrouver à cette occasion ses anciens camarades et ses voisins si avenants, avant de commencer à donner lui-même des leçons aux enfants de la paroisse comme maître d'école, pour une saison au moins, a-t-il annoncé. Il en profite pour raconter à ses amis du Stammtisch comment le roi de France, François Ier, a été blessé et capturé en Italie le 24 février dernier, il y a donc tout juste deux semaines; ça s'est passé à Pavie où il a été vaincu par les Espagnols qui l'ont capturé en pleine bataille, conduit à Crémone avant de l'emmener prisonnier à Madrid, la capitale de Charles Quint, roi d'Espagne et empereur du Saint Empire Romain Germanique. La toute-puissance de ce souverain pèse sur toute l'Europe, de l'Autriche au sud de l'Espagne, de l'Allemagne aux Pays-Bas et sur toutes les Amériques que les Habsbourg sont en train de conquérir avec une poignée de navigateurs et d'aventuriers; il paraît que l'or arrive par caravelles entières à Séville où l'empereur réside le plus souvent d'ailleurs, dans un palais magnifique, digne d'un prince qui possède une grande partie du monde qui s'étend de l'Occident à l'Orient, sur des terres si lointaines que le soleil ne se couche jamais sur son empire. « Bon, voilà, on ne va tout de même pas plaindre les Français, ils se sont assez moqués de nous et de nos amis suisses depuis 1515, les Krutkoepf, les « têtes de choux » comme ils disent de nous, vous ne trouvez pas ? » Tout le monde acquiesce bien sûr d'un air grave entendu et boit un coup de plus en l'honneur de leur empereur de manière plus joviale.

Restés tout ouïe, certains clients accrochés aux lèvres de Johannes en oublient presque de consommer, ce qui dérange un peu le couple de taverniers. « Johannes, tu as la langue trop bien pendue aujourd'hui et ton gosier va se dessécher comme un figuier dans le désert si tu continues de parler à tort et à travers sans avaler une goutte de sain breuvage, l'interpelle Emerich Zins sur un ton de commandement ferme et sévère ». Mais Johannes, après avoir avalé une rasade d'eau-de-vie, un schnaps de prunes de derrière les fagots, reprend vite son propos, sans perdre son entrain. Il leur raconte ce qu'il a vu en Allemagne du Sud l'année dernière. « Des paysans avaient refusé brusquement toutes les prestations dues au landgrave de Hesse, les taxes , les impôts et les corvées, en veux-tu et en voilà; ils se sont réunis en fortes bandes le 24 août 1524 pour marcher sur la grande ville de Waldshut où ils ont pactisé avec les bourgeois et ont fondé avec eux une toute nouvelle « Confrérie chrétienne évangélique », un affront pour leur seigneur resté profondément catholique. D'autres bourgeois en conflit avec le gouvernement de la Haute-Autriche, justement à cause des persécutions religieuses, surtout celles menées à l'encontre de leur prédicateur, ont commencé à grogner à leur tour. Les conjurés n'avaient pas d'argent pour se nourrir et pour s'armer, alors ils ont imposé une taxe pour les dépenses de leur ligue, une somme de trois kreutzers par semaine, ce qui est une somme énorme, je trouve. » Tous les auditeurs opinent de la tête en poussant des soupirs du style « Moi, je ne pourrais jamais payer une telle somme, ils sont fous ces paysans ».

Ils avaient envoyé des émissaires en Alsace, sur la Moselle, sur tout le cours du Rhin, du pays de Bade jusqu'en Franconie, pour faire adhérer partout d'autres paysans à leurs idées révolutionnaires. Ils ont proclamé comme but de leur association l'abolition de la domination des seigneurs, la destruction de tous les châteaux et de tous les monastères qui ne se plieraient pas à leurs exigences de justice sociale, et la suppression de tous les nobles, en dehors de l'empereur qu'ils acceptent tout de même d'honorer comme étant l'autorité suprême. « C'est un sacré programme que seuls les paysans veulent voir appliquer. On ne va pas raser les châteaux et les abbayes parce qu'on est fâché avec les chevaliers et avec les moines, il faudrait être fou pour faire ça, dit Emerich sur un ton d'énervement. C'est comme si je brûlais la Chancellerie sur la place du Château parce que les gardes m'ont fait un pied de nez, tiré la langue ou traité de vieux plouc. Et puis faire le mal, ça ne rapporte jamais rien de bon, ça, je peux vous l'assurer ! »

Parmi les gars présents autour du Stammtisch, beaucoup suivent l'affaire bouche bée, mais d'autres commencent par se moquer ouvertement de Johannes qui, vu son jeune âge, doit gober, selon eux, tout ce que les ivrognes souabes lui ont raconté, « Ah les jeunes, toujours les plus exaltés, ces têtes de linotte, hein, blondinet ! ». Johannes Englisch s'en offusque et explique ouvertement qu'il a eu la chance de fréquenter les meneurs du mouvement de très près, il était même devenu l'un des scribes qui notaient les idées des uns et des autres et qui récapitulaient les décisions prises avant de les faire imprimer. « Jeune, je le suis comme vous me voyez ici présent, mais avec tout ce que j'ai vu et entendu lors de mon périple, peu de gens savent ce que moi je connais très bien. Alors, croyez-moi sur parole, je ne vous rapporte que la stricte vérité, insiste-t-il ». Il continue donc son récit de l'insurrection qui s'étendit rapidement à tous les hauts pays badois, wurtembergeois et souabe. Une terreur panique s'empara d'abord de la noblesse dont presque toutes les troupes étaient parties guerroyer en Italie contre les Français, ce qui fait sourire certains des convives qui pensent que c'est complètement idiot d'envoyer des troupes si loin quand on en a crûment besoin chez soi.

Les nobles ne pouvaient que faire traîner l'affaire en longueur en essayant de négocier et de palabrer comme ils le font d'habitude très bien quand ils se sentent « coincés », et pendant ce temps, ils amassaient de l'argent uniquement pour recruter des mercenaires, leur seul but non avoué étant de châtier les paysans de leur témérité, ce sont les termes employés par ces traîtres de la noblesse. À partir de cette époque commencèrent un tas de tentatives de trahisons, de ruses sournoises, de violations flagrantes de la parole donnée, par lesquelles les princes en premier lieu se distinguèrent, honte sur eux. Mais c'était leur seule arme pour s'opposer à ces paysans encore trop mal organisés, se laissant berner facilement sans en distinguer les conséquences néfastes. La Ligue souabe, qui regroupe les princes, la noblesse et des villes libres de l'Allemagne du Sud, intervint, mais sans garantir aux paysans de véritables concessions, elle restait très floue dans ses négociations. Les paysans restèrent donc tous unis, mais en attendant quoi ? Que le ciel leur tombe sur la tête ? La noblesse ne disposait que de la moitié de leur effectif, plus ou moins dispersé, les paysans n'avaient donc pas trop à craindre de leur part. Mais ces idiots se laissèrent mener par le bout du nez comme s'ils étaient des bœufs allant aux labours. Bien sûr, les nobles furent obligés d'accepter un armistice : on promit aux paysans un accord à l'amiable et l'étude de toutes leurs doléances par le tribunal de Stockach. Les troupes de la noblesse, comme celles des paysans, se dispersèrent alors durant l'hiver. « Ouf, disaient les nobles, on l'a échappé belle, ouf, disaient les paysans, on nous rendra enfin justice. Mais l'affaire ne s'arrêtera pas là, vous pensez bien, dit-Johannes en reprenant son souffle et un autre coup de schnaps ».

Plusieurs personnes s'empressent de lui réclamer la suite, pour qu'il ne tarde pas trop, ce qu'il fait de bonne grâce après une tournée générale de chopes de bière avec deux doigts de mousse, pas davantage. « Et avec la mousse en haut du verre, pas le contraire, hein Emerich ? On t'a à l'œil, dit Alphonse en rigolant, ne nous trompe pas sur ta marchandise ». Johannes qui tient le rôle vedette dans la taverne continue sur sa lancée. « L'hiver s'écoula sans qu'il se passe quoi que ce soit de décisif. Les nobles se tenaient cois ou se cachaient comme des pleutres, tandis que l'insurrection paysanne faisait progressivement on chemin, puisque personne ne semblait leur chercher noise; les impôts ne rentraient plus malgré les exhortations des nobles, les corvées étaient déjà toutes quasiment oubliées malgré les appels et les rappels des régisseurs. Au mois de janvier de cette année 1525, tout le pays situé entre le Danube, le Rhin et la Lech était en ébullition et au mois de février l'orage éclata malgré le froid qui persistait. Les paysans du Ried, au-dessus d'Ulm, se soulevèrent aussi le 9 février, se rassemblèrent dans le camp de Baltringen, arborèrent le drapeau rouge et formèrent une armée forte de 10 à 12.000 hommes. Là, les nobles eurent la peur de leur vie, ils se terraient dans leurs châteaux en scrutant les environs depuis leur donjon, certains pris d'un vent de panique comptaient s'enfuir chercher refuge auprès de puissants suzerains.

33

Le 25 février, l'armée paysanne du Haut Allgäu, forte de 7.000 hommes, se rassembla à son tour. Les habitants de Kempten s'unirent aux paysans le lendemain et d'autres villes adhérèrent aussi au mouvement. Il se forma aussi au bord du lac de Constance « l'Armée du Lac », un groupe qui se renforce rapidement. De même, dans les seigneuries du sénéchal de Georg Truchsess de Waldburg-Zeil, les paysans se sont soulevés, il y a quelques jours seulement, tout début mars. Quatre armées de paysans adoptent les 12 Articles de Memmingen, qui sont d'ailleurs assez modérés sur le fond et qui montrent même une curieuse absence de fermeté.

C'est ainsi que depuis le début de mars 1525, mes amis, il y a dans la Haute-Souabe entre 30 et 40.000 paysans insurgés en armes, répartis en six camps, avec de vraies armes, des arquebuses des plus modernes et même quelques gros canons. Bientôt, ils seront 100.000 et peut-être encore davantage. Mais il faut avouer que la grande masse des paysans reste toujours prête à conclure un accord avec les seigneurs, à condition qu'on leur assure quelques-unes des concessions qu'ils espèrent leur arracher sous la menace. Mais, vous l'avez compris, comme l'affaire traîne en longueur et que les armées des princes approchent, les paysans se lassent déjà d'attendre de faire la guerre et rentrent pour la plupart chez eux, surtout parce que les travaux des champs réclament leur présence. Et ça, les nobles le savent très bien. Les armées des paysans se renforcent alors avec des vagabonds de tous poils, des gars désœuvrés sur lesquels il est difficile de compter vraiment, qui rendent la discipline malaisée à appliquer et qui démoralisent facilement les vrais paysans par leurs mauvaises manières; ces vagabonds s'en vont aussi facilement qu'ils viennent, désertant leur rang le plus souvent sans demander leur reste. Cela suffit pour expliquer pourquoi, en ce moment même, les armées paysannes restent partout sur la défensive, et pourquoi, sans parler de leur infériorité militaire et du manque de bons chefs, elles ne seraient pas vraiment capables de tenir tête aux armées des princes qui sont toutes des armées de métier.

La Ligue souabe, qui avait réussi à rassembler ses premiers contingents au service des nobles, vient de déclarer qu'elle « est décidée à prévenir par la force des armes et avec l'aide de Dieu toute action que les paysans oseraient entreprendre de leur propre volonté ». La nouvelle de la rupture de l'accord conclu avec la Ligue souabe pousse les paysans à prendre immédiatement les mesures nécessaires : une assemblée générale des armées paysannes est réunie pour unir les quatre groupes en une seule armée, pour décider ce qui est devenu inévitable dans leur situation : la confiscation des biens ecclésiastiques, la vente de leurs joyaux et de leurs biens au profit du trésor de guerre et l'incendie des châteaux des nobles coalisés. Voilà, je n'en sais pas davantage, je vous ai tout raconté, mais vous pouvez en être sûrs : il n'y aura jamais d'accord entre les paysans révoltés et ceux qui détiennent le pouvoir, simplement parce que ces derniers ont trop à perdre en cédant à la moindre de leurs exigences.

« Eh bien, quelle histoire, dit Emerich de sa voix tonitruante, ces paysans sont aussi fous que les nôtres qui refusent de payer les impôts au comte et qui écoutent en cachette les prédicateurs et les autres émissaires du mouvement d'outre-Rhin. Les paysans ont du souci à se faire, ça, je peux vous le garantir, et j'ai un conseil à donner aux bonnes gens de Bouxwiller, les « Platteschlecker » comme on nous surnomme, les « lécheurs de plats », peut-être parce qu'on passe ici pour de pauvres bougres qui ne mangent pas à leur faim, comparés aux bonnes gens de Strasbourg : ne vous mêlez donc pas de ces affaires qui me semblent bien trop louches et embrouillées, il n'y a rien de bon à en tirer et Johannes a bien conclu son récit, pour cela je te félicite : ce sera la guerre des riches ou celle des princes, des seigneurs et des gros bourgeois comme il y en a heureusement encore très peu à Bouxwiller, la guerre faite avec l'aide de l'argent sale des usuriers juifs qui profitent de toutes les situations comme toujours quand ils le peuvent, pour placer leurs monnaies fabriquées par je ne sais quel diable à des taux démoniaques, ce sera la guerre, quoi ? Vous l'avez compris, une sale guerre dans laquelle les paysans risquent de tout perdre pour un kreutzer de plus ou de moins au bout d'une année de travail, est-ce que ça vaut vraiment le coup de prendre de tels risques ? Est-ce que ça vaut la peine de mourir pour ça, je me le demande et je vous le demande aussi ? » Johannes le regarde droit dans les yeux : « Oui, je crois sincèrement que pour nos braves paysans qui ont ouvert les yeux sur leur triste réalité, ça vaut la peine de jouer leur vie pour obtenir un avenir plus serein et digne d'être vécu; d'ailleurs, la devise qu'ils ont adoptée est celle-ci, écoutez bien, ouvrez grand vos oreilles : nous nous battons pour obtenir notre liberté ou pour mourir ».

5. Le 15 mars 2025 : Chez Léonce Krebs

C'est un drôle de personnage au physique peu engageant; je le situerais volontiers entre le renard avec son visage au nez fuyant et l'hyène avec son rire nerveux et saccadé. Ses petits yeux de fouine illuminent ses traits, une tête comme tirée d'un tableau issu d'un bestiaire à faire peur aux petits enfants et même aux grands-parents qui leur lisent d'habitude des histoires gentillettes. Car Léonce Krebs est un personnage qui arbore une mine sinistre, il doit s'effrayer lui-même en se regardant dans une glace, objet de luxe dont il doit probablement se passer, vu la barbe pelée d'une bonne semaine qui lui donne par-dessus le marché un air négligé, rébarbatif au plus haut point, du genre que montrent les personnes qui font changer de trottoir les braves gens qui s'approchent d'eux comme on éviterait un charognard à l'haleine fétide croisant son chemin. Mais Léonce n'est pas homme à se promener de jour, à la vue de tous, à se balader simplement sans avoir rien de précis à faire pour profiter du grand air comme le font les gens heureux, à simplement promener ses chiens pour leur dégourdir un peu les pa-pattes. Non, lui, il préfère laisser à leurs chaînes les molosses terrifiants qui lui obéissent, proches parents des loups tchèques fourbes et cruels que des chiens de chasse racés et élevés avec grand soin. Non, Léonce préfère sortir tard le soir ou encore mieux en pleine nuit; minuit, l'heure du crime, lui sied à merveille, et quand il s'aventure en dehors de son manoir, c'est toujours pour suivre des affaires louches; cela colle au personnage besogneux et avare qu'il est, enclin aux « mauvaises rencontres » comme il le dit lui-même, avec quelques bandits pour lesquels il joue le plus souvent le rôle de receleur. Ce grand profiteur des larcins et des rapines ne prend jamais de risque inconsidéré comme le font les vulgaires malfrats de tous poils; ceux-ci se chargent des basses besognes à sa place et lui-même tient le tiroir-caisse.

Oui, pour Léonce, le recel est un véritable passe-temps, un jeu d'argent qui lui en rapporte beaucoup sans avoir à faire de gros efforts si ce n'est mouiller son index pour compter les billets de banque, les vieilles pièces d'or et tout récemment s'initier aux bitcoins, la nouvelle cryptomonnaie, sur le Darknet où il sait aussi surfer avec des logiciels un peu spéciaux adaptés à son business. Ce métier de receleur lui colle à la peau, comme c'était déjà le cas pour son père, un bandit prénommé Anatole, mais surtout connu par son surnom, le Sanguinaire, car il n'hésitait pas à torturer ses victimes avec son « surin » comme il disait, sa lame aiguisée, au fil si acéré qu'elle pouvait trancher net une feuille fine de papier à cigarette. Et j'éviterai de parler de ses aïeux, de ces tristes sires, tous plus exécrables encore les uns que les autres dans un arbre généalogique tourmenté de ronces épineuses et étouffé de lianes entrelacées étouffantes comme des pythons affamés. Léonce s'irrite en martelant de ses pas secs et rapides le sol dallé de son manoir, racheté à bas prix dans la commune de La Petite Pierre, parce que la bâtisse était en partie délabrée, à un banquier ruiné par la crise des subprimes de 2008. C'était son rêve de régner un jour sur un grand domaine, même si celui-ci, avec sa ferme décrépite et ses communs quasiment en ruine, semble entièrement abandonné. Peu importe ce qu'en pensent les gens, son Heideschloessel, son « manoir des païens » porte bien son nom et peu de curieux osent braver les champs de ronces et d'orties qui l'entourent et le protègent ainsi des intrus. Surtout après avoir lu le panneau d'accueil qui est planté de guingois sur le chemin d'accès à peine carrossable pour garder les randonneurs et les touristes à bonne distance : « Il n'est pas recommandé de pénétrer sur le domaine sans autorisation spéciale. Chiens méchants et très dangereux en liberté. À vos risques et périls. »

Ce matin, Léonce Krebs a convoqué son régisseur Ursule Wiener, surnommé Schnitzel, « l'escalope viennoise », pseudonyme probablement issu de son nom de famille, mais peut-être aussi à cause de sa physionomie maigrichonne et de sa peau granuleuse; il ressemble davantage au braconnier invétéré qu'il est devenu sur les terres des autres qu'un gestionnaire de domaine privé intègre et méticuleux. C'est Schnitzel, appelons-le de la même manière que son maître, qui prend de plein fouet la mauvaise humeur de Léonce en même temps que ses postillons bien chargés de mépris dans des relents de gibier faisandé et peu digeste. Léonce a beau chercher, il ne trouve pas la carte du trésor du comte de Hanau-Lichtenberg qu'il a classée, il y a quelque temps, il ne sait plus trop où, mais c'est sûr, c'est dans un endroit connu de lui seul : Schniztel se demande pourquoi il s'acharne ainsi sur lui qui n'a rien à se reprocher, n'ayant jamais eu connaissance d'un tel document. Alors, il hausse les épaules en marmonnant : « Maître, si cette carte a tant de valeur pour vous, vous avez très certainement dû la mettre en sûreté dans votre coffre-fort ! Sûr et certain qu'il se trouve derrière ses parois d'acier inattaquables ! » Bien sûr, malgré son air d'idiot du village, Schnitzel a de la suite dans les idées, c'est d'ailleurs pour cette qualité qu'il l'a choisi comme régisseur, et c'est bien dans ce coffre de malheur à moitié rongé par la rouille que doit se trouver cette fichue carte, dans ce vieux coffre Bauche, de fabrication française contrairement à ce qu'on pourrait penser en prononçant le nom de cette marque, un coffre-fort qu'il a hérité de son père. « Tu as raison. Maintenant, il s'agit d'en trouver la clef, et où se trouve-t-elle donc ? Schnitzel doit le savoir, pense-t-il, et s'il le sait, je ne suis qu'un imbécile de le lui avoir dit ou montré, se tourmente-t-il déjà, songeur.…

Alors Léonce lui pose ouvertement la question et Schnitzel l'informe qu'il n'en sait rien officiellement, mais qu'il pense qu'il a dû glisser la clef dans sa potiche chinoise Ming, sa favorite, celle qui est ébréchée et posée à même le sol à côté de la cheminée de marbre veinée au teint lugubre de dinosaure fossile. « Eh oui, bravo Schnitzel, elle est bien là, mais sache que je la changerai de place dès ce soir, la cachette doit rester secrète ou je ne comprends plus rien à mon métier, ricane-t-il. D'ailleurs, comment as-tu su que je l'avais planquée dans cette potiche, cette clef, hein ? Avoue donc ! Tu m'espionnes en douce, gredin !» bredouille le maître. Sa réponse est limpide : « J'étais derrière vous la dernière fois que vous avez cherché une liasse de billets de cinquante euros pour payer vos fournisseurs de la main à la main, sans facture, au noir, quoi. » Léonce n'aime pas trop ce genre de réponse qu'il sent un peu trop irrespectueuse et se demande ce qui lui a pris ce maudit jour où, devenu trop confiant envers cet énergumène qui fourre son nez partout, il a décidé de l'embaucher. « Schnitzel est si discret, si transparent que j'ai vite fait de l'oublier, il faut que je me méfie davantage de ce régisseur; Schnitzel en sait trop, ça pourrait me porter préjudice, voire attirer le malheur sur ma pauvre tête. » En tout cas, Léonce Krebs se sent plutôt rassuré, tout reste sous contrôle, parce que la carte est bien là; aussitôt, il congédie Schnitzel en lui demandant d'être plus discret la prochaine fois et de se mettre immédiatement au travail, ce pour quoi il est payé, lui semble-t-il.

Sur cette carte en assez mauvais état, où l'on peine à deviner le dessin maladroit qui y est tracé et à déchiffrer le texte en langue allemande, écrit à la plume en lettres gothiques qu'il a heureusement l'habitude de déchiffrer et même de traduire :

« Wer Geduld hat und Mut und Gerechtigkeit
Findet bey den Ochsen sein besten Glück
Wer aber mit Kraft und Gewalt und Ungerechtigkeit
Lässt hier sein Leben und kommt nimmer zurück »

Ce qui donne en traduction française :

« Celui qui fait preuve de patience, de courage et de justice
Trouvera parmi les bœufs sa meilleure chance
Mais celui qui vient par la force, la violence et l'injustice
Y laissera la vie pour n'en revenir jamais »

Léonce Krebs se gratte la tête. Ce message est bien vague et n'apporte aucune réponse à sa question : « Qui a pu écrire cela il y a des siècles et quelle information peut-il en tirer pour découvrir l'hypothétique cachette d'une montagne d'or ? » D'autant plus qu'il n'a l'impression qu'il n'a qu'une partie de la carte en sa possession; il lui manque donc ou bien le début ou bien la suite de ce texte peu explicite; néanmoins, attention, on y parle de mort, il faut donc se méfier. Il faut qu'il téléphone à son cher ami le brocanteur, celui qu'on appelle Rossio, le gitan, aussi bon receleur que lui, concurrent de longue date et partenaire occasionnel quand les affaires l'exigent. Rossio doit en savoir davantage sur cette carte, puisque c'est lui qui la lui a vendue. « C'est la première étape de ma quête, il faut que je m'y prenne avec tact et doigté si je veux mettre le grappin sur ce qui pourrait ressembler à une petite fortune ! Allons voir celui qui vit avec sa gitane de cœur, la nommée Pepita d'Oro, la « pépite d'or », comme les petits gâteaux qui portent ce nom en vente dans le commerce. Pepita est une femme enjouée, délicieuse, à croquer et plus si affinité, dont Léonce a toujours rêvé de la porter sur son cœur. Je vais de ce pas les voir dans leur caravane de luxe qui doit se cacher quelque part entre Bitche et Baerenthal aux fins fonds d'un vallon de la Moselle.»

6. Le 16 mars 2025 Chez les Manouches

Dans son vieux taxi londonien hors d'âge aux vitres teintées que conduit prudemment Schnitzel ganté de cuir et portant sa casquette de chauffeur de maître, Léonce Krebs réussit à localiser assez facilement le campement du fameux Rossio qu'il a décidé de voir séance tenante. En s'engageant dans un chemin de terre boueux à l'excès, il pense avec un sourire cynique au pauvre Schnitzel qui devra rendre son lustre à ce véhicule qui dans quelques instants sera entièrement maculé de projections d'une couleur mêlée de kaki et de bouse de vache. Aux détours d'un bosquet touffu d'épine noire et veiné de ronces bleues, on arrive en vue d'un campement discrètement situé, sans doute avec l'autorisation complaisante d'un maire plutôt bien disposé envers les gens du voyage s'ils restent assez loin des derniers lotissements pour éviter les problèmes de cohabitation; le sous-préfet lui-même n'y avait rien trouvé à redire. Le taxi d'un gabarit important est très vite repéré par toute la communauté rom qui sort des caravanes pour se rendre compte de quel genre d'individu ose s'aventurer sur leur territoire exclusif sans avoir montré patte blanche. Visiblement, ce ne sont pas des touristes égarés ni des fauteurs de troubles désœuvrés. Rossio, qui passe pour le chef de ce véritable camp retranché, se présente au milieu du chemin devant une très grande caravane dorée comme un carrosse d'antan. C'est bien là son logis, preuve d'un manque de goût évident dont le seul but est de s'élever par « son côté bling-bling » au-dessus des autres habitations tractables qui sont installées tout de guingois parmi les hautes herbes et les fourrés. Rossio attend le visiteur de pied ferme, l'œil torve, les pouces dans la boucle de son ceinturon.

Quand il voit le chauffeur à casquette sortir du taxi avec précaution en évitant les flaques de boue ocre, ouvrir la portière arrière à un personnage certainement aisé et en tout cas important, il siffle très fort en signifiant à ses gens que le spectacle est terminé et qu'ils rentrent chez eux. Car il sait à qui il a affaire, une vieille canaille de ses connaissances, le receleur le plus avare de la région, le sieur Krebs : « Le diable ne l'a pas encore emporté, pense-t-il. » D'un pas hésitant, juste pour poser les chaussures dans des traces déjà imprimées dans la boue et le sable de grès mouillé pour ne pas salir ses bottines italiennes haut de gamme, du cousu main sur mesure, qui lui ont dû lui coûter un bras (un comble pour des chaussures), Krebs tend la main vers Rossio en arborant un sourire gêné un peu crispé, plus commercial que sincère. Le gitan le salue simplement en posant un doigt sur le bord de son large chapeau, négligeant le geste d'apaisement de celui qu'il considère comme un indésirable. D'un signe de la tête, il désigne l'entrée de sa caravane, car il fait un peu trop frais pour parler d'affaires sérieuses en plein vent. Rossio montre du même doigt un divan difforme aux couleurs délavées dans lequel il est plus facile de se laisser choir que de tenter de s'en extraire rapidement. Krebs dit qu'il préfère rester debout, il ne supporte pas l'atmosphère confinée des caravanes, les relents de civet de hérisson et les odeurs corporelles stagnant dans les lieux mal aérés.

- Que vient donc faire ici ton sinistre corbillard qui creuse de profondes ornières dans mon chemin d'accès; ton incapable de chauffeur ressemble d'ailleurs plus à un croque-mort qu'à un valet de pied ! La prochaine fois, évite de saccager l'entrée du camp comme ces tordus de chasseurs avec leurs gros 4X4.

- Je ne viens jamais pour rien, tu le sais bien, alors commence par te calmer ! Je viens juste pour affaire, c'est notre seul point commun, il me semble, mais encore faut-il que tu sois disposé à m'écouter un petit instant, je te promets que je ne serai pas long.

- C'est ce que j'apprécie en général chez toi. Le temps, c'est de l'argent, et l'argent, quelle que soit sa couleur ou son odeur, je sais que tu lui cours après toute la sainte journée. Alors fait vite vieux grippe-sou !

- Je vois que tu as tout compris, je t'en félicite. Cette fois-ci, écoute-moi bien, c'est plus sérieux que d'habitude. Tu as bonne mémoire, il me semble, et je crois que tu sais où se trouve ce que je recherche depuis un moment.

- Dis toujours et je verrai ce que je peux faire pour toi, moyennant finances bien sûr, puisqu'on parle affaires.

- Bien sûr, gredin, tu auras ta récompense, si tu m'apportes ton aide. J'ai en ma possession une carte ancienne du XVIe siècle que tu m'as vendu à prix d'or comme étant une carte localisant un trésor perdu, t'en souviens-tu ?

- Oui, gadjo, comme si c'était hier ! Pourquoi cette question idiote ? Tu veux tester mon Alzheimer précoce ou quoi ? T'inquiètes, j'ai toujours eu bonne mémoire et ça n'a pas l'air de changer.

- Tant mieux ! La carte que je possède n'est que la moitié de la carte d'origine, et peut-être, avec un peu de chance, en possèdes-tu encore l'autre partie? Auquel cas, je suis immédiatement preneur.

- Ce n'était effectivement qu'une demi-carte que je t'ai cédée, l'autre moitié tu n'en voulais pas, car elle était trop abîmée, selon toi ! J'en voulais bien trop cher, toujours selon toi. Alors je l'ai bêtement fourrée dans un gros volume pour en faire un signet et j'ai fourgué l'ensemble au premier client venu. En résumé, je n'ai plus rien de ce genre sous la main, c'est bien dommage, j'ai perdu une occasion pour t'arnaquer. D'ailleurs, ce volume je l'ai vendu avec la carte, il n'y a pas si longtemps, alors tu perds ton temps ici. Fais demi-tour et ne viens plus me déranger dans ma propre communauté, on a assez d'occasions pour faire affaire dans des lieux prévus pour ça. Ici, tu vois, tu gênes, comme tu peux le voir. Ici, tu fais tache et ça nous dérange tous. À bon entendeur !

- Juste avant que je tire ma révérence au grand chef que tu es, sais-tu de quel livre il s'agissait ?

- Aucun intérêt, mais je sais à qui je l'ai vendu ce livre écrit en belles lettres gothiques, à la reliure rouge sang.

- Puis-je connaître l'heureux élu qui a profité de tes largesses ?

- Je ne divulgue jamais le nom de mes clients et celui-ci est un habitué qui revient régulièrement me trouver sur mes stands avec des demandes bien ciblées. C'est quelqu'un que j'apprécie, car il ne marchande jamais et paie rubis sur l'ongle.

- Donne-moi son nom et son adresse si tu les connais, je veux le contacter pour négocier la partie de la carte qu'il possède. Voici deux billets de 50 euros pour te remercier du service qui ne te coûteras pas beaucoup d'efforts, reconnais-le.

- On ne me fait pas l'aumône, Krebs, alors, tu y mets le prix ou tu t'en vas la queue entre les jambes avant que je siffle mes troupes pour qu'elles viennent désosser ta belle voiture de collection et ton chauffeur avec.

- Calme-toi, Rossio, aujourd'hui, je suis de bonne humeur, alors je vais te donner 300 euros, c'est tout ce que j'ai sur moi, et si je fais affaire avec ton client, tu en auras 300 de plus, cela te convient-il mieux, sale profiteur ?

- Oui ! C'est déjà mieux comme ça, vieux radin ! Son nom, c'est Weissenberg, son prénom Paul-Henri, il habite à Moetzenbruck en Moselle et là s'arrête mes informations sur ce personnage, j'oubliais, c'est un professeur à la retraite, un historien passionné et un écrivain qui a publié pas mal d'ouvrages. Son village n'est pas si grand que ça, il sera donc facile à trouver pour un homme rusé comme tu l'es. Je te donne encore un bonus, sans supplément à débourser : sa maison est rouge, je le sais parce que je lui ai livré une collection de livres anciens bien trop lourde à porter pour ses vieux os.

- Je ne te remercie pas, j'ai payé assez cher pour ça, alors à plus tard, on se reverra ! Tu auras de mes nouvelles et les 300 euros promis seulement si je fais affaire avec lui, je te le rappelle.

- Je ne te fais aucune confiance, vieille crapule ! rajoute-t-il en comptant lentement ses six billets de 50 euros, assez satisfait d'avoir soutiré cette somme à cet avare de la pire espèce; je t'ai à l'œil, tu ne me grugeras pas. Si tu fais affaire avec lui, tu auras une dette envers moi, et tu me régleras ton dû, comme aujourd'hui en espèces, tu as bien compris ?

Léonce Krebs ne répond que par un haussement d'épaules en répétant mentalement : « Le professeur Paul-Henri Weissenberg, une maison rouge à Moeztenbruck, un gros livre en lettres gothiques avec une reliure rouge sang. J'en fais mon affaire et pour Rossio ce sera « niet » pour la prime ! Il peut toujours rêver ! »

7. Le 17 mars 2025 : Intelligence artificielle

De retour dans son sombre manoir, Léonce Krebs réfléchit longuement sur l'angle d'attaque qu'il veut adopter pour avoir une conversation avec son fils Stephane, une crapule encore plus infréquentable que lui, il le sait bien, même bandit d'un cran au-dessus de lui, vu son niveau d'étude, l'étendue de ses expériences criminelles et ses capacités intellectuelles. Stéphane marche avec son temps et son « cheval de bataille » rassemble sur sa croupe, pourrait-on dire, l'ensemble des techniques nouvelles, quelles qu'elles soient, pourvu qu'elles deviennent un ressort supplémentaire profitant à ses activités du grand banditisme. Stéphane Krebs ne se contente pas d'une ambition étriquée et presque mesquine comme celle de son paternel, un piège dans lequel est tombé son vieux père pour lequel il n'a aucune affection ni le moindre respect. Au contraire, le fils dépasse de loin l'horizon confiné des receleurs de bas étage, selon lui, pour naviguer au sommet des vagues sur l'océan ds escroqueries à grande échelle et de la piraterie informatique avec des équipes de hackers très bien payés parce que leurs activités sont très, très lucratives, donc parfaitement rentables. Il a compris qu'il fallait s'adapter aux progrès de son époque et bénéficier de toutes les inventions capables de faciliter ses vices les plus cachés : voler les gens, les institutions, son propre pays (facile avec la fraude fiscale qu'il mène avec ses « sociétés bidon »), voire la planète entière à tire-larigot, puisque, avec la mondialisation, on a transformé le monde en un immense village où presque tous les truands se connaissent et peuvent avoir pignon sur rue.

Stéphane a compris que l'Intelligence artificielle dont on parle de plus en plus est devenue un secteur prioritaire dans la recherche et dans la création de nouvelles applications. Il finance donc pour cette raison une société, une petite start-up appelée Maison alsacienne de l'Intelligence artificielle, MAÏA, dont le siège est à Saverne; elle est dirigée par Arthur Dubreuil, un passionné d'informatique qui est persuadé de trouver le moyen d'inventer des applications et des programmes informatiques pilotés par les cerveaux artificiels pour le plus grand bénéfice de l'humanité; eh oui, c'est un idéaliste convaincu du bien-fondé de sa mission, un doux rêveur dont Stéphane exploite sans vergogne la crédulité et l'ingénuité. Stéphane a misé sur son équipe de spécialistes dont il compte bien entendu tirer de bons profits en laissant développer des applications qui pourraient lui être très utiles pour engranger encore davantage d'argent.

Pour Dubreuil, la tâche est lourde, car si l'IA est déjà largement exploitée dans des secteurs où l'informatique joue depuis longtemps le rôle d'employés quasi salariés dans l'industrie, la banque, la publicité, le marketing, la médecine, etc., le développement de nouvelles activités lucratives, industrielles, commerciales ou de service, doit être précédé par des recherches souvent longues et fastidieuses et par des expérimentations in situ convaincantes avant de rendre publique l'ouverture de ces nouveaux horizons. Ces périodes tests sont d'autant plus chronophages que les objectifs sont haut placés et cela demande des financements souvent difficiles à obtenir, sauf à trouver une organisation, une institution ou un mécène capable de mettre en perspective un projet lié à ce type de développement et à en assumer les risques en cas d'échec, avec la contrainte des charges financières pouvant facilement dépasser les prévisions, tant les dépenses peuvent devenir élastiques.

Stéphane Krebs, grand bandit devant l'Éternel, et il se vante de l'être, prudemment bien sûr, en comité restreint seulement, a décidé de financer la société MAÏA, à l'étonnement même de Dubreuil qui croit à la chance qu'il a d'avoir trouvé un mécène vraiment à la hauteur de ses espérances, ne rechignant devant aucune dépense. Comment fonctionne le financement dont profite MAÏA ? Dubreuil n'en a aucune connaissance. C'est tout simplement par les arcanes du blanchiment de l'argent sale que Stéphane s'applique à collecter de manière fort douteuse, vous vous en doutez bien, ceci depuis des années, en ayant rajouté au moins trois zéros aux montants pratiqués d'ordinaire par son vieux père dépassé, selon lui, par les évènements. Qu'attend-il de ses investissements plutôt aléatoires ? D'abord que l'IA apporte, en toute discrétion, des réponses auxquels il faut toujours prêter attention lors de la phase préparatoire d'un « gros coup », c'est-à-dire d'une escroquerie à grande échelle qui demande en général une longue période d'observations, d'investigations, de manipulations, de mise en place de chantages, de recherches de complicité, et nous en passons !

Avec l'IA, s'il a bien compris la chose, il suffit de faire digérer à un programme un nombre incalculable de données pour qu'elle soit capable de trouver le moyen idéal et, si possible, sans risque, d'arriver à des fins inavouables. Pourquoi pas faire fortune grâce à ces techniques nouvelles, en trouvant des façons inédites de truander les clients, le fisc, l'Europe, la planète tout entière ? Il y a bien quelqu'un qui a trouvé le moyen de vendre à prix d'or à des ferrailleurs la célèbre tour Eiffel sans l'aide d'un logiciel; le voyou est parti avec un gros acompte et on ne l'a jamais retrouvé tandis que la tour Eiffel est toujours droit debout à veiller sur la capitale en étant revêtue année après année de larges couches de peinture antirouille. Il y a bien quelqu'un qui a encaissé des sommes astronomiques avec sa société nommée « Trésor Publicité » en falsifiant des quantités de chèques destinés au Trésor public, avant que l'État n'interdise la création de sociétés portant des noms ressemblant de près ou de loin à « Trésor public ». Il fallait oser le faire et ces illustres inconnus qui se sont lancés dans cette aventure n'ont jamais payé leur dette envers la Justice de leur pays, simplement parce qu'ils sont restés introuvables. Stéphane non plus, de toute sa vie, n'a jamais pu être mis en cause, car c'est un rusé renard; il ne se lance dans une escroquerie que s'il a toutes les cartes en main, du début à la fin de ses viles opérations qui lui rapportent, dit-on, des fortunes.

Si Léonce Krebs appelle son fils, ce n'est pas par amour paternel, il n'a jamais vraiment aimé ce « petit monstre » si peu reconnaissant, même s'il est assez fier d'avoir donné au monde un rejeton au moins aussi peu recommandable que lui. S'il l'appelle, c'est seulement par intérêt, vous l'aurez compris. Il connaît le regard envieux que jette son fils sur les possibilités de l'IA, persuadé qu'il est sur la bonne voie pour développer ses affaires peu recommandables en toute impunité; un fils doit bien aider un peu, à minima, son géniteur qui a tant donné pour son « éducation professionnelle » qui l'a propulsé aux sommets, la preuve en est son statut élevé au sein de la bonne société de la crapulerie française. Léonce connaît l'investissement de son fils dans les affaires de la société MAÏA, dont il attend avec impatience les retombées pratiques, ce dont il veut profiter également de son côté, ne fût-ce qu'un tout petit peu à titre d'essai, juste pour se faire plaisir. Il sait bien que les chercheurs, qui sont des scientifiques et des informaticiens des plus honnêtes et désintéressés, ont besoin de grain à moudre pour leurs expérimentations et que cela pourrait lui servir dans ses modestes affaires. Ce serait même précieux pour lui, en gain de temps, donc en gain d'argent. Et cette histoire de carte de trésor le turlupine tellement ! Il trouve que ce serait génial si l'IA pouvait lui donner un coup de pouce pour tenter d'en découvrir les secrets et, encore mieux, localiser cette montagne de pièces d'or et d'argent qu'il imagine dans ses rêves les plus fous. Son fils acceptera-t-il seulement de l'écouter ou lui claquera-t-il le téléphone au nez comme c'est trop souvent arrivé ? Il n'y a pas deux solutions pour en avoir le cœur net : appelons-le immédiatement !

8 Le 17 mars 2025 : Tel père, tel fils

Stéphane Krebs est assis devant la piscine de sa villa sur la presqu'île du Cap d'Antibes, en ce beau matin de mars, sous un soleil pas désagréable du tout; la douceur s'étale même suavement sous une petite brise marine veloutée et embaume cet espace resplendissant. Pour une fois qu'il ne pense pas à mal, son téléphone portable se met à vibrer dans la poche de son petit short de bain et lorsqu'il se rend compte que l'appel provient de son père, ses poils se hérissent déjà sur ses avant-bras et dans son dos velu. « Que veut donc ce grigou desséché, si ce n'est encore exploiter mes compétences pour ses activités crapuleuses hors d'âge ? Toujours aussi pathétique, le vieux ! » Il décroche sans se presser et attend que la voix de son père prenne l'initiative. Quand il entend « Allo ! », il répond « À l'huile ! », comme il le fait d'habitude, simplement pour énerver le paternel qui n'apprécie pas du tout l'humour filial, à défaut de l'amour filial qu'il ne lui porte pas.

- Steph, arrête tes conneries, je n'ai pas de temps à perdre, toi non plus, alors écoute-moi bien, je serai bref.

- Je suis en pleine réunion, là, alors je te donne juste cinq minutes, le temps qu'on termine la pause. Qu'est-ce que tu peux bien me vouloir, à cette heure-ci ?

- Tu finances toujours la société MAÏA à Saverne ? J'ai un deal à te proposer, mais seulement si ça t'intéresse, bien sûr. Il y a un max de fric à gagner sur ce coup-là !

- Je finance effectivement les recherches de MAÏA, donc je la contrôle si tu veux, c'est ma façon de voir les choses. Pour moi, MAÏA est à MON service, elle ME coûte assez cher comme ça. Dis-moi, c'est quoi ton deal, encore une petite escroquerie à la semaine ou alors tu as enfin réussi à voler la Joconde au Louvre et tu n'arrives pas à la fourguer à des potentats chinois qui veulent t'en donner des clopinettes, c'est ça ?

- Non, qu'est-ce que tu cherches exactement, à me mettre en rogne ? J'ai beaucoup mieux à te proposer, j'ai piqué le plafond de la chapelle Sixtine au Vatican, il paraît que ça vaut une petite fortune. Soyons un peu sérieux, fils ! Gardons bien les pieds sur terre, surtout si on a la tête dans les étoiles.

- Oh, je n'aime pas du tout ce ton mielleux poético-imbécile que tu prends, c'est signe que tu as vraiment besoin de moi et je t'arrête tout de suite, ma réponse est non, non et NON ! Je suis trop occupé en ce moment et mes glaçons sont en train de fondre en noyer mon cocktail, tu sais que j'ai horreur de ça.

- Je te connais comme si je t'avais fait ! Si tu es si catégorique, c'est pour me mettre mal à l'aise et me prendre de haut, mais ça ne prend plus avec moi, tu devrais le savoir. Je suis sur un coup qui n'a jamais été tenté par personne et j'ai besoin de l'aide de l'Intelligence artificielle pour pouvoir dénouer un nœud gordien que, depuis des siècles, personne n'a réussi à défaire. Si l'IA y arrivait, ce serait génial pour moi et ça ferait du même coup drôlement avancer tes recherches vers des applications concrètes. Je sais que tu as besoin d'expérimenter l'IA sur des projets réels pour en discerner toutes les possibilités, alors je te propose un challenge qui pourrait rapporter une fortune, moyennant pour toi une commission de 25% des gains, à ton seul bénéfice, exempt de tout impôt, comme d'habitude, bien sûr.

- C'est NON, si on travaille tous les deux sur un projet commun, ce ne sera certainement pas au rabais, ce sera du 50/50, je veux la moitié du profit avec la condition que tu me laisses superviser l'opération, simplement pour que tu ne puisses pas m'entuber comme tu l'as déjà fait par le passé. Je n'ai aucune confiance en quiconque, et encore moins en toi, et ne me contredis pas, c'est toi qui m'as appris cette leçon, tu t'en souviens peut-être encore, non ?

- Fils, je ne te parle pas d'un projet quelconque, mais j'évoque LE PROJET DU SIÈCLE, ce qui signifie en bon français un projet personnel époustouflant, dont je ne peux rien te dévoiler pour le moment, tant que je n'ai pas toutes les cartes en main, c'est le cas de le dire. Alors, c'est OK pour les 50%, à condition que tu participes également aux frais de l'opération, ce qui me semble correct ! Tu peux superviser ce que tu veux, c'est d'accord, mais comme c'est MON projet, cela se fera sous MA direction, non d'une pipe, tu peux comprendre ça, non ?

- Prends donc le temps de mûrir ton projet pendant que je fais des longueurs dans ma piscine chauffée au soleil de la Méditerranée et ensuite rappelle-moi quand tu seras prêt ! Avec des « si » on mettrait Paris en bouteille, paraît-il, mais moi, tu vois, comme j'ai pris de la bouteille dans les « affaires » comme on dit, je trouve « qu'il est bon de traiter les affaires comme les vins et de se méfier des mélanges », c'est un truc comme ça qu'écrivait Colette à propos de l'amitié. Alors, père, pense à ça

56

en préparant ton coup et quand tu seras fin prêt, je te dirai si ça m'intéresse vraiment ou non !

- Qui est cette Colette ? Une de tes copines fardées comme pour le Carnaval de Rio ? Je constate que tu es toujours aussi arrogant et irrespectueux. J'aimerais bien te raccrocher au nez, petit salopard, mais avec les smartphones, je ne peux qu'appuyer sur la touche rouge avec le petit téléphone blanc dessiné dessus, mais sache que je le fais avec toute la rage qui est en moi !

- C'est comme tu le sens, père ! Vaque donc à tes occupations et ne m'importune plus pour des broutilles ! J'ai un homme de main qui vient me faire son rapport sur une importante mission que je lui ai confiée à ses risques et périls ! Alors, à la revoyure et fais attention à la marche en sortant, ricane-t-il !

9 Le 22 mars 1525 : À la Chancellerie

À la Chancellerie de Bouxwiller, Cunon de Hohenstein qui en assure la présidence par intérim, a réuni les émissaires envoyés à travers le pays pour être les oreilles et les yeux attentifs du comte de Hanau-Lichtenberg afin d'assurer la sécurité de ses terres, le « Haunerlaendel » situé, faut-il le rappeler, de part et d'autre du Rhin entre la forteresse de Lichtenau en pays de Bade et le puissant château de Lichtenberg dans les Vosges du Nord. Le territoire est si vaste et découpé qu'il est difficile de saisir d'emblée l'état d'esprit des sujets du comte d'un coin à l'autre de ses terres, en pleine crise économique, religieuse et sociale. Le comté s'étend de Niedersteinbach tout au nord de l'Alsace sur la frontière du Palatinat jusqu'à Hatten à l'est, de Niederbronn à Lichtenberg et jusqu'à Zittersheim sur sa frontière nord-ouest; de Reipertswiller à Ingwiller et à Bouxwiller, la capitale, jusqu'à Ingenheim au sud, puis de là vers Brumath et Offendorf à l'est. Le comté est parfois enclavé dans les territoires de ses voisins immédiats, sa position encerclant le district de Haguenau, où siège un Grand Bailli impérial, en l'occurrence Jean-Jacques de Morimont, la seigneurie de Reichshoffen et celle d'Oberbronn, possession des puissants comtes de Linange. Sa frontière sud bute sur les terres de l'évêché de Strasbourg le long de la rivière Zorn.

Cunon de Hohenstein s'offusque des difficultés du receveur du comté, Gaspard Metzger, présent à cette réunion, qui déplore le mal qu'il a pour obtenir le paiement des impôts et des taxes dus par les paysans, par le petit peuple de Bouxwiller, les marchands et les négociants, alors que le régisseur du domaine comtal, Hermann Boltz, se plaint amèrement qu'il n'est plus guère possible de compter sur les sujets du comte pour effectuer correctement la moindre corvée : trop de gens manquent à l'appel, impossible d'entretenir les routes avec le peu d'hommes requis qui se présentent et qui ne font que traîner les pieds quand ils dédaignent faire acte de présence, alors que la remise en état des routes et chemins est urgente après un hiver pluvieux et neigeux. Pareil pour l'entretien du parc et du potager du château, ne parlons même pas des travaux forestiers, pourtant obligatoires : on note un refus pur et simple des sujets pour s'occuper des parcelles du comte, maintenant que la période des coupes va s'achever sans avoir pu atteindre un objectif décent. Hohenstein est conscient de l'état d'esprit délétère qui règne partout dans les milieux ruraux et populaires et rumine sa colère : incapable de faire la part des choses, il en veut à tout le monde et s'en prend volontiers à ses fonctionnaires. Hohenstein affirme aussi haut et fort que « c'est la faute à ces prédicateurs qui sèment leurs paroles d'hérétiques et leurs graines d'ivraie partout en Allemagne et chez nous en Alsace pour renverser le pape et son Église, les nobles et les princes, afin de fonder une nouvelle société d'hommes fiers, libres et égaux qui veulent décider seuls de leur avenir. Ces rustauds ne manquent pas d'audace pour s'approprier le monde avec l'aide du bas peuple qui s'imagine remplacer l'ordre de notre bonne société pour créer une nation de pouilleux, ma parole, on aura tout entendu ! Faisons le point rapidement, Philippe, notre valeureux comte, veut un rapport détaillé et je veux que les scribes notent tous les témoignages apportés lors de cette réunion. J'ai demandé à Johannes Englisch de se joindre à nous, vous serez ainsi plus nombreux à écrire le mémoire qu'attend impatiemment notre comte qui se ronge les sangs lorsqu'il suit les évènements de la rive droite du Rhin où la société semble se déliter. »

- Mais comment font-ils donc, ces paysans pour former des groupes de combattants; il faut bien qu'ils soient armés, se demande le receveur général ? Et qui s'occupe de leurs champs et de leur bétail ? Je n'imagine pas autant d'hommes sous les armes ayant délaissé leurs familles et leurs biens, dit-il en se tapant le plat de la main sur le front.

- Les paysans ont inventé un système déjà bien rodé, répond un des espions : ils prennent leur place dans les unités de combat par roulement d'une ou deux semaines, avec l'objectif prioritaire de maintenir un effectif dissuasif face à l'ennemi, face à nous, les nobles et les clercs, ce qui sera de plus en plus difficile à obtenir à mesure qu'avancera la belle saison qui demande beaucoup de bras à nos cultures. Pour le moment, les fermes ne souffrent pas encore trop du manque de bras. Leur système de roulement, c'est donc aussi simple que cela, mais cela affaiblit forcément la qualité combattante des troupes par un criant manque d'entraînement et une assiduité un peu trop élastique, me semble-t-il.

- J'ai du mal à imaginer des troupes de paysans armés de faux et de serpettes, ça me fait même sourire, je les vois face à des piquiers et des cavaliers expérimentés, et encore mieux face à nos arquebusiers et à nos artilleurs… ironise le chancelier.

- Ils sont très bien armés au contraire, ne les sous-estimez pas; ils ont des milliers d'arquebusiers formés sur le tas par des hommes de guerre, la plupart d'anciens mercenaires aguerris. Il faut du temps pour faire de bons soldats, il est vrai, mais, pour remporter la victoire, les paysans jouent surtout sur le nombre et sur la bonne connaissance du terrain. Ce qu'ils veulent, ce n'est pas vraiment la guerre, mais faire peur et obtenir gain de cause pour leurs revendications qu'ils jugent justes et conformes aux Saintes Écritures. Et j'ajouterai que ce genre d'insurrection, si elle éclatait aussi en Alsace et en Lorraine, prendrait comme modèle ce type de fonctionnement avec de bonnes capacités de coordination, de ravitaillement et d'armement comme c'est le cas dans une armée moderne de notre siècle. Tout cela est payé par le butin des rapines faites auprès de ceux qui ont imprudemment osé leur résister; l'or et l'argent des monastères, celui des châteaux des nobles récalcitrants, ou alors l'argent des rançons imposées aux villes qui ne veulent pas ouvrir leurs portes aux insurgés.

- En tant que chancelier de Bouxwiller, je me félicite et me réjouis même de vivre dans une campagne encore indemne de ce satané fléau, mais de l'autre côté du Rhin, notre comte craint pour sa forteresse de Lichtenau que les paysans semblent convoiter pour saisir le stock de vivres et les armes disponibles, surtout les canons. Notre garnison n'est pas très fournie et les hommes sont peu motivés pour se battre contre les sujets badois du comte qu'ils connaissent très bien pour la plupart, certains étant membres de leurs familles. Le comte envisage de demander de l'aide à Strasbourg qui a tout intérêt à protéger son allié.

10 Le 22 mars 1525 : les XII Articles

À la chancellerie, après le départ des espions renvoyés à leurs postes d'observation en Alsace, Cunon de Hohenstein se retrouve avec le receveur général Gaspard Metzger et l'émissaire envoyé en Allemagne auquel il a demandé de rester encore un instant pour les éclairer davantage sur les dangers que représente le mouvement paysan.

- Mais que veulent exactement tous ces paysans, sur quoi se basent-ils pour avoir des exigences « à la tire-moi la barbichette » qui nous semblent n'avoir ni queue ni tête, à ce qui se dit ? s'interroge le chancelier plutôt anxieux. Peux-tu nous éclairer, toi, le spécialiste du mouvement en Souabe et bien au-delà ?

- Les différentes bandes de paysans se sont rendu compte qu'il fallait éviter de se disperser par l'étendue des exigences respectives de chaque bande et qu'au contraire, il était urgent de mettre en commun les demandes qui ont un caractère plus général et qui puissent en même temps récapituler les vœux de nombreuses régions sur des bases identiques, ainsi plus faciles à argumenter. Les chefs paysans se sont donc réunis à Memmingen en Bavière et il y a deux jours, le 20 mars exactement, ils ont rédigé leurs XII Articles dits de Memmingen qui résument l'ensemble de leurs revendications.

- Peut-on les connaître dans le détail, demande le chancelier, l'air soucieux, cela permettrait d'y voir plus clair et éventuellement de préparer nos réponses et nos ripostes avec Monsieur le Comte qui n'attend que cela.

- L'article premier dit que « chaque commune devrait avoir le droit d'élire son pasteur et de le renvoyer s'il se comportait mal. Le pasteur devrait prêcher l'Évangile à haute voix et clairement, dans la langue connue de tous, sans autre interprétation de sa part.

- Soit, pour moi c'est une affaire qui concerne le clergé, ce qui ne me pose pas spécialement de problème, murmure le chancelier en se grattant le menton.

- L'article 2 est du même ordre : les pasteurs devraient être payés sur la grande dîme. Tout excédent devrait être utilisé au bénéfice des pauvres du village et pour le paiement de l'impôt de guerre quand c'est nécessaire. La petite dîme, qui concerne le bétail, devrait être rejetée parce que cet impôt a été forgé par les hommes; il est écrit dans la Bible que le Seigneur Dieu a créé le bétail pour l'homme afin qu'il en dispose à volonté, ce qui signifie pour eux que c'est en bénéficier gratuitement.

- Continue donc sur ta lancée, je sens que ça va devenir intéressant.

- L'article 3 concerne le servage. Jusqu'à présent, l'usage a été que certains d'entre les paysans ont été mis en servitude, ce qui va à l'encontre de toute miséricorde, vu que le Christ nous a tous rachetés, les brebis et les bergers aussi bien que le plus haut placé dans la société, sans aucune exception. C'est pourquoi les Saintes Écritures énoncent que nous sommes tous libres, égaux devant Dieu comme nous voulons l'être et que le servage doit être purement et simplement aboli.

- Les gredins, ils motivent toujours tout par les Saintes Écritures, on voit bien que derrière toute cette agitation, les réformateurs tirent les ficelles et en font profiter les renégats en mal d'arguments. Ce n'est pas aux paysans de décider si le servage est juste ou non, ou alors vers quoi allons-nous donc ?

- L'article 4 devrait davantage susciter votre colère, écoutez bien : « N'est-il pas contraire à la fraternité entre les hommes, n'est-il pas contraire à la Parole de Dieu que le pauvre homme n'a pas le droit d'attraper du gibier, de la volaille et du poisson ? Car lorsque le Seigneur Dieu créa l'homme, il lui donna le pouvoir sur tous les animaux sur la terre, l'oiseau dans les airs et les poissons dans l'eau. »

- Qu'est-ce que je vous disais tout à l'heure, martèle le chancelier, ce sont bien les réformateurs qui manipulent les masses, moi je vous le dis ! À la lecture de ces premiers articles, c'est presque évident, pour moi ça saute aux yeux, ou plutôt aux oreilles, grimace-t-il. Et puis ce dernier article remet en cause les droits fondamentaux de la noblesse et des clercs, c'est le monde à l'envers qu'ils exigent, ma parole !

- L'article 5 précise d'ailleurs que les seigneurs se sont approprié les ressources des forêts. « Si le pauvre homme a besoin de bois, il doit l'acheter le double de son prix. Tout le bois qui n'a pas été acheté devrait être restitué à la communauté, afin que chacun puisse subvenir à ses besoins en bois de construction et en bois de chauffage, au lieu de ne servir qu'au seigneur. »

- C'est tout à fait subversif, marmonne Gaspard Metzger, ils osent toucher aux revenus du comte comme si la terre et la forêt leur appartenaient déjà, c'est proprement scandaleux !

- L'article 6 prétend qu'il faudrait revenir à une organisation plus juste des corvées, car celles-ci augmentent de jour en jour ; il faudrait revenir à la manière dont nos parents ont servi le seigneur, et uniquement selon ce que recommande la Parole de Dieu.

- C'est du même acabit, grommelle Gaspard, ça nous écorche les oreilles et le cœur après tout ce que nous faisons pour les sujets du comte, nous autres, fidèles fonctionnaires, qui n'appliquons que les ordres qu'on nous donne.

- Je passe à l'article 7 qui complète le précédent en disant que les seigneurs ne devraient pas augmenter à leur guise les corvées des paysans au-delà du niveau fixé lors de la négociation initiale.

- Cela saute aux yeux que les paysans veulent se comporter comme bon leur semble alors que, depuis toujours, les corvées doivent s'adapter aux circonstances et aux besoins recensés, un point, c'est tout, avance Gaspard Metzger, hors de lui, soutenu en cela par le régisseur !

- L'article 8 annonce que de nombreux métayers n'arrivent pas à payer les loyers des terres. Des personnes honorables et compétentes devraient s'occuper de ces problèmes et rétablir l'équité entre propriétaire et locataire, afin que le fermier ne fasse pas son travail en vain, parce que chaque journalier doit être digne d'un salaire décent.

- Je pense que j'en ai assez entendu. De toute façon, ces articles concernent les paysans d'outre-Rhin et chez nous on est encore loin de telles salades, n'est-il pas vrai ? Fort de ces informations, je me rends chez le comte pour faire le point avec lui. Dieu seul sait dans quel état d'esprit se trouve notre maître qui craint le pire pour ses terres badoises et son château de Lichtenau.

- Monsieur le chancelier, ne voulez-vous pas entendre les quatre derniers articles, ce serait préférable pour la bonne information du comte, ne pensez-vous pas ? l'interpelle Gaspard.

- Occupez-vous donc de rentrer les taxes et les impôts un peu plus scrupuleusement que vous ne le faites en ce moment, ou faut-il que je le fasse moi-même ? On reparlera de tout ça à tête reposée, répond-il avant de quitter la chancellerie pour traverser la cour et s'engager vers le château de Bouxwiller qu'il rejoint par une passerelle posée au-dessus des douves.

- Peux-tu nous lire les articles manquants, mon brave ? dit Gaspard en retenant le bras de l'espion qui pensait qu'il devait s'en aller à son tour.

- Si vous avez un peu de patience, certes, dit-il en reprenant son mémoire . L'article 9 concerne les peines prononcées par les tribunaux et les nouveaux règlements qui sont sans cesse adoptés dans l'application de la loi. On ne punit pas selon la nature de la chose, mais de manière arbitraire, disent-ils.

L'opinion des insurgés est qu'on les punisse à nouveau d'après les vieux châtiments écrits et non de manière arbitraire.

- Bon, pourquoi pas, ce n'est pas ça qui aggravera ou désamorcera le conflit, pense Gaspard à haute voix.

- L'article 10 dénonce le fait que plusieurs se sont approprié des prairies et des champs appartenant à une communauté. Les insurgés veulent les ramener entre leurs mains communes comme c'était le cas jadis.

- C'est que les terres communes appartiennent toujours aux seigneurs qui peuvent en faire ce qui leur sera le plus utile. Le comte fait bien emblaver d'anciennes terres communes qui n'avaient plus aucune rentabilité. Alors que développer la culture des céréales, c'est plutôt d'un bon rapport ! On ne peut pas aller contre la volonté des seigneurs ! Même en se cachant derrière les Saintes Écritures !

- L'article 11 dénonce l'impôt de mainmorte qui devrait être définitivement banni, pour que, plus jamais, les veuves et les orphelins ne soient honteusement volés, ce qui est contraire à Dieu et à l'honneur.

- Encore des revenus dont ils veulent spolier les seigneurs. Mais bientôt, ce sont les nobles et les clercs qui devront leur payer des impôts à ces imposteurs ! C'est impensable ! Lis-moi le dernier article avant que je ne m'effondre pour de bon.

- L'article 12 dit ceci : « Notre décision et opinion finale est la suivante : si un ou plusieurs des articles ci-dessus n'étaient pas conformes à la parole de Dieu, nous voulons le(s) retirer, si cela nous est expliqué sur la base des Écritures saintes. Et si jamais nous devions autoriser un certain nombre d'articles maintenant, et que l'on constaterait par la suite qu'ils étaient erronés, alors ils devraient être rayés et caducs. Nous voulons ainsi nous prémunir par rapport à d'autres revendications, dans le cas où, par les Écritures saintes, elles se révéleraient opposées à Dieu, et si elles constituaient un fardeau pour le prochain.

- Et ce dernier article qui semble tomber sous le sens n'est peut-être qu'un leurre, un signe que cela s'adresse moins à nous qu'aux réformateurs qui veulent détruire l'Église romaine et l'autorité du Saint-Père pour la remplacer par le même désordre, celui qui commence malheureusement à mettre fin à des siècles de vie harmonieuse dans notre société immuable.

Gaspard Metzger se retire en remerciant chaudement l'espion d'Allemagne qui a si minutieusement pris note des évènements qui sont en train de mettre les campagnes allemandes à feu et à sang. Il garde la transcription de ces notes pour relire tout cela à tête reposée. Espérons que, dans notre belle Alsace, le peuple des villes et des campagnes prenne la mesure de ce que signifierait une révolte massive, capable de détruire notre civilisation comme ce fut le cas autrefois, il y a plus de 1.000 ans, quand les hordes des Huns d'Attila avaient ravagé nos plaines et nos montagnes, ne laissant que des cendres fumantes, des corps décharnés et des ossements nauséabonds comme traces de leur barbarie.

11 Le 23 mars 1525 : le comte Philippe III

Le comte Philippe III de Hanau-Lichtenberg est âgé de 43 ans et règne sur le « Hanauerlaendel » depuis déjà 21 ans, un héritage paternel qui représente une charge assez pesante pour lui, sachant que son père Philippe II, mort en 1504, avait pris en main le domaine légué à sa famille par la prestigieuse lignée des comtes de Lichtenberg qui avaient connu parmi eux deux éminents princes-évêques de Strasbourg. Philippe III est déjà veuf, car son épouse Sybille de Bade-Sponheim, issue de la famille du margrave Christophe Ier de Bade, est décédée il y a 7 ans en juillet 1518 à l'âge de 33 ans; ce grand mariage lui avait rapporté une dot confortable de 5.000 florins, une petite fortune à cette époque. Le comte se sent cependant comblé, car son épouse lui a donné 6 enfants, dont une fille qui est malheureusement morte en bas âge; la mortalité infantile de cette époque est un fléau qui touche aussi les familles les plus aisées. Il reste donc au comte quatre filles et seulement un seul fils, le futur Philippe IV, âgé de 11 ans en 1525, seul héritier mâle qu'il entoure des meilleurs soins. Johanna, sa fille aînée, qui a déjà 18 ans, a épousé le sémillant comte Guillaume IV d'Eberstein qui est de quatorze ans son aîné, un homme issu d'une grande famille badoise qui se pose un peu comme un concurrent du margrave de Bade. Les autres filles, Christophora et Amalia, sont novices au monastère de Mariabronn, ce qui n'est pas sans inquiéter leur père qui craint que les paysans s'en prennent à ce prestigieux couvent réservé à la haute noblesse. Quant à la dernière-née, Felicitas, 9 ans, elle est encore auprès de son père et profite de l'éducation donnée par une gouvernante prévenante et aimante au doux nom de Déborah. Le comte n'a pas que des amis et beaucoup s'en méfient un peu, car son caractère est plutôt ombrageux et changeant, après des périodes plus ou moins longues où il semble avoir été frappé de « mélancolie »; c'est ainsi que l'on nommait autrefois la dépression. Il y avait de quoi déstabiliser un homme tel que lui, depuis la sale affaire de Strasbourg !

Pensez donc ! On a accusé Philippe III d'avoir assassiné ou fait assassiner Albrecht de Berwangen, un homme énigmatique avec lequel il avait été en affaires…lesquelles ? Personne n'en sait trop rien ! Des affaires louches, probablement ! Une chose est sûre : le comte l'avait bien embauché à son service, puis leurs relations se sont brusquement tendues, sous prétexte que le sieur de Berwangen ne se sentait pas rémunéré à la juste valeur des services rendus. Ce dernier a fini par démissionner en claquant la porte si fort que tout le monde a pu l'entendre et il s'en est pris publiquement au comte dont il mettait en doute à la fois l'honnêteté et le sens de l'honneur. Un beau matin de 1513, on a fini par découvrir son corps sans vie près de Strasbourg : on a conclu à un sordide assassinat et tous les soupçons convergeaient vers notre comte qui, fort heureusement, n'a pas pu être confondu pour ce crime, faute de preuve formelle. Néanmoins, sa crédibilité et son honneur sont désormais entachés par cette triste affaire non résolue, certains le prenant pour le vrai commanditaire du crime, d'autres le soupçonnant d'avoir traité des affaires peu recommandables avec le sieur de Berwangen, victime de sa propre cupidité.

Ainsi plus ou moins discrédité, puis marqué par le décès de son épouse Sybille, le comte s'est retiré sur ses terres, étant considéré comme un voisin un peu gênant, voire encombrant, par l'administration impériale de Haguenau et par celle de l'évêché de Strasbourg. Philippe III reste très attaché à l'Église catholique et refuse toute tentative des réformateurs pour l'entraîner vers le protestantisme qu'il considère volontiers comme une hérésie, sans chercher vraiment à creuser la question qui semble le dépasser; pour lui, cela reste une hérésie, puisque le pape l'a décrété ainsi et que Charles Quint, empereur depuis cinq ans maintenant, a mis Martin Luther au ban de l'Empire pour avoir osé lui tenir tête en public à Worms. Pourtant dans la capitale du comté, Bouxwiller, il y a bien quelques personnes qui sont assez favorables à la Réforme, il le sait bien, ces gens ne s'en cachent même pas, surtout ceux issus des milieux bourgeois des maîtres, des commerçants et des négociants; il les fait surveiller discrètement, mais de près, par ses sergents, sans leur demander d'intervenir pour le moment, tant qu'ils ne provoquent pas de troubles dans les paroisses.

Averti des nouvelles fraîches sur le sujet brûlant de l'insurrection des paysans en pays de Bade, en Souabe et en Wurtemberg, Philippe III ne cache pas ses craintes pour ses terres situées de l'autre côté du Rhin et principalement pour sa belle forteresse de Lichtenau, près de Rastatt. Une bonne partie de son État se trouve en Alsace où tout semble encore bien calme, un peu trop calme selon lui par rapport à ce qui se trame en cachette, bien hors de vue de ses fonctionnaires. Ces prédicateurs qui sèment leur venin partout où ils passent, il y en a de plus en plus qui portent la parole des insurgés dans ses villages. Son château installé au beau milieu de Bouxwiller ne pourrait pas, s'il le fallait, soutenir un véritable siège, et même si les bourgeois arrivaient à résister à ses côtés sur les remparts de la ville, Bouxwiller ne pourrait pas résister bien longtemps non plus, la milice urbaine n'étant pas vraiment fiable. Malheureusement, son château a été aménagé à la mode de la Renaissance, avec ses grandes fenêtres à meneaux et ses larges accès comme on le fait depuis ce siècle pour les résidences princières. Même s'il subsiste encore des tours et des douves, ce n'est plus vraiment une forteresse défendable. Pire encore, si on devait faire face à des canonnades, ce serait une catastrophe pour sa belle résidence qui serait réduite en tas de gravats! Les murs, même épais, seraient pulvérisés par les boulets de pierre ou de fonte. En dehors du personnel de maison et des gardes affectés à sa sécurité, le comte ne dispose que de quelques bons soldats, des sergents de sa police, mais il n'a pas le moindre servant pour utiliser ses propres canons et ses couleuvrines qui n'ont plus été utilisés depuis longtemps. Ce ne serait pas le moment de remettre en place mon artillerie et de procéder à des exercices de tir, ce serait considéré comme de la provocation par le petit peuple et par les paysans des alentours, il ne faut surtout pas jeter de l'huile sur le feu. Il faudrait que le comte ait les moyens d'enrôler au minimum une centaine de mercenaires, des arquebusiers et des lansquenets, mais entretenir une telle garnison coûterait une petite fortune si le conflit devait s'éterniser; le comte ne souhaite pas investir dans une garnison renforcée, de toute façon trop peu fiable, vu l'expérience qu'il en a.

Alors que faire ? Attendre et observer la suite des évènements, éventuellement s'adresser à la ville de Strasbourg pour assurer la protection du château de Lichtenau en Bade qui serait le premier menacé. Demander l'aide au plus puissant prince des environs, le duc de Lorraine, seul capable de constituer une armée pour empêcher une révolution du bas peuple, est une autre alternative envisageable, mais il renâcle, car l'évêque de Metz est en conflit avec lui pour faire revenir certains de ses fiefs dans le giron de la Lorraine. C'est donc un jeu plutôt dangereux qui comporte des risques, par rapport à son indépendance : il ne veut pas devoir regretter un jour d'avoir ouvert grand les portes de ses possessions à un prince auquel il serait redevable et qui aurait des exigences allant à l'encontre de sa propre politique. Le travail des émissaires, qu'il a eu la bonne idée d'envoyer dans tous les endroits stratégiques, le conforte dans sa position : attendre que la situation se clarifie et prendre des mesures pour lutter contre les agents provocateurs qui viennent déstabiliser son bon peuple, jusqu'ici tranquille et toujours soumis. Il n'a de toute façon pas les moyens d'en faire davantage et doit penser à une solution adaptée, en cas d'aggravation de l'insurrection, pour mettre en sécurité l'or et l'argent de son trésor personnel et les biens précieux dont il a hérité, afin de préserver le comté d'un pillage en règle, ce qui signifierait sa propre ruine et la perte des biens de sa famille.

12 Le 24 mars 2025 L'IA en question

Tout le monde sait en cette année 2025 ce qu'est l'Intelligence artificielle, l'IA, un processus d'imitation de l'intelligence humaine qui repose sur la création et l'application d'algorithmes exécutés dans un environnement informatique particulier, appelé « environnement dynamique ». Son but est de permettre à des ordinateurs de penser et d'agir comme s'ils étaient des êtres humains. C'est aussi simple que cela ! Du moins, ça en a l'air ! Et pourtant que de complications pour sa mise en application concrète, tout le monde peut s'en douter…jusqu'où peut-on aller sans risques irréversibles pour le genre humain lui-même ? L'homme ne pourrait-il pas passer insidieusement sous le contrôle total de l'IA, si l'on n'y prenait pas garde, avec des dérives plus que probables à la clef, même accidentellement ? L'IA vient de permettre des progrès fantastiques dans certains domaines, dans le milieu médical par exemple, qu'il s'agisse de diagnostics, de traitements compliqués et même de chirurgie de pointe; également dans le domaine des entreprises qui, grâce à l'IA, peuvent optimiser leur chance d'atteindre leur seuil de rentabilité et leur pérennité à la lumière des algorithmes programmés à cet effet, avec en corollaire, un management optimisé et des politiques gérées au plus près des réalités économiques. La société savernoise, Maison alsacienne de l'Intelligence artificielle, MAIA, en plein essor, travaille dans cette perspective, en mettant au point des applications encore jugées un peu aléatoires. Mais elle bénéficie heureusement d'un soutien du mécénat privé, bien qu'un peu particulier, qui a investi des sommes importantes; cependant derrière ces financements se cachent des intentions inavouées, assez peu recommandables, bien camouflées aux yeux des chercheurs qui s'acharnent innocemment à trouver des solutions nouvelles; cela permet au mécène en principe désintéressé d'œuvrer vers des objectifs précis bien dissimulés au regard de l'entreprise insidieusement prise en otage et surtout bien cachés du regard des services de l'État.

Car en réalité, Stéphane Krebs n'est un mécène qu'en apparence, il compte bien sur un énorme et rapide retour sur investissement en utilisant les possibilités de l'IA pour ses propres affaires qui sont plutôt du genre à défrayer les chroniques et à hérisser le poil de tous ceux qui tentent de lutter contre la fraude et le grand banditisme. Pour le moment, Stéphane est plutôt inquiet du retard pris par les chercheurs qui testent l'IA sous les ordres de leur directeur Arthur Dubreuil, un scientifique passionné par son domaine de prédilection, loin de se douter qu'on le manipule depuis le début. Son avancée technique la plus marquante concerne un domaine exceptionnel, le retour dans le passé : pour le moment, le projet est ambitieux, mais l'expérimentation en est encore peu convaincante. L'utilisation des données les plus précises possibles permet à l'IA de se plonger dans le domaine de l'Histoire, sans toutefois avoir le moindre pouvoir de modifier celle-ci qui reste ancrée dans son époque et reste ainsi indéverrouillable, sans possibilité de retour en arrière. Par contre, cet aspect de la recherche est très intéressant pour une meilleure compréhension du passé avec la capacité de rétablir la ou les vérités du contexte, et des évènements qui ont abouti à notre « présent ». L'application qui en découle peut-elle aboutir à un programme rentable, c'est-à-dire commercialisable et vendable au bénéfice du grand public ? Rien n'est encore moins sûr en ce printemps 2025 !

C'est sans compter sur Stéphane Krebs, le plus rusé des filous, qui pose de nombreuses questions à Arthur sur le développement des techniques qu'il élabore depuis des mois. Dubreuil y voit essentiellement un intérêt pour des chercheurs et des historiens, voire des philosophes et même des romanciers en quête d'originalité ou de documentation pointue, pourquoi pas, mais ceci représente une « niche » de clientèle extrêmement limitée, sans autre portée, sauf pour Stéphane qui repense au projet de Léonce Krebs, son père, qui pourrait fournir un terrain d'expérimentation in situ intéressant et peut-être arriver à de nouvelles lucratives ! Stéphane oriente ses questions pour en savoir davantage sur les travaux d'Arthur Dubreuil afin de juger une opportunité d'entrer dans le jeu sournois qu'il a déjà imaginé . Est-ce que l'IA peut faire voyager dans le temps ? Autrement que virtuellement ? L'IA peut-elle dénicher des données anciennes et les modifier éventuellement ? Pourrait-on retrouver des documents anciens, des livres et des œuvres d'art perdues, ou même un trésor caché depuis des siècles, avec l'aide de l'IA ? Et cerise sur le gâteau, pourrait-on dialoguer avec les acteurs de notre Histoire pour avoir leur point de vue sur les évènements, connaître leurs secrets et profiter d'informations nouvelles qui pourraient guider les recherches dans un sens inédit ?

Selon Arthur, tout cela est réellement dans ses possibilités, mais a priori, il faut d'abord pointer des objectifs clairs, circonscrire les modalités du cheminement et trouver un moyen concret d'entrer dans le passé, ce qui est seulement possible si un ensemble cohérent de données a pu être collecté en amont pour permettre à l'IA de reconstituer l'évènement et de s'y mouvoir d'une manière ou d'une autre, de retrouver les personnes clefs de l'évènement et éventuellement de communiquer avec eux à l'époque de leur vivant, pour avoir les informations manquantes de leur part, et bien cerner toutes les problématiques présentes dans leur esprit au moment des faits. « Oui, je pense que c'est possible, c'est absolument réalisable, à condition d'expérimenter ce domaine en partant d'un évènement connu très précis avec un objectif bien spécifié, pour voir ce que cela pourrait apporter si l'IA arrivait à tout décrypter et à nous révéler quelques secrets bien gardés ou perdus dans les oubliettes de l'Histoire, ajoute Arthur en caressant de manière obsessionnelle son crâne déjà menacé d'une calvitie précoce. Stéphane Krebs sent que c'est le bon moment de prendre rendez-vous avec lui à Saverne, dès le lendemain, le temps de prendre un avion depuis l'aéroport de Nice-Côte d'Azur et d'atterrir à Strasbourg-Entzheim, après une courte escale à Lyon-Saint-Exupéry.

Stéphane Krebs rappelle son père pour lui rapporter les propos encourageant de Dubreuil et pour lui confirmer sa présence le lendemain 25 mars à Saverne. Il veut à tout prix que Léonce soit présent à l'entretien avec l'équipe de MAIA pour qu'il puisse donner des pistes concrètes aux chercheurs afin que ceux-ci ne travaillent plus trop à l'aveuglette, mais suivent des pistes concrètes qui puissent servir à d'éventuels projets Krebs. Même si Léonce trouve ce rendez-vous un peu prématuré, il est obligé de céder devant l'insistance de son fils qui veut connaître le fin fond du projet paternel afin d'en éprouver la viabilité et de l'adapter aux conditions requises pour coller aux expérimentations de l'IA. Après ses entretiens téléphoniques, Stéphane Krebs prend une bonne gorgée de cocktail arrangé au rhum des îles avant de sauter dans sa luxueuse piscine dominée par un dauphin en marbre représenté sautant au-dessus des flots et crachant un filet d'eau toutes les trois secondes sur les baigneurs en contrebas. Lui, il trouve son dauphin élégant, son père le juge ridiculement kitsch, mais qu'importe. Stéphane est satisfait de mettre à l'épreuve la société MAIA en même temps que son père qu'il a tendance à considérer comme un homme incapable d'évoluer avec les méthodes modernes bien mieux adaptées à leur temps. Que Léonce ait lui-même pensé à l'IA, il trouve ça étonnant ! Le paternel n'est peut-être pas encore entièrement « à la masse ». Laissons-le donc se débrouiller avec les informaticiens, on verra bien si la sauce peut prendre ou non. Et je déciderai tout seul de la direction à prendre, parce que bosser avec son père ne l'enchantant guère, il vaut mieux que l'affaire puisse rapporter gros.

13 Le 25 mars 2025 Séjour de Max

En cette soirée de printemps un peu trop frileux à son goût, Paul-Henri Weissenberg est parti à la nuit tombante avec sa Renault hybride pour parcourir sans polluer la route menant de Moetzenbruck à la gare de Wingen au fond de la vallée de la Moder, sur la ligne de chemin de fer de Strasbourg à Sarreguemines. Il y va pour accueillir son petit-fils Maxime, que tout le monde appelle Max, qui termine ses brillantes études d'informaticien à Strasbourg. Le train TER flambant neuf, décoré aux couleurs de l'Alsace, une motrice diesel de nouvelle génération qui arrive sur le premier quai, laisse le temps aux nombreux jeunes de sortir des wagons modernes stylisés et très confortables se déplaçant sur les rails qu'empruntait jadis la vieille Micheline poussive peinte en rouge et blanc. Max apparaît, rayonnant de son inséparable sourire qui éclaire son visage comme un phare la haute mer en pleine nuit; il se dirige les mains dans les poches, droit vers son grand-père, impatient de le serrer dans ses bras. Max lui raconte les derniers évènements strasbourgeois amusants, parfois comiques, voire burlesques, qui l'ont amusé la semaine passée, tout en marchant vers le parking, toujours les mains dans les poches: Paul-Henri n'a d'yeux que pour lui, se rappelant le retour d'Ukraine en 2022 de ce jeune héros pour qui les médias de l'Europe occidentale ne tarissaient pas d'éloges. C'était il y a trois ans déjà ! Malgré le temps qui passe si vite et la fin du conflit en 2024, il est resté le symbole de l'aide occidentale à ce pays qui a subi les assauts des armées russes du temps de Vladimir Poutine dont le régime vient d'être renversé, il y a quelques mois.

Pour Max, c'est déjà de l'histoire ancienne; il a tant de projets en tête, tournés vers un avenir qui doit lui sourire, il en est sûr, autant que lui le fait volontiers si bien. En voiture, les deux hommes remontent par une route assez encaissée finissant en lacets jusque sur le plateau lorrain où se trouvent Moetzenbruck et la maison des Weissenberg à 420 mètres d'altitude. C'est d'ailleurs Max qui a pris le volant pour montrer à son grand-père l'aisance qu'il a acquise dans son style de conduite depuis l'obtention, en novembre dernier, de son permis de conduire; il est fier de pouvoir rouler « en polluant le moins possible, c'est important pour notre génération » comme il le dit souvent. Babeth, la grand-mère qui les attend bien au chaud, avec autant d'impatience que son époux tout à l'heure à la gare, embrasse chaleureusement Max en lui tapotant les joues pour vérifier s'il a vraiment aussi bonne mine que cela en a l'air. « Comme un crayon, lui dit-il, oui, oui, j'ai bonne mine comme un crayon de couleur, Mamy ! » La grand-mère lui demande qu'elle est sa couleur préférée et il répond comme d'habitude, sûr de lui, « bleu potiron, Mamy, » et tout le monde de s'esclaffer !

Tout ce petit monde se retrouve autour de la table tout près de la cuisinière à bois qui fonctionne encore à plein rendement pour le début timide d'un printemps qui se fait prier. Babeth a préparé un potage de légumes passés « à l'ancienne », c'est-à-dire écrasés à la moulinette, soupe adoucie avec un peu de crème et de fromage fondu. Ensuite, Max se régale en mangeant ses « Eierkuechle », une spécialité alsacienne dont il raffole, à base de pâte à crêpes et de rondelles de pommes coupées assez fines. Mais personne ne songe à parler gastronomie et traditions, on se contente de se lécher les babines et les doigts pleins de sucre, chacun partageant ses sujets de prédilection, un chaleureux moment de plaisir au cœur de la maison encore chauffée au bois, comme on le faisait autrefois. Max s'était porté volontaire pour aider le couple âgé à rentrer leur stock de bois pour l'hiver prochain, quelques stères suffisant à chauffer, pour la durée d'un hiver complet, la petite maison savamment isolée contre les intempéries. Paul-Henri aborde le sujet de sa bibliothèque en pleine révision et Max accepte de lui venir en aide pour le lendemain matin. Le programme de l'après-midi suivant prévoit la livraison d'un stock de ses anciens livres bien classés et emballés à la bibliothèque de Moetzenbruck où Katherine Bucher, la directrice bénévole, a déjà fait de la place pour une bonne centaine de nouveaux volumes, lui a-t-elle promis.

Après une bonne nuit de sommeil, loin des bruits de la capitale alsacienne, Max, ayant la mauvaise habitude de se munir toute la nuit de ses bouchons d'oreille, se réveille, plus tard qu'à l'accoutumée quand il est chez ses grands-parents, dit-il, reposé et prêt à en découdre…avec les livres de Papy. Paul-Henri en parle déjà au petit-déjeuner où jambons, œufs brouillés et fromages se disputent la vedette avec les pains faits maison et les confitures du même acabit. Tout cela sent l'authenticité et les (bonnes) habitudes d'autant plus que Max les a toujours connues, lors de ses séjours en Alsace durant son enfance, loin du stress de la région parisienne où il a grandi. Une fois les bols rangés dans le lave-vaisselle, les deux hommes se mettent au travail, bien décidés à mener leur tâche jusqu'au bout avec entrain. Paul-Henri raconte à Max toute la difficulté qu'il a de se séparer de livres qui ont trop compté pour lui, ce à quoi Max répond « Mais ce n'est pas grave, Papy, les bouquins, ce n'est que du papier et un peu d'encre, de nos jours, tous les livres sont numérisés, même la douzaine de volumes que tu as écrits et édités le sont déjà, ou je me trompe ? Alors quoi, les temps changent, les techniques encore plus vite et bientôt l'Intelligence artificielle lira les livres à ta place et probablement arrivera aussi à les écrire, oui, bien sûr, à ta place aussi, simplement en suivant le cours de tes pensées, ce n'est pas formidable ça, Papy ? » L'Intelligence artificielle ne semble pas évoquer grand-chose dans l'esprit du grand-père, à peine remis du choc de l'Internet qui lui a demandé un long temps d'adaptation; c'est pourquoi il ne réagit guère aux propos de son petit-fils, si ce n'est par un léger haussement d'épaules à peine perceptible, signifiant un désintérêt total pour cette question pourtant en tête des préoccupations de tous les jeunes informaticiens de talent.

Devant les rangées de livres, Paul-Henri demande à Max qui a l'œil vif, lui que tout le monde surnomme « œil de lynx », d'essayer de trouver un livre à la couverture rouge sang écrit en allemand en grosses lettres gothiques, parce qu'il y a mis un signet qu'il doit absolument retrouver à cause du 5e centenaire de la Guerre des Paysans qui a lieu en cette belle année 2025. « Des livres rouges, il n'y en a pas tant que cela, il y a le petit livre rouge de Mao qui a eu sa période de gloire, mais ce n'est pas écrit en lettres gothiques, il me semble. Tiens, Papy, il est là sur l'étagère du haut, ce fameux bouquin ! Je te le descends, c'est bien celui-là ?» Au sourire qui s'étire d'une oreille à l'autre du grand-père, Max comprend qu'il a vu juste, c'est bien ce que son Papy cherchait depuis quelques jours. « Bravo, Max, tu mérites bien ton surnom ! C'est ce truc ce que je cherchais, je suis heureux de l'avoir enfin entre mes mains ! Voyons ce que ses pages cachent de si précieux ! » Il en retire une carte qui a l'air très ancienne et la déplie consciencieusement et délicatement pour ne pas l'abîmer davantage. Ce document aurait été rédigé et dessiné en 1525, il y a tout juste 5 siècles. Max se demande si le papier existait déjà à cette époque-là, si on n'écrivait pas seulement sur des papyrus ou sur des parchemins, il y a si longtemps, ce à quoi Paul-Henri rétorque que les techniques de l'imprimerie modernes ont été inventées vers 1450 et qu'en 1500 déjà l'art d'imprimer avait conquis toutes les grandes villes de l'Europe occidentale.

14 Le 26 mars 2025 La carte d'un trésor ?

Paul-Henri Weissenberg déplie la carte sans faire de mouvement brusque, de peur de l'abîmer davantage; elle est tracée sur un papier heureusement assez épais pour résister aux assauts du temps qui passe, même s'il a été mis en sûreté entre les pages d'un livre édité en 1940 ou 1941. Il met ses lunettes « à la Gepetto » sur le bout de son nez « à la Pinocchio » (avant mensonge, faut-il le préciser) et découvre un texte bien lisible en dehors de quelques mots qui se présentent avec des lettres quasiment effacées, mais dont l'historien averti arrive tout de même à en déchiffrer le sens en quelques minutes. En voici le texte original écrit en langue allemande, datant du XVIe siècle :

« Im Ort wo die Oxsen im hohlen Fels' herum
In der Krippe sind verborgen
Liegt der Schatz, Gold und Silber des Graftums
und der Stadt Buchsweiler, keine Sorgen
Wenn die Zeiten endlich in Frieden wieder sein
Musst der Schatz schnell zurückgegeben
Dann kann der Graf zufrieden sein
Und Du bekommst dein Lohn, das ewige Leben. »

Ce qui donne en langue française à peu près cette traduction :
« Dans le lieu où les bœufs dans des rochers creux alentour
Dans l'étable sont cachés
Se trouve le Trésor, or et argent du comté
et de la ville de Bouxwiller, pas de soucis
Lorsque les temps auront enfin retrouvé la paix
Le Trésor devra vite être rendu

Alors le comte (de Lichtenberg) sera satisfait
Et tu recevras ta récompense, la vie éternelle. »

« Amen » répond Max sous le regard un peu courroucé de l'aïeul. Deux quatrains qui ne signifient pas grand-chose au premier regard, même s'il précise clairement qu'il s'agit bien de l'or et de l'argent du comté et de la ville de Bouxwiller qui a été caché dans une espèce de crèche. Il s'agit d'un trésor camouflé en mai 1525, selon la date qui figure sur la carte. On parle de bœufs que l'on cache dans le creux des rochers et on trouve des initiales notées le long d'un cours d'eau, deux « W », peut-être des lieux-dits ou des villages ayant la même initiale. Comme le comté de Hanau-Lichtenberg était un immense territoire en 1525, il y a beaucoup de villages qui commencent par la lettre W, autant chercher une aiguille dans une botte de foin. La rivière ou le torrent dessiné n'est pas nommé, et au bas de la carte on lit « Matra », ce qui signifierait « Mère », peut-être une chapelle ou un oratoire dédié à la Sainte Vierge. En pleine forêt, la carte distingue un lieu nommé « Oxen St. ». « Oxen » est une transcription du mot Ochsen, les bœufs, certainement ceux que l'on retrouve dans le texte, le « St. » pouvant dire « Stadt », une ville qui s'appellerait Oxenstadt, jamais entendu parler d'un lieu pareil. Ou « St. » pourrait indiquer une chapelle, elle s'appellerait « Saint-Bœufs », ce qui n'est pas vraiment une option sérieuse. Max pense que « St. » sur les cartes d'état-major indique toujours une station, une gare, un arrêt sur une ligne de chemin de fer…mais au XVIe siècle on ne connaissait pas les machines à vapeur et Denis Papin était loin d'avoir inventé la cocotte-minute et la chaudière. Paul-Henri pense qu'il faudra en référer à des collègues spécialisés dans la toponymie bien spécifique de notre région et que cela ne vaut pas la peine de se creuser la cervelle pour tourner en rond comme des âmes en peine.

Max prend l'initiative de redessiner la carte dans son état actuel sur du papier moderne résistant de 120 g, avant de mettre l'original en sécurité pour mieux la préserver, ce qui est un très bon réflexe, pense son grand-père, sûr de pouvoir compter sur ce rejeton si bien intentionné de la famille. Paul-Henri lui laisse d'ailleurs le soin de cacher le document dans un endroit pas trop humide ni trop chauffé, qui ne doit surtout pas attirer le regard de curieux, ni celui de Babeth qui serait capable de « classer verticalement » le document dans la poubelle de tri au même titre que les vieux journaux et les emballages de la supérette. Ceci dit, Paul-Henri préfère ne pas savoir exactement où il va cacher la carte, pour ne pas être tenté de se laisser captiver par sa fibre d'historien obsédé par cette nouvelle piste de recherche, parce qu'il s'agit d'abord pour lui d'achever la « restauration de sa bibliothèque », comme il nomme cette opération, pour ne pas montrer, en le nommant directement, le sens réel des travaux qui visent surtout une réduction drastique du nombre de livres et d'étagères qui ont envahi toute la maison. Max sait très bien où mettre la carte à l'abri et en moins d'une minute règle le problème à la grande satisfaction du professeur qui considère son petit-fils comme s'il était un de ses élèves talentueux, serviables et attentifs, spécimens qu'on ne trouve plus que rarement de nos jours dans les classes, y compris à l'université.

Paul-Henri remet le livre rouge sang sur l'étagère du haut où il trônait depuis quelques années, satisfait de lui et se sentant plein d'énergie, comme lorsque l'on vient de régler une question importante devenue trop préoccupante, quand on est soulagé de l'avoir enfin résolue. Max dit à son grand-père qu'il y a des méthodes plus modernes pour gérer une bibliothèque et pour retrouver un livre sans erreur possible là où il est rangé : ça s'appelle l'informatique. Il se propose de rédiger un programme pour en faire une application adaptée à la bibliothèque Weissenberg, permettant à qui voudra, de s'y retrouver sans avoir besoin de recherches faites à tâtons comme dans le fond d'une cave mal éclairée. Ce à quoi, Paul-Henri répond que son logiciel devra également gérer la couche de crasse qui s'étale régulièrement sur le haut de ses bouquins, même les plus nobles et les plus beaux, un amalgame irrespectueux fait de poussière de maison, de cendres légères et de pollen printanier, capable d'énerver Babeth encore plus que lui, car la grand-mère n'arrive pas à atteindre les plus hautes étagères à cause de sa petite taille et de son plumeau de plus en plus fatigué. Paul-Henri dit à Max que son logiciel, s'il doit fonctionner, demanderait bien trop d'investissement en temps et en énergie pour saisir l'ensemble de tous les volumes avec leur titre, auteur, année de parution, étagère numérotée et rangée concernée… « Tu vois un peu le bazar que ce serait ? »

De plus, précise-t-il, l'Internet chez nous est très aléatoire, il n'a pas encore la fibre, en dehors de celle de l'historien qu'il est, et que le débit est souvent trop lent pour être efficace. Max lui rétorque qu'on n'a pas besoin d'Internet pour saisir les données de sa bibliothèque, qu'il ne cherche pas d'excuse bidon comme d'habitude, et qu'il va voir lui-même s'il ne peut pas accélérer le débit en question, c'est une opération qui durera quelques secondes. De retour du modem, Max annonce que tout le système est malheureusement en panne, rien à voir avec le modem lui-même qu'il a redémarré après avoir fait un « reset », c'est plutôt le réseau qui « déconne » entièrement, plus de téléphone, de wifi, d'ADSL, donc plus de télé non plus. Il vaut mieux appeler l'opérateur « Citron » pour régler le bug qui doit gêner tout le voisinage, au moins tous ceux qui savent se servir correctement d'Internet. Déjà, Babeth fulmine depuis le salon, se plaignant du fait que « La télé ne marche plus ! Qu'est-ce que vous avez encore fabriqué là-haut ? Max , viens par ici et vérifie le modem tout de suite, s'il te plaît. »

15 Le 29 mars 1525 Grand Baillage impérial

Jean-Jacques de Morimont, le Grand Bailli impérial, réside dans la ville de Haguenau dans le magnifique palais autrefois réservé à l'empereur d'Allemagne; aujourd'hui, cette résidence prestigieuse est loin du standard dû à un monarque de la lignée des Habsbourg d'Autriche qui règne sur la moitié de l'Europe et sur une bonne partie du Nouveau Monde découvert depuis environ trois décennies. Le seigneur de Morimont est entouré de son Conseil qui représente les 10 villes impériales de la Décapole et à titre exceptionnel des baillis des terres autrichiennes d'Alsace et de Brisgau. Ensemble, ils prennent connaissance des rapports envoyés par leurs espions restés en Allemagne pour surveiller le mouvement paysan et mettre en commun les dernières informations et leurs conséquences directes. Les présents dans la salle du Conseil sont sur le qui-vive, craignant à chaque mauvaise nouvelle parvenue d'outre-Rhin que la situation ne dégénère aussi en Alsace; même le seigneur de Morimont dont le château de Moersberg se trouve loin dans le sud de l'Alsace, sent monter l'inquiétude dans ses veines bleues boursouflées et dans ses artères embouchées de toutes les ripailles qu'il a pris l'habitude d'organiser avec ses pairs et ses officiers.

Le Grand Bailli clôture la séance du Conseil qui prend acte que l'Alsace est pour le moment une région calme, malgré une agitation sournoise croissante, pas encore directement impliquée dans l'insurrection qui devient une menace non négligeable; il décrète qu'il faut renforcer les contrôles de police, en comptant sur les sergents les plus décidés, pour faire une chasse conséquente aux fauteurs de troubles, quels qu'ils soient, qu'il faut récompenser les plus hardis des agents en fonction du nombre d'arrestations de cette espèce de vermine qui instille son poison dans l'esprit de gens trop crédules. Enfin, il réclame une aide financière exceptionnelle des villes impériales, payable en argent ou en contingents de soldats mis à disposition du Grand Bailli, qu'il puisse intervenir le plus rapidement possible là où ce sera nécessaire, que ce soit au nord ou au sud de l'Alsace, dès les moindres signes de soulèvement et d'adhésion au mouvement paysan qui, malencontreusement, s'impose de l'autre côté du Rhin.

Les représentants des villes n'ont pas l'air vraiment d'accord entre eux et rétorquent qu'ils n'ont pas eux-mêmes le pouvoir de décision et qu'ils sont obligés de consulter les conseils des municipalités afin qu'ils décident d'adhérer ou non à la politique coûteuse en hommes et en argent, décidée par le Grand Bailli. Jean-Jacques de Morimont sent alors la moutarde lui monter au nez, devient rouge comme un coquelicot frappé d'œdème, avant d'exploser dans une colère noire qui le fait presque suffoquer. « Nous n'avons plus de temps à perdre, Seigneur Dieu, si nous ne sommes pas prêts dans moins d'une semaine, je ne donne pas cher de notre peau, si toute la région s'enflammait et prenait les armes contre les autorités constituées, y compris celles de vos villes impériales qui rechignent toujours à la moindre dépense, même si elle est totalement justifiée. Si nous n'avons pas de troupes à pied d'œuvre, il n'y aura guère de salut pour la noblesse, le clergé et les monastères, et même les villes comme les vôtres trembleront de peur. Vous verrez vos conseillers urbains pleurer toutes les larmes de leur corps quand les paysans auront investi vos remparts et pillé vos maisons de riches patriciens, violé vos femmes et vos filles bien en chair, emporté toutes vos richesses et toutes vos armes avec l'aide du petit peuple que vous opprimez sans vergogne tous les jours de la sainte semaine ! Ils vous cracherons à la figure, se vautreront dans vos lits douillets, boiront vos meilleurs vins et pisseront dans vos garde-robes pour se soulager de tout le mal que vous leur avez fait, éructe le représentant de l'empereur qui se met à tousser et à s'étrangler, ayant même du mal à retrouver un filet d'air dans sa gorge brûlant de rage. » Il rajoute qu'il prendra des sanctions exemplaires sans aucun regret contre les villes qui ne participeront pas à l'effort commun, à l'exemple de celles qui font partie du bailliage autrichien de Haute-Alsace et de Brisgau, et pire encore contre les cités qui oseront ouvrir leurs portes aux paysans et faire cause commune avec les révoltés.

Le secrétaire du sieur de Morimont tente de calmer son maître qui boit avec difficulté quelques gorgées d'eau claire pour apaiser son courroux. « Ces villes, ajoute le Grand Bailli, ne pensent qu'à elles, elles ont obtenu quasiment tout ce qu'elles désiraient pour développer leur commerce rémunérateur, leur artisanat et leur industrie prospères, des chartes en veux-tu, en voilà, des privilèges spéciaux, des droits de marché et de foire qui leur apportent la richesse et l'abondance, et voilà comment elles remercient ceux qui leur ont accordé pendant des siècles toutes ces libertés sans la moindre contrepartie, ou à peine, y compris aujourd'hui le droit de ne pas obtempérer aux ordres de l'empereur que je représente ici à Haguenau en chair et en os, dans une situation de crise incomparable qui risque de faire s'effondrer notre bonne vieille société. Ces villes, je dois l'avouer, ne sont pas pires que celles qui appartiennent aux nobles, encore plus près de leurs florins que le patriciat urbain, et ne parlons même pas de Strasbourg sur laquelle je n'ai plus aucune autorité depuis que la ville se prend pour une « république indépendante » qui demande à tous ceux qui y habitent de prêter serment à la constitution et au magistrat qui la dirige. Tous les membres de la haute noblesse qui siègent au Grand Chapitre de la cathédrale ne sont-ils pas partis en exil, et tout le monde trouve-t-il ça normal ? Comme le fait que l'évêque de Strasbourg n'a plus le droit de mettre les pieds dans sa ville, lui qui porte encore le titre de comte de Strasbourg. C'est un scandale d'autant plus grave que ces mêmes échevins strasbourgeois ont favorisé dès le départ le développement des idées de la Réforme introduite par les luthériens, des idées si bien propagées par les prédicateurs dans nos campagnes, jusqu'ici si dociles, pour en arriver à envisager une véritable guerre civile sur nos bonnes terres d'Alsace. »

« Une honte que je ne supporterai pas ! » : Jean-Jacques de Morimont termine là son intervention, en éructant qu'il va passer aux choses sérieuses, parce qu'il le faut absolument. En effet, comme sur un coup de tête, il se rend tout droit dans les cuisines où il adore en général manger en compagnie du personnel qui lui est totalement acquis et qui le soigne du mieux possible avec force entrées délicates, plats plantureux et desserts savoureux. Il montre en général beaucoup d'attention aux cuisiniers, commis et servantes, qui lui permettent de jouir ainsi de quelques bons côtés de la vie, en dehors des tâches pesantes d'administrateur impérial, dont les travers ne lui causent que soucis, aigreurs d'estomac et amertume biliaire. Il remercie chaudement le petit personnel en leur laissant, magnanime, quelques belles pièces sonnantes et trébuchantes, une récompense qu'il trouve bien méritée pour le dévouement culinaire dont il fait preuve les bons et les mauvais jours, seule manière sérieuse qu'il a trouvée pour se ragaillardir physiquement et moralement.

16 Le 11 avril 1525 Le Conseil des XIII

Strasbourg est une petite république autonome, qui ne reconnaît qu'une seule autorité, celle de l'empereur, et encore… pas toujours, l'Histoire de la cité relatant de nombreux manquements des instances municipales envers leur souverain. Le Conseil des XIII qui est spécialement chargé des affaires diplomatiques et militaires prend note de l'évolution de la crise sociale qui menace très sérieusement les fondements de la société, quand on prend connaissance des exigences résumées dans les 12 articles de Memmingen. La ville ne peut attendre une aide de nulle part, même pas vraiment du côté de ses alliés suisses qui se trouvent dans le même cas de figure avec une agitation des campagnes helvétiques du même acabit qu'ailleurs dans le Sud-ouest alémanique. Donc, pas de soutien autre que moral à attendre, mais l'ammeister, représentant élu de la bourgeoisie en cours de mandat qui préside le conseil avec le stettmeister, représentant du patriciat urbain pour un trimestre, ont bien du mal à faire lire et relire par leurs secrétaires respectifs les demandes d'asile qui leur sont parvenues ainsi que les requêtes pour des aides particulières, le plus souvent militaires, requises par des membres de la noblesse et des clercs, abbés et autres prieurs, dont certains possèdent des biens et des hôtels particuliers dans la cité même. La politique de prudence a toujours été un gage de réussite et de succès pour le Magistrat strasbourgeois qui pense qu'il ne faut jamais se précipiter, même dans l'urgence, quitte à appliquer la technique surfaite des possédants, laisser traîner les problèmes en longueur pour fatiguer les requérants et décider rapidement, au moment opportun, comment frapper vite, fort et bien, avec toute l'énergie possible, une force qu'il ne faut surtout pas disperser dans des actions trop disparates.

« On décide tous ensemble de continuer de faire la sourde oreille pour la plupart des cas de demande d'aide, si vous en êtes tous d'accord; mais on prévoit aussi quelques exceptions; il faut parfois savoir anticiper, notamment quand il s'agit de personnages assez puissants qui seraient ensuite redevables à la cité et qui pourraient nous être très utiles, économiquement, diplomatiquement ou militairement. Il en est ainsi pour le comte Philippe III de Hanau-Lichtenberg qui, même s'il nous reproche d'avoir adopté la Réforme, est un allié précieux et capable de contrôler en grande partie le nord de l'Alsace et du pays de Bade; le comte songe à nous demander une garnison pour compléter celle de Lichtenau menacée par les paysans outre-Rhin; on ne pourrait pas décemment lui refuser quelques dizaines d'arquebusiers et deux ou trois canons pour garnir ses remparts, cet effort ne déséquilibrerait pas le moins du monde notre vaste système défensif et le comte saurait se montrer généreux à son tour dans la résolution d'autres affaires bien plus sérieuses et intéressées que cela. Je vois à vos hochements de tête que tous les membres sont d'accord sur ce point et je vous en remercie, déclare très officiellement l'ammeister. »

« On reçoit aussi les plaintes visant notre ville, notamment celles issues des couvents qui se trouvent au sein de la cité ou juste à l'extérieur des remparts. On reproche au Magistrat de ne pas défendre les intérêts des religieux qui ont fort à faire face aux menaces directes des certains Strasbourgeois fanatiques, fraîchement convertis au protestantisme, qui viennent jusque dans leurs chapelles prêcher la Réforme, sans en avoir reçu aucune autorisation. De plus, le dimanche 9 avril, notre cher pasteur, Martin Bucer, qui a la charge de la paroisse Sainte-Aurélie, que certains d'entre nous renverraient bien volontiers dans sa ville natale de Sélestat, y compris certains de ses propres paroissiens, ironise l'ammeister, il a prêché à son tour chez les dominicaines et à cette occasion, on évoque le côté drôle de la chose : la prieure plus finaude qu'il n'y paraît, Ursule Bock, aurait installé des mannequins déguisés en religieuses entre les vieilles dominicaines, pour faire le compte exact des religieuses présentes à la messe; en réalité, les jeunes sœurs ont eu ordre de se cacher pour être préservées des idées hérétiques, selon la prieure; quand on a éclairé Bucer sur cette affaire, il n'a pas voulu le croire quand on lui a avoué le subterfuge, lui-même en a ri lui-en comprenant enfin pourquoi sa bonne parole qu'il a tenté de répandre, en général avec efficacité, avait eu si peu d'effet sur l'assistance ce jour-là. Vous savez, a-t-il ajouté, je n'ai jamais voulu prêcher à des mannequins, parce qu'ils sont bien trop difficiles à convaincre. » L'ensemble des conseillers se gausse, profitant de cet évènement incongru pour mettre un peu d'humour dans leurs pensées toutes obnubilées par la crise qu'ils ont à gérer.

« Les plaintes circulent aussi à propos des prédicateurs, ajoute l'ammeister. Il y a peu, le jeudi 6 avril, notre bienheureux prédicateur Clément Ziegler, non content d'avoir été arrêté à Barr en flagrant délit, puis libéré on ne sait pas par quel miracle, a repris ses prêches à Bernardswiller où se sont aussi rassemblés beaucoup de gens de Rosheim et des environs. Décidément, cet homme tient la vedette et on ne peut guère lui reprocher ses actions quand la majorité du Conseil des XIII ici présente se déclare favorable à la Réforme. D'ailleurs, ce 6 avril, des émeutes ont aussi éclaté à Wissembourg où des bourgeois ont osé piller l'hôtel de l'abbaye de

Sturzelbronn. Un certain Bacchus Fischbach s'est révélé comme étant le vrai meneur de ces paysans-là; il a installé son quartier général à Cleebourg où il rassemble déjà près de 3.000 insurgés armés, la plupart des volontaires étant des ouvriers travaillant dans les vignes; Fischbach fait raconter partout que sa bande grossira ses effectifs jusqu'à au moins 5.000 hommes, ce qu'il fait en empiétant sur le territoire du Palatinat pour recruter, notamment sur les terres de comte palatin et sur celles de l'évêché de Trèves. Heureusement, le Palatinat et la ville de Wissembourg ne se trouvent pas directement dans la sphère d'influence de notre ville, ce qui peut nous rassurer, messieurs les conseillers, vous qui êtes si peu enclins à vous mêler des affaires des princes allemands, et pour cause. Il est vrai que c'est une arme à double tranchant et les volées de bois vert, il vaut mieux les éviter, ce n'est pas le moment de faire donner du bâton à notre petite république que nous devons défendre bec et ongle contre l'adversité et ne pas céder aux tentations du diable. »

17 Le 12 avril 2025 Panne truquée

Depuis le 26 mars, plus rien ne fonctionne vraiment chez les Weissenberg : l'accès à Internet, d'abord devenu très instable, avec des coupures fréquentes, subit depuis ce matin un black-out total semblant frapper les riverains de la rue du Haut, à Moetzenbruck. Les Weissenberg enragent, car les coups de fil répétés à l'opérateur « Citron » n'ont pas encore été suivis d'effets : on s'est contenté de leur faire redémarrer la box, on les a obligés à faire un reset (que Babeth prend pour « risette » en se demandant si l'on ne se fiche pas d'elle) et à attendre le retour du téléphone, du wifi et de l'ADSL. Et si ça ne fonctionne toujours pas, de recommencer cette opération, ce qu'ils ont fait, rigoureusement, pour la énième fois avec de moins en moins de patience, on peut le comprendre aisément. Tout cela, en vain, ce qui signifie qu'ils n'ont plus accès à rien, pas moyen de voir la télévision puisque Paul-Henri a eu la bonne « mauvaise idée » de démonter l'ancienne antenne placée dans le grenier où elle encombrait tout l'espace de ses râteaux datant du Moyen-Âge de l'audiovisuel. Il n'y a pas d'autre alternative que de prendre son mal en patience et de ronger son frein devant l'incurie de l'opérateur « Citron » dont le slogan pourrait être : « Pas un zeste, on ne bouge pas ! » selon Babeth.

Finalement, vers 11 heures, on sonne à la porte et Babeth crie au miracle, un homme en tenue de travail, attend, adossé à sa fourgonnette peinte aux couleurs criardes de l'opérateur « Citron », les mains dans les poches et prenant un air mi-figue mi-raisin. Il se présente comme se prénommant Willy, prétend de prime abord que tout fonctionne désormais très bien sur toute la longueur de l'impasse et que ce n'est que leur maison qui semble encore poser problème. Il revient tout droit du relais où les branchements ont été contrôlés, et cela positivement. Paul-Henri lui rappelle que cet hiver des farfelus ont fait des dérapages soi-disant contrôlés sur les 40 centimètres de neige sur le parking mitoyen et qu'ils ont heurté violemment l'armoire de l'opérateur qui a été en partie défoncée et tordue. Une enquête de la gendarmerie est toujours en cours, alors que tout le village connaît les responsables de cet accident stupide dû à ce qu'on pourrait appeler « des adolescents attardés ».

- Ne vous inquiétez pas, dit le technicien, tout a été réparé, ça a pris un peu de temps, mais votre problème particulier vient probablement de votre installation vétuste. Je pense que vous avez essayé plusieurs fois de redémarrer le système, ajoute-t-il en regardant ses clients qui hochent la tête avec lassitude, Babeth faisant « risette ». Vous permettez que j'y jette un œil et que je fasse un diagnostic rapide, il y en a pour quelques minutes seulement. Montrez-moi donc où se trouve votre box, si vous voulez bien, on ne va pas perdre de temps. « Citron est toujours pressé ,» c'est notre nouveau slogan, comme vous le savez peut-être déjà.

- Je vous en prie, faites donc, le plus vite sera le mieux, car la panne est totale, rien ne fonctionne depuis cette nuit. La box est là au bout du couloir. Voulez-vous un bon petit café avant de commencer votre travail ? demande Babeth.

- Ce ne sera pas nécessaire, si je devais prendre un café partout où je passe, je serais nerveux comme Louis de Funès dans la *Grande*

Vadrouille, répond-il en souriant de toutes ses dents, et encore, avec la Gestapo à ses trousses.

- Je reste auprès de vous pour voir ce que vous faites, si je peux me permettre, ça m'intéresse beaucoup de comprendre l'objet de la panne. C'est vrai qu'on est un peu à l'étroit dans ce couloir, mais je suis poussé par la curiosité, qu'est-ce qui a bien pu se passer, pourquoi notre installation semble-t-elle court-circuitée.

- C'est bien ce que je pensais. Votre box est d'un modèle assez ancien et malgré les mises à jour, elle commence à montrer des signes de grande faiblesse. Il est possible qu'elle soit simplement au bout du rouleau, comme tous les appareils qui commencent à prendre de l'âge. Heureusement que je suis venu ce matin, vous avez vraiment de la chance, j'ai une box flambant neuve dans la fourgonnette. Je vous propose de l'installer, pas la peine de perdre du temps et de l'argent en envoyant votre box en révision, vous privant ainsi de nos services pendant une ou deux semaines. Je vous l'ai dit, vous avez de la chance aujourd'hui, profitez-en. Vous avez fait appel à la bonne personne, c'est-à-dire à moi, Willy !

- J'espère que cela ne nous coûtera pas plus cher, rétorque Babeth, ça fait des années que nous sommes de bons clients de notre opérateur et je ne voudrais pas qu'on nous facture un surcoût à cause d'une nouvelle box, même si elle devait faire des prodiges.

- N'ayez crainte, madame, votre abonnement ne changera en rien, ça ne vous coûtera pas l'ombre d'un euro de plus chaque mois pour une qualité nettement supérieure à votre ancienne box qui trouvera bientôt une place dans un musée, je l'espère; croyez-moi, il était grand temps de passer à un appareil plus sophistiqué.

- Alors tant mieux, soupire Paul-Henri, je suis ravi que vous puissiez si rapidement rétablir notre connexion, je vous en remercie vivement d'avance.

- Je m'occupe de tout, laissez-moi faire la nouvelle installation, ça me prendra une bonne demi-heure, mais je ne veux pas vous avoir dans mes pattes, monsieur, c'est si étroit ici, il me faut de la place pour me mouvoir, pour tout débrancher et ensuite rebrancher les câblages sur le nouveau matériel. Dès que j'aurai terminé, je vous donnerai les explications et je répondrai à vos questions, sans faute, promis. Vous verrez, tout fonctionnera quasiment comme avant la panne, la qualité en plus, « Si c'est bon, c'est que c'est Citron », notre deuxième slogan.

- D'accord, faisons le point dès que vous aurez terminé; en attendant, on vous laisse travailler tranquille.

L'opération dure comme prévu une bonne demi-heure et l'opérateur passe plusieurs coups de fil tout en raccordant la nouvelle box. Paul-Henri jette de temps en temps un œil inquiet dans le couloir et se rend compte que la nouvelle box est d'un genre très différent de la précédente, et ça se voit qu'elle doit être beaucoup plus sophistiquée, vu ses dimensions et sa complexité apparente. Puis l'opérateur colle une étiquette « Citron » sur la box, ce qui lui semble un peu bizarre. Ensuite, il passe aux essais qui sont tous très concluants, d'après lui. Il termine son travail en expliquant aux Weissenberg, tout ouïe, qu'ils n'ont plus rien à craindre, que la nouvelle box est entrée en fonction « à plein régime », ajoute-t-il. Tout cela va un peu vite pour eux, mais tout semble si facile et si parfait qu'ils acquiescent à toutes les informations qu'il leur donne en langage simple, clair et limpide. De plus, la télé marche comme il faut, ce qui rassure Babeth.

- Normalement, il ne devrait plus y avoir la moindre panne et si vraiment, c'était le cas, ne perdez pas de temps avec les services « Citron » un peu long à la détente, mais contactez-moi directement à ce numéro, c'est mon smartphone de service, vous pouvez m'appeler si nécessaire jusque vers 22 heures, n'ayez crainte, vous ne me dérangerez pas le moins du monde, je suis payé pour ça, dit-il en tendant sa carte de visite à Babeth.

- Merci, monsieur, vous m'êtes très sympathique. Je suis heureuse de voir que vos services ont drôlement bien évolué, vous êtes aux petits oignons avec nous, c'est remarquable ! Nous sommes vraiment très satisfaits, d'autant plus que tout fonctionne maintenant comme sur des roulettes.

- Je ne fais que mon boulot et moi, j'aime bien que les choses soient carrées et que les clients soient ravis d'avoir fait appel à nous. Maintenant que j'ai terminé, j'accepterais bien volontiers un petit café, madame. J'ai vu que vous avez une belle machine à café rouge pompier, chez vous, on se croirait presque dans un bar.

- Je vous sers tout de suite, monsieur, prenez place au salon et Paul-Henri vous fera un brin de causette en attendant que le percolateur ait le temps de moudre le grain et de faire passer l'eau chaude dans la mouture toute fraîche.

- Merci beaucoup madame. Je vois, monsieur, que vous avez énormément de livres dans votre maison, vous devez être de grands lecteurs, à ce que je vois.

- Beaucoup trop de livres, claironne Babeth, d'ailleurs mon mari est en train de faire un peu d'ordre dans les ouvrages qu'il collectionne. Vous avez remarqué que nous nageons littéralement dans la littérature. Paul-Henri est également l'auteur d'une douzaine d'ouvrages de son cru et il n'en est pas peu fier.

- Je n'ai fait que mon métier d'historien, rien de plus. Et puis, je continue de chiner dans les brocantes et les vide-greniers, vous ne pouvez pas imaginer ce qu'on peut trouver sur les éventaires. C'est parfois une véritable manne pour nous, les historiens !

- À force, vous devez en avoir accumulé des tomes et des tomes, je comprends votre passion. Pour ma part, je ne lis que des polars et je les collectionne aussi, mais en plus petites quantités, tout de même et seulement les livres à succès, ce n'est rien en comparaison de votre bibliothèque. Moi, je les classe ensuite par couleurs, pour moi, les livres à la jaquette rouge sont les plus beaux, j'en ai des rayonnages pleins. Vous aussi vous tenez compte des jaquettes et des couvertures pour le classement ?

- Absolument pas, cher monsieur, mon classement est un peu… comment dire …professionnel et l'on s'en fiche des couvertures et des reliures, ce qui compte pour nous, ce sont les auteurs et les sujets traités, rien de plus. En ce moment, je suis obligé de faire un tri pour alléger mes étagères qui plient sous le poids du papier et si le cœur vous en dit vous pouvez vous servir dans le stock de livres destinés à la bibliothèque du village ou directement envoyés au pilon. Mais je vous rappelle que ce ne sont pas des polars, il y a peu de romans et de nouvelles, encore moins de poésie, ce n'est pas mon centre d'intérêt.

- Je suis un peu curieux, pourriez-vous me montrer comment vous avez procédé pour le classement, j'aimerais, si ce n'est pas trop vous demander, jeter un œil à votre superbe collection. Seulement par simple curiosité. Sans vouloir vous bousculer, bien sûr.

- Vas-y, Paul-Henri, reprend Babeth, montre-lui le travail de ta vie et évite simplement les étagères de notre chambre à coucher, ça me gênerait beaucoup que monsieur voie que nous dormons dans une partie de ces monuments de la littérature et de l'histoire.

- Je vous remercie du fond du cœur, madame, et je vous suis, monsieur, sans vouloir vous prendre trop de votre temps…

Paul-Henri monte directement à l'étage que Babeth appelle « l'étage des étagères ou l'empire de la poussière ». L'opérateur reste bouche bée devant les murs de livres qu'on lui présente et observe bien les emplacements réservés aux ouvrages les plus anciens. Il repère, sans le montrer ouvertement, où se trouvent des livres dont la couverture est rouge, dans toutes les nuances de cette couleur, jusqu'à repérer un seul d'entre eux qui est rouge sang. Il prend quelques livres en main, en feuillette les pages jaunies, puis les repose avec précaution au même endroit tout en glissant avec discrétion deux sortes de petits objets cylindriques très discrets derrière ou entre des ouvrages, sans que Paul-Henri ne puisse s'en apercevoir. Ne voulant pas avoir l'air trop insistant, l'opérateur prend congé fort poliment après avoir dégusté son café. Il reprend le volant de sa fourgonnette en saluant ostensiblement le couple debout devant leur porte d'entrée. Son travail a été fait en douceur, les Weissenberg n'ont vu que le côté avouable de l'opération. Le reste ne les concerne pas, c'est l'affaire de son patron, l'exigeant Stéphane Krebs.

Au bout de l'impasse attend un homme assis au volant d'un fourgon poussif, aussi rouillé qu'une épave peut l'être sans s'effriter entièrement en petits tas orangés d'oxyde de fer. Quand la fourgonnette « Citron » disparaît au bas de la rue, il démarre le vieux moulin diesel toussotant, crachant ce qu'il peut de ses tuyauteries encrassées. Le chauffeur met fin à la communication téléphonique en cours et quitte son stationnement dans des relents de calamine et d'huile brûlée… Que faisait-il là, ce manouche que la ferraille et les métaux ne semblaient pas intéresser du tout ? Va-t-il suivre la fourgonnette « Citron » ? Et pourquoi donc ? Pour récupérer les vieilles box usagées ou pour d'autres desseins ?

18 Le 12 avril 2025 Un plan diabolique

Lorsque l'agent de « Citron » s'arrête à Saverne, devant l'hôtel Chez Hans, rue de la Gare, à cinq minutes à pied du magnifique château des Rohan, ce n'est pas pour une intervention sur la box de l'établissement, mais pour rencontrer le boss qui y réside en ce moment. Stéphane Krebs a la mine des mauvais jours, l'air de la Méditerranée lui manque déjà, sa piscine bleutée également, alors qu'ici il doit se contenter du spa de l'hôtel, ce « bouillon de culture microbienne qui vous donne droit en supplément à une bonne mycose dans le meilleur des cas, pense-t-il avec regret. » Le fils Krebs reçoit son homme de main plutôt fraîchement, ce qui semble être en harmonie avec le temps qu'il fait, mais pas avec le temps qui passe, beaucoup trop lentement à son goût. Il s'adresse à lui d'un ton plein de fiel, s'interrogeant sur l'efficacité de son intervention chez les Weissenberg, des petits vieux qui ne vont pas lui casser les pieds bien longtemps : « on a quelque chose sur le feu, faut bien faire bouillir la marmite et je vais vous touiller tout ça, vous verrez !, pense-t-il un peu agacé par le calme relatif de son sbire qui vient au rapport.

- Boss, tout est réglé, votre « superbox » est en place avec micros et caméras à tous les étages. Les Weissenberg ont tout gobé du début à la fin, ça s'est passé comme sur des roulettes. Désormais, nous pouvons non seulement passer aux écoutes téléphoniques et d'ambiance, car j'ai réussi à planquer des micros dans l'épaisseur de la bibliothèque à l'étage et dans le couloir, et bien sûr au rez-de-chaussée dans l'entrée et dans le salon. Les caméras indétectables au commun des mortels nous permettent un bon « visuel », pratique pour reconnaître les gens que les Weissenberg fréquentent. Êtes-vous satisfait, monsieur Krebs ? C'est bien ce que vous vouliez ?

- Exactement ! Je vais en profiter pour filer dans ma chambre où j'ai installé le matériel du parfait espion et m'assurer que ce que tu prétends avoir mis en place fonctionne parfaitement, sinon gare à toi. Change-toi, car en tenue d'agent « Citron » tu es encore plus ridicule que d'ordinaire. Bon sang, met une tenue standard et fissa, avant que le patron de l'hôtel te prenne par la main pour t'emmener devant son installation pour se la faire contrôler.

- Très bien boss, je me dépêche de me changer et, si vous le permettez, je viendrai vérifier les réglages du matériel, si c'est encore nécessaire.

- Pas la peine de te déranger, ton collègue déjà en place au manoir de mon père s'en chargera, c'est lui qui suivra la nouvelle émission de téléréalité qui commence à l'instant « Vous saurez tout sur les Weissenberg ». Pour ma part, je dois m'absenter dans la Grand-Rue pour mes affaires.

- Est-ce que je dois vous accompagner, je veux dire faire office de garde du corps ? Avec ou sans flingue ?

- Pas la peine de te déranger. J'irai seul m'occuper d'une affaire très délicate et exceptionnellement tout à fait légale. Eh oui, il est temps de changer de stratégie dans cette époque où on est fliqué de partout grâce aux caméras de surveillance, au GPS des smartphones et plein d'autres trucs qui défrisent l'imagination. Éteins toujours ton téléphone mobile et emballe-le dans du papier alu, c'est plus sûr pour tout le monde. Big Brother veille sur la bonne société dont nous sommes exclus, mon brave, mais il n'y a que nous qui le savons et en profitions, s'amuse Stéphane qui finit par sourire de cette situation déstabilisante, un peu malgré lui tout de même.

Effectivement, le fils de Léonce Krebs se prépare à sortir seul pour se rendre dans les locaux de la Maison alsacienne de l'Intelligence artificielle, MAIA, située dans la Grand-Rue à Saverne, entre deux commerces qui l'attirent depuis toujours, mais pas pour les mêmes raisons, une bijouterie qui le fascine depuis qu'il est tout petit avec les trésors qu'elle dévoile en vitrine et une pâtisserie qui sait flatter son goût irrépressible pour tout ce qui est sucré et bien crémeux. Pour joindre l'agréable à l'utile, il s'assied d'abord dans un salon de thé pour prendre un café crème et déguster une religieuse qu'il déshabille habilement avec une petite cuillère dorée, lentement, en se délectant de cet intermède gustatif savoureux; puis à toute vitesse, il s'avale encore un Paris-Brest lorsqu'il se rend compte que l'heure tourne et qu'on l'attend chez les informaticiens qu'il subventionne. Il paie la note à la serveuse avec un sourire mielleux en lui tendant un billet de 200 euros, sachant qu'elle aura certainement beaucoup de mal à trouver la monnaie à lui rendre, ce qui lui vaut une satisfaction de plus en cette journée pleine de promesses. « Merci, ma petite, dit-il à la jeune femme en comptant sa monnaie, le compte y est ! » Et il lui laisse un généreux pourboire de 20 centimes qu'il pose ostensiblement sur la nappe blanche qu'il n'a pas hésité à tacher en y essuyant sa cuillère pleine de sucre gluant et de café. « Si tous mes clients étaient aussi généreux, j'irais prochainement pointer au chômage, pense l'employée en haussant les épaules. Celui-là est aussi désagréable qu'un cafard qui vient de faire un plongeon dans une tasse de thé. »

Stéphane Krebs est sûr d'avoir bien fait les choses, d'avoir obligé son rat de père à lui soumettre l'ensemble de son projet soi-disant « phénoménal »; malgré la hargne qu'il en a ressentie, le paternel a dû plier l'échine devant ce fils qui se prend pour le roi de la pègre et « pète plus haut que son cul ne le permet vraiment ». Mais c'était cela ou rien du tout, et ça laisse Léonce complètement « vidé » : lui, il a besoin de trucs un peu vicieux, de magouilles sordides, de viles escroqueries, de coups bas, de coups tordus et de coups fourrés, simplement pour vivre son idéal...ou survivre dans la lignée de ses aïeux. Mais au final, c'est bien Stéphane qui tient les cordons de la bourse et, qui plus est, détient la solution miracle pour arriver droit au but de sa convoitise, le trésor du « Hanauerlaendel », celui du puissant comte Philippe caché aux yeux du monde depuis cinq longs siècles. C'est comme si un énorme tas d'or et d'argent les attendait patiemment enfoui dans les oubliettes de l'Histoire sans avoir subi les outrages du temps. Stéphane est sûr d'arriver à ses fins par la ruse comme toujours, mais aussi par les moyens techniques modernes, cette fameuse Intelligence artificielle, l'IA, capable de se substituer à des centaines d'historiens, de chercheurs et de chasseurs de trésors, comme s'ils s'étaient tous mis à son seul service, avec l'assurance quasi certaine d'obtenir le résultat escompté.

Cela lui a coûté un bel investissement de départ, il est vrai, mais il sourit en pensant que c'était aussi une bonne manière pour lui de blanchir l'argent de la corruption et de ses affaires les plus louches, en l'injectant dans le circuit du mécénat...et de toucher, avec une pirouette de son imagination, des commissionnements, une partie de l'argent sale de ses partenaires du grand banditisme, trop heureux de pouvoir remettre en circulation les billets de la contrebande, des salles de jeux clandestines, des maisons de tolérance et des bénéfices des dealers. Rien que cela, c'est tout un programme qu'il a soigneusement élaboré et dont il profite sans honte depuis si longtemps, vivant comme un coq en pâte. Mais même ce volatile emplumé qui domine sa basse-cour, gavé des meilleures choses que peut réserver la vie, en veut toujours davantage, une sorte de boulimie qui l'enrichit outre mesure, mais le dévore aussi constamment de l'intérieur.

19 Le 12 avril 2025 La société MAIA.

Athur Dubreuil est un homme comblé à la tête de sa start-up savernoise à l'avenir plutôt serein, la Maison alsacienne de l'Intelligence artificielle, MAIA, qui sera bientôt connue dans le monde entier pour ses prouesses techniques, il en est sûr, pour les avancées que sont en train d'élaborer ses chercheurs-ingénieurs-informaticiens tous archidiplômés, passionnés et compétents dans des domaines encore gardés ultra-secrets. Aujourd'hui est un grand jour pour lui, puisqu'il s'agit de présenter à son mécène, Stéphane Krebs, ses axes de travail qui sont en plein essor : lui et son équipe en attendent bien sûr des financements complémentaires nécessaires pour passer aux stades suivants, essentiellement pour des essais in situ et en temps réel afin de pouvoir tester concrètement leurs applications de l'IA. Tous les chercheurs sont présents dans la salle de réunion, « sur leur trente-et-un » comme on dit, quand arrivent Stéphane Krebs et son père Léonce, ce dernier marchant clopin-clopant, l'air revêche, la mauvaise humeur en bandoulière, car il a ordre de ne surtout pas intervenir dans les échanges avec les salariés sous peine de voir s'effondrer immédiatement cette collaboration père-fils à peine amorcée, et pas de la meilleure manière selon lui. Stéphane, au contraire, arbore un sourire très engageant, peut-être un peu trop stéréotypé, sur ses lèvres minces et serrées. De son côté, Léonce s'efforce de faire comprendre à son entourage que le rictus étrange qui mange son visage est le signe d'un contentement béat, comme il sied à des personnes d'un certain âge dont on pense, parfois à tort, qu'ils ne comprennent pas grand-chose aux techniques nouvelles qu'on doit leur expliquer malgré tout. Il faut rappeler que c'est bien Léonce, et non son fils, qui a eu le premier l'idée d'utiliser l'IA pour leur nouveau projet, en occultant officiellement le véritable but, parce que tout simplement inavouable, qu'ils cherchent à atteindre comme d'habitude par tous les moyens, même les plus frauduleux, les plus bas et les plus vils.

Après un tour de présentation rapide des personnes présentes, Arthur Dubreuil explique longuement leurs méthodes de travail et de management. Cela semble un peu agacer Stéphane pressé de passer au chapitre suivant qui concerne les axes de travail et les résultats déjà obtenus, selon certaines de ses recommandations qu'il a pu glisser dans le cahier de charge, juste pour éviter de s'égarer en si bon chemin. Vient enfin le tour des questions à propos des derniers acquis mis au point par l'entreprise : Arthur explique qu'ils travaillent essentiellement sur quelques grands axes conformément aux intérêts évoqués par les subventionneurs, ce qui n'est pas pour déplaire à Stéphane qui fait mine d'applaudir. Arthur charge Hervé Wolfram de présenter les travaux qu'il dirige selon un programme qu'il a appelé officiellement « le limier numéro un », qu'ils surnomment tous « le fouille-merde », mais seulement quand ils sont entre eux : ce programme est capable de faire des recherches sur n'importe quoi ou sur n'importe qui; il est prévu pour collecter, classer, analyser en un temps record des milliards de données s'il le fallait, un peu comme si des dizaines de milliers de personnes travaillaient ensemble pendant des semaines en utilisant jusqu'aux métadonnées les plus secrètes issues du monde entier. Ce programme doit clore un processus d'enquête complète en faisant une synthèse irréprochable, d'une précision extraordinaire, présentée dans un rapport bien ficelé, c'est-à-dire très bien documenté, argumenté et absolument fiable.

Hervé propose d'ailleurs de faire un essai sur la personne du mécène, s'il en est d'accord, pour faire une première démonstration éblouissante « à la bonne franquette », entre nous rajoute-t-il. « Pas question, ma personne ne nous intéresse nullement…, enfin je veux dire, ça n'a aucun intérêt, bredouille-t-il. Et que faites-vous donc de la vie privée, cher monsieur, vous êtes incroyables, s'exclame Stéphane. Prenez quelqu'un d'autre au hasard, tenez par exemple un vieil historien que je connais un peu, Paul-Henri Weissenberg, avec lui on ne risque pas grand-chose, c'est un retraité tranquille que nos tests ne dérangeront pas; c'est une bonne idée, non ? ajoute-t-il en consultant son père d'un bref regard. Et on pourra comparer l'enquête ainsi menée avec les données que nous possédons déjà sur cette personne, pour voir s'il y a de grands décalages ou une éventuelle complémentarité. » Un peu secoué par la première réaction de Stéphane, Hervé acquiesce et ajoute que « ce logiciel pourrait devenir l'outil numéro un pour les enquêtes de la police judiciaire et de la gendarmerie, laissant davantage de temps aux officiers d'aller sur le terrain, comme ils le réclament eux-mêmes si souvent. Je trouve cela formidable pour l'aide concrète que l'application leur apporterait et je pense qu'avec une bonne période de démonstrations et d'utilisation au sein des services, les ministères de l'Intérieur et de la Défense pourraient se porter tout naturellement acquéreurs du « limier numéro un » et dans ce cas, nous rentabiliserions rapidement notre activité. Notre objectif est bien de devenir un organisme indépendant financièrement, n'est-ce pas Arthur ? ».

« Il n'en est pas question, s'écrie Stéphane outré d'avoir pu, sans le savoir, financer un outil qui risque de le mener droit dans une cellule de l'administration carcérale. » Mais il se reprend en argumentant : il vaut mieux fournir ce programme après un temps raisonnable de tests et d'adaptations, avant même de le distribuer dans les brigades et les commissariats, vous ne pensez pas ? Je ne voudrais surtout pas, sous prétexte de chercher la rentabilité à tout prix, qu'on se précipite et qu'on rate notre entrée sur ce marché très particulier. Faites des tests en commençant par ce Weissenberg, c'est un bon exemple, car il est connu pour avoir publié une quantité d'ouvrages dont vous pourrez du même coup faire la synthèse, tenez, ce sera un bon exercice pour votre « limier numéro un », et cela vous apprendra, enfin je veux dire que vous en apprendrez beaucoup plus sur l'utilisation de votre fameux logiciel, dont il vaut mieux s'assurer de son parfait fonctionnement. Avant de prendre toute initiative, vous me demanderez conseil, monsieur Dubreuil, je ne veux pas d'impair de ce côté-là, ce domaine est très sensible, vous le savez aussi bien que moi. » Hervé rajoute alors, très maladroitement, qu'il n'y a pas de mal à penser à la rentabilité d'un projet et que d'aider la police et la justice, c'est quelque chose d'évident. C'est même, en toute modestie, la mission de tous les citoyens qui se respectent, d'après lui; puis il se tait quand il voit le regard désapprobateur de son directeur qui tente discrètement de lui faire comprendre de ne pas insister davantage.

C'est alors que Léonce Krebs est pris d'une subite quinte de toux, probablement dictée par la rage qu'il n'arrive plus à contenir, plutôt qu'à cause de la chaleur sèche qui règne dans les locaux. Il quitte la salle de réunion en faisant signe à son fils qu'ils continuent un moment sans lui. Léonce, tout en crachant de volumineuses glaires en lien avec le profond dégoût qu'il ressent envers le « limier numéro un », réfléchit déjà à un scénario extrême dans lequel il se voit en train d'étrangler de ses doigts crochus ce satané Hervé, cet inventeur maudit ! Pour ses propos insultants envers lui, bien qu'involontairement proférés, il mériterait de se faire « dessouder » par une bonne rafale de mitraillette tellement ses mots ont écorché le côté le plus sombre de son âme. Pendant ce temps, Stéphane reprend le cours de la réunion en excusant son père qu'il présente comme étant un vieil homme très malade, voire incurable. Dubreuil passe alors la parole à Serge Kurz qui vise encore beaucoup plus haut avec un programme appelé pompeusement « The new Time Xplorer », surnommé entre chercheurs « le diablotin aux yeux rouges »; il s'agit, vous l'aurez compris, de la création d'un programme destiné à explorer le temps passé, un sujet qui passionne autant Stéphane que son père. Ce dernier fait un retour discret dans l'assistance, sa toux s'étant maintenant calmée. Serge est du genre nerveux et inquiet : il a un peu de mal à prendre la parole devant les autres, surtout quand il s'agit de gens qu'il ne connaît pas ou qui représentent un enjeu important dans sa vie sociale ou professionnelle.

- Messieurs les sponsors et chers collègues, comme vous le savez, je suis responsable de la branche « exploration du temps » de notre petite société et je l'affirme haut et fort, aujourd'hui l'IA nous permet de faire des progrès rapides dans la plongée vers nos propres racines, si je puis m'exprimer ainsi, hésite un peu Serge. Je dois tout d'abord vous rendre attentif sur quelques principes qui ont guidé notre travail : avancer pas à pas en contrôlant méticuleusement tous les paramètres du programme, avant de passer aux étapes suivantes, tout en gardant en tête les objectifs précis à atteindre par paliers. J'ai peut-être pris plus de retard que prévu dans mon domaine, comme certains le pensent ici, mais les résultats avérés dépassent déjà toutes nos espérances en la matière. L'IA a démontré les possibilités d'entrer dans l'Histoire par la petite porte, et j'ajouterai « en spectateur », sans pouvoir évidemment modifier le cours de l'Histoire, ce qui est tout à fait impossible. Mais on peut désormais s'aventurer dans le temps passé, pour ne pas dire s'y promener à sa guise et même en toute quiétude. Cela peut se faire d'abord virtuellement à travers toutes les époques les plus variées, vu le potentiel immense des données des civilisations humaines qui nous ont précédés, des données qui sont toutes engrangées dans nos superordinateurs-calculateurs. Ainsi, avec « The new Time Xplorer », ou TNTX, nous pouvons voir, comme si on y était il y a 236 ans, le roi de France Louis XVI, condamné à mort, passer sous la lame aiguisée de la guillotine et observer la scène de la tête qui roule dans le panier, une vision qui semble même plus réaliste que la réalité d'alors, car on peut y voir vraiment tous les détails, selon les angles qu'on aura choisis, par exemple comme si on était au premier rang; on peut prendre le temps d'examiner attentivement l'évènement en le mettant sur pause, on peut observer les particularités mêmes les plus insolites ou des détails minuscules, quasi indécelables, qui auraient certainement échappé aux regards de ceux qui y assistaient réellement en chair et en os.

- C'est absolument incroyable, ce que vous nous racontez là, s'exclame Stéphane Krebs, enthousiasmé, et si ce que vous dites est vrai, avez-vous fait d'autres essais pour vérifier si tout ce que rapporte votre programme « en visuel » s'est exactement déroulé de la sorte ? Car il faut en être sûr à 100%, vous comprenez bien ?

- Mais bien sûr, pour l'IA, les résultats sont probants à 100% et ce que nous savons des expériences que nous avons vécues par le passé s'est avéré exact à 98% pour notre entendement humain, forcément moins fiable que celui de la machine. Sur 10 essais effectués, 9 avaient un taux de validité situé entre 96 et 99% sur notre échelle de compréhension, mais toujours 100% pour le logiciel. Ce que j'ai oublié de vous dire c'est que « The new Time Xplorer » nous permet aussi d'entendre le fond sonore, par exemple la musique jouée à la cour, les fanfares des défilés militaires, entendre les gens qui parlent en fonction de l'emplacement donné dans la foule ou ailleurs sur la scène historique. Ceci nous permet d'entendre les acteurs principaux de notre civilisation s'exprimer de leur propre voix si le logiciel a les informations sur le style, la texture et le timbre de la voix de tel ou tel personnage, quand il est suffisamment connu, bien entendu. Pour relater les paroles d'un quidam qui se déplace sur la scène, ce sera une voix de synthèse appropriée à la stature corporelle de la personne qui sera utilisée, dans ce cas de manière plus aléatoire, il est vrai; ce qui compte avant tout, ce sont les paroles prononcées à des moments clefs de notre histoire. De plus, pour des cas de figure particuliers, par exemple lors d'évènements qui se sont déroulés à des époques très anciennes ou à l'étranger, le logiciel peut garder la langue originale ou alors en faire une traduction simultanée avec la voix du personnage, même si dans la réalité celui-ci ne connaissait pas un traître mot de français, se permet d'ajouter Serge en souriant, montrant ainsi qu'il est déjà moins crispé devant l'auditoire pendu à ses lèvres.

- Si je comprends bien, demande Léonce Krebs, si je demandais au logiciel de se rendre à un jour précis de notre Histoire, à titre

116

d'exemple dans la ville de Bouxwiller, à la chancellerie du comté, disons en 1525, vous pourriez vous placer dans la salle du Conseil pour voir et écouter comment les discussions sont allées bon train…je dois rêver, car c'est presque impensable ! On dirait que c'est de la téléréalité historique…mais ce serait tout bonnement formidable, si c'est de cela qu'il s'agit, s'écrie-t-il sous le regard inquisiteur de son fils qui lui avait expressément ordonné de ne pas intervenir dans la présentation.

- C'était presque impensable, vous avez raison, monsieur, il y a encore deux, trois ans, mais aujourd'hui, nous avons réussi ce pari fou et nous allons d'ailleurs vous le prouver immédiatement. Donnez-nous une date précise choisie dans le passé et nous ferons la découverte de cet instant en votre présence, parce que, contrairement à ce que vous pensez peut-être, nous ne sommes pas des charlatans, nous connaissons bien notre affaire qui n'a été traitée ni à l'aveuglette ni à la légère. Vous serez subjugués par le résultat, nous-mêmes étions tous admiratifs après les premiers essais réalisés. Ce logiciel pourra relire toute notre Histoire, rectifier d'éventuelles erreurs d'analyses ou rétablir la vérité historique s'il le fallait dans les cas où on aurait tronqué la réalité des faits, quelle qu'en soit la raison.

- Ce point-ci m'inquiète davantage que le reste, « The new Time Xplorer » pourrait remettre en cause une quantité d'évènements plus ou moins volontairement faussés par les chroniqueurs ou par les autorités supposées être au service des politiques plutôt qu'à celui de la vérité, réfléchis Stéphane. Ce logiciel doit être manipulé avec une grande prudence et surtout ne pas devenir le prétexte de chambouler la connaissance des grands moments de nos civilisations sans s'assurer de la véracité des fondements qui servent de base aux analyses.

- Pour nous, il n'a jamais été question de revisiter l'histoire, mais il y a tellement d'évènements mal connus ou complètement oubliés qui nous donnent une matière prodigieuse à explorer et trouver les bonnes réponses capables de compléter notre savoir. Ce logiciel pourrait être un outil précieux pour les chercheurs comme pour les historiens, sans vouloir nuire à l'image de nos ancêtres ou de nos aïeux, loin de là.

- Je vous demanderais de ne pas aller trop loin dans ce domaine avant d'avoir effectué de nouveaux tests, dont celui que je vous proposerai tout à l'heure. Pareil pour la communication hors de l'entreprise. J'exige pour le moment un silence total sur ces nouveaux axes de travail qui sont époustouflants, je le reconnais, mais qui pourraient être une arme à double tranchant, si jamais leur fonctionnement donnait le moindre signe de faiblesse. D'un autre côté, il n'est pas opportun de mettre la puce à l'oreille, si je puis dire, à des concurrents toujours enclins à pirater le travail honnête des sociétés rivales. Je compte sur vous tous, motus et bouche cousue, et surtout je vous encourage, en avant pour les tests, les tests et encore les tests jusqu'à ce que nous soyons sûrs à 100% de l'efficacité de nos produits qui sortent tellement de l'ordinaire. En contrepartie, nous verrons avec monsieur Dubreuil comment améliorer votre financement qui, je pense, a besoin d'une bonne rallonge !

- Vous avez tout à fait raison, monsieur Krebs, ajoute le directeur, nous sommes tous conscients de l'enjeu de ces recherches, vous serez informés jour après jour des avancées techniques. Mais je tenais à vous montrer notre dernier « joujou » même s'il n'est pas encore tout à fait au point. C'est le « diablotin aux yeux rouges » qui ressemble à un drone, un engin déguisé en petit monstre capable de voler en tous lieux, dans tous les environnements mêmes les plus hostiles avec une autonomie de deux heures environ. Mais le plus merveilleux, c'est qu'avec la collaboration entre Serge et la branche « robotisation » de la start-up, ce diablotin est capable de voyager dans le temps en étant accouplé au logiciel « The nex Time Xplorer ». Oui, vous avez bien compris, il peut voyager et se déplacer dans le temps. Là, ce n'est plus simplement du virtuel, car ce petit monstre arrivera bientôt à voler dans toutes les époques. Au Moyen-Âge, personne ne savait ce qu'est un drone; comme il ne peut pas passer totalement inaperçu pendant ses déplacements, nous lui avons donné cet air de petit monstre, car, dans le pire des cas, les gens à travers les âges qui le verraient devant leurs yeux décriraient l'apparition du diable ou d'un démon, et passeront probablement pour des ivrognes, des illuminés ou simplement pour des fous. Ainsi, le diablotin pourra explorer le passé comme s'il y était, car il y sera bien dans la réalité d'autrefois avec ses yeux, les caméras, et ses oreilles, les micros, alors que nous, nous nous tiendrons tous devant nos consoles et verrons son travail in situ sur nos super-écrans sans prendre le moindre risque. Notre technologie est encore inconnue du monde extérieur et, je peux vous l'assurer, il sera gardé secret jusqu'au moment opportun que nous déciderons ensemble, si vous le voulez bien.

- Bien sûr, ça va de soi. Mais je suis éberlué, c'est quasiment de la science-fiction, réplique Stéphane, dites-moi que je rêve, c'est incroyable, j'ai du mal à réaliser la portée phénoménale de cette invention.

- Calmez-vous, monsieur Krebs, il ne faut pas s'emballer. Je vous ai dit en préambule que le diablotin n'était pas encore opérationnel, mais il le sera bientôt, je peux vous l'assurer. Ce sera le plus grand succès de notre société, la fierté de nos ingénieurs. Bien sûr, nous attendrons avec vous le bon moment pour lancer l'étude de marché, la production et la communication commerciale, mais pas avant que les demandes de brevets ne soient déposées.

Tout le monde se félicite, se congratule, se tape dans le dos, les ingénieurs entre eux, les sponsors avec les salariés, le directeur avec tout son petit monde, semblant planer comme s'il était sur un petit nuage. Profitant de ces effusions et d'une petite collation offerte à tous, Léonce Krebs prend son fils à part au bout du couloir des bureaux et lui demande s'il a bien compris la chance inespérée qu'ils ont. « Mais, ajoute-t-il d'un ton grave, méfie-toi, Stéphane, de ce Dubreuil et de ses gars, ce ne sont pas des gens de notre espèce, ils ne sont pas de notre monde et ne le seront jamais. S'ils se doutent que nous voulons accaparer cette invention le plus longtemps possible à notre seul profit, ils tourneront casaque et nous enverront promener ou nous emmèneront tout droit devant la Justice. Ce Dubreuil est l'incarnation de la naïveté et de l'honnêteté, ça me donne des boutons. Je vois son auréole qui brille comme celui d'un saint au paradis, rien qu'à le regarder cela me donne des démangeaisons, dit-il en se grattant nerveusement les coudes et les avant-bras, avant de se jeter sur les petits fours et les flûtes de champagne que son fils a probablement financés. Il n'en perdra donc pas une miette, pas une goutte.

Dehors, presque en face des locaux de MAIA, deux gars patibulaires trouvent le temps long; le premier est pendu à son smartphone et semble faire un rapport à quelqu'un, sérieux comme un fonctionnaire du ministère de l'Intérieur, presque au garde-à-vous, alors que l'autre roule tranquillement une cigarette entre ses doigts jaunis en regardant les passants qu'il semble jauger les uns après les autres à son aune. Quand le premier met fin à l'appel et fourre son téléphone dans la poche de son blouson de cuir bien râpé, ils remettent chacun leur casque et montent ensemble sur une grosse Harley-Davidson décorée de lanières de cuir; ils s'y mettent à califourchon comme on monte sur un pur-sang à longue crinière, et s'en vont avec l'air satisfait des gens qui ont passé l'après-midi dans la Grand-Rue de Saverne. Le chef qu'ils avaient en ligne a donné le sentiment d'être satisfait de leurs observations, leur mission est donc terminée et ils rentrent au bercail, pas très loin dans leur campement des Vosges du Nord.

20 Le 16 avril 1525 Chancellerie en péril ?

Le dimanche 16 avril, le jour de Pâques, sur les coups de 11 heures, le chancelier de la cour de Hanau-Lichtenberg à Bouxwiller, Cunon de Hohenstein, arrive à pas lourds, fort courroucé, dans la salle du Conseil où il a réuni à la hâte une cellule de crise composée uniquement d'éléments sûrs, c'est-à-dire de gens parfaitement dévoués au comte Phillipe III, comme l'est son receveur général Gaspard Metzger. Tôt ce matin, des espions sont revenus au siège du comté pour alerter tout le monde qu'un soulèvement s'est déclaré sur le territoire du Hanauerlaendel. Car cette fois-ci, le feu de la révolte enflamme les bottes de paille lichtenbergeoises et ceci se déroule devant l'abbaye de Neubourg; ils seraient déjà des centaines de paysans armés de leurs outils transformés en armes et même de quelques arquebuses de provenance douteuse. De même, ça bouge du côté de la riche abbaye de Neuwiller, non loin de Bouxwiller, où l'on risque aussi de voir un rassemblement grossir très rapidement. Le comte arrive en retard pour assister à l'énoncé de ces faits; il veut présider en personne le Conseil dont les membres saluent respectueusement leur seigneur qui est plutôt le bienvenu dans ces circonstances tout à fait préoccupantes. Lui-même informe l'assistance qu'il compte se rendre à Babbenhausen en Hesse, lieu d'origine de sa famille, héritage qu'il possède avec tous les environs ainsi que le château de Babbenhausen, puissamment fortifié, dans une région en ce moment même ravagée par les paysans. Il prétend qu'il a plusieurs fois retardé son départ et que l'urgence de la situation outre-Rhin le préoccupe davantage que les évènements qui se déroulent en Alsace, heureusement assez clairsemés, même si les paysans veulent s'en prendre directement aux abbayes situées sur ses terres.

Le comte évoque le rassemblement organisé devant l'abbaye de Neubourg, le risque qu'un tel mouvement se développe aussi à Neuwiller, mais insiste, sur un ton un peu trop désinvolte, pour faire comprendre aux gens qui sont à son service que cela concerne en premier lieu les abbés et les prieurs de ces établissements religieux, responsables de ce climat tendu à force d'exploiter leurs sujets sans grande considération pour eux. Il rappelle qu'il est officiellement l'avoué de l'abbaye de Neuwiller, donc en principe le protecteur des religieux, mais il déclare qu'il ne peut pas faire de miracle avec si peu de moyens, étant aussi démuni face à l'ampleur de ce mouvement que l'ensemble des autorités d'Allemagne du sud. Si les paysans s'acharnent sur les monastères, ils ont leurs raisons, croyez-le; allez savoir l'ampleur de la rancune qu'ils leur portent ! Nous n'avons pour le moment aucun intérêt à nous opposer à eux par la force, sans voir se retourner contre nous la violence contenue depuis des décennies, voire depuis des siècles, dans l'esprit de ces pauvres gens; les prédicateurs leur ont mis dans la tête qu'il fallait appliquer à la lettre les Saints Évangiles pour remplacer notre bonne vieille société par un monde plus juste, plus fraternel et plus humain. C'est tout le travail fait sournoisement par les prédicateurs de la Réforme de l'Église d'avoir obtenu le soutien de puissants princes pour qu'ils les protègent de la vindicte de l'empereur et du pape et de vouloir maintenant aussi balayer notre civilisation au nom du Christ pour bâtir une nouvelle Chrétienté qu'ils appellent évangélique. Ce qu'il trouve absurde, car leur entreprise sera vouée à l'échec, tout le monde le sait bien, et même les réformateurs semblent le penser eux-mêmes, selon mes informateurs très bien renseignés.

Un conseiller informe l'assemblée que l'on dénombre plus de 3.000 paysans qui forment en ce jour la bande d'Altorf où l'abbaye a été entièrement pillée et saccagée, une honte pour tous ces mécréants qui ne respectent plus rien et pour les hérétiques qui veulent supprimer la sainte messe partout où ils le peuvent sous leur mauvaise influence. D'autres paysans forment une nouvelle bande de centaines d'hommes à Barr, où la population est déjà agitée depuis des semaines à cause de son seigneur, une brute épaisse sans jugement, Nicolas Ziegler; les paysans se sont aussi donné un chef, Zacharie Zengel, qui a déclaré vouloir se rallier la ville impériale d'Obernai, le Grand Bailli de Haguenau va encore s'arracher les cheveux et envoyer ses cavaliers pour y rétablir l'ordre.

- Nous connaissons trop bien les riches bourgeois d'Obernai qui tiennent les rênes de cette belle ville, dont les empereurs ont toujours été si fiers. Ce sera en vain que ce Zengel tentera de s'emparer d'elle, je peux vous l'assurer, ajoute le conseiller, aucun paysan n'y mettra jamais les pieds autrement que pieds et poings entravés. Dans le nord de la région, d'autres noyaux d'insurgés ont été repérés, notamment à Steinseltz; partout, des nouvelles de ce genre se colportent, même en Lorraine allemande où les mécontents sont encore plus nombreux que chez nous, paraît-il, tant ils forment un peuple de miséreux. Nous sommes comme plongés dans une énorme marmite où l'eau se met à bouillir et où Satan est en train d'en touiller la mixture infâme pour nous la faire avaler jusqu'à la lie.

- De grâce, cessez de parler à tort et à travers, arrêtez ces jérémiades inutiles et ses plaintes agaçantes, s'inquiète le comte. Pour le moment, notre comté s'en sort encore indemne, même si des paysans font mine de vouloir s'en prendre à nos abbayes, ces troubles resteront du ressort des ordres religieux ou de l'évêché et pas du nôtre. Pour ma part, je suis chargé d'assurer l'ordre dans ce comté, ce que je serais obligé de faire si on osait seulement s'attaquer aux biens de ma famille, du comté, de ma bonne ville de Bouxwiller ou de mes beaux villages autrefois si prospères et si paisibles. Je n'ai que peu d'hommes d'armes sur qui je puisse vraiment compter, et comme je ne peux pas payer des mercenaires, puisque l'argent des impôts et des taxes ne rentre plus dans mes caisses, que faire, n'est-ce pas Gaspard Metzger ? Je vous le demande, que faire ? Je vais essayer d'obtenir au moins une garnison strasbourgeoise pour mon château le plus menacé, celui de Lichtenau en pays de Bade, et en dernier ressort demander l'aide au puissant duc de Lorraine, si c'était vraiment nécessaire, mais ceci seulement en lien serré avec la politique du Grand Baillage impérial de Haguenau, notre plus proche voisin. Nous ne pouvons guère demander d'aide à l'évêché qui est en tête sur la liste des seigneurs à abattre; nos espions nous ont rapporté le contenu des discussions de l'état-major de ce Gerber, de Molsheim, capitaine des paysans, celui qui se prend en ce moment pour le roi Alexandre de Macédoine; elle est risible cette comédie, que dis-je, cette mascarade.

- Seigneur, l'interrompt le receveur général, la situation est des plus graves quand on constate la gestion financière du comté, vous avez bien raison, car actuellement, la plupart des paysans refusent de payer leur dû. Quand on leur envoie un sergent pour réclamer les montants à régler, on le menace et on lui lance même des pierres, quand je leur envoie 5 sergents en renfort, ils barrent les chemins avec leurs charrettes et les attendent de pied ferme avec leurs fléaux et leurs faux; quand je leur envoie une dizaine d'autres hommes d'armes, tous les villages des environs viennent se rallier à la cause des premiers. Même avec des centaines d'hommes d'armes, vous ne les feriez pas fléchir; ils sont têtus comme des ânes et bêtes comme des bourriques, ou le contraire, je ne sais plus, marmonne-t-il dans un mouvement incontrôlé de colère et d'impuissance.

- Cette question se réglera de toute façon d'une manière ou d'une autre, affirme le comte; j'ai décidé de me contenter de protéger mes biens du mieux possible, à la manière habituelle : une main de fer dans un gant de velours. Je n'ai pas les moyens de leur barrer la route par la force, nous le ferons donc par la ruse, et pire encore, s'il le fallait, sans toutefois oser signer un pacte avec Satan ! De toute façon, le Diable, nous l'avons déjà en face de nous. Tous les moyens seront donc bons quand il s'agira de protéger nos biens contre ces hommes de peu qui se comportent déjà comme les plus vils malandrins en refusant de répondre à leurs devoirs et de s'en remettre à la loi. Ils ont choisi, semble-t-il, de jouer à la loi du plus fort. Tout ça se terminera dans le sang, je vous le prédis, et ce sang, ce ne sera pas seulement le nôtre qui coulera, je puis vous l'assurer.

- Seigneur, même dans notre bonne ville de Bouxwiller, comme dans d'autres lieux, les gens sont nombreux qui veulent embrasser la nouvelle foi et qui se disent prêts à soutenir le mouvement de liberté prôné par les paysans insurgés ! N'est-ce pas un grand danger pour nous de laisser ces traîtres agir contre nous, le plus souvent dans notre dos ?

- Tous les sergents ont ordre de surveiller les suspects dont on a déjà établi une liste, ma « liste noire »; mais certains hommes d'armes sont de connivence avec le petit peuple, ne l'oubliez pas, ce sont les plus pervers, et je ne suis plus même sûr de pouvoir protéger mon propre château en cas d'attaque soudaine contre Bouxwiller. J'ai voulu en faire une belle résidence, dans le nouveau style, bien aérée et éclairé par de larges fenêtres, j'ai fait démolir des tours crénelées, à tort au regard de ce qui se passe aujourd'hui; ma cour d'honneur est devenue facilement accessible depuis qu'on a supprimé le pont-levis et abattu une partie de l'enceinte. Que n'ai-je été plus prudent, car aujourd'hui mon château reste très difficile à défendre : il demanderait l'installation d'une garnison importante avec une artillerie bien plus puissante que celle dont je dois me contenter; je n'ai à ma disposition que quelques canons vétustes qui pourraient bien nous exploser à la figure et quelques couleuvrines obsolètes qui me paraissent plus ridicules que menaçantes.

- Nous, vos humbles conseillers, nous sommes prêts à prendre les armes à vos côtés sous les ordres de notre chancelier qui est un chevalier réputé, comptez sur nous, seigneur, et ordonnez nous notre conduite à tenir. Nous vous suivrons aveuglément, même dans la mort s'il le faut.

- Je suis fier de pouvoir me reposer sur votre fidélité, mes serviteurs honnêtes et travailleurs. Le mieux, pour le moment, est de vous rapprocher du château et même de vous y installer librement pour ceux qui le désirent. Vous serez tous ensemble mes invités, le temps que durera ce triste moment de notre histoire. Gaspard Metzger, je vous verrai en début de soirée dans mon cabinet privé au château, j'ai des choses très

127

importantes à traiter avec vous, je compte sur votre assiduité, bien que ce soit jour de fête aujourd'hui, je ne le sais que trop bien. Toutes mes filles sont revenues à Bouxwiller pour Pâques depuis le monastère de Mariabronn où les religieuses les éduquent dans la foi de notre Église. Mon fils, Philippe, est encore trop jeune pour se rendre compte de la gravité des faits, mais je vais désormais l'associer à nos assemblées pour qu'il commence à appréhender le dur métier qui l'attend. Je vous rends votre liberté. Joyeuses Pâques à tous et que Dieu nous garde !

21 Le 17 avril 1525 Recrutement rapide

Le lundi de Pâques, le 17 avril, dans les rues boueuses de Hattmatt, Dietrich Kohler, l'ancien charbonnier de la Kohlhutte, est de retour avec de bonnes nouvelles, et qui plus est, toutes fraîches. Il clame devant les villageois effarés que le « grand jour » est arrivé, que partout en Allemagne, en Alsace et en Lorraine, le peuple se soulève pour demander des comptes à leurs seigneurs, nobles, bourgeois ou clercs, et pour leur soumettre leurs exigences. Dietrich monte sur un foudre de bois stocké devant une ferme plus cossue que les autres pour leur expliquer que les paysans, les artisans et les manouvriers s'unissent partout en créant des camps pour y regrouper leurs forces, avec des armes de fortune, volées ou arrachées des mains de leurs ennemis, et surtout avec des hommes de caractère, volontaires, prêts à se battre s'il le faut pour leur liberté. Ces camps seront ensuite abandonnés, car les paysans veulent occuper des villages munis de défenses comme Dossenheim-sur-Zinsel avec son cimetière fortifié et la tour de l'église équipée comme un donjon, ou, mieux encore, des villes ceintes de remparts où ils pourront se sentir en sécurité en tenant les seigneurs à distance. Mais déjà, quelques paysans, fort mécontents d'être dérangés par cet agitateur alors qu'ils fêtent dignement, comme il se doit, la fin du carême, montrent leur agacement, voire une certaine mauvaise humeur, en lui rétorquant que c'est maintenant que les travaux des champs vont les accaparer et qu'il est impossible de laisser leurs tenures en friche ou mal tenue, et compromettre ainsi les récoltes de l'année pour soi-disant partir à l'aventure comme les soudards des princes le font en vivant sur notre dos. « Nous savons que nous avons le dos large, mais pourquoi toujours faire appel aux humbles et aux petits pour défendre des idées que nous ne comprenons même pas vraiment ? s'écrie un des hommes les plus influents de la communauté. »

Mais Dietrich leur explique avec une grande patience qu'Erasme Gerber et son Conseil de 44 paysans, doués pour l'organisation et l'administration des troupes qu'ils forment, appliquent le système déjà rodé en Allemagne : chaque village et hameau fournit un contingent armé pour une ou deux semaines entières, par exemple 20 hommes volontaires de leur village qui se rendront au point de rassemblement qui leur sera assigné; ensuite, après ces jours passés au sein de cette armée, à s'entraîner ou à se battre, ils pourront rentrer chez eux pour s'occuper des cultures et du bétail pendant que 20 autres membres de la communauté les remplaceront, également pour une ou deux semaines et ainsi de suite. Avec ce type de roulement, les hommes seront en charge de défendre leurs libertés sans avoir à pâtir de l'abandon des tâches exténuantes qu'ils ont l'habitude de faire, sans les laisser non plus entièrement aux femmes et aux vieillards. Un autre gars bien bâti, plein d'énergie et fort en gueule, demande comment un paysan comme lui peut devenir un vrai soldat en seulement quelques jours. Dietrich les informe que leurs chefs ont mis la main sur des stocks d'armes qui leur serviront judicieusement et que d'anciens soldats, sergents ou mercenaires qui ont rallié le mouvement seront là pour leur montrer les techniques les plus efficaces pour résister aux assauts, même à ceux des cavaliers lourdement armés, lancés contre eux à pleine vitesse.

Tous ne semblent pas convaincus et encore moins enclins à s'enrôler, comme cela, sur le tas, en laissant leur village sans défense. Mais Dietrich les rassure : « Qu'un sergent ose seulement toucher un cheveu d'une de nos femmes, ils s'en repentiront et leur sang versé abreuvera la terre qu'ils ont osé souiller. Nous sommes tous unis, solidaires, comme les doigts d'une main. Ensemble, nous vaincrons, car ceux qui s'opposent à nous ne sont que des mercenaires ou des hommes de basse police risquant leur vie pour une solde minable, au profit des seigneurs opulents bien au chaud derrière les murailles de leurs châteaux ou au fond de la crypte de leur abbaye, alors que nous tous, nous nous battons pour un monde plus juste, plus fraternel et plus humain afin que chaque enfant de Dieu puisse vivre dignement sur son lopin de terre, comme il est écrit dans la Sainte Bible. »

« Pour ce lundi de Pâques, nous pouvons nous réjouir en restant bêtement autour de nos tables et faire ripaille pour ceux qui ont de quoi mettre dans leur assiette; on peut aussi se réjouir en dansant au son de nos flûtes et de nos tambourins; mais nous pouvons aussi montrer au monde des riches que nous sommes désormais des gens sur qui il faut compter, avec qui il faut partager, avec qui il faut discuter d'homme à homme, d'égal à égal, devant Dieu et devant les hommes. Nous pouvons nous réjouir que même le Grand Bailli impérial de Haguenau, Jean-Jacques de Morimont, un seigneur respecté du Sundgau, appelé à représenter notre empereur, ait quitté la table bien dressée et couverte de succulents plats au sein de sa cour, dans l'ancien palais des empereurs; il s'est déplacé en personne et s'est installé à la Commanderie de l'ordre de Saint-Jean près de Dorlisheim, et pourquoi donc, un jour comme celui-ci ? Pas pour essayer de nous punir ou de nous ramener de force dans nos villages et dans nos fermes, mais pour engager des pourparlers avec notre commandant Erasme Gerber, une preuve de plus qu'on nous prend enfin au sérieux. Et je vous le redis encore une fois, c'est en œuvrant ensemble que nous continuerons à nous faire respecter ! À cette seule condition, sachez-le ! »

Dietrich ne leur dit pas qu'il sait qu'Erasme Gerber refusera la main tendue, car il n'a aucune confiance en ce personnage à la solde de l'Autriche, les Habsbourg possédant une bonne partie de la Haute Alsace. Érasme ne veut surtout pas être mené par le bout du nez, être amené à accepter des propositions à l'honnêteté douteuse, pleines de ruses et de tergiversations qu'il subodore. Qu'il préfère refuser toute négociation, pour ne pas tomber dans un piège et ne pas devoir supporter la stérilité des palabres voulus par la noblesse pour gagner du temps, comme ce fut déjà le cas en Allemagne, il n'y a pas si longtemps. Car Erasme Gerber a maintenant 5.000 paysans sous ses ordres; son mot d'ordre a été suivi dans tous les environs sur une distance de nombreuses lieues, allant de Rosheim au sud jusqu'à Wangen et Nordheim au nord : il vient d'envoyer des émissaires à la ville de Marmoutier qui ont pour mission de transmettre un message clair : ils laissent à la municipalité un délai de 3 jours de réflexion pour se rallier à la cause paysanne en ouvrant ses portes sans offrir de résistance.

Gerber et ses lieutenants savent que leurs forces fichent la trouille à tous ceux qui veulent s'accrocher à leurs privilèges; ils veulent avoir toutes les cartes en main avant d'aller plus loin et de commencer à négocier, c'est-à-dire rassembler plus de 10.000 hommes qu'aucun contingent de gens d'armes de la région ne pourrait écraser, même pas le duc de Lorraine que tous les puissants appellent au secours. Son but idéal est de se rallier la ville de Strasbourg devenue une république favorable à la Réforme et trouver un point d'appui inexpugnable en visant notamment la ville très bien fortifiée de Saverne, propriété de l'évêché de

Strasbourg, dont le prélat Guillaume de Hohnstein est toujours absent. Les paysans de Hattmatt discutent un moment entre eux, puis décident de tirer au sort les premiers d'entre eux qui partiront pour leur lieu de rassemblement, devant l'abbaye de Neuwiller.

22 Le 17 avril 2025 Besoin de spécialistes

À l'hôtel Chez Hans, à Saverne, Stéphane et Léonce Krebs se retrouvent en tête-à-tête, une situation devenue plutôt rare ces dernières années; le père, d'un naturel jaloux et envieux, est peu enclin à reconnaître le succès grandissant de son fils dans les affaires de grand banditisme, jamais pris, c'est vrai, mais pas vraiment « blanc comme neige », restant dans le collimateur de la police judiciaire sans toutefois donner de prise aux fonctionnaires bien intentionnés qui le surveillent d'un œil plus ou moins distrait selon les priorités du moment et les directives du ministère de l'Intérieur. Pour le fils, c'est plutôt le contraire : il a presque honte de « l'ancêtre » aux vieilles méthodes et aux affaires de petite envergure qu'il continue de brasser, faisant maintenant davantage dans le recel que dans les escroqueries devenues trop risquées ou trop compliquées pour lui. Léonce, également surveillé par la police, qui pense cependant que sa carrière est en train de se terminer en queue de poisson, s'éternise à se donner un faux air d'Humphrey Bogart. Il est vrai qu'il se sent quasiment à la retraite; il a mis suffisamment d'argent de côté pour pourvoir à tous ses besoins, même à s'entourer d'hommes de main sans le sou, payés au lance-pierre.

Mais le rêve de Léonce est de faire un dernier « gros coup », celui qui lui donnera en même temps la notoriété et la richesse, avant de cesser ses activités louches trop prenantes et éviter ainsi de finir ses jours dans une cellule ou d'être abandonné dans un EHPAD pour personnes nécessiteuses. Son fils sent bien l'importance de ce projet pour son paternel, mais tente de minimiser l'intérêt qu'il porte lui-même à cette histoire de trésor, pour ne pas donner prise. Il frétille à l'idée de tester l'Intelligence artificielle dans ce cas de figure où il y a gros à gagner, car il s'est bien renseigné : la fortune cachée en 1525 sur ordre du comte de Hanau-Lichtenberg correspond à plusieurs millions d'euros selon des amis ou connaissances qui sont des historiens de métier, qu'il a interrogé « juste par simple curiosité », leur avait-il annoncé.

Mais selon certains de ses informateurs, le comte aurait également mis la main sur un trésor encore plus important, celui de l'évêché de Strasbourg, une fortune, paraît-il. Mais ce ne sont encore que des suppositions, l'IA l'aidera bien à distinguer le vrai du faux, à séparer ce qui est la réalité de ce qui n'est que légende, simplement en laissant mouliner les superordinateurs de MAIA à Saverne, société dont il tient encore l'avenir entre ses mains, puisque c'est lui qui finance tout…avec l'argent des autres. Léonce le rend attentif au danger que représente Arthur Dubreuil et ses ingénieurs sur deux points précis : sauront-ils se taire comme ils s'y sont engagés, le temps d'obtenir ce que nous voulons, sans qu'une fuite ou une mauvaise publicité mette tout parterre ? Et l'autre point : comment et combien de temps pourrons-nous les tenir assez éloignés de notre objectif réel, sans risquer de les voir s'opposer ouvertement à nous, nous mettre les bâtons dans les roues, et peut-être même nous dénoncer aux autorités. « C'est un risque que nous avons décidé de prendre dès le moment où nous nous sommes servis d'eux, à nous de rester prudents et même davantage, toujours sur nos gardes. Nous avons rendez-vous dans deux jours pour engager le fameux test, jouons aux passionnés des sciences et nous aurons toute leur attention et le dévouement que nous attendons d'eux, marmonne Stéphane tout en sirotant son mojito sur la terrasse du restaurant de l'hôtel qui donne sur la rue de la Gare.

- Ce qu'il nous faut, c'est un vrai spécialiste du XVIe siècle, un historien de métier si possible, capable de prioriser et d'organiser les données à moudre par l'IA. On pourrait bien se payer les services de plusieurs professionnels de ce genre, mais le problème est le même qu'avec les ingénieurs, les historiens sont des hommes de sciences qui vivent sur leur nuage et qui seraient horrifiés d'apprendre que nous recherchons ce trésor à notre seul profit, dit Stéphane en recoiffant ses cheveux ébouriffés par les rafales capricieuses qui soufflent en ce jour de printemps. Nous deux, nous n'y connaissons pas grand-chose, nous sommes incapables d'organiser cela nous-mêmes, ce serait même une erreur de notre part et on perdrait plus de temps qu'autre chose à pédaler dans la choucroute.

- Et de l'argent , mon fils, on perdrait surtout de l'argent, sans pour autant assurer le succès de l'affaire. Tu as raison. Ce serait un mauvais investissement. Stéphane, j'ai une meilleure idée, on pourrait mettre dans le coup Paul-Henri Weissenberg, lui-même, il n'y a pas meilleur spécialiste en la matière. Nous savons par nos écoutes qu'il possède vraiment la partie manquante de la carte du trésor. En l'invitant à participer aux recherches, il nous serait non seulement très utile, mais apporterait son bout de carte dans « notre panier » , ce qui nous éviterait de perdre du temps à essayer de s'en emparer et d'obtenir ainsi gratuitement ce que nous étions prêts à acheter même à bon prix. Qu'en penses-tu ?

- Je doute que ce Weissenberg s'associe à nous, nous n'avons rien pour l'appâter, encore moins pour le convaincre et notre apparence ne donne pas exactement l'image qu'il doit se faire du parfait partenaire, tu vois à quoi je pense : le comportement et les signes qui dénotent la probité, l'honnêteté, l'innocence, le désintérêt, la passion et la bonne volonté, on ne peut pas dire que ce sont nos atouts naturels ? Réfléchis deux minutes.

- Weissenberg est un passionné, ce qui signifie qu'il suffit de le mettre sur les bons rails pour qu'il fonce tout droit comme un bolide, ce n'est pas plus dur que ça. Et ensuite, il faut le laisser filer droit devant lui, c'est un gars obstiné et persévérant; il sera comme un wagonnet rempli de savoirs et de compétences, et nous, nous serons la locomotive qui tire le train de marchandises dans lequel sera chargé le trésor qu'on recherche; notre tender sera rempli de nos pépètes et de l'avidité reptilienne inscrite dans notre ADN, celle de notre chère famille, si fière de vivre en dehors des lois et des conventions sociales. Non, n'ai-je pas raison ?

- Je ne sais pas, père, mais je te laisse gérer les négociations avec ce Weissenberg qui, selon toi, n'est qu'un doux rêveur inoffensif. Ou est-ce que je me trompe ? D'ailleurs, comment comptes-tu t'y prendre pour le convaincre, toi, qui as toujours un bon tour dans ton sac ?

- Le plus simplement du monde. Je vais le contacter, lui annoncer l'utilisation de l'IA dans nos recherches « scientifiques » pour honorer le 500e anniversaire de la Guerre des paysans à notre manière et tu peux compter sur moi, il sera ravi si je lui souffle à l'oreille qu'il en sortira peut-être un nouvel ouvrage signé de sa main…et financé sur les fonds de notre trésor, et, cerise sur le gâteau, que ça lui apporterait une notoriété mondiale en plus, pourquoi pas ?

- Ne vendons pas la peau de l'ours avant de l'avoir tué, dit un dicton, je crois. Alors, dis-moi un peu, comment feras-tu s'il refuse de coopérer ? Grand malin !

- J'ai tellement d'arguments pour convaincre les gens, je ne vais pas tout te dévoiler simplement parce que tu claques des doigts, non, mais…je t'assure, j'en fais mon affaire et c'est garanti à 100% que Weissenberg sera des nôtres, parole de Krebs !

- Oui, je veux bien t'en croire capable, mais ne te vante pas trop tôt; je demande à voir comment tu vas gérer ça ! Parce que le tact, ce n'est pas vraiment ton fort, ça n'a pas l'air d'être inscrit dans ton ADN non plus !

- Ce sont MES oignons, laisse-moi faire ! Ce qui compte, c'est le résultat, non ? Les moyens que j'utilise sont sans appel, Weissenberg travaillera pour nous, ne t'en fais donc pas, c'est du tout cuit.

- Alors, appelle-le ! Oui, tout de suite, d'ici, je suis impatient de connaître ses réactions de scientifique « qui est sur son nuage » !

- Si tu veux, j'ai son numéro sur moi, un peu de patience, et à nous mon petit Weissenberg !!!

Le téléphone sonne longuement et personne ne semble vouloir décrocher l'appareil. Léonce tente de le joindre plusieurs fois de suite, mais personne ne donne suite à l'appel ni au message succinct qu'il laisse sur le répondeur. Décidément, il se pourrait bien qu'il soit parti en balade promener son petit chien, comme il le fait plusieurs fois par jour. Toutes les nouvelles tentatives échouent et Léonce en est désappointé. Enfin, après un quart d'heure passé à s'user les doigts sur son smartphone, il obtient la communication avec Paul-Henri Weissenberg en personne. Léonce qui se fait passer pour Emile Bach, chercheur au CNRS, lui présente d'une manière très professionnelle sa requête, disant être un représentant de l'Institut d'Histoire de l'Alsace de l'Université de Strasbourg. Il lui vante le rôle qu'il pourrait jouer dans ces nouvelles méthodes de recherche avec l'aide des ingénieurs de MAIA, société dont le professeur n'a encore jamais entendu parler. Weissenberg est étonné par la possibilité offerte, avec le financement à l'appui, de la parution d'un ouvrage décrivant cette expérience innovante. Paul-Henri demande à son interlocuteur de lui laisser son numéro de téléphone ou à défaut qu'il le rappellera à l'université, car cela demande un temps de réflexion avant de s'engager dans une aventure pareille. Léonce lui demande d'éviter d'appeler l'Institut pour qu'ils ne perdent pas un temps précieux, lui-même étant le plus souvent en déplacement, et lui laisse son numéro de téléphone portable : « Comme cela, nous serons en contact direct, ce qui sera incontournable pour une collaboration assidue, je l'espère, martèle-t-il. »

Quand Léonce range son smartphone, Stéphane fait mine d'applaudir ostensiblement la prouesse de son père. « Quels progrès ! Tu seras bientôt diplomate au quai d'Orsay, si tu ne te retiens pas. Maintenant, tu ne lui as pas non plus mis la pression, ce qui est un bon point pour toi. Il ne se sentira obligé en rien. Mais rien ne dit non plus qu'il donnera une réponse favorable, n'oublie pas que c'est un vieil homme, un retraité qu'on dit malade et qu'il y réfléchira à deux fois avant de se décider. L'avenir nous dira si tu as joué la bonne carte…ou pas ! »

23 Le 18 avril 2025 Dans le doute

Ce matin, peu avant midi, arrive à Moetzenbruck Mike Weissenberg, homme d'affaire et industriel, l'un des rares chefs d'entreprise français à avoir osé s'implanter à Jytomyr en Ukraine au moment de la guerre, il y a trois ans; il est le seul fils de Babeth et de Paul-Henri Weissenberg. La veille au soir, son père lui avait demandé conseil, car il a de sérieux doutes sur un personnage qui s'était présenté sous le nom d'Emile Bach. Mike lui a promis de faire des recherches sur cet homme soi-disant « providentiel » : il faut toujours se méfier de ceux qui vous apportent du tout cuit sur un plateau d'argent, ça sent souvent la mauvaise combine ou même l'escroquerie, lui avait-il avancé, assez sûr de lui. Effectivement, ce que Mike a découvert est extrêmement déroutant : il existe bien un Emile Bach, un professeur de l'Université de Strasbourg, mais ce dernier est décédé depuis une dizaine d'années. Alors l'interlocuteur si prolixe est soit un usurpateur patenté, soit un de ses descendants, fils ou petit-fils de l'historien Emile Bach. « Il faudra simplement lui poser la question et lui montrer que nous prenons nos renseignements avant tout engagement, répète Mike. A priori, dans les informations que j'ai pu avoir auprès de l'Université, il n'est pas fait mention d'un fils quelconque et encore moins d'un descendant qui porterait le même nom; il n'y a plus aucun Bach sur la liste actuelle des professeurs, mais il pourrait aussi, s'il existait vraiment, enseigner n'importe où en France, dans l'Union européenne ou même en Suisse qui n'en fait pas partie. Cela reste à creuser, en tout cas une chose est sûre, tenons-nous sur nos gardes. »

« Cet Emile Bach s'est bien présenté au nom de l'Institut d'Histoire de l'Alsace; dans ce cas, il pourrait très bien être le petit-fils du défunt; ça se fait encore de donner le nom du grand-père à un enfant chargé d'assurer la continuité de la lignée d'une famille, affirme Paul-Henri. Rien ne m'empêche pour le moment de faire comme si le rôle qu'il me propose m'intéressait; en posant un tas de questions, certaines plus pertinentes que d'autres que je noierai dans un fatras d'interrogations plus ou moins anodines, je verrai bien ce qui en ressortira de positif ou non, qu'en penses-tu Mike ? » Son fils réfléchit un petit moment et lui propose de procéder comme il l'a dit, que c'est une manière raisonnable d'aborder ce genre de question, mais en cas de doute non éclairci, il lui conseille de ne pas donner suite. Paul-Henri se souvient que ce Bach avait évoqué une société savernoise, MAIA, spécialisée dans l'Intelligence artificielle avec qui il serait en cheville. Mike tombe des nues parce qu'il connaît très bien MAIA et son directeur Athur Dubreuil, un vieil ami, ce qui serait plutôt un aspect positif s'il était engagé dans ce projet-là, ce serait de bon augure. « J'en parlerai très rapidement à Arthur pour avoir son avis. Compte sur moi ! Je te tiens au courant ! »

Pour en revenir aux doutes qui embrument encore cette affaire, Mike demande à Paul-Henri qu'il réclame des garanties et qu'il exige d'avoir un regard sur l'ensemble du projet qui doit certainement être décrit noir sur blanc dans un dossier comme c'est le cas pour tous les documents administratifs dépendant de l'Université. Qu'en cas contraire, il décline simplement l'offre qui lui est faite, rien ne l'obligeant à s'engager corps et âme dans une aventure pareille, sans garde-fou ni clause de retrait. Qu'il peut faire référence à Athur Dubreuil en insistant bien sur les liens qui lie ce dernier aux sociétés de son fils, également actives dans le domaine de l'IA, ça peut toujours servir. C'est à son père seul d'en juger, mais il le met en garde devant des propositions trop alléchantes, notamment celles qui lui garantissent la parution d'un nouvel ouvrage écrit de sa main, lui qui se vante d'avoir déjà produit des dizaines de livres. « On dirait un gros appât pour attirer le « poisson Weissenberg », ironise-t-il. « Père, tu sais que l'édition, c'est plutôt ton point faible, ne te fais donc pas avoir parce qu'on te fait miroiter la sortie d'un nouveau bouquin. Tu n'as pas besoin de ça, tu es une référence dans le monde des travaux historiques, tu le sais bien. Maintenant, tu fais comme tu le sens, je t'ai donné mon humble avis qui ne vaut pas plus qu'une simple mise en garde, au vu des éléments que nous venons d'évoquer ensemble, conclut Mike. »

Bien sûr, Babeth et Paul-Henri finissent par inviter leur fils à table devant une petite choucroute préparée à la bière et non au riesling parce que c'est plus digeste ainsi, prétendent-ils; il ne manque rien sur le plat, ni lard frais salé, lard fumé, tranches de palette fumée, boulettes de foie de porc et les incontournables saucisses de Strasbourg, les fameuses knacks qui font le délice d'un tel repas; c'est presque un menu de jour de fête. Pas étonnant que le couple de septuagénaires présente les signes peu discrets des gens un peu trop bien nourris, presque ventripotents, qui font plus envie que pitié quand on les observe dans leur environnement habituel. La gastronomie alsacienne est du genre calorique, protéiné et un chouia un petit peu trop gras : ce n'est donc pas le chou lactofermenté de la choucroute qui est l'élément nocif, bien au contraire, c'est tout l'accompagnement de cochonnailles qui déséquilibre l'alimentation de ce jour de printemps un peu frais pour la saison. Paul-Henri sait qu'il fera une bonne sieste avec son petit yorkshire, appelé Plouc, alors que Babeth tentera de lutter, comme elle le fait quotidiennement, contre les assoupissements en lisant le énième tome de la série livresque *La sœur disparue*, de Lucinda Riley. Quant à Mike, il sera bien obligé de reprendre les rênes de ses entreprises sans dévier d'un iota de ses objectifs, n'étant pas un paisible retraité sans soucis apparents, lui.

Avant d'aller faire son petit roupillon, Paul-Henri avoue à son fils qu'il a depuis peu des problèmes avec ses prothèses auditives. « Ce qui est bizarre, décrit-il, ce sont des sifflements que je n'ai jamais entendus nulle part jusqu'à présent, un bruit incommodant qui survient à certains endroits de la maison, par exemple dans le couloir, ou quand je suis assis sur ma méridienne au salon et même à l'étage, quand je passe devant les étagères de la bibliothèque et de ses extensions. Ce phénomène coïncide, je crois, jour pour jour, au remplacement par l'opérateur « Citron » de notre vieille box; car nous avons un nouvel engin qui fonctionne par ailleurs à merveille, il faut bien le remarquer. Plus la moindre panne, un débit maximum, on n'a pas à se plaindre. » Mike se rend dans le couloir et tombe des nues quand il s'aperçoit que ce n'est pas une box de chez « Citron » qu'ils louent, mais quelque chose de beaucoup plus sophistiquée qui ressemble à s'y méprendre à une centrale d'alarme, comme on en installe pour sécuriser maisons et appartements. Il demande si ses parents ne se sont pas abonnés à ce type de formule de protection des biens et des personnes, mais ces derniers savent bien qu'il n'en a jamais été question et que l'opérateur n'avait pas évoqué du tout devant eux ce type de prestation.

« L'opérateur, je l'ai bien remarqué, avait collé un autocollant « Citron » sur cet appareil dernier cri, mais on n'a jamais discuté avec lui de sécurité et de surveillance, rajoute Paul-Henri. »

Étonnant que ces problèmes d'oreilles soient survenus avec ce changement de box, mais Mike veut en avoir le cœur net en demandant à son père s'il a bien mis ses sonotones et de se placer aux endroits qui d'habitude déclenchent le sifflement de ses dispositifs sonores. Mike voit bien que son père a repéré avec précision les endroits concernés; ça siffle à chaque passage. Mike va dans sa voiture chercher un appareil capable de repérer des microphones cachés; il se met à fouiller, à commencer entre les livres d'une des étagères...et que trouve-t-il ? Un micro miniaturisé très bien camouflé. Pareil dans tous les lieux où l'on a délibérément caché ce genre de dispositif jusque dans la chambre à coucher. De plus, il découvre aussi des caméras miniatures ! Mike, ancien officier de la DGSE, connaît très bien ce type de matériel et ne décolère pas. Mais il ne leur dit rien de précis sur le sujet, faisant mine de contrôler l'installation et remettant discrètement les micros et caméras à leur place. Il leur raconte qu'ils ont dû bénéficier d'un contrat spécial qui leur assure cette prestation sécuritaire, en somme un cadeau de « Citron » pour le vieux couple qui semble plutôt satisfait de profiter de ce type d'avantage... Il laisse tout en place pour ne pas donner l'alerte auprès des agents quels qu'ils soient, ceux qui se sont permis de faire intrusion dans le domaine privé de ses parents. Il demande cependant à ses parents de se montrer prudents, qu'ils sont peut-être mis sur écoute par des agents commerciaux un peu douteux et qu'ils ont intérêt de mettre de la musique à fond quand ils parlent de sujets sensibles ou simplement de choses qui risquent d'intéresser des gens un peu trop curieux, peut-être mal intentionnés, qui sait ?

Ses parents tombent des nues et Paul-Henri se demande s'il ne vaudrait pas mieux débrancher ce nouvel appareil et mettre fin à leur contrat avec « Citron ». Mike leur demande de ne rien faire pour le moment avant qu'il découvre le pot aux roses et les rassure en prétendant qu'il contrôle la situation. Mais qui donc a intérêt à espionner ces paisibles retraités ? Que se passe-t-il donc à Moetzenbruck qu'il ignore encore ? Ses parents sont-ils surveillés parce qu'ils sont en danger ou bien parce qu'ils représentent un danger pour quelqu'un d'autre ? Et pourquoi donc, que risquent-ils vraiment ? Autant de questions justifiées qui se bousculent dans sa tête. Mike, pour essayer d'en savoir davantage, les interroge : ont-ils remarqué des évènements particuliers qui sortent de l'ordinaire ces derniers jours, en dehors du changement de box ? Mais ils ne voient vraiment pas de quoi Mike veut parler et tout leur a semblé se dérouler normalement dans leur environnement proche. Mike, pas vraiment rassuré, décide d'en aviser son vieil ami, le lieutenant-colonel Clément Boyard, officier actif de la DGSE, pour lui demander conseil : il note bien les références du matériel sophistiqué repéré à la place de l'ancienne box pour en obtenir la provenance et éventuellement savoir qui utilise d'habitude ce type d'installation « à ne pas mettre entre toutes les mains ». Il décide donc d'ouvrir sa propre enquête pour démêler le vrai du faux, en espérant que ses parents ne tombent pas dans les filets d'un complot ou d'une machination. « Mais ne soyons pas si paranoïaques, étudions cela à tête reposée. »

Quand Mike reprend la route pour retourner chez lui, au château Batry qu'il loue à Bleichhoffen, après avoir bu un ou deux Coca-cola avec son repas, aux grands cris de Babeth qui pense que c'est presque une insulte à ses talents de cuisinière de saboter ainsi les arômes et les saveurs de sa choucroute obtenus avec des ingrédients savamment dosés, il n'a pas peur d'enfreindre la loi en prenant le volant, car il n'a pas bu une seule goutte d'alcool. Au mieux de sa forme, malgré un petit ballonnement au creux de l'estomac, il descend le plateau lorrain par le village de Wimmenau et par Ingwiller, parce qu'il décide, sur un coup de tête, d'aller d'abord à Saverne pour y rencontrer son partenaire Arthur Dubreuil, directeur de MAIA, la start-up spécialisée dans l'ingénierie de l'Intelligence artificielle, un sujet qui passionne Mike, lui-même en train de développer de nouvelles applications dans ce domaine. Il se réjouit de rencontrer son vieil ami qui vient de lui assurer que ses avancées techniques sont fulgurantes et dépassent même pour certaines l'entendement humain. « Normal, avait répondu Mike, c'est ça, l'IA, elle est capable de nous surprendre, même nous qui sommes les plus avertis des ingénieurs dans ce domaine. »

24 Le 18 avril 2025 Sur écoute

Stéphane Krebs se rend dans le manoir de son père, à La Petite Pierre, pour découvrir dans une salle dissimulée, quasi secrète, entièrement voûtée en berceau, une installation digne des grands films d'espionnage américains. Des écrans haute-résolution visionnent les pièces d'une maison : on devine un couloir, une cuisine, un salon, une énorme bibliothèque. Un appareil enregistreur Tascam DR-60D relié à des haut-parleurs, capable d'enregistrer vidéos, bandes sonores et photos, fait partie de cet équipement. Un homme est posté derrière ce matériel, travaillant avec un casque Sennheiser 660S sur les oreilles, les yeux fermés comme s'il était sur un petit nuage, loin de l'agitation de la vie moderne. Léonce le présente à son fils : Guillaume Lourson, que tout le monde appelle Willy. « Willy Lourson, ça fait un peu Winnie l'Ourson, tu vois la ressemblance ? demande Léonce. » Ce à quoi son fils répond qu'au meilleur des cas, il trouve ça vraiment ridicule et vraiment puéril, digne du niveau CP de l'École élémentaire, qu'il attend aussi qu'il évoque un pot de miel, un âne auquel il manque la queue ou une autre connerie de ce genre. Et revoilà, le ton est donné entre les deux hommes, père et fils qui s'adorent et en font continuellement la démonstration par l'absurde.

Willy, le faux agent de l'opérateur « Citron » qui est intervenu chez les Weissenberg, vous l'aurez deviné, sursaute quand il se rend compte de la présence de son patron qui l'observe en fronçant ostensiblement les sourcils. Ce dernier l'interroge d'un regard noir et pénétrant et lui demande d'ôter son casque qui lui donne un faux air de Mickey Mouse pour pouvoir discuter de vive voix :

- Qu'y a-t-il de si intéressant à écouter qui te plonge ainsi dans l'extase, demande Léonce à son homme de main ? Tu peux me résumer ça en deux, trois mots ?

- C'est la recette des Eierkuechle que Babeth, enfin Madame Elisabeth Weissenberg, est en train d'expliquer à sa belle-fille chinoise, Loulou, qui se passionne depuis peu pour la cuisine traditionnelle alsacienne. Cette recette succulente, à en juger par les dires de la pâtissière, est une variante des Eierkuechle provenant de la région de Saverne : on les épice en insistant beaucoup sur la cannelle, ça a l'air très appétissant, dit Willy en faisant semblant de se lécher les doigts.

- Passionnant, je vois que tu rentabilises mon installation, ironise Stéphane en haussant les épaules, à part ça, rien de plus intéressant qui puisse intéresser la planète ?

- Willy, nom d'une pipe, je t'ai demandé de résumer l'essentiel, pas d'en rajouter avec des recettes à la « mords-moi le nœud » ! Où en sommes nous exactement de nos écoutes, essaie de te concentrer un peu, nous n'avons pas de temps à perdre.

- Si je dois résumer, je présume que je peux oublier les petits faits anodins de la vie quotidienne des Weissenberg, comme ceux de leur vie amoureuse par exemple, ne pas aller dans ce genre de détails qui promettent encore de beaux restes, ajoute-t-il avec un sourire salace; même remarque pour les discussions avec les voisins et les voisines de Moetzenbruck, les appels téléphoniques en très grande partie liés au harcèlement de sociétés commerciales bidon ou pas, tout ça n'a absolument aucun intérêt pour vous, je suppose, à moins de vouloir se lancer dans quelques statistiques débiles.

- Ce Willy est futé, dit en aparté à son père, Stéphane qui demande qu'il en vienne rapidement aux faits.

- Ce qui est intéressant, c'est que notre écoute confirme bien que les Weissenberg possèdent le morceau de la carte du trésor de Hanau-Lichtenberg que le vieux a retrouvé comme signet dans un grand livre à la couverture rouge sang, écrit en lettres gothiques…

- Il sait vraiment bien résumer le bougre, souffle Stéphane dans un geste de grande lassitude.

- Très bien, dit Léonce, maintenant nous en sommes sûrs, c'est déjà un bon point. Cette carte, où l'ont-ils rangée, ont-ils évoqué cette question entre eux?

- Elle n'est pas rangée n'importe où, cette carte est cachée aux bons soins de leur petit-fils Max qui a été chargé de trouver une cachette indécelable pour le commun des mortels.

- C'est quoi, cette foutue cachette ? Où se trouve cette satanée carte, allez, dépêche-toi, éclaire-nous notre lanterne !

- Mais je n'en sais fichtrement rien, Max a eu ordre de la cacher secrètement dans un endroit connu de lui seul…DE LUI SEUL, vous comprenez ça ! C'était hors champ de nos caméras.

Je ne peux donc pas vous dire où, puisque c'est secret et que le couple Weissenberg lui-même n'en sait rien non plus. Les caméras ne permettent pas de visionner l'ensemble de la maison de la cave au grenier, que je sache, et quand Max a caché la carte il n'a pas dit non plus à haute voix ou même crié sous tous les toits où il a posé ce fichu morceau de papier. Je n'en sais donc strictement rien !

- Ce Weissenberg est plus futé que je ne le pensais, ajoute Stéphane. C'est malin de sa part. Il a repris la stratégie du receveur général de Bouxwiller lors de la Guerre des Paysans, de donner l'ordre à des hommes de main de cacher le trésor sans que lui-même soit au courant de la cachette; ainsi, même sous la menace, le chantage ou la torture, il était dans l'incapacité de se trahir, même sous les plus atroces souffrances.

- Tu es au courant de cette histoire ? Bravo, je vois que cette période qui nous intéresse tant n'a déjà plus de secret pour toi. À la bonne heure. Je ne vais donc pas perdre de temps à tout reprendre à zéro ! ronchonne Léonce, étonné de l'intérêt soudain de son fils sur les évènements de 1525.

- Monsieur Krebs, j'ai aussi une mauvaise nouvelle, si je puis me permettre. Il faut que je vous prévienne d'un fait qui vous fera beaucoup moins plaisir : en effet, je pense que notre dispositif a été découvert. Et cela après la visite de Mike Weissenberg, le fils du couple, qui doit savoir reconnaître une installation d'écoute et d'enregistrement comme celle qu'on a mise en place.

- Ils en ont parlé en ces termes-là ? Dis-nous-en plus, c'est important.

- Non, pas du tout, pas même un mot. Mais depuis le passage de Mike, dès que les Weissenberg discutent de choses et d'autres sortant un peu de l'ordinaire, du type « passe-moi le beurre…et les cornichons », ils mettent de la musique à fond, style la *Symphonie n° 9 dite « du Nouveau Monde »* d'Anton Dvorak, où la *charge des Walkyries* de Richard Wagner, style bande son du film *Apocalypse Now.*, vous voyez ! Impossible de comprendre quoi que ce soit quand leur sono gueule ses 300 watts. C'est qu'à mon humble avis, ils doivent savoir.

- Sûr qu'ils savent qu'ils sont sur écoute, s'ils se comportent ainsi. On va pouvoir arrêter cette mascarade qui ne sert plus à grand-chose, à part donner des infos au syndicat national des EHPAD, on n'apprendra rien de plus sur leurs manœuvres, l'essentiel c'est de savoir qu'ils possèdent bien la carte et qu'elle reste planquée chez eux.

- Mais Willy n'est pas niais comme vous le pensez peut-être, Willy est plus malin que ça et pense qu'il faut bien au contraire rester à l'écoute. C'est ainsi que j'ai découvert que Mike est un homme d'affaires prospère et devinez dans quoi il bosse le petit malin, hein ?

- Willy, arrête de nous rendre nerveux, ne joue pas avec le feu ou bien tu vas l'avoir aux fesses ! Tu vas voir de quel bois je me chauffe, dit Léonce en levant ses poings.

- Je vous en prie, un peu de patience ! Une des nombreuses activités du fils Weissenberg se situe dans le domaine de l'Intelligence artificielle, domaine dans lequel lui-même fait des recherches pour finaliser des applications concrètes, et pas des moindres, semble-t-il.

- Bon, et alors, quel rapport avec nous, si ce n'est notre intérêt pour l'IA ?

- Mike connaît très bien la société MAIA, à Saverne. De plus, il s'est lié d'amitié avec un certain Arthur Dubreuil, probablement le directeur de cette start-up, que vous devez bien connaître, il me semble, une amitié de longue date, paraît-il. Peut-être sont-ils cul et chemise et collaborent-ils sur des projets communs... j'ai entendu dire qu'ils étaient déjà « partenaires », ce qui, si je comprends bien le français, signifie qu'ils travaillent ensemble sur une ou plusieurs réalisations concrètes. Vous voyez, le poids que représente cette information ? Et à qui la devez-vous, patron ? À bibi, à votre Willy !

- Merci, Willy, tu as raison, continue les écoutes, mais seulement en journée, peu me chaut de tout savoir sur les ébats d'un vieux couple en déclin; la nuit, profites-en pour te détendre un peu ou fais comme tout le monde : couche-toi et dors ! Stéphane, s'il te plaît, suis-moi. Il faut que nous fassions le point, et pas plus tard que maintenant, c'est vraiment urgentissime.

25 Le 18 avril 1525 Strasbourg en émoi

Ce 18 avril, la ville de Strasbourg envoie des émissaires auprès du deuxième groupe le plus puissant d'Alsace, celui de Neubourg, qui s'est soulevé dans le comté de Hanau-Lichtenberg : le comte Philippe III préfère laisser faire ses paysans, mais les fait espionner pour rester bien informé de leurs déplacements; il sait que la mission délicate de négocier avec eux a été confiée à deux éminents membres du Magistrat, Reinbolt Spender et Daniel Mieg que connaît personnellement le comte : ceux-ci proposent aux capitaines d'organiser une entrevue avec le Grand Bailli impérial de Haguenau à une date fixée par ce dernier au 10 mai. Tout le monde trouve cela franchement ridicule, car on est dans l'urgence et que c'est tout de suite qu'il faut s'asseoir autour d'une table pour voir ce qui est vraiment négociable ou pas, et pas remettre tout ça à si longue échéance. Mais aucun accord n'est finalement trouvé, l'autorité impériale voulant imposer la date, même chose pour déterminer le lieu de la future rencontre; aucun des chefs paysans ne souhaite entrer désarmé derrière les remparts de la ville de Haguenau sans la moindre garantie d'en ressortir libre, sain et sauf.

Ce 18 avril, on apprend qu'un nouveau groupe fort de 1.500 paysans en armes, mené par Conrad Diebolt, est en train de piller le couvent et l'hospice de Stephansfeld près de Brumath, et que cette force enthousiaste marche déjà vers le nord pour rejoindre le groupe de Neubourg. Ce dernier décide de piller l'abbaye de Neubourg devant laquelle il piétine depuis des jours et des jours. Spender et Mieg n'ont donc pas obtenu de meilleur résultat que Bucer, Zell et Capiton à Altorf : pas le moindre compromis trouvé, pas la moindre once de bonne volonté allant dans le sens de la modération. À Strasbourg, de nombreux dirigeants pensent que ces paysans et leurs chefs sont tous des têtes brûlées, qui mélangent tout, simplement parce qu'ils sont incompétents et ignorants des conventions habituelles, qui utilisent le levier de la réforme de l'Église pour justifier leur programme visant à détruire la société féodale, ce que la majorité des Strasbourgeois ne souhaite vraiment pas, et encore moins le patriciat tout puissant et les riches bourgeois eux-mêmes. Quant au petit peuple des artisans, des ouvriers et des compagnons, il faut s'en méfier comme de la peste, car ils pourraient bien faire cause commune avec les paysans comme on l'a vu se passer ailleurs, et ainsi trahir la petite république en bafouant le serment qu'ils ont tous prêté.

26 Le 19 avril 1525 Pillage à Neuwiller

Le grand prévôt de l'abbaye de Neuwiller, établissement devenu un chapitre de chanoines depuis 1493 après sa sécularisation, refuse de donner vivres et argent, à une troupe d'environ 200 paysans armés, ce mercredi 19 avril; malgré le mur d'enceinte qui isole les propriétés des religieux du reste de la ville, les insurgés arrivent à pénétrer dans les maisons canoniales, la salle capitulaire et même l'église qu'ils pillent de fond en comble, sans que les hommes de Philippe III de Hanau-Lichtenberg interviennent pour défendre les chanoines, alors que le comte, coseigneur de Neuwiller avec le grand prévôt, est en principe chargé de la protection de l'établissement; le comte a décidé de ne pas lever le petit doigt contre cette bande pourtant peu nombreuse au risque de souffler trop fort sur les braises de la révolte en menant des actes de répression. Certains colportent que ce pillage fait même l'affaire du comte qui a déjà bien profité de sa situation en usurpant des biens et des terres dépendant autrefois des religieux. D'autres prétendent que le comte fait simplement montre de prudence, ne voulant pas faire d'impairs, alors que son frère Louis de Hanau se montre plutôt favorable à la cause paysanne, sans non plus vouloir s'acoquiner avec les insurgés. Philippe envoie immédiatement un messager à Strasbourg pour informer la ville des dernières nouvelles, notamment pour relater l'étendue des pillages effectués sur ses terres à Neuwiller et à Neubourg par celui qui se fait appeler le « capitaine noir », un certain Hans Kiefer, ainsi que par l'aubergiste d'Oberbetschdorf, un certain Wolff. Le comte Philippe obtient assez facilement l'aide de Strasbourg qui accepte, un peu à contrecœur tout de même, de renforcer la garnison du château de Lichtenau en pays de Bade, directement menacé par les paysans.

Le mouvement se développe aussi très rapidement dans le Westrich, ces territoires dépendant du duché de Lorraine, notamment aux environs de Morhange, Dieuze, Sarrebourg, Insming près d'Albestroff, Sarre-Union, Sarreguemines, Bitche et Mandelbachtal (actuellement en Allemagne). Une trentaine de cures et d'établissements religieux seront pillés les jours suivants, des confrontations violentes ont lieu entre la maréchaussée ducale trop peu étoffée et les pillards en surnombre. Dans le comté voisin de Deux-Ponts-Bitche, l'insurrection semble plus massive encore. Cette fois-ci, le comte Philippe se sent obligé de prendre des mesures immédiates pour sécuriser ses biens. Il réunit ses fonctionnaires les plus fidèles une énième fois, mais s'en est terminé avec les hypothèses et les positions de neutralité dans ce conflit qui prend de telles proportions qu'immanquablement on le mettra au défi. Être obligé d'accorder crédit aux 12 Articles de Memmingen et de s'engager dans des négociations à sens unique, étant lui-même dans l'impossibilité de rétablir l'ordre, le comte veut à tout prix éviter de courber l'échine et surtout en aucun cas céder devant la force. On a vu de quoi sont capables ces satanés paysans lors des pillages des abbayes, actes restés totalement impunis pour le moment...mais pour le moment seulement... Alors Philippe décide de taper sur la table et de donner des ordres stricts avant son départ pour le château familial de Babbenhausen dont il a hérité et qui est en mauvaise posture outre-Rhin.

Philippe convoque l'officier qui commande les sergents, le capitaine Rolf de Weinbourg, un homme à poigne, droit comme la loi qu'il représente. Il lui confie le commandement de la milice de Bouxwiller formée dans la ville dans le cadre des services requis, l'une des corvées imposées aux corporations. Le comte a besoin de Rolf, qui est un très bon officier, reconnu et respecté, issu d'une famille de la petite noblesse ministérielle régnant sur un village coquet de viticulteurs; ses hommes, les sergents, seront désormais encasernés à Bouxwiller, obligés de rester groupés sans pouvoir quitter la caserne à moins d'un ordre signé de sa main. Les récalcitrants qui rechigneront à faire leur service obligatoire dans la milice seront immédiatement enfermés dans les caves du château ou astreints à domicile pour les malades et les blessés. Les trois portes de la ville resteront désormais toutes bouclées, herse descendue, et le seul passage autorisé sera la porte appelée Obertor, la tour du haut, que l'on pourra ouvrir seulement en cas de nécessité et sur ordre du capitaine. Rolf de Weinbourg remercie le comte de la confiance qu'il lui témoigne et l'assure qu'il peut compter sur lui et sur ses sergents, mais qu'il sera plus difficile, vu l'effervescence dans les campagnes, de faire confiance au petit peuple, d'autant plus qu'il sera bien obligé de remettre des armes à la milice pour qu'elle puisse défendre les remparts. Le comte demande à son capitaine de réserver les armes de jet et de tir, arcs, arbalètes, arquebuses et couleuvrines à ses seuls sergents, laissant au menu peuple piques et hallebardes. Le comte congédie l'officier afin qu'il mette en place le nouveau dispositif de sécurité sur le champ.

Philippe convoque ensuite le chancelier Cunon de Hohenstein auquel il ordonne de regrouper les archives les plus sensibles afin de les faire transporter en son château de Lichtenberg, ce nid d'aigle qui semble imprenable sur son éperon rocheux au sommet de la montagne. Pour le reste, qu'il trouve des endroits où disperser les documents en petites quantités, afin d'éviter qu'elles ne tombent entre de mauvaises mains et soient détruites. Il informe son bras droit qu'il va quitter le comté pour se rendre dans le berceau de sa famille à Babbenhausen où la situation est bien plus critique qu'ici. Il l'assure d'avoir envoyé un messager auprès du duc de Lorraine pour l'informer des déplacements des paysans du Westrich et lui demander ce qu'il compte prendre comme dispositions pour empêcher l'extension du mouvement; ce messager sera chargé de lui rapporter la réponse à Babenhausen. Pour les affaires financières et le trésor du comté, ce sera du ressort du receveur général Gaspard Metzger qu'il fait aussitôt appeler en son château. C'est à lui seul, et non au chancelier accaparé par la mise en sûreté des archives, que revient le soin de cacher l'or et l'argent qui font la richesse du comté, afin que cette petite fortune ne soit pas volée et dilapidée indûment à nourrir, armer et vêtir les « hordes paysannes » qui pensent à présent que tout leur est dû.

Resté seul avec Gaspard Metzger, le comte s'assied bien en face de lui et le regarde droit dans la prunelle de ses yeux. Il lui dit qu'il serait très imprudent de sa part de vouloir emporter le trésor comtal dans ses bagages, car son escorte devant le protéger jusqu'en Hesse sera très réduite et qu'il ne sait pas du tout ce qu'il trouvera à Babbenhausen où, très probablement, les risques sont encore plus graves qu'à Bouxwiller. Il lui recommande donc de respecter mot pour mot les ordres qu'il est prêt à lui donner, de s'engager sur sa vie à accomplir la mission qui sera aussi délicate que dangereuse, pour le bien du comté, pour lui et sa famille. Gaspard accepte spontanément en homme dévoué qu'il est, fier d'être devenu l'homme de confiance du comte.

– Je veux, dit le comte en appuyant sur chacun de ses mots, comme on insiste sur les questions de vie et de mort, que notre trésor soit mis en sûreté dans un lieu tenu secret, opération que tu confieras à deux hommes totalement sûrs; ceux-ci, triés sur le volet par tes soins, devront se charger de trouver une cachette qui devra rester totalement introuvable pour quiconque serait à sa quête. Ces deux hommes devront absolument garder le silence et surtout ne pas t'informer toi-même du lieu de la cachette, même si tu restes bel et bien le responsable de cette opération en tant que receveur général du comté. Ainsi, si la ville de Bouxwiller tombait entre les mains des pillards, comme tu peux t'y attendre, ils s'en prendraient à toi pour te faire parler; ils voudront obtenir à tout prix la révélation de l'endroit où se trouve le trésor; c'est pourquoi il faut que tu sois totalement dans l'impossibilité de répondre à cette question, même sous la pire des souffrances, tu resteras muet en hurlant sous la douleur, parce que tu ne seras pas mis dans le secret, me suis-je bien fait comprendre ?

– Oui, seigneur, j'ai bien compris votre stratégie, elle me paraît fort opportune. Mais j'ai totalement confiance au capitaine et aux hommes qui gardent nos remparts, les paysans ne pourront rien contre nous, je vous assure, Bouxwiller résistera.

– Gaspard Metzger, tu n'en sais fichtrement rien. Et moi non plus d'ailleurs. Il faut être prévoyant pour ne pas regretter plus tard d'avoir manqué de jugeote et de courage. Alors, ouvre grand tes oreilles et écoute la suite qui est d'importance.

– Oui, seigneur, je vous écoute très attentivement.

- Dans l'intérêt de tous, tu demanderas à ces deux hommes, qui seront les seuls êtres vivants sur cette terre à savoir où se trouve mon trésor, de dresser une carte des lieux qui paraisse suffisamment anodine pour brouiller les pistes, mais qui soit suffisamment éclairée, éventuellement par une légende, pour pouvoir retrouver l'endroit, au cas où les deux hommes devraient disparaître, on ne sait jamais. Nous sommes en pleine guerre civile, qui sait ce qui peut arriver ? Maintenant, voici le plus important de mes ordres : en fonction du déroulement des évènements, tu dois garder auprès de toi ces deux hommes ou au moins les surveiller de près et si tu sens qu'il y a le moindre doute, je dis bien le moindre risque qu'ils trahissent notre cause, tu devras les tuer de tes propres mains ou les faire disparaître en ta présence. Es-tu prêt à assumer cette responsabilité, Gaspard ?

- Oh non, seigneur, moi, jamais je n'ai commis de crime, je suis innocent de ce péché mortel et je ne compte pas y succomber. Pourquoi me posez-vous cette question ?

- C'est bien ce que je pensais, Gaspard. Pourtant, tu seras bien obligé d'obéir à cet ordre formel dont dépend l'avenir du comté. Si tu devais te rendre compte que l'un de ces hommes pourrait nous trahir par lâcheté, cupidité ou connivence avec l'ennemi, même si tu devais simplement douter de leur bonne foi, je te demanderais de devenir mon bras armé et de ne pas hésiter à les supprimer toi-même ou à les faire tuer par nos sergents, peu importe, c'est mon ordre formel, pour qu'ils se taisent à jamais et aillent pourrir en enfer. Comprends-tu ce que cela signifie pour toi ? Sache que c'est la seule solution que j'entrevois pour être sûr de sauver notre trésor dont l'intégralité devra m'être restituée, au florin près, dès que la situation le permettra. Ce n'est pas de gaîté de cœur que je demande le sacrifice de ton innocence, Gaspard, j'ai une entière confiance en toi, car tu es un homme foncièrement honnête et respectueux : voici une lettre qui justifiera les exécutions s'il s'avérait qu'elles deviennent une nécessité. Ainsi, devant la justice des hommes, tu auras scrupuleusement fait ton devoir d'officier comtal et on ne pourra pas t'accuser d'être un criminel, puisque tu agiras sur mon ordre et que cette décision sera de mon entière responsabilité.

- Mais, seigneur, vous me demandez d'assassiner des gens, je ne sais pas si je pourrais lever une arme contre quelqu'un, comme cela, de sang-froid, et devoir vivre ensuite en portant le fardeau du pire péché qui soit. Je sais bien que cet ordre émane de vous, mais j'ai si peur de faillir.

- Le moment venu, tu n'auras pas peur de faillir, je peux te l'affirmer. Toutefois, si tel était le cas, toi et ta famille en répondriez de vos propres vies, cela, je peux te l'assurer, ajoute le comte Philippe en donnant un coup de poing sur la table faisant sursauter Gaspard qui s'en trouve tout à fait ébranlée.

Anéanti, le pauvre Gaspard Metzger, jusqu'ici bienheureux receveur général du comté de Hanau-Lichtenberg, se voit désormais porter un immense fardeau, non seulement celui d'être responsable de l'intégralité du trésor du comté, mais surtout celui de devoir obéir à cet ordre qu'il ne se sent pas capable d'assumer. Donner la mort est un crime qui voue un meurtrier à l'enfer. Comment le comte peut-il exiger cela de lui, un homme droit, fidèle et dévoué, chrétien attaché à la parole de Dieu et au respect de ses lois : tuer, comment le pourrait-il ? Il ne sait même pas comment s'y prendre réellement. Mais, pour se rassurer un peu, il pense aussi que, peut-être, il n'aura pas besoin d'en arriver à cette dernière extrémité; en tout cas, il veut le croire bien fort pour se réconforter lui-même. Il n'est pas question de se laisser ronger par cette abominable éventualité. Il se dit qu'il choisira des hommes tout à fait solides, honnêtes, dévoués et désintéressés, pour éviter de se retrouver dans la peau d'un assassin, même si c'est au nom du comte, et seulement en son nom, comme le prouve sa lettre de mission que ce dernier a paraphée de sa large signature tout en volutes et en courbes.

27 Le 20 avril 2025 Les manouches en éveil

Rossio et la gracieuse Pépita d'Oro organisent la tournée des rémouleurs dans le village de Moetzenbruck, histoire de surveiller de plus près l'historien que les Krebs, père et fils, tentent d'exploiter. C'est Rossio en personne qui frappe à la porte des Weissenberg en demandant s'ils n'auraient pas des couteaux à aiguiser ou des ustensiles de cuisine à rétamer, casseroles, marmites et autres plats en métal qui seront comme neufs lorsqu'ils les leur rendront, c'est garanti ! Pour Paul-Henri, tout ça, c'est un peu du charabia, il ne connaît pas l'état de son matériel de cuisine; visiblement, ce n'est pas son domaine de compétence ou de prédilection, étant incapable de cuisiner lui-même en dehors de se faire quelques pâtes et d'y rajouter de la sauce tomate industrielle en boîte ou en tube, ou alors de se faire des œufs brouillés le matin avec de fines tranches de lard. Babeth étant absente à ce moment-là, probablement à faire les courses pour la semaine, un bon pli qu'elle a pris lors du confinement du 2020, faisant ainsi l'économie de déplacements inutiles, l'historien annonce de but en blanc qu'il ne peut pas leur donner de travail, mais que son épouse sera de retour dans une heure au plus, et qu'ils pourront en discuter avec elle de vive voix. Rossio opine de la tête et lui dit qu'ils reviendront un peu plus tard, qu'ils ont de toute façon des affaires en cours qui les occupent dans le village. Pépita d'Oro fait les yeux doux au vieil homme subjugué par la beauté de cette gitane qui en joue un peu trop selon lui pour être parfaitement honnête.

En réalité, Rossio ne doute pas que ce roué filou de père Krebs est en train de préparer un gros coup, celui de retrouver le trésor du comté de Hanau-Lichtenberg et de s'empocher une petite fortune. Mais il compte bien se mêler de cette affaire pour ne pas laisser faire impunément ces escrocs : c'est pourquoi il a mis sous surveillance le manoir des Krebs à la Petite Pierre, petite ville tranquille où campent, comme par le plus grand des hasards, quelques manouches provenant de son camp; ils sont assez familiers des lieux puisqu'ils participent activement au Festival de jazz manouche, créé en hommage à Mito Loeffler, une suite de concerts qui se produit tous les ans vers le 15 août dans cette ville touristique; ils sont presque, si on peut le dire ainsi, en territoire connu et on les respecte partout avec déférence, car ce sont les vraies vedettes des spectacles qui attirent tant de monde. Rossio a également missionné quelques-uns des siens pour tenir un stand de bouquiniste, sur la place du Général de Gaulle à Saverne, aussi appelée place du Marché ou place du Château par les Savernois de souche. Les brocanteurs disposent ainsi d'un poste d'observation qui donne sur la Grand-Rue et sur les locaux de la société MAIA. Et pour Rossio, tout est parfaitement bouclé pour savoir ce qui peut se tramer du côté des Krebs, pour intervenir si nécessaire au bon moment et au bon endroit et leur mettre les bâtons dans les roues. « Dès que Krebs père bouge le petit doigt, je le saurai immédiatement, et pour cela, je n'ai pas besoin de matériel sophistiqué ultra-cher et de cette montagne de conneries appelées Intelligence artificielle, peste-t-il, je me satisfais de mes gars qui sont mes yeux et mes oreilles, il est infaillible, mon système, en tout cas il m'a toujours satisfait par sa souplesse et par son efficacité. »

Après avoir refermé la porte, Paul-Henri reçoit un SMS de son fils, le priant de le rappeler au plus vite, ce qu'il fait dans la minute. Mike lui fait part de sa visite à la société MAIA à Saverne et de sa rencontre avec cette vieille connaissance qu'est Arthur Dubreuil. Comme il le pensait, la société travaille dur sur quelques projets prometteurs, dont il n'a pas pu apprendre grand-chose de précis, le secret professionnel entourant de mystère un ou plusieurs projets phares capables de révolutionner l'utilisation de l'Intelligence artificielle, prétend son directeur. « Par contre, Arthur ne connaît aucun Emile Bach, mais il m'a avoué travailler avec le financement de sponsors; il semblerait que ce soient les Krebs, père et fils. En as-tu déjà entendu parler ? demande Mike, en tout cas, ce sont eux qui tiennent les cordons de la bourse et leur font faire des tests « grandeur nature » pour voir jusqu'où l'IA peut aller, ce qui pour moi est plutôt flou et ne signifie pas grand-chose. » Paul-Henri posera la question à son interlocuteur qui s'est bien présenté sous le nom d'Emile Bach, il en est sûr; on verra bien quelle sera sa réponse. Mike lui demande de continuer à sonoriser leur maison avec la chaîne Hi-fi poussée à fond, sans toutefois incommoder le voisinage, dès qu'il est question de discuter de problèmes personnels et de l'affaire en cours, c'est essentiel pour refaire une parfaite éducation musicale aux pros qui se tapent les écoutes : « Change un peu de CD tout de même, passe les *Concertos brandebourgeois* de Jean Sébastien Bach, en général on adore ça, *Les quatre Saison*s d'Antonio Vivaldi, surtout *le Printemps*, et la *9e Symphonie* de Ludwig Van Beethoven qui fut, comme tout le monde devrait le savoir, un hommage pompeux rendu au roi de Prusse, Frédéric Guillaume III. Avec tout ça dans les oreilles, tu peux clore cette nouvelle série de bonne musique classique par *La petite Musique de Nuit* de Mozart, peut-être en fin d'après-midi, et les pros s'endormiront tous, comme des bébés, avant même d'avoir terminé leur longue journée de travail. »

Lorsque Babeth rentre chez elle, avec les courses de la semaine, Paul-Henri l'aide galamment à porter les sacs trop joufflus et plutôt pesants. Quelques minutes plus tard, Rossio et Pepita d'Oro sont de retour; Babeth les accueille gentiment, car elle les connaît bien : elle leur laisse, pour quelques jours, ses meilleurs couteaux de cuisine un peu émoussés et des casseroles à refaire briller de leur éclat d'origine. Rossio demande si le couple possède de vieux livres en précisant qu'ils ramassent également papier, carton, vieux journaux, dès qu'ils en ont l'occasion. Babeth saute presque de joie et leur fait porter par son mari plusieurs sacs de « vieilleries à passer au pilon », satisfaites de se débarrasser de nombreux ouvrages sans devoir passer par la « case déchetterie ». Pépita en profite pour demander si elle peut lire l'avenir dans la main de la vieille dame, ceci gratuitement en remerciement des kilos de papier qu'elle leur a offerts. Babeth s'amuse de cette spécialité des gitanes et tend sa main droite que Pépita refuse, car elle veut lire les lignes de vie de la seule main qui est du côté du cœur, donc de la main gauche. Pépita fait mine de se concentrer en passant ses doigts fins sur les lignes qui se dessinent si nettement dans la paume ouverte un peu calleuse, tournée vers le ciel.

Subitement, Pépita semble blêmir : on perçoit qu'elle a la gorge sèche, qu'elle déglutit avec difficulté, on voit bien que ses yeux se révulsent, qu'elle est soumise à une tension facilement vérifiable, même pour une néophyte comme Babeth qui s'inquiète déjà un peu de la réaction agitée de la gitane. Pépita lui annonce d'une voix fluette devenant de plus en plus saccadée qu'un grand danger la guette, que sa main cherche en vain celle d'un être qui lui est cher, qu'elle n'arrive pas à l'atteindre, qu'on lui arrache un bout de papier taché par le sang écarlate qui coule d'une blessure.

166

Le suspens est à son apogée quand elle pousse un cri strident, puis ouvre ses grands yeux en amande laissant couler des larmes qui inondent ses joues et éclaboussent son corsage. « Finalement, vous serez sauvée par un petit diable aux yeux rouges qui viendra se poser sur la paume de cette main blessée et tu seras délivrée pour l'éternité de la malédiction qui pesait sur ton âme. » Babeth demande à Pépita ce que cela peut bien signifier concrètement, mais celle-ci répond qu'elle n'en sait pas davantage, qu'elle n'a eu qu'une vision, mais que Babeth seule peut en découvrir le sens caché. Puis d'un geste rapide, Pépita lâche sa main et s'enfuit en courant vers la sortie de l'impasse. Rossio qui a assisté à la scène pense que Pépita en fait décidément beaucoup trop et regarde Babeth en écartant les bras , paumes tournées vers elle, en levant les yeux au ciel. Ce que Babeth interprète comme « Seul Dieu peut le savoir. » Puis Rossio fait demi-tour en emportant casseroles et couteaux en lui lançant : « On reviendra demain ou plus tard, quand on aura fini le boulot ! N'ayez crainte ! »

28 Le 20 avril 2025 la stratégie des bœufs

Léonce Krebs en a gros sur la patate, car travailler avec son fils qui se prend pour « l'Al Capone du XXIe siècle » est au-dessus de ses forces et pourtant, il faut bien « qu'il fasse avec » comme il le dit lui-même. Si la quête du trésor doit être un travail d'équipe, ce ne peut être que sous les ordres d'un seul chef reconnu et respecté, pour avoir toutes ses chances d'aboutir. Bien sûr, il aurait préféré faire son coup tout seul dans son coin, mais sa réussite aurait été plutôt hypothétique. Alors, il a dû accepter ce compromis, la tutelle de Stéphane, selon le principe le plus simpliste du monde : c'est celui qui paie qui décide et qui commande, même si, en apparence, Léonce s'arroge encore le droit de peaufiner la tactique à employer. En premier lieu, il est arrivé à convaincre son « financeur » de procéder aux tests dans son propre manoir, à La Petite Pierre, ce sera beaucoup plus discret qu'à Saverne et ça se passera sur un territoire favorable, isolé et facilement contrôlable, puisque les Krebs y sont chez eux. De plus, le manoir est situé dans un cadre forestier très touffu, propice au développement des affaires... disons...délicates. À Arthur Dubreuil de se débrouiller pour installer son matériel chez eux, après tout, c'est aussi ça, son rôle de directeur. La Petite Pierre n'est pas à des années-lumière de Saverne, ce sera donc facile à mettre en œuvre, du moins le pense-t-il.

Ensuite, Léonce a obtenu de diriger lui-même les travaux des ingénieurs et des historiens impliqués pour être sûr d'aller tout droit à l'essentiel et de ne surtout pas perdre de temps à de hautes considérations pseudoscientifiques, à des questions d'éthique mal placées et à des soubresauts d'intime conviction et de moralité, ça, non ! Il n'en est absolument pas question. Léonce restera seul juge, en dernier ressort, du choix de l'ultime décision, simplement parce que ce projet émane de son esprit clair, avisé et calculateur, ce qui veut dire que Stéphane peut toujours « se brosser » s'il veut se retirer du projet en cas de problème majeur ou d'arrivée inopinée des gendarmes sur les lieux de leurs recherches. Si Léonce décide d'appliquer des méthodes dites musclées en catimini, libre à lui, personne ne pourra s'y opposer, ni même Stéphane qui ne saura qu'en dernière minute de quoi il retournera. Au moins, les choses sont-elles parfaitement claires de ce côté-là et « on ne tournera plus autour du pou à se chercher des pots sur la tête…ou le contraire, il ne sait plus très bien. »

Pourquoi Stéphane cède-t-il ainsi volontairement aux exigences obsessionnelles de son père ? Simplement pour avoir la paix, que son père prenne la place qu'il n'a jamais voulu céder, celle du chef incontesté, infaillible comme un pape et puissant comme un empereur de pacotille, grand bien lui fasse, faute de quoi il reviendrait sans cesse sur cette question de principe et le harcèlerait sans répit. Car le père Krebs est un homme de principes… qui l'arrangent. En cas de refus, il ne cesserait de lui casser les pieds pour y parvenir tout de même par des moyens détournés. Les arguments du paternel sont d'ailleurs plus que légers et pourraient presque le desservir : mais pour avoir « la paix au sein de la famille », Stéphane a décidé de laisser son père se dépatouiller tout seul, comme il le réclame, d'assumer son rôle patriarcal, « à l'ancienne », de chef d'une famille de gangsters invétérés et de prendre sur lui tous les risques afférents; Stéphane ne l'a pas prévenu qu'en cas d'échec, il chargera son père de l'entière responsabilité du projet et qu'en cas de crise sévère, il sera le premier à prendre la poudre d'escampette et à filer à l'étranger, à l'anglaise comme on dit, trésor de Hanau-Lichtenberg trouvé ou non. L'amour filial étant la part pauvre de leur vie, peu leur importe de jouer franc-jeu, puisque leur désamour officieux n'a jamais été un frein dans leurs relations chaotiques. C'est la vérité crue. Les deux protagonistes de cette aventure sont devenus dans les faits les deux maillons faibles de leur sordide association, l'un accusant l'autre d'être le talon d'Achille de l'autre : ils s'en mordront probablement les doigts un jour, mais ça, ils ne le savent pas encore.

Léonce, satisfait de lui-même, fait un dernier point avec son fils quand celui-ci lui demande comment il appelle sa stratégie; la réponse totalement tombe à plat : c'est la « stratégie des bœufs », ce qui sonne bizarrement à des oreilles normalement constituées, une expression probablement tirée des mots de bon sens employés à la campagne, ou pas. Stéphane qui veut en connaître les détails s'entend dire que tous ceux qui sont impliqués dans ce projet seront attelés sous son joug comme des bœufs, aiguillonnés comme des bœufs et surveillés comme on surveille de près les bœufs indispensables à la vie d'une ferme. Stéphane, qui se gratte le front en faisant mine de réfléchir avec une lassitude apparente, demande à son père s'il s'est reconverti dans l'élevage et dans l'agriculture ou s'il se fiche carrément de lui. « D'ailleurs, dit Léonce, tu n'as pas besoin de toujours tout savoir et par-dessus le marché, tu embrouilles tout avec tes questions idiotes. Je sais bien que tu ne me fais pas confiance, et sache que c'est réciproque, je ne t'apprends rien; alors, cesse de remettre en cause tout ce que je dis et décide. La « stratégie des bœufs », c'est la meilleure option dans ce cas de figure, mais ne t'inquiète pas, ce n'est qu'une image, il n'y a pas plus de bœufs que de mouton ou de chèvres dans cette histoire, ni même l'odeur du fumier qui indisposerait tes petites narines douillettes d'enfant gâté.

« La « stratégie des bœufs », c'est une manière imagée de te dire que ceux qui travailleront à nos côtés ne seront que la force motrice du projet, qu'ils avancent, qu'ils tirent, qu'ils poussent ou je ne sais quoi, c'est dans le seul but de rendre notre projet viable, et, je te le rappelle, à notre seul profit. En cas de problème avec des bœufs, n'importe quel éleveur sait comment s'y prendre. Il y a le bâton et la carotte… » Stéphane lui coupe la parole, agacé, voire crispé, lui rétorquant que les bœufs n'ont pas l'habitude de manger des carottes et qu'on ne les corrige pas à coups de bâtons, que Léonce est un drôle de paysan et qu'il ferait mieux de parler de choses qu'il connaît, plutôt que d'utiliser des tournures si tarabiscotées qu'aucun étudiant, même inscrit dans un lycée agricole de renom, ne saurait les comprendre. Sur ces mots éructés un peu brutalement, Léonce lui raccroche le téléphone au nez, rouge de colère, puis ouvre le buffet de la cuisine et se sert un verre de marc de vieille prune datant de 1992, en poussant un soupir sonore : pour lui, Stéphane restera toujours ce sale morveux irrespectueux qu'il a élevé bien trop gentiment, avec de trop rares coups de martinet ou de ceinture assénés au bon moment sur le côté rebondi de son anatomie replète.

29 Le 21 avril 2025 Krebs prend les rênes

Convoqué comme s'il l'était devant un juge d'instruction, Athur Dubreuil doit se présenter devant Léonce Krebs, revenu en qualité de représentant officiel de son fils Stéphane pour superviser les projets de l'entreprise MAIA. Il semble très remonté contre son directeur, car il connaît maintenant ses bonnes relations avec Mike Weissenberg, ce qu'il n'a d'ailleurs jamais essayé de lui cacher. Il lui rappelle que si Dubreuil dirige cette société financée par son fils, il a envers lui un très important devoir de réserve; il n'a aucun droit de communiquer la moindre information sur leurs avancées techniques à des dirigeants d'autres établissements, qui plus est, à des chefs d'entreprises qui travaillent dans le même domaine qu'eux, à savoir l'Intelligence artificielle. Athur, étonné par le ton péremptoire de son hôte, répond sans sourciller, mais de manière très calme, polie et posée, qu'il n'a jamais informé qui que ce soit des progrès réalisés par MAIA et qu'il se porte garant de tous les salariés de la start-up qui ont jusqu'ici joué le jeu, car c'est une pratique courante dans leur milieu de rester bouche cousue sur les affaires internes. « Stéphane Krebs a toujours montré qu'il nous faisait entièrement confiance, je suis très choqué par votre réaction, jamais on n'a exprimé à mon encontre, aussi fâcheusement que vous le faites, une accusation pareille, je le regrette; nous avons toujours travaillé en toute transparence avec nos financeurs. Je ne sais pas quelle mouche vous a piqué, mais sachez que Mike Weissenberg est quelqu'un de respectable et de sérieux, que j'apprécie beaucoup, on peut même dire que nous ressentons l'un pour l'autre une amitié sincère, mais ça en reste là. Jamais Mike n'aurait osé me questionner sur nos activités protégées par le secret professionnel, comme je n'oserai pas non plus le faire à propos de ses orientations dans la recherche et dans ses activités commerciales.

Le père Krebs précise qu'en aucun cas il n'acceptera qu'on les trahisse et qu'on court-circuite les projets en cours. Pour cette raison, afin d'éloigner toute tentation de déroger à cet impératif, il exige de leur part de faire exactement ce qu'il va leur demander. « Nous allons nous concentrer, comme convenu, sur la technique la plus prometteuse que vous avez réalisée, celle du déplacement dans le temps, le logiciel The new Time Xplorer. Comme vous l'avez demandé lors de notre dernière visite, nous donnerons le grain à moudre à vos supercalculateurs pour accélérer le processus de recherche, mais cela ne se fera pas dans vos locaux à Saverne, mais dans un endroit retiré où toutes les conditions de sécurités seront respectées. Cette retraite dans le lieu que j'ai choisi sera bénéfique au projet, vous le verrez, car nous serons dans un isolement total. Je vous demande de préparer les membres du personnel, qui pilotent ces techniques, de prévoir quelques jours passés « au vert » dans l'épaisseur de la forêt du Parc Naturel des Vosges du Nord. Vous y serez logés, nourris et même blanchis s'il le faut, gratuitement, vous y serez presque comme à l'hôtel. C'est une garantie pour vous comme pour nous, les financeurs, d'une parfaite étanchéité avec le monde extérieur et d'une sécurité à toute épreuve pour éviter d'éventuelles tentatives d'espionnage industriel. Bien entendu, je vous demanderais aussi d'exiger de vos salariés qu'ils nous remettent avant le départ de Saverne leurs téléphones portables, iPad et autres tablettes qui seront placés dans un coffret blindé pour la durée des tests, pour éviter tout repérage par GPS. Ces consignes vous semblent-elles claires ? »

Arthur Dubreuil demande à Léonce Krebs d'avoir copie du mandat officiel qu'il exerce dans la société, puis s'inquiète un peu de l'important transfert de matériel qui s'impose. Les supercalculateurs n'auront pas besoin d'être déplacés si les connexions numériques de haut débit sont stables, ce que le père Krebs confirme immédiatement. Il y aura forcément une liaison entre le matériel réinstallé dans le manoir et le siège de MAIA. « Les données seront entièrement sécurisées, c'est-à-dire cryptées : s'il est possible techniquement de capter les signaux, il est par contre impossible de les comprendre et de les réutiliser. Cette technique est même poussée plus loin grâce à l'IA : si des hackers tentaient quoi que ce soit, un « robot gendarme » créé par MAIA détruirait immédiatement l'ordinateur ennemi, aussi puissant soit-il. Les tests effectués ont eu une efficacité de 100%.

30 Le 21 avril 1525 Haguenau résistera !

Le groupe de paysans de Neubourg, qui sévit dans le comté de Hanau-Lichtenberg, a fait connaître le jeudi 20 avril l'ensemble de ses revendications, même à la ville de Strasbourg dont il souhaite encore le soutien. Le vendredi 21, il compte maintenant plus de 8.000 paysans en armes, dit-on, très bien encadrés par de nouveaux chefs sortis du lot pour leurs compétences, leur énergie et parfois leur expérience : il s'agit de Hans Koesch et de Reinfrit Metziger, originaires de Pfaffenhoffen, ainsi que de Jakob Kiefer, d'Oberbronn. Par ses effectifs, ce groupe peut facilement rivaliser avec celui d'Altorf d'autant plus qu'il finira aussi par atteindre un maximum de 12.000 recrues. Ce groupe contrôle rapidement toute la zone allant de Haguenau jusqu'à Bitche en menaçant les nobles les plus importants et les plus détestés des parages, le comte de Deux-Ponts-Bitche, celui de Hanau-Lichtenberg, le comte de Linange et le Grand Bailli impérial Jean-Jacques de Morimont; le but de ces chefs est bien sûr de se rallier la ville de Haguenau où le petit peuple est enthousiasmé par le succès remporté par « les hommes de la terre » qui ont pris les armes contre les autorités qui les exploitent comme bon leur semble. Dès lors, les paysans n'hésitent pas à piller les monastères laissés sans défense qui se sont enrichis sur leur dos, ceux de Surbourg, de Biblisheim et de Walbourg. Le seigneur de Morimont a bien donné ses ordres : les remparts de Haguenau seront tenus pas des sergents aguerris et par la milice bien armée qui lui a prêté serment, et à travers ce geste également à l'empereur. Tout est prêt pour que Haguenau puisse résister sans faillir à un assaut des paysans qui ne peuvent pas grand-chose contre les défenseurs, car les gueux n'ont guère d'artillerie, très peu d'arquebuses et pas d'instruments de siège. Mais que pourraient des bouches à feu contre de puissantes murailles en grès, larges de trois mètres au moins, et contre les nombreuses tours et portes fortifiées qui protègent les accès de la cité ?

À Bouxwiller, avant qu'il ne parte en Allemagne mettre en sécurité ses biens les plus menacés, le comte Philippe fait lentement le tour des remparts et de ses occupants, aux côtés de son capitaine, Rolf de Weinbourg. Il s'entretient volontiers avec les sergents dont il flatte la fidélité par quelques bons mots qui les font sourire et parfois même rire de bon cœur. Mais il sait aussi faire des remontrances aux chefs élus des corporations qu'il trouve trop peu sérieux quant au choix des recrues qu'ils adressent au capitaine pour servir dans la milice urbaine. Personne n'oserait contredire leur seigneur dont ils craignent les colères, tout comme les sentences, car c'est lui qui est leur seul juge sans autre recours possible. Personne à Bouxwiller ne souhaite passer des journées entières dans les ténèbres puantes des geôles humides de son château ou de devoir travailler à moitié nu dans les douves pour en extraire les boues malodorantes sans même être payé pour cela. Tout le monde sait que la justice du comte est en général très expéditive et sans appel, le comte appliquant la loi selon des critères très précis, les siens, pour décider des châtiments qu'il considère toujours comme étant justes, mérités et nécessaires. Son pouvoir est presque absolu sur l'étendue de l'ensemble de ses domaines.

Aucun paysan, même le plus téméraire, n'a encore osé s'en prendre à ses biens personnels, mais qu'en sera-t-il lorsque le comte se sera éloigné de Bouxwiller et de ses terres situées en Alsace ? Il n'y a que le chancelier Cunon de Hohenstein qui semble s'en inquiéter vraiment et quand le comte lui fait signe de se taire et « de cesser de pleurnicher comme une femmelette », le chancelier humilié préfère ne plus rien ajouter, mais ne pense pas moins qu'il a raison de se faire du mauvais sang. S'il cesse de se lamenter, il n'arrête pas de trembler au fond de lui-même, car il sait qu'il sera celui à qui l'on s'en prendra en cas d'affrontement avec les paysans et avec le petit peuple révolté. Le comte a beau dire qu'il est hors de cause et qu'il ne lui arrivera rien, Cunon sait que lui, il va risquer sa vie en l'absence du comte; il n'a pas d'autre choix que d'assumer son rôle, du mieux possible…mais s'il pouvait être ailleurs, il sauterait sur la première occasion. Il propose même d'accompagner le comte à Babbenhausen pour lui prêter main-forte, mais il se fait immédiatement rabrouer par son seigneur et maître : « Votre place est ici, parce que vous êtes le chancelier de Bouxwiller, c'est clair ? »

Le receveur général, Gaspard Metzger, n'ose pas montrer non plus qu'il est totalement dépassé par les évènements, surtout par les responsabilités dont le comte l'a chargé, un fardeau sous lequel il semble ployer, que dis-je, sous lequel il est totalement écrasé; à le regarder, son dos s'est voûté comme celui d'un vieillard, son front ridé s'est couvert d'une sueur de phtisique et sa main droite tremble comme celle d'un coupable condamné à avoir le poignet tranché. Il essaie de ne plus penser à l'ordre formel donné par le comte, car cela ne cesse de le terroriser : devoir assassiner des serviteurs s'il devait les suspecter de trahison, lui, un homme pieux, bon et respectueux de la loi de Dieu, lui, l'homme des finances, des recettes et des dépenses, des comptes, des bilans, qui, jamais au cours de sa vie, n'a eu besoin d'utiliser la force ni la moindre arme pour remplir sa mission ! Quoi ? Il devrait supprimer son prochain sur ordre de son seigneur ? Gaspard est également atterré par les menaces gratuites que fait peser le comte sur sa propre famille. Si les insurgés devaient prendre la ville et le château de Bouxwiller, tout le monde se jetterait sur lui en premier lieu, on le torturerait jusqu'à la mort pour trouver les caisses remplies d'or et d'argent, forcément cachées quelque part par ses soins. Le fait d'imaginer les souffrances qu'il subirait entre les mains de pillards lui donne des cauchemars, les pires qu'il n'a jamais connus et qui hantent ses nuits depuis ces derniers jours. Mais le plus grave reste la menace du comte Philippe qui déclare que s'il échouait, Gaspard subirait les foudres de sa colère; il lui a promis que le seul châtiment qui lui serait réservé serait la mort, une mort qu'il n'arrive pas à imaginer...l'horreur qu'elle lui inspire semble abominable.

À lui de faire le nécessaire pour réussir l'opération qui doit être préparée méticuleusement par ses soins : s'assurer de réussir cette mission complexe, cacher le trésor du comté pour le dérober à la vue des insurgés pendant la crise et faire le nécessaire pour qu'on le retrouve intact après la guerre civile. En dehors de cela, point de salut pour lui, pas de salut non plus pour sa famille, son épouse Gertrude et ses trois filles Lisa, Alba et Marietta, toutes si belles, si innocentes. Le comte n'a vraiment pas de cœur quand il les menace d'en faire l'objet de sa vengeance, ce qui est particulièrement injuste et d'une cruauté démesurée, trouve-t-il. Depuis quelques jours, Gaspard est donc au plus mal, il n'arrive plus à fermer l'œil de la nuit et craint de croiser le regard noir de Philippe III qui n'hésite pas à le fixer constamment avec insistance, comme on regarde un condamné à mort avant son exécution.

31 Le 22 avril 1525 A Bouxwiller

À Bouxwiller, qui reste une petite ville, même si elle est la capitale du comté de Hanau-Lichtenberg, vit mal cette situation de crise et on sent bien les tensions qui règnent dans les quartiers les plus pauvres depuis que le comte a mis les défenseurs en alerte, à la suite des pillages des abbayes de Neubourg et de Neuwiller. Le capitaine Rolf de Weinbourg, qui a escorté le comte Philippe III tôt dans la matinée jusqu'aux confins du comté, est de retour avant la mi-journée, harassé, couvert de poussière et trempé de sueur. Aussitôt, il se sent obligé de disperser, avec l'aide de quelques sergents bien dégourdis, des attroupements formés spontanément malgré l'interdiction formelle qui en a été faite. « Tant que cette ville restera placée sous mon autorité, les ordres du comte seront appliqués à la lettre, comme il se doit. Je sais bien qu'on dit que des paysans armés se dirigent vers Bouxwiller, mais même s'ils sont des milliers, ils ne pourront rien contre nos remparts si nous restons unis et fiers de défendre nos biens qui risquent fort de nous être volés si nous cédons à leur pression. Alors, le premier qui fait mine de porter de l'aide aux paysans ou qui profère des paroles défaitistes, je le pourfendrai de ma propre épée comme on élimine d'habitude les traîtres de la pire espèce, sans procès ni jugement. Que cela soit répété par le crieur public et affiché sur les portes de tous les lieux publics et sur celles de nos églises et chapelles. »

À la taverne du Cheval blanc, Emerich Zins a bien du mal à faire respecter l'esprit bon enfant qui règne d'ordinaire dans son établissement. Depuis que l'ancien charbonnier, Dietrich Kohler, est venu loger à Bouxwiller sous prétexte de se faire employer

179

comme homme de peine, ce qui le fait sourire, l'ambiance tourne au vinaigre et ce lascar jette sans cesse de l'huile sur le feu en n'oubliant pas d'écumer la taverne et de distiller son venin censé servir la cause des paysans. Kohler n'a de cesse de remonter les gens contre le comte qu'il accuse d'être trop fier et vaniteux pour faire un pas vers une justice plus acceptable, contre le chancelier qu'il décrit comme un homme soumis qui n'est que l'ombre de ce comte honni, contre le receveur général qui ne pense qu'à engranger l'argent que le comte nous réclame et à garder le trésor du seigneur comme un chien enragé et enfin contre le capitaine Rolf de Weinbourg, trop autoritaire pour être honnête, trop servile pour pouvoir faire la part des choses en homme de bien, lui que la plupart des gens ont désormais pris en sainte horreur : on le surnomme déjà le « Père Fouettard ».

Quant au jeune Johannes Englisch, on ne le voit plus guère ni à la taverne ni même dans les rues, certainement a-t-il encore le nez dans ses ouvrages ou dans la Sainte Bible toute la journée comme tout bon étudiant qui se respecte et qui se targue de se lancer sur la voie glorieuse des grands humanistes et théologiens; ou alors le travail de scribe qu'il a accepté à la chancellerie lui prend tout son temps, allez savoir ! Tout le monde demande après lui pour qu'il leur raconte encore l'aventure passionnante qu'il a vécue en Allemagne, les convives de la taverne ne réclament plus que lui... parce que ces évènements les galvanisent. La question la plus brûlante pour la plupart des gens est : les paysans comptent-ils s'en prendre aux biens du comte ? Ou bien, veulent-ils juste se rallier la population de Bouxwiller où beaucoup de personnes applaudiraient l'initiative, tout le monde le sait ! Le danger viendra-t-il de Neuwiller ou plutôt du groupe de Neubourg, ce qui serait le plus probable, car les paysans y sont rassemblés en trop grand nombre et leurs chefs ont beaucoup de mal à pouvoir les approvisionner. Pour le moment, on n'en sait pas davantage, mais une chose est sûre : le départ du comte pour Babbenhausen laisse un vide qui profite à une opposition sournoise qui lui est de plus en plus hostile. Le chancelier ne fait que trembler de peur et se méfie de tout le monde, même de ses proches, reclus dans ses appartements à la chancellerie. Le receveur général n'en mène pas plus large que lui et semble même totalement à la dérive, à tourner en rond en ruminant on ne sait quoi au juste. Il n'y a que le capitaine qui fanfaronne et brandit ses menaces comme on tire son épée quand on est à court d'arguments, mais personne n'est dupe : à la moindre faiblesse de sa part, Rolf de Weinbourg sera balayé comme un fétu de paille est noyé par une ondée subite.

« Plus les hommes répondront à nos appels, affirme Dietrich Kohler, mieux nos revendications auront de chance d'aboutir à des solutions avantageuses pour le plus grand nombre. Il s'agit pour nous d'obtenir le soutien des classes pauvres et moyennes qui forment la majorité des habitants soit pour qu'ils fassent tout leur possible pour rejoindre l'armée des paysans, soit pour qu'ils forcent simplement les sergents et les gardes à ouvrir les portes de leur cité aux insurgés pour faire cause commune. Plus important sera le nombre de villes qui rejoindront ouvertement le mouvement, plus les efforts de cette lutte pour davantage de justice et de fraternité porteront de fruits à cueillir ensemble auprès des puissants; ceux-ci devront forcément plier l'échine dans ce combat inégal. Mais à la seule condition que tout le peuple se montre solidaire et intransigeant, termine Dietrich Kohler sur un ton qui n'admet aucune contestation. » Beaucoup l'applaudissent, peu lui tournent le dos, mais personne ne songe à vraiment s'enrôler sur un coup de tête auprès des paysans.

Personne à Bouxwiller ne veut la guerre, pas devant sa porte en tout cas, personne ne veut risquer sa vie pour rien, sans savoir vraiment où il met les pieds; personne ne veut faire la guerre aux puissants sans assurer ses arrières et partir se battre de gaîté de cœur.

32 Le 23 avril 1525 Choix de Gaspard

À Bouxwiller, ce dimanche semble plus calme que d'ordinaire, mais peut-être est-ce justement le calme avant la tempête.Pour le moment, rien ni personne ne menace la petite ville qui se dore au soleil déjà bien doux de cette fin de mois d'avril. « Soyons prudents, ne perdons pas notre calme, tout pourrait dégénérer très vite, soupire Germaine. » Un certain statu quo respecté tacitement de part et d'autre des deux camps, ceux qui restent fidèles au comte face à ceux de l'opposition, pourrait durer ainsi un certain temps, mais il faut savoir que plus le temps passe, plus les forces de répression auront le temps de rassembler des contingents et de se porter contre les positions tenues par les paysans. Gaspard Metzger, l'air toujours aussi préoccupé, prend son temps, celui de choisir ceux à qui il va confier le trésor du comte de Hanau-Lichtenberg, des hommes qui doivent avoir des qualités exceptionnelles : des hommes considérés comme loyaux et dévoués, qui ont déjà fait leurs preuves si possible et qui se distinguent aussi par leurs qualités physiques, intellectuelles et morales. Des hommes en pleine force de l'âge, capables de se défendre tout seuls et de se battre éventuellement contre plus fort qu'eux, des hommes robustes comme des ours, courageux comme des lions et rusés comme des renards. Des hommes aussi doués d'intelligence, mais pas trop regardants, restant soumis à ses ordres. Des hommes assez malléables, voire manipulables si besoin était. Pour Gaspard, c'est rechercher des moutons à cinq pattes, un exercice plus que difficile, vécu comme un problème quasi insoluble. Pourtant, pour lui, c'est bien une question de vie ou de mort, il doit faire un choix qui mette tous les atouts de son côté, car de ce choix, sa vie en dépendra entièrement.

De ce choix dépendra effectivement sa survie et celle de sa famille, ne l'oublions pas; Gaspard prend les menaces du comte très au sérieux, car il ne connaît que trop bien son maître. C'est pourquoi, après avoir passé des jours et des nuits à réfléchir, il lui faut prendre la décision finale, et bien entendu, la bonne décision qui puisse lui assurer le succès et ainsi lui garantir la vie sauve. Il convoque donc deux hommes qui devraient faire l'affaire, vu leurs qualités et leur parcours de vie : le premier est un simple garde-forestier, tout en muscle, bâti comme un roc ; il a une force herculéenne, dit-on, pour avoir combattu victorieusement une meute de loups lancée à sa poursuite comme l'aurait fait un ours; il se montre courageux comme un lion en toutes circonstances, notamment pour avoir défendu seul sa cabane perdue en pleine forêt contre une bande de dix mercenaires en quête de rapines, pour en avoir trucidé la moitié et blessé les autres qui ont pris la fuite pour aller mourir terrés dans les bois; il est aussi connu pour être rusé comme un renard, pour avoir attrapé un nombre important de braconniers qui écumaient les forêts dont il a la charge. Il s'appelle Anselme Felt, il a trente-deux ans et toutes ses dents.

Le second est tout le contraire du précédent : plutôt petit, presque un gringalet, mais il court plus vite qu'un cheval au galop, il saute plus haut qu'une biche en fuite, il est plus agile à se déplacer dans les arbres que l'écureuil le plus leste, il a un regard plus perçant et plus froid que les yeux aiguisés d'une buse. Cet homme, qui ne pèse que la moitié du poids d'Anselme, est quasiment insaisissable, il est capable de glisser entre les doigts de ses ennemis sans jamais se faire prendre, sa souplesse est légendaire : il s'appelle Klemenz Augst; c'est l'un des messagers les plus rapides du comte qui l'a d'ailleurs recommandé à Gaspard comme l'un des candidats. Anselme et Klémenz se disent fidèles et loyaux envers leur comte et maître, dussent-ils perdre leur vie à son service, ce que Gaspard est bien aise d'entendre de leur bouche, des mots sortis droit de leur cœur, lui semble-t-il. Même s'ils sont sincères, les deux bougres, résisteront-ils aux tentations qui vont immanquablement semer le doute dans leur esprit ? Gaspard se demande aussi comment il pourrait bien intervenir dans le cas, certainement peu probable, mais qu'il faut pourtant évoquer, où il faudrait les éliminer l'un ou l'autre, ou pire encore, les deux ensemble. Vu les services qu'ils ont déjà rendus au comté, il est presque impossible d'en arriver à ces extrémités, mais…qui peut savoir ? Peut-on seulement sonder le fond des pensées enfoui au plus profond des hommes?

« Si je devais les tuer en cas de défection de l'un ou de l'autre, comment devrais-je m'y prendre pour m'en débarrasser ? Si c'était l'un des deux, je pourrais toujours compter sur le second, mais si c'était les deux qui étaient mis en cause par leur comportement, il me faudrait des dizaines d'hommes pour pouvoir les maîtriser et les faire exécuter. Gaspard sait que, s'il a choisi les meilleurs candidats pour l'assister dans cette importante mission, il a opté pour une difficulté supplémentaire, pas vraiment insurmontable, mais tout de même difficile à résoudre, car ces hommes sont des êtres plutôt exceptionnels et valeureux; en cas de nécessité, ils vendraient chèrement leur peau, il en est vraiment sûr. Gaspard, d'un air grave, tout en retenue, leur fait prêter serment d'obéissance aveugle et totale aux missions qu'il leur confiera, sur l'ordre du comte lui-même qui lui a délégué cette tâche. Les deux hommes portent leur main droite sur le cœur et prêtent le serment sans sourciller, fiers d'avoir été retenus comme hommes de confiance. Alors Gaspard prend la parole sur un ton presque solennel et leur explique exactement ce qu'il attend d'eux.

33 Le 23 avril 2025 Oui ou non ?

Un taxi londonien s'arrête devant la petite maison rouge des Weissenberg, ce qui est une « première » à citer dans les annales historiques de Moetzenbruck, village retiré au fin fond de la Lorraine. Schnitzel, le chauffeur, casquette sous le bras comme il sied à un employé modèle « de la haute », ouvre la portière arrière gauche et en tient respectueusement la poignée en baissant légèrement la tête en signe de déférence, pour laisser à Léonce Krebs le temps de déplier ses longues jambes squelettiques et ses genoux cagneux inesthétiques. Léonce se redresse lentement mais sûrement, comme si sa colonne vertébrale avait été raidie par la position engoncée de la banquette après un long déplacement en voiture; il s'arme d'un sourire presque béat, se voulant avenant pour donner une bonne impression de sa personne. Schnitzel sonne à la porte d'entrée et on entend crier Babeth qui scrute, sur l'écran tactile de son Eco Show 5, la tête des visiteurs, car les Weissenberg se sont équipés, sur les conseils de leur fils Mike, d'un système moderne de détecteurs et de caméras, digne d'une surveillance vidéo de petite supérette de campagne: « ça doit être pour toi, vu la tête des visiteurs ! Va ouvrir Paul-Henri ! » Ce dernier pense que c'est encore une visite de témoins de Jéhovah, mais se déplace tout de même avec une certaine vélocité pour tomber nez à nez avec un chauffeur en livrée qui annonce l'arrivée de Monsieur Léonce Krebs, chef d'entreprise et mécène. L'historien est un peu surpris de cette visite inattendue, mais Léonce le rassure de suite en l'informant qu'il s'est déplacé au nom du directeur de projet, Emile Bach, qui l'a déjà contacté, juste de quoi le mettre en confiance.

Alors que Babeth se présente également à la porte pour dire à son mari qu'elle part dare-dare faire les courses pour ce midi, elle s'excuse auprès des visiteurs de devoir vaquer en urgence à ses tâches quotidiennes, « vu qu'ici, il ne faut pas trop compter sur l'aide de l'intellectuel de service, ajoute-t-elle en regardant Paul-Henri droit dans les yeux ». Passant comme un courant d'air glacial entre Krebs et son employé, elle se faufile sur le trottoir un peu encombré par le grand taxi noir qui mord sur le passage en principe réservé aux seuls piétons; elle disparaît rapidement au volant de sa Renault hybride, fière de ne pas ajouter de gaz carbonique à l'intoxication générale de la planète. « Je vous en prie, prenez la peine d'entrer et suivez-moi, car notre couloir est un peu étroit, dit Paul-Henri, curieux et même pressé d'en savoir davantage sur ce projet qui l'intrigue. » Léonce Krebs le suit et Schnitzel reste dans le couloir derrière la porte d'entrée qu'il referme avec soin. « Mon chauffeur n'a pas à suivre notre conversation qui doit rester tout à fait confidentielle, comprenez-vous ? dit-il à mi-voix. » L'historien lui propose de s'asseoir sur le canapé du salon et lui demande s'il désire un rafraîchissement, une boisson chaude ou même un apéritif, vu l'heure avancée de cette matinée ensoleillée. Mais Léonce décline l'offre sous prétexte d'être déjà en retard sur des rendez-vous malheureusement incontournables, mais le remercie pour son accueil plutôt sympathique en lui faisant un clin d'œil, histoire d'anticiper une complicité qui n'existe pas encore.

- Venons-en au fait, Monsieur Weissenberg, je n'y vais jamais par quatre chemins d'habitude et je préfère vous parler directement et franchement de ce qui nous intéresse. Sans perdre de temps inutilement, si vous en êtes d'accord. Tant pis pour les formules de politesse et les préliminaires d'usage.

- Vous faites bien, le temps nous est compté, même pour nous les retraités dits actifs. Quel bon vent vous amène donc ? Si j'ai bien saisi, vous venez de la part d'Emile Bach, que je ne connais que par un coup de fil assez bref me demandant de m'impliquer dans une histoire de recherches faites par l'Institut d'Histoire de l'Alsace avec l'aide d'ingénieurs d'une société savernoise, MAIA, si je me souviens bien, une start-up que je connais encore moins. Ai-je bien résumé ?

- C'est tout à fait exact, Monsieur Weissenberg, et je suis chargé d'intervenir auprès de vous pour concrétiser un accord vous permettant de superviser ce projet, car seul un historien averti comme vous l'êtes peut prendre la tête de ce type d'opération qui est en réalité une « première » mondiale, oui, oui, vous avez bien entendu, une « première » mondiale.

- J'ai hâte d'en savoir davantage, expliquez-moi tout cela, bredouille Paul-Henri tout excité par l'occasion qui se présente à lui de jouer un rôle d'importance dans une expérience de renommée mondiale.

- Malheureusement, j'en suis contrit, il m'est interdit d'entrer dans les détails de ce projet, car, vous le comprendrez aisément, il n'est pas question d'en révéler quoi que ce soit à quiconque, s'il n'est pas directement partie prenante et qu'il ne signe pas une clause de réserve garantissant discrétion et sécurité. Le projet qui est « énorme » est beaucoup trop important pour être mené à la légère, tout doit rester secret pour éviter les piratages au profit de sociétés concurrentes, pour ne pas dire rivales. Même s'il n'y a rien de répréhensible à cacher dans ce projet, je vous rassure, je suis tenu moi-même par mon devoir de réserve, simplement parce que rien ne doit s'ébruiter avant de connaître les résultats des expériences et des tests que nous menons avec une équipe d'ingénieurs compétents à notre service.

- Oui, je peux comprendre tout cela, bien sûr, mais vous vous doutez bien que je n'ai pas une tête d'aventurier, surtout à mon âge, que je ne m'intégrerai jamais dans un projet si je n'en connais ni les tenants ni les aboutissants. Il faut me faire confiance, ou alors trouvez quelqu'un d'autre qui sera moins regardant que moi. Il me faut personnellement un minimum de garanties que tout se fera conformément à la loi et aux réglementations, et de simples promesses ou de vagues explications ne suffiront pas à me convaincre, Monsieur Krebs.

- Si vous acceptez de collaborer avec nous, vous serez désignés comme le chef du projet, tout se fera sous votre seule autorité, et, cerise sur le gâteau, vous bénéficierez en fin d'expérience d'une rémunération de 10.000 euros minimum, à laquelle s'ajouteraient diverses primes en fonction des difficultés rencontrées; et deuxième cerise sur le gâteau, on vous propose la prise en charge des frais de l'édition d'un ouvrage de retombées mondiales sur l'ensemble de ce projet, Monsieur Bach vous l'a déjà expliqué, me semble-t-il. C'est du « lourd » que je vous promets et même, je peux vous le dire, je garantis tout cela sur mes fonds propres. N'est-elle pas belle la vie ainsi, Monsieur Weissenberg ? Quand on vous offre la gloire sur un plateau d'argent.

- Oui, c'est très gentil de votre part d'avoir pensé à moi, vos efforts sont certainement louables, mais pour moi, la vie est belle de toute façon; à mon âge, tout ce qui m'arrive, c'est du bonus, c'est un plus dans ma vie que je veux pouvoir savourer pleinement et tranquillement. Je ne veux en aucun cas risquer de me retrouver avec des regrets amers et des remords destructeurs pour avoir cautionné malgré moi un projet dont je ne sais quasiment rien. Alors Monsieur Krebs, vous me faites un exposé clair et précis sur les buts et le déroulement de l'expérience, sans pour autant entrer dans les détails, je vous en fais volontiers grâce, car ceci semble vous gêner de prime abord, et peut-être, après y avoir réfléchi en connaissance de cause, je vous donnerai à mon tour une réponse claire et nette. Ou bien vous persistez à ne rien vouloir m'en dire, alors ma réponse sera d'office négative, vous pouvez vous en douter, c'est une affaire de principes.

- Ne soyez pas si catégorique, si suspicieux, vous passeriez à côté d'une chance inouïe de connaître la célébrité, une reconnaissance mondiale de la part de générations d'historiens de toute la planète. Peut-être passeriez-vous à côté d'un prix Nobel, pourquoi pas, à force d'hésiter ? Ce serait vraiment dommage, vous ne trouvez pas ? Pour vous, ce projet serait un coup d'éclat, le point culminant de votre carrière de passionné d'histoire, qui vous passerait bêtement sous le nez si vous en refusez l'opportunité !

- Vous me flatteriez encore une heure de plus, de la même façon, que rien ne changerait à ma position, ne perdez donc pas votre temps à me caresser dans le sens du poil, c'est peine perdue. Par ailleurs, je vous avoue que j'ai constaté des phénomènes étranges dans ma maison depuis quelques jours, qui me font craindre que l'on m'épie pour je ne sais quelle raison; mais ceci me met la puce à l'oreille, que pourrait-il y avoir derrière ces menées absurdes. Voyez-vous, j'ai l'habitude de suivre mes intuitions, elles m'ont toujours été très utiles et m'ont évité bien des déboires. De plus, j'ai fait une petite enquête à propos de cet historien qui se fait nommer Emile Bach; eh bien, il me semble que ce soit une espèce de fantôme, car personne ne connaît un Emile Bach bien vivant, en chair et en os, à l'université de Strasbourg. J'ai trouvé cela très surprenant et cela ne plaide pas pour que je vous fasse aveuglément confiance.

- Je peux le comprendre, car vous ne connaissez pas encore Emile Bach. Mais comment pourriez-vous douter de moi ? Je suis venu humblement demander votre concours. Que vous ai-je donc fait de mal ? Bien au contraire, je ne suis venu chez vous que pour vous ouvrir grand les horizons de la science et les portes de la renommée et c'est ainsi que vous me remerciez ? ajoute Léonce qui se lève brusquement, l'air contrarié qui a instantanément transformé son sourire en un rictus méprisant. Je le répète encore une fois : je ne peux pas vous en dire davantage avant d'avoir eu votre accord de principe, je ne parle même pas de signature; pour moi, cela reste à prendre ou à laisser !

- Alors au revoir, Monsieur Krebs, dit Paul-Henri en lui tendant la main, merci de vous être dérangé en personne. Mais pour ma part, je veux un minimum de transparence qui me permettrait de mieux comprendre votre projet avant de m'y atteler éventuellement, c'est un principe auquel je n'ai jamais dérogé, je m'en excuse, mais c'est ainsi. Vous trouverez bien quelqu'un d'autre pour superviser votre opération, je vous le souhaite en tout cas de bon cœur, dit-il en le raccompagnant dans le couloir vers la porte de sortie où l'attend Schnitzel, tenant toujours sa casquette sous le bras, presque au garde-à-vous.

– Merci, Monsieur Weissenberg, mais croyez-moi, nous n'en avons pas encore tout à fait terminé, il se pourrait que nous ayons l'occasion de nous revoir très bientôt et vous aurez peut-être un comportement un peu moins fier et certainement moins arrogant que vous le montrez aujourd'hui.

– Non, je ne crois pas que nous aurons besoin de nous revoir; passez bien le bonjour à Emile Bach, si vous le rencontrez, transmettez-lui bien mes amitiés et dites-lui qu'il est très gênant qu'on ne le connaisse pas à l'université de Strasbourg ! Vous savez, le vrai Emile Bach, le vrai historien connu qui a porté ce nom, est décédé depuis fort longtemps. Passez une bonne journée.

Schnitzel qui se rend compte que l'entretien s'est plutôt mal passé et que cela a profondément blessé son patron, ouvre la portière et prend ses distances par mesure de précaution, la referme en douceur quand Léonce a fini d'y prendre place, non sans émettre des grognements incompréhensibles. Schnitzel se met au volant du taxi londonien dont le moteur se met à ronronner au niveau sonore d'une Harley-Davidson. Tout le monde s'est rendu compte dans cette petite impasse de l'incongruité de ce genre de véhicule circulant au sein du village. Un des voisins des Weissenberg, Claude Pernod, mais que tout le monde appelle Cloclo, oui, comme Claude François, auquel il ne ressemble pas du tout, a bien fait d'immortaliser l'évènement en prenant une photo très discrètement depuis le premier étage de sa maison. « Voilà un témoignage intéressant, réfléchit-il, quand je raconterai que le roi d'Angleterre est venu rendre visite à Paul-Henri, personne ne me croira, mais quand ils verront la photo du taxi venu directement de Londres avec sa majesté Charles III à bord, ils goberont mon histoire, ou plutôt mon canular, les imbéciles, je me marre déjà d'avance ! » Fier de son coup, Cloclo décide de ranger ses outils méticuleusement comme il le fait toujours d'ordinaire avant de faire une pause bien méritée, lorsque Babeth s'en revient du village voisin avec tous les bons produits du terroir qu'il faut pour vivre une bonne semaine comme un coq en pâte.

34 Le 23 avril 2025 Mise en place

Léonce Krebs est en pleine forme; son projet avance à grands pas, car dans l'après-midi de ce 23 avril, il supervise l'installation du matériel de la société MAIA en son manoir de la Petite Pierre, le Heideschloessel. Heureusement, la miniaturisation des équipements permet en cette belle année 2025 le transport de l'essentiel en un seul déplacement de fourgonnette, d'autant plus que les superordinateurs restent bien sagement là où ils fonctionnent d'habitude, dans les locaux de Saverne. Le personnel requis, cinq personnes en tout et pour tout, est emmené par Schnitzel en minibus VW, presque une pièce de collection, mais qui roule et ronronne comme s'il était neuf, même s'il fait son bruit de machine à coudre caractéristique : le chauffeur a demandé aux ingénieurs de faire le déplacement les yeux bandés, par mesure de sécurité, en réalité pour qu'ils ne puissent pas reconnaître les lieux et la destination de ce déplacement, ordre express du patron. Les hommes s'en plaignent immédiatement, trouvant la mesure inappropriée, exagérée et presque honteuse pour eux, mais leur directeur les a prévenus que des mesures draconiennes devaient entourer ce projet et que, même si lui-même ne comprenait pas trop pourquoi ces mesures étaient poussées à l'extrême, ils devaient se soumettre à ce qu'il avait nommé sans le dire ouvertement un « caprice de vieux schnock paranoïaque ». Une fois arrivée sur place dans la résidence lugubre des Krebs, toute l'équipe menée par Arthur Dubreuil s'attelle à la tâche, ce qui prend tout le reste de l'après-midi. Mais, ô miracle, tout fonctionne à merveille, la liaison sécurisée avec Saverne est parfaite, tout est prêt pour passer à l'exécution des tests et pour commencer l'expérience que tout le monde attend avec impatience.

Hervé Wolfram, le père du programme « le limier numéro un » surnommé le « fouille-merde », est assigné au poste de contrôle savernois et dois suivre les travaux en regardant de près le déroulement des requêtes envoyées aux superordinateurs. Il passera tout le temps de l'expérience, qui peut durer quelques jours, à ce poste-clef, une nécessité pour être sûr que les transmissions se font de manière tout à fait fluide, pour éviter des ruptures dans les transferts; il doit prendre les bonnes mesures en cas de problème, selon un protocole bien identifié, ce que Hervé arrivera à gérer tout seul, car il en a l'habitude. Ces aller-retour numériques entre Saverne et La Petite Pierre sont donc entre de bonnes mains. Au manoir se trouve bien sûr Serge Kurz, le créateur du programme « voyage dans le temps » officiellement nommé « The new Time Xplorer », et du drone surnommé « le diablotin aux yeux rouges » : il a sous ses ordres trois collègues qui devront saisir l'ensemble des données, les coder, les « envoyer se faire mouliner » par la « bécane savernoise » comme ils disent et en retour Serge sera chargé d'analyser le travail accompli et dévoiler les résultats concrets des recherches… si elles aboutissent. Rien que cela ! Une tâche dont on ne connaît pas encore la vraie portée, mais qui révolutionnera le regard de l'homme sur l'Histoire, il en est totalement persuadé.

Tout le monde attend l'arrivée d'un nouveau collaborateur pour superviser ces travaux : selon les Krebs, il s'agit d'un historien renommé qui sera placé à l'écart des autres dans un studio insonorisé et ne pourra communiquer avec les techniciens qu'avec un interphone qu'on vient de tester; le son est très nasillard, la voix en partie déformée, mais on comprend parfaitement ce dont on parle devant le microphone à condensateur Quad-Cast que Léonce Krebs a jumelé avec un modificateur vocal, sans que personne n'en soit informé. Arthur Dubreuil s'enquiert de savoir quand arrivera l'historien tant attendu, car il a hâte de le rencontrer. Léonce Krebs reste évasif, mais le rassure : « Ne vous inquiétez pas, il est en route, car il revient d'une conférence sur le réchauffement climatique à laquelle il a participé à Paris, étant également un spécialiste de l'évolution du climat en Alsace et en Lorraine. Il sera parmi nous au plus tard demain matin, je vous le garantis. En attendant ce personnage clef de l'expérience, je ne peux pas le nommer pour des raisons de sécurité; dès que vous en aurez terminé avec les essais de transmissions, je vous invite à un buffet de bienvenue et à un petit concert donné par des musiciens et des chanteurs locaux qui, je l'espère, vous amuseront un peu et vous feront oublier les quelques désagréments de ce déplacement et de votre présence dans ces lieux un peu tristounets ».

« Non, ne me remerciez pas, c'est tout à fait normal. Tout effort mérite une récompense, alors profitez-en bien. Je vous demanderai cependant de ne pas quitter le domaine dont les limites sont gardées par un dispositif de détection qui est relié à notre chenil. En cas de franchissement intempestif, les chiens, des dobermans peu amènes, seront lâchés automatiquement dans le parc et peuvent faire des ravages auprès d'intrus assez bêtes pour vouloir s'y risquer. Simple précaution, vous en êtes conscients, mais vous en tiendrez compte, ce qui évitera d'éventuelles morsures fort désagréables aux mollets ou à la partie charnue de quelques popotins bien dodus, si quelqu'un devait s'aventurer la nuit dans mon domaine sans y être prié. Vous voilà donc avertis.

Sur ce, je vous laisse terminer votre travail et je vous retrouve dans une heure dans la grande salle pour les festivités. »

Arthur Dubreuil accepte de moins en moins le comportement tyrannique de Léonce Krebs qui commence sérieusement à lui taper sur les nerfs, d'autant plus qu'il doit exiger de faire respecter ses consignes à son équipe qui a, jusque là, suivi les ordres sans trop rechigner, même si ces mesures de sécurité frôlent des « comportements de folie douce » rumine Serge. Tout le monde espère que l'expérience sera de courte durée pour retourner « à la vie civile » et quitter le manoir « Paranoïa » où ils se sentent quasiment enfermés. La menace des dobermans est la goutte d'eau qui fait déborder le vase et chacun en rajoute de son incompréhension sur les risques qu'on leur faire courir. « Je n'irai pas pisser au grand air dans le parc, je ne veux pas risquer d'y perdre mes bijoux de famille, dit l'un d'eux en hoquetant de rire ». Un autre annonce qu'il s'enfermera dans sa chambre à double tour : « Moi aussi, je pense « sécurité d'abord ! » rajoute-t-il. » Athur Dubreuil tente de calmer le jeu et leur avoue qu'il trouve tout ça aussi bizarre qu'eux, mais que c'est juste un mauvais moment à passer et qu'il vaut mieux faire fi de ces tracasseries dues à un esprit un tant soit peu dérangé, en pensant aux espoirs qu'ils vont enfin pouvoir concrétiser avant d'accéder à la renommée mondiale. « Rêvons un peu, détendons-nous, restons cool pour être tous frais et dispos demain matin…pour mieux souffler dans les trompettes de la Renommée. Blague à part, on nous attend à 19 heures dans la grande salle pour un buffet qu'on nous a promis grandiose et pour un concert organisé en notre honneur. À tout à l'heure, les gars, conclut Arthur. »

35 Le 23 avril 2025 De gré ou de force

Léonce Krebs a réuni dans une salle dérobée de son manoir son équipe de choc, celle des « coups de main », commandée comme d'habitude par Ursule Wiener, dit Schnitzel, faut-il le rappeler, qui est à la fois le régisseur, garde-chasse, chauffeur, garde du corps et souffre-douleur par la même occasion si son patron en décide ainsi. Son commando n'est composé que de deux hommes, Nicolas Felt, surnommé Colas, le plus costaud des deux, bâti comme une armoire à glace, mais ce n'est pas forcément le plus intelligent ni le plus débrouillard des deux, car on dirait qu'il a une cacahuète à la place du cerveau et « quand il bouge la tête, on l'entend rouler, la cacahuète » ajoute souvent Léonce en se moquant de lui parce que Colas secoue toujours sa caboche sans rien entendre du tout, lui qui se plaint de ne pas savoir où elle se trouve, vraiment, cette fichue cacahuète que tout le monde entend sauf lui. S'il n'a pas inventé le fil à couper le beurre ou la brosse à reluire, il a pourtant deux avantages pour son patron : il obéit bêtement, même aveuglément, aux ordres les plus idiots qu'on lui aboie et qu'il applique à la lettre; il arrive à démultiplier ses forces herculéennes en cas de besoin : rien ne peut donc lui résister, il en a donné des preuves parfaites depuis les quelques années qu'il travaille pour Krebs. Le second s'appelle Onésime Augst, mais tout le monde l'appelle Sim, comme l'humoriste qui portait ce nom, parce que leur ressemblance est frappante : il est maigre comme une planche à pain, naïf comme un élève de CM2 qui va entrer au collège après les grandes vacances et qui croit tout ce qu'on lui raconte, même quand on lui dit qu'il est bête comme ses pieds. Sim aime jouer au parfait crétin, mais pas sûr qu'il soit aussi bête qu'il en a l'air.

— Votre mission aujourd'hui, annonce Léonce Krebs d'un ton sévère et grave, est de ramener au manoir le dénommé Paul-Henri Weissenberg. Attention, je ne veux pas de brutalité avec lui, c'est un vieil homme fragile ! Nous avons absolument besoin de lui pour notre grand projet, alors de deux choses l'une : ou bien il accepte de vous suivre gentiment, et alors ce sera facile comme la peinture à l'eau, vous n'aurez qu'à lui bander les yeux pour qu'il ne puisse pas savoir où on le conduit. Ou bien il refuse : dans ce cas-là, vous n'hésiterez pas, vous l'emmènerez de force, je compte sur toi Colas pour le maîtriser, pendant que Sim le ligotera sans lésiner sur la longueur de la corde. Ensuite, vous le jetterez dans l'ambulance de collection que j'ai garée dans la remise, après lui avoir administré une bonne dose de sédatif pour l'assommer. Vous reviendrez ensuite dare-dare au manoir, sans toutefois dépasser les limites de vitesse autorisées, pour ne pas vous faire épingler par la gendarmerie, ce n'est surtout pas le moment. Vous savez que la maréchaussée du côté de La Petite Pierre est cotée pour son intransigeance. Schnitzel, tu seras en retrait au volant du taxi, alors, fais très, très, attention à ce qui se passe aux alentours, surveille bien nos arrières et donne l'alerte s'il le faut, tu as un téléphone pour ça.

— C'est quoi intransigeance, chef, demande Colas, je n'ai jamais entendu ce mot ?

— Ce n'est rien, ou plutôt si, c'est une très bonne marque de préservatif, si tu sais ce que c'est un préservatif.

- Oui, une capote, chef ! Intransigeance, je vais me noter ça et j'en demanderai au pharmacien la prochaine fois que j'irai pour voir si ça vaut la dépense.

- Et je suis sûr que ça lui fera plaisir à l'apothicaire de service, il faut bien qu'il rigole aussi de temps en temps. Bon, soyons sérieux, j'ai quelques recommandations à vous faire et elles sont de taille.

- Pour moi il n'y a que les XXXL qui me vont, dit Colas, alors que Sim lui donne une bourrade pour qu'il cesse de dire des conneries.

- Ouvrez grand vos oreilles, nom d'une pipe ! Quand vous irez chez les Weissenberg, attendez bien que l'historien soit seul, avec ou sans son chien; inutile de nous encombrer de madame, elle n'a pas l'air commode contrairement au chien qui est mignon tout plein et adore les câlins ou les coups de tatanes s'il devient énervant, au choix. Madame, il vaut mieux ne pas l'avoir dans les pattes. Alors, attendez qu'elle sorte, fasse ses courses ou aille tailler une bavette chez une voisine, alors le champ sera libre et vous agirez vite et bien. Le mieux, c'est de le capturer alors qu'il fait sa balade, mais attention, ne le suivez pas avec l'ambulance jusque dans les vergers ou dans les bois, vous vous feriez remarquer inutilement ou vous planterez le véhicule qui n'est pas de première jeunesse dans quelque profonde ornière. Surtout, agissez rapidement, pas d'esclandres dans la rue, même si c'est dans une impasse, il y a un voisinage assez conséquent, pas question d'avoir 20 témoins d'une scène de kidnapping, si toutefois on devait en arriver à cette dernière extrémité. Malheureusement, il est fort probable que Weissenberg ne se laissera pas faire et tentera d'alerter ses voisins qui semblent tous être assez proches du couple. Donc prudence, discrétion et professionnalisme pour cette opération délicate. Schnitzel, tu vérifies l'état de l'ambulance avant le départ, qu'on soit sûr que tout fonctionne bien. En cas de problème, on quittera les lieux, sirène hurlante, en ayant embarqué le bonhomme endormi comme si on faisait vraiment partie des services de secours. Et l'affaire sera réglée comme du papier à musique. Avez-vous des questions à poser ?

- Est-ce que nous serons armés pour cette opération ? On ne sait jamais, si quelqu'un appelait les gendarmes, il faudrait qu'on puisse se défendre !

- Mais bon Dieu ! Où vous croyez-vous, à Marseille ? On est à Moetzenbruck, le patelin le plus paumé du plateau lorrain, et d'où crois-tu qu'ils viennent les gendarmes, hein ? De Lemberg, le village d'à côté. Réfléchissez un peu, têtes de linotte, si la maréchaussée est alertée, il leur faudra le temps de mettre leurs képis, de trouver les clefs avant de prendre leur fourgonnette poussive, et encore s'ils la trouvent tout de suite, la clef; ils mettront des minutes avant d'arriver sur place, et seulement s'ils ont bien noté l'adresse, ce qui n'est pas toujours le cas. Si quelqu'un les appelait, alors on les croiserait éventuellement sur notre chemin, puisque nous roulerons en sens inverse, bougres d'abrutis. Si on les voit rouler dans l'autre sens, on leur fera gentiment coucou, si ça vous fait plaisir, en les regardant d'un air idiot comme vous le faites si bien tous les jours ici et ailleurs. Alors, en résumé : concentrez-vous sur votre mission, sans arme, vous ne tuerez personne et le monde s'en portera mieux. Compris ? À trois mecs de votre trempe et surtout avec le gabarit de Colas, vous n'allez pas faire dans votre froc parce que vous n'avez pas le colt de John Wayne dans la poche de votre blouson ! D'autres questions … intelligentes cette fois, si possible, si ce n'est pas trop demander ?

- Oui, patron, demande Schnitzel, si on se fait prendre par les képis, vous viendrez nous chercher à la caserne pour qu'ils ne nous gardent pas au cachot toute la nuit ?

- Et bien sûr, vous pouvez compter sur moi et je promets même de vous apporter des oranges, vous êtes contents, ça ira comme ça ?

- Merci, chef, mais vous savez, pour les oranges, nous on préfère les sanguines, mais seulement si vous en trouvez en promotion, conclut Sim avec un sourire en coin.

- Finalement, je préfère vous accompagner et prendre moi-même la direction de l'opération. Filez donc vous préparer, il est temps, pensez à mettre une tenue appropriée, aux couleurs passe-partout, des couleurs qui ne sautent pas aux yeux, je veux dire, pas de fluo, de rouge pompier ou de vert grenouille. Mettez une casquette en prenant soin de glisser la visière sur vos yeux pour qu'on ne puisse pas vous reconnaître et suivez bien mes ordres, il vaut mieux. Rompez les rangs, bande de branquignols.

36 Le 24 avril 1525 Jusqu'en Lorraine

Le lundi 24 avril, Erasme Gerber qui commande le mouvement paysan quitte sa base d'Altorf pour marcher vers le nord en direction de la ville de Marmoutier qui lui ouvre ses portes avec la complicité du prévôt Michael Beck. D'autres détachements partis d'Altorf rejoignent le prieuré de Truttenhausen, pour aller de là jusqu'à Ebersmunster, l'objectif final étant de se porter sur Sélestat et de se gagner la population de cette ville puissamment fortifiée. Au nord, un groupe de 2.000 paysans qui a essaimé du groupe de Neubourg, est remonté dans la vallée de la Moder, est passé par Diemeringen pour aller se porter sur la Sarre en direction de Sarreguemines où le petit peuple est ouvertement favorable à la révolte, car il est en conflit avec le châtelain lorrain Jean de Brubach, un homme au moins aussi détesté que le comte de Hanau-Lichtenberg. Les paysans pénètrent finalement dans la ville de Sarreguemines, mais le château qui se trouve dans la ville même leur résiste, avec une garnison commandée par des officiers de valeur, tel le comte de Salm, Philippe de Hohenstein et Wolf de Hohenfels.

Les paysans décident alors de quitter Sarreguemines, une position indéfendable, car ils ne seraient pas à l'abri d'une tentative de sortie de la garnison; ils préfèrent se replier dans les forêts environnantes où ils établissent leur camp : ils partent aussi piller l'abbaye de Herbitzheim et le couvent Notre-Dame des Traits à Graeimtal en Sarre où ils confisquent tout ce qu'ils peuvent trouver ayant une valeur marchande. Les insurgés venus des vallées de la Sarre, de l'Albe et de la Blies, se regroupent aussi à l'abbaye d'Herbitzheim qui est finalement transformée en camp retranché; le couvent devient un véritable centre de recrutement, de rassemblement et de formation militaire, drainant des volontaires d'une grande partie du Westrich, la Lorraine allemande. Le capitaine général de la bande s'appelle Hans Zoller, il est originaire de Rimling.

Le chancelier du comté de Hanau-Lichtenberg, Cunon de Hohenstein, peut se rassurer encore un peu. La ville de Bouxwiller n'est pas directement menacée, même si on a craignait le pire quand la bande qui a quitté Neubourg est remontée le long de la Moder, passant pas loin des remparts de la ville. Heureusement, leur objectif n'était pas la capitale du comté trop bien défendue que 2.000 hommes, même très aguerris, n'auraient pu assiéger sans machines de guerre ni artillerie. Par mesure de sécurité, le chancelier fait suivre la colonne ennemie par des cavaliers discrets chargés de l'informer des succès que ces paysans obtiendraient ailleurs. Il est bien aise de savoir que le château de Sarreguemines a résisté à leurs assauts, mais regrette qu'ils aient quitté la ville pour revenir en direction de l'Alsace. Fort heureusement, ces satanés paysans ont passé leurs nerfs sur l'abbaye de Herbiztheim et s'y installent en force, ce qui les tient, pour le moment au moins, à l'écart de Bouxwiller. Cunon de Hohenstein a déjà fort à faire avec les paysans de Neuwiller qui semblent avoir des visées sur la ville, mais il sait bien que le vrai danger vient de l'est du comté avec le groupe de Neubourg dont les effectifs grossissent encore selon les rapports de ses espions.

Gaspard Metzger met au point le repli du trésor en un lieu secret sécurisé. Pour cela, il fait venir dans la cour du château des charrettes remplies de fumier dont l'odeur nauséabonde incommode tant le personnel que la petite garnison. Mais peu importe, nécessité de service oblige, annonce Gaspard à ceux qui l'interrogent, se demandant pourquoi le receveur général du comté s'occupe désormais de l'amendement des terres du potager de Monsieur le Comte, d'autant plus que ce genre d'opération ne se fait jamais à la fin d'un mois d'avril, mais d'ordinaire au début de l'hiver. Quand ils entendent les termes de « nécessité de service », personne n'ose plus insister auprès de Gaspard qui paraît renfrogné, aussi inquiet que les jours précédents, même davantage, depuis que la crise empêche la rentrée des impôts et des taxes. Une partie des charretées est effectivement déchargée dans un coin du potager, la moitié environ est gardée entre les ridelles, pour une destination que personne ne connaît.

Pourquoi, diable, le comte a-t-il donné cet ordre au receveur, on ne peut guère ouvrir les fenêtres et profiter des premiers rayons de soleil printanier sans être assailli par les relents immondes provenant des brumes vaporeuses nauséabondes qui stagnent autour de la résidence comtale. « Bouchez-vous le nez, respirez par la bouche et n'aérez surtout pas les pièces, ordonne la gouvernante, sinon nous sentirons presque comme le coq de la basse-cour, toujours à s'encanailler, les pattes sur le tas de fumier, et à voler dans les plumes de nos braves poulettes. » Les membres du petit personnel haussent les épaules et continuent de travailler d'une seule main, l'autre servant à pincer les narines ou à se tamponner le nez avec un mouchoir parfumé.

37 Le 24 avril 1525 Réunion de crise

Pour la réunion prévue à Haguenau, siège de sa juridiction, pour le mardi 25 avril, le Grand Bailli impérial Jean-Jacques de Morimont prépare son intervention auprès des délégués de la ville de Strasbourg et de ceux de l'évêché, les seuls a avoir quelques moyens armés, bien que dérisoires, devant l'importance du conflit, pour prendre de nouvelles mesures d'extrême urgence fermes et définitives. La situation est d'autant plus grave que le groupe de Neubourg a fait savoir que son but est de s'installer à Haguenau. Comment faire pour convaincre ceux qu'il a convoqués de lui apporter leur aide concrète pour stopper ou au moins ralentir le mouvement insurrectionnel qui prend de l'ampleur dans toute la région et qui est devenu incontrôlable : leur chef Erasme Gerber ne veut pas négocier du tout avant d'avoir pu mettre son armée en sécurité. On apprend alors que la bande venue de Truttenhausen et d'Ittenwiller menace la ville épiscopale de Benfeld :son commandant demande à la ville de Strasbourg d'accepter de placer la ville fortifiée sous sa protection en renforçant sa garnison, car Benfeld n'est qu'à quelques lieues de la république strasbourgeoise. Érasme Gerber, dont l'aura rayonne maintenant sur toute la Basse-Alsace, s'apprête à entrer dans la ville de Marmoutier qui dépend de l'abbaye du même nom, dont le supérieur a perdu toute ascendance sur ses sujets. C'est avec une véritable force armée, bien organisée et commandée par des hommes compétents, que les paysans arrivent devant les remparts de la ville : Marmoutier ne pourra pas leur résister.

Que peut donc exiger le Grand Bailli lors de la réunion du lendemain, le 25 avril ? Ses précédentes tentatives ont toutes complètement échoué, tant il est vrai qu'à ce moment-là on comptait sur le fait que le calme relatif qui régnait encore allait se maintenir dans la durée. Espoir fou, mais espoir déçu ! Personne ne voulait desserrer les cordons de sa bourse pour financer un renforcement des forces de police, personne ne voulait s'endetter dans cette période où la grève de l'impôt coupe les vivres aux autorités qui en bénéficiaient jusqu'ici automatiquement, avant que la contestation ne se généralise. On avait tout misé sur la chasse aux prédicateurs et aux meneurs, mais sans moyens supplémentaires, cette mesure qui aurait pu être salvatrice a été vouée à l'échec. Maintenant que la région risque d'être à feu et à sang, de Wissembourg jusque dans le Sundgau dans le sud de la Haute-Alsace, il est peut-être déjà trop tard pour pouvoir inverser la tendance. Allez retenir plus de 10.000 paysans hargneux et forts de leur mission de redresseurs de torts, avec seulement 400 soldats que le Grand Bailli a en principe à disposition et qui courent un peu partout pour colmater les brèches qui s'ouvrent dans des systèmes de défense ridiculement inadaptés. Il y a fort à parier que les délégués, les uns et les autres, imbus de l'indépendance de pacotille de leurs cités, vont encore rechigner à participer à l'effort collectif.

Beaucoup pensent malheureusement faire appel à une intervention extérieure qui serait forcément préjudiciable à notre région. Si l'armée lorraine devait entrer en Alsace, elle emporterait un énorme butin pris aux paysans, composé en réalité de la totalité ou parties des pillages de nos abbayes et de nos châteaux, voire des villes occupées. Ne demandons même pas à l'Électeur palatin de contribuer à la répression du mouvement, il n'arrive pas lui-même à mettre de l'ordre sur ces immenses domaines. Quant à l'évêque de Strasbourg, qu'il reste à Mayence, ça vaudra mieux pour tout le monde, il ne s'occupe pas mieux de ses terres que de ses ouailles. Ce qui intéresse ce prélat, comme les autres dignitaires de l'Église, quels qu'ils soient, ce sont ses importants revenus et privilèges, les âmes de ses ouailles, il s'en fiche éperdument, il paie un évêque auxiliaire pour faire le travail à sa place et s'en lave les mains. Pas étonnant que les paysans remettent en cause le système verrouillé par les grandes familles princières qui cumulent leurs bénéfices et leurs prébendes jusqu'à étouffer la poule aux œufs d'or comme ils sont en train de le faire inconsciemment. En ruminant toutes ces idées noires, Jean-Jacques de Morimont pense aussi un peu à sa famille restée au château de Moersberg sur les contreforts du Jura alsacien, regrettant de devoir confier la sécurité des siens à quelques vassaux et ministériels sur qui il doit compter sans aucune garantie en retour.

38 Le 24 avril 1525 En état d'alerte

Cunon de Hohenstein est tout à son affaire : mettre en sécurité les archives sensibles du comté pour éviter que disparaisse l'essentiel si Bouxwiller devait être occupée par les paysans. Ces diables ont l'habitude de brûler tous les registres, à commencer par celui des dettes, pas étonnant, car le nombre de paysans endettés est devenu effarant. Si ces idiots cessaient de passer par les usuriers juifs qui sont si prolixes quand il s'agit de faire les affaires; à leurs clients de se débrouiller pour rester solvables, sinon ils se paient sur la saisie de leurs biens et les jettent sans ressource sur les grands chemins en ne leur laissant que leur chemise, et encore, pas toujours... Alors beaucoup de gens acceptent de passer par la chancellerie de Bouxwiller où Gaspard Metzger, le receveur général, accorde des prêts, le plus souvent à court terme, mais seulement aux paysans qu'il connaît, principalement aux sujets du comte dont il assure déjà le suivi fiscal; si l'un d'entre eux est réputé non solvable, il ne lui donnera qu'une somme dérisoire pour qu'il puisse garder la tête hors de l'eau, le strict nécessaire pour ne pas faire partie des mendiants indésirables qui ne rapportent rien et coûtent tant aux bonnes âmes qui font la charité.

Certains paysans sont beaucoup trop endettés et demandent souvent d'alléger les remboursements ou d'en rallonger la durée, ce qui est financièrement intéressant pour le trésor du comte, mais qui nous mène dans des tracasseries sans fin. Même si, très officiellement, le prêt reste sans intérêts comme l'exigent les prescriptions de notre bienveillante Église, car on ne peut pas gagner de l'argent sur le dos d'un autre chrétien sans contrepartie louable, le trésorier se rattrape toujours sur des frais afférents qui sont facturés à l'emprunteur, il faut l'avouer, à la tête du client, et sur des modifications de contrats qui viennent alourdir ces frais, ce qui revient à dire qu'on est parfois en train de frôler le montant des intérêts pratiqués par « certains usuriers de l'autre religion ». Sur ordre du chancelier, les registres et documents concernant les dettes sont tous emballés, protégés dans des toiles étanches enduites de cire d'abeille, bien ficelés et placés dans des caisses en bois dont l'extérieur est enduit d'une couche de poix, pour préserver ce précieux contenu des ravages de l'eau et de l'humidité.

Après avoir fait décaisser une partie de la terre de la serre, même en piétinant quelques plates-bandes sous les hauts cris d'un commis venu chercher des ingrédients pour le cuisinier; celui-ci vient de trouver à la place de ses premières salades et radis des tas de terre pelletés à la hâte sans le moindre égard pour ses semis, un travail « à la va comme je te pousse », sans le moindre soin, en tout cas sans respect pour le travail du maraîcher. Pour le chancelier, le sol ainsi mis à nu permet d'entreposer délicatement les caisses dans la serre avant qu'on ne les recouvre de la bonne terre noire et bien fumée du potager. Ce travail supervisé par le chancelier en personne, accompagné d'un de ses valets, doit durer deux, trois jours maximum, mais il se rend bien compte qu'il est très difficile de cacher cette opération du regard des gardes et du personnel du château, car la serre est bien visible depuis les grandes fenêtres à meneaux. De plus, avec la noria des valets portant les caisses jusqu'à la serre et passant par la cour d'honneur, tout le monde sait pertinemment que le chancelier prend des précautions comme l'a très certainement exigé le comte; il le fait sans prendre de mesures spéciales pour camoufler l'opération, tout au plus fait-il prêter serment au personnel de ne rien en divulguer. Des mauvaises langues affirment que ce couard de chancelier préfère que ça se sache, comme le nez au milieu de la figue; comme cela, en cas d'occupation de l'ennemi, les paysans se serviront sans avoir besoin de le torturer : la cachette n'est finalement qu'un leurre : ainsi, on ne cherchera pas à le faire parler pour qu'il avoue quelque chose que tout le monde aura déjà deviné, observé et rapporté.

Gaspard Metzger est bien plus consciencieux : il envoie ses deux meilleurs hommes chercher un endroit propice le long de la Moder pour cacher le trésor du comté. Anselme Felt, choisi pour sa bravoure et sa robustesse, et Klemenz Augst pour son agilité et sa rapidité se mettent en route à pied, longeant d'abord les pentes du Bastberg pour traverser ensuite Ingwiller avec un laissez-passer spécial leur permettant de ne pas passer pour des paysans voulant s'enrôler dans les troupes insurgées et de ne pas se faire refouler par les sergents. Anselme pense que le mieux est de trouver une grotte ou le surplomb d'une falaise pour cacher la fortune qui leur est confiée; en tout cas, ce doit être un endroit facile à reconnaître pour eux, mais une aiguille à retrouver dans une botte de foin pour tous les autres. C'est là toute la difficulté ! Malheureusement, le thalweg de la Moder n'est pas creusé très profondément, car les prés humides qui en constituent le fond spongieux sont larges et plats, herbeux et en pente très douce, vers l'aval. Après avoir marché sur le chemin en direction de l'ouest pendant une lieue et demie, Anselme explique à Klemenz qu'il connaît plusieurs endroits à visiter lors de cette reconnaissance. Il emmène d'abord son compagnon au sommet de l'Englischberg, le « mont des anglais », ainsi nommé en souvenir des mercenaires anglais dont les paysans   ont massacré l'arrière-garde au XIVe siècle pour récupérer une partie du butin qu'ils traînaient dans leurs basques.

Arrivés au sommet peu élevé, les deux hommes trouvent la vue imprenable, car elle porte très loin, on devine même au sud les tours du château de Haut-Barr qui surplombe Saverne. L'Englischberg est donc un très bon poste d'observation qui culmine à 382 m d'altitude, mais possède une arête rocheuse assez haute avec des anfractuosités intéressantes. L'accès y est facile pour des charrettes, si l'on excepte le dernier raidillon qui mène aux deux sommets de cette montagne boisée; les rochers Est sont les plus élevés. Des emplacements en très mauvais état, comme les montre Anselme à son compagnon, avaient été construits par des habitants de Wimmenau pour s'y réfugier avec leur bétail en cas de guerre ou de passage de mercenaires. Le deuxième sommet se trouve à l'ouest de cette crête et permet de boucler et de contrôler toute la crête. Ces rochers surplombent en partie la pente qui est encore plus abrupte du côté sud et ouest. Ce qui manque vraiment là-haut, c'est l'eau; il n'y a aucune source; si l'on veut boire, on ne peut que recueillir l'eau de pluie, d'où ces anciennes toitures chargées à la fois de protéger le bétail, le fourrage et les vivres, et de récolter l'eau qui y ruisselle. C'est d'ailleurs probablement pour cette raison qu'aucun noble n'a jamais voulu y construire un château, car sans source d'eau potable à proximité, il est impossible d'y résider longtemps et encore moins d'y résister lors d'un siège. Mais pour Anselme, le trésor enfoui n'a pas besoin d'eau, il lui semble, alors pour lui, le problème est déjà résolu.

Ensuite, Anselme, content que Klemenz trouve ce premier lieu parfait, même s'il est un peu trop voyant, trouve-t-il, emmène son acolyte dans le vallon nord pour s'engager sur le chemin d'Erckartswiller qui se trouve de l'autre côté des bois. Une région paisible, annonce Anselme, mais ça braconne sec dès le soir venu et même une bonne partie de la nuit, et ceci depuis la nuit des temps, sans respect pour les droits du comte, car les hors-la-loi chassent même le gros gibier comme le cerf et le sanglier. « Et tu n'as pas peur que ces braconniers trouvent le trésor si on le cache dans ces lieux qu'ils connaissent forcément par cœur ? demande Klemenz. » Anselme le rassure en prétendant que le jour où ils cacheront le trésor, ils pourraient en même temps faire une large battue avec une dizaine de cavaliers, histoire de refouler les indésirables vers leur village, mais ce ne sera pas nécessaire, crois-moi. Les contrevenants ont bien trop peur de se faire prendre la main dans le sac et de passer devant la justice du comte. Le deuxième endroit n'est cette fois-ci guère situé en hauteur : il sert de lieu de rassemblement pour le bétail dans des grottes peu profondes, faciles à camoufler avec des arbres morts ou de simples branchages; on appelle cet endroit l'Ochsenstall, « l'étable aux bœufs ». L'endroit est connu des seuls villageois, il est parfumé à la bonne bouse de vache comme une étable normale et personne n'imaginerait possible qu'on puisse y cacher la fortune du comte. « Heureusement que l'argent n'a pas d'odeur, comme on le dit, ajoute Klemenz, en tout cas celui du comte, si on le cache par ici, sentira la bonne odeur du terroir, je peux te l'assurer. »

Les deux compères qui s'entendent comme larrons en foire décident de partager le trésor en deux parties, l'une qui sera cachée au sommet de l'Englischberg et l'autre partie à l'Ochsenstall. Deux cachettes en valent mieux qu'une seule, comme dit un proverbe lorrain, annonce Klemenz qui sourit, car il vient tout juste de l'inventer.

- Écoute bien ! Admettons, dit Anselme, que les paysans trouvent une partie du trésor, ils croiront posséder l'ensemble du trésor, et sans prendre le temps et réfléchir plus loin, tellement ils seront satisfaits d'eux, ils s'en empareront et repartiront heureux, sans chercher ailleurs, laissant ainsi au moins l'autre moitié bien cachée là où elle se trouve. Ainsi, le comte ne pourra jamais être vraiment ruiné; il serait à moitié dépossédé, il est vrai, mais pas entièrement ruiné, grâce à nous.

- Tu ne peux pas raisonner comme ça, Anselme ! Le comte ne veut pas être ruiné, c'est sûr, mais il ne veut rien perdre du tout, pas même la moitié; il veut tout récupérer, sa fortune sera entre nos mains et nous devons nous assurer que les paysans ne trouvent rien du tout, car c'est TOUT son argent et TOUT son or que nous devrons lui remettre, cela signifie intégralement, tu comprends, in-té-gra-le-ment.

- Il est drôle le comte. Réfléchis un peu ! Si on cachait le trésor dans un endroit unique et que, par le plus grand des hasards, il est découvert, le comte serait entièrement ruiné, tu es bien d'accord avec moi ? Mais comme nous deux, nous sommes plus malins que tous les autres réunis, avec notre stratagème, admettons qu'il n'en perde qu'une moitié, il devrait être heureux de ne pas être totalement à sec, le comte, tu comprends. Bon, c'est comme s'il avait payé notre service très cher, mais il lui resterait tout de même de quoi vivre à son aise, même dans le luxe et toujours dans une certaine abondance. De quoi pourrait-

215

il se plaindre ? Est-ce que nous, on se plaint, des gages qu'il nous verse, nos soldes de miséreux ?

- Ce n'est pas comme ça que ça se passe, mon ami, quand on te confie la garde d'un trésor, Anselme, tu dois restituer au comte tout ce qu'il t'a confié, quand le danger sera oublié. C'est ça, notre mission. Tiens, si ça se trouve, toute cette opération, ce ne sera l'affaire que de quelques jours ou de quelques semaines, tout au plus, ce n'est rien, le temps passe si vite et les paysans finiront bien un jour prochain par déposer les armes pour reprendre leurs outils habituels. Si les paysans avaient gagné une seule fois une guerre, crois-moi, ça se saurait ! Ils n'ont aucune chance, à mon avis, mais ils ne le savent peut-être pas encore, les pauvres.

- Je n'ai pas aimé les menaces du receveur, rumine Anselme. Ce Metzger a une tête qui ne me revient pas, il est hésitant, il ne nous regarde jamais dans les yeux avec franchise, je ne sens pas et je ne lui fais aucune confiance. Il nous demande quasiment l'impossible, nous fait prêter serment et nous laisse le soin de faire tout le boulot à sa place; il nous demande de tracer une carte de la cachette et de décrire par une légende les lieux que nous aurons choisis, de manière mystérieuse, pour qu'il puisse retrouver son argent si nous devions trépasser; tu ne trouves pas ça étrange ? Il en a de bonnes, lui; je sais à peine écrire et je dois jouer au dessinateur et au scribe, moi qui n'ai jamais tenu une plume dans la main ? C'est totalement idiot, je n'arriverai jamais à faire ce qu'il nous demande.

- Ne t'en fais pas, dit Klemenz, je m'occuperai de cette partie de la mission. Je sais écrire, mais je n'ai aucun talent de dessinateur.

Mais je saurai me débrouiller. J'ai bien réfléchi, écoute-moi; on devrait d'abord sceller un pacte solennel tous les deux. S'engager à ce que l'un protège l'autre du moindre danger, quel qu'il soit, comme le font des frères de sang. Serais-tu d'accord ? Attention, rien ne devra nous séparer, même pas Gaspard Metzger, et notre alliance durera toute notre vie, jusqu'à la mort ! C'est ensemble que nous trouverons les parades qu'il faut pour ne jamais succomber à qui ou à quoi que ce soit.

- Je trouve ta proposition un peu inattendue, mais c'est une proposition courageuse, que je trouve justifiée et, honnêtement, je pense que tu seras un frère de sang tout à fait respectable, que ce soit dans les bons jours ou dans l'adversité. Faisons ce pacte, toi et moi, et que celui qui le rompra soit précipité la tête en bas et le cul en l'air dans les profondeurs des flammes de l'Enfer.

39 Le 24 avril 2025 L'enlèvement

Le matin de bonne heure, le taxi londonien est de retour à Moetzenbruck, bizarrement stationné sur le parking en principe réservé au personnel de l'usine de verres à lunettes située en contrebas; cette voiture est plus précisément garée à côté d'une ambulance, aux lignes aérodynamiques, mais un engin un peu vieillot qui ne semble pas être venu sur les lieux dans le cadre d'une urgence quelconque; tout semble calme et serein dans le village ensommeillé, il n'y a pas eu d'accident ni d'appel de détresse. La petite place, à peine occupée en ce début de matinée, se trouve le long de la rue des Chasseurs sur laquelle donne l'impasse où habitent les Weissenberg. Elle permet d'avoir l'œil sur les allées et venues depuis ce cul-de-sac, ce qui est bien pratique si on est venu là pour surveiller les parages. « Bonne idée, Sim, de t'être placé à cet endroit stratégique, pense Léonce ». Vers 8 h 30 au bout de la rue, dans la fraîcheur de ce clair matin de printemps encore marqué par un peu de gelée blanche sur la pointe des brins d'herbe après une nuit claire et étoilée, apparaît une silhouette un peu voûtée, emmitouflée dans une veste canadienne, tirant à la laisse un petit chien poilu qui n'a pas l'air non plus d'être très bien réveillé; aucun des deux ne l'est vraiment, semble-t-il, rien qu'à observer comment ils avancent cahin-caha, le regard vague et le cœur léger.

Il s'agit bien de Paul-Henri Weissenberg qui entame sa première balade de la journée. Il n'y a personne d'autre dans la rue, sauf bien sûr les compères mal intentionnés, lorgnant derrière leur pare-brise embué; le moment semble donc propice pour ces derniers. Léonce Krebs sort de l'ambulance et le claquement de la portière éveille l'attention du promeneur, étonné de revoir si vite celui qu'il avait éconduit vertement la veille. Les deux hommes se saluent comme il est d'usage et Paul-Henri s'enquiert de la santé de son ex-visiteur qu'il a vu quitter le véhicule marqué qu'une croix rouge, cette question se posant spontanément à son esprit encore embrumé.

- Je vais très bien, je suis juste venu vous chercher, Monsieur Weissenberg, pour vous faire visiter nos installations qui sont fin prêtes, pour vous donner une idée de l'ampleur de nos recherches. Vous rencontrerez aussi l'équipe des ingénieurs présents sur place. C'est une chance pour vous, saisissez-la, elle vous ouvrira des horizons tout à fait nouveaux.

- Monsieur Krebs, je vous remercie de faire tous ces efforts, j'en suis même très flatté, mais n'insistez pas, vous ne pouvez pas bousculer les gens comme vous le faites, sans prévenir, et il me semble que je vous ai déjà donné une réponse définitive, vous vous rappelez, c'était un "NON" franc et massif ! Et je ne vais pas me répéter plus longtemps ! Alors, passez une bonne journée et bon retour chez vous, ajoute-t-il poliment en tournant le dos à son adversaire tout en lançant un bâton pour faire courir Plouc, son petit yorkshire.

- Monsieur Weissenberg, écoutez-moi, ne soyez donc pas si têtu. C'est énervant à la fin ! Ma proposition tient plus que jamais, vous serez le « roi » de ce projet extraordinaire et après l'expérience que vous allez vivre avec nous, vous serez célèbre dans le monde entier, tente encore Léonce d'une voix presque suppliante.

- Oui, répond l'historien, vous avez raison, je suis bel et bien têtu, ma femme et mes proches me le répètent presque tous les jours, vous ne m'apprenez donc strictement rien. Tout le monde semble l'avoir compris, vous excepté ! Conclusion : on est comme on est, et on ne se refait plus ! Au revoir, Monsier Krebs.

Paul-Henri ne voit pas que, sur un geste précis de Léonce, deux hommes sortent du taxi londonien garé à côté de l'ambulance. Un grand costaud et un freluquet, on dirait presque Laurel et Hardy, marchent d'un pas rapide vers le promeneur qui, entendant quelqu'un arriver dans son dos, tourne la tête, étonné d'être suivi par ces personnages en bleu de travail qu'il n'a jamais vus auparavant. Ils ont un sourire narquois aux lèvres, s'approchent en faisant un salut discret, comme s'ils allaient chez quelqu'un du voisinage dans leur tenue de chauffagiste. En un éclair, le plus costaud ceinture Weissenberg de manière très preste et professionnelle; le gringalet sort une seringue d'une de ses poches et enfonce l'aiguille dans sa nuque. La victime n'a pas le temps de se débattre vraiment qu'il sombre déjà dans un état semi-comateux, lui interdisant tout geste d'esquive ou de défense. Seul le petit Plouc, en chien fidèle et courageux, donne l'alerte en aboyant comme un diable éjecté de sa boîte, ce qui met une certaine animation dans la rue jusqu'ici si calme. Pendant que Krebs prend le volant de l'ambulance pour s'avancer auprès de ses hommes de main, le chien court dans tous les sens et échappe facilement au freluquet qui tente en vain de s'emparer de la brave bête; bondissant sur ses petites pattes velues, Plouc ne cesse d'aboyer à tue-tête, donnant ainsi l'alerte dans tout le quartier.

Déjà, les volets du voisinage montent et les premières fenêtres s'ouvrent en grand, des têtes sortent au grand air pour voir pourquoi ce chien qu'ils connaissent bien se met dans une telle rage en poussant des jappements étranglés. C'est là qu'ils voient des hommes allongeant le professeur Weissenberg dans une ambulance et s'inquiètent déjà pour la santé du vieil homme. Joseph, qui connaît bien le professeur, arrive à ce moment-là, plié sur le guidon de sa bicyclette, paniqué par ce qu'il voit devant lui, son ami peut-être frappé par une nouvelle crise cardiaque. Joseph veut absolument savoir si son état est grave, freine brusquement et se place devant l'ambulance alors que d'autres voisins s'approchent plus prudemment du véhicule. Léonce Krebs, se croyant pris au piège, sent déjà une sueur froide lui dégouliner le long de sa colonne vertébrale. Il met en route la sirène, déboîte subitement pour prendre la fuite à vive allure. Joseph a eu le temps d'observe le visage du chauffeur à travers les reflets du pare-brise, un gars bien trop âgé d'après lui pour être un ambulancier de métier. Il ne remarque pas que les acolytes de ce dernier, en salopettes d'ouvrier, se précipitent vers le taxi garé sur le parking voisin. Interloqué, Joseph remonte sur son vélo et fonce en direction de Plouc qui aboie de toutes ses forces en essayant de suivre l'ambulance lancée à fond de train.

Le taxi déboîte à son tour à la vitesse d'un avion Rafale de l'Armée de l'Air, vrombissant dans le bruit tonitruant d'un Harrier britannique à décollage vertical. C'est d'une discrétion absolue ! Ce taxi va réveiller tout le village Filant dans le sens opposé à celui de l'ambulance, en direction de l'église, les malfrats cachent leurs visages en enfonçant leurs casquettes jusque sur les yeux, ce qui limite d'autant leur visibilité. C'est en faisant une belle embardée que le taxi rase un ancien muret moucheté de salpêtre dans un crissement de tôle froissée, ce qui jette dans la rue la plupart des occupants des maisons riveraines, curieux de voir ce qui a bien pu se passer devant chez eux.

Tout cela s'est déroulé en quelques secondes. Les gens bien sûr s'interrogent. « S'agissait-il bien de Monsieur Weissenberg ? Est-il tombé malade, le pauvre, a-t-il fait une rechute, une crise cardiaque ou est-ce un simple malaise dans la rue ? Pour un malaise, on n'appelle pas les secours ! Son chien semble paniqué, on le serait à moins ! » Joseph décide de le ramener chez lui pour que Babeth puisse le calmer et s'occuper de lui. Oh, pauvre Babeth, pense tout le monde : quand elle apprendra la nouvelle, elle sera prise de panique et on la comprend volontiers. On la sait courageuse et volontaire, mais là, c'est un vrai coup dur pour elle. Joseph arrive à calmer Plouc qu'il connaît bien; le chien se laisse emporter dans les bras de son bienfaiteur. Babeth ouvre au premier coup de sonnette, tout heureuse de voir son ami Joseph. Mais quand elle voit la tête qu'il fait et le petit Plouc tremblotant qu'il porte comme un nourrisson, elle comprend que quelque chose de grave est arrivé à son mari. « Une ambulance vient d'emmener Paul-Henri de toute urgence. Mais je n'en sais pas davantage et personne dans la rue des Chasseurs n'a vu quoi que ce soit avant que Plouc ne donne l'alerte en aboyant comme un diable et en poursuivant l'ambulance. On sait juste qu'on l'a embarqué, un point, c'est tout, on n'a pas pu parler à l'ambulancier. Je l'ai seulement entraperçu, il avait l'air d'être un retraité, un vieux comme nous, quoi, et il n'y avait pas le nom d'une compagnie apparaissant sur le véhicule, ça, j'en suis sûr, juste une croix rouge. De plus, il était seul, il me semble que les ambulanciers sont d'habitude à plusieurs en cas d'intervention, je trouve ça bizarre. On se demande tous où on l'a emmené, vers quel hôpital. En tout cas, le véhicule n'a pas pris la direction de

Bitche. Bizarre qu'il n'ait rien voulu nous dire avant de démarrer en trombe, qu'il n'ait pas non plus posé de questions, on n'a pas eu la moindre indication. Peut-être était-il simplement dans l'urgence, ce qui n'est pas rassurant, peut-être ne fallait-il pas perdre un instant ? Il est parti sur les chapeaux de roue. On a tous compris que c'était grave et je suis venu tout de suite t'avertir, Babeth. » Joseph regrette de ne pas avoir pris le numéro de la plaque d'immatriculation de cette satanée ambulance. « On a les bons réflexes, je sais, mais toujours trop tard, zut de zut, ajoute-t-il, contrit. »

Babeth accuse mal le coup et semble prise d'un léger vertige. Elle demande à Joseph de lui donner davantage de détail et déjà le voisin Claude arrive essoufflé devant la porte, le fameux Cloclo, l'ami de la famille toujours prêt à donner un coup de main, « ou un coup de pied s'il le faut », répète-t-il parfois en rigolant. Joseph trouve vraiment bizarre la coïncidence des deux ouvriers présents dans le coin; ils ont aidé l'ambulancier à allonger Paul-Henri sur le brancard, mais ont subitement disparu au pas de course pour prendre un vieux taxi, du genre de ceux qu'on trouve encore en circulation en Angleterre, par exemple à Londres… « Un taxi anglais ? Mais ça me dit quelque chose…attendez, je vais chercher mon appareil photo numérique, ajoute Cloclo en retournant chez lui, en courant souple comme une gazelle dans la brousse .» Joseph hausse les épaules, car c'est la première fois qu'il a vu ce genre de taxi rouler dans les rues du village et Babeth se demande quel rapport il peut y avoir entre le malaise de son mari et un ancien taxi. Quand Cloclo revient, il leur montre la photo du taxi londonien prise la veille par ses soins parce que c'était un évènement pour le village : Joseph la regarde attentivement et déclare que c'est exactement dans ce genre de véhicule que les deux ouvriers sont montés. Et il est tout à fait sûr de lui !

« Ce serait une drôle de coïncidence, si à deux jours d'intervalle, deux taxis londoniens étaient venus se balader dans nos rues, pense Cloclo. Possible, si c'étaient des touristes britanniques, mais qu'est-ce qu'il y a à visiter chez nous pour les Britishs ? En plus, des touristes, en bleu de travail, ça ne court pas trop les rues, non, en tout cas, pas en France ? » Tout le monde pense un peu la même chose : ou bien ces deux hommes sont des collectionneurs et s'amusent à foncer comme des brutes pour faire des essais de carburateurs, ou bien ils n'avaient pas tout à fait la conscience et ont pris la poudre d'escampette pour qu'on ne puisse pas les reconnaître. Joseph penche plutôt pour la seconde hypothèse. Mais Cloclo sourit : « J'ai une bonne nouvelle à vous annoncer au moins. Regardez la précision de cette photo, on distingue parfaitement la plaque d'immatriculation du taxi. S'il le faut, les gendarmes retrouveront le propriétaire et on saura qui est derrière tout ça, sauf si le véhicule a été volé bien sûr, conclut Cloclo, qui se prend déjà pour l'inspecteur Colombo. »

40 Le 24 avril 2025 Chantage et menaces

Un peu plus tard dans la matinée, pendant que l'équipe d'ingénieurs travaille d'arrache-pied à « mouliner » les premières données pour tenter l'expérience de mise en situation réelle, une ambulance arrive discrètement au manoir de La Petite Pierre et disparaît dans une sorte de hangar enfoncé dans un épais habit de lierre, de glycine et de chèvrefeuille qui la revêt d'une sorte de tenue de camouflage naturelle. Quand Léonce Krebs ouvre le hayon arrière, il découvre Paul-Henri en train d'émerger de son sommeil forcé, les yeux rougis, le regard hagard; l'historien cligne des yeux qui se révulsent par moment, puis se met à bouger dans tous les sens, comme le ferait un ivrogne qui ne reconnaît plus son environnement le lendemain d'une beuverie. Weissenberg ne reconnaît rien du tout, se trouvant dans une sorte de semi-obscurité qui l'enveloppe et l'étouffe presque. Quand il reconnaît la tête des mauvais jours de Léonce Krebs, avec son rictus tordu de psychopathe invétéré, il arrive à remonter très lentement la pente de son état comateux et s'inquiète du temps qui a pu s'écouler en étant dans cet état second.

Il se remémore lentement la paisible rue des Chasseurs, son petit Plouc tenu en laisse, Krebs émergeant d'une ambulance d'un autre âge, deux gars venant à sa rencontre, oui, un gros et un maigrichon arrivant dans son dos…il se revoit ensuite enserré dans des bras aussi puissants que le corps d'un python et ressent la douleur d'une piqûre plantée dans son cou…avant de faire une chute vertigineuse dans la nuit noire de l'oubli. Après avoir pris quelques bonnes inspirations d'air saturé d'humidité, gras et poussiéreux, il essaie de se redresser en hésitant et tente d'apostropher Krebs. Il n'arrive pas à articuler les mots qui lui viennent à l'esprit, tousse et crache, l'empêchant de s'exprimer de manière compréhensible. « Vous avez eu... le culot de m'enlever... parce que je ne me suis pas... plié à vos injonctions, vous n'êtes qu'un salopard, arrive-t-il à dire en bégayant, la rage au cœur ? Vous savez que c'est un crime puni par la loi, vous êtes au courant ? Vous vous êtes mis dans de beaux draps, espèce de vieux schnock ! proteste l'otage. »

Léonce Krebs rit de bon cœur et répond par un silence méprisant, en le foudroyant d'un regard glacial. Paul-Henri est tiré de force de l'ambulance et poussé dans le dos, pénètre en un lieu sordide où est aussi garé, juste à proximité, un taxi noir, que le prisonnier reconnaît comme étant la voiture de Krebs, ce gredin qu'il regrette d'avoir accueilli la veille chez lui. Du taxi sortent deux hommes, le costaud auquel s'adresse Krebs en l'appelant Colas, peut-être son nom ou son prénom. Il interpelle l'autre par le nom de Sim, tiens, comme l'humoriste qui lui ressemblerait d'ailleurs un peu, même beaucoup... ça doit être un surnom, personne ne s'appelle plus Sim de nos jours, conclut-il. Il sait qu'il doit désormais être très attentif à ce nouvel environnement, même s'il est encore terrassé par une céphalée qui l'indispose. S'il veut avoir une petite chance de s'en tirer indemne et de donner l'alerte aux gendarmes, il faut qu'il se secoue un peu plus de la léthargie qui embrume son esprit. « Ici doivent se dérouler les affaires louches que dirige Kebs, probablement des menées illégales, cet endroit, ça ressemble à un véritable repaire de bandits; ils m'ont cueilli sur le bord du trottoir comme on ramasse un sac poubelle; ils sont capables des pires actes pour arriver à leurs fins ! rumine-t-il, ça ne présage rien de bon pour moi, tout ça !.»

Colas pousse brutalement le professeur qui vient à peine de retrouver son équilibre, il le secoue comme un épouvantail désarticulé, l'entraînant de force vers une porte dérobée pour le conduire droit dans une petite salle située dans les tréfonds d'un bâtiment humide et très froid, lui semble-t-il, presque glacial, il en a des frissons. Sim suit en portant des dossiers et des livres, puis ouvre une deuxième porte où se trouve une chambrette, disons plutôt une cellule monastique, avec un lit recouvert d'un épais édredon de plume d'oie, une chaise pliante qui a l'air aussi branlante qu'une balançoire de jardin, une table en formica certainement récupérée dans une cuisine d'un HLM des années cinquante et une lampe sur un vieux pied torsadé juste muni d'une ampoule nue, produisant un éclairage chaud, mais trop éblouissant pour être une lampe de gens honnêtes.

- Vous serez logés ici, Monsieur Weissenberg, retentit la voix de son étrange tortionnaire, voix diffusée par un ou plusieurs haut-parleurs bien cachés; il a beau regarder, il ne sait d'où provient exactement ce son nasillard. Vous serez mon hôte juste le temps de notre expérience, rassurez-vous, je n'ai pas les moyens de vous garder plus longtemps. Je vous offre la pension complète « all inclusive » et je vous promets de vous gâter comme on le fait avec un hôte de marque, ce que vous êtes, ma foi. Quand le travail sera effectué, avec le plus grand sérieux de votre part, je l'espère, je vous rendrai votre liberté pleine et entière, à la condition toutefois que vous vous engagiez à ne rien révéler de ce qui vous arrive, bien sûr. Faute de quoi, je serai obligé de vous faire taire d'une manière ou d'une autre, de façon définitive, suis-je assez clair ?

- Ne comptez pas sur moi pour vous aider, voilà la première chose que j'ai à vous dire, espèce de bandit. Ensuite, tout ce que je retiendrai de cette soi-disant expérience extraordinaire, je le rendrai public et mon témoignage servira bien entendu à étoffer l'enquête des services de la police et je témoignerai en toute honnêteté des infractions dont vous devrez rendre compte à la Justice, vous pouvez en être sûr. Comptez sur moi pour vous enfoncer jusqu'au fond du trou où vous finirez vos jours, espèce de malotru, et je le ferai avec une grande délectation, soyez-en sûr. Justice sera rendue et vous écoperez quelques belles années de vacances dans les hôtels les moins chers que possède notre beau pays, « la taule »,comme on dit, ajoute Paul-Henri dans un accès de rage…

- Dommage, votre réaction disproportionnée et peu élégante confirme votre caractère de tête de mule ou plutôt de tête à claques; ce qui m'inquiète le plus, c'est qu'il n'en ressort pas du tout les signes d'intelligence que je souhaitais découvrir en faisant votre connaissance. Dommage. Car savez-vous, votre belle maison rouge, j'ai eu le temps de la piéger, ce qui signifie que je peux la transformer en claquement de doigts en un gros nuage de poussière, ce ne sera pas Tchernobyl, mais pas loin ! Seulement si vous me poussez dans mes derniers retranchements.

- Piégée, ma maison ? Vous racontez n'importe quoi ! Vous ne m'aurez certainement pas au bluff, gredin ! On n'est pas au cinéma, là, mais dans la vraie vie. Vous jouez trop souvent au poker, je me trompe ? Mais avec moi, le bluff ne prend pas !

- Je vous rassure, on est dans la vraie vie et même dans l'un de vos pires cauchemars ! Ne vous a-t-on pas remplacé tout dernièrement votre vieille box « Citron », contre un engin moderne qui vous procure la joie d'un débit Wifi exceptionnel, Paul-Henri ? Eh bien, je vous le révèle aujourd'hui, non seulement cette box contient un dispositif d'écoute et de vidéosurveillance de haut niveau, vous l'aviez déjà deviné, je suppose, mais nous y avons incorporé également un puissant explosif et un petit détonateur très sensible que je puis activer en appuyant sur un simple bouton numérique de couleur rouge qui se trouve sur l'écran de mon smartphone.

- Je n'y crois pas un seul instant, c'est tellement invraisemblable, digne d'une aventure à la James Bond. Vous regardez trop la télé, Krebs. Arrêtez donc d'en rajouter, espèce de mégalomane.

- Comprenez bien une chose, la vérité, c'est que je ne bluffe jamais. Si j'appuie sur ce bouton, vous pourrez dire adieu à votre petite épouse adorée, cette chère Babeth retournera en poussière bien plus tôt que prévu par son Créateur, volatilisée sur la simple pression de mon index impatient. Voulez-vous tenter l'expérience, Monsieur Weissenberg ? Vous êtes pire que saint Thomas, est-ce qu'il vous faut une preuve de ce que j'avance ?

- Ne soyez pas ridicule, arrêtez ce petit jeu-là, ça ne servira à rien, je n'y crois pas un instant et je continue de vous cracher à la figure que je ne travaillerai jamais pour vous, un point, c'est tout ! Maintenant, libérez-moi et raccompagnez-moi à Moetzenbruck, ou directement à la gendarmerie de Lemberg, qu'on en finisse ! Et vite !

229

- Monsieur Weissenberg, nous avons également piégé votre élégante voiture hybride, une Renault blanche, je crois. Je peux l'anéantir de la même façon, avec mon index qui n'attend que mon ordre. Voulez-vous que j'essaie ? L'explosion soufflera en même temps toutes vos vitres et celles de vos voisins, ça mettrait un peu d'animation dans votre impasse un peu trop tranquille à mon goût, ce serait amusant, non ? Et si j'attendais que Babeth prenne la voiture pour aller au supermarché…ce serait encore plus spectaculaire. Pensez à l'évènement grandiose qui ferait la une du journal télévisé, si je l'envoyais droit au ciel en plein milieu du parking surchargé !

- Pour la voiture, je m'en contrefiche, ce n'est pas la mienne, je l'ai juste louée. Mais laissez ma femme en dehors de tout ça. Et parlons juste de ma libération, entre hommes de bonne volonté. Si c'est encore possible.

- Monsieur Weissenberg, je sens que vous aimez jouer avec le feu, alors je vais vous faire la démonstration de mon pouvoir diabolique. Si, si, j'insiste. J'appuie sur le bouton jaune de mon smartphone et le poteau en béton, celui qui porte la lampe qui éclaire le bout de votre impasse, il sera pulvérisé en quelques dixièmes de secondes. Écoutez bien ! (on entend effectivement une détonation, un bruit sourd et le crépitement de gravats qui retombent, puis des cris dans la rue)

- Qu'est-ce que vous avez fait exactement, vous voulez me convaincre en me passant une bande sonore, pour me faire croire que c'est vrai, allez, je ne marche pas. Arrêtez cette comédie ridicule.

Puis on entend très nettement dans les haut-parleurs Babeth, qui se tient probablement debout devant la porte d'entrée, choquée et balbutiante, parler aux voisins qui décrivent les dégâts causés par une explosion subite de l'éclairage public. Jamais on n'a connu ça à Moetzenbruck. Un accident électrique rarissime selon un voisin qui a l'air d'y comprendre quelque chose, comme si la foudre avait frappé. Pourtant, il n'y a pas d'orage en l'air aujourd'hui, au contraire, le temps est calme. On appelle tout de suite EDF, les pompiers, les gendarmes, bien sûr, monsieur le maire, et le sous-préfet par-dessus le marché. Krebs explique que ce n'est pas une bande sonore qu'il a entendue, mais ce qu'enregistrent les micros placés chez lui, retransmettant en temps réel les paroles échangées dans la cohue qui se forme déjà au seuil de la porte autour de son épouse. À ce moment-là, Paul-Henri comprend que ce Krebs est un vrai malade, capable de n'importe quel délit pour arriver à ses fins, mettant des innocents en danger de mort pour assouvir ses projets tordus de mégalomane.

« Il aurait pu blesser ou tuer quelqu'un avec sa démonstration d'artificier forcené ! pense Paul-Henri. Peut-être y a-t-il même eu des victimes, les pauvres ? Heureusement, les enfants sont à l'école en cette matinée et ils ne pouvaient donc pas utiliser la rue comme terrain de jeu pendant l'incident qui a mis tout le village en émoi. » Paul-Henri décide de jeter l'éponge et accepte finalement de se plier aux exigences de cet énergumène sans foi ni loi, de faire, mais bien contre son gré, répète-t-il, la supervision des travaux déjà en cours d'élaboration. Il le fait ostensiblement de très mauvaise grâce, on s'en doute, il le montre clairement, mais il ne cesse de penser aux menaces de mort qui pèsent sur sa chère Babeth qui doit être dans tous ses états, ne sachant pas même ce qui lui est arrivé depuis le début de cette matinée complètement déboussolante. L'historien sent son cœur s'emballer, mais il essaie de ne pas céder à la panique, simplement parce que ça ne sert à rien, il faut faire les choses avec méthode : il s'agit surtout de relever le maximum de données, d'indices et de preuves pour tirer vengeance de son enlèvement et des atteintes graves faites à l'intégrité de sa vie privée. « Ce Krebs m'a eu comme un lapin pris au lacet, nom d'une pipe, pense-t-il en se renfrognant, il faut que je puisse me tirer de ce piège à rats. Tous les moyens seront les bienvenus pour lui fausser compagnie ! Il ne sait pas de quoi je suis capable, ce crétin ! »

Paul-Henri est conduit par Colas, toujours aussi sympathique et démonstratif quand il s'agit de dévoiler sa douceur virile de bouledogue hargneux; il l'emmène jusque dans un studio situé encore plus bas dans cette drôle de demeure qui semble plus étendue dans les sous-sols qu'aux niveaux supérieurs. L'humidité âcre y est plus forte encore et un chauffage d'appoint tente en vain de ventiler un air saturé dans une moiteur désagréable. Ce studio, dont la porte métallique est verrouillable de l'extérieur, est muni de plusieurs écrans, le plus grand montrant l'équipe d'ingénieurs en plein travail dans une salle voûtée en berceau, à l'ancienne. « Cette demeure doit être un très vieux bâtiment, peut-être une résidence médiévale, pourquoi pas un château, se dit-il. » Les autres écrans projettent des suites de données codées incompréhensibles au premier regard pour un public non averti et le dernier écran un peu plus réduit montre un autre studio dans lequel on devine de nombreux ordinateurs très puissants en plein fonctionnement.

Krebs arrive en coup de vent, cette fois-ci en chair et en os; il lui explique le type d'opération qui est en cours et lui demande d'assurer le contrôle de toutes les données concernant l'année qu'ils ont retenue, l'an de grâce 1525, celle de la Guerre des paysans que l'historien connaît parfaitement bien, pour ne pas dire qu'il est capable de la raconter sur le bout des doigts. Il ne comprend pas vraiment à quoi rime tout ce branle-bas de combat, mais il se met à la tâche : « Si j'ai bien compris toutes les données recueillies sur l'ensemble des bases de données sont digérées par vos ordinateurs et mon rôle est plutôt celui d'un contrôleur des travaux finis; il me fait trouver les données erronées ou inexactes pour les sortir du dispositif afin de ne pas brouiller les bonnes pistes. Vous savez donc aussi bien que moi que je pourrais saboter cette opération sans que vous vous en rendiez compte, simplement parce que vous n'êtes pas compétents en la matière ! ».

Krebs fait mine d'applaudir, puis lui montre l'écran de son smartphone où se découpe un bouton rouge qu'il peut actionner, si bon lui semble. Weissenberg ne peut que hausser les épaules. Le professeur ne peut communiquer depuis son studio qu'avec un interphone qui le relie à la salle des ingénieurs, mais il ne peut obtenir un contact direct qu'avec leur directeur, un jeune cadre dynamique à l'air sympathique qui n'est autre qu'Arthur Dubreuil. Krebs prévient le professeur que, s'il tentait quoi que ce soit pour se plaindre, demander du secours ou raconter tout ce qu'il sait aux ingénieurs, la voiture devant sa maison en ferait les frais immédiatement, sachant que la charge qui y est cachée est 10 fois supérieure au pouvoir de destruction qui a pulvérisé le poteau en béton devant sa maison; « ça produirait aussi de gros dégâts collatéraux, souligne-t-il, avant de lui tourner le dos pour refermer derrière lui la lourde porte blindée. »

Krebs a demandé à l'historien de saluer son équipe, ce qu'il fait maintenant qu'il est seul face aux écrans. Il obtempère, sans montrer le moindre entrain, on peut le comprendre, il prend largement son temps et se comporte comme s'il était saisi d'une grande lassitude, ce qui ressort bien des paroles qu'il distille lentement comme pour faire comprendre à ses interlocuteurs qu'il est épuisé avant même d'avoir commencé, ce qui déplaît bien entendu à son geôlier. Krebs finit même par se fâcher, lui demande, par interphone interposé, de jouer le jeu, même si c'est dur pour lui, faute de quoi, boum, explosion de la belle Renault hybride et des vitres de tout le voisinage. Paul-Henri prend sur lui. En jouant avec le bouton de l'interphone, il se rend vite compte qu'en l'enfonçant à peine cela produit juste un « clic » très bref, et que, s'il l'enfonce un peu plus, cela donne un « claaac » plus long et plus sonore. Alors tout en continuant à lister les données, il décide de s'amuser aux dépens de Krebs, de donner l'alerte à sa manière : « clic, clic, clic, claaac, claaac, claaac, clic clic clic ». Ce cliquetis passe presque inaperçu, mais comme il se prolonge dans le temps, cela commence à gêner puis à agacer l'un ou l'autre des ingénieurs, comme quand on est dérangé par une mouche fofolle, de plus en plus agitée et énervante, qui ne cesse de vous narguer jusqu'au moment où on n'en peut plus et qu'on ne pense plus qu'à la chasser définitivement. « C'est quoi, ce foutu cliquetis, demande l'un des ingénieurs, c'est casse-pieds à la fin, ça me déconcentre, ce truc c'est agaçant. »

Cette remarque a le mérite d'intéresser subitement l'ensemble de l'épuipe à ce curieux phénomène, y compris Krebs qui cherche à comprendre d'où cela peut bien provenir. Il y a deux signes distinctifs, trouve le premier génie du groupe, des petits « clics » et des plus longs « claaacs ». Ce ne sont pas des parasites, ça, c'est sûr, car le thème est récurrent, sensiblement le même, se répétant à l'infini. Le petit génie se gratte la tête : « On se croirait sur le Titanic avant qu'il ne commence à sombrer quand le commandant fait envoyer le message SOS sur les ondes: ça donne à peu près ça, ti-ti-ti, taa-taa-taa, ti-ti-ti. On dirait que c'est pareil là : clic-clic-clic, claaac-claaac, claaac, clic-clic-clic… En s'approchant au plus près d'un haut-parleur, Krebs comprend de quoi il s'agit et devient rouge de colère. « J'ai trouvé, dit-il, ce n'est rien, reprenez tous le travail, j'ai laissé un appareil branché par mégarde, ne vous inquiétez pas ! Ce ne sont que des parasites ! Allez, au boulot ! Ne vous laissez pas déconcentrer ! »

Weissenberg est tétanisé quand il voit Krebs lui montrer l'écran de son smartphone, faisant mine d'appuyer son index sur la touche rouge. Il n'en fait heureusement rien, mais sa tentative d'alerter les ingénieurs a lamentablement échoué. Cependant, elle a peut-être semé un germe de doute dans l'esprit de quelques-uns des ingénieurs. Le fameux génie se demande bien quel type d'appareil émettant un cliquetis de type SOS peut être branché par mégarde sur un interphone… il garde cet incident gravé au fond de sa mémoire et se laisse happer par la complexité du travail qui l'attend.

41 Le 24 avril 2025 Thèse de l'enlèvement

Babeth avait pris deux mesures d'urgence immédiates après avoir appris le départ de son mari en ambulance : elle avait d'abord appelé à l'aide son fils Mike pour qu'il vienne la soutenir et la conseiller dans ce moment déroutant et un peu compliqué. Ensuite, elle a commencé à passer des appels à tous les hôpitaux qui auraient pu recevoir Paul-Henri pour des soins urgents. A-t-elle fait fausse route, car aucun établissement n'a vu arriver dans son service des urgences une vieille ambulance de type Citroën ID-19 break, comme annoncé par Joseph qui a reconnu ce modèle très utilisé dans les années 60 à 80. Pas le moindre résultat de ce côté-là ! L'incident de l'explosion du poteau de béton dans leur impasse a interrompu subitement ce travail de longue haleine. Après l'arrivée des pompiers, Babeth, de plus en plus inquiète et agitée, se remet à l'ouvrage aux côtés de Joseph, toujours aussi serviable et attentionné. Lorsqu'elle commence à téléphoner en ayant en main une liste des entreprises locales de transport sanitaire, voilà Mike qui arrive en toute hâte de Bleichhoffen, l'air aussi inquiet qu'elle, car il connaît bien les soucis de santé de son père, persuadé qu'il a eu un nouveau malaise, sans gravité, espère-t-il bien sûr. Babeth et Joseph le mettent rapidement au courant de tout ce qu'ils savent déjà, c'est-à-dire pas grand-chose, en tout cas rien de vraiment précis. Ils en ont oublié les gravats éparpillés dans la rue que les pompiers sont en train de déblayer à coups de pelles et de balais en un tas sécurisé par une bande réfléchissante pour éviter que les gens ne puissent se blesser par inadvertance; ces gravats devront être emportés en déchetterie dans l'après-midi par les services de la commune.

Avec son téléphone portable, Mike, qui se désintéresse totalement de cette histoire de poteau explosé, contribue à élargir le cercle des sociétés d'ambulances, de plus en plus éloignées géographiquement de Moetzenbruck. « Il faut demander à chacune des sociétés si elles ont encore ce modèle de voiture en service; ça doit tout de même être assez rare, il s'agit très certainement d'un véhicule de collection, puisque ce type d'engin doit frôler un âge certain, dans les 50 à 70 ans de carrière. Ce qui est une longévité quasiment inatteignable. J'ai vérifié tout ça sur Internet. » Alors germe dans l'esprit des trois protagonistes que le professeur aurait pu tout simplement être enlevé; cela n'arrive pas souvent, c'est vrai, mais ce qui est arrivé à Paul-Henri pourrait s'expliquer ainsi. Mais pourquoi donc kidnapper un vieil homme à la retraite ? Seul le diable connaît la réponse, en dernier ressort. C'est Joseph qui évoque le premier, la thèse de l'enlèvement. « Maintenant, on a fait le tour téléphonique de tous ceux qui auraient pu intervenir, il reste la possibilité qu'on ait embarqué Paul-Henri de force, peut-être pour demander une rançon ou un truc comme ça, annonce-t-il. D'ailleurs ce qui est louche, c'est le rôle de ces faux ouvriers qui ont filé sans demander leur reste dans leur taxi anglais. » Joseph insiste simplement sur ses propres explications de témoin oculaire devant Mike qui ignorait encore cet épisode du feuilleton qui s'est déroulé en matinée à Moetzenbruck.

Mais Babeth hausse les épaules en poussant un long soupir. « Tu as déjà entendu parler d'un historien qu'on rançonne, toi ? Avec ce qu'a gagné mon mari, des clopinettes, et ce qu'il touche en droits d'auteurs, encore moins que des clopinettes, ça n'irait pas chercher très loin comme rançon en clopinettes, vous ne trouvez pas ? Ce n'est pas la peine que quelqu'un prenne de tels risques pour obtenir quelques kilos de nèfles à récolter dans notre verger. À moins qu'il compte se faire payer en pots de confitures, car c'est tout ce que je possède ! Ma parole, cessez donc de délirer, ça frise le ridicule ! » Mike donne pourtant raison à Joseph : en premier lieu, il trouve inquiétant que leur maison se retrouve sous surveillance depuis les jours précédents l'enlèvement; il demande d'ailleurs à Babeth de mettre de la musique à bonne puissance dans le salon, pour qu'on ne puisse pas distinguer leurs échanges d'idées : « Ce n'est pas le moment de renseigner les malfrats sur réflexions et surtout pas sur nos intentions ! ». Ensuite, il décrète qu'il est temps d'appeler les gendarmes, car une ambulance avec un malade à bord, ça ne se volatilise pas comme ça ! Ce n'est pas seulement louche, mais ça sent plutôt mauvais, cette histoire. À ce moment précis, on entend au loin la sirène des gendarmes. « Les voilà enfin, ils arrivent ! dit Joseph. On n'a même pas eu le temps de les appeler. »

« Les képis sont là . Il est grand temps. Les pompiers les ont battus 1 à 0, ils sont d'ailleurs déjà repartis à leur caserne. Il y a encore le maire dans la rue, alors on est sauvé, ajoute Joseph avec un sourire en coin. » Les trois sortent à leur rencontre et trouvent sur les lieux deux braves gendarmes, les yeux écarquillés, qui constatent avec bonheur que tout est déjà sous contrôle et qui se demandent pourquoi ils se sont déplacés, avec tout le boulot qu'ils ont déjà à Lemberg, le siège de leur brigade, pour un tas de gravats… L'adjudant Pierre Schmalz, la cinquantaine dynamique, et le brigadier Alphonse Hirn, qui semble un peu plus mal à l'aise dans son uniforme taillé trop grand pour lui, sont rapidement mis au courant de l'explosion du poteau d'éclairage par les riverains qui s'empressent de raconter, chacun à sa façon bien particulière, l'incident qui les a secoués, il y a peu. Les gendarmes notent consciencieusement les témoignages pour rédiger leur rapport dans la foulée. Le maire demande à tout le monde de se calmer et fait un rapport concis et précis aux représentants de la maréchaussée qui posent les questions d'usage sur cet évènement étonnant et « même détonant, dit le brigadier, heureux de faire un peu d'humour pour détendre l'atmosphère. »

Les gendarmes demandent si le maire compte porter plainte contre X, ce que ce dernier confirme en affirmant qu'il se présentera à la gendarmerie en début d'après-midi, « après votre petite sieste quotidienne », précise-t-il, ce qui fait sourire les quelques administrés présents. Ce n'est pas pour se moquer d'eux, mais seulement pour détendre un peu l'atmosphère. Les gendarmes font mine de reprendre leur chemin inverse, mais Mike les retient en leur annonçant que ce n'est pas le seul incident de la journée et que son père Paul-Henri Weissenberg, semble-t-il, a disparu, ce qui a l'avantage de réveiller l'intérêt des badauds comme celui de la maréchaussée. « Il faudrait immédiatement lancer un avis de recherche, ajoute le fils. » L'adjudant Schmalz se retourne lentement en se frottant le menton : « Vous ne pouviez pas nous dire ça tout de suite ? C'est une affaire de la plus haute gravité, racontez-nous en détail ce que vous savez de cette affaire de disparition.»

Les représentants de la loi écoutent attentivement les témoignages des uns et des autres, tout en prenant des notes, chacun sur son carnet, prouvant par là qu'ils sont capables de faire plusieurs choses en même temps, y compris dans des circonstances exceptionnellement dramatiques. Quand des larmes commencent à rouler sur les joues de Babeth et que Joseph leur dit : « Alors qu'est-ce que vous allez faire ? », ils répondent qu'ils vont se rendre auprès du lieutenant Schnautzer, le commandant de la brigade, pour qu'il mette en place le branle-bas de combat pour retrouver le mari égaré. Ils leur demandent de se rendre à Lemberg dans l'après-midi, Babeth avec son fils et les autres témoins directs, notamment Joseph, pour concrétiser leurs témoignages; l'adjudant demande s'ils n'ont pas oublié l'un ou l'autre service de soins lors de leurs appels, car ils ne veulent pas lancer une alerte officielle inutilement et passer ensuite, rebelote, pour des imbéciles. Babeth leur montre la liste qu'elle a établie : tous les numéros ont été appelés avant d'être consciencieusement rayés; elle confirme aussi sans l'ombre d'un doute que pour tous les lieux appelés, Paul-Henri reste un parfait inconnu, sauf à l'hôpital de Haguenau où il a déjà subi plusieurs opérations, cela va sans dire.

42 Le 25 avril 1525 L'argent n'a pas d'odeur

Le receveur général de Bouxwiller, Gaspard Metzger, profite du répit laissé ces jours-ci par l'indécision des bandes de paysans et par les dissensions qui éclatent dans certains groupes. Il peaufine son plan dont dépend l'avenir du comté : mettre en sûreté le trésor de Philippe III, il en va de son propre avenir. Dans la salle du trésor situé au fond d'une large cave voûtée, fermée par une porte en fer doublé d'une solide herse forgée à la main, il fait mettre méthodiquement les pièces de monnaie dans de petites caisses cerclées de fer et roulées dans des bâches cirées étanches du même genre de celles que le chancelier a décidé d'utiliser pour y cacher ses archives, simplement pour faire croire que ses hommes participent au sauvetage des précieux documents de la chancellerie et non à celui du trésor. Gaspard fait charger le précieux chargement sur des charrettes contenant une partie du fumier emporté la veille dans le potager et les serres. Des hommes, choisis parmi les membres de la garnison de Lichtenberg, dirigent ces lourdes remorques vers les jardins où ils recouvrent les caisses enfoncées dans le purin d'une nouvelle bonne couche de fumier, encore toute fumante dans la fraîcheur matinale.

Ceux qui observent ce manège ne se doutent absolument pas du subterfuge, Gaspard en est absolument sûr, du moins s'en persuade-t-il. Tous les hommes qui procèdent à la préparation de l'évacuation du trésor seront transférés dès le travail achevé, dans le château fort de Lichtenberg où ils seront incorporés au sein de la garnison avec ordre de résister jusqu'à la mort à un éventuel assaut des paysans, ce qui est très peu probable, vu la qualité de cette forteresse fort bien située et facilement défendable avec quelques bouches à feu; avec une garnison réduite, le château serait capable de tenir des mois d'un siège assidu, grâce aux réserves d'eau et de vivres disponibles sur place.

Gaspard Metzger, bien sûr, tient ses comptes au florin du Rhin et au marc d'argent près, cela va de soi pour ces pièces les plus couramment utilisées dans le comté, sans oublier les groschen et les thalers d'argent. Il décide de faire convoyer les charrettes, dès que le convoi sera entièrement constitué, par de nouveaux charretiers qui ne seront désignés qu'au dernier moment, des hommes qui devront guider le convoi de fumier vers une destination totalement inconnue d'eux et de Gaspard Metzger, pour être sûr que l'opération garde son caractère secret. Gaspard retourne dans la salle du receveur où il convoque Anselme Felt et Klemenz Augst qui sont revenus de leur mission de repérage de la nuit dernière. Il leur demande de ne rien raconter de leur déplacement à qui que ce soit d'autre, surtout pas à lui, qui doit rester en dehors de ce secret. Mais il s'enquiert tout de même de savoir si oui ou non, ils ont bien trouvé des lieux où enfouir ou cacher la fortune de leur comte selon les consignes strictes qu'il leur a données. Très satisfaits par la fructueuse reconnaissance de la veille, ils rassurent tous les deux leur supérieur en lui garantissant que leurs cachettes sont idéales.

L'air totalement sûr d'eux et gonflant leurs pectoraux, fiers comme des paons, surtout Anselme, ils précisent qu'ils ont choisi deux lieux bien distincts. Cela semble plutôt inquiéter Gaspard qui leur demande si c'est vraiment judicieux de séparer la fortune de leur maître en deux parties, si cela n'aggravait pas les risques d'être découverts. Mais Klemenz lui explique qu'il vaut mieux prendre ce risque, car si une partie du trésor devait tomber entre les mains de l'ennemi, l'autre aurait toutes les chances d'être épargnée, qu'ainsi, le comte ne serait pas vraiment ruiné, même s'il pouvait perdre beaucoup d'argent. Finalement, Gaspard finit par approuve, en répétant à ses loyaux serviteurs que le comte tient à récupérer TOUT son trésor et pas seulement la moitié. L'objectif est donc d'être doublement vigilant, s'ils maintiennent leur double cachette; ceci, les deux compères semblent l'avoir bien compris. Ils apprennent aussi de la bouche de Gaspard que les nouveaux convoyeurs ne seront au courant de rien, que la mission qui leur sera impartie consistera simplement à guider les charrettes là où on le leur dira, sous prétexte de se débarrasser de produits malodorants; il insiste sur le fait qu'Anselme et Klemenz doivent faire preuve d'une grande discrétion en jouant eux-mêmes le rôle de convoyeurs chargés d'éloigner comme les autres la marchandise nauséabonde le plus loin possible du château de Bouxwiller et de tout lieu habité.

Gaspard leur demande maintenant d'organiser la surveillance des accès à Bouxwiller. Il semblerait que des unités du groupe de Neuwiller soient parties en direction du Bastberg, la colline couverte de vergers qui domine la capitale du comté. Ce lieu qui a mauvaise réputation parce que les superstitieux racontent que c'est le rendez-vous des sorcières qui y célèbrent le sabbat, risque de devenir un camp retranché des paysans et cette perspective n'enchante pas le receveur général ni ses lieutenants. « Cependant, déclare Gaspard, je prétends que le plus grand danger viendra de l'est du comté, le groupe de Neubourg qui s'est déjà scindé en deux, une partie étant allée jusque sur la Sarre. Les autres piaffent d'impatience, ne sachant pas trop s'ils vont se porter sur Haguenau, siège du représentant de l'empereur qui, au nom de ce dernier, fera tout son possible pour leur interdire les accès à la ville, quitte à y mettre le feu lui-même, aurait-il déclaré, pour que les manants n'y trouvent que cendres et ruines. Anselme propose de surveiller les routes venant de l'est et Klemenz de monter au Bastberg pour faire un rapport sur l'occupation de ce sommet et noter les déplacements plus lointains des paysans, car le sommet qui culmine à seulement 326 mètres d'altitude, permet une vue circulaire sur tout le nord de la Basse Alsace.

Subitement, un drôle de bruissement, comme un frottement de tissu ou de drap de laine contre un mur ou comme le froissement d'une cotte de vieille servante, surprend Gaspard et ses hommes de confiance qui cherchent des yeux dans la salle d'où pouvait bien provenir ce bruit tout fait incongru. Gaspard se lève sans précipitation en dressant l'oreille, soulève les tentures qui pourtant ne bougent pas d'un fil, car il n'y a pas le moindre courant d'air qui puisse déranger quoi que ce soit dans cette pièce. Il congédie finalement les deux hommes qui ne savent pas non plus ce qu'est ce phénomène pour le moins étrange, pour ne pas dire inquiétant. Une odeur très particulière, semblable à celle de la tourbe qui se consume très lentement, envahit la salle du receveur, rien qui ressemble à la puanteur du fumier qui encombre depuis la veille les narines de ceux qui résident au château ou dans ses alentours.

« Cela doit provenir de la fatigue qui envahit ma tête, mes sens s'égarent et divaguent, mon esprit ne sait plus faire la vraie part des choses, un rien me bouleverse, mon odorat et mon goût semblent s'altérer. Il faut que j'aille me reposer, car mes nerfs sont vraisemblablement à bout, se dit Gaspard qui décide d'aller s'allonger un moment chez lui pour faire un petit somme salvateur, ce que lui conseillerait d'ailleurs sa chère épouse si elle était à ses côtés; Gaspard sait qu'elle l'attend à la maison avec ses adorables fillettes.

43 Le 25 avril 2025 Échec du premier essai

Dans le manoir de La Petite Pierre, la tension est palpable. Les ingénieurs sont concentrés sur les écrans; les superordinateurs ont déjà traité, analysé, recherché des données complémentaires dans les réseaux mondiaux auxquels ils ont accès, relancé le tri des données complétées sans cesse par de nouveaux apports, un travail d'une puissance et d'une rapidité telle que Paul-Henri, qui suis l'opération de près dans son studio-prison, tombe des nues; jamais il n'avait encore vu un rythme de travail aussi prodigieux ! Arthur Dubreuil, en milieu de journée, décide de faire un premier essai de « plongée dans le passé », plus exactement en l'an 1525, comme convenu dans cette journée du 25 avril, vécue 5 siècles auparavant; ainsi, il veut s'assurer si tout son système fonctionne comme il faut, ensuite il veut savoir si on peut déjà, au moins en partie, obtenir quelques résultats probants dans ce domaine de recherche. Tout le monde a le regard fixé sur l'écran central : est-ce que leur projet est concrètement viable, va-t-il leur permettre de se retrouver dans l'espace-temps choisi ou non ?

Malheureusement, ça ne semble pas encore vraiment au point, car l'image qui s'affiche reste relativement floue, on devine plus qu'on voit, ce n'est pas bien net; quelques ombres se déplacent et le fond sonore ressemble comme deux gouttes d'eau à un bruissement de tissu ou de drap de laine ou bien au froufrou d'une robe longue dont la traîne balaierait le sol, drôles de sons parasites, pensent tous, comment cela peut-il donc se produire ? Qu'est-ce qui dysfonctionne ? De plus, une odeur particulière de roussi ou de feu de bruyère, selon Serge, accompagne ce phénomène dont personne ne peut imaginer pourquoi cela se développe à ce moment précis de l'expérience. Dubreuil, de peur de mettre en danger ses appareillages et de court-circuiter son expérience, fait tout arrêter d'un coup : il convoque tout le monde, sauf Paul-Henri retenu captif dans son studio, pour un briefing rapide afin de réorienter l'opération, si nécessaire, en fonction des conclusions de chaque spécialiste.

La discussion va bon train, elle est même assez vive, chacun y allant de ses hypothèses, de ses craintes ou de ses espoirs. Arthur qui sent que « ça part un peu trop dans tous les sens » demande de recentrer leurs interventions sur les seules bases scientifiques, sinon ils ne s'en sortiront pas en mélangeant tout dans un melting-pot inextricable. Peu à peu, étape par étape, les ingénieurs arrivent à la seule conclusion acceptable : les données sont souvent trop vagues, on manque de paramètres essentiels concernant les personnages présents sur les lieux par exemple, sur le type de mobilier de ce début du XVIe siècle, la manière de se vêtir à cette époque les bons et les mauvais jours, la situation des bâtiments autour de la place du château, l'armement des défenseurs, l'architecture et l'état des fortifications, tout ce qui permette au programme « The new Time Xplorer » de s'appuyer sur les données solides du passé pour l'évoquer de manière parfaite.

« C'est par là qu'il fallait commencer, dit l'historien depuis son studio à travers l'interphone, le programme est vierge au départ, il ne sait rien sur cette période, alors pour lui, tout reste trop flou si les données ne sont pas assez précises; il faut nourrir correctement sa mémoire pour de meilleurs résultats. En dehors de ça, pas de salut, car votre programme continuerait à avancer à tâtons et vos superordinateurs auraient beau mouliner, nuit et jour, ils finiraient par griller eux-mêmes leurs cellules grises. L'Intelligence artificielle ne peut se révéler efficace que si on l'a parfaitement éduquée, formée, instruite, c'est comme pour l'intelligence humaine pour laquelle il faut des dizaines d'années pour faire un cerveau capable de résoudre les problèmes qu'il rencontrera. Faites de même avec l'IA, nom d'une pipe ! C'est simple à comprendre ! Même s'il faut plus de temps que prévu, nous ne pouvons pas faire l'impasse sur ce processus. »

Dubreuil acquiesce en donnant raison à l'historien. « L'image de l'écran restera floue tant que les données manqueront de précisions. Professeur, pouvez-vous nous conduire vers toutes les sources d'information cohérentes, afin que nos recherches que nous avons faites un peu à l'aveuglette, il me semble, puissent avancer ? Jusqu'ici, nous avons fait des tests sur des évènements archidocumentés et les images obtenues étaient d'une clarté exceptionnelle. Notre but est de trouver la même qualité d'image pour cette année 1525. Ensuite seulement, nous tenterons d'y associer notre « diablotin aux yeux rouges». » Paul-Henri ne comprend pas trop l'allusion à ce « diablotin », ce que vient faire cet étrange personnage dans cette histoire ! Il se concentre déjà sur les sources de données nécessaires aux superordinateurs; il prend ainsi la main sur la suite de l'expérience, par simple réflexe d'historien professionnel passionné, en oubliant presque sa condition d'otage, presque…mais pas tout à fait. Ce nouvel élan donne un sacré coup de fouet au moral des ingénieurs et de Léonce Krebs en particulier qui se réjouit de voir Weissenberg ENFIN engagé à fond dans cette folle entreprise.

Léonce appelle son fils Stéphane qui s'en est retourné prudemment au bord des douces plages de la Méditerranée; il l'informe de la situation et lui confie que Weissenberg joue ENFIN le jeu, mais qu'il le tient malgré tout sous étroite surveillance, car il ne lui fait aucune confiance. Stéphane lui suggère qu'il essaie d'avoir des relations moins tendues avec l'historien, dont dépend plus ou moins le succès du projet, de le flatter plutôt que de le harceler : « Ne prends jamais quelqu'un trop longtemps à rebrousse-poil, ça n'aboutit jamais à rien de positif, au contraire, car tu braques ainsi les gens, même ceux qui sont de bonne volonté. Tu devrais savoir ça, car c'est ce que tu as oublié de faire avec moi dans ma jeunesse; regarde à quoi ça nous a conduit. » Léonce raccroche rageusement en hurlant : « Sale gosse ! Va te faire voir chez les Grecs ! »

44 Le 25 avril 2025 Avis de recherche

Ce 25 avril, on n'a toujours aucune nouvelle des recherches mises en place par toutes les polices de France et de Navarre. Vu la situation du Grand Est, région quatre fois frontalière avec l'Allemagne, le Luxembourg, la Belgique, et la Suisse, l'avis de recherche est élargi à ces quatre pays où pourraient bien se cacher les ravisseurs présumés de Paul-Henri Weissenberg. Sa photo est à la une des quotidiens régionaux, notamment dans *L'Alsace* qui titre « *Un éminent historien étrangement disparu* », *Les Dernières Nouvelles d'Alsace* annonçant « *A-t-on vraiment enlevé le professeur Weissenberg ?* » et *Le Républicain Lorrain* qui étale sur sa une « *Disparu après un malaise, enlèvement en ambulance, du jamais vu !* » Babeth et son fils Mike sont retournés ce matin-là à la gendarmerie de Lemberg et le lieutenant de la brigade, Jean Schnautzer, leur explique l'ampleur de l'opération destinée à retrouver rapidement le disparu. Il répète plusieurs fois de suite que la thèse de l'enlèvement qui a été officiellement retenue n'est pas la seule hypothèse plausible, car, pour le moment, nous n'avons aucune demande de rançon et il n'apparaît honnêtement aucun vrai mobile qui prouve la thèse de l'enlèvement, selon lui. Babeth tente cependant de l'étayer en donnant plusieurs indices révélateurs : la maison piégée avec du matériel sophistiqué installé à leur insu frauduleusement pour une surveillance de leurs faits et gestes par des microphones et des caméras cachées, matériel démonté depuis et examiné sous la loupe par des spécialistes de la Gendarmerie nationale.

Babeth insiste sur le fait que son époux a été emmené dans une ambulance, mais que rien ne confirme qu'il ait fait un malaise, aucun témoin n'étant présent avant qu'on ne l'aperçoive allongé sur une civière glissée dans une ambulance d'un autre âge, certainement pas un véhicule en service dans une compagnie moderne. On a très bien pu provoquer un malaise en lui administrant un puissant sédatif. « L'enlèvement est suspecté aussi par le démarrage intempestif de cette ambulance qui se dirigeait vers le Bas-Rhin et non vers Bitche ou Sarreguemines qui sont les hôpitaux de référence, ajoute Mike, de plus en plus inquiet, alors que le chauffeur-ambulancier, décrit comme un homme assez âgé, semblait opérer seul, qu'il n'a posé aucune question sur l'identité ou la famille du patient, ce qui est pourtant d'usage, et surtout n'a donné aucune explication sur ce qui a frappé le professeur avant de l'emmener sur les chapeaux de roue en partant comme un voleur. »

Le lieutenant Schnautzer, qui ne cesse de caresser sa moustache broussailleuse, est bien conscient de tous ces indices et se permet aussi d'évoquer cet étrange duo d'ouvriers en salopette qui sont partis à toute vitesse au volant d'un taxi londonien, dont nous avons peut-être une photo, prise la veille par un voisin bien intentionné, s'il s'agit bien du même véhicule. « Croyez-moi, nos services font le maximum. Nous recherchons activement tous les taxis de ce type dans notre secteur et dans les départements limitrophes et nos collègues belges, luxembourgeois, suisses et allemands font de même dans leur secteur. Nous appliquons le même procédé avec tous les véhicules de type Citroën ID 19 break équipés en ambulance. Des listes seront dressées et nous enquêterons ensuite auprès de chaque propriétaire pour faire toute la clarté sur cet incident, conclut-il. Mais il nous faut juste le temps nécessaire pour y arriver, comprenez-vous ? On ne fait pas ça d'un simple claquement de doigts ! Laissez-nous travailler et l'enquête aboutira rapidement, vous avez ma parole ! »

Mike, dont la patience semble un peu ébranlée, demande ce qu'il pourrait faire lui-même pour participer aux recherches, mais l'officier est catégorique : « Laissez faire nos spécialistes, ne faites surtout pas de contre-enquête de votre côté, ce serait contre-productif et peut-être même dangereux pour vous. Surveillez bien votre ligne téléphonique en cas de contact établi par d'éventuels ravisseurs. Le mieux est de rester chez vous, monsieur, ou de vous occuper de votre maman qui a vraiment besoin d'être soutenue dans cette épreuve, termine Schnautzer en se levant pour bien lui faire comprendre que l'entretien est achevé. » Mike se redresse à son tour aidant sa mère à se relever sans la brusquer et ajoute à l'officier : « Nous comptons sur vous, lieutenant, ça fait déjà plus de 24 heures que mon père s'est volatilisé et vous n'avez pas le moindre indice, en dehors de deux véhicules anciens qui ont peut-être servi à l'enlèvement, c'est plutôt maigre, je trouve. » Schnautzer répond en sortant de son bureau, son képi vissé sur la tête : « Mais c'est déjà mieux que rien ! Nous le retrouverons, je vous le garantis ! »

Mike, qui a appelé la veille son ami que tout le monde surnomme Clem, Clément Boyard de son nom, est heureux d'avoir pu lui expliquer la situation dramatique que vit sa famille; il l'informe que son fils, Max, a décidé de se rendre à Moetzenbruck pour loger chez sa grand-mère afin de ne pas la laisser toute seule et que sa nièce Yaelita et son compagnon Mathias Grolot viennent de quitter la Vendée pour les rejoindre par les chemins les plus courts avec le même objectif : ne pas laisser leur Mamy seule. Mike vient tout juste d'apprendre que Clem a pu se libérer et qu'il se déplace en personne pour lui venir en aide; il arrivera en soirée à Bleichhoffen qui sera leur QG durant les recherches et, en tant qu'officier de la DGSE, l'un des services de renseignement français, il pourra aider son ami à « sortir la tête du trou » comme il l'a dit, ou plutôt sortir son père du cachot dans lequel on aurait très bien pu le fourrer depuis la veille ! » Si on arrivait déjà à comprendre comment toute l'opération s'est déroulée… plein de questions pour le moment laissées sans réponses se posent avec évidence : Paul-Henri est-il vraiment si malade qu'on ait dû l'hospitaliser ? Bien sûr que non ! Où l'a-t-on emmené, pour quelle raison obscure l'a-t-on fait disparaître, et pour quoi faire exactement, s'il n'y a pas de demande de rançon…le mystère reste total, plus on y réfléchit, plus il s'épaissit. Mike sent que sa tête va exploser; il ne sait pas par où commencer. « La piste des véhicules repérés est-elle judicieuse ? Nous n'avons malheureusement pas d'autres indices. »

Plusieurs véhicules quittent le camp des roms, ce soir-là, de grosses cylindrées ronronnantes, camionnettes ronflantes ou motos pétaradantes…qui s'engagent dans des directions différentes entre Vosges du Nord et plateau mosellan, un véritable ballet de deux ou quatre-roues; pourquoi un tel déploiement d'engins motorisés ? C'est assez inhabituel que tant d'hommes soient mobilisés. Quel plan peuvent bien suivre les manouches à l'air impassible qui conduisent prudemment leurs véhicules comme s'ils étaient au volant aux côtés d'un inspecteur du permis de conduire ? À la seule différence que certains d'entre eux ont une clope ou un cure-dent collés aux lèvres, ce qui serait très impoli en présence d'un représentant de la Préfecture.

45 Le 26 avril 1525 Seuls contre tous

Ce mercredi 26 avril, les espions envoyés en Lorraine par la ville de Strasbourg sont de retour avec peut-être une bonne nouvelle, selon eux : ils avertissent les membres du Magistrat que le duc Claude de Guise, le frère du duc de Lorraine, aurait déjà rassemblé une armée de 10.000 hommes d'armes formée de nombreux mercenaires et de volontaires venus de Champagne et même d'Île-de-France pour venir réprimer l'insurrection, mais aussi s'accaparer une part de butin; ce ne sont encore que des rumeurs qui circulent, car, pour le moment, ces troupes ne sont pas encore vraiment sur le pied de guerre. Les informations provenant du groupe des paysans de Neubourg sont également à prendre avec précaution : ses chefs ruminent la déception de n'avoir pas su convaincre les Strasbourgeois qui ne leur apporteront pas le moindre soutien. Ils renvoient plutôt sèchement les délégués de la cité, Reinbolt Spender et Daniel Mieg, qui ne pensaient qu'à une chose : gagner du temps tout en prêchant la modération.

« Ils en ont de bonnes, ces bourgeois pourris jusqu'à l'os par l'argent et l'or qui tombent dans leurs escarcelles grand ouvertes pour ne rater aucune pièce, dit l'un d'entre eux. Mais ils verront bien, quand tomberont les vieux carcans de la société que nous allons briser et quand nous tiendrons partout villes, villages et surtout les chemins carrossables par lesquels passent tout leur trafic commercial, ils verront bien fondre comme neige au soleil leurs fortunes scélérates quand elles ne bénéficieront plus de la sacro-sainte manne du commerce, de la spéculation et du profit. Car c'est pour cette raison et seulement pour celle-ci qu'ils nous demandent de la modération, pour ne pas terroriser les marchands qui hésitent à se lancer dans des affaires dans cette période de crise où ils risquent de tout perdre en tombant sur nos hommes armés; ceux-ci leur demandent toujours des comptes et les taxent souvent lourdement, s'ils ne confisquent pas tout simplement leur marchandise au profit de notre immense armée de gueux ».

Il est vrai que Strasbourg se désolidarise complètement de leur cause, c'est-à-dire qu'officiellement, elle rejette les exigences des paysans, suivant en cela la détermination de nombreux réformateurs, comme Martin Luther lui-même; ils interdisent à leurs nouveaux fidèles de faire cause commune avec les insurgés, sous peine d'être exclus de leur communauté; certains demandent même que des sanctions terribles et exemplaires soient prises à l'encontre des insurgés: il ne s'agit pas de laisser les manants, avec leurs gros sabots, s'emparer des richesses des monastères et de les dilapider, celles qu'eux-mêmes peut-être songent à séculariser avec l'aide des nobles et des princes qui ont adhéré à leurs thèses. Luther n'est pas des plus tendres avec les rebelles et réclame des sanctions sans la moindre pitié, exigeant même la peine de mort pour les meneurs et les traîtres. Les réformateurs ne veulent absolument pas toucher à la stabilité de la bonne société qui a bien des défauts, ils le reconnaissent, mais qui permet surtout de vivre dans un cadre bien défini et stable. Ils voient aujourd'hui à quoi mène ce soulèvement général : à l'anarchie la plus totale, à la vindicte sauvage qui pousse les paysans aux assassinats les plus sordides, sans scrupule et sans retenue aucune, visant même femmes, enfants, religieux et vieillards.

À Bouxwiller, Anselme Felt et Klemenz Augst sont de retour pour faire leurs rapports à propos de leurs observations de la veille. Les paysans regroupés à Neubourg ne bougent guère, encore secoués par l'abandon du projet de prendre Haguenau et par le désistement des Strasbourgeois qui ne lèveront pas le petit doigt pour les aider, sinon pour leur faire la morale. Du côté de Neuwiller, les paysans attendent que des négociations se concrétisent, mais certains d'entre eux se sont déjà installés sur le Bastberg qui domine Bouxwiller; pour le moment, ceux-ci se contentent de s'y retrancher sans tenter de rameuter le petit peuple de Bouxwiller; ils n'ont encore rien entrepris contre la ville ne s'approchant pas des remparts, à part quelques observateurs plus curieux qu'autre chose, venus prendre la « température » des lieux.

« Nous avons pu capturer un de ces lascars, un peu moins effronté qu'au cours de son arrestation depuis que nous l'avons fait jeter dans un cachot. Il n'y a malheureusement rien à en tirer, même sous la torture, ce n'est qu'un épouvantail, rien de plus. Un fanfaron devant ses compagnons, un peu trop téméraire ? Plutôt un ivrogne qui regrette déjà de s'être enrôlé dans le groupe de Neuwiller, pleurniche-t-il à qui veut bien l'écouter. Il fait une très bonne compagnie aux rats qui hantent nos caves, ajoute Klemenz en souriant. « Pour le moment, la situation semble plutôt stable, analyse Gaspard Metzger : nous avons donc le temps de recruter une bonne équipe de charretiers ! » Le receveur leur conseille de les choisir parmi les habitants de Pfaffenhoffen dont on est à peu près sûr qu'ils ne connaissent rien de la contrée où doit être enfoui le trésor.

Anselme trouve l'idée excellente et s'imagine déjà préparer la formation du convoi : il demandera aux heureux élus de se tenir prêts pour les jours suivants, car on fera seulement appel à eux le moment venu, contre une bonne solde à faire rêver des charretiers qui n'ont plus trop de travail depuis le début de cette crise, la plupart d'entre eux étant réquisitionnés par les paysans. Mais c'est à la condition qu'ils acceptent ensuite de se rendre au château de Lichtenberg sur les hauteurs de ce village, officiellement pour prendre en charge d'autres marchandises. Toujours en accord avec le receveur général, Anselme dit qu'en réalité ces hommes seront mis en quarantaine par le capitaine de la place, Walter de Weinbourg, le frère de Rolf, jusqu'à la fin de cette guerre, afin qu'ils ne puissent rien révéler des cachettes qu'ils ont retenues. Les charretiers devront donc rester le temps qu'il faudra en résidence surveillée, sans solde, mais bien nourris et logés dans l'enceinte du château; il faudra les menacer d'être exécutés sur le champ en cas de tentative de fuite. Mais tout le monde sait qu'il est presque impossible de s'échapper de ce nid d'aigle, d'autant plus que la garnison y est conséquente.

46 Le 26 avril 2025 Les Vendéens

On n'a toujours pas de nouvelles de Paul-Henri Weissenberg, après deux longues journées de recherche. Tout le monde s'impatiente de savoir ce qui s'est passé dans la rue des Chasseurs à Moetzenbruck, il y a plus de 48 heures maintenant. L'affaire fait d'ailleurs toujours les gros titres des journaux nationaux, on en a même parlé à la télévision au fameux JT de 20 heures, c'est dire : le professeur Weissenberg est devenu, du jour au lendemain, une célébrité nationale, qui reste malheureusement introuvable, dont la disparition reste encore inexpliquée. *Le Parisien Libéré* titre même : « *Le triangle des Bermudes s'est-il déplacé en Moselle ?* », car personne ne comprend le rôle joué par ce personnage qui sera bientôt aussi connu que les grands historiens Alain Decaux et André Castelot. Les gendarmes piétinent, et même s'ils ont déjà convoqué une conférence de presse en soirée, ils n'ont quasiment rien à présenter aux journalistes, leur dossier est quasiment vide. Les recherches annexes menées par un seul gendarme chargé d'expertises, un brigadier proche de la retraite, ont abouti à imprimer un listing de propriétaires des voitures hypothétiquement impliquées dans l'enlèvement : ces listes n'ont pas encore pu être exploitées. Se servir de cette avancée fragile pour argumenter auprès des journalistes, cela risque de voir surgir des questions embarrassantes qu'ils préfèrent éviter pour le moment, il vaut mieux rester prudent. Les képis n'ont aucune véritable piste et se demandent comment ils vont s'en sortir aux yeux du grand public et de leur hiérarchie quand ils vont devoir avouer qu'ils pataugent comme les canards égarés dans les étangs de Mouterhouse et de Baerenthal.

Au QG mis en place au château Batry dans la petite ville de Bleichhoffen par Mike Weissenberg, qui y réside, l'aide de son ami, Clem, lieutenant-colonel de la DGSE, est la bienvenue : on s'interroge de la même façon que les gendarmes, mais ces deux-là ont la chance de pouvoir démêler quelques fils méconnus ou simplement laissés de côté par la maréchaussée. Car Mike est au courant de la proposition reçue de la part d'un mystérieux groupe de scientifiques menés par un certain Emile Bach qui, contrairement aux informations données à son père disparu, n'appartient pas du tout aux cadres de l'université de Strasbourg ou du CNRS. Voilà déjà un point acquis ! On a raconté des bobards à Paul-Henri Weissenberg, car après vérification, aucun Emile Bach n'est cité dans les listes transmises par l'ensemble des universités européennes : c'est donc une identité inventée de toute pièce. Mike ne connaît pas la suite donnée par son père aux négociations en cours, mais Babeth leur assure qu'il a rompu cette tentative d'embauche, parce qu'il l'a trouvée pas très claire, un peu louche même. « La proposition devait l'attirer dans une expérience tournant autour de l'Intelligence artificielle, lui a-t-il raconté, je ne sais pas ce que ça veut dire exactement, dit-elle »; mais elle se souvient bien de cette expression, Intelligence artificielle, des mots qui ne signifient pas grand-chose pour elle. Mais ce sont les termes employés par son époux sur cette question qui est peut-être une des clefs du mystère qui l'entoure aujourd'hui: « A-t-il oui ou non décidé de prendre la direction de ces expériences scientifiques, demande Mike, on n'en sait trop rien, mais Père l'aurait exclu si le projet n'était pas posé en des termes précis et transparents, avait-il laissé entendre. De plus, Père n'aurait jamais laissé Babeth sans nouvelle, encore moins deux jours de suite, ça tombe sous le sens, ajoute Mike. »

Clem pense qu'on pédale dans la choucroute, qu'on est en plein brouillard, pire que le smog londonien, mais il prend l'initiative : il fait explorer sur Internet tous les sites de collectionneurs de voiture. « Car les flics recherchent des voitures immatriculées dans leur base de données alors qu'il vaut mieux y aller franchement par le biais des passionnés de vieilles bagnoles, affirme-t-il. » Clem appelle immédiatement un confrère qui, tout heureux de lui rendre service, accepte de se lancer dans cette quête qui risque de lui prendre un peu de temps. « Il n'est pas certain que les véhicules en question sont réellement immatriculés, je veux dire dans les formes légales des voitures en circulation : elles portent peut-être tout simplement de fausses plaques, ne sont pas déclarées du tout en préfecture, ni même assurées, et peuvent passer ainsi entre les mailles du filet de la police. » Mike ne lui donne pas tort, mais pense à une autre piste, un peu plus sérieuse. Cette piste est liée à MAIA, la start-up savernoise qui travaille comme lui sur de vastes projets liés à l'IA. Son père lui a fait part de l'implication de cette société dans le projet dont il est question. Mike connaît bien son directeur, Arthur Dubreuil, dont il a une très haute opinion; il l'a même rencontré il y a quelques jours dans ses locaux et se demande pourquoi, curieusement, il reste injoignable depuis le jour de la disparition de son père. Drôle de coïncidence tout de même. Clem se gratte le menton est déclare : « Moi, je ne crois pas aux coïncidences, je pense que cette piste, il faut la fouiller à fond...et même tout de suite ! »

Clem envoie un agent, en poste à Strasbourg, vérifier si l'entreprise MAIA est encore ouverte à cette heure à Saverne et si ses activités n'ont pas été stoppées pour une raison ou une autre : qu'il demande à parler à son directeur, Arthur Dubreuil, ou, à défaut, qu'il interroge le personnel présent sur place pour tenter de savoir quel lien éventuel il pourrait y avoir entre leurs activités et la disparition du professeur Weissenberg, affaire que tout le monde peut désormais suivre lors des informations télévisées ou radiophoniques. L'agent obtempère, déclare qu'il va se déplacer à Saverne sur le champ et annonce qu'il les recontactera dès qu'il aura du nouveau. Mike tente de son côté, mais en vain, de contacter Dubreuil sur son portable; il ne peut que lui laisser un mail lui demandant de l'appeler d'urgence ou de lui envoyer un message. Clem appelle une autre de ses connaissances qui est collectionneur de vieux taxis, car ce dernier possède lui-même un ancien taxi londonien : il lui répond qu'il n'y en a pas tant que ça en France, ce genre de véhicule étant très prisé en Angleterre dont il est un des symboles, d'autant plus que les Britanniques font tout leur possible pour ne pas voir filer ces beaux spécimens vers les émirats arabes ou ailleurs au sein de l'Union européenne, surtout depuis que le Brexit a fait de la Manche une nouvelle frontière. L'agent accepte de faire des recherches de son côté pour être agréable à Clem qui fut autrefois son officier traitant.

Pendant ce temps, après une longue journée de route, le couple Mathias Grolot et Yaletita Weissenberg, la petite-fille du professeur qui porte toujours fièrement son nom, arrive tout droit de Vendée, voyage harassant fait d'une seule traite pour ne pas perdre de temps, plus de 865 kilomètres parcourus pied au plancher, dans les limites de la vitesse autorisée, cela va sans dire. Babeth les reçoit tous les deux, les larmes aux yeux et le nez humide, les serrant longuement dans ses bras bien trop courts pour les enlacer tous les deux en même temps. Elle leur sert une boisson chaude et une part de tarte aux pommes, puis les met au courant de la situation encore confuse; les deux jeunes la pressent de questions. Elle leur annonce que Mike reviendra ce soir après la conférence de presse pour leur donner davantage d'explications et les informe que Max, leur cousin, va rallier la famille depuis son studio d'étudiant à Strasbourg. Mathias ne dit pas grand-chose, mais laisse errer son esprit pour tâcher de trouver un fil sur lequel tirer : il réfléchit comment, de leur côté, ils pourraient se mettre à la recherche du grand-père; d'abord, il s'agit de dégoter des traces de son enlèvement et de les suivre dans l'objectif de libérer le vieil homme, au moins trouver une piste que les gendarmes n'ont peut-être pas pris au sérieux jusqu'à présent, par exemple. Bien sûr, il s'agit de suivre une piste avérée qui ne mène pas dans un cul-de-sac ou dans des ornières improbables.

En soirée, Mike et Clem reviennent de Lemberg, très déçus de n'avoir rien appris de nouveau lors de la conférence de presse, même s'ils s'en doutaient un peu; le lieutenant Schnautzer a été particulièrement mielleux et vague et n'a répondu à aucun journaliste en répétant à satiété « qu'il ne pouvait rien divulguer, au stade où en est l'enquête, le moindre fait rendu public pouvant mettre la puce à l'oreille des ravisseurs », puisque la thèse de l'enlèvement a finalement été officiellement retenue comme le scénario plausible de cette affaire « hors du commun » a seriné l'officier quatre ou cinq fois de suite. Par contre, Clem informe la famille des pistes qu'ils suivent eux-mêmes et Mike se montre déjà plus optimiste que la veille au soir, même si on ne tient pas encore de pistes concrètes. Yaélita, toujours impatiente de tempérament, montre un agacement non dissimulé et pose une question d'une importance capitale directement à son oncle : « Puisque toi, tonton, tu es un spécialiste de l'Intelligence artificielle, puisque tu nous as dit que tu créais des applications concrètes dans ce domaine, pourquoi on ne l'utiliserait pas nous-même pour aider à retrouver Papy ? » Mike répond que dans ce cas de figure, sans la moindre piste valablement confirmée, le meilleur ordinateur finirait par tourner en rond ou caler, tout comme eux et comme les gendarmes en ce moment. « Mais si on utilisait l'IA pour en savoir davantage sur le projet qu'aurait pu suivre Papy, on pourrait peut-être découvrir de nouvelles pistes, non ? » Mike réfléchit longuement en regardant sa nièce dans le fond des yeux : « Tu as peut-être raison, commençons donc par là ! Bravo gamine ! » Yaélita hausse les épaules : « Merde, tonton, je ne suis plus une petite fille, j'ai 30 ans maintenant ! » Il lui répond que c'est bien le cas, mais qu'elle arrête de l'appeler tonton comme une gosse de dix ans. « Bien, ce sera fait, mon oncle préféré ! répond-elle en lui faisant un clin d'œil. »

47. Le 27 avril 1525 Crise à Neubourg

Le jeudi 27 avril, le groupe de Neubourg est en pleine effervescence : les chefs s'engueulent mutuellement, à tue-tête, car ils n'arrivent plus à se mettre d'accord sur les prochains objectifs à viser; sans l'aide de Strasbourg, sans camp retranché inexpugnable à disposition, il n'y aura pas de salut ! Certains prônent de tenter malgré tout leur chance devant les remparts de Haguenau, même si le nombre de défenseurs de la cité impériale est jugé trop important; d'autres veulent marcher en direction de Bouxwiller, puis de Saverne, pour faire leur jonction avec les troupes commandées par Erasme Gerber encore retranchées dans Marmoutier; d'autres songent plutôt à remonter vers le nord et tenter leur chance à Wissembourg. Un groupe de 3.000 paysans décide finalement de quitter Neubourg pour rejoindre celui de Cleebourg, dont le chef Bacchus Fischbach est très populaire; ceux qui reviennent du pillage de l'abbaye de Sturzelbronn, en pays de Bitche, commencent à faire le siège du château de Niederroedern, la résidence de Jacques de Fleckenstein qui y loge avec son frère Frédéric, le seigneur de ce village. Bien sûr, comme tous les chefs des insurgés, Fischbach veut garantir ses arrières dans un camp retranché et, pour ce faire, il met une pression supplémentaire à la ville de Wissembourg où il sait que les habitants sont en majorité favorables à la cause paysanne : certains d'entre eux ont même jeté le trouble dans plusieurs coins de la ville, allant jusqu'à allumer des incendies criminels pour arriver à leurs fins, rien que pour faire céder la municipalité qui s'obstine pourtant à vouloir défendre ses remparts; les paysans assiègent aussi le château Saint-Rémi tout proche, mais évitent l'affrontement direct avec les Wissembourgeois dont ils veulent avant tout se faire des alliés.

Erasme Gerber, bien installé dans son quartier Général à Marmoutier, discute longuement de la situation avec ses lieutenants Peter Hohl et Thiebold de Dalheim, ses autres capitaines étant tous partis en reconnaissance dans les environs en avançant jusque sous les remparts de la ville épiscopale de Saverne. Mais devant ces hautes murailles, renforcées de tours rondes servant de points d'appui, il faut aussi compter avec le château du Haut-Barr qui culmine à l'altitude de 470 mètres sur le sommet qui surplombe la ville. De là-haut, il est facile de lancer des attaques pour harceler les assiégeants; de là-haut, on a une visibilité qui porte jusqu'à Strasbourg au sud-est, à Bouxwiller au nord-est, une vue qui englobe aussi les Vosges moyennes avec les châteaux les plus proches, celui de Greiffenstein à l'ouest, ceux de Grand- et de Petit-Geroldseck au sud; la vue donne sur la vallée lorraine de la rivière Zorn. Des cavaliers partis de Marmoutier se sont risqués à monter les pentes abruptes du Haut-Barr, mais, arrivés devant l'avant-cour, ils sont accueillis par une volée de flèches et quelques tirs tonitruants d'arquebuses, effrayant les chevaux exténués, mais ne faisant heureusement aucune victime. Une chose est sûre, le château est bien gardé et un coup de couleuvrine fait même fuir le détachement qui s'en retourne lentement à Marmoutier pour faire un rapport à leur capitaine. Pas sûr que cela plaise beaucoup à leur commandant Erasme Gerber, mais leur constat est fiable. Saverne pourrait bien tomber entre leurs mains avec des complicités intérieures, mais le château, dans l'état actuel des choses, tiendra des semaines, même avec une garnison réduite.

Anselme Felt et Klemenz Augst se rendent à Pfaffenhoffen où l'on commente de manière acerbe l'incurie qui règne à Neubourg. Il manque un vrai chef, un homme à la hauteur de sa mission, un chef incontesté; certains pensent que les paysans de Neubourg devraient se placer sous l'autorité d'Erasme Gerber et marcher sur Saverne pour y rejoindre l'armée du groupe d'Altorf-Dorlisheim. On ne parle plus que de ça dans la petite ville, sous le regard attentif de quelques sergents plus nerveux que d'habitude et prêts à disperser les attroupements s'ils devenaient trop remuants. Les gardes reconnaissent les deux hommes en mission et les saluent respectueusement. Leur but est de recruter une dizaine de charretiers prêts à s'engager pour une solde bien supérieure aux usages, mais avec des contraintes qui ne plaisent pas à tous les candidats. « C'est à prendre ou à laisser, les gars, la paie est bonne, avec une prime en bout de chemin s'il n'y a pas d'anicroche, mais personne ne pourra se désister au milieu du trajet sans subir la colère du comte ! » Comme tout le monde sait que Philippe III est absent, la peur d'un châtiment est moins prégnante que d'ordinaire. « Vous connaissez tous la sévérité légendaire de votre maître quand on le trahit ! rajoute Klemenz. Même s'il est absent, il a laissé ses ordres et, vu l'insurrection qui sévit dans le comté, il sera peu enclin à se montrer moins dur avec des renégats ! »

Finalement, les dix hommes sont choisis assez rapidement parmi ceux qui sont présents et encore sobres dans les tavernes de Pfaffenhoffen. Ils acceptent les clauses du contrat hors norme qui leur est imposé et signent la plupart d'une main hésitante d'un « X », auquel Klemenz ajoute le nom de chaque individu. « Vous répondrez sur vos têtes de votre fidélité. Tenez-vous prêts, nous partirons dans quelques jours. Un hérault viendra vous rassembler le moment venu, conclut Anselme Felt, de sa grosse voix de bûcheron habitué à parler fort en toutes circonstances. Un homme portant une capuche, visiblement pour ne pas dévoiler son visage, suit toute l'affaire depuis le fond obscur d'une des tavernes; dès le départ des serviteurs du comte, il se faufile entre les convives pour détaler comme un lapin vers l'est du village, comme frappé d'une envie soudaine et irrépressible de soulager ses intestins. Mais, vous l'aurez compris, cet homme est un espion qui tente de rejoindre discrètement le groupe de Neubourg pour l'informer de ce qu'il a vu et entendu à Pfaffenhoffen.

48 Le 27 avril 2025 Un pas en avant

À la gendarmerie de Lemberg, c'est la consternation. Le lieutenant Schnautzer vient de prendre connaissance d'une lettre anonyme pliée dans une enveloppe d'une blancheur aussi anonyme que la lettre qu'elle contient, sans cachet de la Poste; elle a été discrètement jetée dans la boîte aux lettres de la brigade « à l'insu de tous, répète l'adjudant; la caméra de surveillance nous montre, à 6 heures 25, un type assez grand, arrivant équipé d'un anorak grand-froid, d'une chapka russe portant ostensiblement une étoile rouge, avec de grosses lunettes de soleil noires posées sur un faux-nez de carnaval. Impossible de savoir qui ça peut-être, certainement un gars frileux, sorti d'un hôpital spécialisé, un asile, quoi. ! On ne peut donc pas dire que l'on pourrait reconnaître l'auteur de cette missive, en tout cas sous son accoutrement polaire et carnavalesque, si c'est bien lui qui a écrit le papier que vous tenez en main. » « Oui, bravo, bonne remarque, c'est pour cela que nous appelons ce genre de courrier une lettre anonyme, car on ne sait pas de qui et d'où elle émane, martèle l'officier, parce qu'elle n'est pas signée non plus, ou plutôt si ! par « Quelqu'un qui vous veut du bien : sauvez Weissenberg, c'est urgent, écrit en lettres découpées dans le *Républicain Lorrain* », on a vérifié, voilà ce que je lis. » Cette missive est pourtant très intéressante, car elle donne des indications précises pouvant servir de pistes à suivre concernant la disparition du professeur.

On apprend dans cette missive mystérieuse que, « d'après une enquête poussée, un taxi noir de fabrication britannique, avec conduite à droite, a été mainte fois repéré dans le triangle Saverne, La Petite Pierre et Bitche; il a même été aperçu sur le chemin d'accès d'un camp de Rom dans les Vosges du Nord : voici pour la localisation probable de ce véhicule qui ne semble pas officiellement immatriculé, ce pour quoi il est passé entre les mailles des filets de votre gendarmerie. C'est une voiture de collection dont voici la plaque lisible après l'agrandissement de la photographie faite par un voisin des Weissenberg, la veille de l'enlèvement : c'est sans doute une fausse plaque, mais si le véhicule s'est déplacé sous ce numéro, AB 111 CD, il se peut qu'il continue de circuler avec cette immatriculation facile à retenir. Pour l'autre véhicule, une ambulance sur châssis break Citroën ID 19, le problème est identique : c'est un véhicule de collection dont il existe plusieurs spécimens dans la région, mais aucun en service dans le transport sanitaire. Il n'y a pas d'immatriculation connue, mais là aussi, il s'agit certainement d'une fausse plaque comme pour le véhicule précédent. Voici la liste des propriétaires qui habitent le secteur où se déplace le taxi anglais, liste obtenue sur les sites de passionnés de l'automobile : Emile Schwartz, peintre en bâtiment, rue de la Grange dîmière à Otterswiller, Matthieu Liebig, ingénieur dans l'agroalimentaire, rue des Pois de Senteur à Phalsbourg, et Léonce Krebs, chef d'entreprise retraité au Heidenschloessel à La Petite Pierre. À vous l'honneur de faire le nécessaire. Signé…quelqu'un qui vous veut du bien. »

Le lieutenant convoque le brigadier Auguste Pflicht, chargé de suivre la piste des véhicules, et lui donne à lire la fameuse lettre. Il devient écarlate et tout confus, s'excuse auprès de son lieutenant : « J'ai fait mon boulot, mais je ne peux qu'avancer à tâtons, je suis tout seul à m'atteler à cette tâche, n'oubliez pas. Je me demande comment les anonymes font pour aller plus vite que la musique. » L'officier répond avec une pointe d'ironie qu'ils cherchent peut-être au bon endroit au lieu de se contenter de suivre la routine et des procédures de nos jours dépassées. « Allez, vérifiez-moi tout ça et que ça saute, Pflicht, ajoute-t-il en tapant sur son bureau pour effrayer son subordonné. » Schnautzer, ravi d'avoir du grain à moudre, appelle immédiatement Mike Weissenberg pour lui annoncer fièrement qu'ils ont du nouveau, une piste qui pourrait les rapprocher du lieu de repli des ravisseurs et qu'il le tiendra au courant du développement de cette affaire maintenant bien engagée. Mike sourit à Clem qui, tout à son aise, est en train de prendre son petit-déjeuner en caleçon et en finette tout en ricanant : « Ils t'ont parlé de la lettre anonyme ? Non ? Bien sûr que non ! »

Mike met en route son smartphone et y trouve un mail envoyé de l'ordinateur de son ami Arthur Dubreuil. « Actuellement en mission à quelques kilomètres de Saverne. Impossible de te joindre, nos téléphones sont sous clef. Expérience top secret en cours. Te rappellerai dès que possible. À plus ». Étrange tout de même de se faire confisquer les téléphones pour faire des expérimentations. Peu après, l'agent envoyé à Saverne fait son rapport à Clem : il a bien été sur place pour rencontrer le personnel de la société MAIA, mais les portes étaient closes. Il avait beau sonner et tambouriner à la porte d'entrée, personne n'est venu lui ouvrir et il a aperçu un petit panneau affiché sur la vitrine avec ce texte sibyllin : « Fermé jusqu'à nouvel ordre pour cas de force majeure. » Pourtant, il est sûr d'avoir entendu du bruit dans les locaux, en tout cas des machines fonctionnaient, c'est sûr, en émettant des bruits caractéristiques bien distincts. Mike conclut que cela confirme simplement les dires d'Arthur dans son message; mais pourquoi entourer son activité de mesures si drastiques : fermer boutique, travailler dans l'isolement, pourquoi donc…et pourquoi pas ? Il envoie en retour

270

un mail succinct à Arthur « Mon père disparu. Avis de recherche. Gendarmes sur les dents. Moi aussi. » Ça le fera peut-être réagir… ou pas.

49 Le 27 avril 2025 L'IA marque un point

À Moetzenbruck, les petits-enfants de Paul-Henri Weissenberg sont en plein conciliabule : l'application révolutionnaire créée par Mike Weissenberg fait ses preuves. Ce programme intitulé « Réponse à tout et tout de suite », ou en abrégé « RATTS », est inimaginable, au-delà de toutes les espérances selon son inventeur; les informaticiens du petit groupe, Mathias et Max, rivalisent d'ingéniosité pour arriver à leurs fins en alimentant généreusement la mémoire du logiciel. Avec l'aide de Babeth, l'ensemble des données est assez rapidement « entré dans la bécane » comme dit Max; l'ordinateur digère le tout en de larges multialgorithmes ultrarapides, d'un niveau encore jamais vu en fonctionnement sur le marché des nouveautés informatiques. Bravo, Mike, c'est du bon boulot, pensent-ils tous unanimement, car ça mouline fort et ça tourne vite. Max attend avec impatience que s'affiche sur l'écran : « Je suis prêt. Posez votre question. » On y est, c'est le moment de vérité, les nerfs de tous sont tendus à l'extrême. Yaélita est la première à étrenner cet outil numérique en lui demandant: « Qu'est-ce qui est arrivé à Paul-Henri Weissenberg ? » RATTS réagit : « Réponse multiple acceptée ? » Max tape « NON ». RATTS inscrit : « PHW enlevé, taux de validité : 92% ». Babeth qui est présente s'appuie sur la table pour se relever de sa chaise et clame haut et fort : « Je le savais, je ne fais que le répéter : Paul-Henri a été enlevé, pas besoin d'un ordinateur pour comprendre ça, ça saute aux yeux, même les gendarmes y croient maintenant, nous humains, on n'est pas plus idiot que l'IA tout de même ! » « Mamy, tu as raison, ajoute Max, mais avec l'outil fabriqué par P'pa, on en a maintenant la confirmation, c'est quasiment sûr que ce scénario est le bon. En tout cas, le taux de réussite est très élevé, faisons-lui confiance.»

Mathias demande à poser la question suivante, qui est de taille selon lui; il précise que ce n'est pas la peine de demander le lieu de détention puisqu'on n'en a aucun indice, l'ordinateur non plus n'est pas plus avancé que nous : donc match nul. Il demande : « Pourquoi PHW a-t-il été enlevé ? » Le programme réagit immédiatement : « Réponses multiples acceptées ? » Mathias décide que non et l'écran affiche : « Pour l'obliger à superviser des travaux scientifiques liés à sa profession, après avoir refusé de s'y engager volontairement, taux de validité : 75%.» Intéressant, se disent-ils tous, et Babeth rajoute des informations plus ou moins précises entendues autour de ce projet qui devait ouvrir à notre historien les portes de la reconnaissance mondiale et de la gloire tout court. Max hoche la tête en posant la question suivante : « Sur quoi portent ces travaux scientifiques ». RATTS réagit en répondant immédiatement « Sur l'Intelligence artificielle ». Et c'est là que Babeth rajoute qu'une société de Saverne spécialisée dans l'IA serait impliquée dans ce projet et qu'elle travaille justement sur ce type de produit. Max se tape sur le front et reconnaît tout de suite qu'elle évoque la start-up MAIA qu'il connaît bien pour y avoir fait un stage, au tout début de ses études. Max pense qu'il a mal questionné le logiciel et change sa formulation : « Quel est le but de ces travaux scientifiques » RATTS répond rapidement : « Réponse multiple acceptée ? », ce à quoi Max dit que non.

La réponse tombe instantanément : « Trouver le trésor du comté de Hanau-Lichtenberg, perdu en 1525, taux de validité : 35% ». Mathias pousse un soupir, comme si dans son souffle qui se perd dans la pièce on pouvait comprendre, sans le moindre mot prononcé, que ce taux est trop bas, bien trop fragile, ne pouvant révéler qu'une supposition parmi les autres encore moins sûres que celle qui est proposée : « Tout ça pour si peu ! 35%, c'est ridicule ! Une chance sur trois que c'est juste ! » Subitement, Max bondit comme un diable à ressort s'expulse d'une boîte à surprise : « Mais oui, bien sûr, j'ai tout compris ! » Max se précipite au premier étage et revient en brandissant un bout de papier rongé par l'humidité en s'exclamant : « Je vous présente la carte d'un trésor, celui du comté de Hanau-Lichtenberg, perdu depuis 1525, il y a donc 5 siècles. Papy m'avait demandé de la cacher, juste pour le cas où quelqu'un aurait voulu s'en emparer, et ça m'était complètement sorti de la tête, cette histoire-là. » Yaélita trouve qu'il a tout de même été un peu lent à la détente, sur un ton de reproche à peine déguisé, ce qui froisse un peu Max sans qu'il s'y attarde cependant : « Je ne pouvais pas savoir que ce bout de papier avait une quelconque importance, avant que RATTS nous mette sur la voie; l'essentiel c'est que nous tenons le bon bout de la ficelle : il n'y a qu'à tirer dessus et le trésor viendra à nous comme par miracle…enfin avec l'aide de l'IA. »

« N'exagérons rien, ça a l'air trop facile pour être vrai, dit Mathias, garde les pieds sur terre, Max, et dis-nous ce que nous devons savoir pour comprendre de quoi il s'agit exactement, ton bout de papier sorti de la poche d'un fantôme. » Max déplie sa carte et tout le monde, au premier coup d'œil, se rend compte qu'il ne s'agit probablement que de la moitié d'un plan beaucoup plus important et probablement plus détaillé. Max essaie, avec le peu d'allemand scolaire qu'il a pu assimiler, de lire à tous le texte à haute voix. Yaélita sourit en écoutant attentivement la légende déclamée avec l'accent approximatif de Max, dont l'effet aurait été bien plus comique encore si le groupe n'était pas si concentré.

« Im Ort wo die Oxsen im hohlen Fels' herum
Wie in der Krippe sind verborgen
Gibt der Schatz, Gold und Silber des Graftums
und der Stadt Buchsweiler, grosse Sorgen
Wenn die Zeiten endlich in Frieden wieder sein
Muss der Schatz schnell zurückgegeben
Dann kann der Graf von Lichtenberg zufrieden sein
Und Du bekommst dein Lohn und das ewige Leben. »

Ce qui donne en langue française à peu près cette traduction, j'en suis sûr, ajoute Max, car c'est Papy qui m'a expliqué le sens des mots :
« Dans le lieu où les bœufs dans des rochers creux à l'entour
Comme dans l'étable sont cachés
Se trouve le Trésor, or et argent du comté
et de la ville de Bouxwiller, qui donnent des soucis
Lorsque les temps auront enfin retrouvé la paix
Le Trésor devra être rendu rapidement

Tout le monde reste perplexe : avec ces quelques vers, pas moyen d'avancer beaucoup plus loin, ou alors dans un épais brouillard. Le descriptif de la carte est plus que vague et les noms des lieux ne sont notés qu'avec leur seule initiale. Pas moyen de s'en sortir, si on n'a pas une idée plus précise des endroits repérés sur la carte qui paraît avoir été réalisée d'un trait hésitant, visiblement pas le fait d'un dessinateur de talent, plutôt l'œuvre d'un homme du peuple voulant laisser son témoignage à la postérité. De plus, cette carte date d'il y a 500 ans, les noms des lieux ont

275

probablement changé depuis ce temps-là, ceux qui sont notés ont peut-être été modifiés depuis, peut-être même abandonnés et renommés autrement après reconstruction, qu'en savons-nous, à peu près rien du tout. Quant au lieu où on rassemblait les bœufs en pleine forêt, selon la carte, allez trouver où ça se situe, aussi longtemps après les faits s'il n'y a pas d'autres traces plus précises, comment faire pour s'y retrouver. Yaélita hausse les épaules : « Avec l'IA, j'en suis sûre, on fera des progrès rapides, j'en suis totalement persuadée, on va déjà lui donner ces nouvelles infos à moudre et vous verrez. Et puis, on a toutes les chances de retrouver le trésor sur l'ancien territoire du comté, dont nous connaissons les limites; ses serviteurs ne l'auraient certainement jamais enfoui ailleurs, vous pouvez en être sûrs. » Mathias hoche la tête et lève le doigt pour bien montrer qu'il a quelque chose de très important à ajouter : « Je suis persuadé d'une chose. Si des personnes douteuses tiennent tellement à trouver ce trésor avant tout le monde et certainement dans le secret le plus absolu, c'est qu'il doit valoir une petite fortune. Et s'ils ont enlevé Paul-Henri pour ça, la meilleure façon de les court-circuiter et de les obliger à libérer Papy, c'est d'utiliser l'IA comme eux le font ! Mais il est nécessaire de trouver le trésor avant eux, ce qui veut dire qu'il faut faire vite ! » Max semble sceptique. « Ne fais pas cette tête, Max, tu sais que j'ai raison, réfléchis. Si on trouve le trésor, ils n'auront plus aucune raison de continuer les recherches et de garder Papy entre leurs mains, d'autant plus que nous rendrons l'évènement immédiatement public. Ça fera la une des journaux, ce ne sera plus un secret pour personne ! »

Tout le monde regarde Mathias qui conclut : « Alors voilà, je vous propose la façon de procéder suivante : laissons les gendarmes suivre leur enquête en leur mettant la pression de temps en temps pour éviter qu'ils ne s'égarent trop. Laissons Mike et ses amis faire leur propre contre-enquête avec leurs moyens spécifiques, mais dont nous ne savons quasiment rien. Et nous, fonçons droit dans la direction qu'on se donne, allons à la quête du trésor en suivant ce filon que l'IA nous a révélé. Simple comme bonjour ! C'est notre affaire, on ne marche sur les plates-bandes de personne, n'en discutons même pas avec les autres, on va peut-être surprendre tout le monde…ou pas ! Nous nous en sentons capables, non ? »

Babeth applaudit, enthousiaste, bientôt suivie par le reste de l'équipe des jeunes. « Vous avez raison, martèle Babeth, je vous fais totalement confiance sur ce point.Vous avez l'enthousiasme qu'il faut, l'énergie de la jeunesse et le courage de vos petites têtes brûlées, vous êtes capable de déplacer des montagnes, alors je vous soutiens dans cette démarche, foncez, sans en référer à quiconque, sans vous retourner et surtout ramenez-moi Papy à la maison ! Mais ramenez-le entier, vivant je veux dire, en chair et en os, et en bonne santé. » Tous les jeunes s'y engagent quasi solennellement. Babeth est tellement fière d'eux. « Enfin, je vous soutiens en y mettant une seule condition : de ne prendre aucun risque inconsidéré et de faire intervenir les gendarmes immédiatement, si c'est nécessaire pour votre sécurité, car ça, c'est le boulot de la maréchaussée. » Tous s'y engagent également, ça va de soi, et Babeth est la plus ravie des grands-mères; elle met tous ses espoirs dans la détermination des jeunes gens.

50 Le 27 avril 2025 Essai réussi

Max pense aux « membres du Club des Cinq » - c'est ainsi qu'il appelle leur « groupe d'intervention IA», composé de sa cousine Yaélita, de son ami Mathias, de sa grand-mère Babeth, de Plouc son petit yorkshire et enfin de lui-même; il leur demande s'il peut prendre du temps pour se pencher sérieusement sur ce fichu bout de carte de trésor qu'il a entre les mains pour en extraire les données susceptibles d'éveiller l'intérêt du logiciel de son père. Après avoir scanné le dessin grossièrement réalisé, il demande au programme RATTS de situer ces données dans un espace strictement réduit aux dimensions du comté de Hanau-Lichtenberg à la date du 27 avril 1525. Le logiciel de Mike exige de rentrer une marge d'échelle, mais Max n'a aucune idée de la taille de l'échelle, même approximative, utilisée par celui qui a réalisé le dessin 5 siècles plus tôt. « Je lui poserais bien la question, mais comme c'est écrit dans la Bible, il a dû retourner à la poussière, il y a belle lurette ! » Il se demande si à cette époque on savait ce que c'était, une échelle, en dehors de celles qui servent à monter le long d'un mur ou à cueillir les cerises dans les arbres.

C'est, selon lui, une notion assez récente, mais allez savoir : l'historien, c'est son grand-père, lui est vraiment nul en la matière, même s'il s'agit seulement de se plonger dans le XXe siècle dans lequel il a pourtant vu le jour, il est vrai, vraiment tout à la fin. Finalement, il essaie des combinaisons d'échelles différentes, les plus utiles, en gros du 10.000e au 100.000e, quand, subitement, RATTS affiche : « Réponse multiple acceptée ? », ce à quoi Max répond impérativement NON. Le logiciel donne sa « Réponse validée à 60% », ce qui est déjà un taux énorme obtenu durant une telle phase de tâtonnements. Max s'accroche à son clavier et arrive à faire paraître à l'écran de son ordinateur, puis à imprimer sur une feuille de papier, une carte à l'échelle du 25.000e, bien nette et lisible, la taille d'une carte d'état-major qui sert en général aux randonneurs. Tous les points du dessin y sont repérés en gras, les initiales « W » correspondant à Wimmenau et Wingen-sur-Moder, deux villages indiqués sur un cours d'eau. Le terme « Matra » est probablement le nom latin de la rivière Moder, signifiant la « Mère », sans doute la mère nourricière de la vallée qu'elle abreuve, les informe Babeth, qui en tant qu'épouse d'historien, a un certain nombre de connaissances bien gravées dans sa mémoire.

Max saute de joie : « On tient LA bonne piste, RATTS a trouvé la partie du comté tracée sur la carte ancienne. Venez tous voir le résultat validé à 60%. Attention, cela signifie qu'il y a d'autres possibilités, bien sûr, mais des probabilités beaucoup moins sérieuses selon l'IA. » Mathias trouve que ce n'est encore qu'une hypothèse, à ce niveau-là, même si c'est la mieux placée. Personne ne sait ce que représente le « E » indiqué plus bas sur la carte en plein milieu d'une forêt. Il leur faudrait l'autre partie de la carte pour confirmer le résultat de RATTS et vérifier si tout cela colle vraiment, à commencer par l'orientation de la carte du XVIe siècle où le nord n'est représenté nulle part. Dessinait-on à cette époque une carte sans lui donner de repères d'orientation : si le cours d'eau est vraiment la Moder, celle-ci devrait couler grosso modo d'ouest en est, le nord serait donc en haut de la carte, or sur notre dessin, le cours d'eau coule du haut vers le bas de la carte. « C'est juste une remarque, dit Yaélita; celui qui a fait le dessin n'est certainement pas un gars doué pour ce genre d'exercice, il n'est peut-être pas très instruit non plus, il l'a réalisé par obligation, il a fait du mieux qu'il a pu, selon son instinct et avec les moyens mis à sa disposition. Partons du principe que le RATTS a trouvé la bonne zone d'enfouissement. Il nous resterait à vérifier que cela colle exactement avec l'autre bout de la carte, mais nous ne savons même pas où il est, et même s'il a été conservé comme le morceau que nous possédons. Alors, en conclusion, je vous le donne en mille, nous pataugeons toujours autant, SGDG. ». Max demande ce que ça signifie, son SGDG bizarroïde. Yaélita répond que cela était la mention légale qui accompagnait les droits des brevets anciens et signifiait « Sans garantie du gouvernement ».

Babeth réfléchit un moment en contemplant la carte redessinée par l'IA, puis informe les jeunes qui l'entourent que la zone incriminée, elle la reconnaît facilement, pour avoir habité à Wimmenau pendant une quinzaine d'années; ce territoire se trouve sur le bord occidental du comté; ce qui signifie que si des serviteurs avaient caché le trésor dans ces parages-là, ils ne pouvaient pas aller beaucoup plus loin sans risquer de quitter le domaine déjà délimité par des bornes à cette époque, des limites marquées de pierre dont certaines sont encore visibles de nos jours. Ces bornes portent en relief les armes du comté : trois chevrons superposés, puisque les armes de Hanau-Lichtenberg sont formées d'un écu d'or portant trois chevrons de gueule, c'est-à-dire rouges. Max demande si le comte de Hanau-Lichtenberg sponsorisait déjà la marque automobile Citroën, ce qui fait s'esclaffer tout le monde. « Aujourd'hui, ce serait PSA qu'il sponsoriserait, mais en 1525 on se déplaçait plutôt à cheval, à mulet ou sur le dos d'un âne, ou alors en chariot ou à charrette, on n'avait pas encore inventé la diligence, vois-tu, ignare, lui renvoie Yaélita en pleine figure. » Max lui répond du tac au tac :

« un chariot tiré par deux chevaux, ce n'est pas une deux-chevaux Citroën ? ». Babeth leur propose de faire le point avec Mike qui continue les recherches de son côté, parallèlement à celles de la gendarmerie sous la houlette du lieutenant Schnautzer. L'officier annonce à qui veut l'entendre à la télé et à la radio qu'ils ont enfin une vraie piste, sans pouvoir en dévoiler le contenu sous peine d'entraver la bonne marche de l'enquête; mais il ne semble convaincre personne.

Max appelle son père pour l'informer de l'aide précieuse apportée par le logiciel de son invention, le fameux RATTS. « C'est super, ça fonctionne à merveille, mais les résultats dépendent des informations que nous possédons, c'est pourquoi on n'avance qu'à tâtons. Le RATTS a fortement validé la thèse de l'enlèvement. Selon lui, Papy serait prisonnier de personnes non recommandables qui l'obligeraient à superviser des recherches scientifiques qui, pour obtenir un bon résultat, doivent être suivies par un historien professionnel de sa renommée. Et P'pa, devine quel en serait le vrai motif ? Tu ne trouveras jamais sans ton IA, car c'est bien ton logiciel qui nous a mis la puce à l'oreille. Les ravisseurs voudraient tout simplement mettre la main sur le trésor du comté de Hanau-Lichtenberg enfoui en 1525 en quelque endroit secret. Le RATTS a même retenu une idée valable, validée à 60%, de la zone choisie comme cachette. » Mike répond qu'il sait bien que son logiciel est « au top niveau », mais que rechercher le trésor à la place des malfrats ne ramènerait pas leur grand-père sur le chemin de sa prochaine libération. Sans donner d'information aux jeunes sur sa propre enquête, Mike les invite à repenser les choses et à utiliser le RATTS pour se rapprocher du lieu possible de détention, de faire ensuite le point avec lui, sans passer par la case gendarmerie, ajoute-t-il, pour avoir les mains libres et intervenir avant que la maréchaussée ne piétine toutes les plates-bandes; les képis pourraient même mettre en danger la vie de son père ou faire fuir les délinquants dans l'épaisseur des forêts des Vosges du Nord.

Max n'arrive pas à s'expliquer plus davantage, Mike mettant fin à la communication, pressé de son côté par les exigences de son enquête, dont Max n'a finalement rien appris du tout. Mike piétine-t-il également, d'où son silence gêné, ou alors a-t-il de bonnes pistes à suivre de toute urgence ? Max fait le point avec le « Club des Cinq » dont il essaie de prendre le commandement, sans toutefois vouloir s'imposer, mais Yaélita se méfie de son énergie parfois trop débridée : Max est capable de se laisser entraîner dans des situations inextricables. Elle demande de bien réfléchir à la nouvelle orientation qu'ils ont décidée et qu'elle résume brièvement : « En premier lieu, trouver le trésor avec la même arme qu'utilisent les bandits, c'est-à-dire se servir de l'Intelligence artificielle. Deusio, il faut absolument trouver le trésor avant les autres et tertio, il faut les court-circuiter en rendant l'évènement public et en confiant le trésor aux autorités. La séquestration de Papy deviendrait alors obsolète et ils seraient bien obligés de le libérer. Ai-je tout bien résumé ? Tout le monde est d'accord avec moi ? » Tous acquiescent, avec la mine grave de ceux qui s'engagent par serment. Babeth leur recommande encore une fois de ne prendre aucun risque et de faire appel aux gendarmes dès la première menace identifiée, ce que tout le monde accepte volontiers, aucun d'eux ne se sentant l'âme d'un risque-tout ou d'une tête brûlée, même Max qui embrasse sa grand-mère en lui faisant la promesse de ne pas jouer au casse-cou. Cela ne rassure pas davantage Babeth qui connaît bien trop son Max pour lui faire entièrement confiance.

51 Le 28 avril 1525 Pillage à Marmoutier

Le vendredi 28 avril, Erasme Gerber, le capitaine général de l'armée des paysans de Basses-Alsace, cède à la pression de ses troupes, et même à celle de ses officiers, en laissant ses hommes piller l'abbaye de Marmoutier. L'abbé Adrien Riegert qui tente courageusement de s'opposer à eux est brutalisé sans égards comme on le fait d'un valet de ferme bourru ou d'un chien galeux, mais le supérieur de la congrégation reprend connaissance et arrive même à s'enfuir pour se réfugier en territoire lorrain, dans les environs de Sarrebourg. Le prévôt de la ville de Marmoutier, Michaël Beck, à l'origine de l'entrée des paysans dans la ville, prend beaucoup d'importance et devient même un artisan majeur de la cause paysanne. Il faut savoir que près de 20.000 paysans sont maintenant rassemblés dans et autour de Marmoutier et se préparent à marcher sur la ville épiscopale de Saverne, puissamment fortifiée, la place la plus importante de cette partie septentrionale de l'Alsace. En Centre-Alsace, le groupe du Buxhof, qui a échoué devant la résistance acharnée du bailli de Riquewihr, Bastian Linck, décide de se joindre à la bande d'Ebersmunster toujours dirigée par Wolf Wagner, dont l'objectif est de tenter l'impossible : se rallier le petit peuple de Sélestat et d'entrer dans la ville avec leur aide, même s'il a peu de chance de réussir, vu la détermination des dirigeants sélestadiens. Dans le Palatinat, les armées de paysans qui se constituent depuis la mi-avril sur les deux rives du Rhin continuent de se renforcer; elles aussi passent à l'acte en détruisant un grand nombre de châteaux et de monastères. Les paysans de Cleebourg et ceux qui sont devant Wissembourg s'en trouvent renforcés dans leur volonté de s'installer derrière les remparts de cette cité.

Tout le gratin de l'aristocratie alsaco lorraine est au courant des faits nouveaux et de la menace qui pèse sur Saverne, ce qui inquiète particulièrement le Grand Bailli impérial, Jean-Jacques de Morimont, et le duc Antoine de Lorraine qui voit s'effriter son autorité dans le Westrich, la Lorraine dite allemande. Antoine de Lorraine, aussi duc de Bar et comte de Vaudémont, le plus puissant prince de l'Est, fait activer le rassemblement des troupes de mercenaires avec l'aide de ses frères, Louis de Lorraine, qui est évêque de Metz, et le duc Claude de Lorraine-Guise, aussi comte d'Harcourt et d'Aumale, baron d'Elbeuf, de Mayenne, de Lambesc et de Boves, ainsi que seigneur de Joinville. Quelle imposante famille, qui possède une bonne partie de la région actuelle du Grand Est, sans compter les possessions situées aux Pays-Bas, plus exactement en Gueldre.

Gaspard Metzger, le receveur général de Bouxwiller, n'en mène pas large non plus, d'autant plus que les sommets du Petit et du Grand Bastberg qui dominent la ville sont occupés par des détachements de paysans surplombant joyeusement les remparts de Bouxwiller, fort heureusement assez éloignés pour échapper aux tirs d'arquebuses. Rien ne peut leur échapper de là-haut, le point culminant de ce paysage de collines, d'où l'on peut observer les alentours à 360 degrés. Les paysans, qui sont pour la plupart des sujets du comte Philippe III, connaissent bien le terrain, en surveillent les abords et recueillent les informations que le petit peuple de la ville leur transmet en même temps que le ravitaillement nécessaire. Un de leurs chefs n'est autre que Dietrich Kohler, l'ancien charbonnier devenu prédicateur et meneur d'hommes, placé à la tête des enrôlés de Hattmatt. Ce dernier harangue la foule montée au Bastberg, paysans, ouvriers et petits bourgeois mêlés, en annonçant à tous qu'il a vu en rêve cette nuit les habitants de Bouxwiller leur ouvrir grand les portes malgré les efforts du capitaine Rolf de Weinbourg et de ses soudards presque tous ivres morts. Il leur demande d'ailleurs de servir à boire du vin et de la bière à souhait à ceux qui sont de garde pour que son rêve puisse se concrétiser. Tous l'acclament longuement et l'encouragent à intervenir dans la ville. Cela se produit presque sous les yeux de quelques sergents qui n'osent pourtant pas s'approcher plus près pour ne pas se faire rosser ou même écharper par les insurgés dont ils ont raison de se méfier.

Gaspard Metzger a convoqué ses deux plus fidèles serviteurs dans les mains desquels il va remettre le trésor du comté, et en même temps, sa propre tête, car sa survie dépend de ces deux hommes qu'il a choisis avec beaucoup de soin et de précaution, et on le comprend. « Demain, leur dit-il, nous commençons l'opération de sauvetage du trésor comtal. Envoyez chercher les charretiers pour qu'ils soient présents sans faute avec leurs bœufs avant le lever du jour, afin d'atteler es chariots et de quitter promptement la ville avant que toute l'armée des paysans ne campe devant nos portes, réduisant à néant nos efforts. Faites dire à ceux qui hésitent à se mettre à notre service qu'ils ont signé un contrat, qu'ils sont obligés d'en respecter les termes, sinon le comte prendra contre eux les sanctions les plus graves. Allez-y, préparez-vous bien pour réussir cette mission cruciale dont dépend l'avenir du comté. Soyez intransigeants, soyez durs et restez fidèles au comte. Que Dieu vous bénisse ! » Subitement, Gaspard, resté seul dans l'antichambre, entend comme un vrombissement, le bruit étouffé d'un essaim d'abeilles ou de guêpes, ce qui est assez rare à la fin d'un mois d'avril. Il a beau regarder partout, il ne voit rien qui ne bouge ni dans la pièce ni même devant ses fenêtres. Il hausse les épaules et se rend dans la cour de la chancellerie où tout semble toujours étonnamment calme.

Un hérault est dépêché à Pfaffenhoffen pour rassembler les charretiers; il remarque rapidement que certains d'entre eux sont devenus plus hésitants que les autres, sachant qu'ils allaient travailler pour le comte Philippe, car ils ne veulent pas pour autant être agressés, capturés et peut-être même torturés par les paysans qui grouillent dans les campagnes, cherchant des noises à tous ceux qui ne suivent pas leurs directives. Le représentant du comte ne veut pas perdre son temps à discutailler, il en reste gentiment à sa mission, mais insiste sur le fait qu'ils ont accepté une mission qui sera payée à un très bon prix, qu'ils ont signé un contrat sans failles qu'ils sont tenus de respecter et qu'ils sont requis pour le lever du jour suivant à Bouxwiller, faute de quoi ils paieront cher l'abandon de leur poste. Tels sont les ordres du comte Philippe III de Hanau-Lichtenberg. Ceci dit, après le départ de cet émissaire, ça continue de discuter ferme dans les rues, puis dans les tavernes dès la nuit tombée, de cette mission à haut risque qu'aucun d'entre eux ne part faire de gaîté de cœur. L'alcool aidant, les langues se délient, les paroles fusent, puis viennent des injures et même quelques cris, ensuite volent des coups et les ripostes pleuvent, pour terminer la soirée en une rixe généralisée que les sergents de ville ont bien du mal à maîtriser, certains d'entre eux étant aussi belliqueux et revanchards que ceux qui n'arrivent plus à se retenir, dans ce climat explosif de tension sociale.

52 Le 28 avril 2025 Reconstituer la carte

Léonce Krebs ronge son frein. Pour lui, on a trop perdu de temps. Il demande à Arthur Dubreuil d'accélérer le processus en mettant la pression à son équipe, mais rien n'y fait, c'est toujours trop lent pour Krebs qui a l'impression de « pédaler dans la choucroute », expression couramment employée lorsqu'on est Alsacien de souche ! Le directeur de MAIA en profite pour lui rappeler que l'expérience qui se fait à huis clos demande à ses ingénieurs plus d'efforts que d'habitude dans des conditions compliquées et complexes, qu'ils deviennent de plus en plus nerveux à l'idée de devoir prolonger leur séjour dans un lieu qui leur est inconnu, sans pouvoir communiquer avec leurs familles. Krebs finit par accepter de les laisser passer téléphoner sur une ligne sécurisée pour donner des nouvelles aux proches, à la condition toutefois de ne rien révéler sur la nature de l'expérimentation et sur les lieux où ils se trouvent. Dubreuil s'y engage volontiers. Krebs lui remet la partie de la carte du trésor qu'il a entre ses mains, pour qu'il ajoute les données qui s'y trouvent afin que le logiciel « The new Time Xplorer » puisse en tenir compte, ce que les ingénieurs prennent immédiatement en charge sans penser un seul moment que cette carte est une part essentielle de la quête de Léonce Krebs. Ce dernier, par acquit de conscience, rappelle qu'il existe encore une autre partie de cette carte qu'il leur mettra sous les yeux dès qu'il l'aura acquise, ce soir ou le lendemain matin. Dubreuil rassure Krebs en l'informant qu'ils seront prêts à faire un nouvel essai dans quelques heures. « À la bonne heure, s'écrie Krebs, je suis impatient de voir de quoi vous êtes vraiment capables. »

Krebs se rend ensuite dans le studio où est enfermé Paul-Henri Weissenberg, s'approche de lui d'un pas altier, le regarde droit dans les yeux et, sans préambule, lui demande de lui remettre sur le champ la partie de la carte du trésor de Hanau-Lichtenberg qu'il possède. Paul-Henri s'esclaffe en ironisant : « Bien sûr, je tourne en rond dans ma cellule comme un poisson rouge dans son bocal, en gardant une carte de trésor dans mes poches, na-nanère ! Oh le vilain professeur ! Mais c'est du foutage de gueule, ça, ou je me trompe ? Vous m'avez bien fouillé à mon arrivée dans ce temple de moisissures qui pue la champignonnière, oui ou non ? Et vous n'avez rien trouvé du genre « carte de trésor en péril » ! Alors, non, je n'ai rien de tel en poche, rien du tout, pas plus aujourd'hui qu'hier ou même avant-hier ! » Mais Krebs, qui ne cède pas au ton de la provocation, semble garder un grand calme, du moins en apparence, et lui demande s'il est déjà sénile ou s'il joue seulement la comédie du gars qui disjoncte ou qui veut qu'on lui passe la camisole de force; il lui demande aussi s'il se rappelle par hasard que sa belle maison rouge est piégée, qu'il peut décider à tout moment de la faire exploser et d'envoyer ad patres sa tendre épouse Babeth en même temps et pour le même prix.

« Alors, je vous pose la bonne question pour laquelle j'exige aussi une bonne réponse, c'est la moindre des corrections : où se trouve cette fichue carte ? Notez bien qu'en cas de mauvaise réponse, je peux déclencher l'enfer chez vous en appuyant avec mon index, là, sur mon smartphone. » Weissenberg, rouge de colère, lui répond qu'il n'est pas sénile ni fou, la preuve, il s'est arrangé avec son petit-fils pour que celui-ci trouve une cachette secrète dont lui et son épouse ignorent absolument tout, seule garantie pour ne pas devoir céder au chantage de bandits de grand chemin de son espèce. Tout en s'expliquant avec Krebs,

Paul-Henri s'est approché, mine de rien, de l'interphone posé sur son bureau et ,tout en continuant à s'en prendre verbalement à Krebs, arrive à transmettre sur le haut-parleur d'Arthur Dubreuil le contenu de ses diatribes; Arthur est surpris d'entendre subitement cette conversation plus que houleuse, qui lui écorche un peu les tympans, et comprend que Krebs, qui dévoile ses menaces sans se savoir écouté, s'est fait piéger.

- Moi, tant que je m'appellerai Paul-Henri Weissenberg et que je serai lucide et bien portant, je ne dévoilerai rien du contenu de la partie de la carte que mon petit-fils Max a planqué quelque part chez moi. Il faut savoir qu'il est fort, Max, même très fort pour ce genre de petit jeu sadique, déjà tout gamin il y excellait, alors vous pouvez tout retourner chez moi de fond en comble à Moetzenbruck, jamais vous ne trouverez l'objet de vos désirs, à moins de séquestrer mon petit-fils comme vous l'avez fait avec moi, pour servir de caution à une affaire des plus louches comme je n'en ai jamais vu dans toute ma longue carrière d'historien. Permettez-moi de vous dire la vérité en face : vous êtes un vrai salopard de la pire espèce, à l'esprit tordu, un maître chanteur patenté et un escroc de surcroît, un criminel de bas étage…s'époumone-t-il en finissant par relâcher l'interrupteur le plus discrètement possible, fier d'avoir pu donner l'alerte et quelques informations « gratinées » à l'ingénieur, à l'insu de Krebs.

- Vous pouvez gueuler aussi fort que vous le désirez, Weissenberg, mais vous ferez moins le malin quand je vous amènerai votre petit-fils pieds et poings liés pour lui faire avouer où se trouve ce maudit bout de carte. Non, bien sûr que je ne vais pas faire sauter votre misérable maisonnette si la carte est cachée à l'intérieur, je ne suis pas complètement idiot, je ne peux pas me permettre de perdre mon temps à devoir fouiller les décombres, pour chercher des confettis de carte datant du XVIe siècle; alors, vous allez gentiment demander à Max de sortir la carte de sa cachette et de la donner à Babeth, qui, elle, comme une gentille et douce épouse, attentive et bien élevée, me la remettra en main propre sans faire d'histoire, sinon, boum, explosion violente et l'ange Babeth ira là-haut, parmi les étoiles, directement au paradis des grands-mères s'il existe, à vous de choisir.

- La peste vous étouffe et le choléra avec, si c'est possible. Je ne bougerai pas d'un poil et je n'appellerai personne à moins d'être libéré sur le champ et ramené chez moi sain et sauf, vous m'avez bien compris. Ensuite, je tâcherai de retrouver ce bout de carte que vous pourrez utiliser à votre guise, je veux bien vous céder pour ça, mais rien de plus. Et surtout, ne comptez pas sur moi pour passer sous silence la séquestration dont j'ai fait l'objet. Les gendarmes doivent me chercher partout depuis des jours et des jours, ils se doutent bien qu'on m'a enlevé, séquestré contre mon gré; ils doivent se demander pourquoi aucune demande de rançon n'a encore été remise à mon épouse ou aux autorités. Ils doivent vous prendre pour des cinglés ou plus probablement pour des guignols.

- Weissenberg, vous avez tout à fait raison, là, vous marquez un point. Je vais envoyer une demande de rançon de... disons 500.000 euros, dans les minutes qui suivent, et on va bien rire en pensant à la tête qu'ils feront tous. Je sais bien que vous n'avez pas l'ombre de cette somme sur votre compte en banque, mais on va tenter le diable tout de même, en le tirant par la queue, ce sera amusant à suivre et ça occupera mieux les gendarmes. Et quant à vous libérer, n'y comptez surtout pas, vous devez bien valoir votre pesant d'or ! Et pourquoi n'ai-je pas pensé à vous réclamer cet argent plus tôt, avec en prime le bout de carte que je désire tant, c'est un bon package, non ?

Sitôt dit, sitôt fait. Un appel anonyme informe les gendarmes de Lemberg qu'une demande de rançon est exigée pour la libération de Paul-Henri Weissenberg à hauteur de 500.000 euros, assortie de la cession d'un bout d'une carte ancienne. « Du n'importe quoi ! dit Babeth aux journalistes, comment pourrions payer une telle somme, c'est incroyable. Cette demande de rançon est bidon comme tout le reste ! ajoute-t-elle, c'est juste pour noyer le poisson et mener les gendarmes par le bout du nez. Bientôt, nous saurons à quoi nous en tenir, et gare aux fesses de ces malfrats quand la vérité éclatera dans toute sa splendeur. Je leur souhaite de prendre une bonne volée de bois vert et de finir à l'ombre pour quelques belles décennies tous frais payés par l'administration pénitentiaire. Car je sais qu'il y a encore une Justice dans ce pays pour défendre les honnêtes gens que nous sommes. » Partout, télés, radios et journaux applaudissent l'intervention de madame Weissenberg et titrent « *Un demi-million d'euros pour libérer Weissenberg. Qui pourra payer ce montant exorbitant ?* » Un comité de soutien à Paul-Henri Weissenberg est formé avec l'aide de nombreux hommes politiques, des écrivains, des historiens, des journalistes et par la plupart des habitants de Moeztenbruck : c'est ce brave Jospeh qui en obtient la présidence, élu à l'unanimité, lui qui, le premier, avait donné l'alerte.

Ce brave homme plein de bon sens prend la parole au micro de RTL : « Ils ont du souci à se faire, les gangsters qui nous ont fait ce sale coup, de nous enlever notre ami Paul-Henri. On y est maintenant, la vérité éclate enfin au grand jour, on sait tout : c'était simplement pour du fric, pour le pognon, comme s'il n'y avait que ça qui comptait dans la vie ! Et encore réclamer une somme pareille ! On ne sait pas qui pourrait payer les 500.000 euros exigés, même si tous les membres du comité de soutien mettaient la main à la poche, on aurait du mal à boucler un budget pareil. Mais qu'importe, s'il faut en passer par là, on y passera et on compte sur nos gendarmes pour mettre le grappin sur ces salopards qui ont mis nos vies sens dessus dessous ! »

53 Le 28 avril 2025 Le filet se resserre

Les informations obtenues par Mike et Clem les conduisent droit à La Petite Pierre jusqu'au Heideschloessel, le manoir situé en contrebas de la petite cité, perdu dans un parc étouffé par la végétation quasiment retournée à l'état sauvage, ressemblant davantage à une parcelle de forêt vierge ancestrale qu'à un parc à l'anglaise qui se respecte. L'endroit est entièrement clos de hauts murs et un portail en fer forgé aussi rouillé qu'un rafiot abandonné sur les hauts fonds de la mer d'Aral semble monter la garde avec ses fers de lance dont les pointes émoussées devaient autrefois être dorées à l'or fin. Vêtus d'un costume noir et d'une chemise blanche amidonnée pour faire penser à des témoins de Jéhovah en mission de recrutement, prosélytisme oblige, les deux hommes s'approchent lentement dans leur voiture noire, une Jeep Renegade, qu'ils enfoncent adroitement dans les taillis à proximité de l'entrée de cette jungle pour en cacher la carrosserie rutilante. Ils connaissent déjà le nom du propriétaire, un certain Léonce Krebs, au passé mouvementé selon le dossier confidentiel que Clem a pu consulter dans ses services, un personnage qui effrayerait un véritable adepte des témoins de Jéhovah, de ce mouvement prémillénariste qui se réclame du christianisme, mais qui ressemble davantage à une secte quelque peu fermée.

Au moment où Clem veut se hisser hors du véhicule arrive une fourgonnette de la gendarmerie qui vient se garer directement devant le portail. Un adjudant-chef en sort rapidement et cherche en vain une sonnette; en se grattant les oreilles rouge feu après avoir ôté son képi, il remarque aussitôt que le passage carrossable derrière le portail d'entrée a été utilisé récemment par plusieurs voitures ou camionnettes, des traces d'ornières bien nettes le prouvent. Ce domaine n'est donc pas à l'abandon comme on voudrait le faire croire... Il trouve, presque cachée dans le lierre aussi envahissant que la rouille, une manette qui doit sans doute être reliée à une cloche ou un autre mécanisme du genre à prévenir d'une visite le gardien des lieux. Le brigadier sort à son tour du véhicule bleu et demande à son supérieur s'il pense que ce manoir, que l'on devine vaguement plongé dans la verdure, est bien habité. Ce dernier n'a pas le temps de répondre qu'un garde-chasse, qui n'est autre que le fameux Schnitzel, au service de Krebs, s'avance vers eux, le fusil cassé en deux porté sur l'avant-bras gauche, comme s'il partait à l'exercice. Il les salue sans vraiment les affronter du regard et leur demande immédiatement de passer leur chemin, que le domaine est fermé jusqu'à nouvel ordre et que son propriétaire est au diable vauvert, sans donner d'explications claires et vérifiables.

L'adjudant-chef se présente comme membre de la brigade de La Petite Pierre; il prend une voix autoritaire, de tradition dans la maréchaussée, en précisant au gardien d'un ton qui n'admet pas de réplique, qu'il s'agit d'une enquête portant sur une affaire criminelle de la plus haute importance; il insiste sur le fait qu'ils sont tenus de l'interroger, puisqu'il est présent sur les lieux, à la demande du lieutenant de la brigade de Lemberg, en ajoutant que c'est urgentissime, qu'il faut qu'ils pénètrent dans le domaine pour voir si tout va bien et s'ils ne s'y trouvent pas des véhicules identifiés recherchés sur tout le territoire français. Après avoir passé un coup de téléphone portable, on ne sait pas au juste à qui, Schnitzel décline sa véritable identité : il s'appelle Ursule Wiener; il leur tend sa pièce d'identité à travers les barreaux du portail toujours verrouillé; sur ordre des gendarmes, il ouvre à contrecœur les lourds battants qui grincent comme barrit un éléphant, aidé par les gendarmes qui le suivent ensuite sur le chemin débroussaillé comme à la machette pour disparaître sous le couvert humide et ombrageux de ce coin de la planète presque retourné à la nature sauvage.

Le portail restant étonnamment grand ouvert, Mike et Clem ont le temps de se faufiler à l'intérieur de la propriété, une Bible sous le bras, pour faire semblant de venir évangéliser le premier bougre qu'ils rencontreront. « Au moins, avec le portail ouvert, ils ne pourront pas lâcher les chiens, c'est déjà ça ! s'écrie Clem qui a perdu un jour un bout de mollet lors d'une précédente mission, un mauvais souvenir toujours douloureusement ressenti par cet officier de la DGSE. » Ils avancent prudemment vers le manoir dont les façades sont recouvertes aux trois quarts par le lierre et la vigne vierge qui laissent à peine entrevoir les fenêtres à meneaux, du plus pur style Renaissance. Ils aperçoivent les gendarmes debout devant la porte d'entrée surplombée par des créneaux et des mâchicoulis; ils font face au garde-chasse, qui porte toujours son arme pliée sur l'avant-bras et qui leur interdit l'accès au manoir. Mike et Clem s'approchent encore un peu, en rasant les murs, pour tenter de saisir la teneur de la conversation qui a l'air plutôt agitée.

« Si vous ne répondez pas à nos questions, nous revenons avec un mandat du procureur pour une véritable perquisition et nous mettons votre demeure sens dessus dessous, ça, je peux vous le promettre, menace l'adjudant-chef, hors de lui. Vous ne pouvez pas entraver une enquête criminelle, vous le savez très bien. » Mais le gardien continue de leur dire qu'il n'est qu'un employé et que le patron est absent, qu'il n'a le droit de ne faire entrer personne, sans son accord, et que monsieur Krebs est malheureusement totalement injoignable en ce moment. « Nous ferons notre rapport en conséquence, puisque vous refusez d'obtempérer. Vous verrez de quel bois nous nous chauffons à la maréchaussée, nom d'une pipe ! ajoute-t-il furieux, en roulant les « r », tout en le saluant énergiquement les doigts collés sur le bord du képi. »

Les deux représentants de la loi font demi-tour, s'en retournent jusqu'au portail, tout penauds, reprennent leur fourgonnette pour repartir bredouilles, au moins provisoirement. Le garde-chasse les suit lentement pour refermer le portail derrière eux et c'est là qu'interviennent les deux faux témoins de Jéhovah, Mike et Clem, fier d'arborer leur précieuse Bible. « Le Seigneur soit avec vous, cher frère en Christ, déclare Mike en ouvrant grand ses bras comme s'il voulait embrasser Schnitzel; ce dernier, surpris, fait un brusque mouvement de recul, referme son arme avec un claquement sec et le menace avec son fusil : « Comment avez-vous fait pour entrer, c'est un domaine privé, ici, c'est indiqué partout, allez, filez, que je ne vous voie plus traîner par ici ou vous le regretterez. » Clem à son tour joue au prosélyte, déclare que le portail était grand ouvert pour les envoyés de Dieu, et lui tend la Bible. Craignant d'être débordé, Schnitzel continue de reculer sans regarder où il met les pieds et se prend le lacet de la chaussure gauche dans une racine noueuse avant de tomber à la renverse, faisant feu bien involontairement, le canon du fusil tourné vers la cime des hêtres d'où s'envole une myriade d'oiseaux effrayés par le tir de chevrotines.

Déjà, Clem sort spontanément son Glock, par simple réflexe, alors que Mike fonce en avant et se précipite sur le garde-chasse

296

qu'il tente de maîtriser en lui arrachant l'arme des mains. Mais Mike le sent se faufiler adroitement et lui glisser entre les mains sans pouvoir le retenir. Très rapidement, le fuyard disparaît dans l'épaisseur du sous-bois à travers des fourrés épineux comme s'il suivait un tracé invisible et inexploitable pour des non-initiés. Sûr qu'un garde-chasse qui se respecte connaît tous les coins et les recoins des bois dont il est responsable et nos deux témoins de Jéhovah ont l'impression de se retrouver dans une jungle hostile sans avoir le moindre repère; ils sont finalement obligés d'abandonner la poursuite devenue vaine.

Ils s'en retournent vers l'entrée du manoir qui semble effectivement inoccupé, la porte d'entrée massive étant close, plusieurs fois verrouillée. Ils ont beau frapper avec le heurtoir en bronze, tirer sur la chaînette qui fait tinter une cloche à l'intérieur de l'édifice, personne ne bouge dans la lugubre demeure. Le coup de feu accidentel a peut-être déclenché une alarme et tout le monde s'est caché ou enfui. Subitement, on entend les aboiements furieux de molosses, taille XXXL; le garde-chasse a certainement lâché les chiens et s'ils sont dressés pour s'attaquer aux intrus, il ne faut surtout pas qu'ils continuent de traîner dans les parages; témoins de Jéhovah ou pas, les pitbulls ne font pas la différence. « On a beau être déguisés, dit Clem, je suppose que les chiens nous prendront pour des rôdeurs lambda. » Mike pense comme lui et ils prennent les jambes à leur cou quand ils voient arriver sur eux, ventre à terre, deux énormes dobermans, lancés dans une course vertigineuse. Heureusement que le lierre facilite leur évasion par-dessus le mur d'enceinte; les deux hommes s'en tirent finalement indemnes avec quelques accrocs à leurs beaux costumes noirs, à cause de ces fichus tessons scellés dans le mortier. Les chiens sont comme fous, sautent aussi haut qu'ils le peuvent, enrageant de n'avoir pas pu terrasser leurs proies. Clem vérifie ses mollets qui lui semblent intacts, mais n'en mène pas large quand il s'aperçoit que le fond de son pantalon est laminé, comme s'il était passé à travers les mâchoires d'un crocodile en chaleur. Mike conclut : « On n'a pas fait mieux que les gendarmes, hein ? Il n'y a pas de quoi en être fier. Ça nous apprendra de jouer aux petits soldats ! »

Clem se pose la question suivante : « Si le manoir est inoccupé pourquoi faire garder le domaine par un homme armé, même si ce n'est que d'un fusil de chasse. Pourquoi lâcher des molosses sur deux innocents témoins de Jéhovah, si c'est pour garder un lieu désert, quasiment à l'abandon, du moins en apparence ? » Mike hoche la tête « Tout ça, c'est louche et je pense même que nous avons fait mouche ! Je pense que nous sommes au bon endroit, je le sens, mon père doit être enfermé quelque part par là, j'en suis convaincu, mais où commencer à chercher ? Allons à Moetzenbruck refaire le point, revoir notre stratégie avec ou sans les gendarmes, il est temps de passer à la vitesse supérieure, tu ne trouves pas, Clem ? » Ce dernier, arrivé à la Jeep, enlève son pantalon ou plutôt ce qu'il en reste pour passer un jean's, sans même répondre à Mike. « Allez, on y va, mon colonel. Ne tire pas cette tête, tu n'es pas le premier officier à te sentir ridicule en slibard devant une caméra de surveillance tournée vers nous. Comme quoi, on n'est plus au top niveau comme on l'était par le passé. Cette caméra n'aurait pas dû nous échapper, je me trouve subitement moins performant. Regarde bien vers la caméra, souris et fais un coucou à celui qui nous observe ! » Clem marmonne quelque chose qui ressemble à « Fiche-toi encore de moi, sois naturel, juste au cas où on serait enregistré, avec le son et tutti quanti. On passera peut-être même sur YouTube un de ces jours. Oh la honte ! Viens, on tire notre révérence ! »

Dans l'obscure protection d'un conifère touffu, une ombre décide de se glisser hors de sa cachette; elle visse un casque sur sa tête et enfourche une Harley-Davidson rutilante, prudemment garée derrière un talus de terre et de sable. Il pousse sa machine qui descend lentement le chemin d'accès en pente; une fois arrivée sur la petite route, l'ombre met les gaz et file comme un éclair en direction de Bouxwiller, l'échappement furtif laissant dans l'air ambiant une traînée sonore inattendue, reprise par un geai qui lance son cri strident, l'habituelle alerte aux animaux de la forêt que l'on vient de déranger.

54 Le 28 avril 2025 Test réussi.

Au manoir de La Petite Pierre, Léonce Krebs est furieux. Il s'en prend violemment à son fidèle valet, Schnitzel, qui essuie quelques bons coups de canne torsadée qui pleuvent sur son dos rond et sur sa tête de furet; il le frappe d'abord pour avoir ouvert le portail aux gendarmes contre son avis, puis pour avoir tiré un coup de feu, l'imbécile, même si c'était en l'air, même si c'était accidentel, ce tir de chevrotine a choqué tout le petit monde accaparé par l'expérimentation du nouveau logiciel. Ce tir a effrayé l'équipe d'ingénieurs, même si Krebs arrive plus ou moins à justifier cet incident en racontant une histoire à dormir debout du style « chasse aux lièvres pour préparer le repas du lendemain ». « Mon garde-chasse a toujours le doigt sur la gâchette et les coups partent souvent trop vite, ce dont les lièvres profitent pour filer bon train à travers les fourrés et ne plus jamais remettre leurs petites pattes dans le coin. Et je suppose que vous avez aussi entendu mes chiens de chasse lancés à leur poursuite, ajoute-t-il pour faire plus vrai que nature. Allez, faisons une nouvelle tentative de « chasse aux temps anciens » avec votre logiciel, pour voir s'il fonctionne correctement cette fois-ci, pour bien me prouver que vous n'avez pas perdu inutilement votre temps et dépensé en vain notre argent dans des mois de travaux stériles, leur assène-t-il d'une voix sèche qui n'admet aucune réplique. »

« Avec les nouveaux paramétrages, je pense que nous pouvons compter sur un résultat bien meilleur que le précédent essai, dit Arthur Dubreuil. Nous démarrons dans quelques minutes en laissant « The new Time Xplorer » prendre sa place dans l'espace-temps d'il y a cinq siècles, au même jour près. Attention, tout le monde est prêt ? Monsieur Weissenberg, également dans votre studio ? » Celui-ci ne répond rien, mais sourit en sachant maintenant que son message a bien été compris, tandis que Léonce Krebs tombe des nues en entendant Dubreuil avancer le nom du professeur, effaré d'avoir été pris de court comme un collégien se fit taper sur les doigts par le surveillant général : « Comment se fait-il que Dubreuil ait pu repérer Paul-Henri Weissenberg, malgré la déformation de sa voix par mon appareil ? Comment a-t-il pu savoir que c'est lui dans le studio ? Va-t-il comprendre que Weissenberg est séquestré ou le sait-il déjà ? Comment les deux hommes ont-ils pu communiquer ? » Krebs en aura le cœur net dès la fin de l'expérience. Car le moment n'est pas aux explications stériles, il faut aller au bout du processus pour savoir s'il faut continuer les recherches dans le sens où on les a démarrées. Dans la salle des opérateurs, comme dans les locaux de Saverne, les ingénieurs sont concentrés sur leurs écrans quand l'Intelligence artificielle se lance à travers le temps avec un léger ronflement qui résonne entre les murs décrépis du manoir.

Pour le plus grand plaisir des scientifiques présents, les écrans montrent une pièce assez sombre où l'on a une visibilité bien nette sur des exemplaires de mobilier ancien, notamment une longue table en chêne, une sorte de bureau rallongé couvert de documents, feuilles de papier épais et rouleaux de parchemin, jetés pêle-mêle. Personne ne se trouve en ce lieu qui se situe dans la chancellerie de Bouxwiller, il y a de cela 500 ans. Selon Weissenberg, il s'agit de la pièce réservée au receveur général. « Attention, dit Arthur Dubreuil, lancement du « diablotin aux yeux rouges ». L'ingénieur Serge Kurz qui meurt d'envie de faire ses preuves après avoir revu entièrement la conception de son

« engin surfeur sur les vagues du temps », met en route son module flambant neuf : conçu comme un drone intemporel, il émet un léger vrombissement en s'élevant d'une dizaine de centimètres, avec précaution, quittant la surface de laquelle il s'était envolé avant de s'évanouir totalement dans les limbes du passé. Dubreuil tente de suivre le diablotin sur le cadran du temps passé qui défile rapidement jusqu'à la date du 28 avril 1525. « Une voix numérique annonce : « Objectif atteint. Pièce du receveur général : Chancellerie de Bouxwiller. Passage du mode automatique en mode vol téléguidé. » Serge prend effectivement le contrôle de l'engin qu'il fait se mouvoir très lentement dans la pièce, rasant presque les murs et les tentures, montant juste sous les caissons du plafond en bois polychrome, puis se glissant à ras de sol et passant sous la table : tout fonctionne à merveille, au millimètre près, l'engin répondant parfaitement aux instructions données. Il passe au-dessus des documents dont certains sont nettement lisibles. Sur l'écran, la traduction de ces papiers se fait automatiquement après le scannage rapide réalisé par le drone lui-même. Ce sont avant tout des documents comptables libellés en florins du Rhin et en mark d'argent. « Opération réussie, hurle Serge, tout à son affaire, pinçant très fort les lèvres comme si sa concentration et la réussite du drone en dépendaient fatalement. »

Le fonctionnement du diablotin est jugé excellent, il peut circuler dans un lieu précis à 5 siècles du temps présent; l'Intelligence artificielle est donc un outil redoutable dans ce cas de figure, les ingénieurs en ont la preuve parfaite devant leurs yeux ébahis. Avec cette conclusion heureuse, tant espérée, Dubreuil demande à Serge Kurz de ramener le diablotin aux yeux rouges dans le temps présent, ce qu'il réalise en seulement quelques minutes; l'appareil atterrit sur la table d'envol en parfait état, sans le moindre signe de défaillancc, sans éraflures ni chocs constatés, les pales étincelantes. Tout le monde se congratule, les ingénieurs sont fiers de leur invention, ils peuvent vraiment l'être, c'est une véritable prouesse technologique qu'ils ont à leur actif depuis quelques minutes. Arthur Dubreuil en profite, tout en faisant ostentatoirement l'accolade à ses proches collaborateurs, pour leur glisser très discrètement à l'oreille de se regrouper au fond de la pièce, là où se trouve l'interphone qui le relie au studio de Weissenberg. Une fois que la bienheureuse bande d'inventeurs se retrouve rassemblée autour de son directeur, Arthur prend la parole via l'interphone en s'adressant directement à Paul-Henri Weissenberg de la manière la plus naturelle possible. « Monsieur Weissenberg, m'entendez-vous ? Je suis le directeur de la société MAIA de Saverne, Athur Dubreuil, un ami de votre fils Mike qui travaille dans le même domaine que nous. » Weissenberg répond immédiatement en informant tout le monde que cette expérience est un coup monté par des truands qui n'ont pas hésité à le droguer et à le séquestrer pour qu'il supervise, contraint et forcé, les travaux en tant qu'historien patenté. Les ingénieurs qui découvrent la triste réalité comprennent, sans qu'on ait besoin de leur donner de plus longues explications, pourquoi toute cette expérience a été tenue si secrète et s'insurgent contre des méthodes qu'ils trouvent indignes. « Nous arrêtons tout ! Nous ne travaillons pas pour des criminels, entend-on fuser parmi eux. Quittons ce trou à rats, fini de bosser pour la pègre, on arrête même tout de suite ! » Le brouhaha s'intensifie quand Léonce Krebs entre dans la salle, le visage écarlate, les lèvres bleues et tremblantes, les yeux noirs de colère, en les menaçant avec son pistolet Sig Sauer, l'air de ne pas avoir envie de plaisanter.

- Bravo, messieurs, je ne sais pas vraiment comment vous avez découvert la supercherie, mais ça m'est bien égal. L'essentiel est que vous soyez tous là pour la dernière étape de mes recherches. Après ça, advienne que pourra ! Bien entendu, vous venez de passer du statut plutôt sympathique d'invités à celui de captifs, comme l'est effectivement ce cher monsieur Weissenberg depuis quelques jours, qui aura tout le loisir de se lamenter . Je vais le libérer de son studio, puisque ce n'est plus la peine de vous cacher ce personnage haut en couleur qui ferait perdre leur latin aux moines de la Grande Chartreuse si on le laissait faire. S'il n'a pipé mot, c'est qu'il sait que sa maison est piégée à la bombe comme une partie de sa famille qui se trouve à l'intérieur. Je pourrais déclencher sur le champ une formidable déflagration pour vous prouver que je ne plaisante jamais. Mais vous oubliez tous un autre détail qui est également d'une grande importance.

- Taisez-vous donc, espèce de vieux fou, rugit Arthur Dubreuil, vous pensez qu'avec votre argent dont on ne sait d'où il provient vous pouvez tout vous permettre, tout acheter, que vous pouvez faire de nous ce que bon vous semble et nous mener par le bout du nez encore longtemps ? Tenez-vous-le pour dit : nous cessons immédiatement notre collaboration et refusons désormais de suivre votre foutu programme, d'autant plus que nous ne savons finalement pas grand-chose des buts réels que vous poursuivez, tellement c'est sournois et confus.

- Et c'est mieux ainsi, moins vous en saurez, mieux vous vous en sortirez ! Vous aurez l'air moins arrogant quand je vous expliquerai comment nous avons piégé chacune de vos petites familles adorables et chéries, de petits chantages faciles à mettre

304

en place pour obtenir votre entière adhésion. Vous avez envie de revoir vos épouses et vos enfants quand tout cela sera terminé, n'est-ce pas ? Je vous rassure, c'est encore possible, mais à une seule condition, c'est d'achever votre boulot comme vous l'avez commencé, gentiment, docilement, sans heurts, sans pleurs ni cris, comme de gentils petits ingénieurs bien sages qui tremblent pour leur progéniture que je peux séquestrer comme cet imbécile de Weissenberg l'a été, pour mes hommes, c'est un jeu d'enfant, vous le savez bien. Mais quel risque vous prendriez, si j'étais obligé de lâcher mes horribles hommes de main mettre le feu à vos environnements si douillets et confortables !

Trois hommes entrent dans la salle, armes à la main, le visage couvert d'un masque ridicule, représentant la caricature de l'ancien président Nicolas Sarkozy, plus vrai que nature. Krebs donne l'ordre à ses sbires de tirer dans les jambes du premier qui ose se rebiffer et lui-même fait feu en visant le plafond, une balle s'écrasant dans la voûte, faisant éclater des morceaux de pierres et de mortier dans un bruit d'enfer amplifié par la résonance de la pièce. Tout le monde tente aussitôt de se mettre à l'abri, certains se jettent au sol sans hésiter, d'autres se protègent derrière un bureau ou sous une table. Seul Athur reste debout, stoïque, bravant de son regard brûlant le regard furibond de Krebs. Le chef des malfrats leur annonce qu'ils vont quitter les lieux pour des raisons de sécurité et demande que tout le matériel soit démonté immédiatement pour un ultime essai qui se déroulera dans un autre lieu également tenu secret, cela va de soi. Il les menace des pires atrocités, s'il y avait ne fût-ce qu'un geste ressemblant, même de loin, à une tentative de fuite; au-dehors, des molosses affamés rôdent encore et veillent en bavant leur rage de n'avoir encore rien eu de consistant à se mettre sous les crocs. Ses sbires seront très réactifs à la moindre alerte, ils feront feu avant même de faire l'effort de réfléchir, ce que tout le monde comprend sans s'interroger longtemps, il n'y a qu'à voir leur attitude patibulaire et la combativité que l'on devine dans leurs gestes agressifs, désordonnés et hargneux.

55 Le 28 avril 2025 Chou blanc

Dans l'après-midi du 28 avril, Mike et Clem se rendent à la gendarmerie de Lemberg pour prendre des nouvelles de l'enquête policière; puisqu'aucun gendarme ne prend la peine de les informer directement comme c'était convenu, ils viennent d'eux-mêmes à la source. Après avoir « poireauté », selon Clem, une bonne demi-heure dans une salle d'attente surchauffée et embuée, ils n'y tiennent plus et demandent de voir d'urgence le lieutenant Schnautzer en s'adressant au brigadier d'accueil qui semble mourir d'ennui à son poste tout en faisant de petits dessins saugrenus sur un sous-main publicitaire à la gloire des défenseurs de la forteresse de Bitche en 1870. Son flegme apparent a l'air forgé dans l'acier trempé inoxydable et Mike finit par hausser le ton pour obtenir gain de cause. Si bien que, prenant conscience d'une certaine agitation dans la salle d'attente, l'officier sort d'un bond de son bureau comme pour aller à l'abordage et tombe nez à nez avec Clem qui, droit comme un poteau d'exécution, ne bouge pas d'un millimètre. « Ah, c'est vous, dit l'officier, Roger, tu aurais pu m'avertir, c'est pour l'affaire Weissenberg tout de même. » L'agent balbutie sans trop réfléchir « Mais, chef, vous avez donné l'ordre formel qu'on ne vous dérange sous aucun prétexte ! »

Ignorant totalement son subordonné, le lieutenant invite Mike et Clem à entrer dans son bureau un peu mieux ventilé que le local d'accueil : il leur fait le rapport de l'action diligentée par la gendarmerie de La Petite Pierre au Heidenschloessel, ce manoir engoncé dans la forêt, appartenant à un certain Léonce Krebs, autrefois collectionneur de vieilles voitures selon son garde-chasse. C'est la seule information que les gendarmes ont pu glaner, car l'homme en question, armée d'une carabine de chasse vieux modèle, est resté peu loquace, un certain Ursule Wiener, selon sa pièce d'identité; il n'y a pas d'autre élément constructif dans leur rapport. L'adjudant-chef de service est reparti confus et bredouille n'ayant pas obtenu la possibilité d'entrer dans le manoir. Pourtant, par acquit de conscience, il est resté caché un moment dans les parages, en garant la fourgonnette un peu plus loin dans les fourrés, pour en savoir tout de même un peu plus long sur cet environnement bizarroïde. Quand subitement, il a entendu très nettement le claquement d'une arme à feu, probablement un tir de chevrotine selon lui, car le gendarme est aussi chasseur dans le civil. Puis des chiens ont été lâchés, certainement des molosses de la pire espèce, du style dobermans ou beaucerons, selon le rapport. Le lieutenant continue de lire le document avec un petit sourire en coin : « Et voici ce qu'a noté l'adjudant-chef, vous serez surpris : subitement, deux hommes en costume noir et cravate assortie, chemise blanche avec un livre à la main, probablement une Bible, à vue de nez, vu l'épaisseur du volume, sautent par-dessus le mur d'enceinte, l'un d'entre eux déchirant son pantalon sur les tessons acérés scellés dans la maçonnerie. Ces hommes se sont ensuite rendus jusqu'à une voiture bien camouflée dans les taillis, l'un d'entre eux en a profité pour nous montrer son caleçon à fleurs en changeant de pantalon, le sien étant quasiment en lambeaux. » Le sous-officier a pu prendre des clichés des deux suspects que je vais vous montrer à présent. Soyez très attentifs. Les reconnaissez-vous ? Regardez bien de tout près, les photos sont très nettes, on peut même y lire la marque du caleçon à fleurs. Tiens, tiens, tiens. »

Mike n'en croit pas ses yeux, les clichés les montrent bel et bien tous les deux dans ce coin de forêt, Clem gagnant haut la main le premier prix du ridicule, en petite tenue, sautillant, sur un pied pour se débarrasser de son pantalon déchiqueté. Mike est obligé d'avouer qu'ils sont bien allés sur les lieux tous les deux, il n'y a pas à nier l'évidence :

- J'espère que la photo ne passera pas dans la presse locale dans les tirages de demain matin, ajoute Mike pour faire un peu d'humour, car ce ne serait pas flatteur pour un lieutenant-colonel de la DGSE de paraître ainsi vêtu, dans la position d'un dépravé du bois de Boulogne, ça pourrait faire jaser. Effectivement, il s'agit bien de nous, nous étions bel et bien présents quand la brigade de La Petite Pierre est intervenue. Déguisés en témoins de Jéhovah, nous avons profité de l'ouverture du portail aux gendarmes pour pénétrer dans le domaine. Nous avons pensé revenir avec davantage d'indices que vos collègues et finalement nous avons été surpris par une sorte de garde-chasse armé; il y a bien eu un coup de feu, mais accidentel, lorsque ce dernier est tombé à la renverse; heureusement, les chevrotines n'ont fait que trouer le feuillage d'un grand hêtre et quelques plumes de corneilles effarées. Par contre, pour les chiens, vous avez raison, c'étaient bien des dobermans quasi enragés, prêts à nous écharper.

- Je vous avais pourtant clairement fait comprendre, Monsieur Weissenberg, que je ne vous autorisais nullement à mener votre propre enquête, ce que vous n'avez pas hésité à enfreindre, en entravant ainsi la nôtre. Vous savez bien que vous risquez de tomber sous le coup de la loi pour refus d'obtempérer. Alors au lieu de faire de l'humour à deux sous, informez-moi plutôt des résultats de vos démarches pour que nous puissions faire le point ensemble de manière constructive, sans faire bande à part en imaginant que des membres des services secrets sont aptes à surpasser le travail de la maréchaussée. Je veux être honnête avec vous, je n'ai pas du tout apprécié votre comportement dans cette affaire et si vous tentiez de me cacher quoi que ce soit d'autre, je vous flanquerais en garde à vue illico presto subito, ajoute-t-il en haussant le ton et en s'appuyant sur ses deux bras tendus sur le bureau. »

- Calmez-vous lieutenant, je ne cherche pas à vous nuire, surtout pas à entraver votre enquête; je veux seulement vous aider à retrouver mon père dont on est toujours sans nouvelles depuis quatre longues journées. C'est le moindre des devoirs d'un fils de voler au secours de son père avec tous les moyens en sa possession, vous feriez la même chose si vous étiez à ma place, j'en suis sûr, car je vois bien que vous avez du tempérament, lieutenant Schnautzer.

- Mais je ne suis justement pas dans votre cas, monsieur Weissenberg, et tout ça, ce n'est que votre seul point de vue. Vous ne pouvez pas avoir le recul nécessaire dont il faut faire preuve dans une telle affaire. De plus, vous ne pouvez pas vous faire justice vous-même, il y a des procédures à respecter et je vous informe que les brigades de Lemberg et de La Petite Pierre vont engager dans l'heure qui suit une vaste opération pour découvrir ce qui se cache dans cette propriété que vous connaissez déjà mieux que moi, parce que je n'y ai pas encore mis les pieds personnellement. Nous avons un mandat de perquisition en règle et nous fonçons sur les lieux déjà cernés par nos collègues alsaciens depuis quelques minutes, je viens d'en avoir la confirmation. Comme vous avez déjà reconnu les lieux en y pénétrant par effraction, n'est-ce pas, je vous invite à vous joindre à nous, mais seulement comme simples témoins, pas question de vous voir prendre des risques et de jouer aux superhéros. Puis-je vous faire confiance cette fois-ci ? » Les deux hommes acquiescent, tout le monde levant le camp d'un seul bond, comme si la foudre avait frappé le siège de la maréchaussée.

Lorsque l'ensemble des forces de gendarmerie est réuni sur les lieux, 45 minutes plus tard, Schnautzer ordonne d'enfoncer le portail à la force du bélier, puisque personne ne répond à leurs sonneries, appels puis sommations. Une équipe cinéphile se précipite pour tenter de neutraliser les chiens de garde qui sont, fort heureusement pour leurs pantalons d'uniforme, enfermés dans une large cage grillagée, ce qui ne les empêche nullement de se montrer très agressifs, se précipitant contre les parois heureusement bien solides; les gendarmes les endorment par des tirs de fléchettes enduites d'un puissant sédatif par mesure de précaution. Quand ils s'approchent de la demeure, tout est trop calme pour être normal. Le tapage des chiens ayant fait fuir tous les oiseaux du voisinage, un silence pesant noie le parc et on n'entend plus que le crissement du gravier sous les semelles des gendarmes. C'est de nouveau avec le bélier que les représentants de la loi ouvrent la porte d'entrée. Les lieux sont totalement déserts. Pas âme qui vive. Ils parcourent toutes les pièces, les salles, les sous-sols et les caves, qui sont dans un réel état d'abandon; ils font de même avec les greniers, remises, granges et hangars qu'ils découvrent bien cachés sous les frondaisons. Il n'y a rien à trouver, tout est vide, tout semble totalement abandonné. Mike et Clem visitent à leur tour les lieux, tandis que les gendarmes s'en retournent, emmenant dans une fourgonnette aménagée les dobermans avant qu'ils ne se réveillent.

C'est impossible, ils n'ont pas pu tous se volatiliser en si peu de temps ? Mike se demande s'ils n'ont pas suivi bêtement une fausse piste, quand Clem trébuche sur une planche légèrement surélevée dans un des hangars. Curieux, ils enlèvent la terre battue et la poussière accumulée avec un vieux balai pour découvrir une sorte de trappe, plus longue que large. Ils appellent le lieutenant qui, avec quelques hommes encore sur les lieux, fait dégager ce qui ressemble à une cachette bien camouflée : qu'y a-t-il au fond de ce couloir qui s'enfonce à plusieurs mètres sous terre, je vous le donne en mille, une belle ambulance de type ID 19 Citroën datant des années 1980. « Nous y voilà, il n'y a pas de fumée sans feu, dit Schnautzer ! On a bien trouvé l'ambulance, on sait à qui elle appartient, mais allez prouver que c'est ce Léonce Krebs qui est à l'origine de l'enlèvement du professeur Weissenberg ! Pour moi, ce n'est pas une preuve formelle ! » Mike demande l'autorisation à l'officier de poursuivre l'inspection des lieux et une dizaine de minutes plus tard, en retournant toutes les vieilleries déposées dans une des grandes caves voûtées en berceau, il trouve une étiquette de type tout à fait moderne portant un QR code et la mention MAIA -Saverne. « Voici la preuve formelle que nous cherchons, s'époumone-t-il, effrayant Clem en train de changer les piles de sa lampe de poche; des quatre piles, il n'en a plus qu'une en main, les autres se sont éparpillées sur le sol et il les recherche à tâtons en avançant à quatre pattes dans l'obscurité. Quand le lieutenant les rejoint, il heurte par inadvertance Clem plié en deux : « Arrêtez de jouer à saute-mouton avec moi, nom d'une pipe, j'ai reperdu mes piles. Aidez-moi donc à les chercher, on n'y voit goutte ! » Mike fait le point avec l'officier qui décide d'aller faire immédiatement une descente en force dans les locaux de la société savernoise…« pour en avoir le cœur net, rumine Schnautzer. »

56 Le 29 avril 1525 Mission secrète

Gaspard Metzger sort d'une réunion houleuse avec le chancelier Cunon de Hohenstein et ses conseillers paniqués par les rumeurs qui circulent, notamment celle qui est la pire de toutes : le groupe de Neubourg aurait abandonné tout espoir d'entrer dans la ville de Haguenau et serait prêt à marcher sur Bouxwiller, la seule ville digne de ce nom dans le comté de Hanau-Lichtenberg, la capitale et le lieu de résidence privilégié du comte Philippe III. Le chancelier qui a mis fin à l'enfouissement des archives les plus vulnérables dans le potager et les serres, décide de se replier dans le château, mais enrage parce que beaucoup de ses serviteurs et même des sergents ont osé quitter leur service au château et certains ont même fui la ville de Bouxwiller pour ne pas devoir défendre les biens du comte contre les insurgés, parmi lesquels se trouvent toujours quelques membres de leurs familles, cela va de soi. Le chancelier décide aussitôt de s'enfermer dans le château, dont il fait barricader les accès, ne laissant que quelques chicanes ouvertes pour permettre les communications avec la chancellerie; il laisse Rolf de Weinbourg s'occuper de la défense de la ville et de ses remparts en mettant le château en état de siège. Il fait même installer une barricade de fortune dans la cour d'honneur de la résidence comtale, à défaut d'avoir un pont-levis et une herse, autrefois si pratiques. Il met en batterie quelques couleuvrines et canons, mais ne trouve pas d'hommes avertis capables de faire parler la poudre à canon sans faire de dégât aux magnifiques bâtiments de la place : la chapelle Saint-Georges, la halle aux blés, la chancellerie, les grandes écuries…

Gaspard Metzger est soulagé d'avoir assisté au départ sans problème du « convoi d'évacuation du fumier » formé par les charretiers recrutés à Pfaffenhoffen, parmi lesquels il a rajouté les deux responsables de l'enfouissement du trésor du comté : Anselme Felt et Klemenz Augst, déguisés en parfaits paysans; ceux-ci savent bien qu'ils jouent leur tête, car leur mission reste très délicate. S'ils ont passé facilement devant les pentes du Bastberg sans avoir été inquiétés par les paysans qui y ont dressé un camp où ils semblent encore dormir comme des loirs ou comme des ivrognes qui cuvent leur vin; ils ont suivi sans encombre la route d'Ingwiller, ville qu'ils ont contournée pour ne pas imposer la puanteur pestilentielle de leur marchandise aux bonnes âmes qui s'y reposent encore, si tôt le matin. Néanmoins, des relents nauséabonds portés par un vent frisquet ont inquiété quelques gardes sur les remparts; ces deniers, rassurés de voir s'éloigner cet horrible convoi de pouilleux, n'ont pas jugé utile de donner l'alerte. Anselme, en tête du convoi, prend la route qui longe la rivière Moder sur une bonne lieue. Avant que la route n'atteigne les premières maisons du village de Wimmenau, il bifurque à gauche sur un chemin forestier carrossable qui se dirige sur le Hauberg, un petit sommet boisé qui débouche ensuite dans un vallon planté de hautes futaies. Les charretiers ne connaissent absolument pas les environs, ce qui arrange nos deux compères Anselme et Klemenz. Ils font arrêter le convoi dans un creux assez bien dissimulé, font dételer les bœufs, alors qu'Anselme trace un chemin dans le tapis de feuilles pour aller contrôler les constructions réalisées sur ses directives par les forestiers qui travaillent d'ordinaire avec lui.

En effet, sur les deux sommets de l'Englischberg, les hommes des bois ont creusé à flanc de falaise des cavités qui reposent assez profondément sur une dalle rocheuse plus large, tout en étant également placées sous le surplomb des rochers qui dominent le sommet. Anselme y a fait installer des auvents recouverts de branchages pour dissimuler les cachettes réparties entre les deux points culminants de la crête. Ainsi, l'équipement réalisé à sa demande ressemble peu ou prou à ce que les paysans des environs ont l'habitude de faire lors des passages des troupes en temps de guerre, « pour laisser passer l'orage et mettre leurs biens les plus précieux à l'abri » comme le racontent les anciens de Wimmenau. Depuis le campement, Klemenz fait monter à dos d'homme une caisse après l'autre, après en avoir fait gratter le fumier collant qui les cachait à la vue de tous; c'est Anselme qui réceptionne ces caisses remplies de pièces d'or, une centaine de mètres avant le sommet, avant de les placer lui-même, tout seul, dans les cachettes prévues à cet effet.

Cette opération dure une bonne partie de la journée et, le soir venu, Anselme bouche consciencieusement les trous encore visibles, alors que Klemenz rassemble les charretiers avant de les installer sous les abris sur des litières pour y passer la nuit à l'abri, sans le savoir sur une partie du trésor du comté. Ils profitent tous d'un repas bien copieux préparé la veille dans les cuisines du château de Bouxwiller et réchauffé au feu de bois dans de grandes marmites. Quelques hommes montent la garde auprès des charrettes malodorantes laissées à l'écart dans le vallon. Anselme fait le point avec Klemenz : ils sont satisfaits de cette journée sans histoire, la moitié de leur mission est accomplie; les gars ont tous joué le jeu et, si ce n'est l'odeur épouvantable qui stagne autour d'eux maintenant que le vent d'Est est tombé, tout va pour le mieux du monde.

57 Le 29 avril 2025 Guidage IA

Ce matin du 29 avril, au lever du jour, la fine équipe du « Club des cinq » au grand complet prend son petit-déjeuner à Moetzenbruck : Babeth a préparé un bon Streussel, un genre de brioche surmontée d'une couche de beurre et de sucre fondus formant une croûte délicieuse, ce que tout le monde adore dans ce coin surélevé du plateau lorrain, car non seulement c'est succulent, mais ça donne aussi un sacré coup de fouet au réveil, surtout quand il s'agit de crapahuter dans la nature le restant de la journée comme il est prévu de le faire. Le petit Plouc dressé sur ses pattes de derrière s'en régale comme les humains, profitant des mains généreuses qui lui permettent de grignoter de petits bouts de ce délicieux gâteau; peut-être a-t-il déjà deviné qu'il fera partie de l'expédition entreprise par l'équipe des petits-enfants Weissenberg : Yaélita et son conjoint Mathias ainsi que Max qui a passé une partie de sa nuit à triturer les données et les commandes du logiciel de son père pour que l'IA puisse les guider vers les sites ayant pu accueillir le précieux trésor du comte Philippe III de Hanau-Lichtenberg. Babeth doit malheureusement rester chez elle dans l'attente de nouvelles de Paul-Henri dont la demande de rançon qui lui semble si ridiculement exagérée reste toujours en suspens, sans avoir eu de rappel des ravisseurs. Les journaux du matin en parlent encore, mais seulement en 3e ou en 4e page. « C'est comme pour les journalistes retenus en otage dans les États contrôlés par les terroristes islamistes, on perd vite la vedette dans les médias et bientôt mon pauvre mari sera aussi oublié que les autres, après seulement quelques jours de recherches, soupire Babeth. »

Max explique à ses cousins le travail qui l'a occupé une partie de la nuit. L'IA a été reprogrammée pour pouvoir suivre au plus près la piste la plus probable suivie par ceux qui ont dirigé la mission d'enfouissement du trésor, sachant que ce dernier était bien stocké dans des caisses en bois ou en métal, elles-mêmes camouflées parmi d'autres marchandises, comme du foin, de la paille, des sacs de blés, mais qu'en savent-ils vraiment ? Honnêtement, rien du tout. Le point de départ indubitable est le château de Bouxwiller, quant au lieu d'enfouissement, il doit se trouver quelque part sur la partie de la carte qu'ils possèdent, notamment au point marqué de la lettre « E » avoisinant un drôle de dessin représentant une sorte d'auvent, d'abri, d'étable ou d'écurie. Max dit qu'il a interrogé l'IA qui a donné la réponse la plus probable : il s'agirait de l'Englischberg, petite montagne située dans les bois à l'ouest de Wimmenau. « Ce sommet était connu comme refuge des paysans en cas de guerre, peut-être inauguré lors du passage des mercenaires anglais au XIVe siècle, d'où son nom; il pourrait être une cachette potentielle, mais s'il était connu de tous à l'époque, ça me laisse un peu perplexe, ajoute Max. » Perplexe, parce que l'idée d'enfouir sur une hauteur considérée comme un abri sûr par l'ensemble de la population locale lui semble un peu idiote. « Au contraire, prétend Yaélita qui a la plupart du temps des remarques judicieuses, il devait être intéressant de choisir un lieu connu de tous pour servir de cachette, car personne ne songerait à chercher le trésor dans un lieu si évident, réfléchissez un peu, un lieu connu de tous les paysans du coin parmi lesquels sont recrutées les troupes insurgées. N'oubliez pas qu'à cette époque, les serviteurs chargés de l'enfouissement du trésor devaient être pris par l'urgence de la situation, être aux aguets du moindre bruit émis dans les bois touffus de cette montagne, dans la crainte d'être pris en flagrant délit et de devoir abandonner la richesse du comté aux armées paysannes. »

Ragaillardie par les affirmations de Yaélita, l'équipe se met sur le départ; tous embrassent Babeth, qui leur promet de ne rien raconter de leur décision; Plouc lui fait quelques lèchouilles en signe d'adieu et l'équipe s'en va dans la coccinelle de Yaélita conduite par Mathias en direction de Wimmenau, puis de la charmante petite bourgade d'Ingwiller où le château des comtes de Hanau-Lichtenberg a été démoli il y a bien longtemps pour laisser place à la construction d'une très belle synagogue qui surmonte encore les caves du vieil édifice du Moyen-Âge. Seules subsistent les écuries du château d'Ingwiller, curieusement devenues le presbytère protestant de la ville. Voici ce qu'explique Max qui s'est bien renseigné sur Internet : « C'est probablement parce que les premiers pasteurs devaient rouler en deux-chevaux Citroën ou alors parce qu'ils sont de bons chevaux qui savent tirer vers le haut le destin de leurs ouailles qu'on leur a donné les écuries comme domicile, ricane-t-il. »

Mathias traite Max d'ignare en lui expliquant que les premiers pasteurs d'Ingwiller ont été nommés vers 1560 par le fils de Philippe III, nommé tout à fait logiquement Philippe IV de Hanau-Lichtenberg, donc presque 4 siècles avant que la deux-chevaux soit seulement imaginée dans l'esprit d'André Citroën juste avant la Seconde Guerre mondiale. Après cette petite remise en place, justifiée par le souci de rester connecté à la réalité de l'Histoire, la vraie, la coccinelle fait demi-tour pour reprendre la route du val de Moder dans l'autre sens, donc vers l'ouest, comme l'ont probablement fait les serviteurs du comté avec le trésor. Il faut absolument qu'ils trouvent ce trésor avant que les malfrats, qui détiennent leur grand-père, ne mettent le grappin dessus.

Un peu avant l'entrée de Wimmenau, à environ 5 km d'Ingwiller, ils quittent la route sinueuse qui suit les méandres de la rivière large de quelques mètres à peine, une route assez fréquentée qui ne permet guère de dépasser les véhicules lents, notamment les grumiers ou les tracteurs forestiers qui encombrent parfois ce trajet en bordure de forêts, un coin qui doit plaire énormément aux touristes venus en grande partie du nord de l'Europe continentale. La seule ligne droite permettant les dépassements est ornée d'un magnifique radar qui flashe irrémédiablement toutes les voitures dépassant les 80 km/h, ne permettant aucun dépassement rapide des véhicules les plus lents en respectant la limitation de vitesse. Dans un virage situé après le croisement de la route de Lichtenberg où se trouve toujours la ruine en partie restaurée de l'imposant château comtal, une véritable forteresse datant des XII et XIIIe siècles, un chemin forestier interdit à la circulation se détache à gauche. Max demande à Mathias de chercher à se garer, car c'est ce chemin que le logiciel a marqué en gras sur la carte qu'il a pu tirer sur l'imprimante laser de Mamy. Sitôt dit, sitôt fait, Mathias trouve un coin à l'abri du sous-bois pour ne pas gêner la circulation sur la route départementale ni les entrées et sorties du chemin forestier fermé par une barrière lourdement cadenassée. « Nous irons à pied. J'ai programmé l'appareil GPS de randonnée de Papy en suivant les instructions de l'IA. Selon le logiciel, le trésor a dû être acheminé sur des charrettes ou des chariots tirés par des bœufs ou par des chevaux de trait, du type percherons. Ce chemin devait donc être assez large à cette époque. Il est impensable que des hommes aient

320

porté sur leur dos des caisses remplies d'or et d'argent sur une si longue distance entre Bouxwiller et Wimmenau. »

Yaélita est d'accord avec Max. Si les caisses contenant le trésor étaient mélangées à d'autres marchandises, raison de plus pour valider le choix qu'a fait l'IA, compte tenu de tous les éléments que le logiciel a en sa mémoire. « Contrairement à nous, les humains, souvent sujets à des oublis, des étourderies ou des omissions bien involontaires, l'IA ne perd absolument rien de vue, c'est son point fort et il faut s'en servir. Encore bravo à ton père, Max, c'est un génie pour avoir mis ça au point. Son logiciel est imbattable. Suivons donc ce chemin qui est a priori le meilleur choix. » La petite troupe, sac au dos, engage la partie randonnée de l'expédition; le petit chien, Plouc, toujours partant quand il s'agit de partir à l'aventure, mais toujours très prudent et attentif au moindre bruit, semble avoir pris la responsabilité de la sécurité du groupe . Ils s'avancent à l'ombre des premières feuilles qui garnissent les brindilles luisantes au soleil matinal qui habille les bois de couleurs chatoyantes. Mais la perspective d'une belle journée printanière se perd rapidement quand le vent soufflant assez fort du sud-ouest apporte une couche nuageuse de stratus bas et menaçants. « Le temps risque de tourner au vinaigre, dit Max, mais on est tous bien équipés contre la pluie, non ? s'exclame-t-il. » Yaélita hausse les épaules : « On ne craint rien, puisqu'on s'est équipé comme si on allait camper en Islande ! dit-elle en rigolant, il n'y a que Plouc qui n'a rien à se mettre sur le dos, le pauvre, il risque d'être trempé comme une soupe s'il devait pleuvoir. Au pire des cas, je le mettrai dans mon sac à dos ! Hein, mon Plouc ?» Le chien sautille comme un fou, ce qu'il fait toujours quand on l'appelle par son petit nom ridicule ou quand on l'excite en lui faisant croire qu'il y a un chat dans les parages.

58 Le 29 avril 2025 Du rififi à Saverne

Une dizaine de gendarmes armés jusqu'aux dents s'approchent des locaux de la société MAIA, à leur tête le lieutenant Schnautzer, pistolet au poing, sous l'emprise d'une bonne poussée d'adrénaline. On entend les machines tourner dans l'enceinte de MAIA, mais personne ne vient ouvrir, malgré les coups de sonnette et les ordres criés par l'officier d'une voix puissante encore renforcée par les effets d'un mégaphone: « Gendarmerie nationale. Ouvrez la porte immédiatement. Nous avons un mandat de perquisition. Si vous persistez à ne pas vous montrer, nous enfoncerons la porte d'entrée. Première sommation. » Mike Weissenberg et Clément Boyard, présents sur les lieux en spectateurs privilégiés, assistent à l'opération sans avoir cependant le droit d'y participer directement, cela va de soi. N'y a-t-il vraiment personne à l'intérieur de ces locaux ? Il s'agit d'en avoir le cœur net. Après la troisième sommation, l'officier fait venir le bélier qui a vite raison de la porte qui vole en éclat à la seconde tentative. Les forces de l'ordre y pénètrent avec méthode et circonspection pour tomber sur un opérateur, casque sur les oreilles, l'air tout ébahi, qui lève les mains en tremblant et en prétendant avoir reçu l'ordre de son directeur de n'ouvrir à personne pendant l'expérimentation en cours, pour ne pas devoir l'interrompre en cas de mauvaise connexion. Il avoue qu'il s'appelle Hervé Wolfram et confirme qu'il est le seul employé présent sur les lieux, tous les autres ingénieurs étant sur un site inconnu de lui et de tous les autres collègues d'ailleurs, ce qui serait justifié par le secret qui doit entourer les inventions extraordinaires qu'ils ont réalisées sous la direction de leur manager, Arthur Dubreuil. Hervé est malgré tout menotté par mesure de prudence et aussitôt placé en garde à vue pour obstruction à une enquête criminelle; il est sommé de répondre aux questions que lui pose le lieutenant, le front perlant de sueur, comme s'il avait piqué un sprint de 500 m en oubliant de respirer. L'officier est heureux d'avoir enfin mis la main sur un salarié qui prétend exercer la fonction d'ingénieur informaticien, un homme cependant directement ou indirectement impliqué dans « SON affaire, celle du siècle », celle de l'enlèvement de Paul-Henri Weissenberg.

Schnautzer exige de savoir où se déroule cette fameuse expérimentation qui concerne l'Intelligence artificielle, une notion qu'il trouve déjà louche rien qu'à entendre sa seule formulation, mais Hervé Wolfram ne peut répondre à aucune question avec précision, car il ne sait quasiment rien, seulement qu'il s'agit d'utiliser de nouvelles techniques pour remonter dans le temps. « Comme pour retour vers le futur de Robert Zemeckis ? demande Schnautzer qui a de bonnes références cinématographiques. Mike s'avance et dit qu'il connaît bien le directeur de cette start-up, Arthur Dubreuil, un homme au-dessus de tout soupçon qui a fait une partie de ses études avec lui, et qui doit probablement regretter de travailler pour une fripouille comme Léonce Krebs, si c'est bien lui qui manipule tout ce beau monde. Schnautzer laisse Mike et Clem poursuivre l'interrogatoire sous la surveillance d'un maréchal des logis à l'air patibulaire.

Mike n'y va pas par quatre chemins en secouant un peu Wolfram, mais n'en tire pas davantage d'informations que le lieutenant, Hervé ne pouvant donner aucun indice concret pour tenter de retrouver le reste de l'équipe qui semble s'être évaporé dans la nature. Mike affirme que c'est le coup de fusil de chasse qui a dû donner l'alerte et les malfrats se sont très probablement rendus sur un lieu de repli. Oui, mais lequel ? Wolfram insiste pour dire qu'il est en contact avec le groupe qui a recommencé l'envoi des données aux superordinateurs qui tournent à plein rendement et plutôt bruyamment comme on les entend mugir dans les locaux. Comment savoir d'où proviennent ces données brutes traitées ici par ces bécanes, et comment savoir d'où sont renvoyées les données, depuis quel site d'expérimentation ? Mike qui s'y connaît bien en modes de transmissions a une petite idée. Il fait envoyer vers le site inconnu, en passant par le streaming, un message destiné à Arthur Dubreuil, crypté sous une forme un peu scolaire, connue de tous les élèves informaticiens, assez efficace dans ce cas de figure, ceci juste pour voir si ce mode de communication pouvait fonctionner.

Mike envoie le message codé suivant : « Mike à Arthur. Gendarmes à Saverne chez Wolfram. Cavalerie veut charger : donner adresse d'intervention. » Il faut bien dix minutes avant qu'une réponse également cryptée puisse être lue par Wolfram. « Site inconnu. Prisonniers de Krebs. Professeur Weissenberg séquestré avec nous. Est en bonne santé. Essayons de saboter l'expérimentation.» Ces quelques mots changent tout : désormais la thèse de l'enlèvement est bel et bien confirmée, pas seulement pour le rapt spectaculaire du père de Mike, mais aussi pour toute l'équipe de MAIA, sauf Hervé Wolfram, tout penaud et encore menotté, qui déclare au lieutenant dans le style le plus poli qui existe dans ce bas monde, qu'il n'y est pour rien dans ce méli-mélo et demande si on peut lui enlever ces bracelets qui lui entaillent ses petits poignets douillets. Schnautzer joue au chef d'enquête magnanime, fait détacher Hervé Wolfram, mais lui demande de rester dans son entreprise pour les aider à localiser le lieu de l'expérimentation. Car son seul but est de libérer tout le monde et capturer les gangsters qui mènent l'opération dont on ne comprend pas encore trop à quoi tout cela peut bien rimer.

Schnautzer fait venir un menuisier de sa connaissance pour qu'il bricole une porte d'entrée provisoire afin de ne pas laisser les locaux de MAIA ouverts à tout vent et encore moins aux regards indiscrets des curieux qui se massent déjà autour des gendarmes qui surveillent les abords. Parmi eux se trouve un journaliste des *Dernières Nouvelles d'Alsace*, Emile Schatz, qui a saisi des bribes de conversation; rapide comme l'éclair, il téléphone promptement au siège strasbourgeois du journal pour annoncer la nouvelle au secrétaire général de la rédaction; cela fera la une du lendemain matin qui sera relayée par tous les médias du monde, car la nouvelle prend une dimension internationale : « *Tout le personnel d'une start-up de Saverne séquestré par un gangster fou en Alsace.* » Cette nouvelle, quand elle sera diffusée partout, ne fera pas l'affaire de la gendarmerie, car les malfrats se sentiront de nouveau piégés et risquent de déménager une nouvelle fois pour échapper à la maréchaussée. Alors le lieutenant, l'air le plus innocent du monde, laisse filtrer que le lieu de séquestration aurait été repéré près de Cosswiller, non loin de Wasselonne, un petit village sans prétention situé dans un environnement parfaitement calme et reposant. Il veut drainer ainsi le flux des journalistes vers ce point reculé du Bas-Rhin pour avoir les coudées franches et agir sans avoir les « journaleux » sans arrêt dans les pattes. Et ça fonctionne ! En quelques heures, les journalistes se marchent sur les pieds à Cosswiller, interviewent les paisibles villageois sur des évènements dont ils ne savent strictement rien. Cette situation fait frémir d'aise la moustache drue de l'officier qui mène l'enquête.

Schnautzer en profite aussi pour réunir une cellule de crise dans une salle du château de Rohan à Saverne, à laquelle se joignent un substitut du procureur de la République, le sous-préfet de l'arrondissement et le maire de Saverne. Toutes les routes autour d'une zone allant de La Petite Pierre à Wasselonne sont désormais munies de barrages filtrants, sauf la route qui mène à Cosswiller où l'on est trop content d'y voir s'affairer toutes les rédactions du monde, ou presque. Les premiers tests suivis par Mike Weissenberg et Hervé Wolfram démontrent que les émissions proviennent d'un rayon large au plus d'une cinquantaine de kilomètres. Cela signifie aussi que les gangsters sont bien en train de continuer leur expérimentation, qu'on est donc sûr qu'ils ne sont pas en déplacement en ce moment, les barrages ne servant probablement à rien.

« Te,te,te…fait Schnautzer, les barrages serviront quand ils tenteront de se replier ailleurs, ce qu'ils seront bien obligés de faire quand ils sentiront l'étau se resserrer. En attendant, envoyez un nouveau message codé à ce Dubreuil pour essayer d'avoir quelques indices nous permettant de sortir la tête du trou, un élément du paysage, des bâtiments ou n'importe quel signe qui puisse attirer notre attention. Il nous faut un ou deux repères précis et on y arrivera. Faites le nécessaire, monsieur Weissenberg, s'il vous plaît, nous comptons sur vous. » Pendant que Mike rédige un nouveau message, le maire rejoint ses adjoints pour les informer de l'évènement en cours, le sous-préfet en réfère à la préfecture à Strasbourg où l'on s'inquiète de la portée médiatique du développement de l'affaire Weissenberg et enfin le substitut rend compte au procureur de la République à Strasbourg qui espère que cette affaire sera bouclée en moins de deux, afin que l'opprobre ne retombe pas sur les représentants de l'État.

À Saverne, une moto démarre subitement, portant à vive allure deux hommes munis de casques intégraux, donc méconnaissables pour les badauds qui sillonnent les rues de la ville. Pourquoi filent-ils donc si vite, comme s'ils avaient le diable aux trousses ? Sont-ce des oiseaux de mauvais augure ? Ou, au contraire, sont-ils annonciateurs de prochaines bonnes nouvelles ?

59 Le 29 avril 2025 Dans un bunker

Nous sommes quelque part aux confins de la Moselle sur l'ancienne Ligne Maginot, ouvrages de défenses de la frontière franco-allemande imaginée par un ministre de la Guerre français du nom d'André Maginot, laissant de nos jours de vilaines cicatrices dans nos paysages hantés par les anciennes tensions internationales qui ont débouché sur la tristement célèbre Seconde Guerre mondiale. Nous sommes quelque part sous terre, enfouis dans des lieux obscurs attenants à une villa délabrée perdue au fond d'un verger de pruniers-mirabelliers. Léonce Krebs y est aux commandes avec ses trois sbires bourrus, armés de leurs pétoires, roulant des mécaniques devant les ingénieurs résignés; ceux-ci sont médusés par le culot de ce vieil homme qui ressemble plus à un Harpagon agressif et hargneux qu'à un grand-père grognon comme beaucoup de retraités le sont à son âge. Krebs exige une troisième expérience avec la mise en route du « diablotin aux yeux rouges », ce drone capable de se déplacer dans l'espace-temps comme dans l'espace géolocalisable. Cette fois-ci, Krebs doit faire face à une fronde des ingénieurs et en premier lieu d'Arthur Dubreuil. Ce dernier a peut-être pu communiquer avec Mike et, pense-t-il, probablement aussi avec les gendarmes; Mike a peut-être réussi à faire comprendre à Paul-Henri Weissenberg que les forces de l'ordre sont désormais à leur recherche et que ses prisonniers essaient de les guider vers son repère.

Comment trouver et donner des indices aux gendarmes quand on est enterré à quelques mètres sous terre et qu'on ne voit absolument rien de l'extérieur ? Comme les repas se prennent dans une salle à manger de la villa, Arthur remarque que les fenêtres sont toutes barricadées avec des planches, quelques-unes sont un peu disjointes et lorsqu'il tente de jeter un coup d'œil vers l'extérieur, il reçoit un violent coup de crosse dans les reins : « On n'approche pas des fenêtres ni des portes, c'est compris, fulmine une voix rauque de fumeur incorrigible. » Néanmoins, Arthur a eu le temps d'apercevoir le sommet d'une tour hertzienne, comme il y en a quelques-unes dans la région. Il faut qu'il envoie un message à Mike lui donnant les repères entraperçus : un bunker de la Ligne Maginot, au loin une tour hertzienne, une villa abandonnée dont les fenêtres sont fermées par des planches, ce sont les seuls indices qu'il possède, mais peut-être cela suffira-t-il aux gendarmes pour déterminer leur position et pouvoir les délivrer de cette geôle infâme ?

Après le repas de midi qui consiste à avaler des kilos de raviolis tiédasses saupoudrés de gruyère râpé rance, suivi d'un dessert sorti de boîtes de conserve, des oreillons d'abricots hyperglucosés, l'équipe redescend sous la chape de béton. Elle reprend le cours de l'expérimentation qui doit se faire le plus lentement possible, sur un ordre muet, mais impératif qu'a fait passer le directeur à ses ingénieurs; Dubreuil bout de colère en observant Krebs se pavaner devant les écrans, sûr de lui, le pistolet passé dans la ceinture de son pantalon. Si le coup de feu partait accidentellement, bonjour ses bijoux de famille, pense Arthur, le sourire aux lèvres.

« Qu'est-ce qui vous fait tant sourire, monsieur Dubreuil ? Vous avez intérêt à ne pas saboter la suite de l'opération, car vous le regretteriez, je vous écorcherai vif moi-même devant vos employés, avant de vous faire bouffer les pissenlits par les racines, rugit Krebs, hors de lui. » Arthur fait passer discrètement le message suivant à Hervé, à Mike et aux gendarmes : « Indices repérés : bunker isolé, villa délabrée, apparence abandonnée, fenêtres fermées par planches, au Sud-est une tour hertzienne rouge et blanc, peinture délavée. SOS ». Krebs n'a rien remarqué, mais reste très agacé par le rictus béat qui donne un air étrange à ce manager devenu rétif dont il se méfie maintenant de plus en plus. L'expérimentation reprend de plus belle et les écrans montrent cette fois-ci la place centrale de Bouxwiller devant la chancellerie. Un homme inquiet en sort précipitamment pour se diriger vers le château : celui-ci est mis en état de défense avec une barricade de fortune dressée dans la cour d'honneur et derrière ce remblai fait de bric et de broc, on devine les gueules noires des canons de bronze et des couleuvrines. On ne voit que quelques personnes en armes saluer l'homme qui se retourne plusieurs fois pour observer le ciel en portant sa main droite au-dessus des arcades sourcilières.

Soudain, on entend des cris : « Là-haut, au-dessus des arbres, un drôle d'oiseau qui s'approche ! Écoutez le bruit qu'il fait, comme un ronflement venant tout droit de l'enfer. Mon Dieu, il a des yeux rouges qui me font des clins d'œil, il a au moins quatre ailes et prend de la vitesse. Sauve qui peut ! Ce monstre va nous attaquer ! » Le garde qui donne l'alerte provoque un vent de panique et Gaspard Metzger qui pénètre dans la cour du château se sent gagné par la même peur qui le paralyse depuis un bon moment. « C'est un démon envoyé par le diable, avec des yeux rouges; écoutez le bruissement de ses ailes, s'écrie une servante qui a lâché son panier de linge propre sur le sol humide et poisseux sous l'effet de la terreur qui la tétanise complètement. » Voir un envoyé du diable est la pire chose qui puisse vous arriver en 1525 à Bouxwiller, où l'on parle encore trop souvent des sorcières du Bastberg. « Ce sont ces maudits paysans qui nous envoient les feux de l'enfer, dit un des sergents qui tente de viser le diablotin aux yeux rouges d'un flèche décochée presque à bout portant. » Mais le drone bouge beaucoup trop vite en voletant en circonvolutions et la flèche rate sa cible pour aller se ficher dans le bois dur d'un chariot. D'autres sergents viennent en renfort et se mettent à tirer sur cet intrus volant dont personne ne connaît la nature ni l'origine, et pour cause !

Dans le bunker, c'est l'effervescence, le drone réussit sa première vraie mission. Il a été projeté dans le temps à la date du 29 avril 1525. Cela relève presque du miracle : les gens de cette époque ont pu l'apercevoir, ça les a d'ailleurs terrorisés, et les soldats ont tenté de le toucher en se servant de leurs armes; ça veut dire qu'ils ont réussi un exploit hors normes, une prouesse technologique d'avant-garde qu'ils ont effectuée avec brio. Réussite totale ! Arthur donne l'ordre de faire revenir immédiatement le drone, ce que Serge Kurz exécute volontiers, ayant peur qu'une flèche ne fracasse son appareil si performant. Tout le monde applaudit ce résultat obtenu après des mois de travail acharné, oubliant presque que ce pas décisif de leur recherche s'est fait sous la contrainte. Même le professeur Weissenberg est aux anges, se rendant compte que cette utilisation de l'Intelligence artificielle permettra à l'Histoire de devenir enfin une véritable science, une science exacte indubitable. Ils ont presque tous oublié qu'ils sont toujours séquestrés et menacés par des armes à feu, enfin presque…Serge prend le diablotin rouge dans les mains et en le cachant de sa large carrure en profite pour tordre volontairement une des pales : il dit que malheureusement le drone ne peut plus voler correctement, qu'il a dû être frôlé par une flèche et qu'il doit être réparé d'urgence. Cela lui demandera au moins deux heures de travail, prétend-il, sinon davantage, mais Krebs lui accorde tout juste une demi-heure, pas une minute de plus, sinon il taillera dans sa physionomie, il lui coupera quelque chose qu'il n'oubliera jamais, une oreille, c'est tellement original, et puis laquelle ? Celle de gauche ou l'autre ? Voyons ! Soyons bons princes ! Il lui en laissera le choix.

60 Le 29 avril 2025 Bivouac en forêt

Après être monté sur les pentes du Hauberg, l'équipe des jeunes Weissenberg avance rapidement, accompagnée de Plouc, le yorkshire le plus débrouillard des Vosges du Nord, un peu court sur pattes tout de même pour suivre l'allure effrénée des marcheurs chevronnés; le groupe très motivé trace le chemin en suivant les indications du GPS couplé au logiciel de Mike. L'IA arrive à deviner le passage, peut-être enfoui sous des mètres d'humus, des chemins d'accès beaucoup plus anciens qui ont disparu depuis belle lurette. « D'autant plus qu'au XVIIe siècle ce bout de la haute vallée de la Moder avait été abandonné par les paysans à cause de la guerre de Trente Ans qui a sévi entre 1618 et 1648 avec son lot de massacres, de pillages, d'épidémies de peste transmises par la soldatesque, sans oublier les famines, et j'en passe, côté cataclysme, raconte Mathias qui s'est bien renseigné sur l'occupation du territoire au court des siècles avant le départ de ce matin. » Yaélita imagine qu'après cette guerre, la forêt était redevenue totalement sauvage et que les anciens chemins n'ont pas dû être entretenus non plus pendant des décennies, voire davantage; elle sait que des colons ont été recrutés jusqu'en Suisse pour remettre en culture les terres laissées en friche, surtout pour y développer l'élevage bovin. Maxime s'arrête finalement dans le creux d'un vallon assez large où s'est développée une magnifique clairière et pense que si un convoi est bien venu par cet accès vers l'Englischberg, les lourdes charrettes ont dû très probablement s'arrêter là, avant la montée plus pentue vers le sommet, du moins selon l'IA, hypothèse validée à 48%.

C'était il y a 5 siècles, pas question de trouver les restes d'un bivouac datant de cette époque, les vestiges, s'il y en avait, devaient être retournés en poussière depuis les centaines d'années écoulées. Mais Plouc fouille dans les feuillages pour tomber sur des os, certainement laissés là par des randonneurs peu respectueux de l'environnement, à la belle saison. Plouc attrape un bel os tout blanc, puis s'amuse à le lancer en l'air et à le rattraper, tout joyeux de sa trouvaille; il ne sait pas ce que recherchent les humains, mais est bien conscient qu'eux sont bredouilles, pour le moment. Plouc détend l'atmosphère et amuse bien l'équipe qui, après une pause bien méritée et un goûter copieux chargé en calories, remonte les pentes vers le premier sommet de l'Englischberg. La pluie se met malheureusement à tomber, d'abord très faiblement, mais à la tombée de la nuit, s'amorce une véritable tempête avec des rafales de vent de sud-ouest assez virulentes, devant frôler la vitesse de 80 kilomètres par heure; l'intensité des averses redouble également une fois l'obscurité totale imposée par la nuit sans lune , si bien qu'il ne leur reste plus qu'à monter d'urgence un campement à la lumière de leurs torches électriques, en adossant leurs guitounes, achetées pour des escapades en Islande, contre la paroi rocheuse du sommet:

« Ce matos, c'est du costaud, ajoute Mathias à l'adresse de Max qui n'y croit pas trop, vu la légèreté des matériaux utilisés ». On dresse rapidement les petites tentes que le vent chahute sans arrêt, une pour le couple Yaélita-Mathias, une autre pour Maxime et le petit Plouc tout heureux de pouvoir se mettre à l'abri de la pluie battante, élément qu'il n'aime pas trop même pour un chien habitué aux aléas climatiques. Plouc se blottit immédiatement contre le grand escogriffe et se frotte contre lui pour sécher son pelage mouillé. « Viens tout contre moi, Plouc, lui souffle Max, on va se tenir chaud tous les deux, tu seras ma bouillotte. N'aie pas peur, j'ai emporté un lance-pierre pour nous protéger des rodeurs et des intrus, rien ne peut nous arriver. Si les méchants renards viennent nous embêter, ils auront chaud aux fesses, tu peux en être sûr, je suis un champion de tir, je fais mouche à tout coup ! »

La nuit est marquée par le martèlement incessant de la pluie sur les bâches, mais aussi par les craquements sinistres des troncs et des branches maltraités par les coups de fouet du vent qui continue de se déchaîner. Il faut prendre son mal en patience et faire contre mauvaise fortune bon cœur, du moins essayer de passer cette nuit agitée pour tenter de récupérer des forces pour la journée du lendemain qui risque d'être dure, surtout si le temps ne s'arrange pas. Seul Plouc semble dormir sur ses deux oreilles, sans broncher, bien au chaud à l'abri de la pluie. Maxime branche le GPS et son téléphone sur un chargeur de secours, lui-même rechargeable par de petits panneaux solaires. « Avec le temps qu'il fait, on ne pourra pas trop compter sur le soleil, car une fois le chargeur de secours entièrement déchargé, il faudra trouver une solution pour se brancher sur une prise électrique quelconque. Normalement, ça devrait tenir la journée de demain, sans problème, explique-t-il en parlant très fort aux occupants de l'autre tente pour couvrir le vacarme de la perturbation qui s'acharne sur eux. Allez, j'éteins la lumière pour économiser le courant ! » Malgré les rochers qui protègent tant bien que mal le campement des bourrasques les plus violentes, il est difficile de fermer l'œil pour trouver le sommeil du juste, même en comptant et en recomptant mille fois les mêmes petits moutons.

« Mamy doit se demander pourquoi on n'est pas rentré avec ce temps pourri, s'écrie Yaélita, qui déplore que, dans l'épaisseur de la forêt de ce coin reculé, son smartphone n'ait plus aucun réseau. J'espère qu'elle ne va pas alerter les gendarmes ou tonton, ils sont déjà sur le qui-vive depuis de longues journées, ils risquent de craquer s'ils se font du souci pour nous en plus de tout le reste. » Max répond que Mamy leur fait totalement confiance et qu'elle doit penser très fort à eux pour les encourager à sa manière. « Et puis on a emmené Plouc, sous sommes sous bonne garde. Ce chien a l'air de rien, il est mignon et tout petit, mais il a un caractère de doberman, hein, mon Plouc ? Tu nous défendrais jusqu'au bout et tu donnerais l'alerte dans le village s'il le fallait. ». « Ouais, ouais, ouais, répète Yaélita, là tu ne nous rassures tout à fait, déjà que ce chien sursaute et va se cacher dans un coin de la maison quand une porte ou une fenêtre claque dans un simple courant d'air. »

Mais Max fait confiance en ce brave yorkshire qui sort tout à fait de l'ordinaire. Dehors, le vent hurle comme le font les loups, les soirs de pleine lune, et Plouc dort comme un bienheureux tout serré contre Max, mais avec une oreille qu'il garde dressée, toujours attentive pour être prêt au cas où. Plouc sait bien qu'on parle de lui, il n'en est pas peu fier, bien décidé à assurer la sécurité de l'expédition. Très vite, il dort profondément; ses petites pattes ont tellement besoin d'une bonne nuit de sommeil.

61 Le 30 avril 1525 L'Ochsenstall

Heureusement pour les services du comté de Hanau-Lichtenberg, concentrés dans la ville de Bouxwiller, les paysans de Neubourg continuent à discutailler pour un résultat nul, les chefs s'en prennent les uns aux autres sans céder pour arriver à un consensus; une bonne partie des paysans du cru se demandent s'ils ne feraient pas mieux d'aller rejoindre les troupes d'Erasme Gerber qui se déplacent de Marmoutier vers Saverne et qui sont beaucoup mieux organisées et commandées et de laisser leurs chefs se débrouiller entre eux. Il vaut mieux, pensent la plupart, lutter dans une armée menée par un seul chef non contesté que de se laisser ballotter par des courants pseudo-politiques auxquels personne ne comprend rien, avec des débats devenus stériles, au point où les petits chefs incompétents font la pluie et le beau temps pour prôner tout à fait le contraire de ce qu'ils voulaient la veille. Certains de ces paysans ont déjà essaimé à Herbitzheim où ils ont retrouvé les mêmes dissensions entre les capitaines depuis l'échec devant Sarreguemines. De plus en plus d'hommes trouvent qu'Erasme Gerber, qui sait mener ses troupes avec l'aide de bons et vaillants capitaines, est l'homme providentiel qu'ils recherchent, car lui au moins a réussi à rassembler des milliers d'hommes derrière un projet précis qui tourne autour de revendications bien pensées résumées dans un mémoire clair et net. C'est sur ces points qu'il faut négocier avec les autorités, sans trop tarder, car l'arrivée d'une armée lorraine risquerait fort de venir entraver les démarches entreprises et mettre fin à tout espoir d'aboutir à un compromis acceptable.

Anselme Felt et Klemenz Augst sont les premiers réveillés ce beau matin de printemps dans leur bivouac établi sur l'Englischberg. Même s'il fait encore bien frisquet au petit jour, tout le monde se lève dare-dare et se restaure rapidement de pain et de fromage, avant de plier bagage pour revenir vers le creux du vallon où se trouvent les charrettes et les bœufs gardés par deux charretiers tirés au sort la veille au soir. Anselme jette un dernier coup d'œil à ses cachettes en prenant garde que personne ne le suive. Quand tout le monde est descendu de la montagne, on attelle les bêtes dans les mêmes relents nauséabonds du fumier et on se remet en route. Cette fois-ci, c'est Klemenz qui est en tête pour guider le convoi; certaines charrettes ne transportant plus que du fumier, d'autres portant encore une partie du trésor dans leurs entrailles pestilentielles, les ridelles dégoulinantes d'un jus visqueux et gluant.

Klemenz, qui n'est pas rassuré, fait presser le pas; malgré l'épaisseur des bois, le chemin est assez facile à suivre, mais il faut prendre des précautions, car la rumeur parle d'unités de paysans qui sont en route en direction de Saverne via le village de Diemeringen, puis la vallée de la Moder. Le chemin sur lequel ils progressent peut très bien être celui des paysans, allant en sens inverse...ou pas. Fort heureusement, le beau temps favorise l'opération et le petit vent d'Est repousse les odeurs qui pourraient trahir leur présence de l'autre côté, vers le petit village d'Erckartswiller. Klemenz décide de stopper le convoi et de partir en éclaireur avec Anselme, au pas de course, pour s'assurer que la voie est vraiment libre, effrayant au passage quelques chevreuils qui s'égaillent dans les sous-bois.

En revenant sur leurs pas, ils retrouvent le convoi dont les charretiers commencent à rechigner à la tâche. « N'ayez crainte, il n'y a personne qui vient en face et nous sommes bientôt arrivés au dernier lieu de déchargement. » Alors, l'un des charretiers qui raconte aux autres qu'il était allé en Allemagne où il avait rencontré en personne le capitaine Florian Geyer, le chef de la Bande noire, entonne le chant des paysans, aussitôt repris par l'ensemble des hommes du convoi, un chant de guerre qui résonne entre les troncs des pins, des hêtres et des chênes. Anselme tente en vain de les faire taire, mais rien n'y fait, ce chœur d'homme harmonieux et puissant résonne dans l'épaisseur des forêts de Wimmenau et l'on distingue très bien ces paroles (ici, traduites en français) :

Avec la Légion noire de Florian Geyer, heia hoho !
Nous luttons contre les tyrans, heia hoho !
Pointez vos lances, allez donc en avant !
Mettez le feu au toit des abbayes devant.

Notre père aux cieux, nous demandons, kyrieleis,
De tuer tous les prêtres, kyrieleis
Conduits par Florian Geyer, hors-la-loi, excommunié,
Il se bat avec nous, en armure avec son épée.
Quand Adam bêchait et Eve filait, kyrieleis
Où étaient seigneurs et nobles ? kyrieleis

Tous les fils des nobles, heia hoho !
Les envoyons en enfer, heia hoho !
Toutes les filles des nobles, heia hoho !
En feront nos maîtresses, heia hoho !
Maintenant, ni château ni seigneur, heia hoho !

Appliquons les Écritures, heia hoho !
L'empereur ne nous écoute pas, heia hoho !
Croyons qu'en un Tribunal, heia hoho !
La seule loi que nous voulons, heia hoho !
Princes et fermiers seront égaux, heia hoho !
N'voulons plus de serviteurs, heia hoho !
Ni esclave ni serf sans droit, heia hohho !

Le convoi avance cahin-caha avec ses charretiers plus fiers et décidés après avoir chanté cet hymne paysan, quand subitement en entend naître une acclamation, d'abord lointaine, puis de plus en plus forte. Apparaissent entre les grands arbres d'une futaie des paysans avec lances, piques, arcs et arquebuses, des paysans enthousiastes qui applaudissent ceux qui ont repris leur chant de guerre qui les a attirés; ils sont tout heureux de rencontrer leurs semblables et apprécient qu'ils aient entonné l'hymne qui résume leur programme. Mais en approchant le convoi, les relents malodorants prennent ces bougres à la gorge et ceux-ci préfèrent rester à bonne distance. Leur capitaine, qui se présente comme étant Heinrich Steinhelm, demande ce qu'ils fichent là au fond des bois avec leurs charrettes puant comme des pourceaux. C'est Anselme, du haut de sa stature imposante, qui s'avance vers eux, les bras écartés tenus en l'air en signe d'apaisement. Il leur explique qu'ils viennent de nettoyer les douves du château de Bouxwiller et qu'ils sont tenus de jeter cette horrible cargaison en pleine forêt, loin de tout habitat, dans un endroit où la puanteur ne divertira plus que les putois.

Le capitaine qui se bouche les narines leur demande de faire vite et de passer leur chemin, « Autrement, on finira par croire que c'est encore le gros Reiner qui a pété toute la journée, ce qui

amorce l'hilarité générale. » Le gros Reiner, surnommé justement
« le Putois », a beau protester, il doit rester en queue des troupes
et fermer la marche de leur arrière-garde pour ne pas
incommoder ses camarades « avec tout le fumier qu'il porte dans
son gros ventre ballottant ». Heinrich Steinhelm leur demande
d'avoir la bonté de ne pas se joindre à eux; s'ils veulent vraiment
prendre les armes à leurs côtés, qu'ils aillent d'abord se frotter
consciencieusement le corps dans l'eau de la Moder pendant une
bonne heure avec des brosses à chiendent, avant de se présenter
comme des recrues recevables. « On vous reniflera des pieds à la
tête avant de vous armer, et gare à ceux qui auront encore sur leur
peau la pestilence de leurs charrettes, on les enterrera avec leurs
vêtements six pieds sous terre pour qu'ils cessent d'importuner
nos délicates narines. Vous feriez fuir les gentes demoiselles qui
nous attendent avec tant d'impatience à Saverne. Un rendez-vous
que nous ne voulons absolument pas rater, pour rien au
monde ! »

Après cet intermède inattendu, le convoi se remet en route et
arrive au lieu-dit Ochsenstall que Klemenz évite de nommer
devant les autres charretiers. D'immenses rochers, avec des
surplombs importants, donnent à cet endroit des allures de
grottes profondes. Klemenz s'occupe de cacher dans des trous
creusés à l'avance par les forestiers, soi-disant pour rebâtir les
toitures affaissées avec de solides pieux de chêne. Refuge par
excellence des paysans des environs en cas d'alerte, cette cachette
est idéale; lieu connu de tous, personne n'irait penser qu'un trésor
puisse un jour y être enfoui. Klemenz a choisi d'y cacher les
caisses de marks d'argent. Ce travail est achevé à la mi-journée et
les charrettes de fumier sont ensuite vidées à proximité. Le travail
accompli, Anselme jette un dernier œil à l'Ochsenstall. Puis le

convoi bifurque jusqu'à atteindre la Moder, juste en amont du village de Wimmenau. Il est facile d'aller dans le thalweg pour descendre jusqu'à la rivière, afin de laver à grande eau, charrettes, outils, hommes et bêtes, pêle-mêle dans l'eau abondante encore glacée en cette saison. Une fois ce grand nettoyage achevé, les hommes à la peau rougie autant par un lavage intensif que par la température glacée de la Moder, le convoi tout propret peut enfin reprendre la route et traverser le village jusqu'à la bifurcation de Lichtenberg où un petit pont de bois permet de traverser la Moder.

Anselme donne l'ordre aux charretiers de monter comme convenu jusqu'au château de Lichtenberg, là où ils toucheront le restant de leur solde et où ils pourront passer une bonne nuit de sommeil derrière les épaisses murailles bien gardées par une garnison bien étoffée. La montée est un peu raide jusqu'au hameau de Lichtenberg qui se trouve au pied du château; ils laissent là leurs charrettes et emmènent les bœufs jusque dans l'enceinte de la forteresse où ils sont attendus par un capitaine, Walter de Weinbourg, le frère du commandant de Bouxwiller. Un repas festif les attend tous et Anselme remercie l'ensemble des hommes pour le travail accompli. Mais quand il leur dit que le comte les met en quarantaine, ce qui signifie en isolement pour quarante jours, à cause des risques de contamination de par la nature même des marchandises transportées, un tumulte se produit, des poings se dressent même, quelques injures fusent en même temps que le ton monte; certains charretiers se lèvent et se précipitent chercher leurs bêtes pour repartir immédiatement chez eux à Pfaffenhoffen. Mais les portes sont déjà closes, les herses baissées et les archers sont sur le qui-vive; Walter de Weinbourg prend à son tour la parole.

« Ce qui vous arrive est tout à fait normal, c'est pour le bien de tout le comté ! Que cela ne vous plaise pas, je peux le comprendre, mais j'ai reçu l'ordre de punir de la manière la plus sévère tous ceux qui oseront se rebeller contre la volonté du comte Philippe, seigneur des lieux, qui a toute autorité sur les sujets que vous êtes. Je tuerai de mes mains celui qui tentera de s'enfuir, bien que, vu la hauteur des remparts, je ne vois pas comment on pourrait faire, sinon de sauter du chemin de ronde et s'écraser sur les rochers dans le fossé. À bon entendeur ! Vous serez bien nourris et bien soignés, je vous le garantis, mais vous ne reverrez femmes et enfants qu'au cours du mois de juin, ça aussi, je vous le garantis. » Quelques ménestrels ont cherché refuge à Lichtenberg et décident d'offrir leurs distractions aux hôtes contraints et forcés. Les charretiers ne sont plus que des captifs, au moins pour quarante longues journées, et beaucoup d'entre eux se soucient de leur famille, faute de pouvoir assurer leur nourriture. Manger à sa faim est déjà difficile en temps normal, au moment où se fait la soudure entre la période hivernale et le printemps, avant de pouvoir bénéficier des premières récoltes de leurs jardinets.

62 Le 30 avril 2025 Babeth cède

Dans la matinée du 30 avril, Babeth ouvre sa porte à un inconnu tout maigrichon qui lui annonce qu'il vient de la part des ravisseurs de son époux, sans avoir l'air de s'inquiéter de l'attention que pourraient lui porter les voisins les plus proches, plus ou moins sur le qui-vive depuis l'incident. Il montre discrètement un pistolet caché sous sa veste de chasseur, portant un chapeau à plumet qui couvre en partie son visage. Il fait bien, car il ne sait pas du tout que pour avoir appuyé sur la sonnette, il a aussi mis en marche la caméra qui lui est associée et que tous ses faits et gestes sont enregistrés, les images comme la conversation. Vous aurez reconnu le sinistre Schnitzel, bras droit de Léonce Krebs, qui vient demander la partie de la carte du trésor que possèdent les Weissenberg. Babeth fait d'abord mine de ne pas savoir de quoi il s'agit vraiment, pour gagner un peu de temps. Mais Schnitzel se montre de plus en plus menaçant à mesure que les minutes s'écoulent : « Nous tenons le professeur Weissenberg et son équipe sous bonne garde. Si vous refusez de nous donner votre bout de carte, il en cuira pour lui, je peux vous l'assurer, grommelle-t-il, d'une voix de fausset qui se veut terrifiante alors qu'elle le rend encore plus ridicule que nature. » Babeth lui demande si elle doit aussi chercher dans son coffre-fort le demi-million d'euros que les ravisseurs réclament, ce à quoi Schnitzel répond, sans réfléchir, que ce serait effectivement judicieux de lui payer la rançon en totalité, que ça ferait d'une pierre deux coups. « Comptez là-dessus et buvez un verre d'eau, réplique Babeth, comment voulez-vous qu'une honnête femme comme moi ait une telle somme chez elle, cousue dans son matelas peut-être ? Vous me prenez pour madame de Rotschild ou pour la fée Mélusine ? »

Cloclo, enfin Claude, le voisin d'en face, voit la scène depuis le premier étage et, spontanément, se précipite dans l'escalier pour sortir dans la rue, en débardeur et petit short, d'un pas décidé, pour voir par lui-même pourquoi cet individu, qui semble provenir d'un autre monde, vient casser les pieds à la pauvre Babeth qui se retrouve toute seule chez elle. Surpris par l'arrivée soudaine du voisin, Schnitzel fait volte-face en sortant machinalement son pistolet et en mettant Cloclo en joue. « Hé, doucement mon gars, s'écrie ce dernier, ça part vite un coup de feu quand on est énervé comme vous l'êtes, je vois bien que vous n'êtes pas un livreur de pizza, ceux-là ne sont pas armés jusqu'aux dents. Babeth, que te veut donc ce jeune homme que je ne connais pas ? » Babeth lui fait remarquer qu'il est un peu trop indiscret et lui demande poliment de rentrer chez lui et de la laisser gentiment terminer sa discussion avec ce monsieur qui connaît bien le professeur Weissenberg.

Schnitzel continue de viser le nouvel arrivant qui semble hésiter sur la conduite à tenir : filer en douce comme le demande Babeth ou voler au secours de la brave voisine qui semble pourtant ne pas vouloir qu'il prenne l'initiative. « Claude, laisse-nous, ne joue pas au héros, même si je sais que tu en as l'étoffe. Retourne chez toi, on se reverra plus tard, je t'expliquerai tout. » Finalement, Cloclo choisit de battre en retraite, mais Schnitzel lui interdit de faire un pas de plus. « Vous, vous restez là, vous serez mon otage pendant que madame Weissenberg va chercher ce que je lui réclame et tout l'argent liquide qu'elle possède chez elle. Je ne plaisante pas ! » Babeth lui demande s'il veut aussi le portemonnaie en cuir de Cordoue qui va avec l'argent ou s'il veut les billets et la petite monnaie en vrac. Cloclo, très mal à l'aise, se demande s'il s'agit d'un hold-up ou d'une farce, style caméra cachée.

Sans attendre la réponse de Schnitzel, Babeth rentre chez elle en claquant la porte par simple réflexe, pour se jeter tout de suite sur le téléphone et appeler la gendarmerie de Lemberg. Schnautzer prend le combiné et lui demande surtout de faire ce que le malfrat exige sans essayer d'opposer de résistance, de grâce, pour éviter tout dérapage préjudiciable; elle lui demande si elle doit lui donner tout l'argent qu'elle a chez elle et il lui répond également qu'il vaut mieux le faire, pour sa sécurité; « Faites ce qu'il vous demande pour ne pas énerver cet individu armé, donc potentiellement dangereux, d'autant plus qu'on ne sait pas quelle serait sa réaction en cas de refus de votre part. » Babeth pense que c'est trop facile de parler comme ça, assis derrière un bureau, avec un képi sur la tête, mais elle garde cette réflexion pour elle.

Quelques instants plus tard, Babeth ressort, une grosse boule de colère lui faisant comme un triple nœud dans l'estomac; elle donne à Schnitzel le bout de la carte, l'original, pas une des copies annotées par ses petits-enfants; elle lui tend aussi les quelques billets qu'elle a trouvés au fond de son sac et avec plein de pièces jaunes qu'elle a jetées dans un panier, comme celui qu'on utilise pour faire la quête pendant les offices religieux : « Puisque vous vouliez tout ce que je possède à Moetzenbruck, prenez tout ça, je n'ai pas pris le temps de compter, vous y arriverez tout seul, je pense. Maintenant, filez chez vos patrons et dites leur bien de ma part qu'il est indécent de s'attaquer à une vieille femme sans défense avec un pistolet de gros calibre destiné à la chasse aux éléphants et d'embêter ses pauvres voisins si serviables, ce qui va encore faire jaser dans le village, pour un bon bout de temps, en égratignant ma réputation déjà bien entamée. » Schnitzel s'exécute, probablement heureux de s'être fait un peu d'argent de poche, en plus d'avoir obtenu si facilement gain de cause pour la carte. Il s'enfuit en courant vers la fourgonnette dont Cloclo a tout juste le temps de relever le numéro d'immatriculation. Le moteur s'emballe et le pot d'échappement crache une fumée noire et âcre; Schnitzel réussit à prendre la route des Chasseurs sur les chapeaux de roue pour aller on ne sait où. Mais, ça, c'est l'affaire des gendarmes dont on entend déjà les sirènes hurler à tue-tête pour qu'on dégage les accès afin qu'ils puissent arrêter ce complice de Krebs.

Mais comme souvent dans les westerns, la cavalerie arrive un peu trop tard; une estafette Renault tente bien une course poursuite par la rue des Chasseurs, mais, avec son moteur plutôt poussif, elle perd rapidement toute trace du fuyard au carrefour de la Colonne où se trouve la Maison forestière du même nom. Pendant ce temps, Schnautzer salue très militairement madame Weissenberg qui trouve ça un peu ridicule vu les circonstances; elle se montre plutôt fière d'avoir rondement mené cette affaire en évitant toute effusion de sang, malgré l'empressement de Claude venu se jeter dans la gueule du loup; elle est fâchée tout de même d'avoir dû mettre la main à la caisse, car elle se demande comment elle va payer ses achats au boucher tout à l'heure quand il passera dans la rue avec sa camionnette réfrigérée. Schnautzer note consciencieusement tout ce qui lui est rapporté et lance une recherche sur la fourgonnette VW dont Cloclo a appris le numéro par cœur. Ce véhicule a été loué récemment au nom de la société MAIA de Saverne. « Tiens, tiens, tiens, réfléchit le lieutenant, comme le monde est petit et comme on retrouve toujours les mêmes, comme si tous s'étaient donné rendez-vous dans un même panier de crabes. » Babeth, qui ne comprend rien à ces élucubrations, met tout le monde à la porte, manu militari, car elle doit aller chercher de l'argent liquide au Crédit Mutuel de Moetzenbruck, sinon il n'y aura rien à manger à midi. Schnautzer lui demande de ne pas oublier de signer sa déposition en passant dans la journée à la gendarmerie de Lemberg, désormais aussi bien connue que la gendarmerie de Saint-Tropez, grâce à l'empressement des médias. « Mes gendarmes sont déjà auréolés de gloire depuis le début de l'affaire Weissenberg, pense-t-il. »

63 Le 30 avril 2025 Trésor de l'Englischberg

L'équipe des petits-enfants Weissenberg se réveille un peu douloureusement après une nuit plus qu'agitée, venteuse et pluvieuse. Seul le courageux petit Plouc a dormi comme un loir, blotti contre Max qui, dès son réveil, lui gratouille les poils du cou, rien de tel pour mettre en forme cette petite boule de poils pleine de vie et d'énergie. Le chien se faufile hors de la guitoune et s'en va jappant dans l'air presque froid de ce début de matinée, heureusement marqué par le retour du soleil qui joue encore à cache-cache avec les nuages bas qui encombrent le ciel d'un bleu pâle. Mais de pluie, point ! Le temps est redevenu sec…en dehors des gouttes qui tombent encore des branchages ! Tout reste forcément détrempé, le sol est mou, gorgé d'eau. Mathias se frotte les yeux et pense qu'il en faudra du temps pour sécher les bâches dans cette humidité ambiante épaisse et collante, presque poisseuse; on va plier les tentes plus tard. Plouc n'en a cure, lui; il sautille partout, tout heureux de commencer cette nouvelle journée pleine d'aventures, pour lui c'est le bonheur le plus complet ! Yaélita a davantage de mal à sortir de ses plumes : elle s'habille très chaudement à tâtons, met cinq minutes pour trouver son gros châle chilien, avant d'oser paraître à la lumière du jour, sans son maquillage. Ses longs cheveux noirs luisent au soleil levant, image immortalisée par Mathias qui prend furtivement un cliché avec son smartphone sous les hauts cris de sa dulcinée qui ne supporte pas d'être photographiée par surprise, surtout le matin quand elle ne se sent pas tout à fait prête à prendre la pose. « C'est comme ça que tu es la plus belle ma cousine, blague Max qui commence à déballer de quoi petit-déjeuner. Car le temps presse : il faut s'attaquer aux recherches; un trésor les attend… peut-être… si on se fie à l'IA.

Les fortes pluies de la nuit ont bien lessivé les rochers, elles ont même arraché des paquets de mousse, voire des mottes de terre et des touffes d'herbe, laissant par endroit le rocher ou la couche d'humus à nu. Après avoir avalé des petits pains au chocolat pour se redonner un peu d'énergie, Mathias prend en main son détecteur de métaux et longe les premiers rochers quand l'instrument se met à biper. « On a quelque chose ! Prends la pelle-pioche, Max, et creuse à cet endroit précis; ne t'inquiète pas, le sol est bien ramolli, ce ne sera pas trop dur. » Tout le monde s'accroupit autour de Max qui ahane; il leur demande de lui laisser un peu d'air, sinon il va vite étouffer. Tous reculent d'un pas, sauf Plouc qui creuse aussi avec ses pa-pattes, faisant rire Max qui pense qu'il aura bien du mal à rivaliser avec lui. Finalement, la pelle touche un bout de métal : c'est un anneau en fer totalement rouillé qui devait permettre d'attacher les bêtes la nuit pour qu'elles ne puissent pas tomber dans le précipice.

La déception se lit sur les visages, d'autant plus que l'anneau est encore fermement scellé dans la roche et ne semble en tout cas pas dater de 1525. « Pas grave, on continue, soupire Max, en sueur. » Il s'écoule bien une bonne heure avant que le détecteur ne trouve d'autres objets : de vieux clous tordus, une barre de fer, une marmite fendue et un fer à cheval dont Yaélita soutient qu'il leur portera bonheur. Mathias persévère quand subitement l'instrument se met à biper le long d'une surface assez importante: « Oh la la, on doit être tombé sur un char d'assaut de 14/18 ou sur un cuirassé antédiluvien qui s'est échoué là-haut comme l'arche de Noe sur le mont Ararat, s'amuse-t-il, laissant

Max, plutôt perplexe. » Max secoue la tête en imaginant la taille de la vague qui aurait pu porter un navire de guerre à cette altitude, sachant que la mer est à environ 500 km de ce lieu, grosso modo, et encore à vol d'oiseau.

Max crache dans ses mains pour éviter d'avoir des ampoules, dit-il, alors que c'est seulement pour reprendre son souffle ; il recommence à creuser plus énergiquement, suivi par Mathias qui vient relayer ses efforts ; ils ont fait un beau trou d'environ un mètre de profondeur et deux de long, mais toujours rien trouvé d'autre que de la terre meuble, du sable et des cailloux de toutes tailles. Pourtant, ils vérifient plusieurs fois avec le détecteur qui s'emballe encore davantage. Ils atteignent une sorte de dalle de grès, de la roche dure qui ne leur permet plus de creuser plus profondément, n'ayant pas de marteau-piqueur sous la main. Mathias pense que le métal se trouve dans une couche de terre située sous cette sorte de dalle qui s'avance vers la forêt : « Trouvons-en l'extrémité et nous tomberons sur le trésor. Vu la force du signal, il y a une grande quantité de métal là-dessous. En 1525, la partie que nous avons creusée était encore libre de terre et cette dalle surplombait très certainement un ancien abri, réfléchit Yaélita. » Ils continuent de creuser ainsi à près de 1,80 m de la falaise pour arriver à la couche de terre ayant rempli l'espace sous l'ancien surplomb. Mathias enfonce le détecteur sous la terre et de puissants bips n'arrêtent plus de résonner sous les hourras des jeunes qui pensent être tombés sur le jackpot. Ploum jappe comme un fou en courant en tous sens, heureux de voir ses maîtres en liesse.

Ensemble, ils creusent comme un tunnel sous la dalle et tombent sur des tiges en tôle de fer. « C'est cette tôle qui devait cercler les caisses de bois renfermant le trésor, je pense. Le bois a pourri depuis belle lurette et ces tôles sont toutes rouillées, elles tombent presque en poussière. Creusons encore un peu et nous saurons rapidement si nous rentrerons chez grand-mère bredouilles ou les poches remplies de pièces d'or. Au bout d'une dizaine de minutes, un coup de pelle ramène au grand jour une dizaine de pièces lourdes et jaunâtres, des florins du Rhin qui scintillent au soleil une fois nettoyés de la terre collante qui les enrobait. Et c'est une véritable explosion de joie qui éclate dans les bois de l'Englischberg. « On a retrouvé le trésor du comté de Hanau-Lichtenberg, vieux de 5 siècles. Victoire ! Hourra ! s'écrie tout ce beau monde qui s'embrasse et se congratule en se tapotant les épaules. » Yaélita prend la parole après avoir hoqueté et séché ses larmes de joie : « Ce trésor, on va le laisser là, c'est plus sage, car nous n'avons pas vraiment le moyen d'emporter de lourdes charges; et l'or, ça pèse vraiment beaucoup, on aurait dû emmener plusieurs mulets à la place de Plouc pour emporter le trésor. Je propose qu'on prenne le plus de photos possible et qu'on emporte les pièces qu'on a déjà déterrées, rien de plus, comme preuve de notre trouvaille. Ensuite, il faudra laisser les autorités faire leur travail : prendre possession de cette fortune. »

« En attendant, ajoute-t-elle, nous allons camoufler rapidement les trous et les tas de terre qu'on a faits. Tout le monde est d'accord avec mon idée ? demande Yaélita.» Bien sûr, tout le monde acquiesce à la voix de la raison, même Plouc qui pousse un long hurlement, comme le ferait un petit loup, au sommet du rocher. Mathias géolocalise l'endroit précis, propose de redescendre le plus vite possible jusqu'à la voiture en laissant le matériel de camping étalé sur place pour masquer la terre remuée. « Il faut immédiatement alerter les médias pour qu'ils rendent notre trouvaille publique. C'est la meilleure manière de court-circuiter les bandits qui séquestrent notre grand-père. On reviendra ensuite voir ce qu'il en est de ce fameux trésor. » Mais Max se propose de rester sur place avec Plouc, il vaut mieux garder ce trésor, on ne sait jamais ce qui peut se passer. Et il dit qu'il a emporté assez de croquettes et de chips pour tenir le coup jusqu'au lendemain. Il trouve que c'est plus sûr comme ça, car si les médias dévoilent notre découverte, on risque de voir apparaître un tas de curieux, d'envieux et même de chercheurs de trésor de la pire espèce, peut-être même les ravisseurs de Papy. Max se propose de surveiller du même coup le précieux matériel qu'ils ont emporté pour passer la nouvelle nuit dernière au sec. Yaélita et Mathias sont d'accord sur ce principe, remercient Max pour son dévouement et se mettent immédiatement en route, les pieds dans leurs chaussures humides. « Bon courage, Max, on t'a laissé tout ce qui reste de nourriture, ne t'empiffre pas trop de chips. Et sois prudent. »

64 Le 30 avril 2025 En direct de 1525

Entassés dans le sous-sol du bunker humide et mal aéré, Arthur Dubreuil et son équipe, ainsi que Paul-Henri Weissenberg, montrent leur lassissude de tout ce cinéma, sous les regards attentifs des sbires armés de Léonce Krebs. Ils sont forcés de lancer une nouvelle séance d'essais du logiciel « The new Time Xplorer » coordonné avec le « diablotin aux yeux rouges ». Tout se déroule normalement, presque comme d'habitude pourrait-on déjà ajouter, mais Arthur sait que les dernières informations lues sur le bout de carte rapporté par Schnitzel risquent de changer le cours des recherches, c'est du moins la forte impression qu'il en a. L'IA est capable de dépatouiller l'imbroglio des données de dernière minute en les mettant en relation avec le reste des informations recueillies depuis le début de l'opération. Sur l'écran apparaît de nouveau la salle du receveur général du comté Gaspard Metzger, à la chancellerie de Bouxwiller. Gaspard est présent, plus nerveux que jamais, avec des cernes bleuâtres semblant souligner ses yeux rougis par le manque de sommeil et par le stress permanent qui s'est emparé de son esprit inquiet depuis le départ du comte. Serge Kurz règle le vol stationnaire du drone au minimum pour que les pales ne fassent pas trop de bruit, ne laissant diffuser dans l'air qu'un faible bruissement : l'écran général s'allume sur l'image de Gaspard, vêtu très chaudement, car il n'y a pas de feu dans l'âtre; sa pelisse semble bien serrée à cause de son embonpoint; il porte même des gants de peau de chèvre enduits d'un onguent parfumé à l'eau de rose, pour ne pas être importuné par l'odeur peu amène qui s'échappe du potager du château.

Gaspard entend bien un léger vrombissement qui l'incommode parce qu'il ne sait pas d'où cela provient et pense : « Voilà que ça recommence, ce bruit étrange ! Sont-ce les premières guêpes qui font leurs nids derrière les tentures, si tôt dans l'année, on ne sait jamais ? » Subitement, un huissier ouvre la porte sans frapper pour laisser entrer deux gaillards, un homme bâti comme un roc, grand et musclé, et un autre plutôt frêle, à l'air chétif même, mais au regard plus rusé que celui d'un renard partant à la chasse. Gaspard s'adresse d'abord au plus fort des deux, celui qu'il appelle Anselme : il attend de lui les explications sur le transport du trésor comtal et sur sa mise en lieu sûr. Tout le monde réuni dans le bunker écoute très attentivement la traduction simultanée des paroles prononcées en langue alsacienne du XVIe siècle, ce qui est aussi une prouesse technique de « The new Time Xplorer »; Léonce Krebs n'en croit pas ses yeux et ses oreilles quand il entend très distinctement :

- Votre mission est-elle achevée, a-t-elle rencontré des difficultés, faites-moi vite un résumé de l'opération que vous avez menée, les interpelle sans détour Gaspard Metzger.

- Tout s'est bien passé, exactement comme nous l'avions imaginé. Le trésor a été enfoui selon vos ordres. Nous n'avons rencontré aucun problème, nous n'avons pas fait de rencontres fortuites qui auraient pu remettre en cause notre travail, même si une troupe de paysans en arme menée par un capitaine nommé Heinrich Steinhelm nous a croisés en chemin; mais nous avons pu détourner son attention, grâce à l'immonde puanteur de notre convoi, ironise Anselme.

- Y a-t-il autre chose que je devrais savoir ? Sans évoquer les cachettes que vous devez tenir secrètes, rappelez-vous, même vis-à-vis de moi, ajoute Gaspard. Alors ?

- Le plan a été respecté à la lettre. L'équipe des charretiers a été assez facile à commander, même si certains d'entre eux se sont montrés par moment un peu rétifs. Mais finalement, nous avons réussi à les ramener tous ensemble, propres comme des sous neufs, après une longue séance de lavage et de brossage dans la Moder; arrivés au château de Lichtenberg, ils ont été pris en charge avec leurs bêtes de somme par les hommes d'armes du capitaine Walter de Weinbourg. Après un plantureux repas, ça a commencé à chauffer un peu, il est vrai, car les charretiers ont été désagréablement surpris d'être mis d'office en quarantaine, isolés de leurs familles, derrière les murailles de la forteresse. Mais le commandant a vite calmé le jeu en se montrant très menaçant, tout en proposant à ceux qui voulaient partir de sauter du haut du rempart droit dans les fossés s'ils le désiraient, seul moyen de quitter le site, car les portes resteront closes pour eux, du moins pendant quarante longues journées.

- Klemenz, appelle Gaspard en s'adressant au comparse maigrichon. Avez-vous déjà dessiné une carte qui puisse me donner une indication des lieux d'enfouissement, comme je vous l'avais demandé ?

- Pas encore, mais je vais m'y mettre immédiatement avec l'aide d'Anselme, si vous le permettez. Ce n'est pas un exercice facile, je ne suis pas très doué en dessin et je ne sais pas bien rédiger un texte qui soit assez clair pour retrouver le trésor, tout en étant en même temps assez vague et mystérieux pour induire en erreur ceux qui voudraient mettre la main sur la fortune du comte.

– Oui, vous faites bien de poser cette question. Évoquez le trésor de manière indirecte, en y ajoutant, si besoin est, une légende, ceci à votre guise. Il ne s'agit pas de faire une œuvre d'art, mais un outil pratique qui nous sera utile. L'important est qu'il reste une trace de votre mission. Cette carte une fois achevée sera coupée en deux parts, cachées chacune dans un endroit secret, cette fois-ci choisi par mes propres soins. Si les évènements devaient nous porter malheur, même si nous devions y perdre nos vies, Dieu nous en préserve, cette carte sera la preuve que notre mission a été menée à bien. Ne parlez surtout à personne des cachettes, soyez muets comme des tombes.

– Nous ferons comme vous l'avez demandé et ensuite nous quitterons Bouxwiller pour nous réfugier chez nous ou dans les bois environnants jusqu'à la fin de la guerre civile.

– Non, vous n'en ferez rien, il faut que je vous garde sous la main, vous resterez donc ici à Bouxwiller, enfermés dans les geôles du château, pour votre seule sécurité; ainsi vous passerez pour des gens jetés dans les fers par le comte pour rébellion. Si les paysans devaient par malheur occuper la ville et le château, vous seriez libérés comme des héros. Ne vous inquiétez pas, votre réclusion, vous la trouverez légère, vous ne manquerez de rien, je vous le promets.

– Mais cela n'a jamais été évoqué jusqu'ici. Je refuse de me laisser enfermer, même pour tout l'or du monde, s'exclame Anselme en tentant de sortir par la grande porte devant laquelle attendent déjà des hommes d'armes qui se jettent sur lui comme la misère sur un pauvre. Monsieur le receveur, vous ne pouvez pas nous traiter comme des criminels.

- Vous ne pouvez pas agir avec nous comme si nous étions des bandits, s'écrie Klemenz, qui ouvre la fenêtre pour s'échapper sur la grande place. Je ne vendrai pas ma liberté, même si c'est au service du comte. Mais des hommes munis de piques et de hallebardes empêchent également toute fuite de ce côté-là. Le piège s'est refermé sur eux.

- Prenez votre mal en patience et vous aurez une forte récompense de la part de votre comte pour services rendus. Ce sera votre consolation pendant les heures que vous passerez dans le cul de basse-fosse de la tour nord. Maintenant au travail. Tracez-moi la carte que je vous ai demandée et mettez-y un peu du vôtre avant que ma colère ne s'abatte sur vos entrailles, ajoute-t-il en tirant très maladroitement l'épée de son fourreau.

Klemenz trouve sur la table tout ce qu'il faut pour dresser la carte. Avec Anselme, il élabore également un texte qu'il met en forme avec un certain talent, contrastant avec les traits grossièrement tracés sur le papier. Le « diablotin aux yeux rouges » placé en hauteur sous le plafond s'avance très lentement au-dessus des deux hommes en émettant un bruissement à peine audible et la caméra dirigée par Serge Kurz zoome sur le dessin qui s'élabore de minute en minute sous les yeux des ingénieurs. Et le résultat est impressionnant. Nous assistons en direct à la réalisation de la carte du trésor en l'an de grâce 1525, soit exactement 5 siècles avant l'évènement filmé en 2025. Le logiciel « The new Time Xplorer » a réussi cet exploit et Léonce Krebs n'en croit ses yeux, encore moins que les autres, sceptique jusqu'au bout des ongles. Pourtant l'expérimentation démontre que la réussite de son opération est à portée de main. Encore faut-il comprendre ce que signifie le tracé de la carte et le texte alambiqué qu'ils y ajoutent. Krebs pense qu'au point où ils en sont, l'IA fera le reste des calculs et trouvera toute seule les emplacements d'enfouissement. Il s'en frotte déjà les mains : « Je serai bientôt l'un des hommes les plus riches de ce bas monde. »

65 Le 30 avril 2025 Roulottes et caravanes

Dans la soirée du 30 avril, Rossio, le brocanteur-receleur, tire une dernière bouffée de sa cigarette avant de jeter son mégot dans le fossé rempli d'eau qui borde la route départementale qui mène à Meyerhoff, hameau, situé sur la route de Bitche, dépendant du village de Petit-Réderching. Il jette un regard à sa compagne, la belle Pépita d'Oro, et lui demande d'appeler le camp pour dire à tous ses comparses de mettre en route le plan qu'il a concocté et nommé « La strangulation du boa ». Depuis le début de cette histoire qui tourne autour de cette vieille carte du trésor qu'il a cédée au professeur Weissenberg, cette carte qui semblait si importante aux yeux de Léonce Krebs, ce fourbe gadjo qui pue le mépris et l'arrogance à dix lieues, Rossio n'a de cesse d'observer ce qui se trame vraiment autour de ce projet, pour tenter d'assembler et reconstituer ce puzzle d'évènements et de démarches, pour comprendre ce qui occupe tout le temps de cet homme qu'il déteste tant; il sait tout ce que Krebs fait de ses journées et même de ses nuits.

Avec quels gens il prend-il contact et pourquoi ? Que fiche-t-il à bord de son taxi londonien antédiluvien ou dans une ambulance datant d'une autre époque ? Quel est son intérêt pour cette entreprise où il se rend de temps à autre à Saverne ? Est-il responsable de l'enlèvement du professeur Weissenberg et pourquoi aurait-il fait ça, pour avoir ce maudit bout de carte de trésor ou pour une autre raison inavouable ? Petit à petit, un schéma se construit dans son esprit et tout s'éclaire subitement pour lui : la société MAIA s'occupe d'Intelligence artificielle, non ? Krebs veut-il s'emparer de cette technologie pour s'enrichir encore davantage en volant le fameux trésor du comte de Hanau-Lichtenberg avec l'aide de nouvelles techniques ultramodernes auxquelles il ne comprend rien lui-même?

Rossio, impassible, mais avec méthode et patience, a fait surveiller tous les faits et gestes de Krebs et de ses sbires, notamment ceux de Schnitzel qu'il a pu suivre à la trace jusque dans le dernier repaire que Krebs a trouvé, une cachette presque invisible, la villa abandonnée près du Bunker. Rossio n'agit presque jamais en personne, il ne tire que les ficelles, ce sont comme il le dit les « ficelles du métier ». Être partout et nulle part à la fois, arriver d'où on ne l'attend jamais comme le vent quand il tourne subitement sans en avoir seulement eu l'air. Pour Rossio, il s'agit surtout de ne pas paraître, ou alors seulement au dernier moment comme le diable sort d'une boîte quand on relâche son ressort. Ne pas se faire remarquer en dehors de sa vie au campement, rester dans l'ombre et continuer de faire et défaire des nœuds, comme on actionne les bras et les jambes d'une marionnette. Il a également fait suivre Mike, le fils du professeur, de même qu'il n'a cessé d'épier les déplacements de chaque gendarme; les Roms sont assez nombreux pour faire ça et comme lui, ils se rendent presque transparents, on ne les voit quasiment plus, tellement ils prennent la couleur des murailles ou celle des paysages dans lesquels ils se déplacent, s'intégrant parfaitement, rat des villes ou rats des champs, vrais caméléons passe-partout de la débrouille et de la resquille.

Rossio et les siens savent maintenant à peu près tout de cette affaire dont les journalistes parlent à tort et à travers dans les journaux télévisés et dans la presse, avec force experts de tous poils qui échangent leurs clichés, vérités et contrevérités mêlées sans discernement et servies au grand public comme on met un ramequin de cacahuètes sur la table d'un apéritif. Unanimes et solidaires, tous les manouches, du plus petit au plus âgé, lèvent le campement des Vosges du Nord aussi vite que possible et dans le plus grand silence. Des dizaines de caravanes, des plus longues aux plus menues, attelées à des Mercédès Benz ou à des fourgonnettes surélevées, se mettent en branle pour aller vers nulle part. Personne ne connaît leur destination à part Rossio et c'est lui seul qui a l'autorité qui ne se discute pas. Dans les villages qu'ils traversent, toujours prudemment, à la vitesse autorisée, ils franchissent avec circonspection les ralentisseurs qu'on nomme ironiquement « gendarmes couchés » comme s'ils roulaient sur des œufs, pour ne pas casser la belle vaisselle dans leurs placards ambulants. Cependant, tous les habitants du coin sont à la fenêtre ou debout devant leur porte pour admirer cette transhumance tranquille; ils se demandent où ces voleurs de poule comptent bien s'installer. Les maires en mangent leurs chapeaux, inquiets de devoir appeler les gendarmes à la rescousse en cas d'occupation illégale de terrains privés ou communaux.

Ce train de caravanes avance jusqu'au fond des vallons des Vosges du Nord, via Niederbronn, pour remonter vers Lemberg, en haut du plateau lorrain. Ce convoi qui semble interminable passe joyeusement non loin de la gendarmerie de Lemberg où l'adjudant de service n'en croit pas ses yeux : « Mais qu'est-ce qu'ils fichent tous par ici, il n'y a pas de rassemblement officiellement prévu que je sache. Ils ne peuvent pas nous laisser en paix, non ? On espère tous qu'ils s'installeront dans des zones forestières, là au moins les particuliers n'auront pas à se plaindre d'eux et l'ONF se débrouillera bien sans nous. À moins que le préfet de Metz y mette le holà. Mais Metz est au moins à une heure de route d'ici; pour le préfet, nous sommes de toute façon à l'autre bout du monde, du moins au bout de son petit monde de préfet maniaque, « derrière la lune » comme l'a précisé le secrétaire général de la préfecture, il y a quelque temps. »

Plus de peur que de mal, ce convoi de caravanes passe, les chiens aboient, mais personne ne s'arrête avant d'atteindre le point de rendez-vous. Rossio est là au bord de la petite route départementale où la circulation commence à véritablement bouchonner dès la sortie du village d'Enchenberg. Impossible de dépasser autant de caravanes à la fois avec les côtes sans visibilité et les lacets sans perspective. Les gens du cru qui sont assis derrière leur volant après une longue journée de travail perdent patience et klaxonnent à qui mieux mieux pour qu'on les laisse rentrer chez eux comme ils le font d'habitude. Rossio donne l'ordre à deux de ses lieutenants de faire serrer les caravanes sur le bas-côté et fait régler la circulation pour éviter un véritable embouteillage, du jamais vu dans cette région paisible; honnêtement, Rossio veut éviter l'incident ou l'accident, c'est surtout pour empêcher les chauffards en herbe de finir dans de la tôle froissée ou pire, ce qu'on mettrait volontiers sur le dos des Gitans en plus de tous les griefs injustes qu'ils doivent déjà supporter.

Selon une méthode connue du seul Rossio, les caravanes sont réparties sur différents chemins communaux, vicinaux, agricoles ou forestiers si bien qu'en moins d'une demi-heure tout un territoire est quasiment bouclé par une ceinture de roulottes modernes suivant une frontière sortie de l'imagination du génial Rossio. Les caravanes regroupées par deux, trois ou quatre barrent l'accès d'un important périmètre : au milieu se trouve, vous l'aurez deviné, en plein verger, une drôle de villa qui semble abandonnée et dont les fenêtres sont obstruées par de vieilles planches clouées un peu n'importe comment. S'y voit également la superstructure en béton armé d'un Bunker de la Ligne Maginot, comme une grosse verrue grise poussant dans l'herbe printanière d'un vert franc éclatant. Au loin, on aperçoit la tour hertzienne blanc et rouge de Moetzenbruck, propriété abandonnée de nos jours, mais qui domine toujours ce vaste paysage comme un bouton de fièvre qui pousse au milieu d'un visage poupin d'enfant.

Rossio prend son téléphone portable et appelle quelqu'un qu'il connaît bien, mais qui ne décroche pas; alors, toujours impassible, il laisse le message suivant : « Salut vieille canaille, c'est moi Rossio. Juste pour t'informer que tu es cuit. Les gendarmes n'ont pas encore repéré ton antre, ils continuent de chercher en Alsace, les imbéciles, mais moi, je sais tout de tes combines et je t'ai retrouvé. Alors si je t'appelle, c'est juste pour te dire que tu es entièrement cerné. Pas par les flics, mais par moi et par tous mes gars. Pour toi, pas moyen de fuir. Si tu penses avoir encore un petit avenir sur cette terre, n'hésite pas, tu sais comment me joindre. À bon entendeur, salut. »

66 Le 30 avril 2025 Pris au piège

Léonce Krebs est en ligne avec son fils Stéphane, installé bien au chaud au bord de sa piscine à débordement qui surplombe la mer Méditerranée; ce dernier, qui sirote un délice glacé, s'enquiert des résultats de sa collaboration avec les ingénieurs de MAIA, enfin si l'on peut encore parler de collaboration au stade où ils en sont. Léonce lui raconte comment ils ont fait le point avec Weissenberg, en revoyant attentivement les vidéos filmées par le drone, le « diablotin aux yeux rouges », et en étudiant au ralenti le traçage de la carte tout en notant les paroles prononcées par Anselme Felt et Klemenz Augst, il y a 5 siècles. « Rends-toi compte de cet exploit technologique. » Le but de Léonce est quasiment atteint : il sait maintenant que le trésor a été scindé en deux parties, chacune ayant été cachée dans un endroit différent aux confins occidentaux du territoire du comté de Hanau-Lichtenberg. Le premier point se trouve aux alentours des rochers qui couronnent les deux sommets de l'Englischberg près de Wimmenau, l'autre au lieu-dit Ochsenstall, une sorte de grotte autrefois assez bien aménagée; ces lieux étaient utilisés par les paysans des environs depuis le Moyen-Âge : ils ont servi d'abri pour les bêtes et de refuge pour les familles pendant les périodes de guerre.

Stéphane se frotte les mains, tout heureux, car c'est seulement grâce au sponsoring de la société MAIA, son idée personnelle, que Léonce a pu réussir son pari. Enfin, il ne faut pas trop crier victoire, ils n'en sont encore qu'au début, disons, dans l'ombre de la réussite, celle-ci ne devenant effective que le jour où l'on déterrera vraiment les différentes parties du trésor et qu'on pourra palper avec délice les pièces d'or et d'argent comme l'oncle Picsou le fait quand il se baigne dans sa piscine de pièces d'or dans le journal de Mickey, bande dessinée qu'il lisait autrefois. Pour le moment, rien n'est vraiment assuré, le pari n'est pas tout à fait gagné. Stéphane annonce à son père qu'il arrivera demain en avion en provenance de Nice avec quelques hommes de confiance triés sur le volet. Il lui demande de s'arranger pour que ses prisonniers n'en sachent rien. Qu'il reste le plus discret possible afin de ne pas compromettre l'opération. Qu'il enferme donc les ingénieurs à double tour avec cet historien à la noix, le professeur Weissenberg, et qu'il les laisse mijoter dans leur jus en attendant d'avoir découvert les paquets d'or qui sommeillent depuis 5 siècles sous terre.

Après ce coup de fil rapide, Léonce, gonflé de satisfaction et d'orgueil par ce résultat inespéré, rassemble tout son beau monde dans le Bunker. Il remercie tous les présents pour leur courage, leur dévouement et le travail de pointe qu'ils ont prestement mené, mais jette aussitôt un froid sur l'assemblée captive en les informant qu'ils devront encore patienter quelques jours au fond de ce trou jusqu'à ce que les gendarmes les libèrent enfin, s'ils y arrivent dans ce délai. Il leur dit qu'ils auront les pieds et les poings liés par devant pour qu'ils puissent manger, boire et faire leurs besoins en évitant surtout de devoir se faire dessus comme des malpropres. « Les toilettes resteront à votre disposition, bien entendu, rajoute-t-il, et pour le papier hygiénique vous vous débrouillerez comme vous pourrez avec les ramettes de papier; des matelas seront disposés dans la salle pour que vous puissiez profiter des longues heures d'ennui à attendre les secours; on ne vous bâillonnera pas et on vous laissera des vivres pour trois jours; passé ce délai, ça ne dépendra plus de nous. »

Tout le monde proteste avec véhémence, mais comme les gardiens armés deviennent de plus en plus nerveux et finissent par distribuer des coups de crosse, en veux-tu, en voilà, les ingénieurs finissent par se calmer tout seuls, la rage au cœur; il ne manquerait plus qu'un de ces loubards se mette à tirer dans le tas ! En dix minutes, tout est réglé, tous sont attachés, juste pour éviter qu'ils s'évadent par leurs propres moyens. Tous les objets tranchants sont confisqués, de même que les clefs et les briquets; tout le matériel informatique est débranché et empaqueté pêle-mêle dans des cartons informes et jeté dans une remise à l'extérieur du Bunker. « Pour que personne ne soit tenté, ricane Krebs. »

Quand tout est fin prêt, Léonce Krebs prend enfin connaissance du message envoyé par Rossio : il pique subitement une rage terrible en tapant des pieds, en renversant chaises et bureaux, avec le visage rouge violacé d'un homme en proie à une crise de démence, comme si son cœur allait céder d'une seconde à l'autre. Puis, en reprenant progressivement son souffle, sous l'œil inquiet de ses sbires, il ordonne à ces derniers de sortir immédiatement du Bunker pour se réunir dans la villa voisine. Là, ayant à peu près retrouvé ses esprits, il leur explique la situation : « Tous les accès sont barrés par ces salopards de manouches. Schnitzel, tu prends l'ambulance, tu embarques le professeur Weissenberg et tu mets la sirène à fond, tu fonces droit sur les caravanes qui coupent le chemin vers la départementale qui mène à Meyerhoff; s'ils ne dégagent pas l'accès, tu recules, tu sors ton fusil et tu les canardes à la chevrotine, tu as compris ? Ne lésine pas sur les munitions, on en a des boîtes pleines, fais-leur des trous d'aération dans leurs roulottes puantes. Si la voie est dégagée, tu files ventre à terre vers Wimmenau, sans t'arrêter, et s'ils ne bougent pas, tu te replies, tu recharges tes fusils et tu repars à l'assaut. »

« Il faut que tu les fixes à l'endroit où ils se trouvent, que tu cristallises toute leur attention, ça facilitera notre exfiltration. Si les gendarmes arrivent, tu leur diras que les manouches t'ont tiré dessus en premier, que tu n'as fait que te défendre, puis tu essaies de te sauver comme tu le pourras; et tu laisseras Weissenberg où il est, ficelé dans l'ambulance, tant pis pour mon otage préféré, je commençais à m'y habituer. D'après le message de ce traître de Rossio, tous les autres accès nous sont devenus impraticables, je veux bien le croire, il en est capable. Mais nous avons une alternative, vous allez voir ça, un plan B à la hauteur. » Il leur annonce qu'il y a un tunnel de sortie du Bunker qui mène derrière une colline couverte d'épais taillis, là où se trouve un énorme 4X4, un truck Ford F350 qu'il a caché là, un engin capable de circuler en pleine forêt. C'est leur bouée de sauvetage. Comme le père Krebs n'est pas né de la dernière pluie et qu'un énorme magot l'attend, il ne recule devant aucun obstacle, devant aucun sacrifice, d'autant plus que c'est ce diable de Rossio qui l'a piégé. « On ne jouera pas aux gendarmes et aux voleurs comme on le faisait autrefois, mais on innovera avec le jeu « manouches contre bandits, » ça va changer un peu d'optique et de style ! »

Léonce Krebs envoie un message à Stéphane lui donnant rendez-vous le lendemain près de la chapelle d'Erckartswiller, lui demandant qu'il loue une voiture assez puissante pour lui et ses hommes : les coordonnées GPS suivront. Puis il rédige une brève réponse à Rossio en lui adressant par SMS le message suivant : « Pauvre crétin, vous pouvez plier bagage, mes hommes et moi sommes déjà loin. Le professeur Weissenberg a fait un grave malaise, une ambulance va passer l'emmener de toute urgence à l'hôpital de Bitche, laissez-la passer, sinon il risque d'y laisser sa peau. Pour le reste, je te le dirai face à face avec un pistolet braqué sur ton petit cœur affolé et pan, pour toi, fin de l'histoire ! » Tous les malfrats courent ensuite à travers le tunnel encombré de gravats sur lesquels Krebs trébuche plus d'une fois en poussant des jurons, des jurons et encore des jurons. Ils rejoignent le truck Ford pour s'enfoncer sans attendre plus longtemps à travers les buissons, les ronces, les jeunes douglas, avant de pénétrer dans une futaie, franchissant aisément les obstacles grâce aux centaines de chevaux que développe le gros moteur 8 cylindres; ils vont en direction de Wimmenau, avant de bifurquer vers l'Englischberg.

67 Le 30 avril 2025 En hélicoptère

À la gendarmerie de Lemberg, on planche toujours sur l'environnement des tours hertziennes où l'on recherche l'emplacement possible de bunkers de la dernière Guerre mondiale en zone de vergers, ayant un bâtiment érigé à proximité. Cela semble prendre un peu plus de temps que prévu. Mike et Clem étudient également les cartes et ne trouvent rien qui corresponde à ces critères. Ils élargissent alors le rayon des recherches en débordant par-dessus les limites du département de la Moselle. Et finalement, ils retiennent plusieurs sites, dont celui des alentours de Moetzenbruck, qui recèle sur son territoire une ancienne tour militaire, justement blanc et rouge, même si ces couleurs sont aujourd'hui bien délavées. Clément Boyard passe un coup de fil à ses services, puis appelle une base militaire qui se trouve près de Saint-Jean-Kourtzerode, non loin de Sarrebourg; il s'agit de la base aérienne de Phalsbourg-Bourscheid, construite en 1950 par les Américains qui l'ont occupée jusqu'en 1967. Aujourd'hui y stationne une unité de soutien de l'infrastructure de la Défense de Phalsbourg, l'USID, et de la 42e Antenne médicale. « Dans une demi-heure, un hélico nous prendra dans les prés en face de la supérette discount de Lemberg, parce que le terrain y est presque plat. On y fonce à toute allure, s'écrie Clem qui bondit prendre ses jumelles, ses talkies et son Sig Sauer. » Mike s'équipe également et se jette sur le volant de sa Jeep pour être à l'heure au rendez-vous. L'appareil du 1er RHC, le Régiment d'hélicoptères de combat, n'attendra pas.

Vers 17 heures, on entend les vrombissements d'un hélicoptère qui aborde la côte située entre Lemberg et Enchenberg dans un bruit d'enfer. Le SA300B Puma, de 4 tonnes, prévu pour le transport moyen civil et militaire, engin conçu par Sud-Aviation et développé par l'Aérospatiale, se pose en toute légèreté comme un gros bourdon sur une fleur de pissenlit. Mike et Clem y montent tête baissée sous les pales et s'adressent au pilote une fois leur casque à écouteurs vissé sur les oreilles. Clem indique le lieu à survoler et l'engin reprend son vol dans un boucan effroyable en prenant rapidement la vitesse de 240 kilomètres par heure. Le pilote qui dirige l'équipage de trois hommes les informe qu'ils seront sur site dans deux minutes. L'hélico se met ensuite en vol stationnaire pour que Mike et Clem puissent observer les environs. On ne voit que de la verdure, des arbres bourgeonnants ou en fleurs, de l'herbe d'un vert franc très lumineux, des buissons épineux blancs comme neige, mais pour la structure d'un Bunker, rien n'est visible depuis le ciel, d'une villa abandonnée non plus. Par contre, la tour hertzienne est bien là à quelques kilomètres. D'après la carte d'état-major que tient Clem, le Bunker doit être quasiment à la verticale de l'engin volant, mais il doit être bien camouflé, car on n'en devine finalement qu'une ombre rase laissée par le soleil qui amorce sa descente vers le ponant.

Mike fait remarquer à Clem qu'il y a un nombre important de caravanes blanches ou claires qui sont installées dans les parages, sans former un vrai campement, ce qu'il trouve étrange. « Ce n'est pas un campement de Roms, ces derniers se regroupent tous sur un seul terrain comme pour se tenir chaud les uns les autres, dit Mike. » Clem remarque que ces caravanes, comme elles sont réparties sur une vaste zone, encombrent finalement la plupart des chemins qui y mènent, ce qui est plus étrange encore. On dirait qu'ils encerclent tout un territoire, bizarrement là où devrait se trouver ce maudit Bunker. Il remarque une ambulance à croix rouge qui circule sur un des chemins, gyrophare allumé, en évitant les énormes flaques d'eau qui encombrent l'itinéraire. Le pilote demande ce qu'il doit faire, car il ne peut pas s'éterniser au même endroit, « sinon les réclamations vont pleuvoir sur le bureau de son capitaine et il risque de se faire sermonner encore une fois, une fois de trop, ajoute-t-il. »

Après avoir jeté un œil avec ses jumelles, Clem qui semble avoir pris ses repères, prend rapidement quelques photos, et demande au pilote de les poser à leur point de départ, ce qu'il fait immédiatement en poussant un soupir de soulagement. « N'ayez crainte, déclare Clem en revenant sur Lemberg, je vous couvrirai, je ferai mon rapport à votre unité, ça ne devrait pas vous causer de nouveaux ennuis. » Le pilote remercie Clem qui lui donne une tape sur l'épaule en signe de satisfaction. « Bravo, les gars, mission accomplie, bon vent ! » ajoute Clem avant de rendre son casque et de sauter de l'appareil aussi lestement qu'un aspirant en formation, suivi par Mike qui trébuche et fait une belle roulade dans l'herbe moelleuse.

Mike et Clem reprennent leur carte : d'après Clem, le Bunker est bien là, presque invisible si on l'observe d'en haut à la verticale; la villa doit être cachée dans la verdure; effectivement, dit-il en agrandissant les photos aériennes qu'il a prises, ces caravanes occupent tous les chemins qui mènent au Bunker. Tiens, regarde là, un autre véhicule va dans le sens opposé : ça doit être un gros 4X4, on le voit traverser cette clairière à travers les taillis parmi lesquels il laisse une traînée de branches arrachées et d'arbustes écrasés par ses gros pneumatiques. Mike décide de passer par la gendarmerie pour alerter le lieutenant Schnautzer, car ils sont sûrs d'avoir enfin découvert le lieu de séquestration de son père. Si le Bunker semble bizarrement cerné par les caravanes d'un campement de Roms, ce n'est certainement pas un hasard. Il faut intervenir de toute urgence.

L'ambulance conduite par Schitzel arrive à passer entre les caravanes qui se sont rabattues prudemment sur les bas-côtés. Schnitzel est soulagé, il n'aura pas besoin de se servir de son fusil, « Les Roms ont avalé le bobard, les cons ! » L'ambulance se dirige dès lors vers Wimmenau, comme convenu à l'avance. Schnitzel se retourne et sourit à Paul-Henri Weissenberg sanglé sur la civière pour qu'il ne puisse pas bouger ni voir le paysage défiler au cours de la fuite. Schnitzel pense à arrêter la sirène pour circuler plus discrètement; il roule bien plus lentement, maintenant qu'il croit s'être débarrassé des Roms. Il ne voit sans doute pas la grosse Harley-Davidson qui le suit à distance, portant deux hommes casqués, habillés et gantés de cuir noir, bien décidés à ne pas lâcher leur proie.

68 Le 1er mai 1525 Cul-de-basse-fosse

Au moment même où les cultures réclament leur précieuse main-d'œuvre dans toutes les fermes du pays, les paysans ont décidé de maintenir le roulement des leurs dans les unités combattantes. Cependant, petit à petit, les paysans ne voient plus dans cette guerre, qui commence à durer trop longuement au début de la belle saison, qu'une occasion pour faire des razzias, de se remplir les poches par des larcins de brigands ou de jouer aux mercenaires en se payant sur les méfaits qu'ils commettent, ne reculant devant aucune basse besogne, battant les serviteurs des puissants, les torturant même pour leur arracher le secret des cachettes de numéraire ou des archives relatant les dettes, allant jusqu'à violer les religieuses, les filles et les femmes des nobles, à brûler leurs résidences pour en tirer vengeance ou simplement par pure bêtise. La concurrence des mercenaires de métier ne leur apporterait donc rien de très positif, au contraire, ces derniers deviendraient leurs concurrents directs. De plus, les paysans ne veulent pas du statut de mercenaires soldés, ils veulent conserver la liberté de rentrer chez eux, quel que soit le sort des batailles, surtout une fois qu'ils auront bien rempli leurs poches sur le dos de leurs seigneurs et maîtres.

À Bouxwiller, Anselme Felt et Klemenz Augst ruminent leur désappointement. Comme ils ont tenté de s'enfuir la veille, Gaspard Metzger les a fait arrêter, mais contrairement à ce qu'il avait convenu avec eux, une captivité adoucie en attendant le retour des beaux jours après la guerre civile, il a ordonné au capitaine Rolf de Weinbourg de les jeter discrètement dans le cul-de-basse-fosse de la tour nord pour qu'ils disparaissent à jamais, ceux qu'il considère désormais comme des traîtres alors qu'ils n'ont fait que suivre les ordres reçus. Comme cela, le problème est réglé, pense Gaspard, le comte l'a voulu ainsi; les responsables de l'enfouissement sont eux-mêmes enfouis dans un cachot souterrain dont l'entrée n'est qu'un simple trou pratiqué dans la voûte d'une tour du château sur lequel Rolf a fait sceller une ancienne meule en grès attaché par une lourde chaîne ancrée à des anneaux solidement arrimés dans l'épaisseur de la muraille. Anselme et Klemenz, au plus fort de l'abattement, injustement frappés par cette mesure dont ils n'avaient pas su distinguer la menace, n'ont de cesse de maudire Gaspard Metzger, de le remaudire et de la maudire encore, jurant entre eux qu'ils lui feront la peau s'ils arrivent à s'évader de ce trou à rat infect; ce serait un miracle, mais ils y croient dur comme fer, peut-être juste pour ne pas sombrer dans la spirale infernale de la folie.

69 Le 1er mai 2025 Médias en folie

Ce matin du 1er mai, alors que de nombreux journaux respectant la fête du Travail n'ont pas diffusé leurs feuilles de chou, ce sont les radios et les chaînes télévisées qui annoncent la nouvelle. « *Le fabuleux trésor du comte de Hanau-Lichtenberg retrouvé par des jeunes gens au sommet de l'Englischberg dans les Vosges du Nord* , expliquent les présentateurs des journaux, une nouvelle qui fait le tour du monde en quelques heures. Babeth a mis en route son transistor à piles pour écouter ce qu'en dit RTL, sa station préférée. Elle sait désormais que ses petits-enfants ont réussi leur coup et coupé l'herbe sous les pieds des malfrats qui ont enlevé son Paul-Henri. Encore à moitié endormis, Yaélita et Mathias, tout courbaturés par leur exploit de la veille et après une nuit mouvementée à s'occuper d'informer les journalistes de tout bord, embrassent la grand-mère et écoutent religieusement un animateur radio tout ému lui-même par cette nouvelle :

« De jeunes gens, dont deux petits-enfants du professeur Weissenberg, enlevé de façon mystérieuse la semaine dernière et dont on est encore sans aucune nouvelle, auraient découvert le trésor du comté de Hanau-Lichtenberg enfoui il y a exactement 5 siècles au pied de grands rochers couvrant le sommet d'une montagne appelée Englischberg et qui se trouve dans le Parc régional des Vosges du Nord, près du village de Wimmenau, non loin de l'ancienne capitale de ce comté disparu lors de la Révolution, la belle ville de Bouxwiller. Ces jeunes ont courageusement bravé la tempête de la veille et, avec l'aide de l'Intelligence artificielle intégrée dans un logiciel, ils sont arrivés à comprendre où se trouvait le trésor; nous apprenons aussi que leur logiciel a été conçu par Mike Weissenberg, le propre fils du professeur disparu, qui continue de faire des recherches pour adapter l'Intelligence artificielle à des applications capables de résoudre des problèmes de la vie courante et même d'autres affaires un peu plus complexes comme ce fut le cas dans l'évènement de ce jour. Objectif, semble-t-il, atteint quand on connaît le résultat obtenu par deux jeunes Vendéens, Yaélita et Mathias, et par leur cousin Max, venus à la rescousse pour secourir le grand-père de cette famille plutôt originale. Tout le monde se souvient de ce jeune homme, Maxime Weissenberg, que tout le monde appelle Max d'un bout à l'autre de la planète, parce qu'il a été l'un des héros les plus célèbres de la guerre en Ukraine en déjouant un complot visant à faire tomber Kiev et le président Zélensky en février 2022. Sa photo a déjà fait la une de tous les journaux, il y a trois ans, et le voilà de nouveau sur les devants de la scène dans cette affaire de trésor retrouvé. »

« Les jeunes, qui ont préféré laisser prudemment le trésor dans sa cachette, ont pu montrer des preuves irréfutables de leur exploit en dévoilant de belles pièces d'or, de beaux florins du Rhin tout neufs datant du XVIe siècle. Les services de l'État se mobilisent déjà pour prendre possession, semble-t-il, d'une véritable fortune en or et en argent qui serait convoitée par une bande de malfrats; ces derniers n'ayant pas hésité à séquestrer des gens pour arriver à leur fin. Les gendarmes sont en train de boucler tout le secteur pour mettre la main sur ces hommes sans scrupules et dangereux. Nous vous tiendrons informés des suites de cette curieuse affaire qui se déroule en ce moment même dans le nord du Bas-Rhin. J'apprends, en dernière minute, que le jeune Max dont j'évoquai à l'instant l'héroïsme est resté sur place, d'abord pour surveiller le trésor convoité par d'éventuels pillards, maintenant que la nouvelle s'est propagée sur toutes les ondes comme une traînée de poudre, mais aussi pour aider les autorités à mettre en place un dispositif de sécurité. Bravo, Max, tous les Français t'admirent et te tiennent les pouces. Ici, Armand Lagarde depuis Bouxwiller, je rends l'antenne aux studios de RTL, rue de Ponthieu à Paris. À très bientôt, sur nos ondes.»

Babeth est en larmes, des larmes de joie, bien sûr. Mais tant qu'elle n'aura pas de nouvelles directes de Paul-Henri, elle ne sera pas davantage rassurée, tant qu'elle ne l'aura pas serré dans ses bras, pas de repos ni même de répit. Il faut maintenant que les gendarmes le retrouvent et fissa ! Les malfrats ont raté le coche, le trésor sera bientôt entre de bonnes mains, celles de l'État, et ils ne pourront plus exploiter le travail des ceux qu'ils séquestrent désormais en vain, puisqu'ils ne pourront plus leur servir. Yaélita en est un peu moins sûre et se fait du mouron pour Max resté tout seul, là-haut sur l'Eglischberg, sous la garde du petit Plouc, bien au chaud dans sa guitoune. Ce premier mai, loin des défilés syndicaux et des barbecues dont on sentira bientôt la délicieuse odeur des grillades mettre l'ambiance dans nos narines, Yaélita et Mathias se remettent en route pour rejoindre Max, en attendant l'arrivée des gendarmes et des spécialistes envoyés par les services de l'État. Babeth les prévient que tout ce secteur sera bouclé dans l'heure et plus personne ne pourra circuler dans le périmètre délimité sans être contrôlé par les différentes brigades de gendarmerie. « Vous feriez mieux de rester avec moi, Max s'en sortira bien tout seul, comme toujours, faites-lui un peu confiance, marmonne-t-elle. » Mais il n'y a rien à faire, nos deux Vendéens ont promis de revenir sur le site et, comme ils sont têtus, ils repartent aussi vite qu'ils étaient rentrés hier soir, ayant à peine eu le temps de boire leur bol de café au lait.

70 Le 1er mai 2025 Libération des captifs

Tôt dans la matinée, le lieutenant Schnautzer, loin de satisfaire au besoin naturel et légitime de prendre un jour de repos dans le calme auquel il aspire, se trouve déjà à son PC de Lemberg, bien équipé et armé de patience : il vient de boucler la coordination des forces de gendarmeries de Lemberg, Bitche, Sarreguemines et La Petite Pierre, après avoir fait le point la veille en soirée avec Mike Weissenberg et Clément Boyard, revenus de leur escapade en hélicoptère au-dessus des lieux supposés occupés par la bande des Krebs, le fameux Bunker si bien camouflé au bout du plateau lorrain. Il est encore très tôt, au petit jour, quand retentissent les sirènes des différentes voitures de la maréchaussée, convergeant par monts et par vaux sur les coordonnées GPS laissées par Mike, réveillant irrévérencieusement les villageois encore endormis à cette heure matinale en traversant à toute vitesse les rues désertes, n'hésitant pas à effrayer les chats rentrants de leur longue nuit de chasse. Rossio qui sent venir à lui toute « la cavalerie du secteur », bien avant d'entendre les premières sirènes, met tout son monde en alerte et fait dégager les accès au Bunker pour laisser passer « les cowboys » du Grand Est venus donner l'assaut. Mais d'assaut, il n'y en aura finalement pas, dommage pour les gitans trop curieux qui se réjouissaient d'être en première ligne pour observer l'évènement .

Car le site semble totalement désert et tout à fait silencieux, pas de coups de feu, pas de cris, pas de menaces, pas de jurons : les premières unités cagoulées, casquées, munies de gilets pare-balles et de boucliers antiémeute, pénètrent dans la villa abandonnée après avoir fait sauter la porte qui vole en mille éclats. À

379

l'intérieur, pas âme qui vive ! Mais tout est propre et la cuisine semble avoir été utilisée, il y a peu de temps encore, déclare un officier. « Personne dans le bâtiment ! Ni au rez-de-chaussée ni à l'étage, progressons dans la cave. Je signale la découverte de tunnels creusés à même la roche de part et d'autre du site.»

Une unité s'avance dans le premier tunnel bétonné au bout duquel se trouve une lourde porte blindée fermée à double tour. Un bélier ne servirait à rien vu la robustesse de l'huisserie. Ils décident alors de faire sauter l'obstacle avec une charge de plastic en demandant à voix très forte aux occupants potentiels se trouvant à l'intérieur de reculer le plus loin possible de cette ouverture qui va exploser d'un moment à l'autre et de s'allonger sur le sol pour éviter d'être blessé par des projections. En une fraction de seconde, après une courte, mais violente déflagration, amplifiée par le caractère étriqué des lieux, la lourde porte d'acier, digne de condamner l'accès du coffre-fort de la plus grande banque suisse, tombe à la renverse, bien à plat dans un nuage de poussière et de fumées qui fait tousser tous les membres de l'équipe des ingénieurs de la start-up MAIA de Saverne qui s'y trouvent enfermés et ligotés. Les hommes cagoulés annoncent rapidement que l'endroit est sécurisé quand tous les captifs se retrouvent allongés à terre et que les gendarmes se rendent compte que ce ne sont que des otages. Arthur Dubreuil est le premier à pouvoir reprendre sa respiration après avoir craché toute la crasse qui encombrait ses petites bronches fragilisées; il explique à l'officier qui ils sont, en insistant bien sur le fait qu'ils ont été séquestrés par un dénommé Léonce Krebs, dont il dit le plus grand mal; Krebs se trouve à la tête d'une équipe de brutes armées jusqu'aux dents qui les ont menacés de mort à plusieurs reprises. L'officier fait détacher les prisonniers qui sont bien contents de recouvrer leur liberté de mouvement. Néanmoins, ils sont obligés de passer par la phase pénible des interrogatoires, les uns après les autres, avant de pouvoir seulement penser retourner chez eux et rassurer enfin leurs familles sur leur sort.

Une autre unité de la maréchaussée parcourt le tunnel opposé, encombré de pierres et de gravats, noir comme un four, qui mène assez loin au pied d'une colline : l'officier qui passe en tête du peloton observe qu'il n'y a personne en vue. Pas âme qui vive ! Un gendarme remarque les traces d'épais pneus du type « boue et neige » qui ont creusé une véritable saignée dans les buissons et autres épineux couvrant le flanc de la montagne. L'officier émet à son tour son message de fin d'opération : « Sortie du tunnel en pleine nature. Personne en vue. Traces de véhicule, puissant 4X4 capable de passer à travers bois, du style Peugeot P4, modèle Mercédès-Peugeot autrefois employé par l'Armée. » Deux hélicoptères Alouettes apparaissent dans le ciel clair de Meyerhoff et se posent dans un pré à proximité du village où les premiers curieux sortent la tête de leurs intérieurs douillets, se demandant pourquoi on les dérange si tôt pour des manœuvres. Schnautzer accompagne Mike Weissenberg et Clément Boyard qu'il présente au pilote du premier appareil avec un de ses brigadiers : il leur demande de survoler la zone entre Meyerhoff et Bouxwiller pour trouver trace de ce 4X4 qui serait de toute façon difficile à repérer s'il circule sous la végétation déjà assez touffue de ce début du mois de mai. L'Alouette FG1 prend son envol pour se diriger tout droit vers le sud.

Le deuxième appareil l'Alouette FG2 prend à bord le lieutenant Schnautzer et un adjudant-chef pour se poser tout près de là, sur la route départementale reliant Enchenberg à Meyerhoff qui est désormais interdite à la circulation, les gendarmes mettant en place un itinéraire de déviation pour le grand public, soit via Montbronn, soit via le hameau de Schwangerbach. L'Alouette FG2 reste en attente tandis que Schnautzer se rend auprès du chef supposé des Roms, le fameux Rossio qu'il connaît très bien et sur lequel il compte toujours pour discipliner les manouches pendant leurs déplacements et lors de leurs festivités.

Schnautzer écoute attentivement et patiemment Rossio lui expliquer que cela fait un moment qu'il fait surveiller les faits et gestes de Léonce Krebs, un homme peu recommandable qui l'importune depuis longtemps, lui et les siens. « Vous savez bien chef, que nous ne cherchons pas de noises, nous voulons vivre tranquilles. Mais ce Krebs essaie de nous mettre les bâtons dans les roues et, cette fois-ci, ce sont mes gars qui ont réussi à mettre fin à ses activités illégales, dit-il à Schnautzer avec un sourire en coin. » Hier, lorsqu'il a enfin compris l'ampleur du projet de ce bandit, après avoir réussi à reconstituer un véritable puzzle pour comprendre le sens des actions louches entreprises par toute son équipe de malfrats, qui lui sont dévoués corps et âme, tellement ils sont idiots. Par contre, Rossio inquiète le lieutenant quand il lui déclare qu'il a dû laisser passer une ambulance de type ID 19 Citroën transportant le professeur Paul-Henri Weissenberg en urgence vitale vers l'hôpital de Bitche.

« Décidément, soupire l'officier, ce Weissenberg, c'est l'Arlésienne, quand lui mettrons-nous enfin le grappin dessus, à ce professeur ? Les médias vont de nouveau nous écorcher vifs et nous faire passer pour des incapables, si on ne le ramène pas sain et sauf chez lui, et le plus tôt sera le mieux. » Il demande à son adjudant de contrôler d'urgence toutes les entrées dans les hôpitaux les plus proches, mais il pressent que cette histoire d'urgence médicale et d'ambulance est encore un subterfuge inventé par Krebs pour noyer le poisson et s'en tirer à bon compte. Il est plus futé qu'on ne le pense, le lieutenant, avoue Rossio à un de ses hommes, qui hoche la tête comme il le fait toujours à tout ce que dit le chef incontesté des gitans.

71 Le 1er mai 2025 Max en première ligne

Au petit jour, un taxi arrive au point de rendez-vous fixé près d'Erckartswiller par Léonce Krebs à son fils Stéphane; venu de Nice sur un vol privé, ce qui lui a coûté « un paquet d'oseille » précise Stéphane, il a fait le nécessaire pour être sur place avec trois de ses hommes de confiance à l'heure dite, pour ne pas rater l'apothéose du projet paternel : mettre la main sur le trésor du comté de Hanau-Lichtenberg. Le chauffeur de taxi n'est pas un quidam ordinaire, il fait partie de ces drôles de gens qui vivent en marge de la bonne société et qui se louent au plus offrant, avec ou sans véhicule, avec ou sans arme. Ce taxi est donc à la disposition des Krebs pour la grande scène finale de l'opération. Léonce sort de son 4X4 chaudement vêtu, car il ne fait que quelques degrés au-dessus de zéro ce matin-là, sans un souffle de vent et se demande pourquoi son fils n'a pas choisi un engin tout-terrain plus approprié. Dans les fonds du vallon, on remarque le scintillement de la gelée blanche sur les pointes des herbes et des feuilles. Non loin du Ford F350, bien en retrait de la route, est garée une ambulance que Schnitzel tente de camoufler sommairement avec des branchages de résineux qu'il ramasse avec empressement, les mains collantes de résine.

Un vieil homme, visiblement épuisé ou encore sous l'effet d'une drogue quelconque, se trouve là, adossé à un arbre, les mains attachées, les yeux mi-ouverts; le sang a coulé de son cuir chevelu et tache ses cheveux gris-blanc et le col de sa chemise. « Qui est cet homme? demande Stéphane à son père. Il a l'air mal en point. Ne me dis pas que tu es toujours aussi délicat avec tes invités ? Fallait que tu le tabasses ?» Léonce hausse les épaules et lui précise qu'il s'agit de Paul-Henri Weissenberg. « Il ne se tient jamais tranquille, il a mérité sa raclée. Sache, fils impertinent, qu'il m'est très utile pour ses connaissances historiques; au demeurant, il nous servira aussi d'otage, en dernier ressort, si on devait être coincé. Les flics n'oseraient pas tirer en présence de ce personnage désormais connu dans le monde entier, grâce à la publicité que je lui ai faite, tu te rappelles, et encore tout à fait gratuitement, ricane-t-il. Place-toi un peu plus loin, en dehors de son champ de vision, pas besoin qu'il puisse reconnaître un jour ton visage. »

Léonce donne de rapides explications à son rejeton pas plus aimable que lui, puis s'assure que Schnitzel a bien caché l'ambulance avant de donner des directives à tout le monde. Il faut d'abord monter à l'Englischberg par la voie la plus directe, les chemins forestiers, même ceux interdits à la circulation : s'il le faut, il fracturera les cadenas des barrières. L'important, c'est d'arriver avant les gendarmes et avant les journalistes et autres curieux, maintenant que la nouvelle de la découverte du trésor est officielle. Il s'agit pour Krebs de rafler le plus vite possible la montagne de pièces d'or et d'argent et de mettre le tout à l'abri, à sa manière, car il a déjà tout prévu. Les voitures s'ébranlent et pénètrent dans les sous-bois, puis franchissent futaie après futaie, taillis après taillis, passent un ruisseau à gué, le taxi suivant le tracé effectué par le truck heureusement équipé d'un moteur de 8 cylindres, capable de passer à travers n'importe quel mouvement de terrain, si on est assez adroit pour le franchir sans frotter le carter du moteur sur les rochers de grès. La couverture des frondaisons est déjà bien touffue pour que les véhicules soient cachés des recherches effectuées par les hélicoptères de la gendarmerie. Il faut faire vite tout de même et Léonce pense qu'ils se traînent lamentablement. Le trajet n'est ralenti que par la difficulté de faire passer le taxi par des endroits parfois inimaginables pour ce genre de véhicule. Dans les situations les pires, ils emploient le treuil du 4X4 Ford pour tirer le taxi incapable de s'en sortir tout seul.

Le Ford est le premier à s'approcher du sommet qui semble encore tout ensommeillé, dans les derniers frimas de l'année. Max qui est sur place avec Plouc, tous les deux bien réveillés depuis un moment, sont heureux d'entendre le vrombissement des moteurs des puissants véhicules qui aboient comme ils le peuvent pour gravir la pente laissant des traces profondes dans l'épaisse couche de feuillages et de branchages, dérapant sur les souches et les rochers épars. Max rassure Plouc : « Les secours arrivent, enfin ! Nous sommes sauvés ! Yaélita et Mathias ont tenu parole et ont réussi leur mission, on a gagné, Plouc ! C'est la relève qui arrive ! » Max avait préparé un tas de bois, un vrai bûcher construit à la manière scoute, pour y mettre le feu et signaler sa présence, mais aussi un tas plus petit pour cuire son petit-déjeuner, à l'ancienne comme chez les Indiens, comme il le faisait au Colorado avec son père lorsqu'il habitait là-bas, en Amérique.

Quand les véhicules arrivent enfin avec difficulté jusqu'au premier sommet avec ses rochers escarpés et qu'apparaissent les sbires armés aux ordres des Krebs, Max comprend, un peu tard, qu'il a fait une énorme erreur d'appréciation. Il a d'abord le réflexe de prendre la fuite, mais Plouc, qui veut dire bonjour aux nouveaux arrivants, a déjà pris son élan pour se précipiter vers les intrus et tourne autour d'eux en montrant ses crocs quand il prend conscience spontanément que ces gars-là n'ont pas que des intentions bienveillantes. « Retiens ton molosse, il nous fait peur, crie Léonce en riant de bon cœur, tout en donnant un vilain coup de pied au petit chien qui s'enfuit en jappant pour se mettre à l'abri entre les pieds de Max. » Léonce fait sortir le professeur Weissenberg du Ford et le pousse vers son petit-fils. Max tombe des nues : « Papy, qu'est-ce que tu fais là avec cette bande ? Tu vas bien, ils t'ont fait du mal ? Qui sont ces sales gueules ? » Léonce Krebs lui demande de rester poli, qu'entre gens de bonne compagnie on peut se parler sans s'énerver, il arrive même qu'on puisse s'entendre; il rajoute que Max n'est pas en position de force pour exiger quoi que ce soit, puisque Léonce détient son grand-père en otage et du même coup, Max aussi, le devient désormais, deux otages pour le prix d'un, quelle bonne affaire. « Qu'est-ce qui vaut plus qu'un otage, Max ? Facile, deux otages, et je les ai sous la main, ironise Léonce. »

Le bandit lui demande de montrer où se trouve ce fameux trésor dont parle tant la presse mondiale; il ajoute qu'il a intérêt à obéir sans piper mot et à obéir dare-dare, sinon il risque de se fâcher et de couper en petits morceaux son grand-père adoré, juste pour le plaisir. Paul-Henri demande à Max de rester calme et de faire ce que les malfrats exigent, car il sait bien qu'ils ne plaisantent pas. Max, qui a l'air d'être subitement frigorifié, se masse les bras et le thorax, réussit à se calmer et surtout à retenir Plouc qui veut absolument rejoindre son maître, le professeur. Max le serre très fort contre lui pour qu'il cesse de gigoter. Tout en faisant mine de consoler Plouc, il prend discrètement son briquet, en le cachant derrière le chien; puis, en un mouvement rapide, il allume le réchaud à gaz comme s'il allait se chauffer son café le plus naturellement du monde.

« Bonne idée, fait nous donc des cafés, tout le monde ici en a grand besoin ! Ton grand-père en premier lieu, hein, Paul-Henri ? Il est sympa ton petit-fils, moins bourru que toi en tout cas. » Les hommes remontent tous lentement devant la guitoune au moment où Max prend subitement le réchaud à gaz allumé et le jette sur le tas de branches et de bûches qu'il a dressé sur le plus haut rocher. Max, qui a pris soin de mettre dans les fagots de résineux de l'herbe et des fougères sèches ramassées la veille, obtient l'effet voulu. Profitant de l'attention de toute la bande qui est comme hypnotisée par les flammes qui montent rapidement en crépitant, Max prend discrètement la poudre d'escampette avec Plouc dans les bras. Tout le monde observe le feu prendre à grande vitesse en provoquant un véritable nuage de fumée blanche qui grimpe droit dans le ciel comme une prière monte lentement vers le Créateur, une colonne opaque et dense qui doit être visible de très, très loin. « Éteignez ce feu, nom d'un chien, hurle Léonce Krebs, mais le temps d'escalader le rocher, le feu a si bien pris qu'il n'est plus guère possible de l'éteindre sans matériel à portée de main. On finit par dénicher une pelle-pioche dans le Ford, mais le manche est bien trop court et celui qui l'utilise s'en tire avec des brûlures mordantes sans arriver à ses fins. Les flammes semblent s'amuser comme des folles et se moquer des bandits découragés; il faudra une bonne demi-heure pour que la puissance de ce foyer incandescent commence à faiblir.

Pendant ce temps, Max réussit son pari, en se glissant de rocher en rocher jusqu'au deuxième sommet où il avait également prévu de mettre le feu à un autre bûcher également bâti la veille par ses soins. « Zut, et rezut, mon briquet, il a dû tomber par terre, soupire-t-il. Il n'y aura pas de deuxième feu de camp sur l'Englischberg ce matin, dommage, mon Plouc. Mais l'honneur est sauf, j'ai pu m'évader du traquenard et je reviendrai libérer Papy avec les gendarmes, hein Plouc ? On va chercher les képis au pas de course. Suis-moi ! » Max continue de filer en direction de Wimmenau, sans problème d'orientation, car le chemin, il l'avait bien mémorisé à l'aller. Il descend la pente à grandes enjambées, et Plouc le suis ventre à terre avec ses petites pa-pattes, sans ralentir un seul instant. Max, tout à son affaire et respirant aussi bruyamment qu'un sanglier en fuite, n'entend pas le bruit des pales de l'Alouette FG1 qui survole la zone. Car la colonne de fumée a bien fait son effet; depuis l'hélico, le pilote qui l'a repérée en premier a immédiatement averti l'équipe et dirige son appareil droit sur l'Englischberg. Mike et Clem ont le visage collé aux vitres de l'engin volant et scrutent la canopée et les rochers qui en débordent : « Les voilà, s'écrie le pilote, en passant presque au ras des rochers dans un bruit d'enfer, faisant faire de grandes spirales à la colonne de fumée.

72 Le 1er mai 2025 Repli des Krebs

Rapidement l'Alouette FG1 découvre l'origine de la colonne de fumée qui prend de la hauteur au-dessus du sommet identifié sur la carte d'état-major sous le nom d'Englischberg. Mike et Clem voient des hommes s'affairer au pied du rocher le plus élevé et Mike reconnaît aussi son père, Paul-Henri Weissenberg, attaché à un arbre un peu en contrebas. Le pilote annonce qu'il n'est pas possible de se poser sur les rochers trop distendus, en tout cas bien trop proches des arbres dont les couronnes flirtent dangereusement avec les masses minérales imposantes, de toute façon, absolument pas planes et bien trop étroites, même pour une Alouette. De plus, leur arrivée subite a donné l'alerte aux bandits : les hommes de Stéphane se jettent immédiatement sur leurs armes. Léonce Krebs s'approche du professeur Weissenberg et pose le canon de son pistolet sur sa tempe, pas besoin de longs discours pour comprendre ce que cela signifie; les autres dirigent leurs armes sur l'hélico et font feu. Le pilote dégage immédiatement l'appareil vers le sud, cela à toute vitesse en plongeant vers la vallée afin d'échapper aux tirs qui pourraient endommager, voire détruire l'appareil et tuer ses occupants. « Mon père est leur prisonnier, je l'ai reconnu, ils menacent de le tuer si nous insistons. Posons-nous dans le pré qui borde la petite route en contrebas, on remontera à pied pour les coincer, déclare Mike au pilote. » Clem acquiesce d'un signe de tête.

« Voilà comment ça marche, quand on a un otage en son pouvoir. L'hélico devra se poser très loin quelque part dans les prés du bas, le temps que les gendarmes remontent jusqu'ici, à pince, même s'ils sont bien entraînés, ce à quoi je doute fort, nous en aurons terminé depuis longtemps, jubile Léonce Krebs. » Stéphane hausse les épaules en grommelant « Ne vends pas la peau de l'ours avant de l'avoir tué. » Les bandits se mettent rapidement à l'ouvrage; car, après avoir trouvé le détecteur de métaux laissé par les jeunes, ils enlèvent les bâches et ont tôt fait de trouver la cachette enfouie sous la dalle de grès. Ils sont en sueur, à force de sortir des pelletées de pièces d'or dont ils remplissent de solides sacs de jute comme ceux dans lesquels ont transportait autrefois le charbon, l'anthracite ou les pommes de terre. Ces sacs, une fois bien noués, sont transportés dans le Ford F350 et recouverts d'une bâche aux couleurs de camouflage. « Vite, vite, il y a un deuxième sommet repéré sur la carte, on va vérifier si d'autres pièces d'or y sont cachées, n'oublions surtout pas d'emporter le détecteur de métaux, il nous sera très utile. Je détache le professeur et on l'embarque avec nous, ajoute Léonce. » Mais Stéphane ne veut pas s'encombrer de ce prisonnier rétif qui semble s'amuser à les voir s'affairer comme si le trésor les avait rendus fous. « Laisse Weissenberg ici, les gendarmes seront trop heureux de s'occuper de cet homme que tu as si gentiment blessé à la tête, et nous on aura gagné un peu de temps. » Mais Léonce tient à le garder avec eux, car pour lui, c'est un bouclier humain qui pourra leur être très utile.

Pendant ce temps, Max a fait du chemin et finit par tomber nez à nez avec Yaélita et Mathias en train de remonter à toute vitesse vers le sommet. « N'allez pas plus loin ! leur dit-il tout essoufflé, ses bronches sifflant comme un soufflet de forge troué de partout. Papy est là-haut, il est blessé à la tête et ligoté comme un saucisson. Les bandits sont trop nombreux, j'en ai compté huit, ils sont tous armés de pistolets et de carabines; ils menacent de tuer Papy si on tente quoi que ce soit contre eux. » Yaélita l'informe qu'il y a eu un passage d'hélicoptère il y a quelques minutes, peut-être que les gendarmes ont débarqué sur l'Englischberg et ont pu libérer Papy ! « Voyons, c'est impossible pour un hélico de se poser là-haut, il a dû déposer les gendarmes dans les prés, le temps qu'ils montent à l'assaut, ils risquent de trouver le site évacué et le trésor envolé, ces maudits gangsters sont coriaces, aboie Max, en colère, en crachant par terre. » Ensemble, ils décident de téléphoner à Babeth pour lui dire où ils en sont et pour qu'elle prévienne les gendarmes de l'évolution de la situation, mais aussi pour l'informer que Papy est toujours retenu prisonnier. « Mais on ne lui dit pas qu'il est blessé, il ne faut pas affoler notre grand-mère, ajoute Yaélita en levant son index. »

Arrivés tant bien que mal devant le deuxième sommet de l'Englischberg, surmonté d'un beau bûcher intact dressé, œuvre de Max qui malheureusement n'a pas pu l'allumer, les bandits se mettent à la recherche des pièces d'or et trouvent facilement l'emplacement grâce au détecteur. Ils creusent frénétiquement de la même façon qu'au premier sommet pour trouver des kilos de pièces d'or entassés parmi les lames de fer rouillé entrecroisées, qui gênent un peu le travail des malfrats. Ils font comme précédemment, enfournent les pièces d'or dans les sacs qui pèsent très lourd une fois qu'ils sont bien remplis et ficelés. Un des sacs finit par s'éventrer et de nombreuses pièces roulent sur le sol en glissant dans l'enchevêtrement des branchages et sous le tapis de feuilles mortes. « Merde, faites donc gaffe, ça vaut une fortune tout ça, hurle Stéphane Krebs alors que son père tente de ramasser le maximum de pièces en fouillant écorces, morceaux de branches et feuilles humides et collantes. « Laisse tomber, l'essentiel est dans les sacs, lui crie Stéphane. » Mais Léonce n'en a cure et dit qu'il n'est pas question pour lui qu'il laisse le moindre pourboire aux képis.

Sans être tout à fait sûr d'avoir récupéré l'ensemble de la fortune du comté de Hanau-Lichtenberg, Léonce donne l'ordre d'abandonner le site et de descendre de l'Englischberg comme ils l'ont fait à l'aller, en sens inverse, en prenant au plus court, la pente assez raide et glissante t droit vers le bas, pour gagner du temps. Pour le truck Ford, ce n'est pas un problème insoluble, le 4X4 conduit par Schnitzel passe partout en laissant de grandes traces de son passage, mais qu'importe. Par contre, le taxi a du mal à suivre et finit par faire une embardée, glisse sur le côté droit, puis fait trois tonneaux en secouant un peu violemment l'équipe venue de Nice qui se trouve à bord. Pas question de relever l'engin, Léonce s'y oppose fermement, car il veut rejoindre sans tarder le deuxième lieu d'enfouissement généreusement découvert par l'Intelligence artificielle, l'Ochsenstall, cet ancien refuge camouflé dans un ensemble de rochers et de grottes. Stéphane ordonne à ses hommes de continuer à pied et de se poster au fond du vallon sur la route forestière qui relie Wimmenau à Erckartswiller, en emportant toutes leurs munitions.

Stéphane leur ordonne de barrer cette route en érigeant des barricades avec tout ce qu'ils peuvent trouver en forêt, qu'ils improvisent ! Il leur donne aussi l'ordre de faire feu sur tous ceux qui tenteront d'emprunter ce passage, civils ou gendarmes, qu'importe, personne ne doit passer; il faut occuper les gendarmes pendant que nous recherchons le reste du trésor. Ils ont donc pour seule mission d'attirer les forces de la gendarmerie sur eux et de les fixer à cet endroit; ils ont assez de munitions pour ça ! Pendant ce temps, les hommes de Léonce finiront tranquillement et proprement le travail. « Nous reviendrons ensuite vous sortir de là avec notre otage émérite, le professeur, dit-il en riant de bon cœur. » Mais les Niçois ne semblent pas ravis d'être laissés en pleine forêt pour tenir tête à plusieurs brigades de gendarmerie.

73 Le 1er mai 2025 Scène de guerre ?

Mike et Clem arrivent prudemment en vue des rochers qui forment le premier sommet de l'Englischberg. Bien équipés, y compris avec des gilets pare-balles, ils s'engagent sur une pente très abrupte, se glissant entre les arbustes et les fourrés plus ou moins touffus, s'agrippant à la roche, se gardant toujours de se mettre à découvert. Même s'ils n'entendent aucun bruit provenant de là-haut, des tireurs sont peut-être embusqués en tirailleurs pendant que d'autres assurent le pillage du site où est censé se trouver le trésor du comté de Hanau-Lichtenberg. Les interrogatoires des ingénieurs libérés au Bunker, méthodiquement menés la veille et une partie de la nuit, ont permis de savoir ce que l'IA a révélé sur les lieux d'enfouissement probables. Mike et Clem savent que l'Englischberg n'est qu'un des lieux retenus. Cela fait déjà une vingtaine de minutes qu'ils ont aperçu les bandits à l'œuvre depuis l'hélico et Mike déplore que son père soit encore à leur merci. Il vient d'apprendre par Babeth que son fils Max se trouvait là-haut depuis l'avant-veille pour préserver le site des curieux, mais ni lui ni Clem ne l'ont aperçu sur le sommet : soit Max a réussi à s'enfuir à temps, car il est tout à fait capable d'avoir fait cet exploit, soit les malfrats le gardent caché quelque part, peut-être dans la guitoune qu'il a entraperçue, un peu de guingois, comme si on l'avait montée sur un terrain de camping sauvage.

En s'approchant de plus près, les deux hommes ralentissent leurs pas. « C'est comme à l'exercice, hein, Clem ? avance Mike. Ton petit corps douillet supporte bien l'effort, toi qui passes en général tes journées derrière un bureau ? » Clem soupire et renvoie l'ascenseur à son partenaire : « Et toi, le brasseur d'affaires, l'industriel reconverti, qui passe son temps pendu au téléphone entre les États-Unis, la Chine et l'Ukraine, tu te sens peut-être en meilleure forme que moi ? Ou je rêve ? » Clem trouve aussi très étrange que le site soit si calme et pense que les bandits ont dû terminer leur besogne sur l'Englischberg, ce qui expliquerait ce calme inattendu. Quand ils débordent enfin sur le sommet, Mike ayant fait le tour de l'autre côté de l'affleurement rocheux en se glissant dans une faille juste assez large pour laisser passer sa corpulence un peu plus empâtée que d'ordinaire, ils trouvent le site effectivement abandonné et le lieu fouillé, laissé en l'état, la guitoune de Max piétinée, les mâts tordus, du vandalisme de bas étage. Clem trouve une pièce d'or sur le sol, la nettoie et l'admire : c'est un bon florin du Rhin, en or massif, il doit valoir une petite fortune, ce fichu trésor, si le reste est du même acabit. Bon, voilà au moins une pièce que les malfrats ne pourront pas compter avec leur butin. Subitement, on entend des craquements de branches provenant du versant opposé : Mike plonge dans le sous-bois et Clem arme son Sig Sauer en essayant de trouver un abri entre les rochers « Mike, je te couvre, dit-il en bredouillant ». Mais ce n'est que Max qui s'avance avec précaution avec Plouc qui sautille immédiatement de joie, fou de revoir Mike qu'il connaît si bien.

« Ne tire pas, Clem, ce molosse, c'est le chien de mes parents, Plouc, il ne te fera pas de mal, même s'il aime bien mordre les mollets des inconnus qui lui semblent douteux, comme toi avec la tronche que tu fais et avec ton pistolet qui menace tout le monde pour rien. Mets le cran de sécurité. Je sais que tu as peur des chiens, mais, s'il te plaît, prends un air gentil et doux, fais-lui des gratouilles derrières les oreilles, si tu veux sauver tes mollets, s'amuse Mike. » Yaélita et Mathias arrivent une minute plus tard à bout de souffle; tout le monde s'embrasse longuement. Mike demande s'ils ont des nouvelles de leur grand-père, déçu d'apprendre que les bandits l'ont emmené avec eux, selon les affirmations de Max. Yaélita félicite son oncle pour la conception de son super-logiciel qui a prouvé son efficacité : « Grâce à ton invention, tonton, l'IA nous a ouvert la voie et on a trouvé le trésor, fastoche ! » Mike les félicite aussi pour leur initiative, car c'est grâce aux données incorporées dans le système que l'IA a pu trouver les lieux d'enfouissement; il donne une bonne tape dans le dos de Max qui était aux commandes.

Mais Max n'a guère envie d'être congratulé, car il se fait un sang d'encre pour son grand-père qu'il a vu avec une vilaine blessure à la tête. Il faut absolument le retrouver et le tirer des griffes de ces bandits pour qu'on puisse le soigner. « Pourquoi crois-tu que nous sommes là, il commence à nous manquer mon vieux père, ça fait combien de jours qu'il a été enlevé ? Il a bien tenu le coup jusqu'à présent, il me semble, et il le tiendra encore le temps qu'il faudra; il ne va pas se laisser faire, je connais son caractère, il résistera comme la mauvaise herbe tient tête au jardinier ! Je lui fais confiance. » Max réfléchit, mais n'arrive pas à se concentrer pour lui donner une réponse précise. « Combien ça fait de jours…qu'importe, s'écrie-t-il, ne perdons pas de temps. Par où sont partis ces bandits avec leur gros 4X4 ? On va les suivre à la trace ! Allez ouste ! En avant ! »

Clem qui a fait une reconnaissance rapide les hèle : « Venez par là, ils ont aussi creusé plus loin et d'après les pièces d'or qui traînent encore dans les feuilles mortes, ils devaient être pressés de partir; grâce à l'effet hélico, je parie, ils doivent se sentir traqués, ajoute Clem. Des hommes stressés commettent toujours des erreurs, c'est là, notre seule chance pour les coincer ! » Mike tempère ces propos en ajoutant qu'ils ne peuvent pas se substituer aux gendarmes qui affluent de toute part en ce moment même en convergeant sur ce site. « La cavalerie viendra de nouveau trop tard, comme dans les westerns, ajoute Clem. » Mathias, ayant marché dans les traces des véhicules très faciles à suivre en pleine nature, appelle à son tour les autres quand il aperçoit une voiture renversée à la tôle bien froissée, un taxi…il se demande ce qu'un chauffeur de taxi est allé faire à cet endroit, c'est une histoire de fou. « Huit hommes en tout , un 4X4 lourdement chargé avec un trésor à son bord, ils ont dû se scinder en deux groupes. Le premier doit être à la recherche du deuxième lieu d'enfouissement, mais que font les autres qui ont dû repartir à pied ? Sont-ils dans le coin à nous guetter, baissez-vous, on va devenir des cibles faciles. Ne prenez pas de risques. »

Subitement, on entend l'écho de détonations bien plus au nord de l'endroit où le taxi a fait ses tonneaux. « Les autres, à mon avis, ils bouclent la zone de recherche et tirent sur tous ceux qui tentent de passer par là, donc sur ceux qui risquent de les gêner dans leurs fouilles, annonce Clem, quasiment sûr de lui. » Mike pense qu'il a parfaitement raison et lui répond, en le regardant droit dans les yeux : « Il n'y a que deux solutions pour nous; la première est d'attendre les renforts gentiment, c'est ce que feront nos petits jeunes ici présents, dit Mike, ou plutôt non : qu'ils aillent vers Wimmenau où ils tomberont d'office sur des gendarmes qu'ils pourront renseigner. L'autre possibilité, c'est de tenter de passer de force par là où on ne nous attend pas ! ça nous regarde plutôt nous deux, n'est-ce pas Clem ? Nous sommes entraînés à ce genre d'exercice, non ? Et on fera tout ce qui est en notre pouvoir pour libérer mon père blessé, quitte à en découdre sur le terrain, c'est toujours mieux que d'attendre en croisant les bras et en regardant tristement le bout de nos rangers ! » Sur ces mots, les deux hommes se précipitent en avant, comme un violent courant d'air claque une porte, et disparaissent au pas de course à travers bois, sans se retourner.

Près d'une heure après les premiers tirs entendus dans les bois, un blindé à quatre roues motrices, un Centaure de couleur gris foncé, un engin développé par la société Soframe, véhicule lourd de 14,5 tonnes, long de 7 mètres, capable de transporter 12 gendarmes en même temps, arrive sur la route menant de Wimmenau à Erckartswiller, à vitesse réduite, alors que ce véhicule peut atteindre les 100 kilomètres par heure en vitesse de pointe. L'heure n'est plus à la rigolade, car des malfrats tirent sur des civils innocents en pleine forêt; il y va de la crédibilité des forces de l'ordre dans cette affaire hors norme. Pendant que les jeunes avancent vers Wimmenau afin de renseigner les gendarmes sur la situation dans la forêt où la chasse aux képis semble ouverte pour les malfrats, Mike et Clem arrivent sur les lieux des premiers tirs et se mettent en position dans les épais taillis qui les séparent de la route forestière.

Là, ils trouvent une voiture à moitié glissée dans le fossé; à son volant, il y a une femme en pleurs, qui semble complètement perdue, désemparée, qui sursaute quand elle voit le visage de Mike derrière la vitre de sa portière. « Ils m'ont tiré dessus quand j'ai insisté pour passer tout de même, lui dit la brave grand-mère que Mike connaît un peu, parce qu'elle est une amie de ses parents, Micheline Weis. Ils ne m'ont pas touchée, mais ils ont troué ma belle carrosserie. Et puis il faut absolument que j'aille chercher mes petits-enfants, ma fille part travailler dans un quart d'heure et ces tireurs fous ne veulent pas me laisser passer. Comment je vais faire maintenant ? Regardez, l'état de mon capot et de mon radiateur qui fume comme une vieille machine à café… » Mike la rassure, prend sa place au volant pour sortir la voiture du fossé après plusieurs essais qui font patiner les roues avant, puis il réussit à la retourner en sens inverse, en direction de Wimmenau, tout en scrutant les bois pour voir si un sniper n'aurait pas envie de faire un carton, il ne décèle aucun danger dans l'immédiat. Mike demande à Micheline de rentrer immédiatement chez elle, le moteur tiendra encore le coup jusqu'au village; qu'elle avertisse sa fille qu'elle ne pourra pas venir pour un cas de force majeure, car il lui explique que toute la forêt est bouclée comme si on était dans une vraie scène de guerre…et en réalité, on n'en est pas très loin.

74 Le 1er mai 2025 Main basse sur le trésor

Les Krebs et les trois sbires de Léonce découvrent enfin l'Ochsenstall, ses rochers et ses grottes, autrefois munis d'un aménagement conçu comme une étable, refuge pour le bétail mis à l'abri par les paysans des environs en cas d'alerte. Léonce fait cacher le lourd véhicule Ford sous des branchages et ordonne de commencer les recherches avec l'aide du détecteur de métaux, exactement comme ils l'ont fait sur le sommet de l'Englischberg. « Cet endroit, l'Ochsenstall, les jeunes ne l'ont pas trouvé, visiblement rien n'a encore été fouillé par ici, dit Stéphane, ne perdons pas de temps, on se retrousse les manches et au boulot ! » Et il a bien raison, car le temps presse : on entend des coups de feu tirés au sud de leur position ; ces tirs résonnent longuement, les détonations étant renvoyées par différents échos, épaisseur des forêts et parois rocheuses obligent... On n'entend plus un oiseau chanter, la faune doit être sur ses gardes, pour elle, c'est comme si la saison de la chasse avait commencé. Pour les chercheurs de trésor, le détecteur fait son œuvre, mais ils tombent sur un tas d'objets métalliques, en fer, parfois en cuivre, sans la moindre valeur, quelques rares ustensiles pas trop abîmés qui pourraient garnir les rayons d'un musée du cru. On avance pas à pas sous le regard amusé de Paul-Henri Weissenberg, toujours ligoté ; le sang qui coulait sur sa tête a formé depuis un moment une vilaine croûte d'un brun sale et noirâtre ; il essaie de dévisager Stéphane, mais ce dernier fait tout pour lui cacher le bon côté de sa physionomie.

« Souriez, professeur, tant que vous le pourrez encore, dit Stéphane en lui tournant le dos, vous aurez moins envie de fanfaronner quand on vous attachera par les pieds pour vous hisser la tête en bas sur la plus haute branche de ce chêne centenaire. » Les hommes n'ont pas une minute à eux, car ils creusent un peu partout, au bon vouloir des détections effectuées sans grande méthode, il faut bien le dire; à chaque « bip » de l'engin, les malfrats donnent des coups de pelle-pioche à la va-vite et tombent sur de nouvelles vieilleries rouillées. « Ce lieu a souvent été utilisé, dit Léonce, la preuve, regardez tout ce qu'on a déjà sorti de terre. » Stéphane se contente de ronchonner : « Je me demande si on ne perd pas notre temps, en tout cas, laissons-nous au maximum une heure encore de recherche, après quoi, il faudra se tirer coûte que coûte, si on ne veut pas se faire cerner par la flicaille; et en s'adressant à son fils, il ajoute : qu'on ait trouvé le reste du trésor ou non, on devra filer ! » Léonce lui demande d'être patient et pour une fois, de lui faire confiance. « Là, j'ai trouvé une pièce, patron, dit Schnitzel, tout heureux de ramasser une pièce de 5 francs en argent. » En réalité, c'est une pièce des années 1960, certainement perdues là par un randonneur ou un bûcheron. « Nous, on cherche des pièces du XVIe siècle ! Allons, du nerf, le temps, c'est de l'argent, comme celui de ta pièce du XXe siècle, s'inquiète Léonce. » Le professeur Weissenberg n'arrive même plus à rire du spectacle ridicule qu'ils donnent, tellement il se sent mal ; il se plaint d'avoir très soif et demande d'avaler un antalgique, car il a l'impression que sa tête va exploser, mais on lui répond qu'on ne trouve pas d'aspirine en pleine forêt et que l'eau est rationnée pour ceux qui travaillent, pas pour les fainéants de son espèce.

Pendant ce temps, les forces de la gendarmerie avancent prudemment sur deux axes : une escouade progresse avec lenteur en provenance d'Erckartswiller, à bord de ses fourgonnettes bleues; une autre équipe suit le lourd blindé Centaure venant de Wimmenau. Au beau milieu, derrière des barricades improvisées à l'aide de troncs et de gros branchages tirés des sous-bois, les hommes de Stéphane se doutent bien qu'ils seront pris en tenaille et qu'ils devront se battre sur deux fronts, ce qui fait un peu beaucoup pour seulement trois hommes. Les premiers à approcher sont les gendarmes venant de l'ouest; ils essuient immédiatement un tir nourri qui se concentre sur une des fourgonnettes et sur ses occupants qui sautent le véhicule pour se mettre en formation de combat rapproché de part et d'autre de la route, tâchant d'envelopper l'ennemi qui tire de longues rafales sur tout ce qui bouge. Le lieutenant Schnautzer, qui a abandonné l'idée d'utiliser les hélicoptères Alouette maintenant que les bandits sont localisés en forêt, s'empare d'un mégaphone et demande aux tireurs retranchés de jeter les armes, de lever les bras et de se rendre, sinon il leur en cuira. Ces ordres simples obtiennent une réponse tout aussi simplette : des tirs répétés en direction de l'officier qui doit se jeter à terre pour éviter les balles qui sifflent autour de lui, son képi étant joliment percé d'une aération supplémentaire offerte gratuitement par les adversaires. Schnautzer, devant cette déclaration implicite de résistance acharnée, furieux d'avoir servi de cible mouvante et de devoir racheter un képi neuf, demande à ses hommes de se replier à l'abri du relief forestier, pour éviter des dégâts collatéraux et des pertes inutiles; il leur fait prendre position bien en retrait de la barricade qui leur bloque l'accès, en s'appuyant sur des troncs épais couchés à même le sol en attente de débardage.

Dans la direction opposée, on entend le déplacement d'un engin muni d'un moteur très puissant : le blindé Centaure arrive à son tour sur les lieux après avoir grimpé les premiers lacets de la route, juste avant le col; les gendarmes ont été renseignés par les jeunes Weissenberg qu'ils ont croisés alors qu'ils continuaient leur descente de l'Englischberg. Aussitôt, les tirs reprennent, la seconde escouade s'appuyant intelligemment sur le véhicule qui leur sert de protection. Le Centaure qui ne craint pas les balles s'avance jusqu'à la barricade du côté de l'Est; avec l'aide de la pelle fixée à l'avant, le véhicule dégage très facilement cette partie de route sous le feu de l'ennemi. Mais pas question d'aller plus loin; l'officier qui commande ce détachement, le capitaine Jacques Klein, s'adresse à l'adjudant-chef René Reich qui est aux commandes du Centaure : « Revenez en arrière pour sécuriser les gendarmes à pied, je ne veux pas que mes gars y laissent des plumes, je ne voudrais surtout pas de blessés ou des morts à mon palmarès. De plus, la nuit va tomber, on n'y verra plus grand-chose en pleine forêt et je ne veux pas que vos tirs balaient nos collègues qui sont de l'autre côté des barricades, ils viennent de me confirmer. Évitez les balles perdues et repliez-vous jusqu'au dernier virage. »

Les trois bandits crient victoire, peut-être un peu tôt, mais ils ont tenu des dizaines d'assaillants en respect; ils savent bien que, même s'ils profiteront de l'obscurité de la nuit, ils ne tiendront pas longtemps le lendemain matin, si l'assaut est donné des deux côtés à la fois. Ils décident qu'une fois la nuit tombée, ils tâcheront de trouver une solution pour échapper aux képis en se glissant dans les sous-bois. L'un d'entre eux, le plus âgé, certainement le plus expérimenté, Ricky, surnommé la Gâchette, dit à ses acolytes : « Nous avons une seule chance de nous tirer de ce guêpier dans lequel nous a laissés notre patron. C'est de filer vers le nord à travers bois. On y trouvera à coup sûr les Krebs père et fils. On ne va tout de même pas se sacrifier pour eux, nous aussi on veut notre part du gâteau, vous n'êtes pas d'accord, les gars ? » Tous les trois décident de quitter la route bloquée de part et d'autre et de filer dès que possible pour profiter de leur seule chance d'éviter l'encerclement, la capture ou pire, la mort.

Quant à Mike et à Clem embusqués non loin de là, ils décident de se retirer en silence, à bonne distance de la zone de tir. Mike a eu un appel d'Arthur Dubreuil qui, à peine remis de ses émotions, est allé embrasser sa famille, a pris une bonne douche bien chaude et a décidé immédiatement de mettre l'IA au service de la gendarmerie, si possible avec l'aide de Mike : il a une revanche à prendre sur le dos des Krebs. « Pas la peine de perdre notre temps à jouer aux petits soldats, Clem, dit Mike, on retourne à la gendarmerie de Lemberg où on retrouvera Dubreuil et quelques-uns de ses ingénieurs très motivés pour donner l'hallali et clôturer la chasse aux Krebs. Il a mis au point un logiciel qu'il a intelligemment appelé « le limier numéro un », mais qu'il a surnommé le « fouille-merde », bizarre comme intitulé quand même, je suis curieux de savoir ce qu'il vaut, mais d'après Arthur, il est costaud et arrive à tracer les délinquants partout où ils tentent de se planquer. On retourne sur la route en évitant les gendarmes pour ne pas perdre du temps à s'expliquer à chaque virage et, une fois à Wimmenau, on trouvera les ressources nécessaires. » Clem approuve sans rechigner et les deux hommes s'enfoncent dans la nuit noire comme deux poissons suivent le cours nocturne des eaux sombres des torrents.

75 Le 2 mai 1525 Gaspard aux arrêts

Les dernières nouvelles sont plutôt mauvaises aux yeux du chancelier Cunon de Hohenstein, qui décide de renforcer les défenses des accès du château de Bouxwiller; à l'aide de barricades plus hautes et de pièces d'artillerie mieux placées, il tente de rendre toute incursion impossible, car ses espions l'ont informé que le groupe de Neubourg n'a plus guère d'autre choix pour ne pas rester isolé, que celui de s'associer à l'armada d'Erasme Gerber, en se portant donc en direction de Saverne. Ce qui signifie que les bandes des paysans vont obligatoirement s'intéresser à la capitale du comté, Bouxwiller, qui est sur leur chemin et qui serait un camp intermédiaire tellement pratique pour eux, avec les stocks importants de fourrage et de vivres qu'ils convoitent, un lieu certainement plus confortable que le camp installé au Bastberg, ouvert à tous les vents. Le chancelier convoque Gaspard Metzger et lui demande où le trésor du comté a été mis en sécurité et par qui il le fait garder en ce moment même, car l'heure est grave. « Je puis vous assurer, chancelier, que le trésor est en parfaite sécurité. Je me suis occupé de le faire disparaître proprement du regard de tout le monde et je défie quiconque de le retrouver, il est comme une aiguille cachée dans dix mille bottes de paille. Ne me demandez pas où exactement, parce que je ne le sais pas moi-même, une sage précaution que j'ai prise pour ne pas pouvoir dévoiler les cachettes si j'étais arrêté et torturé par les paysans ou par qui que ce soit d'autre mal intentionné, vous voyez ce que je veux dire. » Cunon n'en revient pas, que le receveur général ait pris une telle mesure sans lui en parler d'abord. Il est également en colère contre le comte qui a confié cette mission à son subalterne et comme Gaspard semble dépassé par les évènements, il le fait immédiatement mettre aux arrêts pour abus de pouvoir et incompétence caractérisée. « Vous vous débrouillerez comme vous le pourrez, car je vous confie à la garde du capitaine Rolf de Weinbourg que je charge officiellement de retrouver, avec votre aide ou non d'ailleurs, les lieux où a été enfoui le trésor du comté pour le faire surveiller par ses sergents les plus sûrs. »

Gaspard n'a pas le temps d'en dire davantage que deux hommes d'armes lui lient les mains derrière le dos et l'emmènent de manière assez peu amène jusqu'à leur capitaine. Rolf de Weinbourg n'est pas connu pour être un homme tendre et très patient; il exige que Gaspard Metzger lui indique sans détour les lieux d'enfouissement afin qu'il les fasse surveiller par des hommes de confiance, déguisés en paysans pour passer inaperçus, selon les ordres du chancelier lui-même, pour avoir une bonne chance de préserver la fortune du comte Philippe III et de sa famille. Gaspard lui explique exactement comment il a procédé, sans rien lui cacher, également pourquoi il ne voulait pas être au courant des cachettes choisies par ses deux meilleurs serviteurs, justement pour que personne d'autre qu'eux ne puisse les révéler. Rolf demande alors où se trouvent ses fameux serviteurs qu'il veut interroger, mais il est désemparé quand Gaspard refuse de répondre autrement que par cette phrase sibylline : « Ils sont là d'où on ne revient jamais, capitaine, la mort les fera taire à jamais. J'ai fait exactement le travail que le comte m'a demandé d'effectuer, j'ai suivi ses ordres à la lettre, ni vous ni le chancelier ne me ferez changer d'avis. C'est ma manière de prouver ma fidélité à notre comte, je m'y tiendrai s'il le faut jusqu'à la mort, sans jamais renier mon serment. » Rolf de Weinbourg tempête, menace, grogne, frappe Gaspard au visage comme la brute qu'il est, mais Gaspard ne cède en rien; il se cloître dans le silence, devenant muet comme une tombe.

Rolf de Weinbourg est loin de penser aux deux hommes qu'il a lui-même jetés dans les oubliettes du château, la veille. Mais son petit doigt lui dit qu'il y a anguille sous roche. Il s'adresse une nouvelle fois à Gaspard en essayant de le prendre non à rebrousse-poil, mais par une sorte de gentillesse feinte et maladroite et par l'empathie sournoise qu'emploient si souvent les mauvaises gens. Rolf n'est pas un bon acteur et le naturel revient vite au galop. Subitement, le capitaine se met dans une rage folle, frappe Gaspard de toutes ses forces, pour faire passer sa hargne et sa frustration sur ce personnage qu'il méprise depuis longtemps, ce simple comptable et scribouillard qui s'imagine qu'il se trouve au-dessus de la loi qu'il représente, lui, le gouverneur de Bouxwiller. Si le chancelier l'a fait arrêter, c'est qu'il avait de toute façon de bonnes raisons, ou se trompe-t-il ? Finalement, Rolf de Weinbourg obtient de son prisonnier un renseignement supplémentaire avant que Gaspard Metzger ne sombre dans l'inconscience : il a fait dresser une carte par ses serviteurs indiquant les lieux d'enfouissement, une carte qu'il a coupée en deux et dont il a caché séparément chaque bout. Rolf n'a pas pu en savoir davantage; il décide de fouiller de fond en comble toutes les salles de la chancellerie ainsi que le domicile de Gaspard Metzger. Il lui faut ces bouts de carte à tout prix. Les trouvera-t-il ?

76 Le 2 mai 2025 L'I.A. sert aux gendarmes

La veille, tard dans la soirée, Mike Weissenberg et Clément Boyard ont atteint le village de Wimmenau. Mike s'est rappelé où habite Micheline Weis et a décidé de se rendre directement chez elle pour lui demander de les ramener chez ses parents à Moetzenbruck à une dizaine de kilomètres de là, ce qu'elle fait de très bonne grâce. Chez Babeth, heureusement, personne n'est encore couché ! Max, Yaélita et Mathias occupent le salon de la petite maison rouge où ils s'agitent en pleine discussion sur le thème désormais éculé : « Qu'est-ce qu'on peut faire de plus pour libérer Papy, nom d'une pipe ? Les gendarmes ne laissent plus passer personne sur les routes, on est quasiment coincé chez toi, Mamy. On a l'impression que des extra-terrestres ont débarqué dans nos forêts et que c'est la fin du monde, l'apocalypse qui s'annonce, exagère Max comme d'habitude. » Quand Mike et Clem frappent à la porte d'entrée, c'est l'effervescence; les uns et les autres se racontent leurs aventures et mésaventures dans un brouhaha incontrôlable, chacun y mettant son grain de sel; ils partagent bien sûr leurs dernières impressions sur cette affaire jusque vers une heure du matin bien sonnée, quand Babeth décide d'un ton ferme que c'est l'heure limite pour « aller aux plumes, dans les bras de Morphée ou derrière la lune, au choix. » Auparavant, Mike propose de tout remettre en commun demain matin, à tête reposée, et avec l'aide de son logiciel, plébiscité par les jeunes qui savent désormais très bien l'utiliser. Mike insiste sur le fait de rencontrer Arthur Dubreuil pour vérifier, avec l'autre logiciel, le fameux « fouille-merde », comment on peut mettre l'IA au service des gendarmes pour stopper la cavale éhontée des

Krebs et de leur bande. Ce serait une victoire de plus à mettre au palmarès de l'IA.

Dès le lever du jour, les deux escouades de gendarmes, qui ont passé la nuit en forêt aux abords de la route forestière, lancent l'assaut des deux côtés à la fois, depuis Wimmenau et depuis Erckartswiller, mais elles ne trouvent plus qu'une barricade abandonnée au milieu de nulle part, faite de troncs tordus et de vieilles branches tordues. « Les snipers se sont tirés cette nuit, » annonce le lieutenant Schnautzer à ses hommes restés en retrait, tandis que le blindé Centaure dégage le macadam des éléments enchevêtrés de la barricade, afin de rendre à la route la liberté de circulation. « La route est dégagée, annonce un gendarme dans son talkie. Pas de tireurs en vue. Fin d'alerte, je répète, fin d'alerte. » Schnautzer est rassuré, il n'y aura pas de bataille rangée; car malgré la supériorité numérique et l'équipement de ses troupes, un combat frontal aurait mal pu finir avec des blessés et peut-être même avec des morts, une lourde responsabilité à porter par un officier de commandement.

Un appel provient du QG de Lemberg : c'est le colonel de gendarmerie Armand Schwartz qui félicite Schnautzer et les membres des deux escouades d'avoir réglé le problème de la route forestière, proprement, sans bavure, ce qui était inespéré. Le préfet de Moselle et le sous-préfet de Saverne se joignent à ce dernier et ne tarissent pas d'éloges envers les Forces de l'ordre. Ces paroles réconfortantes sont reprises en chœur par tous les journalistes, y compris ceux des plus grands médias. « Ouf, on est passé tout près d'un bain de sang, pense le colonel Schwartz, mais les tireurs courent toujours et ça, je ne veux pas le tolérer; que les hélicos survolent le coin pour tâcher de les repérer au plus vite, ordonne-t-il, il faut absolument les désarmer, les capturer et les interroger. Mais pour ça, il faut me les prendre vivants, je ne veux pas de tableau de chasse à l'américaine, bon Dieu, ça non ! »

Quand Mike et Clem arrivent à la gendarmerie de Lemberg, ils tombent sur Schnautzer qui vient de revenir en tenue de combat, arborant une mine fatiguée et un teint hâve; il a bien besoin de souffler un peu après deux jours sur le qui-vive. Mais l'officier tient bien le choc et présente les deux hommes au colonel Schwartz qui reconnaît Clem avec lequel il a déjà fait le coup de feu, il y a quelque temps, dans une opération extérieure à laquelle ils avaient participé tous les deux. Si Clem semble ravi de ces retrouvailles, le colonel paraît l'être beaucoup moins, mais fait bonne figure tout de même devant ses amis. Mike leur annonce qu'il a demandé à Arthur Dubreuil de les rejoindre avec son matériel pour associer l'aide de l'IA à la recherche des malfrats : « Arthur sera là dans moins d'une demi-heure et en mettant nos armes virtuelles en commun, nous pourrons peut-être découvrir rapidement là où ils se terrent. Car selon nous, insiste Mike, ils n'ont pratiquement plus aucune possibilité de fuite. Vous avez totalement bouclé le secteur en interdisant l'utilisation du réseau routier, mon colonel, c'est parfait ! »

Mais le colonel ne semble pas très convaincu, huit bandits courent toujours et ont les moyens de passer à travers bois avec ou sans leur puissant 4X4. De plus, on ne peut pas interdire à la circulation tout un réseau local sans graves conséquences pour les habitants du terroir coincés chez eux, comme à l'époque de la Covid-19. Les réclamations des maires et des commerçants pleuvent déjà sur le bureau des préfets qui ne supportent pas ce genre de contre-publicité qui ternit leur étoile au ministère de l'Intérieur, place Beauvau à Paris. Il faut donc faire vite et toute aide sérieuse capable d'accélérer le processus de résolution de cette affaire sera la bienvenue, même si le colonel Schwartz ne croit pas trop au secours inopiné de l'IA et reste très sceptique : « Encore une invention à la con de jeunes ingénieurs qui veulent se faire mousser, pense-t-il. Laissons-les faire, on verra bien si ça peut nous être vraiment utile. »

Quand arrivent Arthur Dubreuil et Serge Kurz à la gendarmerie de Lemberg, Mike les présente aux officiers qui leur indiquent un petit bureau où tous les civils vont pouvoir s'entasser au petit bonheur la chance. « Mon fils Max, un excellent ingénieur informaticien, nous rejoindra dans un quart d'heure, il pourra nous aider, annonce Mike au colonel qui ajoute : « Il y aura bientôt plus de civils que de militaires dans cette gendarmerie si vous continuez à rameuter du monde. » Mike complète : « Mais c'est pour que les militaires puissent être à pied d'œuvre sur le terrain et c'est tant mieux, c'est là qu'ils sont les plus efficaces; quant aux gens que je rameute, ce sont des experts compétents dans un domaine que la gendarmerie ne connaît pas encore vraiment, est-ce que je me trompe ? soupire-t-il. »

Le colonel leur demande de faire ce qu'ils jugent utile, à la seule condition de l'informer au fur et à mesure de l'avancée de leurs recherches, en attendant qu'il reçoive lui-même de bonnes nouvelles des pilotes d'hélicoptères, même s'il en doute fort. Il fait tenir les journalistes à l'écart sans leur donner d'explication, même s'ils se font pressants comme les taons fondent sur vous quand l'orage menace, « et tout le monde sait que les taons sont durs, ironise Schnautzer. » Le colonel interdit formellement aux civils ici présents comme aux gendarmes, en service ou non, de laisser fuiter la moindre information susceptible de nuire à leur opération de maintien de l'ordre. Schnautzer affirme, dans une très courte déclaration publique officielle, qu'il ne peut rien divulguer pour le moment, mais qu'il le fera avec très grand plaisir dès que tout danger sera écarté; le lieutenant est hué par les journalistes, ce dont il se fiche clairement, mais son intervention fait bon effet dans les préfectures et dans les bureaux de la place Beauvau.

77 Le 2 mai 2025 Rebellion chez les Krebs

La veille au soir, les deux Krebs n'ont pas cessé leurs recherches qui semblaient tourner en rond au grand désespoir de Léonce; ils finissaient par penser que cette deuxième cachette n'était probablement qu'un leurre et qu'ils perdaient leur temps en s'acharnant de la sorte. Mais Schnitzel a fini par remarquer qu'une grotte, quasiment engloutie par de la terre meuble qui a encombré peu à peu cet espace durant des siècles, se trouve légèrement à la droite des autres rochers. Mais la tâche pour dégager des mètres cubes de terre est énorme alors que la nuit est déjà tombée, une nuit sans lune, où seule la clarté des étoiles peut éclairer la voûte céleste, alors imaginez ce que cela peut donner sous les arbres, l'obscurité y est presque complète; on ne peut plus guère compter que sur les phares du véhicule; mais si l'on ne veut pas consommer tout le gas-oil en faisant tourner le moteur trop bruyant, quelle alternative ont-ils ? Il est impossible de maintenir l'éclairage allumé sans faire tourner le moulin, car on ne peut redémarrer le véhicule qu'avec une batterie au top niveau. De plus, la lumière et le bruit du moteur pourraient permettre aux gendarmes de situer facilement l'Ochsenstall, le nom du lieu qui est certainement stipulé sur les cartes d'état-major qu'ils ont sous les yeux.

Léonce Krebs décide malgré tout qu'ils resteront sur place cette nuit, ce qui n'était pas du tout prévu au départ. Heureusement, on n'entend plus la moindre fusillade au loin, le calme est retombé sur tout le massif forestier. Les Forces de l'ordre ont probablement renoncé à dégager la route durant la nuit, tant mieux pour les Krebs qui pensent que Ricky la Gâchette est assez culotté et borné pour bloquer tout un régiment de tirailleurs sénégalais, s'il le fallait. « Et comme il en a reçu l'ordre formel, il fera son boulot, c'est sûr, on peut compter sur lui, pense Stéphane. » La nuit restera d'un calme olympien, on entend juste les quelques plaintes lugubres d'une chouette égarée, le bruissement des ailes des pipistrelles, ces petites chauves-souris déjà sorties de leur état d'hibernation, les jappements des renardeaux, sans oublier les grognements indélicats des sangliers qui se déplacent en hordes compactes à remuer la terre en quête de pitance. On se croirait dans un rêve de naturaliste suisse, alors qu'en réalité, on est en plein cauchemar. C'est du moins le cas pour Paul-Henri Weissenberg qui passera une nouvelle nuit de tortures en grelottant de froid, ses liens lui entaillant les poignets et sa blessure à la tête lui faisant souffrir le martyre.

En pleine nuit, Léonce Krebs secoue ses hommes roulés dans des couvertures sous la protection des grottes et les oblige à se remettre au travail, les uns au maniement du détecteur de métaux, les autres au pelletage, avec l'éclairage réduit de lampes de poche dont l'intensité faiblit rapidement. La découverte de Schnitzel donne enfin les résultats escomptés, l'appareil hurlant à tue-tête comme le ferait un fou empêtré dans sa camisole de force. Il constate que le reste du trésor est bien enterré dans le bas de cette grotte, enfoui dans l'épaisseur de l'humus. Mais ils ont fort à faire pour en extraire les pièces, essentiellement des marks d'argent datant des XVe et XVIe siècles, ainsi que des groschen d'argent. Cette fois-ci, le but des Krebs est atteint, l'ensemble du trésor est à eux, quand les dernières pièces sont enfin entassées dans les derniers sacs de jute. « Maintenant, qu'est-ce qu'on fait ? demande Stéphane à son père. On a tout le trésor en notre possession, pour ça, oui, bravo, c'est une vraie réussite ! Mais n'oublions pas que nous avons toujours les gendarmes à nos trousses, jamais nous ne passerons entre les mailles, même très larges, de leurs filets. Tout le réseau routier est sous surveillance.

Sans rajouter qu'une fois sortis de cette immense forêt, nous serons vite repérés par les hélicos qui n'attendent que ça, écoutez bien, j'entends les pales de l'un d'eux vrombir par loin d'ici. » Léonce le rassure en lui disant qu'il a tout prévu, que le gros Ford F350 restera dans la forêt, camouflé, et que le trésor partira dans une estafette de collections repeinte aux couleurs de la gendarmerie que Schnitzel conduira pour emporter cette montagne d'or et d'argent très loin, en région parisienne, dans un lieu tenu secret; il le fera en suivant les grands axes, avec son véhicule qui donnera le change en passant pour une voiture de service. « Et nous-mêmes, avec Colas et Sim, nous monterons sur des scooters planqués chez des complices près d'Erckartswiller pour nous rendre le plus vite possible jusqu'à l'aérodrome de Steinbourg près de Saverne, où nous attend un Beechcraft Bonanza G36. Eh oui, c'est un bel aéroplane moderne et confortable, prêt à nous emmener dans les airs jusqu'en Italie, puis de là en Sicile où nous attend un refuge prêté par un de nos lointains cousins, et cerise sur le gâteau, c'est un membre influent de la Mafia. Qu'est-ce que vous en dites, tous, je vous épate, hein ? C'est une bonne surprise, n'est-ce pas, je sens bien que vous ne vous attendiez pas à ce genre de truc ! La classe, non ?»

Quel plan diabolique, pense Stéphane presque admiratif devant les initiatives prises par son paternel, quelle imagination et quel sens de l'anticipation ! « Bravo, mille bravos, fallait surtout pas nous attendre, s'écrie subitement Ricky la Gâchette, apparaissant comme le diable sortant d'un confessionnal, avec un fusil d'assaut entre les mains, entouré par ses acolytes restés légèrement en retrait pour mieux observer leurs patrons. Vous seriez partis sans nous, non…je rêve ? Ou plutôt je cauchemarde ? Je ne veux pas le croire ! » Léonce réagit aussitôt en leur demandant pourquoi ils ont abandonné leur poste si tôt et s'ils se rendent compte qu'ils risquent de compromettre toute l'opération avec leur initiative totalement irréfléchie; ils ont laissé le champ libre aux gendarmes et osent venir leur faire des reproches. Ricky hausse les épaules avec un sourire en coin : « Oh la la, mais nous, nous avons fait notre part du boulot, on a tiré dans le tas comme convenu, et puis soudain, on a vu arriver un blindé, de tonnes d'acier à l'épreuve de nos balles, qu'on a même réussi à tenir à l'écart. C'est dire qu'on sait se faire respecter ! Et puis, ça nous a pris comme ça. On n'allait tout de même pas se faire mitrailler sur place ou faire 25 ans de cabane pour que vous puissiez partir égoïstement, sans penser à nous, avec tout le trésor, pour vous la couler douce et mener la grande vie en empochant nos parts par-dessus le marché. »

« On est peut-être des brutes épaisses ou des bons à rien pour certains, ajoute Ricky, mais ça ne veut pas dire qu'on n'a pas de cerveau entre nos deux oreilles, regardez bien, patrons. » Stéphane tente de calmer le jeu, car le ton déterminé de Ricky ne lui plaît pas du tout et il trouve même qu'il dépasse les bornes : alors, il leur demande de rengainer les flingues, de ne pas gâcher inutilement les munitions et surtout de ne pas faire de bruit, car ce n'est pas le moment d'alerter tout le monde. « On ne va tout de même pas se tirer les uns sur les autres entre gangsters qui se respectent. Vous voulez amuser la galerie, les gendarmes, la presse, le grand public ou quoi, passer pour les plus parfaits des connards, ou bien faire le boulot des flics à leur place, bande d'attardés mentaux ? Ils n'attendent que ça, qu'on se tire dans les pattes. Il y a une fortune ici, il y en a assez pour tout le monde, regardez par vous-même. Et arrêtez de faire les cons ! » Ricky s'approche du Ford et avec le canon de son fusil tente d'ouvrir un sac. « Les sacs sont trop bien noués, dit Léonce, car on ne veut pas perdre une seule de ces précieuses pièces d'or. Il faut prendre les deux mains pour les ouvrir, réfléchis un peu ! » Ricky rit jaune, pointe le fusil sur son patron et l'oblige à en ouvrir un devant lui, tout de suite, et que ça saute !

C'est alors que retentit le coup de feu tiré par Stéphane avec son pistolet ManuFrance camouflé le long de sa jambe, celui qu'il a réussi à prendre en main habilement sans se faire remarquer : Ricky s'effondre, touché en plein cœur, à bout portant, donc mort sur le coup. Ces deux complices semblent hésiter sur la conduite à tenir et Schnitzel a largement le temps de faire feu à son tour, coup sur coup, avec une précision de spécialiste; lentement, les anciens bras droits de Stéphane s'effondrent et perdent connaissance; ils ne survivront pas. « Merci, Schnitzel, hurle Stéphane, et le prochain sur ta liste, c'est moi, peut-être, non ? Pose cette arme ou je te vide un chargeur entier dans les tripes, espèce de salopard. » Sur ordre de Léonce, Schnitzel obtempère et lève les bras en implorant des yeux son patron pour qu'il le protège. « Calme-toi, Stéphane, tes gars nous avaient trahis, on ne pouvait plus leur faire confiance de toute façon, Schnitzel a eu le bon réflexe en profitant du moment de flottement qu'ils ont eu. Il n'a fait que son boulot, ce que toi aussi tu aurais fait, si tu avais été à sa place, bougre d'imbécile. Et maintenant après ces coups de feu, les képis auront vite fait de nous localiser. Il faut filer au plus vite. »

Stéphane, encore secoué et contrarié par ce contretemps qui le laisse désormais sans ses gardes du corps, envoie un regard méprisant et glaçant à Schnitzel : avec son pouce, il fait lentement le geste qui mime quelqu'un qu'on va égorger. Schnitzel fait des efforts pour ne pas réagir à cette menace de mort et se met au volant du Ford pour rejoindre le lieu où se trouve, cachée par des branchages, une belle estafette fraîchement repeinte, flambant neuve avec un beau gyrophare bleu au-dessus du poste de conduite. Schnitzel trouve qu'il s'en est bien sorti et semble très fier de lui, parce que son patron va lui confier toute sa fortune; le trésor est entièrement transféré du truck jusque dans la fourgonnette; on sue beaucoup, car l'or pèse son poids. Ensuite, on camoufle le Ford avec des quantités de branches fraîchement coupées avec une hachette bien aiguisée, et on y dépose les cadavres de Ricky et de ses acolytes. Puis Schnitzel se déguise en brigadier avec un uniforme qui lui va comme un gant et se met en route sans tarder. Le reste de la nuit sera longue, très longue pour ce pauvre Schnitzel, mais aussi pour Paul-Henri Weissenberg qu'il embarque avec lui, inconfortablement installé sur des milliers de pièces d'argent et d'or. Si vous ne le savez pas encore, il très, très inconfortable de devoir s'allonger sur ces lourdes rondelles de métal glacé; même si c'est du métal précieux, je ne recommande à personne de faire cette expérience, comme la subit ce brave professeur, ligoté et bâillonné.

78 Le 3 mai 1525 Sortis des oubliettes

À Bouxwiller, la population, dégoûtée par la terreur que font régner les sergents, est de plus en plus agitée; les gens ne supportent plus la rigueur des contrôles et l'interdiction de se rassembler sur les places ou dans les rues, situation imposée par le terrible capitaine Rolf de Weinbourg, plus détesté que jamais, même s'il ne fait qu'appliquer les consignes du comte. De plus, les couleuvrines et canons pointés sur la ville depuis la cour et les tours du château sont une menace permanente à peine déguisée contre les habitants de la cité, si l'idée leur venait de prendre fait et cause pour les paysans. En réalité, une majorité de gens sont bien décidés à soutenir les insurgés, vu la manière dont ils sont mal traités par les soldats. Ils sont sûrs que, de toute façon, la ville ne pourra jamais tenir tête à un assaut en règle mené par des milliers de paysans et ils risquent donc de tout perdre si la capitale du comté était mise à sac.

Et Rolf de Weinbourg n'est pas près de lâcher du lest non plus; c'est un militaire de carrière et d'esprit psychorigide de la pire espèce, qui ne fait ni dans la finesse ni dans la nuance : pour lui, ou bien on montre qu'on est de son côté, si l'on respecte à la lettre les ordres du comte, ou bien on est contre lui et gare aux fesses de ceux qui ne filent pas droit ! Pour Rolf, tout est blanc ou noir, il ne connaît rien d'autre que cela, les nuances de gris et les autres couleurs, il les ignore; pour lui, ça doit être plus facile à gérer comme ça. Et Gaspard Metzger qui est entre ses griffes a fini par comprendre son mode de fonctionnement; blessé, meurtri, le visage tuméfié, les ongles arrachés, très affaibli par sa première nuit dans un cachot où les rats et la vermine ont carte blanche, Gaspard souffre en silence. Rolf veut absolument savoir où se trouve la cachette du trésor, non pour mettre personnellement la main sur cette fortune, à son seul profit, il n'est pas fou à ce point, mais simplement pour en assurer la protection à sa manière, en son âme et conscience, en homme d'honneur : cet or et cet argent ne doivent pas permettre à Erasme Gerber de louer les services de mercenaires comme l'ont fait les paysans du Sundgau en embauchant 3.000 soldats suisses. Voilà sa seule motivation, il croit vraiment en sa mission et tiendra le cap contre vents et marées, alors qu'il n'a pas conscience que c'est un véritable tsunami qui s'annonce et qu'il va déferler sur Bouxwiller en faisant des ravages.

Metzger, qui fait peine à voir après les séances de torture, reste donc muet, il n'y a plus un son qui sortira désormais de sa bouche, se dit-il; le bourreau lui a arraché quelques dents à vif, sa langue est si épaisse qu'il a failli s'étouffer plusieurs fois ! Rolf jette l'éponge; il ordonne d'arrêter ce massacre inutile, car la méthode forte n'obtient aucun résultat probant. Par contre, il se rappelle avoir jeté deux hommes dans les oubliettes et pense que ce sont peut-être bien ces deux-là qui ont suivi les ordres du receveur général. Autant les interroger de suite, s'ils sont encore vivants. Rolf fait déplacer la meule de grès qui recouvre l'entrée des oubliettes, lance une corde et remonte en premier lieu Anselme Felt, le plus corpulent des deux qui pèse encore bien son poids de muscles. Il semble en pleine forme, bien qu'il n'ait rien avalé de consistant depuis un moment ni même bu quoi que ce soit de potable. Anselme prétend que son ami Klemenz a la cheville tordue depuis sa chute au fond de la fosse et exige d'abord qu'on le soigne, car il souffre énormément. Rolf le fait chercher par un de ses sergents qui rechignent à la tâche comme tout sergent qui se respecte quand il s'agit de descendre dans un cul-de-basse-fosse qui empeste l'urine et les excréments.

Pour ne pas reproduire l'échec essuyé avec Metzger, Rolf, malgré son penchant à la brutalité parfois bestiale, décide de mettre en application la méthode dite douce. Il permet d'abord à ses prisonniers de se restaurer de pain frais et d'eau claire avant de leur expliquer la situation de son point de vue. Pour le capitaine, ce qui compte avant tout, c'est la sécurité du trésor. Il leur demande donc de lui indiquer l'endroit où il est caché, c'est aussi simple que cela. Anselme explique qu'ils ont eu ordre de dresser une carte, mais qu'ils ne doivent pas divulguer quoi que ce soit d'autre, sur ordre direct du comte. « Moins nombreux nous sommes à savoir où se trouve sa fortune, moins le comte risque de se faire voler tout ou partie de son or, ajoute Klemenz, ce sont ses ordres et nous sommes obligés de les suivre à la lettre, car si nous parlons, le comte nous fera mettre à mort pour désobéissance aggravée en ce temps de guerre civile. » Rolf n'en démord pas, il VEUT savoir où, il DOIT savoir où, pour pouvoir faire surveiller le ou les cachettes; il VEUT éviter que les paysans ne puissent utiliser cette fortune pour soutenir leur cause. « Mettez des gardes autour des cachettes et vous serez sûrs qu'ils les trouveront. Là, où sont les pièces d'or, personne n'est vraiment capable d'aller les chercher, même en arrivant à déchiffrer la carte et sa légende, c'était notre mission et nous sommes fiers de l'avoir exécutée à la perfection. Seul Gaspard Metzger est au courant, ment-il, c'est pourquoi il voulait se débarrasser de nous en nous jetant dans les oubliettes. » Rolf de Weinbourg les croit sur parole, plutôt parce que ça l'arrange bien, et pense qu'il faut en finir avec ce traître, ce gredin de receveur général.

Il fait enfermer les deux serviteurs dans deux cachots distincts, pour éviter qu'ils n'échafaudent ensemble un plan d'évasion, mais il leur promet la vie sauve, s'ils sont prêts à montrer les lieux d'enfouissement au retour de la paix ou à la demande du comte lui-même, ce qu'ils acceptent volontiers, car cela correspond à leur mission. Rolf leur garantit qu'il les nourrira bien et qu'il intercédera en leur faveur auprès du comte, afin qu'ils ne fassent pas l'objet de son courroux. Quant à Gaspard Metzger, il ne perd rien pour attendre, Rolf sait comment traiter les traîtres. Klemenz hausse les épaules et Anselme, choqué par l'attitude de son comparse, lui demande de se taire, de ne rien ajouter à son mensonge éhonté.

79 Le 3 mai 2025 Nuit sur la route

Schnitzel, parti en pleine nuit dans son bel uniforme de brigadier, parcourt dans son estafette aux couleurs de la gendarmerie les 500 et quelques kilomètres qui le séparent d'une nouvelle cachette où il est chargé de déposer le trésor volé, dans un lieu tenu secret, seulement connu des Krebs père et fils et de lui-même bien sûr, fier d'avoir obtenu l'entière confiance de ses patrons. À bord du véhicule qui circule sur la RN4, se trouve également Paul-Henri Weissenberg, couché pieds et poings liés sur son lit de pièces d'or et d'argent, épuisé et somnolent malgré les soubresauts du véhicule et le peu de confort fourni par son matelas de métal précieux. Schnitzel a ordre de déposer le professeur où il le peut sans se faire remarquer, en rase campagne, un endroit à l'écart quelque part dans le département de la Marne. Il choisit un lieu assez désertique, un coin de terre avec des champs à perte de vue, éloigné de toute habitation, entre les villages de Cool et de Soudé, mais tout de même bien en retrait de la route nationale; il trouve l'endroit propice au milieu de la nuit et de nulle part. Le temps qu'on retrouve l'otage libéré, ligoté à un poteau téléphonique suant son jus goudronné, Schnitzel a le temps de finir son parcours jusque dans le Val-d'Oise, le département d'Île-de-France qui porte le numéro 95, là où se trouve le but de son voyage.

Schnitzel jette régulièrement un œil à son précieux chargement, ce trésor dont parlent abondamment tous les médias, la fortune du comte Philippe III de Hanau-Lichtenberg, volé par sa bande. C'est lui seul qui assure la responsabilité de ce transport exceptionnel, sous son déguisement de gendarme; il pense qu'il aurait pu devenir brigadier, s'il l'avait voulu, un métier qui lui aurait beaucoup plu, ça ressemble un peu au sien, garde-chasse-chauffeur-homme de main; mais il a choisi le camp des méchants, dommage, le képi lui va si bien. Cependant à l'approche de la Seine-et-Marne, Schnitzel se sent subitement surveillé, en danger même; des gouttes de sueur se mettent à perler sur son front, il a même très chaud quand il remarque que deux motards de la gendarmerie le dépassent, puis freinent leur allure pour se positionner devant l'estafette en faisant signe de se ranger sur le bas-côté. Un des motards demande à Schnitzel qu'il salue militairement de s'arrêter un peu plus loin sur une aire de repos. Schnitzel tremble déjà de tous ses membres, est-ce la fin de son périple ? Il ajuste bien son képi et enlève, par précaution, la sécurité de son pistolet glissé entre les sièges avant. Aurait-on déjà retrouvé Paul-Henri Weissenberg ? A-t-il pu donner l'alerte ? Ce serait une véritable catastrophe.

Mais les motards veulent simplement souffler un moment et tailler une bavette avec leur collègue qui travaille comme eux en pleine nuit. Schnitzel, quand il voit le visage souriant des deux motards qui ont enlevé leurs casques, se rend compte qu'ils ont l'air plutôt détendus et un comportement amical, de ceux qui n'ont pas le moindre soupçon. Schnitzel leur explique qu'il emmène cette estafette de collection au Musée de la Gendarmerie nationale de Melun avec toutes les pièces de rechange qui restent disponibles, d'où la lenteur du véhicule lourdement chargé: « Comment se fait-il qu'on t'envoie tout seul en mission en pleine nuit, ce n'est pas réglementaire du tout, cher collègue. S'il t'arrivait n'importe quoi, un sanglier sur le capot, une attaque de gangsters en cavale ou un simple accident de la route, tu serais bien emmerdé, seul dans ta carlingue. » Schnitzel dit qu'il est bien d'accord avec eux, qu'il s'en plaindra à son commandant de Brigade et au syndicat, ce qui fait éclater de rire ses deux compagnons nocturnes qui trouvent sa blague bien bonne, sachant bien que les gendarmes n'ont pas l'habitude d'adhérer à une organisation syndicale. Schnitzel avoue que s'il est seul au volant, c'est dû à la diarrhée subite qui a pris le collègue qui devait l'accompagner, ce qui l'a littéralement cloué aux cabinets de la gendarmerie, à son avis pour un bon moment; il ajoute que son chef n'est peut-être même pas au courant, si ça se trouve. « Quand on mange des huîtres, il faut être sûr qu'elles sont vraiment fraîches, sinon… » Les motards lui demandent s'ils peuvent l'accompagner jusqu'à Melun, mais Schnitzel décline l'offre poliment : « Je roule bien trop lentement pour vos grosses cylindrées, avec les monstres que vous avez entre les jambes, je parle des motos bien sûr, vous avez l'habitude de foncer, alors allez-y de bon cœur ! Je ne suis plus très loin de mon objectif et le jour se lèvera bientôt. En tout cas, merci, les gars, c'était sympa de vous avoir rencontré ! La prochaine fois, j'emporterai une ration de schnaps et vous la ferai goûter ! Un délice pour nos gosiers ! Je sais, jamais en service ! Mais qui viendrai nous contrôler à cette heure-ci de la nuit ? »

Dix minutes après avoir retrouvé la tranquillité, Schnitzel remet le cran de sûreté à son arme avant de la ranger, trop heureux de n'avoir pas eu à s'en servir. Ouf, l'alerte n'est donc pas encore donnée et il peut donc se décontracter un peu. Le voilà qu'il circule déjà en Région parisienne, pour lui, le pari est quasiment gagné. Malheureusement, dès 6 heures 30, la circulation devient de plus en plus difficile à l'approche de la capitale et sur les axes de contournement bien encombrés. Il doit se rendre dans le Val-d'Oise qui se trouve de l'autre côté de la capitale, c'est bien sa veine ! Alors, gonflé à bloc, Schnitzel met la sirène et le gyrophare, fonce aussi vite que le moteur de l'estafette le permet, ceci jusqu'après Versailles, à fond de train, sans toutefois arriver à dépasser les 90 kilomètres à l'heure. Ensuite, il préfère jouer la carte de la discrétion pour se glisser dans le trafic ralenti. Quand il arrive enfin à Saint-Leu-la-Forêt entre Saint-Prix et Taverny, il jubile. Enfin arrivé à destination ! Il s'arrête devant le lourd portail d'une marbrerie qu'il ouvre avec la clef que Léonce Krebs lui a confiée. Puis il range le véhicule dans une cour qui s'étend devant un vaste hangar. Après avoir refermé et bloqué le portail depuis l'intérieur, il souffle un moment, en s'épongeant longuement le front : mission réussie, devoir accompli ! Avant de se décider à décharger sa précieuse marchandise en une cachette vraiment originale, il se rend dans le bâtiment voisin où se trouve une cuisinette mise à sa disposition. Il y a tout ce qu'il faut pour bien démarrer la journée, baguette, beurre, confiture et une machine à café prête à l'emploi, enfin... pour Schnitzel, il s'agit surtout de bien continuer sa nuit de travail par une nouvelle journée de boulot.

Il met en route un vieux transistor pour écouter les dernières nouvelles et tombe presque sur son derrière en entendant les infos : « Chers auditeurs, ce matin, la France entière respire, le professeur Paul-Henri Weissenberg, séquestré depuis une dizaine de jours et dont on est resté si longtemps sans la moindre nouvelle, après une lourde demande de rançon jamais versée, a été enfin retrouvé au petit matin par un agriculteur juché sur son tracteur. L'homme de la terre a assisté ébahi, dans une nappe de brume bleutée, à l'apparition presque magique du corps d'un homme ligoté à un poteau au bord d'un chemin rural peu fréquenté. Ce brave homme de la campagne marnaise s'est immédiatement porté à son secours comme un bon samaritain, l'a détaché quand il a vu qu'il était bel et bien vivant et a aussitôt appelé les gendarmes et une ambulance. Comment se fait-il que le professeur, enlevé tout au bout du département de la Moselle, se retrouve ainsi abandonné dans la Marne, au milieu de nulle part, c'est un nouveau mystère que les enquêteurs devront élucider. Mais nous en saurons davantage de la part de notre envoyé spécial qui prendra la parole à notre micro dans quelques minutes. »

80 Le 3 mai 2025 Dans les airs

La veille au soir, Krebs, père et fils, et les hommes de main de Léonce, l'armoire à glace Colas et le rusé renard Sim, ont enfourché des scooters loués il y a quelques jours, pour aller en direction de Saverne, sur une distance d'une quarantaine de kilomètres, à califourchon sur des engins où il n'est pas toujours aisé de garder l'équilibre quand ça dérape un peu de partout. Il n'est pas facile de se faufiler dans les laies forestières sans entraînement préalable, de suivre des sentiers détournés et des ravins escarpés, de faire un crochet par La Petite Pierre, passant quasiment devant la gendarmerie du lieu, et de poursuivre son chemin sur de petites routes désertes par Weiterswiller et Neuwiller-les-Saverne. Ensuite, ils passent à travers prés pour atteindre le village de Steinbourg, avant de bifurquer sur la route qui donne accès à son aérodrome. Comme convenu, un pilote les attend devant son appareil Beechcraft Bonanza G36, flambant neuf, l'avion, pas le pilote. Satisfait que tout se soit si bien déroulé sans la moindre anicroche, Léonce, les fesses un peu tassées par les selles peu confortables, donne ses ordres. Les scooters en location doivent être repris dans la matinée du 3 mai par la société « Roul'Com » de Saverne, comme le stipule un contrat établi au nom de la société MAIA de Saverne.

Une fois montée à bord de l'avion, la bande des Krebs écoute sagement leur patron, fier du travail accompli. « Bien joué les gars, c'est parti pour Vintimille qui, comme vous le savez peut-être déjà, se trouve en Italie; de là, nous irons jusqu'à Gênes où un avion de ligne nous emmènera incognito, directement en Sicile. Prenez le temps d'observer une dernière fois avant longtemps, pendant les quelques minutes qui nous restent avant le décollage, ces beaux paysages de l'Alsace du Nord; profitez-en, car notre vol se fera de nuit et vous n'aurez pas l'occasion d'admirer les paysages que nous survolerons. » Le pilote confirme que le plan de vol a été accepté par les autorités et que le coût du voyage a déjà été pris en charge, comme convenu, par la société MAIA de Saverne. Tout est donc parfait dans le meilleur des mondes des bandits chevronnés ! L'avion se met en place sur la piste et prend paisiblement son essor, comme si c'était pour une simple partie de plaisir.

Le vol se déroule comme prévu jusqu'à Vintimille où ils atterrissent un peu après minuit. Un certain Giovanni Oliveri, bel Italien aux cheveux gominés, portant bizarrement des lunettes de soleil en pleine nuit, ce qui peut surprendre un peu, les attend devant une limousine Mercédès-Benz rallongée que Stéphane trouve un peu voyante à son goût, surtout pour conduire des bandits en cavale. « Ils en font toujours trop, ces Italiens, ils veulent nous faire repérer, ou quoi, souffle-t-il à son père. » Mais Léonce hausse les épaules et le rassure; c'est ainsi qu'on passera pour des VIP, on en voit tellement ici en Ligurie, sur la côte de la Riviera, que nous circulerons incognito. C'est de Gênes que toute l'équipe va monter dans un avion de ligne d'ITA Airways, sur un vol régulier Gênes-Palerme, avec de vrais billets pris sous de fausses identités, comme il se doit. Après être arrivés à l'aéroport de Gênes Cristoforo Colombo, ils ont à subir une courte attente avec le passage obligé par les différents contrôles, sans bagages et surtout sans armes, celles-ci étant passées entre les mains expertes de Giovanni. Leur nuit de voyage continue pendant ce vol qui dure à peine une heure et demie. On est donc encore en pleine nuit quand les gangsters français atterrissent sur la piste de

Palerme Falcone-Borsellino, aussi connu sous le nom de Punta Raisi, sous un ciel limpide qui permet aux étoiles et à la cascade de la Voie lactée de scintiller largement aussi bien que les pièces d'or de leur trésor, une véritable féérie.

Après leur passage sans histoire à la douane, ils sont pris en charge par des véhicules Land Rover qui les emmènent dans un dédale de petites ruelles rejoindre, visiblement par des voies détournées, par moment tout juste carrossable, le village de Palma, non pas sur l'île de Majorque qui est espagnole, mais un village situé au sud de la ville de Trapani dans le coin nord-ouest de la Sicile. Palma se trouve au bord de la mer et le cousin de la Mafia a mis à leur disposition, moyennant une petite contribution pas tout à fait anodine, une belle villa dans la via Verderame, en plein centre du village. Stéphane trouve que c'est un peu loin de tout ici, qu'on risque vite de s'y ennuyer et surtout qu'il manque une piscine mise à disposition. « C'est du provisoire, Stéphane, le temps de laisser passer l'orage qui veut s'acharner contre nous en France. Ici, nous sommes de simples touristes innocents, en quête de calme, ajoute Léonce, profitons donc pleinement de nos vacances si bien méritées. Et question boustifaille, Giovanni m'a dit qu'il y a les meilleures pizzerias siciliennes à proximité, alors nous sommes sauvés, non ? Stéphane, tu te passeras de la piscine pendant deux, trois petites semaines et tu te baqueras comme nous au bord de la plage, dans l'eau de mer, c'est si bon pour la santé. Bientôt, nous serons aussi bronzés que les Siciliens de souche, nous sentirons l'odeur caractéristique du soleil, du sable chaud et du sel de la Méditerranée, ce que tu aimes tellement. Ici, au mois de mai, il fait bien chaud. »

« Nous pourrons nous dorer la pilule du matin au soir et avoir une pensée émue pour ce pauvre Schnitzel qui garde notre butin comme un doberman sa ration de croquettes, médite Léonce. Allez, ne faites donc pas cette tête. On restera ici, tous frais payés par la société MAIA de Saverne, alors on dit merci à qui ? » Il n'y a que Stéphane qui n'apprécie guère ce type de « vacances à la con », comme il les appelle, en ruminant le fait que passer trois semaines en compagnie de son père et de ses deux hommes de main, c'est plutôt un calvaire qu'autre chose, même s'il y a la mer, le soleil et les pizzas, même « les meilleures pizzas de Sicile…et puis merde ! »

Pendant ce temps, à la gendarmerie de Lemberg, on se concentre sur les recherches, les militaires regroupés en briefing autour du lieutenant Schnautzer et les civils serrés comme des harengs dans un petit bureau autour d'Arthur Dubreuil qui a relancé son logiciel, une véritable machine de guerre qui épluche toutes les données qu'ils ont sur les Krebs, leur histoire familiale, leurs vies sociale et professionnelle, leurs activités passées et présentes… Ce 3 mai, dans l'après-midi, le logiciel sympathiquement surnommé « Fouille-merde » crache ses premiers résultats listés par l'IA. Il s'agit d'une liste incroyablement longue de lieux de repli possible, presque impossible à vérifier parce que la zone géographique s'étend quasiment de l'Europe jusqu'en Asie centrale. Mike propose de réduire le champ des possibilités à la seule Europe, puis, si nécessaire, de l'élargir au Proche-Orient et à l'Afrique du Nord, pour commencer.

Le superordinateur reprend ses routines et en vient à une liste tout aussi inexploitable, toujours trop fournie. Quant aux gendarmes qui ont fait contrôler tous les départs de trains, de bus bon marché au départ des grandes villes alsaciennes et lorraines, d'avions de ligne au départ de Strasbourg-Entzheim, de Bâle-Mulhouse, de Baden-Baden et même de Stuttgart et de Francfort, il est désormais clair que les Krebs ne sont apparus nulle part sous leurs véritables identités. Schnautzer se doute bien qu'ils ont utilisé de faux papiers, mais ils n'ont trouvé aucun indice qui puisse les mettre sur une voie quelconque, c'est décourageant pour l'officier qui a l'impression de se trouver coincé devant une muraille franchissable. Il y a bien eu quelques vols privés qu'ils sont en train d'éplucher les uns après les autres, comme ils le font aussi avec les locations de voitures et de camionnettes, sans espérer grand-chose de ce côté-là. Cela prend énormément de temps et de moyens humains.

Subitement, un brigadier accourt dans le bureau du lieutenant, une fiche à la main. On a une piste : la société MAIA de Saverne a loué des scooters, on se demande bien pourquoi. J'ai posé la question à Dubreuil, il n'est au courant de rien ! C'est la société Roul'Com qui s'occupe de la location de ces deux-roues. Je les ai appelés pour vérifier et devinez quoi, chef ? La société a dû rapatrier les scooters ce matin même depuis l'aérodrome de Steinbourg. Le patron nous a même fait une remarque intéressante : les scooters étaient dans un état déplorable, avec des rayures importantes, des feux cassés ou fendus, sans compter qu'ils étaient d'une saleté repoussante, pleins de boue, de sable et de feuilles mortes collées à la carrosserie. Il trouve que c'est une honte de rendre des scooters dans un tel état, et par-dessus le marché, sans avoir refait le plein des bécanes, comme c'était pourtant convenu dans le contrat ! » Le lieutenant sent qu'il tient enfin le bon bout de la corde sur laquelle il faut maintenant tirer et enrouler la pelote. Il appelle directement les services de l'aérodrome pour savoir si des vols ont bien eu lieu dans la soirée d'hier et pour en connaître les plans de vol déposés. Il envoie ses collègues de Saverne faire un tour à Steinbourg et rapporter si possible des témoignages sérieux. En attendant les retours de leur intervention et pour se donner du courage, il met au frais une bonne bouteille de crémant d'Alsace pour qu'elle soit à bonne température pour fêter l'aboutissement de leur enquête.

81 Le 4 mai 1525 Tensions à Bouxwiller

À Bouxwiller, malgré l'interdiction, le petit peuple sort dans la rue : on discute et on critique l'absence du comte Philippe III, l'attitude du capitaine Rolf de Weinbourg et de ses sergents, également celle du chancelier qui s'est enfermé dans le château du comte qu'il a transformé en forteresse, coupé de la ville et menaçant ses habitants avec ses bouches à feu. De petits groupes d'habitants inquiets, qui gonflent à mesure que le temps passe, en grognant contre leur seigneur et ses hommes de main, finissent par s'agglutiner et former une véritable foule, de plus en plus compacte, les conciliabules se transformant peu à peu en une véritable manifestation, d'abord presque silencieuse. Peu à peu résonnent quelques injures qui montent dans la rumeur, beaucoup de menaces et des paroles plus provocantes encore, telles que « Nous sommes tous avec les paysans qui se battent pour la liberté ! Battons-nous pour la nôtre, s'il le faut ! » « Nous aussi, nous sommes tous des paysans, ouvrons-leur les portes de la ville ! » ou encore « Nous voulons être respectés et libres, alors en avant, soutenons les paysans ! »

Avant que toute cette agitation ne se transforme en émeute, Rolf de Weinbourg, fait rouler le tambour sur la place du château pour proclamer de vive voix : « Habitants de Bouxwiller et défenseurs de la ville. Pour le moment, jusqu'à preuve du contraire, vous êtes encore tous des sujets du comte de Hanau-Lichtenberg dont je représente l'autorité. Toutes vos doléances, quelles qu'elles soient, justifiées ou non, vous les ferez en temps voulu devant la Chambre de justice du comte, qui prendra les décisions justes et loyales qui s'imposent, comme il l'a toujours fait pour le bien de toute la population, au nom de Dieu et de tous ses Saints. » À ce moment précis, certains commencent à insulter le capitaine, d'autres lui lancent des objets à la tête, même des pierres pleuvent sur son escorte. Cela risque de tourner à la rixe sanglante, ce qui oblige Rolf à battre en retraite et à regrouper ses hommes autour des portes et sur le chemin de ronde où ils se mêlent aux membres des corporations qui composent la milice urbaine, celle dont Rolf se méfie depuis longtemps; car les miliciens semblent prêts à prêter main-forte à ceux qui songent à ouvrir les portes de Bouxwiller. Alors, il faut frapper fort, rester plus ferme que jamais et ne céder en rien, voilà le credo de Rolf de Weinbourg, capitaine et gouverneur de la capitale du comté.

Sûr du bien-fondé de sa mission, Rolf donne ses ordres : chaque sergent est chargé de surveiller et de mener la patrouille qui lui est affectée, cela doit être fait de manière ferme et sans équivoque; chaque ordre doit être mis à exécution sous peine d'incarcération et d'une amende d'au moins 20 florins. Il fait arrêter pour l'exemple dix personnes qu'il a repérées parmi les manifestants et les fait jeter au cachot qui se trouve dans la chancellerie, puisque l'accès au château est désormais interdit. Il déclare le couvre-feu de 6 heures du soir à 6 heures du matin, et gare à ceux qui oseraient l'enfreindre. Il ajoute, dans une proclamation faite par un Hérault encadré d'archers, que tout rassemblement sera désormais considéré comme une révolte contre l'autorité comtale et passible de lourdes peines de prison pouvant aller jusqu'au bannissement avec saisie de tous les biens des prévenus ou, pour les cas les plus graves, jusqu'à la peine de mort, par pendaison haut et court.

Un certain Ulrich, d'Uttwiller, présent dans la ville où il est venu vendre ses volailles, est outré par ces propos et se jette comme un enragé sur l'homme lisant la déclaration de Rolf de Weinbourg. Ulrich, l'éleveur de volailles, le fait taire de manière définitive en lui enfonçant la lame de son coutelas dans la poitrine, le tuant quasiment sur le coup. Aussitôt, les archers chargés de le protéger, surpris par l'agression foudroyante à laquelle ils ne s'attendaient pas, tirent leurs flèches sur le criminel, puis sur ceux qui tentent de venir à son secours. Le bilan de cette triste affaire est assez lourd : un hérault et quatre habitants de Bouxwiller sont morts comme Ulrich, l'auteur de cet assassinat, dix autres personnes sont blessées, certains grièvement, parmi eux une femme bêtement touchée par une flèche perdue et un petit garçon de huit ans piétiné par des fuyards. Rolf de Weinbourg enrage, il ne voulait pas en arriver là, mais cette fois-ci, il pense, sans que cela puisse le consoler, que ce sont bien les civils qui ont pris l'initiative de la violence. Lui et ses hommes n'ont jamais ni blessé et encore moins tué qui que ce soit avant que la racaille de la ville ne se jette sur le hérault et ne le massacre. Cela ne pouvait pas rester impuni, ses hommes ont bien réagi, et tant pis si des innocents sont morts, ils le doivent à ceux qui ont enfreint l'autorité comtale. Mais Rolf sait bien que le sang appelle le sang, que les familles des victimes ne pensent déjà qu'à se venger de ces actes odieux et que sa tête sera mise à prix si toute la ville devait se révolter à son tour.

82 Le 4 mai 2025 Polices mobilisées

Toutes les polices de France et de Navarre sont à la recherche, selon les informations diffusées par les médias, « de quatre gangsters dangereux, armés et déterminés en fuite après le vol d'un trésor caché il y a 5 siècles pendant la guerre des Paysans dans le nord de l'Alsace, trésor appartenant à la République française, d'après un communiqué officiel du ministère de l'Intérieur. » Les services d'Interpol sont mis à contribution, car on sait maintenant, de source sûre, qu'ils ont fui à travers bois et champs sur des scooters et qu'un avion de tourisme a été utilisé à partir d'un aérodrome situé à proximité de Saverne pour les déposer à Vintimille sur la Riviera italienne. Après, on perd leurs traces ; on recherche une limousine de prestige de marque Mercédès-Benz qui aurait transféré ces gangsters dans un lieu pour le moment inconnu. Où peuvent-ils bien se cacher, en Italie où il est si facile de semer les enquêteurs et les carabiniers chevronnés, peut-être ont-ils été aidés par la Mafia, ou bien ont-ils gagné une cachette loin ailleurs, quelque part dans le vaste Bassin méditerranéen, dans les Balkans ou même plus loin encore ? Qui peut savoir ?

Les médias en rajoutent : « Quant au trésor lui-même, il est fort probable qu'ils ne l'aient pas emporté, mais mis en lieu sûr. Les gendarmes de toute la contrée entre Saverne en Alsace et Bitche en Lorraine, qui ont trouvé les lieux d'enfouissement vidés de leur précieux contenu, sont sur le qui-vive et fouillent tous les lieux susceptibles de pouvoir cacher une fortune colossale en pièces d'or et d'argent datant des XVe et XVIe siècles. Autant chercher une aiguille dans une botte de foin ! Ce vol infiniment bien préparé relève presque de l'exploit de la part de malfrats de haut vol, mais reste cependant un acte éhonté, d'autant plus qu'il a été accompagné de séquestrations, notamment de celle du professeur Weissenberg qui a retrouvé la liberté hier dans la matinée, et de toute une équipe professionnelle d'ingénieurs informaticiens enfermés dans un vieux Bunker datant d'avant la Seconde Guerre mondiale. Heureusement, grâce à l'Intelligence artificielle développée par plusieurs logiciels, œuvres de jeunes ingénieurs très compétents, des pistes sérieuses sont en ce moment même suivies par les gendarmes qui ont trouvé trace du passage d'une estafette de la gendarmerie, inconnue des services de police, qui aurait pu servir à transporter le chargement du trésor volé à l'insu de tous jusqu'en région parisienne. Car ce véhicule aurait été signalé pour la dernière fois sur une des voies d'accès à la capitale, roulant sirène hurlante et gyrophare allumé en direction de Versailles. Le fameux trésor du comté de Hanau-Lichtenberg serait-il caché quelque part en Île-de-France ? » Ainsi s'achève le bulletin diffusé sur tous les canaux radiophoniques de l'hexagone et repris par tous les médias du monde, y compris dans toute l'Italie et bien sûr en Sicile. »

La bande des Krebs, père et fils, savoure ce moment, fière d'avoir décroché le rôle de vedette internationale, après avoir fait « le coup du siècle » comme le présentent déjà certains journaleux en mal de combler les minutes passées à l'antenne sans avoir vraiment de quoi moudre du grain. « Ce serait parfait, ajoute Stéphane, si ce connard de Schnitzel ne s'était pas fait remarquer. Il a voulu jouer au gendarme avec sirène et gyrophare, eh bien, c'est réussi, tout le monde sait maintenant qu'il est passé par Paris, ce n'est pas un grand signe d'intelligence ! Tout le monde se doute maintenant que le trésor se trouve en région parisienne, ou à proximité, ça ne me dit rien qui vaille, cette situation. » Mais Léonce s'en fiche éperdument, il est sûr de lui; jamais les gendarmes et même tous les flics du pays réunis ne penseront chercher le trésor là où il se trouve réellement, autant chercher une plume jaune dans un élevage de canaris. nains « Père, tu te montres beaucoup trop sûr de toi et ça risque de te perdre un jour, tu ferais mieux d'y réfléchir, quitte à trouver un nouvel emplacement, car Schnitzel n'est pas le plus futé des gars que tu as embauchés. Et peut-on seulement continuer à lui faire confiance, maintenant qu'il est assis tout seul sur le plus gros magot qu'il n'a jamais eu sous ses fesses ? martèle Stéphane. Il est tout seul, livré à lui-même; finalement, il peut faire ce qu'il en veut de tout ce butin, et nous, coincés en Sicile, on ne pourra même pas lever le petit doigt pour intervenir. »

Mais Léonce clôt le sujet en précisant qu'il aurait été bien trop risqué de rester en France. Ici, en Italie, les carabiniers ne cherchent pas vraiment de noises aux mafiosi, et la piste de la Mercédès-Benz ne mènera qu'à la société de location à qui elle appartient, pas plus loin, parole de Giovanni Oliveri. Ce cousin est un partenaire de toute confiance, un gars qui tire plus vite qu'il ne réfléchit, le plus souvent avec un pistolet muni d'un silencieux. « Tout le monde le craint, notre Giovanni, personne ne le contredit ni conteste jamais et, Stéphane, tu as intérêt à en faire tout autant. Fais-lui confiance. Il a des relations haut placées jusque dans certains ministères, ça s'est déjà vérifié plus d'une fois ! »

Arthur Dubreuil et Serge Kurz continuent de recueillir les informations pour permettre à l'IA de dégager de bonnes pistes. Il se fait déjà tard en ce 4 mai. Mike Weissenberg travaille de son côté, dans le même bureau exigu, jouant au coude à coude sur le registre d'une émulation ou, disons plutôt d'une « rivalité fraternelle » entre les logiciels créés par chacun des deux chefs d'entreprise et informaticiens chevronnés. C'est le logiciel « Fouille-merde » qui réagit le premier à la recherche des liens entre la famille Krebs et la région parisienne. L'IA met en lumière le fait que le père de Léonce Krebs, prénommé Anatole, décédé il y a une vingtaine d'années, avait acquis dans les années 1954-1955 une marbrerie dans le département actuel du Val-d'Oise. Peu après, à la lumière de cette donnée inédite, le logiciel de Mike situe l'entreprise Marbrerie AK dans ce département à Saint-Leu-la-Forêt. Alerté, le lieutenant Schnautzer fonce dans son bureau et s'adresse au commissariat intercommunal du Val parisis à Saint-Leu où une secrétaire tente de localiser cette entreprise qui semble ne plus avoir d'existence légale actuellement, selon ses sources. Mais à qui appartiennent donc ces locaux et à quoi servent-ils de nos jours ? Elle finit par trouver la référence de l'établissement fermé depuis une trentaine d'années : il s'agit bien de la Marbrerie AK, AK signifiant probablement Anatole Krebs; elle est située route de Paris, au cœur de la ville. Schnautzer demande à la police municipale de surveiller discrètement le site, avant l'arrivée des Forces de police qui seront déployées dès l'aube depuis le QG de Versailles.

83 Le 5 mai 1525 Complot manqué

À Bouxwiller, la situation s'est encore aggravée à la suite des gens tombés sous les flèches des archers de Rolf de Weinbourg. On lève le poing, en cachette, on fourbit les armes faites de bric et de broc, on aiguise les lames, on conspire dans chaque ruelle et même au sein de la milice qui doit garder les remparts. L'heure est grave, très grave; les paysans sont sur le Bastberg, d'autres quittent Neubourg pour rallier Saverne et ne manqueront pas de se faire remarquer lors de leur passage devant Bouxwiller. Vont-ils attaquer la ville ou non ?

C'est dans la taverne, où officient Emerich Zins et son épouse Amandine, que se retrouvent les plus déterminés des Bouxwillerois, prêts à rendre coup sur coup à ce maudit capitaine qui, loin d'assurer la protection des habitants, se permet de jouer au despote sanguinaire, allant jusqu'à massacrer des manifestants, y compris des innocents et même un enfant, rendez-vous compte ! Ce maudit Rolf va aussi s'attirer les foudres des paysans en refusant d'ouvrir des pourparlers, mettant tous les habitants dans une position confuse et délicate vis-à-vis des insurgés qu'ils soutiennent tous plus ou moins, au moins de cœur, sinon pour certains par les armes. Les Bouxwillerois ne veulent pas servir à assouvir la vengeance des paysans à cause d'un capitaine buté, têtu et imbu de lui-même, sous prétexte qu'il sait faire la guerre et qu'il s'obstine à appliquer les ordres d'un comte qui ne daigne même pas se déplacer en personne pour défendre ses biens. Le sens de la réalité semble lui échapper totalement ! Et ce Rolf de Weinbourg, qui les emmène tous contre leur gré dans cette impasse, ne leur laisse qu'un seul choix possible pour ne pas essuyer les plâtres de toute cette sale affaire, faire cause commune avec les paysans; les plus proches sont bien ceux du camp du Bastberg qui tentent en vain de communiquer avec le petit peuple enfermé derrière les remparts. Car les portes de la ville sont désormais closes, sauf pendant une heure en matinée et autant le soir, juste pour permettre le ravitaillement et l'accès aux potagers extra-muros, l'aller et venue des commerçants, des fournisseurs ou des usuriers étrangers.

Dans les geôles de la chancellerie de Bouxwiller, Gaspard Metzger, qui passe pour un piètre félon, souffre le martyre. Son épouse tente plusieurs fois de le faire tirer du cachot, mais à chaque essai, elle est brutalement repoussée par les gardes qui n'hésitent pas à la traiter comme si elle n'était qu'une vulgaire catin. Mais la dame Metzger ne s'en laisse pas compter pour autant : sans hésiter, elle s'empare de sa dague à la lame bien effilée et entaille le bras velu d'un des geôliers devenu trop entreprenant et aussi grossier qu'un charretier saxon. Cet acte de légitime défense surprend les autres tortionnaires qui préfèrent rester sur leurs gardes, alors que le blessé vocifère qu'on l'arrête et qu'on la pende immédiatement haut et court pour la punir de sa tentative d'assassinat. Mais la dame arrive à s'enfuir en appelant les habitants de la ville comme témoins de l'agression qu'elle subit, si bien que ceux qui sont partis à ses trousses pour l'exécuter, hésitent devant l'air menaçant des gens dans la rue portant fourches, haches et fléaux et préfèrent revenir sur leurs pas pour se réfugier dans la chancellerie dont la lourde porte de chêne est fermée à double tour et maintenue par des épars solides en bois de chêne.

84 Le 5 mai 2025 Bredouilles

Dès l'aube, le matin du 5 mai, une imposante opération de police déploie ses forces dans la paisible commune de Saint-Leu-la-Forêt, sur la route de Paris. Avec précaution, une équipe de la BRI, la Brigade de Recherche et d'Intervention, en tête, atteint les abords de l'ancienne Marbrerie AK qui sont investis dans un silence pesant, la circulation ayant été au préalable détournée pour éviter toute bavure. Le portail est enfoncé sans sommation par un engin blindé; les assaillants, équipés pour le combat rapproché, entrent dans la cour, occupent le hangar en rasant les murs et s'élancent également dans le bâtiment annexe. On entend le rapport des différentes équipes sur les ondes des talkies, RAS, rien à signaler, dans le hangar, RAS dans le bâtiment secondaire. Le constat s'avère décevant : la cour et le hangar sont totalement vides, pas de véhicule ni de marchandise en vue, le bâtiment mitoyen par contre montre des traces d'occupation des lieux par un ou deux hommes maximum, peut-être juste des squatteurs; il reste des produits alimentaires dans un réfrigérateur datant du siècle dernier, un quignon de pain rassis et un paquet de soupe instantanée n'ayant pas servi.

Le colonel qui dirige l'opération soupire : « C'est un flop total ! Ben, voyons, je crois qu'on a encore gagné notre journée. Fouillez-moi tout ce gourbi, de fond en comble, remuez tous les meubles, regardez sous les tapis et même sous les planchers, sans oublier à l'intérieur des plafonds, creusez la terre battue du hangar et ensuite sondez les gravillons de la cour, on cherche un trésor, paraît-il, ça prend de la place tout de même un trésor, ça ne se cache pas dans un sac à courses de chez Lidl des milliers de pièces d'or et d'argent. Alors, trouvez-moi quelque chose, ne fût-ce qu'un petit indice de rien du tout, n'importe quoi, pourvu qu'on ne passe pas pour des cons quand les caméras de la télé viendront filmer tout ce beau merdier vide comme un ballon de baudruche qui se dégonfle. »

Mais il n'y a rien à faire de plus dans cet endroit déserté depuis probablement des dizaines d'années, car, après avoir remué ciel et terre, façon de parler, disons plutôt de la cave au grenier, et fouillé jusque dans le sol de cette propriété abandonnée, on ne retrouve pas la moindre trace d'un trésor, pas même une piécette d'or ou d'argent; on cherche aussi une estafette de la gendarmerie, rien, même réduite à l'état de pièces détachées, il en reste rien non plus, pas l'ombre d'un boulon dans cette ancienne marbrerie. On cherche un uniforme de gendarme oublié quelque part, mais là, rien non plus qui ressemble à une veste bleue ou à un képi. Le colonel est en ligne avec les services de la Préfecture de Police de Paris et, vu la tête qu'il tire, tous ceux qui l'observent, même de loin, savent qu'il en prend pour son grade, car un colonel endosse de sacrées responsabilités, et quand ça capote, il se prend en général une bonne volée de bois vert. Mais ce colonel-là n'y est strictement pour rien, il a suivi les ordres du ministère de l'Intérieur, un point, c'est tout, jugulaire, jugulaire ! La faute, selon lui, à ces gendarmes arriérés des fins fonds de la Moselle, il leur tordrait le cou à ces clampins, s'il les avaient sous la main. Mais la Moselle c'est un peu trop loin pour pouvoir leur passer un savon proprement dans les règles de l'art !

Après une engueulade digne d'un autre temps, après la frustration et l'humiliation, pour le colonel, c'est la colère qui déborde et le défoulement dont il a grand besoin comme une cocotte minute qui doit absolument pulser la vapeur qui en fait une petite bombe, qui commence à monter comme la moutarde le fait au nez. Le colonel s'en prend de suite aux subordonnés les plus proches, proies faciles qui ne méritent pas ses réprimandes, et s'acharne encore davantage sur les cadres de la gendarmerie, quels qu'ils soient. De fil en aiguille, cette agressivité provoque une véritable réaction en chaîne et, arrivée à l'acmé de son explosion, c'est le pauvre lieutenant Schnautzer qui se retrouve quasiment foudroyé par sa propre hiérarchie dans son bureau de la brigade de Lemberg. Rien ne peut plus le consoler, il en tremble même pour ses deux barrettes de lieutenant et a bien peur que des sanctions exemplaires pleuvent à son égard, peut-être une mutation disciplinaire, pour ne pas dire un exil, au fin fond de l'île de la Nouvelle-Calédonie, comme on faisait autrefois avec les bagnards après les massacres de la Commune de Paris en 1871.

Les gendarmes de Lemberg ne savent plus quoi faire pour remonter le moral de leur officier qui se sent injustement disqualifié. L'enquête qui semblait enfin sur les bons rails a été comme percutée par un monstre d'acier, toute cette piste si prometteuse ne donnant plus rien qui puisse rattacher le site de Saint-Leu à l'affaire Krebs. Dans l'après-midi, un peu requinqué après avoir avalé un schnaps de sa réserve privée, Schnautzer se rend dans le bureau prêté aux informaticiens : il les regarde tous les uns après les autres droit dans les yeux, mais hésite : d'abord, il songe à les étrangler les uns après les autres de ses propres mains, une impulsion qui le démange tellement qu'il en a les jointures des doigts toutes blanches; puis il pense leur faire simplement comprendre que ce sont tous de grands enfants, des rêveurs à la con, que l'Intelligence artificielle, ce n'est finalement que du vent, et encore moins que ça, juste un courant d'air entre les oreilles de petits intellos morveux qui ne sont pas encore sortis de l'adolescence, ce qu'il pense réellement à ce moment-là; ou alors il pourrait leur avouer qu'on est tous ensemble dans la plus grande des merdes, qu'il faut tâcher malgré tout de se ressaisir, il ne voit pas encore comment, pour rebondir sur ce cuisant échec, cuisant surtout pour lui et pour sa fichue carrière sur laquelle plus personne n'oserait miser désormais un seul liard.

Finalement, totalement affalé sur une chaise, l'air hébété, une tasse de café dans sa main tremblante, Schnautzer n'a même pas besoin de prendre une décision, la nouvelle tombe toute seule par la voix de Mike Weissenberg et le reste en découle tout seul : l'IA, qui a répercuté une simple question posée par Mike, crache une liste qui représente tout le matériel appartenant à l'entreprise Marbrerie AK au moment de sa liquidation; on y découvre de nombreux outillages utilisés pour couper, tailler, perforer, faire briller les plaques de marbre, mais aussi, curieusement, on y trouve une estafette destinée aux livraisons légères et une péniche de 12 mètres de long, servant au transport des pondéreux, de lourdes charges minérales. « Mais quel lien avec notre affaire demande le lieutenant ! Arrêtez, n'en rajoutez plus, n'aggravez pas votre cas ni le mien, s'il vous plaît, pitié. » Alors Mike qui avertit tout le monde, civils et militaires, avant de lancer une nouvelle requête entre la question suivante dans son logiciel : « Que sont devenus les biens de la société Marbrerie AK ? »

La plus grande partie de l'outillage a été rachetée par une marbrerie de la Seine-et-Marne, par contre l'estafette, achetée aux enchères au parc des véhicules déclassés de la gendarmerie nationale, est toujours la propriété des héritiers de la famille Krebs, ainsi que la péniche immatriculée MAK 95, signifiant

Marbrerie Anatole Krebs dans le Val-d'Oise. L'IA trouve rapidement où est amarrée cette énorme embarcation : le long de la rive gauche de l'Oise dans la commune d'Éragny-sur-Oise, à quelques kilomètres seulement de Saint-Leu. Quant à l'estafette, elle ne possède plus de carte grise et ne figure pas non plus sur la liste des voitures de collection; administrativement, elle n'a plus existence avérée. « Ah, ou bien c'est une estafette fantôme, si, si, il faut croire que ça existe. Non, soyons sérieux : défaut de papiers, également défaut d'assurance, je suppose, et ces bandits se permettent de traverser la France en se faisant passer pour des gendarmes, enfin, je veux dire pour de vrais gendarmes. Ils ne manquent pas de culot. J'en informe immédiatement mes supérieurs et qu'ils se démerdent après ça, et puis, s'ils me cherchent encore des noises, je leur ferai manger leurs képis à ces guignols-là, je vous le garantis. » L'adjudant-chef fait un clin d'œil à Mike. « Merci, c'est ça qu'il lui fallait, il a tout de suite repris du poil de la bête, il est reparti au quart de tour, comme en quarante ! Il est comme ça, Schnautzer, mais nous, on l'aime bien, car il est toujours réglo, et ça, ça vaut de l'or. »

85 Le 6 mai 1525 Confrontation

Rolf de Weinbourg décide d'organiser une confrontation entre le receveur général Gaspard Metzger, en piteux état de santé, et les serviteurs qui sont allés cacher le trésor, des hommes à l'air rembruni et très contrarié par le sort qu'on leur a réservé, mais semblant se porter à merveille, pour des gens sortis droit de leurs cachots. Gaspard reste muet, en faisant non de la tête, sa langue meurtrie le faisant horriblement souffrir. Anselme et surtout Klemenz continuent de charger les accusations contre le receveur en utilisant toutes les fourberies imaginables pour se venger de celui qui les a fait jeter aux oubliettes. Mais Rolf se méfie aussi de ces deux lascars, comme un peu de tout le monde d'ailleurs; ils semblent cependant être les seuls à connaître la vraie cachette du trésor, alors il faut les ménager un peu. Cette confrontation ne sert finalement pas à grand-chose, Gaspard Metzger gémissant sans cesse tant ses plaies sont douloureuses, et les deux hommes de main s'en prenant à lui comme des hyènes harcèlent une proie affaiblie, incapable de se défendre face à une avalanche d'insanités et d'inepties qui le calomnie.

Rolf finit par se fâcher et exige d'avoir entre ses mains la carte du trésor, afin de repérer et faire surveiller discrètement les lieux. Mais ni Anselme ni Klemenz ne savent où cette carte a été cachée par leur patron, ce dernier sombrant dans une léthargie préoccupante. « Dans ce cas, avant que les paysans nous assiègent vraiment, je sais ce que vous allez faire, de bonne grâce ou non : vous conduirez six de mes archers déguisés en paysans rebelles jusqu'à vos satanées cachettes que vous leur indiquerez avec précision et sans sourciller, faute de quoi ils auront ordre de vous tuer comme les félons que vous serez si vous continuez à vous taire; et je n'évoque pas ce qu'ils vous feront si vous tentez de vous enfuir. Alors, à vous de choisir, la liberté que vous gagnerez en acceptant de jouer le jeu avec moi ou bien la mort qui vous attendra au bout du chemin s'il ne mène nulle part. Ce n'est pas plus compliqué que cela. Vous tenez votre destin dans le creux de vos propres mains. Faites-en à votre aise ! »

Six archers déguisés sont rapidement réunis sous les ordres d'un sergent, certainement ceux qui passeront le plus facilement pour de vrais paysans, des gaillards à l'imposante carrure, d'une musculature herculéenne, mais bourrus comme des ânes rétifs. Très vite, la petite troupe se met en marche, suivie des yeux par des paysans en arme placés aux avant-postes du camp du Bastberg : de là-haut, rien ne peut leur échapper. Le capitaine Kohler donne l'ordre à des hommes de les suivre discrètement, car cette petite troupe de neuf hommes qui se dirige sur Ingwiller lui semble plutôt louche : si ces paysans voulaient rejoindre les insurgés, ils monteraient directement au Bastberg, alors ceux-là, où peuvent-ils bien aller ? Que veulent-ils faire à Ingwiller ? Sont-ils des envoyés de Rolf de Weinbourg pour une mission spéciale, pour mieux nous espionner ou fuient-ils au contraire Bouxwiller, et pour quelle raison exactement ? On va le savoir, que diable !

86 Le 6 mai 2025 Enfin en famille

Après avoir subi de nombreux examens à l'hôpital de Châlons-en-Champagne, depuis qu'un paysan l'a retrouvé le matin du 3 mai en rase campagne, Paul-Henri Weissenberg est rassuré par le docteur Wurmser qui lui annonce que les symptômes de sa commotion cérébrale sont désormais résorbés, même s'il ressentira probablement encore des maux de tête pour quelque temps, sans donner davantage de précisions sur la durée des céphalées; il lui dit aussi que ses plaies à la tête sont en train de guérir lentement mais sûrement, que c'est l'affaire de quelques jours encore à condition de changer les pansements régulièrement, des soins impressionnants qui lui donnent l'air d'un rescapé de catastrophe aérienne du plus pur style hollywoodien; le médecin insiste pour qu'il comprenne bien que son état général demande un suivi médical après une quinzaine de jours sans pouvoir prendre ses médicaments habituels et l'insuline contre le diabète. À part cela, le professeur se porte comme un charme, surtout depuis que Babeth l'a rejoint dans le centre de soin, laissant leur maison de Moetzenbruck aux petits-enfants qui reprennent, eux aussi, des forces après leurs exploits sur le sommet de l'Englischberg.

C'est le 6 mai, vers midi trente, que les grands-parents rentrent enfin chez eux : ils sont accueillis par la famille et les voisins qui veulent tous les serrer dans leurs bras, satisfaits de l'heureux dénouement de cette sombre et crapuleuse affaire. Un apéro géant est organisé avec l'aide du voisinage, Cloclo en tête, chacun apportant sa contribution, qui en amuse-gueules et en gâteaux salés ou sucrés, qui en boissons alcoolisées ou non. Se presse devant la maison rouge des Weissenberg un ensemble hétéroclite et intergénérationnel de gens qui ont envie de marquer le coup et d'honorer les rescapés, tous sains et saufs, malgré les périples qu'ils ont vécus. Mais Paul-Henri, encore sous le coup de cette mésaventure, quasiment assommé par les antalgiques, a besoin de se reposer, ça se voit comme le nez au milieu de la figure, et petit à petit, passé le moment des effusions, les gens rentrent chez eux, rassurés par la fin heureuse de cette ignominieuse séquestration. Le professeur tient dans ses bras son petit Plouc, qui reste collé à lui depuis son arrivée, et avant de satisfaire au rite habituel de la sieste de l'après-midi qui semble maintenant la bienvenue, veut faire une annonce à sa petite famille.

« Vous comprenez que j'ai besoin d'un peu de repos et surtout que je me sens une de ces envies d'oublier tous les désagréments qu'on m'a imposés, de changer vraiment d'air après avoir été confiné des journées entières dans un studio souterrain, puis dans un Bunker qui ne l'était pas moins, dit-il, un sourire tordu aux lèvres. Alors, avec Babeth, on a décidé de partir prendre une bonne semaine de vacances, mais des vacances au soleil, dans un endroit que nous connaissons déjà un peu pour y avoir passé de merveilleux séjours quand nous étions beaucoup plus jeunes et surtout beaucoup plus beaux. Ce lieu, nous ne vous le dévoilerons pas, car cela doit rester une surprise; vous voulez certainement savoir pourquoi j'en fais un tel mystère ? Eh bien, c'est juste pour vous faire une surprise, car je tiens à ce qu'elle en reste une dont vous vous souviendrez pendant longtemps. N'ayez pas peur, c'est vraiment une surprise qui s'adresse à vous tous, car nous vous invitons tous, Babeth et moi, à nous accompagner, les Weissenberg juniors de Bleichhoffen, Max, Yaélita et Mathias, y compris Clem, qui s'est dévoué avec Mike pour tenter de me libérer contre vents et marées.

C'est pour Babeth et moi une destination de rêve, et on tient à vous en faire profiter, vous verrez, c'est magnifique, et c'est aussi pour nous l'occasion unique de vous remercier tous en même temps pour votre aide et vote soutien. Comme nous sommes tous réunis aujourd'hui, on va en profiter tout de suite, et c'est pour cela que je vous informe que nous partirons dans deux jours, soit le 8 mai, si Babeth confirme bien cette date, parce que je ne m'entends pas toujours bien avec les calendriers et avec les horaires, paraît-il, bien que je sois historien de métier. C'est à deux heures de vol de Paris et je n'en dirais pas davantage. » Yaélita lui demande si ce n'est pas encore trop tôt pour Papy d'envisager ce voyage, qu'il est à peine remis de ses émotions, mais Babeth répond que le professeur est un homme borné quand il a décidé quelque chose, qu'elle sait bien qu'il ne veut jamais revenir sur une idée quand elle est ancrée dans son crâne; alors il faut laisser faire sa nature d'entêté et le prendre dans le sens des poils, si on ne veut pas qu'il nous mène la vie dure, surtout à elle qui joue le rôle de souffre-douleur habituel. Tout le monde applaudit Babeth, sauf le professeur qui la regarde d'un air étonné, et Yaélita hausse les épaules : « De toute façon, c'est du Papy tout craché ! On le connaît ! » L'entourage est agréablement surpris, chacun fait le nécessaire pour arranger ce départ inopiné en vacances avec son agenda, mais l'important c'est que tout le monde a bel et bien compris que ce sera pour tous une semaine de fête, de plus sous un grand soleil garanti, paraît-il. Alors, départ le 8 mai au petit matin. Babeth organise déjà les derniers préparatifs pour que tout soit parfait.

87 Le 6 mai 2025 Péniche fantôme

La fameuse péniche immatriculée MAK 95 reste étrangement introuvable. La police a bien vérifié son point d'amarrage signalé par VNF, Voies navigables de France et par les services de la mairie d'Éragny; normalement, elle devrait être arrimée sur la rive gauche de l'Oise, mais on constate avec stupéfaction qu'elle a disparu corps et bien. VNF affirme qu'elle appartenait bien à la Marbrerie AK de Saint-Leu-la-Forêt qui se trouve à quelques kilomètres seulement de la rivière et qu'elle devait servir à transporter des produits pondéreux; plus précisément, ce bateau-là se déplaçait entre Éragny et Le Havre ou Rouen, principalement pour transporter des marbres provenant d'Italie. Cette péniche qui n'a passé aucun contrôle officiel depuis belle lurette, alors que c'est obligatoire pour des bateaux de ce gabarit munis de puissants moteurs diesel, n'a donc pas l'autorisation de circuler sur l'Oise et encore moins sur les canaux de la région parisienne au trafic très réglementé. On lance donc un nouvel avis de recherche pour retrouver la péniche MAK 95. « Ce n'est pas une poussette ou une simple trottinette qu'on recherche, bon sang de bonsoir, c'est une péniche de 16 m de long tout de même, et personne ne peut nous dire où elle s'est faufilée, Harry Houdini est passé par là ou quoi ? Après le *Vaisseau fantôme*, c'est la « Péniche fantôme » qui va défrayer la chronique dans tous les médias et on passera encore pour les pires des andouilles, vitupère le colonel parisien qui a déjà fait sa crise la veille devant la marbrerie de Saint-Leu. Trouvez-moi cette péniche, c'est tout de même assez gros, ce n'est pas un porte-clefs ou un bouton de culotte qu'il s'agit de me rapporter, mais un gros bateau en fer massif, nom d'une pipe ! Cherchez-moi cette MAK 95 et qu'on en finisse avec cette affaire pourrie que les gendarmes de Moselle nous ont fourguée dans les pattes sans demander leur reste. »

On remue ciel et terre, enfin plutôt tous les cours d'eau de la région parisienne, et on ne trouve toujours rien. Le ministre de l'Intérieur qui suit cette affaire avec un petit air amusé n'en revient pas, comment une péniche peut-elle seulement disparaître ? En plus, c'est un moyen de transport complètement dépassé, c'est si lent à se déplacer et ça pollue énormément l'air et l'eau, ça fait un boucan d'enfer et personne ne l'a vue ou entendue ? On ne veut pas y croire au ministère. On arrête des mariniers pour leur demander s'ils ne l'ont pas croisée, à tout hasard, cette satanée péniche, on s'adresse aussi aux pêcheurs qui animent les rives des deux côtés de l'Oise, on dérange même les gens qui pique-niquent gentiment au bord de l'eau. Bien sûr, ils en ont vu des péniches, mais aucune portant l'inscription MAK 95. « Moi, j'ai vu une péniche en très mauvais état qui dispersait une fumée bien noire et épaisse, sûr qu'elle avait des problèmes de motorisation, mais elle battait pavillon belge, et je me rappelle son nom, WAK 59, d'ailleurs j'ai immédiatement pensé : « Tiens, elle vient probablement du département du Nord, le 59, de Lille ou de ce coin-là, et je me suis dit aussi que c'est drôle une péniche belge immatriculée dans le 59, dit un brave homme en croyant rendre service aux enquêteurs, confondant les plaques d'immatriculation des voitures avec le nom des bateaux. » En tout cas , malgré le fait d'envisager la possibilité d'un changement de nom pour induire en erreur les plus observateurs des riverains, cette péniche semble s'être envolée, d'autant plus qu'aucune écluse n'a rien signalé non plus de son passage.

Le colonel est dans tous ses états et déclare qu'il faut passer à la vitesse supérieure : « Envoyez les hélicoptères, ils trouveront bien quelque chose. Suivez chaque canal ou affluent de l'Oise en amont, et pareil en aval, longez aussi la Seine, on ne sait jamais, la péniche a peut-être mis la vitesse supérieure et son turbo en marche. » Mais rien n'y fait, le feuillage est déjà bien épais et il est trop facile de cacher une péniche sous les frondaisons en ce joli mois de mai qui fait gazouiller les petits oiseaux dans tous les coins. La presse finit par s'intéresser au manège de ces hélicos qui ne font jamais les choses délicatement, on le sait, et, à la suite de l'indiscrétion d'un agent de VNF, toute la presse se déchaîne sur le thème de la « *péniche fantôme de l'Oise.* » On en rit, on s'amuse, on se moque, on ironise, beaucoup moins, je peux vous l'assurer, dans les bureaux des différents services de police et certainement plus du tout dans ceux du ministère de l'Intérieur et de la Préfecture de Police de Paris. La nouvelle passe sur toutes les ondes et tous les canaux télévisés de France et de Navarre, la presse d'opposition s'en fait les gorges chaudes, les autres médias temporisent et modèrent le propos de ce qui pourrait ressembler à des critiques stériles.

Mais le comble, ce sont les médias étrangers, qui, comme d'habitude, sont lassés par la routine et le ronronnement politico-économico-social de la planète et sautent donc de joie sur cette info qui peut surprendre et qui fait bien rire son petit monde : Le *New York Times* titre même le lendemain matin : « *Les Français ont-ils perdu la boule ? Non…seulement leur péniche fantôme.* » En Italie, le journal *Corriere della Sera,* plus incisif, déclare : « *Ne partez pas en vacances en France sur votre péniche, ce pays est peut-être le nouveau triangle des Bermudes.* » Les journalistes à s'en donner à cœur joie. Les Français n'ont donc plus besoin de ministres et de politicards devenus des canards boiteux ou des champions des magouilles, aussi véreux que des mafiosi, pour devenir la risée du monde entier, non, le coup de la péniche fantôme suffit à amuser les quatre coins de la planète, où il fait toujours bon de « casser du sucre » sur le dos des Français.

À Trapani, la nouvelle amuse également tout le monde, l'humour sicilien, ça existe, si, si…mais Léonce Krebs, qui s'y ennuie tout de même un peu durant ces vacances forcées, rit plutôt jaune; au moins sait-il maintenant de source sûre par la presse que Schnitzel, son garde-chasse-chauffeur-homme de main, a réalisé comme il faut la seconde partie de sa mission. Il a donc bien transféré le trésor sur la péniche qu'il a renommée à sa demande WAK 59, battant un pavillon factice, aux fières couleurs de la Belgique. Il en informe Stéphane, son fils, qui se demandait ce que cette histoire de péniche pouvait bien lui faire; ce dernier n'en revient pas : « Mais c'est ingénieux, Père, souffle-t-il avec admiration, il a coulé la péniche avec le trésor caché en fond de cale, c'est très ingénieux, mais où se trouve-t-elle exactement ? » Léonce connaît son fils comme il se connaît lui-même et déclare de but en blanc qu'il n'a pas besoin de le savoir pour le moment et qu'il le lui révélera le moment venu, on ne sait jamais avec lui. En France, les recherches ont beau se prolonger, les pilotes des hélicos commencent à se plaindre d'avoir des torticolis, la péniche coulée au fond d'un ancien chenal désaffecté restera bien sûr introuvable, car elle repose au fond de l'eau…et le restera le temps qu'il faudra. Le colonel en a profité pour faire sonder les masses de vases qui s'étalent à l'emplacement de l'amarrage de la péniche, mais n'y trouve rien de particulier qui puisse servir à l'enquête en cours; un des plongeurs des sapeurs-pompiers de Paris appelle le colonel pour lui dire qu'ils ont trouvé une épave à proximité, une ancienne fourgonnette, de couleur bleue, une estafette Renault, d'un autre âge, mais encore en bon état; un véhicule qui n'a pas séjourné longtemps dans l'eau, d'après son rapport.

Le colonel hausse les épaules : « Qu'est-ce que ça peut bien nous faire, c'est une péniche qu'on cherche, laissez cette épave tranquille et signalez-là à VNF, c'est leur boulot de dégager les rebuts qui traînent sous l'eau, qu'ils s'en occupent eux-mêmes. » Le sapeur a beau expliquer au colonel que ce n'est pas n'importe quelle camionnette, que c'est une estafette de la gendarmerie, que ce ne sont pas les habitudes des gendarmes de se débarrasser des vieux véhicules au fond des rivières, que c'est donc louche, et qu'on ferait mieux de vérifier ce véhicule bizarrement noyé à cet endroit précis, tout près du site d'amarrage de la péniche, de celle que l'on recherche partout… « Mon colonel, attendez donc, ça doit avoir de l'importance et on a peut-être un lien avec votre affaire, on ne serait pas déplacé pour rien. Ne partez pas, mon colonel…et puis zut ! »

« Les gars, on plie bagage et on rentre se mettre au sec, le colonel s'en balance comme de sa propre chemise. Alors on ne va pas traîner là plus longtemps à mouiller nos palmes pour rien ! On dégage vite fait ! » Le colonel a bien d'autres chats à fouetter, pense-t-il, et envoie le sapeur à tous les diables. Un des hommes-grenouilles nettoie une pièce de monnaie qu'il a trouvée dans la vase; la pièce, une fois dégagée de sa gangue de boue, fera u beau cadeau qu'il offrira à ses gosses en rentrant chez lui, ils collectionnent les monnaies et ils ont bien raison, bientôt il n'y en aura plus du tout en circulation quand tout sera « dématérialisé » comme ils disent. « Et cette pièce a l'air vraiment chouette, elle brille joliment, ça leur fera plaisir, c'est comme une pièce ancienne trouvée au fond de la mer, ça leur fera tellement plaisir; et puis qu'est-ce qu'elle est lourde, on dirait presque que c'est de l'or. En tout cas, c'est une très belle imitation ! Chapeau ! » Content de sa trouvaille, il la glisse dans une poche de son gilet fluorescent et prend le chemin du retour, satisfait de sa journée.

88 Le 7 mai 1525 : Chevau-légers

Après avoir passé la nuit à marcher pour ne pas se faire repérer par les paysans en armes qui convergent vers Saverne, les six archers commandés par leur sergent se laissent guider par leurs prisonniers, Anselme Felt et Klemenz Augst, qui ne savent pas trop comment se tirer d'affaire, sans désobéir aux ordres du comte. S'ils dévoilent leurs cachettes, le comte leur en voudra et les condamnera peut-être aux travaux forcés ou à la peine de mort; s'ils tentent de s'enfuir, ils risquent de mourir d'une flèche décochée dans le dos, car ils savent que les archers visent juste et tirent plusieurs flèches à la minute. Alors, il vaut mieux attendre qu'une bonne occasion se présente à eux, mais là, en pleine forêt, même dans la faible clarté de l'aube, quel miracle pourrait bien leur offrir une planche de salut ? Klemenz avance l'air abattu, voire désespéré, et un archer plus impatient que les autres ne cesse de le pousser pour qu'il marche plus vite, malgré sa cheville blessée qui lui fait atrocement mal; Anselme s'arrête souvent, fait semblant de chercher son chemin, tourne plusieurs fois en rond jusqu'à ce que le sergent remarque son manège et le menace de son coutelas.

Au loin, au débouché d'une clairière, il sent une odeur âcre de fumée et aperçoit, comme tapi dans la brume et les hautes herbes, le rougeoiement d'un feu de camp, un peu la fumée bleutée se mêle à l'humidité du matin. Il doit y avoir des paysans en route pour Saverne qui ont fait halte ici pour la nuit. Alors, avant même que les hommes d'armes ne s'en rendent compte, il s'enfonce davantage dans le bois pour revenir vers cet emplacement par l'autre côté, le vent soufflant légèrement en direction opposée, donc impossible de sentir les effluves du feu; curieux de savoir de quoi il retourne vraiment, Anselme fait un clin d'œil à Klemenz et lui fait signe de se taire; il espère que ce sont-ce des paysans et peut-être qu'ils les libéreront. Anselme remarque qu'il y a des chevaux cachés dans les genêts, des bêtes qui deviennent remuantes et nerveuses, s'agitant à leur approche.

« Qui va là, appelle un homme qui semble surpris d'entendre des pas à cette heure matinale. Sortez des bois que je vous vois de près, dit-il en ayant tiré l'épée de son fourreau. » Le sergent prend alors l'initiative : « Nous ne sommes que de passage, nous ne vous voulons pas de mal, nous allons à Diemeringen, ment-il, c'est bien par là ? » Mais l'homme donne l'alerte aux siens; Anselme se rend vite compte qu'ils n'ont pas affaire à des paysans, mais à un détachement de cavalerie, certainement envoyé en reconnaissance par le duc de Lorraine. Cela n'est pas bon du tout pour les deux captifs. Alors Anselme, de sa voix forte crie sans la moindre hésitation :   « Attention, ce sont des insurgés, ils nous ont capturés, nous, des humbles serviteurs du comte de Hanau-Lichtenberg, aidez-nous, libérez-nous ! » Cela suffit à jeter la confusion : la troupe adverse, qui ne comprend pas vraiment qui est qui, et qui fait quoi, se jette sur les archers avant même qu'ils ne puissent utiliser leurs armes, arrive à les mettre assez facilement hors de combat, les attache solidement avec des lanières de cuir et attend que leur capitaine prenne les mesures qui lui semblent justes envers cette bande d'inconnus. Anselme comprend que ce sont des cavaliers au service du duché de Lorraines, des chevau-légers qui ont la réputation de se déplacer rapidement, de surprendre l'adversaire et de s'en tenir à de brefs combats avant de se replier au moins aussi vite qu'ils sont arrivés;

ils préfèrent de loin harceler l'ennemi au lieu de procéder à des attaques frontales qui coûtent cher en vies humaines.

Leur capitaine se présente comme étant Alphonse Grojean, un homme tout en muscle avec un nez gros comme une courge; il décide de ramener les prisonniers vers leur position arrière, pour que ses supérieurs se débrouillent avec eux pour démêler le vrai du faux, car tous ces captifs prétendent être des hommes du comte de Hanau-Lichtenberg, ce dont il doute en regardant l'accoutrement des archers qui ressemblent davantage aux tenues portées par les paysans insurgés, comme ils ont déjà pu en observer. Cette troupe lorraine qui se replie fait route en direction de Diemeringen, à travers les bois, les hommes de Bouxwiller attachés par des longes aux selles, suivant clopin-clopant le rythme des cavaliers avançant prudemment au pas. Quand ils entendent des paysans qui se dirigent vers le sud, en direction de Saverne, ils éloignent leurs prisonniers qu'ils bâillonnent, puis lancent une attaque furtive en criant de leurs voix puissantes qui résonnent entre les arbres et dont les effets se démultiplient grâce à l'écho, faisant croire que cette troupe d'une trentaine d'hommes représente l'avant-garde d'un régiment au grand complet. L'effet est immédiat : la plupart des paysans cèdent à la panique et se cachent où ils le peuvent en attendant que l'assaut prenne fin, laissant quelques-uns des leurs couchés dans les fougères naissantes, hors de combat, mortellement touchés ou grièvement blessés.

89 Le 7 mai 2025 Drôle de pêche

Pendant que la famille Weissenberg se prépare à passer des vacances surprises organisées par les grands-parents Paul-Henri et Babeth, les recherches continuent dans les locaux de la gendarmerie de Lemberg. Mike Weissenberg prête encore son concours à l'équipe restreinte de MAIA, pour poursuivre les investigations avec son ami Arthur Dubreuil. Quant au lieutenant Schnautzer, il vient de subir pour la énième fois les foudres du colonel parisien qui ne sait pas comment se dépêtrer de cette histoire de « péniche fantôme » dont tout le monde se gausse. En région parisienne, VNF est officiellement chargée de vérifier tous les sites d'amarrage possibles et imaginables, de ne rien laisser au hasard et de découvrir une piste, aussi infime soit-elle, pour la retrouver. Un pêcheur qui fréquente souvent les vieux bras de l'Oise et ses chenaux pour s'adonner à la pêche au brochet, plus sportive à son goût que les autres manières d'attraper du poisson, est surpris de trouver à son emplacement préféré un fond bien moins profond que d'ordinaire après avoir noué son gros plomb pour mesurer la hauteur d'eau; de surcroît, il remarque qu'un reste de bastingage affleure quasiment le niveau de la rivière. « Une péniche aurait coulé là, qu'ça m'étonnerait pas, dit-il à un ami qui s'attarde avec lui dans ce coin discret pour pêcheurs avertis. Ils décident d'appeler VNF qui envoie immédiatement un de ses agents vérifier le témoignage des deux hommes qui, comme le dit l'adage, sont certainement aussi menteurs que pêcheurs.

Arrivé sur les lieux, une demi-heure plus tard, l'agent en tenue vert-écolo siglée VNF, acronyme que lui, explique en « Venez naviguer en France », les pêcheurs, aussi patients que leurs brochets le sont pour se faire prendre, l'appellent à force gestes pour lui montrer leur étrange découverte; le petit homme vert est ébahi, car c'est bien une péniche coulée qui se trouve à faible profondeur à cet endroit. « Bravo, les gars, vous avez l'œil. Je suis passé par là, il y a quelques jours et je n'ai rien vu. Bon sang, c'est vrai, elle est sacrément bien calée au fond du chenal, bien enfoncée dans la vase, ça va être dur de la renflouer pour la dégager, le chef va encore péter un câble quand il apprendra la nouvelle.C'est que ça nous coûte un bras, ce genre d'opération, et même si c'est le propriétaire qui va payer l'addition au final, faudra bien avancer les frais. Vous avez pu lire le nom du bateau ? » Les pêcheurs n'y ont même pas pensé et le petit homme vert a beau chercher, il ne trouve pas une seule inscription. « Si je rentre sans cette info essentielle, mon chef va me foudroyer. » Alors il préfère téléphoner à son service pour avertir ses collègues pour qu'ils lui envoient un plongeur pour vérifier la coque et évaluer le degré de pollution de ce naufrage qui semble n'avoir rien d'accidentel.

Après une heure d'attente arrive enfin une fourgonnette VNF attelée à une remorque portant un Zodiac déjà pas mal rafistolé et enrustiné. Le plongeur équipé de sa combinaison étanche ne semble pas enchanté de prendre un bain dans ce chenal envasé qui n'est plus utilisé depuis des lustres. Muni de ses bouteilles ayant une autonomie démesurée pour la mini-exploration prévue, l'homme descend dans l'onde noirâtre et lugubre pour faire un premier bilan succinct : c'est une péniche de type ancien, de gabarit dit Freycinet, qu'il évalue à 16 m de long. C'est le bastingage de la cabine de pilotage qui affleure à la surface de l'eau. Il n'a pas trouvé de nom ni de marque particulière, rien qu'un pavillon belge coincé dans une plaque de tôle. « Si les

Belges commencent à couler leurs vieux rafiots dans nos chenaux, je sens que ça va encore se crêper le chignon au sein de l'Union européenne. Merde, la France ce n'est pas un dépôt d'ordures, râle le plongeur. » « Déjà, que nous les Français, nous ne sommes pas irréprochables avec nos propres déchets, il n'est pas question un seul instant de laisser les Belges saloper nos beaux coins de pêche. Ah oui, je sens que ça va chauffer entre les oreilles de certains de nos fonctionnaires. »

L'agent de VNF fait remonter l'information à son chef qui n'aime absolument pas les Belges, et encore moins ceux qui polluent nos rivières, ces Mannekepis d'opérette. Comparaisons faites, cette péniche pourrait bien être celle qu'on recherche partout, mêmes dimensions, même état vétuste, nom escamoté et marquage effacé, pavillon belge retrouvé : c'est probablement la « péniche fantôme » qui refait surface, façon de parler, parce que celle-ci est sous l'eau et même bien coulée jusqu'au fond. On informe les services de la Préfecture de Police qui envoie des gardiens de la paix constater sur place ce que les agents de VNF viennent de contrôler aussi bien qu'eux, mais c'est la procédure, et il faut la suivre à la lettre. Le colonel est informé à son tour et veut « faire ses constats » de visu, pour être sûr de ne pas faire une nouvelle bourde et encore aggraver son cas devant la hiérarchie qui est tatillonne et les journaleux qui papillonnent. Eh bien, ça ressemble tout à fait à la description de la MAK 95, rebaptisée WAK 59, sous un faux pavillon belge, qui, plus est, on a retrouvé sur place, coincé dans des tôles. « Si ceux qui l'ont coulée ont voulu trop bien faire en effaçant toute trace, ils ont raté leur coup : ils ont bêtement oublié de ramener le drapeau noir-jaune-rouge des bouffeurs de frites, les cons, pense le colonel. »

Aussitôt, la nouvelle fait le tour du pays et depuis la capitale reprend son tour du monde. En moins d'une heure, toute la planète sait que la « *péniche fantôme française* » a trouvé une sépulture au fond d'un chenal qui donne sur l'Oise. Le colonel exulte, sa hiérarchie moins, car on est loin d'avoir mis la main sur les bandits et le trésor volé tant convoité. VNF se chargera de faire renflouer la péniche, en principe dans la semaine : à ce moment-là, on y verra plus clair, c'est sûr, le colonel se rassure d'abord lui-même avant d'essayer d'en convaincre ses équipes. La nouvelle tombe aussi sur les téléscripteurs de Sicile et les Krebs, père et fils, sont rapidement mis au courant par leur cousin italien Giovanni Oliveri qui s'inquiète un peu de la tournure des évènements en France. « Merde, dit Stéphane, ils ont trouvé la péniche, comment on va s'en sortir maintenant, dis ? » Léonce réfléchit longuement : « Le temps qu'ils renflouent la péniche, ça demande des journées de travail, surtout dans ce chenal pourri, envasé où tout est gluant. Je vais contacter Schnitzel pour qu'il se présente aux autorités pour représenter le propriétaire du bateau, une société bidon que j'ai créée il y a un bout de temps. Il pourra immobiliser la péniche avec un certain nombre de subterfuges que je lui expliquerai en détail; pour nous, la version officielle ce sera : vol du bateau, plainte déposée à la police, expertise de l'assurance qui, bien sûr, sera aussi bidon que le reste, je te rassure, puis procédure sur procédure, on gagnera des mois avant que la péniche ne soit relevée au sec. De plus, la MAK 95 ne dérange personne là où elle est et VNF sera bien trop contente de surseoir au renflouage qui lui coûterait la peau des fesses. »

90 Le 8 mai 1525 Prise de Bouxwiller

Le lundi 8 mai, les paysans détachés de la bande de Cleebourg arrivent devant Bouxwiller et c'est le branle-bas de combat général ordonné par Rolf de Weinbourg qui veut défendre la ville à tout prix, même avec le peu de moyens en sa possession; si ses sergents semblent prêts à tout, ce n'est pas le cas des miliciens issus des corporations qui semblent faire dans leur culotte tellement ils craignent d'être submergés par les paysans. Le petit peuple favorable depuis longtemps à la cause paysanne se rassemble dans les rues et décide d'intervenir dès le premier assaut des rustauds contre les portes de la ville; les 5.000 hommes affamés en armes, et surtout en rage de voir les portes closes à leur arrivée, sont difficiles à contenir; ils tentent d'envahir le chemin de ronde de l'enceinte avec des échelles astucieusement formées par assemblage de plusieurs échelles trop courtes pour pouvoir y accéder directement. Finalement, après des tentatives tenues en échec, certains paysans arrivent à prendre pied sur le rempart sous la volée de flèches des archers et sous les balles des arquebusiers qui pénètrent dans la chair des hommes n'ayant d'autre protection que leurs nippes usées.

Les assaillants sont encouragés par de nombreux Bouxwillerois qui applaudissent leurs exploits et qui huent leurs propres défenseurs; ceux de la milice urbaine décident alors de refuser le combat et quand ils sont face à face avec des paysans, ils préfèrent jeter leurs armes pour les prendre fraternellement dans les bras comme s'ils étaient leurs libérateurs, leurs sauveurs. L'esprit de la liberté leur donne des ailes, les comploteurs de la veille se transforment en héros du jour et volent au secours des paysans en ramassant les armes des morts et des blessés, sinon en utilisant leurs propres outils, ceux de tous les jours, préférant les fourches et les haches et autres cognées ou merlins pour mettre fin à la tuerie ordonnée par l'horrible capitaine Rolf de Weinbourg.

Très vite, les défenseurs sont submergés par le nombre, certains habitants arrivent à neutraliser les gardes et les sergents qui contrôlent la Porte basse, dite Niedertor, et à en forcer l'ouverture à l'initiative du jeune Johannes Englisch et de quelques volontaires déterminés à arrêter le carnage. Rolf enrage quand il voit la situation lui échapper totalement et ordonne à ses archers et arquebusiers de tirer sur les traîtres de la cité comme sur les assaillants, décision insensée qui menace l'effondrement de la résistance organisée. Stratégie totalement inadaptée et inutile de surcroît, car le sort en est jeté, les défenseurs ont perdu l'appui de tous les miliciens qui arrivent rapidement à désarmer les derniers hommes fidèles au capitaine. Le petit peuple est alors en liesse quand les paysans du Bastberg venus par l'Obertor, la Porte supérieure, et ceux de Cleebourg, par le Niedertor, font leur jonction devant la chancellerie; on applaudit Dietrich Kohler à la tête de ceux de Hattmatt. Rolf de Weinbourg ne voulant pas capituler ni devoir affronter la colère populaire préfère se jeter dans le vide depuis le rempart : son corps désarticulé est traîné sur la place comme un pantin désarticulé, ressemblant à un épouvantail dégingandé sans vie, tout ensanglanté. Le chancelier Cunon de Hohenstein qui observe la scène, acculé à se rendre ou à faire une dernière tentative de résistance, un baroud d'honneur désespéré, fait tirer le canon depuis le château sur la place où les paysans et la population locale sont réunis, prêts à fêter leur victoire sur la tyrannie.

Depuis le château comtal, dont les gardes sont restés en retrait derrière les barricades fermant les accès, couleuvrines et canons crachent leurs boulets, à la stupéfaction de tous, faisant des ravages dans les rangs des insurgés et des habitants mêlés les uns aux autres. Après les premières salves très meurtrières, ce sont les artilleurs improvisés du comte qui cessent eux-mêmes de charger leurs bouches à feu; la honte et la terreur se lisent sur leurs visages et personne n'est étonné de les voir déserter leurs positions de tir malgré les efforts du chancelier pour exalter le courage des derniers soldats à ses côtés. La rage s'empare alors des paysans; il en arrive des centaines par les portes ouvertes, aussi bien armés que des mercenaires, prêts à tout pour venger ceux que l'on vient d'assassiner sous leurs yeux, sans la moindre mise en garde ou sommation. Les paysans, dans une vague de folie dévastatrice, grimpent par-dessus les barricades, puis s'en prennent au château comtal qui est envahi, saccagé et pillé de fond en comble, démontant même les huisseries et les volets qui finissent par brûler dans un immense feu de joie allumé dans la cour d'honneur; le sac concerne aussi le reste de la ville : tous les biens du comte, de ses serviteurs et des religieux subissent le même sort.

Dans la chapelle castrale Saint-Georges, au bout de la Halle aux blés, les paysans brisent même le gisant du landgrave de Werd, autrefois le plus puissant seigneur de Basse Alsace dont le monument funéraire est martelé. Le chancelier Cunon de Hohenstein est découvert caché dans un coffre de rangement du château parmi des robes appartenant aux filles du comte, « grelottant de peur comme une femmelette » selon les dires des paysans eux-mêmes qui le mènent, mains liées derrière le dos, jusque dans la chancellerie afin qu'il leur dévoile où sont cachés les riches avoirs du comte. Malgré les injures, les coups, les menaces, le prisonnier ne fait que répéter la même chose : « Posez la question au receveur général, Gaspard Metzger, c'est lui qui s'en est occupé. Moi, je ne sais rien ! » On cherche Gaspard un peu partout dans la ville jusqu'à ce que l'on retrouve son épouse qui les informe que le chancelier l'a fait jeter dans un cachot sordide, il y a seulement quelques jours. On finit par le trouver couché en position fœtale dans la paille putride d'un cachot pour l'interroger, mais à peine peut-il articuler quelques mots, car Gaspard est en très mauvais état de santé, quasiment laissé pour mort après de cruelles séances de torture, dans l'humidité ambiante ruisselante des murs couvert de salpêtre et de moisissures.

Dietrich Kohler est chargé d'obtenir de Gaspard Metzger toutes les informations utiles à propos de la mise en sécurité du trésor comtal, mais il faut d'abord lui donner les soins urgents capables de lui éviter la mort, un peu de nourriture plus consistante que du pain moisi et encore un peu de repos, si nécessaire, pour qu'il reprenne ses esprits. Kohler n'est pas une brute ni un imbécile, et sait qu'il pourra tirer les vers du nez de son prisonnier, seulement si ce dernier a toute sa tête et les yeux bien en face de ses orbites. Quand le comte Philippe III de Hanau-Lichtenberg apprendra le jour suivant ce qui s'est passé dans sa ville, il se mettra dans une rage folle. Jusqu'ici, il avait été peu enclin à sévir envers les paysans qui sont aussi ses sujets, mais l'annonce du pillage et du saccage de son château lui fait l'effet d'un coup de poignard dans le dos; le comte est outré par la violence des paysans à son égard et par le manque de respect dû à un homme de son rang, par le non-respect des consignes qu'il a données et par le pillage systématique de tous ses biens, alors qu'il a toujours tenté de protéger ses sujets d'une répression aveugle qu'il jugeait même jusqu'à présent inutile et contre-productive; il se rangera désormais dans les rangs des nobles les plus virulents et cruels, et deviendra même l'un des partisans les plus fervents d'une répression sans merci.

Pendant ce temps, les chevau-légers lorrains continuent leur mission de harcèlement en remontant vers l'Alsace Bossue afin de reprendre contact avec l'avant-garde de l'armée du duc. Ils ne savent pas encore qu'un combat a eu lieu dans la forêt de Siltzheim et que les Lorrains ont pris une sacrée déculottée. Bien au contraire, ils croient en l'invincibilité de l'armée lorraine, une armée de métier renforcée de mercenaires aguerris. Ils traînent avec eux leurs prisonniers qui ont bien du mal à suivre à pied les cavaliers toujours en mouvement; Anselme Felt, de par sa force herculéenne et sa capacité à endurer les situations les plus dures, résiste bien mieux à ce traitement épuisant que Klemenz Augst, qui traîne les pieds, trébuchant souvent, ayant de temps en temps le soutien d'Anselme qui, malgré les mains ligotées, arrive à soutenir son camarade d'infortune. En soirée, la petite troupe atteint la seigneurie de Puttelange et le capitaine décide d'y bivouaquer après avoir volé quelques volailles dans les parages pour pouvoir reprendre des forces.

91 Le 8 mai 2025 Vacances à Trapani

Tôt le matin du 8 mai, la famille Weissenberg se retrouve à l'aéroport de Paris-Beauvais après quelques heures passées sur l'autoroute A4 à rejoindre les pistes d'envol. Mais pour quelle destination partent-ils donc exactement ? Personne ne le sait ! Seuls Paul-Henri et Babeth, qui est l'organisatrice compétente de ce voyage surprise, connaissent le lieu de rêve où leurs invités passeront une semaine entière pour un moment privilégié au calme au bord de la mer, sans ennuis, sans bandits dans les parages. C'est après avoir passé les différents contrôles incontournables que tout le monde comprend que le site choisi est la petite cité de Trapani, ville côtière qui se situe au nord-ouest de la Sicile, là où la côte forme un beau croissant avec vue sur les îles Egades. Dans le hall d'embarquement, il suffit de regarder la bonne porte pour comprendre que le vol est sans escale et que l'arrivée est prévue deux heures trente plus tard dans un paysage resté sauvage, comme le montrent des photos affichées dans l'aérogare. Trapani est considérée par beaucoup comme le vilain petit canard des sites touristiques siciliens, par rapport à la capitale Palerme, au port de Catane sous l'Etna ou encore à Syracuse, au passé prestigieux. Mais les grands-parents Weissenberg y ont vécu autrefois des vacances heureuses et sont fiers de pouvoir partager quelques bons moments avec les leurs, dans le site qu'ils ont tant apprécié autrefois.

Sont présents, frais et fringants, les petits-enfants Max, sa sœur Maylis, Yaélita avec son conjoint Mathias, Mike Weissenberg avec sa femme Loulou et leur fils Ming, sans oublier le lieutenant-colonel Clément Boyard, qui a accepté le statut d'invité spécial, venu en tenue civile, je vous rassure, arborant une belle chemise hawaïenne à grandes fleurs, histoire de faire plus touriste encore que ses comparses également venus en tenue décontractée.

Le vol est sans histoire et le survol de l'aéroport de Trapani permet déjà d'avoir un avant-goût de l'ambiance chaude et rassurante de ce coin de l'île; on distingue bien la vaste zone des marais salants où l'on devine l'implantation de moulins à vent. Rien qu'au premier coup d'œil, tout le monde trouve ce coin « chouette », profitant de l'occasion de le découvrir depuis les airs avant l'atterrissage; ça donne envie de mettre son maillot de bain et de plonger dans les eaux bleues iodées où nagent quelques sirènes attirant les touristes en quête d'aventures dans leurs filets. Rapidement, une fois sur la terre ferme, toute la famille prend possession de deux véhicules de location pour se retrouver assez vite dans un Apart Hôtel de Trapani, celui de Badia Nuova, en plein centre, à 50 m seulement de la plage et à 300 m du port et des ferries qui proposent de magnifiques croisières le long de la côte. Le temps de s'installer, de se mettre à l'aise ou de ranger succinctement ses affaires, d'enfiler des vêtements adaptés au soleil et à la douceur du climat, enfin vous l'aurez compris, pour imiter Clem, déjà en tenue au départ du voyage; tout ce beau monde ravi de ces vacances improvisées s'égaille dans les petites rues, le long des quais, dans les petits commerces du coin avec un plaisir non dissimulé. Babeth annonce qu'ils ont réservé des tables à la Pizzeria Bella, une des mieux cotées de la ville, qui se trouve au 38 de la via Archi, laissant un bon moment de quartier libre à ses invités.

Paul-Henri et Babeth en profitent pour s'asseoir à la terrasse d'un bar sur le port, comme des amoureux en quête d'un peu d'intimité, afin de goûter avec délice un expresso extra-fort comme seuls les Italiens savent les préparer, histoire de se secouer d'une certaine torpeur après ce voyage sans relief et surtout pour lutter contre la fatigue que l'on peut ressentir quand on se lève plus tôt que d'ordinaire; rajoutez à cela une bonne dose d'émotions ! Heureusement, le coup de fouet du café remet les pendules à l'heure. « Toute cette histoire, ça m'a fichu une trouille bleue, j'ai eu un peu de mal à encaisser le contrecoup de mon enlèvement et de ma séquestration, de pauvre otage que j'étais devenu aux mains de ce psychopathe, Léonce Krebs; également du manque de soins qui a un petit peu dégradé mon état de santé…je suis heureux qu'on soit partis en vacances aussi vite, j'avais une folle envie de fuir la région où s'est déroulée ma mésaventure, j'en avais grand besoin pour oublier tout ça au soleil de la Méditerranée et d'en faire profiter tous ceux qui nous ont aidés dans cette épreuve à la con, savoure Paul-Henri. » Babeth lui rappelle tendrement quelques bons souvenirs qu'ils ont vécus à cet endroit idyllique, après une période tout aussi mouvementée de leur vie; elle pose sa tête dans le creux de l'épaule de son mari, heureuse que tout se soit réglé sans grands dommages et surtout sans séquelles, espère-t-elle.

À 12 heures 30, toute la famille se retrouve via Archi à la Pizzeria Bella qui est la plus fameuse du coin, selon Clem qui parle italien comme le roi de Prusse parlait autrefois le français et qui s'est renseigné auprès des habitants du cru qui savent toujours mieux que les autres ce qui est bon ou pas. Comme on est en vacances, on commence par un apéritif à force coupes d'asti spumante, le vin mousseux préféré de Babeth, pour arroser les olives piquantes et les antipasti traditionnels, dont les boulettes de riz et les roulés d'aubergines. Puis les inévitables pastas sont servies avec les sauces qu'on préfère, comme la sauce arrabbiata, la favorite de Paul-Henri, avant de passer aux viandes, avec un choix gustatif étendu entre les roulés de viande de bœuf à la Sicilienne, les involtini de viande et de fromage panés et les boulettes de veau aux fèves, plat un peu plus bourratif que les autres, selon Babeth. Tout le monde se régale, on échange les premières impressions sur le site, on discutaille en gesticulant comme des Méditerranéens de souche, lorsqu'un groupe de cinq hommes se glisse dans l'établissement, l'air assez tendu, le regard suspicieux, donnant l'impression d'être tout le temps sur le qui-vive. Paul-Henri et Babeth ne remarquent rien de cette arrivée très discrète simplement parce qu'ils lui tournent le dos. Mais Clem ne s'y trompe pas, ayant pris l'habitude de faire de nombreuses missions en Italie; « ça sent le truc pas trop réglo, pense-t-il; il se fie à son instinct, rien d'autre, déformation professionnelle oblige.

« Mike, regarde ces gars, j'ai l'impression que depuis que je les observe, ils ne sont pas tranquilles du tout, ils sont sur leur garde; vise ces gars à la table du fond, près de la porte arrière du restaurant. Sois discret et jette un œil rapide de temps en temps, ne te fais surtout pas remarquer. Le syndrome des Polonais, tu connais ça, c'est de toujours rester tourné vers la porte d'entrée pour observer les va-et-vient des gens, et de se tenir près d'une sortie de secours au cas où il faille déguerpir, c'est rester vigilant, donc pas détendu du tout, pour réagir au quart de tour, etc. Eh bien, ces gars-là, tu vois, ne sont pas des touristes comme nous, on dirait plutôt des mafieux en cavale. » Mike hausse les épaules, insiste auprès de Clem pour qu'il ne cède pas à la paranoïa des vieux officiers des services de renseignement, qu'il est ici en tant qu'invité, qu'il est en vacances comme les autres, assis à une bonne table pour déguster des spécialités siciliennes hors du commun; alors qu'il relâche un peu ses muscles pour évacuer la tension nerveuse de ces derniers jours et qu'il profite pleinement de son séjour. « Tu n'es pas en service, tu dois laisser tes barrettes de lieutenant-colonel au vestiaire; ici, on ne risque rien, et même si ces gars sont des truands, ce n'est plus notre problème, ils pourraient même se tirer dessus à la kalachnikov et s'entretuer les uns les autres, s'ils le désirent, nous on s'en fiche totalement. Il n'y a personne ici en Sicile qui veut notre peau, alors calme-toi un peu, mon petit Clem, cesse de te monter le bourrichon, prends ta fourchette et mange. » Mais pas moyen de lui faire entendre raison, Clem est têtu et ne cesse de surveiller les cinq hommes attablés au fond de la pizzeria. Pour en avoir le cœur net, Clem se lève et fait mine de se rendre aux toilettes en passant délibérément juste devant leur tablée, très lentement, en traînant un peu trop les pieds pour rester tout à fait naturel.

Dès son retour à la table familiale, Mike lui reproche de ne pas savoir faire la part des choses, nom d'une pipe. Clem se rembrunit, rumine son désaccord et finit par lâcher : « Ces gars-là sont des Français, du moins, ils parlent français entre eux; je peux même t'assurer que ce sont des Alsaciens, avec le bel accent chantant et léger caractéristique, ajoute-t-il avec un peu d'ironie. Le plus grand est un Italien par contre, ça se voit d'ailleurs comme le nez au milieu de la figure, mais il parle aussi le français avec un bel accent sicilien, si, si, je t'assure. » Mike se moque de lui : « Tu es passé deux fois devant leur table et tu peux faire un rapport de dix pages sur des personnes que tu ne connais ni d'Adam ni d'Eve. Punaise, Clem, change de métier, tu vas nous rendre fous avec tes lubies, ton espionnite aiguë et tes réflexes à la con. Arrête, s'il te plaît, et mange ton dessert, c'est un tiramisu de rêve, un délice, goûte-moi ça ! »

Paul-Henri se lève à son tour pour aller aux toilettes, innocemment, en s'essuyant les lèvres avec sa serviette de table, mais il se fige subitement comme pris d'un malaise. Il devient pâle comme un linge et en une fraction de seconde se retourne et se rassoit comme s'il se sentait vraiment très mal, en posant la tête entre ses mains. Tout le monde remarque qu'il a du mal à respircr et après un instant d'étourdissement, il demande à Babeth de régler l'addition, car il n'en est pas capable à cet instant même. Il ajoute qu'il doit d'urgence quitter la pizzeria pour rentrer à l'Apart Hôtel, c'est une question de vie ou de mort pour lui. Personne n'y comprend rien, mais Paul-Henri n'en dit pas davantage et garde le silence devant les nombreuses questions de ses petits-enfants qui s'inquiètent.

Toute la famille un peu bousculée par le comportement étrange du grand-père s'engage dans la via Archi, jusqu'à leur appartement où Paul-Henri s'effondre dans un divan heureusement très confortable; tout le monde l'entoure en essayant de comprendre ce qui ne va pas, pourquoi subitement il a flanché et interrompu la bonne ambiance qui régnait au sein de leur tablée. Paul-Henri qui respire encore de manière saccadée est maintenant en sueur, des frissons le secouent par moment, il n'arrive pas à s'expliquer tant il semble confus et perturbé. On lui sert un verre d'eau glacée qu'il boit même goulûment, mais son stress apparent perdure; après un instant qui semble durer une éternité pour les convives, il frotte son front humide avec son grand mouchoir à carreaux : il regarde tour à tour chaque membre de l'assistance et dit : « J'ai reconnu quelqu'un dans la salle de la pizzeria et c'était plus fort que moi, j'ai paniqué, c'est terrible, terrible… » Mais de qui peut-il bien s'agir ? se demande toute la famille qui n'a reconnu personne en particulier. « C'est le chef du gang qui m'a séquestré, ce satané Léonce Krebs, ce maudit Léonce Krebs qui m'a tant de fois menacé de mort et qui a voulu démolir notre maison avec toi, Babeth, à l'intérieur. » À cette annonce surprenante, toute la famille se demande s'il faut prendre ses dires au pied de la lettre ou si le professeur vient de faire un cauchemar éveillé. Aussitôt, Clem saute sur ses deux pieds depuis le tabouret de bar qu'il chevauchait langoureusement et déclare fièrement : « Je le savais, je le sentais, ces gars-là, je les surveillais du coin de l'œil et même davantage ! Ce sont quatre Alsaciens et un Italien, tu n'as pas voulu m'écouter, Mike; je sentais qu'il y avait anguille sous roche. Mon flair ne m'a jamais trompé. » Paul-Henri rajoute qu'il a aussi reconnu deux des hommes de main des Krebs, un certain Colas et l'autre qui s'appelle…Sim, comme l'humoriste, Sim, parce qu'il lui ressemble beaucoup, ajoute-t-il. » Babeth soupire : « Ils ne vont tout de même pas nous gâcher nos vacances, ces salopards, après ce qu'ils nous ont déjà fait. J'espère que vous savez tous ce qu'il nous reste à faire ! Alors, ne perdons surtout pas de temps ! »

92 Le 8 mai 2025 Société écran

Après le repas pris à la Pizzeria Bella de Trapani, Léonce Krebs envoie Colas chercher Schnitzel à l'aéroport de Palerme. Ce dernier a réussi à empêcher le renflouement de la péniche MAK 95, devenue la WAK 59, coulée dans un chenal de l'Oise; heureusement pour la bande des Krebs, le trésor du comté de Hanau-Lichtenberg qu'ils ont volé gît sous quelques mètres d'eau en fond de cale, emballé dans de solides sacs de jute remplis jusqu'à la gueule et ne risque rien pour le moment, la cachette est parfaite. Schnitzel, grâce à une société-écran créée par Léonce Krebs, a réussi à obtenir un délai de trois mois pour retirer la péniche des eaux troubles qui l'ont noyée, faute de quoi, VNF sera chargée de dégager elle-même l'épave aux frais des propriétaires. Stéphane et Léonce Krebs sont satisfaits : « Désormais, rien ne presse, restons encore quelque temps en Sicile pour nous faire oublier un peu et on reviendra vers la fin de l'été récupérer l'or et l'argent, dit Stéphane, merci Monsieur le Comte d'avoir économisé toute votre fortune, ce sera le cadeau idéal pour notre retraite dorée, digne de celles des grands PDG du CAC 40. » À peine sortis sur le parking de l'aéroport, Colas et Schnitzel, fier d'avoir mené à bien toutes les missions délicates qu'on lui a confiées, entendent arriver, avec une certaine appréhension, des dizaines de voitures de carabiniers et même quelques ambulances, sirènes hurlantes, comme s'il était arrivé une catastrophe aérienne à proximité. Il était temps pour eux de filer discrètement rejoindre leur retraite dans la via Verderame à Palma, non loin de Trapani.

La famille Weissenberg a rapidement fait le nécessaire en avertissant la police française de leur étonnante rencontre dans la pizzeria. Immédiatement, les services de police de Sicile ont été mis en état d'alerte et tous les lieux de passages sont désormais surveillés, aérogares, gares, ports, embarquements des ferries, services de location de voitures, hôtels, maisons de vacances, etc. La presse aussi se déchaîne et on peut lire sur les unes des journaux des titres ronflants du style : « *Les bandits alsaciens cachés en Sicile.* » Ou bien : « *Y a-t-il des accords entre la Mafia et les bandits français en fuite ?* », ou encore : « *Nez à nez avec les bandits qui l'ont séquestré !!!* » Dès la sortie des journaux du soir et les informations radiodiffusées ou télévisées, les Krebs tombent des nues en apprenant la nouvelle, car eux, ils n'ont rien remarqué du tout du manège du professeur Weissenberg, ce dernier s'étant judicieusement caché le visage pour qu'ils ne puissent pas le reconnaître. Ils décident de rester terrés dans leur jolie villa de Palma et d'attendre que les médias donnent d'autres informations un peu plus précises. Par contre, plus question de se promener nonchalamment en ville, encore moins à Trapani, si les Weissenberg s'y trouvent et que les carabiniers y enquêtent. « Tu connais les carabiniers, ils ne sont pas meilleurs que nos gendarmes et ils se concentrent comme toujours sur l'aéroport de Palerme, ils ne peuvent pas quadriller toute l'île tout de même, ils n'en ont pas les moyens. Et notre cousin Giovanni, il a des indics au sein de chaque caserne, il sera averti si on est repéré. Je vais lui demander qu'il se renseigne sur l'endroit où se trouvent les Weissenberg. J'ai bien envie de tordre le cou définitivement à ce Paul-Henri que tu aurais dû éliminer le moment voulu et pas le laisser filer, tu vois le résultat, il nous a mis dans de beaux draps, gronde Stéphane. »

« Soit, répond Léonce, on se fera livrer les pizzas durant quelques jours et on fera des parties de poker pour s'occuper; Weissenberg connaît malheureusement Colas, Sim et Schnitzel, le seul visage qu'il n'a guère aperçu, c'est le tien, Stéphane. Tu seras donc nos yeux et nos oreilles à l'extérieur. Vois avec Giovanni et ses mafiosi où peut bien loger cet historien de malheur et on décidera de ce qu'on fera de lui, le zigouiller ou le reprendre en otage, tiens, ça serait le pied de repartir avec lui, il l'aura bien mérité. À mon avis, Weissenberg n'est pas venu en vacances dans ce coin un peu perdu de Sicile ! Non ! S'il est arrivé jusqu'à nous, je suis sûr que c'est grâce à l'Intelligence artificielle dont toute la puissance doit cette fois-ci être dirigée contre nous. Stéphane, il faut absolument couper les vivres à cette entreprise qu'on a sponsorisée, si elle se concentre sur nous pour nous acculer à notre perte, ronchonne Léonce. » Stéphane est d'accord avec lui; il va vider tout à fait illégalement les comptes de la start-up MAIA de Saverne, ce qui déstabilisera totalement l'équipe des ingénieurs et de leur directeur Athur Dubreuil; c'est une manière pour les Krebs de détourner l'attention de MAIA et de ses foutus logiciels de recherches, capables de les repérer, notamment avec leur logiciel enquêteur. Sitôt dit sitôt fait, en quelques secondes, les comptes de MAIA affichent comme solde la somme ridicule de 0,25 euro.

En Alsace, Dubreuil est rapidement mis au courant de son problème bancaire par une personne qui lui veut du bien, c'est-à-dire par son conseiller attitré, qui est plus qu'étonné de découvrir l'état de dénuement de l'entreprise qui jusqu'ici n'avait jamais posé le moindre problème d'équilibre budgétaire et ne s'est jamais retrouvée en situation de non-paiement. Arthur se doute bien qu'il s'est fait abuser par les Krebs et décide de porter plainte pour vol aggravé, détournement de fonds et abus de biens sociaux. Il décide sans tarder avec Serge Kurz de mettre le paquet pour retrouver les traces de ces bandits pour qu'ils soient obligés de restituer au plus vite les fonds subtilisés; le lieutenant Schnautzer les soutient de son mieux, cette fois-ci convaincu que l'IA est un atout pour les gendarmes, dans ce cas de figure du moins. Le « Fouille merde » reprend donc du service et trouve de suite quelques éléments intéressants lorsqu'il digère l'extension de l'affaire vers l'Italie.

Apparaît dans les ramifications de la famille Krebs un certain nombre de cousinages et comme on sait que les Krebs sont en ce moment en Sicile, l'IA découvre un cousin éloigné, mais cousin tout de même, du nom de Giovanni Oliveri. Ce dernier est connu des carabiniers, même si, comme les Krebs, il n'est jamais tombé entre les griffes de la Justice, car l'homme est rusé comme une belette et glisse toujours entre les mailles certainement trop larges des filets lancés par la police. L'IA trouve de nouvelles accroches intéressantes : Oliveri est l'un des caïds de la Mafia de Palerme, spécialisé dans le proxénétisme, les boîtes de striptease, les jeux clandestins, le trafic de scooters et d'automobiles, le recel de grande envergure et même la vente d'armes, rien que cela, joli palmarès !

Dubreuil découvre aussi que Giovanni possède de nombreux biens, des appartements, des villas cossues, des maisons qu'il loue à prix d'or aux touristes à Palerme, mais aussi à Trapani et à Palma au sud de cette ville portuaire. Aussitôt alertés et munis de la liste des propriétés de Giovanni Oliveri, les carabiniers se mettent en chasse, à commencer par Palerme, même si Dubreuil demande de se concentrer sur Trapani, vu que les Krebs ont été reconnus dans ce port. Mais les carabiniers suivent leurs propres procédures, comme nos gendarmes le font en France : ils ne tiennent aucun compte des remarques émises par l'IA et on perdra un temps précieux à visiter des lieux où la police italienne vient déranger inutilement des locataires saisonniers venus des quatre coins d'Europe et des États-Unis; les quelques Français interrogés n'ont aucun lien avec les Krebs et encore moins avec l'affaire Weissenberg.

93 Le 9 mai 1525 : Dans le camp lorrain

Les chevau-légers, qui sont rentrés dans leur camp à Vic-sur-Seille avec leurs prisonniers attachés en file indienne derrière leurs chevaux, sont acclamés comme des héros par les autres soldats qui s'en prennent aussitôt aux pauvres captifs épuisés par la longue course que les cavaliers leur ont imposée. Ils sont rudoyés par les mercenaires qui non seulement se moquent d'eux, mais n'hésitent pas à les frapper, à les pincer et même à les fouetter sous l'œil goguenard du capitaine, Alphonse Grojean, fier de son raid en « pays ennemi »; même si son butin est plutôt faible, l'honneur des Lorrains est sauf, c'est ce qui importe. Anselme Felt tient mieux le choc que son acolyte Klemenz Augst qui trébuche souvent et n'essuie même plus les crachats qui maculent son visage; de guerre lasse, il se laisse choir dans la poussière du chemin pendant qu'un colosse de Gueldre le bourre de coups de pied. « Tu n'es qu'un lâche, hurle Anselme, tu n'oserais pas m'affronter, moi, parce que je tiens sur mes deux jambes et que je ne me laisserai pas faire par un couard de ton espèce. » Piqué au vif, le soldat se tourne vers Anselme qui lui fonce dessus, tête baissée, comme un taureau tente d'encorner une bête de proie, se jetant sur lui pour le terrasser. Le soldat tombe à la renverse à la suite du choc entre ces deux forces de la nature, le souffle coupé, alors qu'Anselme se remet aussitôt sur ses jambes, saisit le couteau de l'assaillant et arrive à couper net ses propres liens. « Nous sommes à armes égales maintenant, lui crie Anselme en montrant ses énormes poings, alors viens te mesurer à moi si tu es un homme, un vrai, et je te ferai passer l'envie de te défouler sur mon ami blessé qui gît à terre. »

Le capitaine Grojean décide alors d'intervenir en tirant son épée et en la pointant sur la poitrine d'Anselme : « Toi, le fier-à-bras, si tu as envie de te faire écorcher vif par la soldatesque, libre à toi, c'est ton affaire, mais auparavant, comme tu es mon prisonnier, je veux te garder en vie pour pouvoir t'interroger comme je le fais avec toutes mes prises. Et toi, le mercenaire le plus courageux de notre brillante armée, tu devrais avoir honte de martyriser un homme ligoté et tombé à terre, sans arme et sans autre défense que de devoir implorer ta pitié. N'es-tu donc qu'un piètre exemple pour tes camarades ? Honte à toi, ajoute-t-il en lui jetant une poignée de poussière au visage. » Mais d'autres mercenaires accourent pour venir au secours de celui qu'il offense et blâme publiquement et le ton monte entre cavaliers et mercenaires. Les captifs sont finalement mis à l'abri dans une porcherie abandonnée en attente de devoir s'expliquer sur leur comportement dans la forêt où ils se sont aventurés bien imprudemment. Anselme, dont on n'a pas resserré les liens, peut s'occuper de Klemenz, qui a du mal à respirer avec des côtes cassées et des ecchymoses sur tout le corps. Le capitaine Grojean laisse ces deux-là tranquilles dans la soue et préfère se concentrer sur le sergent et ses archers pour savoir ce qu'ils trafiquaient dans la zone de rassemblement des paysans insurgés.

Ne voulant pas évoquer le trésor caché du comté de Hanau-Lichtenberg, le sergent donne des explications embrouillées, se prend plusieurs fois de suite les pieds dans le tapis en racontant n'importe quoi sans trop réfléchir, puis en expliquant autre chose cinq minutes plus tard; bien mentir, c'est de toujours faire un récit incohérent; c'est tout un art de savoir mentir, ce n'est pas donné à tout le monde ! Mentir, c'est bien se préparer pour ne jamais se contredire, rester plausible et surtout donner l'air que tout ce qu'on raconte est la stricte vérité; il faut une parfaite maîtrise de soi et également un certain culot pour réussir, regarder son tortionnaire droit dans les yeux et ne jamais ciller quand on affirme quelque chose, même si ce qu'on avance est totalement faux. Visiblement, le sergent n'a aucun talent et il finit par perdre connaissance après tous les sévices qu'on lui fait subir, simplement parce qu'on ne peut pas le croire. Les archers, n'ayant aucun intérêt à soutenir les mensonges de leur supérieur, dévoilent le vrai but de leur escapade en forêt : trouver la cachette du trésor de leur comté de sa capitale, Bouxwiller. « Tiens, tiens, tiens, se dit Alphonse Grojean, je sais que Bouxwiller est tombée aux mains des paysans; vous n'avez donc rien à gagner à retourner dans la ville, il vous en cuirait ! Mais il y aurait un bon profit à tirer de ce trésor, si je mettais la main dessus, entre nous, en toute discrétion, on ne va pas laisser cette fortune aux paysans tout de même. Voyons un peu comment arriver à s'en emparer ! Mon petit doigt me dit que je vais très prochainement tomber sur une immense fortune. »

94 Le 9 mai 2025 L'étau se resserre

Les carabiniers se donnent bien du mal à visiter chaque lieu identifié comme appartenant à Oliveri ou à une de ses sociétés-écrans; ils commencent par écumer tout Palerme où les biens du prévenu, suspecté d'avoir favorisé la fuite des bandits français, sont assez nombreux, allant du simple studio, à de beaux appartements mêmes très luxueux et à des villas prestigieuses, sans oublier des hôtels, bars, restaurants et casinos dispersés dans les proches environs. Bien entendu, tout ce qui concerne les activités clandestines de ce ponte de la Mafia échappe à la police comme une savonnette peut glisser sans arrêt sous la douche; même si l'on peut aisément deviner où sont investis ou réinvestis les fonds de la Mafia et comment sont blanchies les sommes faramineuses qui échappent au fisc, l'État italien tente en vain de lutter contre ces strates d'une véritable économie parallèle illégale, sinon criminelle, et le réseau d'Oliveri en fait largement partie.

Dès l'après-midi, un détachement de carabiniers investit progressivement Trapani et son agglomération, un travail de fourmis qui doit être exécuté avec méticulosité, avec méthode et surtout avec énormément de patience. Mais c'est sans compter avec les indics qui informent avec précision et contre de belles sommes d'argent ce ponte de la Mafia, enfin, plutôt celui qui se croit déjà arrivé à ce stade de domination au sein de la l'Organisation. Giovanni Oliveri, qui ne craint pas du tout les carabiniers qu'il suit lui-même à la trace, envoie en urgence un véhicule 4X4 déloger rapidement les Français à Palma pour les cacher quelque part au beau milieu de la montagne, entre une bergerie isolée entourée d'oliviers et un ancien fortin abandonné quasiment ruiné. Rien à voir avec le luxe de la villa via Verderame qu'ils savent bientôt envahie par une nuée de policiers. Le nouveau refuge n'est qu'une simple masure, aux volets branlants, aux murs décrépis et au mobilier sommaire que devaient posséder de pauvres gens qui en ont été chassés pour des raisons obscures.

Stéphane Krebs est le premier à se plaindre à son père de ce repaire de miséreux, que c'est une véritable honte de traiter des cousins de haute volée d'une manière aussi cavalière qu'il trouve totalement irrespectueuse : « D'habitude, on surclasse ses clients dans les hôtels, on dorlote ses invités chez soi ou dans ses résidences secondaires, mais ici en Sicile, on jette sa famille dans un trou à pourceaux ou alors dis-moi que je fais seulement un cauchemar ! ». Léonce le traite d'enfant gâté auquel il a toujours dû passer tous les caprices, qu'il aurait mieux fait de l'endurcir davantage, de lui tanner la peau des fesses de temps à autre pour qu'il cesse de pleurnicher dès qu'un contretemps vient le contrarier. Stéphane ne s'en laisse pas conter pour autant et commence à insulter son père de la façon la plus ignoble, déversant tout son fiel sur le dos de son procréateur, à en écorcher les oreilles des deux hommes de main, Colas et Sim, qui préfèrent s'éloigner un peu des éclairs de ce déchaînement de violence orale !

« Tu n'as donc pas compris qu'avec l'Intelligence artificielle, c'était un jeu d'enfant pour retrouver les pistes qui ont mené les flics jusqu'à Giovanni, simplement en faisant le lien avec nous ! Tu pourrais être un peu honnête et t'en prendre à toi-même, car tu es bien le premier à avoir sponsorisé cette start-up MAIA de Saverne, qui est en train de bosser contre nos propres intérêts, ou bien tu as déjà oublié cet épisode de ta vie ? Tu as subventionné toi-même le logiciel qui aide aujourd'hui la police à nous faire la chasse et à nous faire la peau ! Alors, ne t'étonne pas de te retrouver dans cette porcherie, et tant mieux, car c'est peut-être le seul bien de notre cousin que les carabiniers n'iront pas fouiller pour nous mettre le grappin dessus ! hurle Léonce ! Ou bien préfères-tu passer immédiatement par la « case prison » sans passer par la « case départ » ?

Stéphane ne cède pas à la colère de son père, bien au contraire, il continue de lui damer le pion. « Tu pourrais réfléchir un peu, vieux con, avant de me faire ce genre de reproche, tu es bien content d'avoir trouvé le trésor grâce à mes initiatives, cette start-up, c'était une occasion inespérée d'utiliser l'IA pour le plus gros coup que tu n'ais jamais osé faire, reconnais-le au moins. Et puis, laisse-moi te reprocher ton organisation foireuse. Tout avait l'air si bien préparé, tu nous as fait croire que tes talents en la matière étaient au-dessus de tout soupçon, mais dans les faits, tu es un mec archibordélique et tu ne fais que t'enfoncer peu à peu toi-même, tu glisses sur une pente savonneuse et tu finiras dans le baquet. Le pire, tu sais ce que c'est : tu m'as entraîné avec toi dans ce merdier et je n'ai aucune envie de payer les pots cassés, je vais te laisser payer la facture. Alors, tu vois, je me tire dès que je le pourrai et tu es prié de m'oublier à jamais. Et compte bien sur le fait que je t'enverrai la note de tous les frais et faux frais que j'ai dû débourser, ce que tu feras si tu ne veux pas que j'envoie des « informations anonymes » aux différents services de la police pour qu'ils te collent vraiment au cul. » Rouge de colère, Léonce le traite des termes plus éhontés encore que les précédents, qu'il aurait pu cocher sur une liste extraite d'une véritable anthologie de bassesses et de vilenies: « Tu es pitoyable, aller jusqu'à me menacer de dénonciation et me faire payer ce qui n'a été logiquement que ta cote-part d'associé. Si tous les deux on mérite d'aller droit en enfer, toi, tu finiras dans le creuset le plus brûlant du four le plus incandescent du trou le plus profond des abîmes où Satan t'attend pour s'occuper de tes fesses en flamme. »

Subitement, on entend un hélicoptère en approche; les quatre bandits se jettent à couvert, craignant de voir apparaître les carabiniers et d'essuyer leurs tirs. Mais le petit Augusta 119 Koala qui se pose en douceur dans un nuage de poussière a été affrété par Giovanni Oliveri pour leur sauver la mise; donc, plus de peur que de mal : l'hélico doit transférer les bandits jusqu'à Catane où tout est prévu pour qu'il puisse continuer leur périple; ils vont regagner un bateau de croisière de la société italienne Costa Croisières, le prestigieux paquebot Esmeralda, pour se mêler à des milliers de touristes jusqu'à son port d'attache de Savone sur la côte ligure avec escale à Civitavecchia, le port le plus proche de Rome. Giovanni leur a laissé ce message : « La meilleure manière de noyer le poisson, c'est de le laisser filer en mer, signé G.O. Buena Fortuna ! » Munis de faux passeports, mais de vrais billets comme s'ils étaient de vrais touristes, les Krebs se retrouvent quelques heures plus tard dans une suite haut de gamme sur le navire flambant neuf, à la béate satisfaction de Stéphane, ébloui par cette aubaine, comme sortie d'un coup de baguette magique. Finalement, les Italiens savent recevoir !

Colas et Sim sont les plus heureux des hommes, ils ont eu quartier libre jusqu'à l'arrivée au port; ils se contentent d'être logés dans une cabine sans vue sur la mer au pont 4, mais de cela, ils s'en fichent éperdument, ils ont les boissons gratuites et accès à toutes les activités du bateau, excepté à celles du casino. Les Krebs ne veulent tout de même pas subventionner la concurrence que leur fait ce bateau, concurrence qu'ils jugent salement déloyale vis-à-vis des casinos de Giovanni, leur cousin. Quant à Schnitzel, inconnu des services de police, il est renvoyé depuis l'aéroport de Catane directement à Paris dans un avion d'ITA Airways. Car Schnitzel est chargé de récupérer le trésor bien avant le renflouage que les Krebs comptaient laisser faire par VNF dont ils n'auraient jamais payé la facture puisque leur société propriétaire est totalement bidon. Schnitzel, fier comme un paon, se sent désormais le vrai « bras droit du patron, » ce qui le change d'en avoir été si longtemps le souffre-douleur à la petite semaine, son « pied gauche » comme il le disait souvent lui-même. Mais malgré son rôle prédominant dans la gestion du trésor et de la fuite des Krebs, en est-il vraiment moins méprisé par ce fourbe de Léonce auquel même le Diable ne pourrait pas se fier, car il est, on en est presque sûr, bien plus fourbe que l'Ange maudit des démons.

Quand l'*Esmaralda* largue ses amarres et prend la mer à la tombée de la nuit, les carabiniers fouillent la montagne et atteignent une vieille masure au milieu de nulle part : un officier dirige la fouille des lieux qui semblent abandonnés depuis des lustres. Un carabinier plus scrupuleux que les autres retrouve cachés sous un tas de pierres, deux passeports français au nom de Nicolas Felt et d'Onésime Augst. Même s'il n'y a pas d'autre trace de leur passage, on a enfin une bonne piste; peut-être que ces papiers ne sont pas aussi faux qu'ils le paraissent ! On distingue bien quelques traces de pneus, ceux d'un 4X4, mais dans ce coin de montagne tout le monde se déplace avec ce moyen de transport qui est en fin de compte le mieux adapté à ce type de terrain. Une autre équipe de policiers italiens écume Palma et pénètre de force dans la villa de la via Verderame : tous les enquêteurs sont bredouilles, mais dans le jardin sous la grande terrasse, on observe les restes d'un feu assez récent qui aurait pu servir à faire des grillades; il trouve à proximité un petit bout de journal roulé en boule, ayant probablement servi à allumer le foyer, car des flammes en ont brûlé les bords : à regarder de près, c'est un bout de journal que l'officier tente de lisser et de remettre à plat pour y découvrir avec stupéfaction que cette page a été arrachée à un exemplaire du journal *Les Dernières Nouvelles d'Alsace*. Il s'agit bien de la bande des Krebs, elle est bien passée par cette bergerie. Ainsi, peu à peu, la police arrive à reconstituer le déplacement des fuyards. Mais les pistes s'arrêtent là, à Palma comme ici dans la montagne, alors que ces tristes individus sont en train de jouer aux grands-ducs sur un des plus prestigieux navires du tourisme maritime italien; mais ça, les carabiniers ne s'en doutent pas.

95 Le 9 mai 2025 Vacances à Gênes

Le 9 mai au matin, Paul-Henri et Babeth Weissenberg ont décidé de modifier leur projet de vacances à cause des risques d'autres mauvaises rencontres qu'ils veulent éviter à tout prix : tomber nez à nez avec les Krebs et leurs sbires qui semblent passer des vacances forcées dans la ville de LEURS vacances à eux, les Weissenberg. Ils savent que la police italienne est maintenant à leurs trousses et que la Sicile est fouillée de fond en comble et quasiment bouclée par les forces de l'ordre, mais, malgré cela, ils ne sont pas tranquilles, ils ne se sentent plus vraiment en sécurité. De plus, les journaux reparlent de la mésaventure du professeur Weissenberg qui est venu se reposer en Sicile : Paul-Henri risque d'être reconnu maintenant à tout coin de rue, sa photo étant parue en seconde page des quotidiens et sur les écrans de toutes les télés. Alors, il vaut mieux changer de cap, a décidé Babeth qui va toujours à l'essentiel et trouve un remède à tout. Dans l'après-midi, ils vont donc quitter prématurément leur Appart'Hôtel pour rendre les voitures de location à l'aéroport de Palerme d'où ils prendront un avion direct pour Gênes, leur nouvelle destination.

Babeth a choisi l'Hôtel Astro en plein centre-ville où ils espèrent passer cette fois-ci totalement inaperçus pour profiter enfin d'un moment de détente sans encombre et sans avoir devant les yeux ne fut-ce que l'ombre d'un Krebs ou d'un de ses hommes de main. Se réveiller le matin sans avoir peur d'être observé ou suivi ou pire encore... de toute façon, avec ces malfrats, on ne sait jamais sur quel pied danser. Ils sont partout et nulle part à la fois, et quand on ne pense plus à eux comme ce fut le cas à Trapani, paf, ils réapparaissent au fond d'un restaurant où il y avait exactement une chance sur 3 milliards de tomber sur eux, selon les calculs rapides de Max, qui amuse la galerie avec ses calculs de probabilité qui font surtout rire Clem.

Yaélita est la première à applaudir ce changement bienvenu : « Là où passe un Krebs, l'herbe ne repousse plus jamais, dit-elle avec un sourire en coin, alors comme on aime tous avoir l'esprit tranquille et s'allonger dans l'herbe fraîche, tendre et bien verte, n'est-ce pas Papy, ou mettre les orteils en éventail au bord de la mer sans penser à rien de mal, et surtout pouvoir dormir sur nos deux oreilles, fallait pas rester dans les pattes des Krebs et quitter cette belle île mafieuse; vaut mieux se tirer d'ici avant que ces salauds ne nous retrouvent et cherchent à se venger de nous. » Le départ se passe en douceur; quand les bagages sont prêts, on les entasse pêle-mêle dans les voitures et on prend la route de Palerme, un voyage imprévu de trois petites heures le long de la côte septentrionale de la Sicile. Vive le tourisme ambulant.

L'avion qui les emmène à Gênes ne décolle qu'en fin de soirée, mais tous en profitent pour faire quelques emplettes de complaisance, sans oublier de se payer une ou deux gelati et de se restaurer avant le départ dans le hall de l'aérogare. Ce retour à la normalité marque ce nouveau départ, cette fois-ci pour rejoindre le continent qui semble être débarrassé des Krebs, du moins pour le moment. « Max, quelle chance, ou malchance, existe-t-il pour rencontrer les Krebs à Gênes, un sur combien de milliards ? demande Mathias. Calcule-nous ça pour voir ! » Max hausse les épaules en pensant que le résultat est proche de zéro, mais il préfère se taire, car il suffit parfois qu'il pense très fort à quelque chose, pour que ça se produise et que ça lui retombe sur le coin de la figure. Clem rajoute qu'il ne croit pas aux coïncidences, qu'elles n'existent que dans notre imagination .« Si les Krebs nous cherchent, ils nous retrouveront forcément, ajoute-t-il bêtement, ce qui met tout le monde mal à l'aise. » Mike, qui trouve que Clem a de nouveau manqué l'occasion de se taire, lui donne un coup de coude : « Clem, ferme-la, s'il te plaît ! Change de registre ! »

Tout ce petit monde arrive à Gênes, la nuit tombée, sans le moindre problème, sauf qu'il manque une des valises, justement, comble de malchance, celle de Paul-Henri… comme par hasard. « Je sais, Clem, il n'y a pas de coïncidence, mais tout de même, c'est encore tombé sur moi ! Pourquoi MA valise, il doit y avoir une bonne raison, nom d'une pipe, pour que soit justement la mienne qui manque ? C'est à y perdre son latin, mais depuis mes derniers cours de cette langue morte que je détestais tant, le latin, ce n'est donc pas très grave que je le perde encore une fois après tout, et même pour de bon. Mais je me rappellerai toujours cette phrase apprise en classe de 6e : Ancilla pulchra est ». Bien sûr, tout le monde veut savoir ce que cela signifie et Paul-Henri traduit : « La servante est belle. » Clem rajoute ironiquement : « Pas facile tout de même de placer cette phrase dans une conversation, même avec des jésuites. »

Cette affaire de valise perdue oblige la famille à passer par la case déclaration de perte, mais le personnel très attentionné promet au professeur de faire le nécessaire et de l'appeler dès qu'on l'aura retrouvée. L'arrivée à l'hôtel se passe du mieux possible et la soirée se termine au bar quand Babeth propose de trinquer avec un verre de Limoncello, son digestif préféré. Personne ne se fait prier et on savoure cette liqueur à base de citron, et avec quelques canistrelli aux amandes et aux figues, c'est succulent. Un orage gronde au loin sur la mer, donnant un festival d'éclairs intracellulaires qui animent les cumulus congestus en les gonflant de lueurs et de flashs puissants, un spectacle que les Weissenberg admirent silencieusement depuis leur terrasse, comme on contemple bêtement un feu d'artifice... avant de clore la journée en sombrant dans un sommeil réparateur.

96 Le 10 mai 1525 Sauver le trésor

Le capitaine Alphonse Grojean se met en route au sein de l'avant-garde lorraine en emmenant ses prisonniers les plus intéressants, Anselme Felt et Klemenz Augst qui savent où est caché le trésor qu'il convoite; les autres serviront d'otages, à moins qu'on les passe par les armes à leur retour, histoire de s'amuser un peu et d'organiser une bonne soirée autour des feux de camp en torturant quelques malheureux, une occupation qui leur sied bien. Klemenz, encore très affaibli des coups reçus la veille, a obtenu le privilège de monter sur un vieux bourrin, que l'on emploie en général à transporter des bagages, simplement pour qu'il ne retarde pas trop la troupe en traînant les pieds et surtout pour qu'il ne lui vienne pas à l'idée de mourir de ses blessures en chemin en emportant dans sa tombe le secret du trésor. Grojean surveille de près ces deux lascars, et s'il les a à l'œil depuis le début, c'est qu'il sait qu'ils sont rusés comme des renards et qu'ils connaissent la forêt comme leur poche. Grojean décide de se porter loin en avant en distançant volontairement les autres unités de cavalerie pour se rendre dans la forêt de Wimmenau avant les autres mercenaires; il veut forcer les captifs à lui dévoiler la cachette du trésor et s'ils persistent à se taire, il les tuera de ses propres mains, pour faire passer sa rage, ce qui le démange déjà depuis un moment; il n'aime pas qu'on lui résiste, surtout quand la fortune l'attend au bout du chemin.

Klemenz profite de cette chevauchée pour se requinquer, laisser reposer sa cheville, reprendre quelques forces et imaginer un stratagème pour se tirer d'affaire avec son compagnon. Il fait comprendre à Anselme qu'il faut emmener le capitaine tout d'abord à l'Englischberg d'où ils auront plus de chance de pouvoir s'enfuir grâce à la pente abrupte qui descend le versant sud. Pour gagner du temps, ils font monter les cavaliers jusque sur le Hauberg au-dessus de Wimmenau et de là-haut, leur montrent l'Englischberg avec les imposants rochers qui dominent sa crête. « C'est là-bas, dans les anfractuosités des rochers, que se trouve ce trésor qu'on a si bien caché; il faudra le chercher demain matin, on n'en a plus le temps ce soir, car le chemin d'accès est difficilement praticable avec des chevaux lourdement chargés quand la visibilité est mauvaise; les sentes sont bien trop glissantes en cette saison. Il faudrait aussi quelques charrettes pour emporter votre butin, car c'est une foutue fortune qui s'y trouve enfouie là-haut. »

Grojean les regarde d'un œil torve, mais envoie finalement quelques cavaliers dans le village de Wimmenau pour y réquisitionner quelques charrettes attelées à des bœufs; il leur demande de revenir au fond du vallon qu'on vient de traverser pour ne pas avoir à remonter sur le Hauberg où Grojean ne veut pas camper, de peur que l'on puisse repérer leurs feux. « Car il n'y a pires gredins que vous deux, dit-il à Anselme et à Klemenz, vous êtes comme les paysans que l'on dit aussi cruels que des bêtes féroces quand ils sentent qu'ils jouent leur vie. D'ailleurs, les paysans tiennent captif un des officiers préférés du duc de Lorraine, Jean de Brubach, que je connais personnellement; pour être honnête, c'est un chevalier qui se la joue beaucoup, mais qui se montre peu capable, c'est un piètre combattant, aussi vaniteux que notre duc en personne ! Mais surtout, ne le répétez pas ! »… et de rire à gorge déployée.

97 Le 10 mai 2025 A la pêche

Peu après avoir dégusté un petit-déjeuner extrêmement copieux, très complet avec de belles tranches de mortadelle et d'excellents fromages comme le taleggio et l'asiago, Paul-Henri reçoit un message téléphonique succinct : « Cher client, nous sommes désolés de vous informer que votre bagage est resté malencontreusement bloqué à l'aéroport de Palerme. Il vous sera bien sûr restitué le plus rapidement possible, nous faisons notre possible pour vous être agréables, vous aurez votre valise au plus tard demain matin, le 11 mai. Avec toutes nos excuses pour le désagrément causé, signé : le responsable du service clientèle d'ITA Airways, Antonio Buonventura. » « Bon, dit le professeur, va falloir que je m'achète quelques chemisettes et des sous-vêtements, si je ne veux pas cocotter le vieux bouc mal soigné une journée de plus, sans oublier d'acquérir un short de bain, car aujourd'hui, pour moi, ce sera une journée au bord de la mer, farniente et un peu de lecture facile. Que ceux qui aiment le sable, la mer, les coquillages, l'air iodé et les belles Siciliennes bronzées me suivent ! » Babeth ne semble pas trop apprécier le dernier élément de sa liste : « On voit que tu te sens déjà vraiment en vacances, mon cher Paul-Henri, soupire-t-elle. »

« Je vous inviterai ensuite, rajoute-t-il, pour un repas de spécialités génoises à la Trattoria Rosmarino : vous aurez le choix entre les trofies au pesto, les pansoti à la sauce aux noix, les calamars et les anchois frits, les focaccias au fromage, un excellent plat de viande qu'on appelle la cima, et j'en passe, car je n'ai pas eu le temps de mémoriser toute la carte des menus de cet établissement de renom. Vous choisirez ce qui vous plaira et Max, s'il te plaît, tu éviteras de nous faire passer pour des rustres incultes en te jetant sur un plat de spaghettis bolognaises. » Yaélita propose qu'on commande plein de plats différents et qu'on se les partage pour que tout un chacun puisse goûter aux différentes spécialités de Gênes que tous ont à cœur de découvrir. Babeth trouve que c'est une très bonne idée et, tope là, voici une décision agréée votée à l'unanimité.

Pendant ce temps, Arthur Dubreuil, plus combatif que jamais, tente de remobiliser ses ingénieurs, même s'il a été obligé de les prévenir que la société n'a plus aucune trésorerie depuis que les Krebs ont vidé leurs comptes bancaires. Il leur promet de faire le nécessaire pour obtenir une avance de trésorerie de leur banque pour qu'ils puissent toucher leur salaire habituel en fin de mois, mais tout dépendra des risques évoqués par le directeur de la banque pour permettre à MAIA de relancer ses activités. De toute façon, quand les Krebs seront sous les verrous, ils pourront se réapproprier leur trésorerie, bien sûr, le plus tôt sera le mieux, alors c'est la prochaine mission de l'IA. Pour le moment, l'assemblée générale des salariés vote la reprise immédiate du travail pour ne pas rester accrochée à cet écueil, d'autant plus que leurs projets de logiciels ont tous fait mouche, même s'il reste des réglages à effectuer. Arthur, qui a réussi grâce à l'IA, à trouver les pistes qui ont mené la police en Sicile, décide de se remettre à la tâche avec le logiciel désormais incontournable, le sympathique, pratique et malin « Fouille-Merde ».

Arthur relance donc l'IA à la recherche du trésor en demandant au logiciel de répondre à une question toute simple : « Quelles sont les possibilités offertes aux malfrats pour cacher le volumineux trésor du comté de Hanau-Lichtenberg qu'ils ont dérobé ». Les réponses données sont bien sûr multiples, mais celle qui a le meilleur indice de fiabilité, n'approchant pourtant que les 25%, est que « le trésor se trouve caché à fond de cale dans une péniche coulée dans un chenal de l'Oise. » Athur pense à juste titre qu'il y a effectivement une forte probabilité pour que l'or du comté soit quelque part à fond de cale sous des mètres cubes d'eau, car c'est une cachette plutôt originale, de plus pas aisée à atteindre sans des équipements spéciaux. Il décide d'en informer immédiatement le lieutenant Schnautzer qui déclare qu'il ne peut guère intervenir avec le seul argument de Dubreuil, sur un taux de validité qu'il juge bien trop bas, même si son logiciel semble plutôt performant; et ce, d'autant plus que la société qui est propriétaire du bateau a obtenu un délai de trois mois pour faire renflouer l'épave; il ne peut pas passer outre cette décision judiciaire. Il faudra donc patienter jusqu'à la fin de l'été.

« Si le trésor est bien caché au fond du chenal, on n'est pas à quelques semaines d'attente supplémentaires pour pouvoir le récupérer. Soyons donc patients. Ce qui compte avant tout, c'est de mettre la main sur ces bandits et de les faire parler. De toute façon, le colonel qui dirige les opérations en région parisienne ne bougera plus le petit doigt sans ordre direct de la Préfecture de Police de Paris, et si vous connaissiez le panier de crabes que c'est, vous n'insisteriez pas plus que moi non plus. Alors, je peux vous assurer que nous mettrons la main le moment venu sur le trésor s'il est bien au fond des cales de l'ex « péniche fantôme ». On ne va pas se compliquer la vie, juste pour faire des ronds dans l'eau. Je vais tâcher d'obtenir que des gardiens de la paix soient chargés de surveiller le chenal, pour éviter toute tentative d'enlèvement du trésor, c'est tout ce que je puis faire de mieux pour l'instant, croyez-moi. »

Schnitzel, de retour en région parisienne depuis son envol à l'aéroport de Catane, fait un tour sur les rives de l'Oise comme s'il était un promeneur solitaire cherchant un petit chien imaginaire qui s'est sauvé, le salaupiot ! Il trouve le site de la péniche coulée ostensiblement surveillé par deux agents de police qui semblent passer leur journée à tailler une bavette avec les pêcheurs du coin, ces derniers étant sans doute en règle avec une carte de pêche à jour de cotisation, pêcheurs nombreux en cette période de l'année, à cet endroit aux eaux calmes et ombragées. Schnitzel fait un petit crochet par Eragny-sur-Oise où il a remarqué que l'estafette n'a pas bougé, qu'elle est toujours immergée au même endroit sans avoir été retirée de l'eau et déposée sur la rive par VNF. Schnitzel s'installe à son tour au bord du chenal, avec une canne à pêche de sept mètres sur laquelle il arbore une ligne très bien montée, comme s'il était un expert; il se mêle aux autres pêcheurs pour taquiner les gardons et les goujons, avoue-t-il, histoire de déguster une bonne friture chez lui ce soir, en tout cas, c'est ce qu'il raconte à ses voisins qui se méfient toujours de ceux qui viennent pêcher trop près de l'endroit où ils ont lancé leurs boulettes d'appâts.

Schnitzel arrive également à entamer une petite discussion avec les deux policiers auxquels il demande pourquoi ils surveillent les pêcheurs du chenal de si près toute la journée, y a-t-il anguille sous roche ? « Ah, mais mon brave, dit l'un d'eux, on ne surveille pas les pêcheurs, il y a les garde-pêche pour ça; nous on garde l'œil sur une péniche coulée là, presque à vos pieds. Peut-être que le commissaire a peur qu'on la lui barbote, de crainte qu'elle redevienne la « péniche fantôme » qu'elle a été un moment, vous ne vous rappelez plus, ça a été relayé aux infos pendant quelques jours et bien sûr, nous, la police, on est passé une nouvelle fois pour des incapables ! Le monde est si injuste ! » Un pêcheur qui a suivi la conversation affirme que les policiers, si futés qu'ils paraissent être, n'y connaissent strictement rien aux bateaux, encore moins aux péniches, sinon ça se saurait. Il ajoute que ce sont eux, les petits pêcheurs, qui ont retrouvé l'épave et pas du tout les Dupont et Dupond, qu'ils devraient avoir honte de faire croire qu'ils ont résolu l'enquête « Maintenant, tâchez de faire en sorte qu'elle ne s'envole pas, la péniche fantôme, pas comme le « Hollandais volant », vous connaissez, le plus célèbre des vaisseaux fantômes dont on colporte toujours la légende, rajoute le plus moqueur d'entre eux. » L'un des policiers cloue le bec à l'insolent : « Concentre-toi sur le poisson qui vient d'arracher ta ligne pendant que tu fais causette, mauvaise langue ! Te voilà puni ! »

Schnitzel demande aux agents s'ils gardent aussi le site durant la nuit. « Oh oh, ça ne va pas bien la tête, la nuit, nous, on récupère et on ne revient que le lendemain matin, vers 9 heures, pas avant, et encore…s'il n'y a pas d'autres urgences. Faut pas déconner non plus, on ne nous paie pas d'heures sup' à nous autres, s'écrie le deuxième gardien, quelle que soit la durée du service. Heureusement que les journées n'ont que 24 heures, le divisionnaire, il nous en demanderait encore davantage ! » Schnitzel se montre compatissant, trouve que c'est normal que les agents de police puissent avoir une vie normale en respectant leur rythme biologique, surtout après une longue journée à regarder pêcher des retraités sans pouvoir eux-mêmes venir avec leur matériel de pêche, ce qu'il trouve aussi injuste que le reste. Et qui peut bien vouloir voler une péniche coulée au fond d'un chenal envasé en pleine nuit ? Déjà en pleine journée, ça doit être la croix et la bannière pour ressortir ce bateau de son lit de vase nauséabonde, alors j'imagine en pleine nuit, noire comme l'encre, sous le feuillage si dru des arbres qui longent la berge, que même par temps clair, la pleine lune n'arriverait pas à percer ce couvercle de végétation ! Voler la péniche, c'est quasiment mission impossible !

98 Le 11 mai 1525 La mort aux trousses

Le groupe de chevau-légers du capitaine Alphonse Grojean se réveille après une nuit de bivouac dans le vallon au pied de l'Englischberg. Les cavaliers envoyés pour réquisitionner bœufs et charrettes sont de retour, bien avant le lever du jour, avec le produit de leur quête, ayant rajouté quelques grosses volailles pour égayer et donner de la consistance au petit-déjeuner. Frais et dispo, Grojean donne l'ordre de se préparer à l'ascension de la montagne en suivant le chemin désigné par Anselme Felt qui doit se contenter de faire le trajet à pied, comme la veille toujours ligoté et attaché à un cavalier par une longe de cuir. Son compagnon Klemenz Augst est encore si mal en point qu'il a été remis en selle sur son vieux canasson, attaché très serré à la selle; on l'a derechef jugé inapte à suivre à pied le détachement. Après une demi-heure de grimpette, un peu délicate par moment pour les chevaux dans les endroits très pentus, la nature du terrain oblige de temps à autre les cavaliers à mettre pied à terre. Anselme qui traîne des pieds, faisant même semblant de boitiller, puis de boiter de plus en plus démonstrativement, arrive à freiner ainsi le cavalier qui le tient par sa lanière et lorsqu'il se trouve en plein sous-bois, assez éloigné du cavalier précédent pour ne pas éveiller les soupçons, il intervient avec une rapidité prodigieuse : il s'approche d'abord du cheval, tout en faisant une boucle avec la longe, saute d'un bond sur la croupe de la bête en passant immédiatement la boucle de cuir autour du cou du Lorrain en selle; il l'étrangle ainsi en serrant de toutes ses forces sans que sa victime puisse pousser un cri ou faire un geste pour se défendre. Finalement, le cavalier tombe à terre, asphyxié, alors qu'Anselme garde bien la bride de l'animal en main et arrête la bête qui pousse un bref hennissement de surprise.

Anselme revêt rapidement les vêtements du cavalier lorrain et visse son casque sur la tête pour tenter de ressembler peu ou prou à celui qu'il vient d'éliminer, bien qu'il soit plus grand et plus fort que ce dernier; il remonte en selle et s'avance vers le cavalier qui le précède; celui-ci lui demande, sans s'inquiéter vraiment, si tout va bien et pourquoi il est à la traîne, qu'il n'a qu'à tirer plus fermement sur sa laisse pour ramener le chien galeux qu'il a au bout de sa longe. Pour toute réponse, Anselme, qui n'a pas l'accent lorrain du tout, pousse un grognement que l'autre prend pour le signe que tout va comme d'habitude pour le mieux. La colonne continue donc d'avancer prudemment sous une haute futaie et Anselme ralentit encore un peu son cheval pour rester à distance; puis il descend de selle et fait mine de vérifier les sabots de sa jument quand un cavalier tourne bride et retourne à sa rencontre. Mais le Lorrain, arrivé devant Anselme, ne reconnaît pas un de ses camarades et tire immédiatement son épée; le coutelas d'Anselme est beaucoup plus rapide et lui tranche la gorge d'un coup net : voici comment un deuxième chevau-léger trouve la mort dans la forêt de Wimmenau. Dans la dernière montée, certainement la plus abrupte, Anselme, se rapproche de la colonne, tenant le deuxième cheval par la bride; il pousse subitement un galop endiablé en direction des rochers du sommet en bousculant plusieurs cavaliers, dont quelques-uns, désarçonnés, roulent à terre en poussant des hurlements. Ceci provoque un grand tumulte et jette le trouble dans l'unité; même le capitaine qui ne sait vraiment pas ce qui lui arrive, craint une attaque-surprise de l'ennemi et ordonne de faire volte-face.

Anselme se précipite vers Klemenz, tranche les liens qui l'attachent à sa selle, le fait passer sur le second cheval qu'il tient toujours fermement par la bride et lui souffle : « Suis-moi comme tu peux, on descend les rochers par le sud ! C'est raide, fais attention. En avant, ne te retourne pas, concentre-toi sur la pente et tiens le choc ! » Dans un galop effréné, les deux fuyards s'enfoncent derrière les rochers, suivis par des cavaliers lorrains qui perdent rapidement le contrôle de leurs chevaux surpris par le précipice qui se dévoile au dernier moment; ils tombent de plusieurs mètres de haut dans les ravins, se brisant les os, les buissons d'épines leur lacérant les bras et les visages. Alphonse Grojean décide de monter sur le rocher le plus élevé pour avoir le meilleur point d'observation. Il fait mettre en joue les deux fuyards par les hommes munis des tout nouveaux mousquets d'invention espagnole, utilisés depuis peu par les cavaliers lorrains. Ils tirent au jugé, mais ne touchent que le cheval monté par Klemenz; la pauvre bête se cabre avant de s'effondrer au fond d'un ravin. Klemenz heurte violemment sa tête contre un rocher de grès et roule dans les fougères; le sang coule à flots de ses oreilles et de sa bouche, sa blessure semble très grave. Anselme cesse alors de fuir, revient même sur ses pas avec en prenant des risques pour voler au secours de son ami. Agenouillé près de Klemenz, il se rend compte que la blessure est mortelle, qu'une partie de sa tête est enfoncée, que le crâne est comme fendu. Klemenz rend l'âme dans les bras d'Anselme en soufflant ces mots à peine audibles : « Que Gaspard Metzger soit maudit ! »

Alors Anselme se relève, comme survolté par la rage qui l'anime désormais; il tient l'épée qu'il a dérobée à un cavalier mourant, pour se défendre contre les hommes de Grojean, son cheval ayant continué sa course tout seul vers le fond de la vallée, effrayé par les coups de feu. Des tirs de mousquets fusent avec des détonations qui résonnent dans toute la montagne, comme si l'écho s'amusait à multiplier l'ampleur des tirs, transformant cette escarmouche en furie d'une grande bataille. Anselme qui ne possède pas d'arme à feu se défend comme il le peut, lutte à l'arme blanche, en hurlant : « Maudit sois-tu Gaspard Metzger, que le diable t'emporte dans le trou le plus profond de l'enfer. » Touché à l'épaule gauche par une balle, il continue de remonter malgré tout vers l'Englischberg en bravant les chevau-légers; il combat maintenant à pied, en s'écriant : « Bande de lâches, battez-vous comme des hommes si vous êtes vraiment des hommes, et pas seulement des bêtes de proies, des monstres sans pitié, avides de sang et de rapines. » Bientôt, il se retrouve entièrement cerné par l'ennemi; il jette son épée désormais inutile en signe de reddition, mais le capitaine Grojean, armé d'une lance, s'approche de lui et transperce la poitrine d'Anselme de part en part, mettant un terme à cette lutte inégale. « Ainsi meurent les traîtres de ton espèce », dit-il, lorsque Anselme tombe à terre, perdant à son tour la vie, les yeux grand ouverts, comme s'il avait voulu provoquer cet officier jusqu'à son dernier souffle.

99 Le 11 mai 2025 Pêche au trésor

Dans la nuit du 10 au 11 mai, Schnitzel est fier de lui : il a tout bien organisé, selon les directives de son patron, Léonce Krebs. Un petit convoi fluvial, formé d'une longue barge en bois tiré par un Zodiac dont le moteur file ses 5 nœuds, sans faire grand bruit, presque au ralenti, descend le courant de l'Oise depuis Éragny, glissant discrètement sur l'eau, toutes lumières éteintes, pour ne pas se faire repérer. Le pilote navigue sous la clarté pâle des étoiles tandis que trois plongeurs s'équipent dans l'obscurité à l'abri des boudins bien gonflés de leur bateau. Schnitzel est sur la barge qu'il tente de garder droit dans l'alignement du Zodiac, jusqu'à l'entrée du chenal où il demande au pilote de couper le moteur. Ne sait-on jamais, il pourrait y avoir des campeurs dans le coin, ou des braconniers, ou encore des junkies en train de se droguer; il ne faudrait surtout pas troubler leur bien-être et éviter d'avoir des témoins de leur activité clandestine. Comme prévu, on n'entend pas âme qui vive, le coin semble totalement désert; il n'y a pas non plus de policier qui monte la garde autour de l'épave de la « péniche fantôme » MAK 95. Après s'être munis de lampes frontales étanches, les plongeurs prennent d'abord sous leurs faisceaux lumineux un plan déplié par Schnitzel : ils y repèrent l'endroit de la cale où se trouvent les sacs de jute qu'ils devront remonter les uns après les autres pour les entreposer sur la barge en vue d'un transfert jusqu'au port de Rouen avant d'être transbordés dans une péniche plus imposante remplie de sable à destination du Havre.

Ayant emporté sous les eaux vaseuses du chenal deux grands projecteurs à batterie étanches jusqu'à 30 mètres de profondeur, les plongeurs arrivent à y voir assez clair pour pouvoir découvrir la cachette contenant les sacs dont ils ignorent le contenu; une simple tôle lestée de pierres est posée à plat sur le fond de la cale, comme un couvercle sur une marmite d'or et d'argent, pense Schnitzel qui est à la manœuvre sur la barge et réceptionne les sacs les uns après les autres, s'assurant qu'ils n'ont pas été déchirés ou ouverts, que ce soit délibérément ou par mégarde. Le travail est lent et pénible; Schnitzel se rend vite compte qu'ils n'auront pas le temps de transvaser l'ensemble des sacs en une seule nuit, c'est bien dommage. À peine les deux tiers du magot se retrouvent-ils sur la barge, déjà plus enfoncée dans l'eau, que Schnitzel donne l'ordre de mettre fin à l'opération, car le jour va se lever dans une heure et qu'il faut le temps de filer avant l'arrivée des premiers pêcheurs qui sont assez matinaux en général, on le lui a assuré. Schnitzel fixe un nouveau rendez-vous à son équipe de plongeurs : ce sera à la fin de journée et il leur promet qu'ils toucheront le double de la paie convenue, ce qui évite toute discussion inutile et semble les satisfaire unanimement.

Le Zodiac reprend la barge en remorque jusqu'à l'embouchure du chenal dans l'Oise, là où Schnitzel l'amarre prudemment sous des aunes très touffus afin qu'on ne puisse pas la voir de la rive opposée; les sacs sont recouverts d'une bâche de camouflage. Schnitzel saute ensuite dans le Zodiac qui se glisse furtivement le long de la berge avant de remonter le cours d'eau à pleine puissance jusqu'à un embarcadère improvisé en amont. Schnitzel, sans prendre la peine de se reposer un peu, après avoir changé de tenue, revient prendre son poste de pêcheur le long du chenal, pour surveiller les environs, ayant toujours un œil sur l'endroit où se trouve la barge. En fait, Schnitzel arrive à se reposer sans s'assoupir pourtant, en faisant mine de pêcher; pas facile de garder un œil fixé sur le flotteur rouge fluo qui se dandine dans les vaguelettes, et l'autre sur l'entrée du chenal dans l'Oise où l'on devine à peine la proue d'une vieille barge amarrée sous le feuillage, l'air d'être à l'abandon.

Au bord du chenal, un homme encore tout endormi, les yeux chassieux, sort de son sac à viande souillé, se rendant compte de la présence des pêcheurs en train de s'installer sur les rives. « Pas moyen d'être tranquille, ici, j'ai pensé qu'on était en pleine nature et qu'on me ficherait la paix ici, râle-t-il; toute la nuit, les rats musqués n'ont pas cessé de barboter dans l'eau, ces petites connes de bestioles, et plouf par ci, et glouglouglou par là, et plaf, ça recommence, et il y avait de drôles de reflets sous l'eau, je vous assure, on aurait dit un bal de méduses lumineuses. Et maintenant vous, avec vos bagnoles qui ronronnent, vos mobs qui pétaradent et vos vélos qui couinent, ras le bol. Ce soir, j'irai dormir ailleurs, bande de ploucs ! » Vers 9 h 30 arrivent les agents de la paix, les mêmes que la veille, que tous les pêcheurs saluent comme s'ils étaient déjà leurs meilleurs potes. Trop contents de profiter d'un beau temps de saison, vraiment printanier, les flics sont de bonne humeur. « Dites donc, qu'est-ce que vous lui avez fait au hippie râleur qui vient de passer sur le chemin en bougonnant ? Il avait l'air pas content du tout. Vous l'avez réveillé trop tôt ou quoi ? Faut jamais embêter les hippies qui dorment ! » Les pêcheurs haussent nonchalamment les épaules, se contrefichant ouvertement de l'état d'âme du fumiste qu'ils viennent de croiser. « Il paraît que la nuit, il a été réveillé à tout bout de champ par des rats ou d'autres bestioles qui gigotaient dans l'eau comme des dératés, dit l'agent. Il a même eu des visions, des lueurs, cet illuminé ! Faut qu'il passe un peu moins de temps à la fumette ! »

Les pêcheurs sont unanimes : il n'y a pas de rats d'eau par ici, pas de rats musqués ou de ragondins dans les eaux pourries de ce chenal, en tout cas eux, n'en ont jamais vu un seul poil de leurs queues. « Et vous savez bien, M'sieur l'agent, dit le vieux Martial, nous autres, les vrais pêcheurs du coin, on a l'œil vif et rien ne peut nous échapper. Alors, ou bien ce hippie de mes deux a abusé de la coke, ou alors c'est autre chose que des rats qu'il a entendu dans l'eau, ce couillon ! D'ailleurs, on voit bien que ça a pas mal bougé dans la vase, le fond est encore tout trouble et là, on voit bien dans la couche de lentilles d'eau qu'un ou plusieurs petits bateaux sont passés à travers. Faut être bigleux ou totalement miraud pour n'avoir pas remarqué ça, les gars !»

Les agents, en bons professionnels, tiennent conseil, délibèrent consciencieusement et décident de faire un rapport à leur commissaire qui, lui, préfère renvoyer la balle au colonel responsable de « l'opération péniche fantôme »; ce dernier, agacé par cette information qui ne veut strictement rien dire dans le cadre de l'affaire qu'il suit, claque le téléphone au nez de son interlocuteur qui s'est pourtant montré très prévenant et patient. Néanmoins, le colonel veut en avoir le cœur net et décide d'aller faire un tour du côté du chenal, pour enquêter lui-même auprès des pêcheurs et éventuellement remonter les bretelles aux agents s'il trouve qu'ils n'ont pas été à la hauteur et qu'ils ont dérangé la hiérarchie pour rien. Le colonel a du flair : il sent que l'histoire des rats fantômes, c'est un peu lourd, et quel autre animal pourrait bien hanter les environs d'une épave de péniche, des loutres, des castors ? Des crocodiles, peut-être pas, on n'en a pas encore implanté dans le Val-d'Oise ! En s'approchant de la berge et en scrutant attentivement les fonds vaseux, le colonel semble apercevoir une trace plus nette que les autres, une empreinte nettement palmée, mais pas celle d'un rat, non; si c'est bien ce à quoi il pense, cette trace a été laissée par une de ces palmes qu'enfilent les plongeurs. « Il y a bien trop de vase en suspension dans l'eau pour être due à l'activité de quelques rats musqués ou d'autres bestioles de ce type; alors que signifient tous ces indices laissés par mégarde par des…espèces d'hommes-grenouilles ! Bon sang de bonsoir, ce sont bien des plongeurs qui sont passés pour visiter l'épave ! jubile l'officier. »

100 Le 11 mai 2025 Pour une valise égarée

Le 11 mai, Paul-Henri Weissenberg est appelé par la compagnie ITA Airways qui l'informe que sa valise l'attend avec impatience au guichet des valises égarées (ils ont de l'humour, ces Italiens), qu'il peut venir la chercher en se munissant de sa carte d'identité ou d'un passeport en cours de validité ainsi que du billet de réservation du vol Palerme-Gênes. « Tout juste s'ils ne veulent pas aussi contrôler mon carnet de vaccination, ces cornichons; c'est incroyable. Heureusement que mes papiers ne sont pas restés dans ma valise, autrement il n'y aurait pas moyen de récupérer quoi que ce soit, mince alors, grogne le professeur. » Mais Babeth le traite de gros rouspéteur, alors qu'il devrait être heureux qu'on ait retrouvé ses affaires, même s'il vient de s'acheter de quoi s'habiller de neuf et à la mode pendant plusieurs jours. Il devrait se réjouir qu'on prenne de sages précautions pour que n'importe qui ne puisse pas réclamer sa valise, au lieu de râler sans arrêt dès qu'il est confronté à une petite contrariété; les employés de l'aéroport ont un comportement tout à fait professionnel, assure-t-elle. « Alors, sois gentil, quand tu récupéreras ton bien, prends ton plus beau sourire face au personnel et surtout n'oublie pas de leur laisser un pourboire, ce serait sympa pour eux et comme ça, ils t'auront à la bonne ! Ils se souviendront de toi au prochain bagage que tu égareras. C'est vrai, ça ! »

Mike et Clem décident d'accompagner Paul-Henri à l'aéroport de Gênes-Critoforo-Colombo, situé à l'ouest de Gênes sur un terre-plein dans le quartier de Sestri Ponente à 6 km du centre-ville, histoire de profiter ensemble d'un petit tour entre hommes dans les boutiques de l'aérogare et dans les rues de la capitale ligure tout en rapportant le bagage du grand-père. Pour y aller, ils prennent un taxi conduit par un chauffeur « nervoso come un impasto » et lorsqu'ils arrivent devant les stationnements dépose-minute qui permettent de s'arrêter pour que les voyageurs aient le temps de prendre leur valise et de payer leur course, Paul-Henri s'écrie : « Non, chauffeur, ne vous arrêtez pas, continuez s'il vous plaît, pcr favore, continua ! » Étonné, le chauffeur hésite deux secondes, puis sort furtivement de l'emplacement de parking dans lequel il s'était déjà engagé sous le regard médusé de Mike et de Clem qui se demandent quelle mouche vient encore de piquer le professeur. Le chauffeur trouve une place libérée bien plus loin, mais Paul-Henri n'arrive pas à parler, il a du mal à retrouver une respiration normale, son cœur bat violemment dans sa cage thoracique : « Je les ai vus, ce sont bien eux, les Krebs sont là, à l'aéroport, ici à Gênes ! Non, ce ne sont pas des hallucinations ! Ils sortaient d'un taxi juste deux emplacements devant nous, heureusement qu'ils n'ont pas pu nous apercevoir, grâce à la réactivité du chauffeur. Mais ils sont bel et bien là, à Gênes, ces Krebs de malheur ! On n'en sera donc jamais débarrassés ! »

Paul-Henri reste assis pour reprendre ses esprits et se calmer, alors que le chauffeur s'inquiète déjà pour la santé de son client, lui proposant de l'eau minérale, du sucre, des bonbons, enfin tout ce qui lui tombe sous la main dans la boîte à gants du véhicule; Clem rumine : « Je ne crois pas aux coïncidences ! Vous le savez bien. ». Mike et Clem se précipitent vers la porte-B et Clem s'arrête immédiatement quand il aperçoit les Krebs qui prennent sagement et patiemment la file d'attente devant le stand d'accueil d'ITA Airways. Mike dit à Clem de rester en retrait, car ils risquent de le reconnaître, à la suite de l'incident de la Pizzeria Bella à Trapani. Comme ils ne savent pas à quoi ressemble Mike, celui-ci prend l'initiative de s'approcher d'eux en sifflotant comme un touriste un peu perdu dans l'immensité du terminal et joue même la caricature de type complètement à la masse. « Vous aussi, vous prenez l'avion pour Paris, demande-t-il nez à nez avec Léonce Krebs, qui est étonné qu'on puisse l'aborder aussi facilement, je suis bien au bon guichet ici, n'est-ce pas, vous allez bien à Paris ? Parce que moi, je vous suis si c'est le cas, mais seulement si vous allez à Paris, avec vous au moins, pas moyen de me tromper de destination ! » Colas intervient alors et repousse Mike qui sent en le bousculant un peu brutalement que ce sbire est bien là pour assurer la protection des Krebs. « Non, ce n'est pas le guichet pour aller à Paris, ici c'est pour l'avion qui part à Bruxelles, vous savez, la capitale de la Belgique. Vous avez tout faux, vous êtes dans la mauvaise file d'attente, dégagez de là immédiatement, gronde Colas, fâché de s'être laissé déborder par ce type aussi peu débrouillard. » Mike s'excuse bassement, prend la main de Léonce qu'il secoue si énergiquement que le truand lâche son billet de réservation et son passeport, enfin son faux passeport, comprend Mike tout de suite, lorsque tout ça gît sur le sol de l'aérogare. Mike se précipite pour ramasser toute la paperasse tombée à terre et la tend à Léonce avec encore quelques mille excuses de circonstance, avant de quitter la file où tout ce cinéma semble beaucoup irriter ceux qui poireautent depuis des dizaines de minutes derrière les Krebs, alors que la queue se rallonge entre les chicanes en scoubidous.

L'important, c'est que Mike a pu jeter un œil sur les papiers et sur son billet qu'il a ramassés; il sait maintenant sous quel nom voyage Léonce Krebs et quelle est sa vraie destination, les informations qu'il voulait à tout prix cueillir à sa manière. La police belge n'aura qu'à faire un beau coup de filet à l'aéroport de

Bruxelles-National, le terminus de leur voyage, et l'affaire sera en partie close. Il n'y a pas de temps à perdre. Il rejoint Clem à toute vitesse, le met au courant et rassure son père encore sous le coup de l'émotion. Clem s'engage à faire le nécessaire pour alerter les autorités, leur passer l'information que Léonce Krebs voyage avec un faux passeport au nom de Noël Chartier avec une bande de trois hommes avec des places réservées sur le vol Gênes-Bruxelles. Toute la chaîne de commandement est alertée en France et la police belge, de manière très réactive, met en place une souricière qui, certes, retardera de beaucoup la sortie des voyageurs ayant choisi Bruxelles comme destination, mais qui lui assurera une belle victoire contre le grand banditisme.

Paul-Henri, encore pâle comme un linge, soupire en pensant que bientôt les Krebs seront sous les verrous, enfin, c'est tout comme, mais ne crions pas victoire trop tôt. Leur sort est entre les mains de la police belge. Quelques minutes plus tard, le professeur retrouve effectivement sa valise préférée, et il s'agit bien de la bonne valise; il en contrôle vite le contenu, rien ne manque; ensuite, il souhaite retourner à l'hôtel pour prendre des antalgiques, pour tenter de se reposer un peu et mettre fin à la céphalée qui plombe son esprit, un épouvantable mal au crâne probablement dû à cette nouvelle mauvaise surprise; se retrouver quasiment nez à nez avec ces cauchemardesques Krebs, ça peut vraiment vous pourrir vos vacances !

101 Le 12 mai 1525 Tous à Saverne

À Bouxwiller, les derniers paysans insurgés achèvent de saccager le château du comte de Hanau-Lichtenberg avec tous les locaux et biens que ce dernier possède dans les environs, puis décident de se constituer des réserves en vidant les halles de la ville et se mettre en route pour Saverne via le village de Lupstein, le but de leur capitaine général Erasme Gerber étant de concentrer tous les moyens offensifs disponibles pour bloquer l'ennemi lorrain qui est en route pour traverser le col de Saverne, une des portes d'entrée en Alsace. Dietrich Kohler fait sortir à la hâte Gaspard Metzger de son cachot et l'examine de près; son teint est moins cadavérique, mais sa peau est grisâtre, ses mains meurtries sont dans un sale état, mais commencent à cicatriser, il tient à peine sur ses jambes, mais arrive finalement à se débrouiller seul pour se déplacer. Par contre, Gaspard ne parle toujours pas, sa bouche est une plaie béante, horrible à regarder, son haleine est pestilentielle; Dietrich comprend vite que même s'il le pouvait, Gaspard ne dirait pas un mot, pas un traître mot, il est lié avant tout par son serment envers le comte et risque la mort s'il ne respecte pas strictement ses quatre volontés.

Dietrich approche son oreille droite tout près de sa bouche et tente de comprendre ce que susurre le captif. : « Tuez-moi, je vous en prie, sinon le comte le fera avec infiniment plus de cruauté que vous, j'en suis persuadé, mais ne faites pas de mal à ma famille, elle n'y est pour rien, ma femme et mes trois filles ne doivent pas devenir les innocentes victimes de la vengeance du comte. Mes serviteurs ont probablement quitté Bouxwiller avec les sergents de Rolf de Weinbourg; je ne sais donc pas s'ils ont trahi leur serment ou pas, mais si c'est le cas, le trésor aura probablement été déplacé, par mesure de sécurité. J'ai fait ce que j'ai cru bon et juste de faire, je ne sais pas où est caché le trésor, ne vous acharnez plus sur moi, ça ne servirait à rien, de grâce, achevez-moi plutôt maintenant, je ne crains pas la mort. »

Impossible de tirer quoi que ce soit d'autre du receveur général qui n'est plus qu'un pauvre bougre estropié, une véritable loque humaine, un homme déchu que Dietrich décide d'emmener avec sa troupe de Hattmattois sur la route de Saverne pour rejoindre le grand rassemblement ordonné par Érasme Gerber. Au besoin, il remettra son prisonnier au capitaine général et celui-ci saura bien comment obtenir raison de son entêtement, s'il ne dit pas la vérité. Confier un trésor de cette importance à des hommes vivants dans les bois, est-ce seulement une preuve d'intelligence ? Et ne pas savoir lui-même où se trouve ce trésor fabuleux, dont il a l'entière responsabilité, n'est-ce pas pure folie ? Bien sûr qu'il aimerait mourir sur le champ, plutôt que d'endurer un dur voyage à fond de charrette dans l'état de fragilité physique et morale, pour subir encore d'autres outrages dans le camp fortifié; ou, ce qui est pire encore, de devoir rendre compte de son échec en face-à-face avec le comte Philippe III de Hanau-Lichtenberg, quand il sera de retour avec les secours hessois.

Mais ce que Dietrich Kohler ne sait pas, c'est que Gaspard Metzger a très judicieusement caché les deux parties de la carte du trésor, dessiné par le malheureux Klemenz Augst. Gaspard enfouit cela tout au fond de son esprit, dans les neurones les plus lointains enfouis tout au fond d'un repli secret de son cerveau, il y met au secret même l'ombre du souvenir de ces bouts de carte au tréfonds de son inconscient comme s'il enterrait à jamais un passage important de sa vie dans le sol meuble d'une forêt obscure et infranchissable, comme s'il allait rendre l'âme à son Créateur dans les instants qui suivent, tout seul, perclus de douleurs, de regrets et de remords, en ayant une dernière pensée pour son épouse et pour ses filles qu'il aime tant.

Gaspard Metzger ne doit pas mourir, Kohler ne le veut pas et quand il se rend compte qu'il gît sans connaissance dans la charrette, roulant d'une ridelle à l'autre dans les cahots de la route, ne respirant plus que très faiblement, il fait arrêter le convoi et le fait transporter d'urgence dans une ferme de Griesbach-le-Bastberg, chez des paysans honnêtes et travailleurs qu'il apprécie et qui acceptent d'en prendre soin; ce sera contre une promesse de récompense s'ils arrivent à le sauver de la mort, de lui prodiguer les soins nécessaires pour qu'il guérisse, en espérant bien qu'ils finiront par le sauver, lui qui est à l'article de la mort. Gaspard Metzger est sans le savoir en de très bonnes mains, Benjamin Grund, un homme robuste, saura le protéger comme s'il était un de ses parents, et sa tendre épouse, Hermeline, qui est réputée pour ses talents de guérisseuse, est capable de venir à bout de toutes les plaies, infections, maladies et autres blessures de la vie. « Personne n'a jamais trépassé après avoir franchi cette porte, dit-elle fièrement. Nous ferons de notre mieux, avec le peu de moyens que nous avons, mais nous le sauverons grâce aux pouvoirs dont Dieu m'a pourvu, je suis sûr que cet homme survivra. » Benjamin ajoute qu'il a bien survécu lui-même en vivant sous son toit, pourquoi pas cet homme, si Dieu accepte de le prendre dans sa grande miséricorde, ironise Benjamin. » Dietrich Kohler se remet immédiatement en route en promettant de prendre des nouvelles du blessé, dès que possible, et reprend la tête de sa colonne en direction de Saverne.

102 Le 12 mai 2025 Coup de filet raté

Le dispositif policier est imposant à l'aéroport international de Bruxelles-Nation, aux alentours de minuit, lorsque le vol ITA Ways Gênes-Bruxelles amorce sa descente vers la piste d'atterrissage. À peine posé, l'avion est immobilisé sur le tarmac à l'écart des autres appareils et des voitures de police bouclent le périmètre avec une multitude d'hommes cagoulés et armés jusqu'aux dents. Le commandant du Special Forces Group belge demande aux pilotes d'informer les passagers qu'ils seront retenus dans l'avion par mesure de sécurité à la suite d'une alerte à la bombe survenue dans le hall d'arrivée, ce qui n'est qu'un prétexte comme un autre pour faire patienter les passagers et pour tenter de neutraliser rapidement la bande aux Krebs, en douceur et par surprise. Effectivement, des hommes armés vêtus de noirs montent à bord de l'appareil provoquant une frayeur parmi les passagers étonnés de cette brusque intrusion d'hommes armés de fusils d'assaut et de pistolets mitrailleurs: un officier réclame la liste des voyageurs avec le numéro de leur siège respectif.

Le commandant de l'unité d'intervention repère sur le listing qu'il déchiffre un certain Noël Chartier qui occupe le siège 25B, ses acolytes devant se trouver sur les sièges contigus. Il se rend à l'emplacement cité pour découvrir des sièges inoccupés; il demande à l'hôtesse la plus proche ce que sont devenus les passagers normalement astreints à se tenir assis à ces places. Celle-ci contrôle sa fiche et confirme que ce Chartier en question devrait être à cette place dans l'avion, mais, après avoir vérifié si quelqu'un occupait les toilettes, l'hôtesse déclare que le passager a peut-être profité de l'escale en France pour quitter le vol plus tôt qu'initialement prévu et que ses accompagnateurs ont dû faire de même, vu le nombre de places libres dans cette rangée, quatre exactement, ajoute-t-elle.

« Comment est-ce possible ? Ce vol n'était pas direct ? Dites-moi tout, mademoiselle, s'écrie l'officier, nous sommes très pressés d'en finir et de laisser les passagers à leurs occupations. » La pauvre hôtesse, toute pâlotte d'être bousculée ainsi, lui répond que l'avion a fait une escale à Lyon-Saint-Exupéry pour y prendre des passagers du vol Lyon-Bruxelles ou de celui de Strasbourg-Lyon-Bruxelles, une aberration selon elle, mais c'est de pratique courante sur les vols courts pour rentabiliser les lignes aériennes. L'officier rend immédiatement compte à sa hiérarchie, après avoir, par acquit de conscience, fait vérifier toutes les identités des passagers présents sur ce vol. « Vous pouvez lever le dispositif, la bande de truands n'est plus à bord puisqu'ils ont profité de l'escale à Lyon pour s'éclipser en douce. Avertissez immédiatement la police française, bien que, je pense, il soit déjà un peu tard pour arriver à les arrêter, étant donné qu'ils sont à Lyon depuis une heure trente environ. Nous quittons l'appareil et l'aéroport afin que les autorités puissent prendre les dispositions pour libérer les passagers, je confirme qu'aucun suspect ne se trouve à bord. »

Le colonel parisien est averti en pleine nuit et c'est en pyjama kaki portant sur la poitrine l'inscription « Je suis de bonne humeur le matin » qu'il met en alerte, sans tarder, ses collègues de service à Lyon pour qu'ils se rendent à l'aéroport de Lyon-Saint-Exupéry. La police y met en branle le dispositif de sécurité, mais bien trop tard, hélas, car la bande a pu filer sans demander son reste et sans être inquiétée, il y a maintenant presque deux heures. On se jette alors sur les vidéos prises par les caméras de surveillance et on reconnaît très bien, même s'il tente de dissimuler le visage pointu de Léonce Krebs, alias Noël Chartier, encadré par trois autres personnes, toute la bande montant dans un taxi. Mais la netteté un peu limitée des images filmées ne permet malheureusement pas de lire la plaque d'immatriculation du véhicule. Le colonel parisien appelle d'urgence la gendarmerie de Lemberg en réclamant la présence en ligne du lieutenant Schnautzer. Celui-ci, mal réveillé dans son beau pyjama pourpre portant le slogan « Good Morning Sir » pousse un long soupir en apprenant la mauvaise nouvelle : les Krebs sont malheureusement toujours en cavale. Il appelle immédiatement Mike Weissenberg pour l'informer que les bandits ont échappé à la police belge, qu'ils sont en France et qu'il est obligé d'envoyer des gendarmes pour surveiller le domicile du professeur Weissenberg afin d'assurer sa sécurité. Mike, encore tout endormi, l'informe que ce dispositif s'avère inutile, puisque toute la famille et les protagonistes de cette affaire résident en ce moment en toute sécurité dans un hôtel de Gênes dont il laisse d'ailleurs les coordonnées à l'officier. « Merci de nous avoir informés, rajoute Mike, ça ne peut que nous rassurer de ne plus les avoir dans nos pattes ces prochains jours, enfin, espérons-le, avec les Krebs, on ne sait jamais ce qui peut arriver, ils sont imprévisibles. Nous resterons donc sur nos gardes malgré tout, rassurez-vous. Mille mercis, et tâchez de finir votre nuit, sur vos deux oreilles.

Mike, maintenant bien réveillé, a bien du mal à se rendormir. Il préfère s'asseoir un moment sur la terrasse et machinalement prend son smartphone sur lequel il pianote quelques minutes. Il relance son logiciel pour interroger l'Intelligence artificielle avec une seule question qui le turlupine : où pourraient bien se retrouver les Krebs dans la région lyonnaise; la réponse ne tarde pas à s'inscrire sur son écran : « Possibilité de repli de Léonce Krebs à La Mulatière, banlieue de Lyon, où vit une de ses tantes, Amélie Forestier, au 42 chemin des Fontanières. Il envoie l'information à Schnautzer, mais ce dernier n'entend pas le bip de son appareil, tant il est bien engoncé dans son duvet et ronfle fort comme un moine tonsuré sombrant dans le sommeil du juste en comptant les meules de fromage de son abbaye. Mike, pensant que l'affaire suit désormais son cours comme c'est le cas habituellement, reprend sa place favorite dans le lit confortable et douillet de l'hôtel Astro, fermant ainsi cette parenthèse ouverte malgré lui dans une nuit en principe consacrée aux vacances; il plonge béatement comme Schnautzer dans le sommeil paisible du juste, sans devoir compter ni moutons ni fromages.

103 Le 12 mai 2025 Haro sur la barge

Peu avant minuit, le chenal connaît la même animation que la veille. Schnitzel est remonté sur sa barge que le zodiac a cette fois-ci bien du mal à tirer de la rive envasée. De plus, l'or pèse son pesant et le pilote du pneumatique se demande si tout le chargement pourra tenir dans cet esquif qui n'est pas fait pour transporter des charges trop lourdes. Le convoi se rend ensuite silencieusement dans le chenal désert en s'approchant de l'épave de la « péniche fantôme ». Les plongeurs rodés à l'exercice reprennent méthodiquement le transfert des sacs depuis le fond de la cale jusque dans la barge en bois où Schnitzel peine à hisser la marchandise sans risquer de basculer dans l'eau, déséquilibré par le poids de sa marchandise. Ce manège dure depuis presque une heure, sans autre bruit susceptible de déranger les grenouilles que les clapotis inévitables de l'eau, quand subitement s'allument de puissants projecteurs répartis sur les deux berges du chenal et sur la rive opposée de l'Oise, mais aussi des lumières fixées sur le seul chemin d'accès du chenal alors que surviennent deux bateaux de la police fluviale équipés de puissants halogènes. Le colonel parisien a été bien inspiré, se dit-il, heureux de porter à son actif ce beau coup de filet : il tient la bande cette fois-ci et il ne la lâchera plus. « Ici le commandant des forces de police ! souffle-t-il dans un mégaphone. Rendez-vous, vous êtes entièrement cernés. N'opposez pas de résistance ! Restez sur vos bateaux où l'on procédera à votre arrestation. Pas de résistance inutile, sinon nous ferons feu et vous savez que vous faites des cibles parfaites. »

Le pilote du zodiac grimpe par-dessus les boudins et se jette à plat ventre sur le plancher de l'engin. Les autres plongeurs, ayant assez d'autonomie, fuient sous l'eau en lâchant l'un des sacs d'or ou d'argent qui coule au fond du chenal pour disparaître dans les ténèbres boueuses; ils cherchent une issue quelque part sur un bout de rive éloigné du site, tâchant de ne pas tomber dans la souricière. Le colonel fait une troisième et dernière sommation quand le zodiac part à toute allure, tirant la barge derrière lui vers la cachette improvisée de la veille, Schnitzel s'aidant d'une perche pour faciliter la manœuvre assez risquée à cette vitesse, dans la clarté artificielle aveuglante des projos. Les vedettes de la police prennent de l'élan en virant sur leur gauche tandis que le pilote du zodiac ouvre le feu avec un vieux MAT 49, un pistolet mitrailleur autrefois utilisé par l'armée française. Les vedettes touchées par les rafales dégagent immédiatement l'espace balayé par les balles en éteignant tous leurs feux et le colonel fait ouvrir à son tour le bal de la mitraille pour répliquer à cette agression. Mais sans lumière, ces tirs ont peu de chance de faire mouche; de peur de blesser l'un des policiers, il ordonne de cesser le feu. Schnitzel en profite pour glisser l'embarcation un peu plus loin sous les aunes. Il va tout faire pour s'échapper de la nasse qui se referme sur son précieux chargement. Car les vedettes reviennent rapidement à l'assaut quand le pilote du zodiac décide de plonger à son tour au fond de l'Oise, pour avoir la vie sauve, et s'échapper s'il en est encore temps. Schnitzel s'empare d'un sac de pièces d'or qu'il arrime sur le porte-bagages d'une grosse moto qu'il avait cachée près de l'endroit où il a accosté, puis revient sur ses pas pour en saisir un second, tout aussi pesant, quand une pluie de projectiles s'abat dans l'épaisseur du feuillage puissamment éclairé depuis les embarcations.

Mais Schnitzel est agile et a l'avantage de bien connaître le terrain qu'il a pris la peine d'inspecter de fond en comble la veille, contrairement à la police qui a l'air de s'égayer dans un dédale de branchages et de racines, de ronces et de roseaux, sans pouvoir y déceler grand-chose que les ombres projetées par l'éclairage qu'ils utilisent. Quand Schniztel, à bonne distance, lance enfin le moteur de sa Harley-Davidson, le colonel sait qu'à moins d'un miracle, il n'aura pas la peau de celui qui semble être à la tête de cette opération, d'autant plus qu'aucun policier n'a encore mis le pied sur cette satanée rive droite de l'Oise et on n'en connaît pas les accès. La moto, tous phares éteints, avance laborieusement dans ce labyrinthe de verdure, aussi touffu qu'une forêt tropicale, les crocodiles en moins, mais Schnitzel a appris par cœur la piste à suivre pour déboucher sur une petite route départementale. Arrivée sur l'asphalte, la puissante Harley bondit malgré le poids de l'or qu'elle transporte pour s'éloigner le plus vite possible de la zone infestée par les forces de l'ordre. S'il peut sauver au moins cela, ce serait pour lui une petite victoire remportée face à une bonne cinquantaine de képis, mais aussi une revanche vis-à-vis de ses patrons, les Krebs qui, après tout, n'ont qu'à se débrouiller pour une fois tous seuls. A lui sa part de la fortune du comte de Hanau-Lichtenberg et à lui la liberté, pense-t-il en chantonnant un ancien tube de Brigitte Bardot : « Je ne connais plus personne en Harley-Davidson ! »

Le colonel parisien est aux anges. Enfin un coup de filet qui ne se termine pas trop mal, même si les bandits ont tous pu filer, la plupart, il est vrai, sous les eaux sombres de l'Oise, donc impossible de les retrouver avec seulement deux vedettes à disposition, et encore, celles-ci ont essuyé un tir nourri et en portent les impacts : mais l'honneur est sauf, pas de blessé parmi les policiers qui ont opéré de façon disciplinée et méthodique, il pensera à les féliciter. La grande chance du colonel, c'est tout de même d'avoir mis la main sur le trésor ou sur au moins une partie du trésor du comté de Hanau-Lichtenberg, dérobé par les bandits et lamentablement stocké sur une barge en bois, le reste étant encore au fond de la péniche coulée dans le chenal. Des sapeurs-pompiers plongeurs ont été dépêchés sur place de toute urgence pour visiter le fond de la cale : ils s'y trouvent encore de nombreux sacs de jute remplis de pièces d'or et d'argent datant des XVe et XVIe siècles. Cela confirme la brillante réussite de la souricière mise en place avec discrétion et ingéniosité.

Aussitôt, le préfet de Police de Paris organise une conférence de presse, de très bonne heure, pour pouvoir informer les médias de l'efficacité des forces de police. Partout, on annonce « *Un trésor volé, vieux de cinq siècles, dérobé par des gangsters chevronnés, a été saisi par la police. Si les voleurs en fuite courent ou nagent encore dans l'Oise, les pièces d'or semblent désormais à l'abri, gardées par un important dispositif policier.* » À la télévision, de nombreuses éditions spéciales sont improvisées pour informer le grand public de cet évènement exceptionnel, presque magique; on met à l'honneur les trois jeunes gens qui ont découvert le trésor quelques jours auparavant en Alsace, Yaélita, Mathias et Max, dont la photo de groupe fait la une des journaux avec cette légende: « *Détroussés du trésor qu'ils ont trouvé par une bande de malfaiteurs toujours en cavale, nos héros sont heureux que le trésor soit désormais en lieu sûr aux mains des autorités.* »

104 Le 13 mai 1525 Retour du comte

Le comte Philippe III de Hanau-Lichtenberg arrive à la rescousse, presque au galop à la tête d'un détachement hessois, désespéré de ne pouvoir entrer dans sa capitale, Bouxwiller, aux mains des paysans; il rejoint en toute hâte l'état-major du duc de Lorraine avec une centaine de cavaliers recrutés par ses soins, la plupart issus de la noblesse, qui rejoignent l'armée de la répression. Le comte envoie tout de même une escouade en direction de Bouxwiller via le Bastberg pour qu'elle observe, de là-haut, tous les alentours et lui fasse un rapport détaillé, précis et rendant compte avec exactitude de la situation qui se présente dans ses domaines. Il demande à ses hommes d'envoyer l'un des leurs à l'intérieur de la ville pour s'enquérir du sort réservé à ses hommes de confiance, notamment le chancelier Cunon de Hohenstein et le receveur général Gaspard Metzger, dont il attend des nouvelles avec impatience, voire avec une certaine fébrilité; pressent-il que sa stratégie a mal tourné et que son trésor a été dérobé ? En tout cas ,c'est bien ce qu'il craint.

Dietrich Kohler se dit qu'il est maintenant préférable de transporter Gaspard Metzger à l'intérieur des remparts de Saverne, de peur qu'il tombe entre les mains des mercenaires et encore pire, dans celles du comte de Hanau-Lichtenberg lui-même. Le capitaine général Erasme Gerber, qui a compris le bien-fondé de l'initiative de Dietrich, lui demande de faire vite, car il compte s'enfermer dans la ville de Saverne avant l'arrivée de la masse des troupes lorraines qui ne demandent qu'à en découdre et le plus rapidement possible. Il envoie deux hommes de confiance à cheval chercher à toute vitesse Gaspard Metzger à

Griesbach; ils ont ordre de le ramener dans la journée, quel que soit son état de santé pour le soustraire aux Lorrains et aux hommes du comte : « il se reposera à son arrivée dans la ville, là où il sera vraiment à l'abri. Fichez-moi le camp et ne revenez pas bredouilles où il vous en cuira. Vous laisserez cette bourse bien garnie à ceux qui l'ont soigné, je compte sur vous ! » Les cavaliers, dès qu'ils arrivent à Griesbach, aperçoivent au loin, sur les pentes du Bastberg, une compagnie de l'avant-garde lorraine, des chevau-légers qui s'avancent prudemment à travers les vergers et les broussailles d'épineux; il est temps pour eux de trouver le refuge de Metzger et de l'extraire de force de sa cachette avant que les mercenaires viennent mettre le village à sac. Des paysans ont déjà barré la rue principale à chaque bout de la localité pour empêcher les cavaliers d'y pénétrer au galop. S'il le faut, les hommes restés sur place sont prêts à défendre leurs familles et leurs biens contre ces étrangers venus vivre de rapines comme tous les mercenaires savent si bien le faire; les paysans sont prêts à tuer leurs ennemis, bien décidés à ne plus jamais courber l'échine.

Mais le capitaine lorrain se rend vite compte que le village est en état de défense et préfère renoncer à se frotter à eux, trouvant son initiative prématurée et risquée. Gaspard Metzger ouvre les yeux, ne comprend pas vraiment ce qui se passe; il sort de la maison en titubant, il est hissé en croupe derrière l'un des cavaliers chargés de le ramener à Saverne; Gaspard arrive à s'agripper fermement à la tunique de son sauveur, malgré ses effroyables blessures aux mains et aux bras; arrivé derrière les remparts de Saverne, il ne se rend pas vraiment compte qu'il se retrouve aux mains des insurgés. Il ignore que Saverne est devenue le Quartier général et le camp retranché des Paysans d'Alsace.

105 Le 13 mai 2025 La Mulatière

Ce n'est qu'au début de la matinée du 13 mai, après une bonne nuit de sommeil, que le lieutenant Schnautzer savoure les articles élogieux de la presse sur l'interception du trésor du comté de Hanau-Lichtenberg la nuit dernière, déplorant tout de même, devant ses brigadiers, que tout l'honneur en revient au colonel parisien, aussi présomptueux qu'arrogant et hautain, qui a l'air de se prendre pour un maréchal de France. Qu'importe, le trésor est retrouvé, c'est une épine de moins dans ses rangers, et tant mieux pour tout le monde, car le monde ne s'en portera pas plus mal. Il rit tout de même sous cape, quand il lit que les truands courent toujours, certains s'étant échappé à la nage, un seul sur une grosse cylindrée de type Harley-Davidson, tous sans exception volatilisés dans la nature. Beaucoup plus tard, après avoir fêté l'évènement avec ses équipiers en débouchant une bouteille de crémant d'Alsace bien frappée, Schnautzer tombe sur le message de Mike Weissenberg lui donnant la piste de la tante de Léonce Krebs, habitant la région lyonnaise.

Aussitôt, il en réfère d'abord à ses supérieurs, puis à l'ensemble des forces de police qui traquent les Krebs. Le commissaire principal de Lyon, immédiatement alerté, prend les choses en main magistralement et fait boucler le plus discrètement possible, c'est-à-dire sans l'emploi des sirènes et autres klaxons, les voies d'accès à la commune de La Mulatière, située sur les hauteurs dominant la Saône entre Lyon et Sainte-Foy. Facile à dire, moins facile à faire, car il y a dans cette zone de nombreuses ruelles très pentues, parfois en sens unique, où le moindre képi est vite repérable et repéré. À l'approche du 42 rue des Fontanières, les agents sont plus prudents et comme la maison est ceinte d'une haute muraille bordée de trembles et de peupliers élancés, il n'y a guère moyen de s'approcher autrement qu'à découvert, heureusement seulement d'un seul côté, la partie orientale du terrain étant en pente abrupte en direction de la Saône qui coule en contrebas, juste avant la confluence avec le Rhône.

L'équipe d'assaut envoie un drone au-dessus des propriétés voisines pour s'approcher très prudemment du domaine de la tante, une belle maison de maître, presque un petit manoir dont la partie invisible depuis la rue donne sur trois terrasses creusées dans la pente, la seconde étant équipée d'une superbe piscine chauffée, un luxe dont profitent déjà Léonce et Stéphane Krebs, même si les températures extérieures ne se prêtent pas encore bien au farniente sur des fauteuils d'extérieur ou des transats. En sortant de l'eau bien chaude, Stéphane a un moment d'hésitation en entendant un léger vrombissement, mais il voit au loin au-dessus de Lyon un hélicoptère se déplacer vers la gare de Perrache et se dit que ce doit être cet engin-là qui émet ce drôle de bruit. C'est finalement Léonce, encore dans l'eau chaude et fumante jusqu'au cou, qui aperçoit le drone. « Depuis quand des objets volants ont le droit de violer la vie privée des gens en survolant les propriétés, il me semble que c'est strictement interdit, de plus en pleine ville ! À moins que ce soit pour un reportage télévisé ou pour un film quelconque, un documentaire sur Lyon…dit Léonce. » Stéphane redescend quelques marches pour observer l'appareil qui fait rapidement demi-tour pour sortir de son champ de vision. « Bof, fait Léonce, ce sont encore de petits cons d'ados voyeurs qui veulent mater des filles en petite tenue dans leurs piscines ! »

Stéphane entre dans la maison pour se rhabiller à toute vitesse; il envoie Colas vérifier si la rue est calme, ce que ce dernier fait par automatisme, sans être vraiment sur ses gardes; une fois sur le trottoir, il referme le portillon derrière lui. Colas se retrouve subitement face à un individu vêtu de noir et cagoulé qui lui presse le canon d'un pistolet sur le front en murmurant : « Chut, pas un mot ou tu es mort ! Lève lentement les mains que je retire le Beretta que tu as sous ton veston. Et maintenant, retourne-toi lentement et mets les mains dans le dos que je te passe les menottes, gentiment et sans bobo. » Colas qui est contrit par ce qui lui arrive est rapidement attaché et emmené vers le bas de la rue, hors de portée de voix de la propriété cernée. Mais comme Colas ne revient pas, Stéphane crie par la fenêtre : « Sauve qui peut ! On est cernés ! On file par le bas, vers la Saône, la rue des Fontanières doit être bouclée par la flicaille. »

Comme un ressort, Léonce bondit hors de la piscine, un peu comme le ferait un chat tombé dans une marmite d'eau bouillante; il se jette sur sa sortie de bain à décor de fleurs roses et se précipite encore tout mouillé et pieds nus vers la terrasse du bas en oubliant d'enlever son bonnet de bain, ce qui lui donne un air tout à fait ridicule. Sim reçoit l'ordre de faire feu depuis le premier étage en direction de la rue, au jugé, à travers le feuillage, juste pour faire reculer les forces de l'ordre et les tenir ainsi à distance. Stéphane se précipite vers le garage intérieur et en sort un quad Kawazaki Brute Force 750, de couleur jaune; malgré la poussée d'adrénaline qui pulse dans ses artères, il lance le moteur et roule à fond de train en faisant crisser les pneus crantés, gicler les gravillons de la cour, puis arracher des mottes de terre le long d'un parterre de fleurs qui débouche sur la dernière terrasse. Stéphane a vite fait d'arracher le simple grillage qui le sépare de la propriété voisine, prend au passage son père toujours accoutré de sa sortie de bain comme pour aller au Carnaval de Rio, et file vers la route qui longe la Saône en passant par un portail du voisinage, ouvert à tout vent.

Mais le quad se retrouve quelques secondes plus tard devant un barrage de voitures de police, tous feux allumés, un rempart infranchissable, même pour des cascadeurs professionnels. Stéphane, bien mal inspiré, par un mauvais réflexe, fait une embardée pour éviter le piège, passe dans une propriété riveraine et dans la précipitation semble bêtement ignorer une jolie petite palissade dominant un muret avec une ribambelle de pots de fleurs multicolores. Le choc est violent, proportionnellement à la vitesse prise par le quad, et nos deux compères, pères et fils, font une impressionnante démonstration de vol plané tout droit en direction de l'eau. Léonce, plus léger que son fils, reste accroché à une grosse branche de pommier en fleurs et tient ainsi en équilibre instable, pendu par sa sortie de bain à fleurs roses, oscillant la tête en bas, comme un pantin désarticulé, presque tout nu, un spectacle insolite pris en photo avec un smartphone par un paparazzo improvisé.

Cette photo fera le tour du monde dans tous les médias, pour la plus grande honte des Krebs qui en sont les vedettes malgré eux. Quant à Stéphane, il termine sa chute par un plongeon acrobatique involontairement complexe, tout droit dans la Saône, effrayant poissons nonchalants et pêcheurs apathiques en provoquant de gigantesques gerbes d'eau, faisant presque concurrence au fameux jet d'eau du lac Léman à Genève. Aussitôt cerné par la police, les deux Krebs n'ont d'autre choix que de se rendre, l'un pour qu'on vienne le décrocher avant qu'il n'étouffe dans sa position inconfortable, l'autre pour qu'il ne se noie pas dans cette eau glacée pour quelqu'un plutôt habitué aux piscines bien chauffées des bords de la Méditerranée : « Décrochez-moi, pitié, décrochez-moi, ma tête va éclater, » supplie Léonce à l'officier qui semble prendre un malin plaisir à le voir gigoter ainsi en couinant comme un animal pris au piège, un instant béni où un des bandits les plus recherchés d'Europe se retrouve prêt à être cueilli comme un fruit mûr, ou devrait-on plutôt dire, comme une pomme blette, vu son allure pitoyable.

Quant à Sim qui se rend vite compte que le centre de gravité de la bataille s'est déplacé ailleurs, il finit par jeter son pistolet dans le vieux puits, passe des vêtements de travail trouvés dans une remise pour s'échapper en jouant le rôle d'un jardinier surpris par tout ce charivari. Sim file donc à l'anglaise par un portillon dérobé bien français qui donne chez les voisins et prend la poudre d'escampette. Arrêté par un barrage de police en contrebas, il a bien failli passer entre les mailles du filet sous son vrai nom Onésime Augst, mais la police est prudente : les traces de poudre détectées sur ses mains l'accusent immédiatement et on le pousse dans un fourgon grillagé, menotté comme il se doit, après lui avoir lu ses droits et les conditions de sa garde à vue. « Ils sont de plus en plus compliqués et procéduriers dans la police, pense Sim, habitué à des situations plus primaires dans lesquelles on tire d'abord et on se pose les questions par la suite…et encore, quand on en a le temps. »

Dans ce véhicule qui sent la sueur et le vomi, il retrouve Nicolas Felt, alias Colas, la mine complètement défaite. Lui, il accuse vraiment le coup ! Le commissaire présent sur les lieux se félicite de cette aubaine : les truands qui ont défrayé la chronique et qui ont semé toutes les polices en France, en Belgique, en Sicile et en Ligurie, c'est lui qui les a mis sous les verrous, facilement, comme à l'exercice, de plus avec panache ! Pas un blessé, que des contusions, et seulement du côté des truands. Quel professionnalisme ! Il ne fait guère de remontrance à la pauvre tante très âgée qui ne savait rien des malversations de ses neveu et petit-neveu. Au contraire, il s'excuse même de toute la mauvaise publicité que la police lui aura faite, mais que c'est comme cela que ça se passe dans les cas de force majeure, ma pauvre petite dame. La tante lui précise, avant qu'elle ne l'oublie, que l'un des hommes a jeté quelque chose dans le puits, probablement pour s'en débarrasser, que c'est une honte de polluer ainsi la nappe d'eau souterraine : les agents se mettent à l'ouvrage et découvrent en un rien de temps un beau pistolet Beretta tout trempé qui devient illico presto subito…une nouvelle pièce à conviction.

La presse et les autres médias encensent le commissaire lyonnais qui a réussi là où tous les autres avaient échoué, une interception sans bavure, et même avec un certain humour quand on examine la photo de Léonce Krebs, en petite tenue, pendu au pommier ! Cela donne une image un peu tronquée de la réalité du grand banditisme, mais apporte sa dose de bonhomie dans les évènements bousculés de la journée. Le lieutenant Schnautzer est averti de l'issue heureuse de l'opération et on le félicite de sa réactivité, ce qui le fait rougir un peu, sachant qu'il avait complètement zappé le message urgent envoyé durant la nuit par Mike Weissenberg. « Les lauriers, c'est toujours pour les autres ou pour les gradés, nous on fait tout le boulot, on est payé des clopinettes, on se fait engueuler par les pontes et traiter d'incapables par les journaleux, alors les gars, dit-il en regardant droit dans les yeux ses brigadiers, les uns après les autres, nous savons bien que les meilleurs, c'est nous ! Alors, fêtons donc cette nouvelle victoire avec une bouteille de crémant d'Alsace, s'il y en a encore une au frais. » Un maréchal des logis se lève et dit qu'il en met déjà deux nouvelles au frigo, parce qu'aujourd'hui, d'autres bonnes choses risquent encore de se produire : « Déjà qu'on dit toujours, jamais deux sans trois ! Alors il faut savoir anticiper, pas vrai, lieutenant ?»

106 Le 14 mai 1525 Gaspard à Saverne

Gaspard Metzger est installé sur un grabat dans un coin sombre d'une des salles de la chancellerie épiscopale de Saverne. Il tremble toujours de fièvre, son front est brûlant et il ne cesse de réclamer à boire, tant ses lèvres fendues sont desséchées et gercées, sanguinolentes; dans sa gorge, brûle comme un grand feu, prémices de l'enfer qui l'attend, craint-il. Dietrich Kohler le fait transférer dans la chambrette d'une maison patricienne de la grand-rue, où lui-même a élu domicile, moins pour soulager les maux du captif que pour tenter d'en savoir davantage sur le trésor du comté, tout en le mettant à l'écart des capitaines dont il appréhende les réactions parfois intempestives. Gaspard arrive à parler un peu plus fort que la veille, surtout plus distinctement, mais son élocution est toujours laborieuse : il avoue à Dietrich que s'il donne la moindre indication, le comte le tuera sans aucun doute et se vengera sur sa famille dont il ne connaît même pas le sort que lui ont réservé les paysans en pillant Bouxwiller. Il est conscient d'être devenu un prisonnier de guerre, et qu'il ne peut pas tenter de sauver sa vie en révélant le lieu des cachettes, pour la simple raison qu'il ne connaît pas les lieux de l'enfouissement.

Dietrich lui explique qu'il ne doit plus avoir peur, ses soucis font désormais partie d'un passé révolu, que depuis la grande révolte des rustauds, les temps vont vraiment changer, l'Église catholique va s'effondrer au profit des nouvelles communautés de la Réforme qui gagnent du terrain chaque jour que Dieu fait; la vieille société féodale qui craque de toutes ses jointures sera à jamais oubliée pour faire place à un monde plus juste et plus fraternel. Il insiste auprès de Gaspard, qu'il veut convaincre à tout prix et le gagner à sa cause, en affirmant que les Lorrains tomberont tous dans le piège que les paysans leur ont tendu : en assiégeant Saverne, les Lorrains perdront cette guerre, car des armées de secours convergent encore vers leur quartier général, depuis le nord, via Diemeringen, depuis le sud par Reutenbourg et depuis l'est en venant de Bouxwiller. Les Lorrains devront se battre de tous les côtés à la fois et succomberont logiquement sous le nombre. Cette brillante victoire qui leur sera bientôt offerte effacera des siècles d'obscurantisme et d'oppression et fera briller l'étoile de la dignité humaine et de la liberté conquise, selon ce que nous apprennent les Saintes Écritures.

Mais Gaspard est réaliste et pense que Dietrich n'est qu'un doux rêveur, comme tous ces illuminés qui, selon lui, conduisent les paysans vers un véritable désastre. Il préfère souffrir plutôt que de trahir; il avoue à Dietrich que c'est le choix qu'il a fait, qu'il possède une carte des cachettes du trésor qu'il a coupée en deux et qu'il a lui-même camouflée, mais qu'il n'est pas prêt à lui dire où. « Même si vous trouviez cette carte, vous auriez du mal à retrouver la fortune du comté; même moi, je suis dans ce cas, car je suis resté à dessein dans l'ignorance totale des lieux d'enfouissement pour ne pas devoir un jour révéler, sous les pires souffrances, quoi que ce soit qui ferait de moi un félon ou un traître. Alors, faites de moi ce que vous voudrez, je serai fidèle à moi-même et j'achèverai ma vie, la conscience tranquille, dans l'esprit du devoir accompli. » Dietrich comprend qu'il n'aura pas davantage d'informations et décide de se débarrasser de cet homme qui devient un poids inutile : il fait conduire Gaspard Metzger hors de la ville; marchant d'un pas mal assuré, Gaspard est abandonné sur les bords de la rivière Zorn, dont le nom signifie « colère », près d'un pont en bois sous lequel le blessé tente de se glisser pour se mettre à l'abri de l'ennemi, d'ailleurs il ne sait plus vraiment de quel côté il devrait se tourner, qui est l'ennemi, les insurgés ou les Lorrains, les hommes du comte ou ceux d'Érasme gerber ? Il entend le tir des arquebuses et des canons, peut-être est-ce le signal de l'assaut, peut-être est-ce pour saluer un évènement, mais lequel, tout cela lui échappe totalement, il cherche à comprendre, mais son esprit s'égare; épuisé, il s'effondre au bord du torrent.

107 Le 14 mai 2025 Sous les verrous

Ce sont des cris de joie qui retentissent lorsque la famille Weissenberg apprend l'arrestation rocambolesque de la bande des Krebs. La photo montrant Léonce Krebs pendu à un arbre fruitier en petite tenue, juste retenu par sa sortie de bain à fleurs roses, la tête en bas, retient l'attention de Max : « Tout ça pour ça ! Tout ce manège, pour finir comme une poire blette au bout d'une branche : au moins, les flics ont pu le cueillir sans problème avant de le mettre dans son panier, son panier à salade s'entend ! Bien sûr ! » L'important, pour tout le monde, c'est qu'ils se retrouvent enfin sous les verrous. Pour le moment, ils ne sont encore qu'en garde à vue qui, à vue de nez, sera prolongée avant leur internement provisoire. Il paraît qu'ils ont choisi le meilleur avocat qu'ils ont pu trouver dans le bottin mondain, un ténor du barreau qui doit leur coûter une petite fortune, le célèbre Dulac-Tomasi, une pointure qui perd rarement les affaires qu'on lui confie, enfin dans leur cas, on ne se ferait pas trop d'illusions. « Mais là, ajoute Mike, ils ont fait un paquet de délits et ils auront du mal à s'en sortir blancs comme neige, enfin, je l'espère pour la neige qui n'est jamais belle quand elle est souillée. Une chose est sûre, ils auront du mal à plaider les circonstances atténuantes. » Yaélita leur rappelle qu'il y a encore des bandits en fuite et il semble qu'un certain Wiener, alias Schnitzel, toujours selon les journalistes, ait pu se sauver sur sa moto avec des sacs de pièces d'or. Celui-là n'a pas intérêt à payer son paquet de cigarettes avec des florins du Rhin, il se ferait remarquer vite fait, parce que je ne sais pas comment on pourrait lui rendre la monnaie sur de telles pièces. »

Paul-Henri Weissenberg, en bon professeur d'histoire, leur apprend que le florin du Rhin existe en référence au florin créé par la ville de Florence qui l'a frappé dès le milieu du XIIIe siècle; cette pièce en or d'une grande stabilité était devenue le type même de la monnaie internationale par excellence et n'a jamais été détrônée par les pièces concurrentes que l'on doit également trouver dans le tas de pièces du trésor du comte de Hanau-Lichtenberg, puisque les échanges commerciaux provoquaient à cette époque une circulation très rapide des pièces. On trouve la couronne d'or de France qui vaut de nos jours plus de 1000 euros, comme le sequin d'or de Venise, le noble d'or anglais qui vaut plus de 2.000 euros, sans oublier le salut d'or anglo-français, le mouton d'or évalué à 1.500 euros, puis l'ange d'or et l'angelot d'or français, le mancus espagnol à près de 3.000 euros, sans oublier le doublon espagnol, le lion d'or français ou celui du Brabant, le franc d'or, l'écu d'or, l'agnel et l'agnelet d'or français, le besant arabe et le besant du Royaume de Jérusalem qui circulent jusqu'en Europe, et je passe sur les pièces en argent avec lesquelles je risque de m'embrouiller, tellement il y en a. La plupart des noms de pièces proviennent de ce qui y est représenté sur le côté face, vous pouvez imaginer leur allure rien qu'en prononçant les noms. » Yaélita demande à son grand-père si le trésor revient à ceux qui l'ont trouvé et Paul-Henri est un peu embarrassé parce que sa réponse ne va sans doute pas plaire à la jeune femme.

« Quand on découvre un trésor dans sa maison ou dans sa propriété personnelle, explique le professeur, celui-ci revient réellement au propriétaire; mais si c'est une autre personne qui le découvre, il y a en principe un partage à négocier, en général cela se fait à parties égales entre propriétaire et découvreur. Mais quand un trésor a un intérêt historique ou numismatique comme dans notre cas, l'État peut confisquer le trésor pour faire analyser la trouvaille par des experts qui ont jusqu'à cinq ans de délai pour rendre leur rapport; en principe, l'État restitue ensuite le trésor à qui de droit. Mais on parle toujours de découverte fortuite, c'est-à-dire liée au hasard. Quand on utilise un détecteur de métaux comme vous l'avez fait, cherche avec une carte ancienne et emporte le matériel pour fouiller le sol, vous devenez des chercheurs de trésor. Ce que je veux dire, c'est que ce trésor, vous ne l'avez pas trouvé par hasard; tu comprends, Yaélita ? Et maintenant le coup de grâce ! Ce trésor se trouvait sur le domaine public, il appartient alors, soit à la commune si ces parties de forêt sont communales, soit à l'État si c'est sur une forêt domaniale, et dans ce cas, et c'est bien ce qui s'est passé, vous avez fait une merveilleuse découverte qui ne vous rapportera en principe pas le moindre sou. Je sais bien que vous avez fait ça pour me venir en aide en court-circuitant la quête des gangsters, et pas pour voler l'État ou la commune de Wimmenau. Maintenant, les autorités peuvent décider de vous offrir une récompense exceptionnelle, ce dont je doute fort, elles préféreront vous attribuer une belle médaille, ça leur reviendra beaucoup moins cher. Encore des questions sur le sujet ? »

« En allant à la quête du trésor sans en informer les autorités, vous étiez hors-la-loi, ajoute-t-il. Pourquoi les Krebs se sont donné tant de mal pour mettre la main sur une fortune pareille, réfléchissez un peu ! Ils voulaient s'accaparer des centaines de milliers d'euros ou davantage clandestinement, voler ce trésor qui appartient bien à l'État, comme il appartenait au XVIe siècle au petit État du Hanauerlaendel, le comté de Hanau-Lichtenberg. Vous avez immédiatement alerté les autorités et les médias, c'était le meilleur réflexe que vous ayez eu pour ne pas enfreindre la loi, sinon vous seriez passés pour des malfrats comme les Krebs ! Malheureusement, votre exploit n'a pas mis fin à leurs activités criminelles, ils ont continué sur leur lancée jusqu'à cette fin tragi-comique sur les bords de la Saône à Lyon. Grand bien nous fasse ! Yaélita, Mathias et Max, une chose est sûre, vous êtes les héros de cette aventure qu'aucun de nous n'aurait imaginée un jour, sale affaire issue de la tête ô combien dérangée de ce Léonce Krebs, grand truand devant l'Éternel. »

Mike reprend la parole : « Père, merci pour la leçon que tu viens de nous donner, je n'ai jamais aimé l'histoire-géo, tu le sais très bien, mais là, j'en ai le souffle coupé. Tu étais magistral ! Mais stop, on arrête tout ! On a tous eu notre dose de stress dans cette malheureuse aventure, maintenant on va trinquer à notre précieuse santé et faire comme si… nous étions vraiment en vacances en famille, autour d'une bonne table, en Italie, sur la côte ligure. » Tout le monde applaudit cette reprise en main et très vite, après quelques verres d'asti spumante agrémentés d'antipasti, tous oublient les soucis et les tracas qui ont été si lourds à porter ces derniers jours. La mer est d'un bleu azur parfaitement limpide, le ciel est moutonné de cumulus sympathicus qui dérivent dans un bonheur complet, la brise est légère et parfumée comme devant les boutiques spécialisées de Grasse, le soleil est simplement au meilleur de sa forme, c'est-à-dire radieux, rien de tel pour pousser la chansonnette ou siffloter des airs entendus çà et là dans les ruelles étroites de la vieille ville de Gênes.

108 Le 15 mai 1525 Saverne assiégée

Gaspard Metzger reprend connaissance, puis se terre sous le pont de bois qui enjambe la Zorn en dehors des remparts et évite de bouger dès que, de part et d'autre, des unités de combattants se risquent dans le no man's land situé entre les fortifications de Saverne et les abords de Monswiller et de Steinbourg. Les paysans enfermés dans Saverne se rendent compte qu'ils sont bel et bien piégés et désormais totalement isolés. Les tirs de l'artillerie ont jeté l'effroi sur le pauvre Gaspard affaibli et affamé, mais, sous les étais qui consolident le pont branlant, il découvre qu'il n'est pas le seul à avoir cherché cette humble protection, alors que la guerre fait rage à quelques pas seulement de cet asile humide et malsain. Près de lui se trouve une femme qui pousse un cri enfantin presque étouffé quand elle l'aperçoit, probablement une paysanne égarée ou rejetée de la ville qui tient un enfant entre ses bras, un petit blondinet qui doit avoir moins de deux ans, selon son estimation. La femme meurt de faim et ne peut sortir de sa cachette que la nuit pour se mettre en quête de nourriture; c'est pourquoi, quand la nuit tombe, elle demande à Gaspard de veiller sur son petit pendant son absence; elle se rend compte des nombreuses blessures qui le font souffrir et elle lui promet de penser à lui et de lui ramener aussi de quoi se restaurer, voyant bien qu'il n'a pas mangé à sa faim depuis des jours, tant ses joues sont émaciées et pâles comme la mort. Gaspard accepte la main tendue et se retrouve avec ce petit être sans défense dans ses bras; il le serre contre son cœur en pensant à ses gentilles filles dont il est sans nouvelles. Il pleure doucement toutes les larmes de son corps sur son triste destin de receveur général déchu et en pensant à sa famille dont il est sans aucune nouvelle.

Quand la paysanne, qui se prénomme Annette, lui avoue-t-elle, revient avec quelques provisions abandonnées pendant le repli des troupes lorraines, Gaspard est content de pouvoir se jeter sur quelques radis au goût très fort et sur des pois qu'il mâche consciencieusement avec un quignon de pain rassis et un bout de couenne de lard fumé qu'il trouve à son goût. Annette lui dit qu'elle a trouvé un abri bien au sec où elle compte se rendre avant le lever du jour, dans une ferme délabrée non loin de Monswiller, plus proche du camp lorrain; mais auparavant, elle veut allaiter son petit garçon. Elle propose à Gaspard de l'accompagner s'il se sent la force de se déplacer en se baissant ou, encore mieux, de ramper; la cachette n'est qu'à une centaine de pas tout au plus. Il accepte volontiers et dès que le garçonnet a rendu son rot de circonstance, ils lèvent le camp en silence dans la nuit noire : on devine des feux allumés dans la ville et des torches éclairant une partie du chemin de ronde, derrière eux; ils observent aussi de grands feux de camp qui illuminent le village de Monswiller, devant eux, comme si les occupants au service de la Lorraine avaient déjà commencé à fêter une victoire décisive pour ne pas perdre de temps. On entend brailler des mercenaires complètement enivrés des tonneaux de vin chapardés dans les caves et pousser les cris de quelques filles ou jeunes femmes réquisitionnées pour satisfaire les bas plaisirs des spadassins qui semblent déchaînés.

109 Le 15 mai 2025 Trésor sécurisé

Tous les médias ne parlent que de cela, de ce trésor du comté de Hanau-Lichtenberg découvert par deux jeunes Vendéens et un étudiant strasbourgeois qui sont à l'honneur de tous les articles de presse et de toutes les chaînes de télévision, surtout Max qui a réussi à s'échapper quand la terrible bande des Krebs est venue voler la fortune enfouie en 1525, soit cinq siècles auparavant. la presse est élogieuse : « Les jeunes gens ont accepté de collaborer avec les autorités pour leur indiquer les endroits exacts des cachettes situées le long des falaises rocheuses de l'Englischberg depuis leur lieu de vacances, la bonne ville italienne de Gênes. Rapidement, les services de l'État concernés, sous l'œil attentif d'un représentant de la préfecture du Bas-Rhin, sont venus sur place : en continuant les fouilles, ils y trouvent encore de nombreuses pièces datant de la même période probablement dans des caisses qui se sont affaissées davantage en profondeur et que les voleurs n'ont pas eu le temps de déceler, sur les deux sommets de cette montagne. Ces pièces rejoindront le reste du trésor accueilli à Strasbourg, chef-lieu du département où a été cachée la fortune du comté, bien sécurisé dans un lieu tenu secret pour ne pas aiguiser la curiosité ou l'avidité de certaines personnes sans scrupules. Le préfet a cependant autorisé les jeunes chercheurs de trésor , jugés d'une honnêteté irréprochable, de se rendre compte de l'étendue et de la toute beauté de leur trouvaille, des pièces d'or étincelantes, une fois nettoyées et lustrées avec précaution par des spécialistes; ils feront cette visite avec grand plaisir dès leur retour de vacances, ont-ils déjà annoncé à la presse. »

« Par contre, personne n'a encore retrouvé le dernier lieu d'enfouissement; la police sait par une indiscrétion bien involontaire de Nicolas Felt qu'elle se trouve près d'une espèce de grotte en pleine forêt. Après quelques recherches facilitées par les gardes forestiers et des chasseurs volontaires qui connaissent leur forêt sur le bout des doigts, voire des ongles, tous les chemins finissent par converger à l'Ochsenstall, « l'étable aux bœufs », qui servait de refuge autrefois aux paysans. Là aussi, on trouve encore des pièces oubliées, principalement en argent, des marcs et des thalers, des groschen et des deniers d'argent, enfouis plus profondément dans la cachette, ce que les bandits n'ont pas pu ou voulu emporter. Ces pièces rejoignent également le trésor mis en sécurité à Strasbourg. L'intérêt de ce trésor est historique, mais représente aussi une manne pour les fonds publics quand les décisions seront prises en haut lieu quant à l'avenir de cet amoncellement d'or et d'argent de bon aloi. » À Gênes, la famille Weissenberg se réjouit des dernières nouvelles qui leur parviennent de France et Mike est plus que satisfait de la publicité que font les médias sur le thème des progrès permis par l'Intelligence artificielle et de l'excellence des nouvelles créations de jeunes ingénieurs-informaticiens : on cite Arthur Dubreuil et son équipe, bien sûr Mike Weissenberg, mais aussi son fils Max qui termine ses études et auquel on prédit un avenir prometteur.

Les interviews ne cessent de prendre en exemple les exploits que les ingénieurs ont faits dans les domaines de la recherche historique, qui va se trouver complètement renouvelée, et des enquêtes de police qui seront de plus en plus pointues, puisque c'est grâce à ces avancées technologiques qu'on a pu trouver le fameux trésor et qu'on a réussi à mettre sous les verrous « la bande des Krebs » comme on appelle déjà les bandits qui ont participé au vol du trésor. La presse en rajoute : « Mike Weissenberg est également l'une des grandes vedettes de cette aventure, avec le logiciel RATTDS qu'il a créé et qui a été utilisé à bon escient par les petits-enfants du professeur pour trouver le trésor et pour traquer la bande, une réussite, qui comme pour la société MAIA de Saverne, partenaire et non-concurrente, donne une aura très positive sur l'utilisation future de l'IA, même si celle-ci peut encore laisser bon nombre de gens perplexes. »

Quant à « la bande des Krebs », la garde à vue initiale est transformée en détention provisoire et les prévenus sont tous écroués à la prison de l'Elsau qui se trouve au sud de l'agglomération strasbourgeoise. « Malheureusement, dit le professeur Weissenberg, la prison de la rue du Fil à Strasbourg n'existe plus, j'aurais bien voulu les savoir enfermés dans une de ces vieilles cellules malodorantes et moisies, de véritables champignonnières, rien que pour me venger d'avoir été séquestré par ces voyous dans le sous-sol humide de La Petite Pierre, puis dans une espèce de bunker de béton armé tout aussi inconfortable. » Le lieutenant Schnautzer a bien sûr été dessaisi de l'affaire qui dépasse de loin ses compétences, mais il n'est pas peu fier d'avoir pu contribuer à retrouver le professeur Weissenberg et les ingénieurs de la société MAIA, et d'avoir aidé « la crème de la police française » à réussir des opérations tellement délicates pour localiser et saisir le trésor, comme d'ailleurs pour obtenir l'arrestation de la bande. Il utilise honteusement ce prétexte pour arroser les évènements à coup de verres de crémants d'Alsace, son péché mignon, comme dit Schnautzer à qui veut bien le croire : « Les bonnes choses qui vous arrivent, il faut les fêter et pas qu'un peu, les mauvaises il faut les oublier et le plus vite est le mieux. »

110 Le 16 mai 1525 Gaspard aux abois

Bien caché dans le sous-sol de la ferme ruinée, Gaspard Metzger reste terré avec Annette et son garçonnet, bien décidés à ne pas bouger durant la journée, car dehors, tout semble aller de travers. Saverne subit son premier bombardement en règle ce 16 mai : des incendies se déclarent dans la ville et les paysans qui répliquent comme ils le peuvent depuis les remparts perdent déjà tout espoir, ne pouvant plus compter sur aucun renfort ni sur la moindre possibilité de ravitaillement; Gaspard le sait, car il a surpris la conversation d'officiers lorrains venus à proximité pour observer l'ennemi de plus près. Le duc Antoine de Lorraine, dont les troupes font bombance, exige la reddition pure et simple des paysans qui doivent sur son ordre quitter la ville sans emporter leurs armes. Gaspard est très étonné et ne pense pas que l'intransigeant Erasme Gerber acceptera ce diktat. De plus, pour garantir la reddition et éviter toute mauvaise surprise, le duc exige avant toute chose l'envoi dans son camp de Steinbourg de 100 otages choisis parmi les bourgeois de la ville, et la libération immédiate de son officier Jean de Brubach. Impossible d'accepter de telles conditions, Gerber refusera de plier, ou alors il est au plus mal et se trouve coincé dans une souricière. Les troupes qui convergent de toute part ont-elles changé d'avis ou ont-elles été battues et dispersées ? Gaspard n'en sait strictement rien.

Devant le danger imminent de la répression générale de l'insurrection, la bande des paysans de Cleebourg s'était mise en marche pour rejoindre Saverne afin de débloquer la ville, initiative qui arrive un peu tardivement pour être efficace; un de leur détachement, l'avant-garde d'une armée paysanne d'environ 6.000

hommes, exténués par une longue marche, quasiment sans ravitaillement, atteint le village de Lupstein qui se trouve à 7 km de Saverne. Les paysans sont alors pris à partie par 2.000 cavaliers lorrains qui leur donnent l'assaut sans crier gare : les Lorrains les surprennent totalement et les battent tout aussi facilement que ceux de La Petite Pierre peu auparavant; ils incendient Lupstein avec son église : tout le monde est passé par le fil de l'épée ou brûlé vif dans les incendies, y compris de nombreux innocents, des femmes, des enfants et des vieillards de Lupstein qui n'y sont pour rien dans cet acte de guerre. D'autres détachements lorrains se jettent plus au sud sur les paysans rassemblés à Reutenbourg qui sont mis en déroute à leur tour, puis ils s'en prennent au groupe venant de Bouxwiller qui, terrorisé par la nouvelle du massacre de Lupstein, se débande dans un vent de panique invraisemblable. Que deviennent les promesses d'Erasme Gerber, établi bien à l'abri derrière les remparts de Saverne, alors que tous les autres se font massacrer sans qu'il puisse bouger le petit doigt pour leur venir à l'aide ?

Il apprend aussi que ce 16 mai, les paysans allemands ont été mis en déroute à de nombreux endroits et entament déjà des négociations avec les troupes des princes; ils auraient conclu avec eux un armistice ! Eux qui ont vaincu le terrible Georg Truchsess et ses mercenaires ? Ils ont fini par plier l'échine. Pour leur reddition, alors que tout semblait se dérouler comme initialement prévu, les troupes de répression ont assailli brusquement les paysans désarmés, en faisant un affreux massacre parmi les rustauds totalement surpris et pris au dépourvu : il paraît que sur les 8.000 paysans présents, 5.000 auraient perdu la vie. Si Erasme Gerber a appris la nouvelle, pense Gaspard, il y a de quoi être complètement démoralisé, on le serait à moins. Quel sort sera réservé aùx paysans réfugiés à Saverne ? Gaspard pense qu'il ne faut certainement pas compter sur la clémence et la bonté d'âme du duc Antoine de Lorraine.

111 Le 16 mai 2025 Contrôle de routine

Les médias informent le grand public : « La police est toujours à la recherche d'un certain Ursule Wiener, bizarrement surnommé Schnitzel, homme de main de « la bande des Krebs », le dernier encore en fuite, selon la police, en dehors des hommes-grenouilles du Val-d'Oise que l'on recherche toujours vainement. On soupçonne fortement Schnitzel d'avoir dérobé une partie du trésor déposé sur un chaland en bois sur la rive droite de l'Oise et d'avoir réussi à filer entre les mailles de la souricière installée par les policiers à l'aide d'une moto de grosse cylindrée. Où cet homme, dont on a un signalement assez complet, peut-il bien se terrer ? Il est vrai que dans la région parisienne il y a tant de possibilités pour se cacher, sans être obligé de montrer le bout de son nez, qu'il faudrait des mois pour ratisser cet immense réservoir humain où vivent plus de 10 millions d'âmes. Si le fuyard possède les moyens de se loger, de s'alimenter et de se blanchir sans sortir la tête de son trou, il y a peu de chance de le retrouver rapidement, surtout s'il ne possède pas de carte de crédit dont on pourrait suivre les traces et s'il a suffisamment d'argent en espèces pour payer ses menus achats. Son portrait-robot établi à la va-comme-je-te-pousse laisse tout le monde pantois, même les gendarmes de La Petite Pierre, qui l'ont pourtant interrogé en chair et en os, ne l'ont pas reconnu tout de suite; il y a « juste une vague ressemblance », prétendent-ils.

Très franchement, il est vraiment difficile de le représenter par un dessin; sa tronche est un mélange infâme issu d'un bestiaire du Moyen-Âge, tête de furet, museau pointu de renard, yeux globuleux de lérot, front proéminent de boxer et oreilles de chauve-souris, de celles qui ont de larges sourires allant d'une oreille à l'autre. Bon, vous avez compris que c'est un gars un peu spécial qui ressemble, à lui tout seul, à un véritable condensé de ménagerie. Alors, mettre ça dans un portrait-robot, c'est raté d'avance. « On aurait dû faire appel à un Albrecht Dürer pour arriver à graver correctement sa physionomie, ajoute un représentant de l'ordre, plus dégourdi que ses collègues. »

On procède à des contrôles routiers dans le nord-ouest de la région parisienne, ainsi que dans les départements de l'Oise et de l'Orne; méthodiquement, on visite les habitations isolées déclarées en vente ou abandonnées, sans obtenir de résultats probants; la plupart du temps, ce sont de fausses pistes qui forcent les enquêteurs à piétiner dans de nouvelles impasses qui allongent leurs recherches. Le colonel parisien, en charge de l'affaire, demande que l'on vérifie aussi la revente de grosses motos chez les professionnels comme auprès des particuliers, notamment ceux qui utilisent les réseaux sociaux : encore une tâche chronophage qui débouche pourtant cette fois-ci sur une bonne piste bien chaude; on se rapproche du but. Un jeune de Taverny avoue avoir acheté une Harley-Davidson à un particulier dont la description pourrait correspondre au portrait-robot d'Ursule Wiener; il l'a payée 6.000 euros en espèces, en petites coupures de 20 et 50 euros, toutes ses économies, une aubaine pour lui qui a réalisé son rêve sans devoir se ruiner en le payant bien en dessous du prix courant.

L'acheteur avoue avoir fait cette transaction, quand les autorités lui ont garanti qu'elles ne lui tiendront pas rigueur de l'illégalité de cette vente. La police lui apprend qu'en France, s'il est interdit de procéder à une transaction en espèces avec des professionnels, si le montant dépasse les 1.000 euros, ceci pour lutter plus efficacement contre le blanchiment d'argent, entre particuliers cela n'est pas une obligation; mais par contre, il faut alors signer un écrit faisant office de facture si le montant dépasse les 1.500 euros, ce qui est bien son cas, ceci afin d'avoir la preuve de la transaction, ce qu'il n'a pas fait. Visiblement, la carte grise n'était pas au nom du vendeur; d'après le jeune motard, ce dernier n'avait pas voulu décliner sa véritable identité et il s'avérera après vérification que cette moto avait été simplement volée sur le parking d'un hypermarché. Quelle malchance, le beau rêve de l'individu s'évapore donc comme la buée sur ses ray-bans, car l'affaire suit son cours : la moto est saisie pour être rendue à son légitime propriétaire, comme le veut la loi. « Dura lex, sed lex », disait Cicéron, la loi est sévère, mais c'est la loi, bien sûr rien à voir avec la marque française de vaisselle en verre.

Cette vente de moto ramène donc les limiers de la police dans le paisible département normand de l'Orne. Les villages et les hameaux isolés y sont très nombreux et, on a beau fouiller dans tous les recoins, Schnitzel reste introuvable. Le colonel parisien interpelle le lieutenant Schnautzer à Lemberg en lui demandant s'il ne pouvait pas bénéficier lui aussi de l'aide de l'IA pour arracher de son épiderme la dernière épine encore plantée dans son pied gauche, celui des mauvais jours, et trouver ce gredin qui court toujours. Comme les logiciels utilisés précédemment semblent avoir fait leurs preuves, le colonel aimerait les tester, lui aussi, juste pour donner un coup de pouce à l'enquête et briller un peu mieux dans le dédale des bureaux du préfet de Police et du ministre de l'Intérieur, comme le suppute Schnautzer. Il lui donne les coordonnées de la start-up MAIA à Saverne et le numéro de portable de Mike Weissenberg, le fils du célèbre professeur séquestré par la bande dont le colonel assure la traque.

On finit donc par coopérer, main dans la main, les fonctionnaires curieux avec les ingénieurs civils astucieux, même si ça ne semble pas aller de soi naturellement. Les logiciels sont chargés de surveiller attentivement sur le Net les achats et les ventes faites par les numismates, s'agissant principalement de pièces anciennes frappées jusqu'au début du XVIe siècle; car si le sieur Wiener a besoin d'argent, il faut bien qu'il mette en vente le contenu des sacs qu'il a emportés pour subvenir à ses besoins. Rapidement, des éléments de réponses tombent, épluchés par l'IA. Il se trouve qu'un individu au pseudonyme d'« Escalope » a vendu la veille dans l'après-midi, à Alençon, chef-lieu de l'Orne, dix pièces d'or, des florins du Rhin. On trouve facilement l'acquéreur qui les a payées 6.000 euros en espèces à la demande du vendeur dont il ne connaît malheureusement ni le nom ni l'adresse, seulement son pseudonyme : « Escalope. Peut-être que c'est un boucher, tout simplement, dit-il à ses enquêteurs qui se rendent compte qu'ils sont enfin sur une piste brûlante. » Finalement, celle-ci se termine encore une fois en queue de poisson. Personne ne sait dans l'Orne, même le plus érudit des fonctionnaires mis sur l'affaire, que le mot « escalope » est la traduction française du mot alsacien « Schnitzel ».

112 Le 16 mai 2025 : Perte de sang-froid

Le colonel parisien demande aux différentes brigades de gendarmerie de l'Orne de renforcer les contrôles aléatoires dans le département; il pense ainsi avoir une chance sur mille de mettre le grappin sur le fuyard, c'est toujours mieux qu'une chance sur zéro si on attend les bras croisés que le fuyard se rende lui-même de guerre lasse. En réalité, Schnitzel perd peu à peu les pédales; décidément cette cavale commence à ébranler ces nerfs, à les lui tordre dans tous les sens depuis qu'il est conscient que l'étau se resserre inexorablement autour de lui. Il décide de quitter l'Orne, devenu le département de tous les dangers pour ses pauvres fesses; il veut bouger, aller voir une vague connaissance qui habite dans le département de la Somme, à Ault, petite ville touristique très discrète, située au nord du Tréport, accrochée à ses falaises qui reculent, reculent, reculent face à la Manche, grignotées par les vagues à chaque tempête. Mais de cela, Schniztel n'en a cure ! Ses nerfs craquent, des tremblements incontrôlables se concentrent dans ses mains, des frissons virulents prennent sa colonne vertébrale dans une sarabande folle. Malgré ces désagréments, il arrive à charger péniblement une fourgonnette blanche en partie couverte de boue, acquise auprès de paysans du coin, pour transporter ses maigres affaires et sa part du trésor, deux sacs de jute remplis de pièces d'or. Pour les camoufler du mieux possible, le malheureux, transporte lourdement d'autres sacs de jute pleins de pommes de terre.

Pour mieux s'intégrer dans le paysage rural comme le caméléon humain qu'il est devenu, Schnitzel pense qu'il est judicieux de porter un béret aplati, une clope au bout des lèvres, de laisser une baguette de pain sur le siège passager et un petit quart de vin de table dans le porte-bouteille du véhicule, pour faire plus agriculteur qu'un vrai de vrai. Il a encore le souci du détail, ce Schnitzel quand il a ses petits nerfs qui se débandent ! C'est ainsi équipé qu'il quitte l'Orne, policièrement trop agité à son goût, en espérant qu'il ne soit pas déjà trop tard pour mettre ses fesses en lieu sûr; une sueur froide coule dans son dos alors que ses frissons deviennent irrépressibles. « D'ici que les flics déboulent en force à Ault pour me faire la peau, j'espère qu'il passera encore un peu d'eau sous les ponts ou plutôt des vagues sur les falaises, pense-t-il pour se rassurer lui-même, alors que la peur lui fait perdre une bonne partie de ses moyens. » Il se met donc en route, contraint par la situation qui n'évolue pas en sa faveur; il respecte strictement le Code de la route pour passer inaperçu ! Mais subitement, arrivé à un panneau stop, Schniztel regarde bien à gauche et à droite si la route est libre, tout à fait comme il faut le faire lorsqu'on se montre aussi prudent que lui, et s'engage sur la chaussée quand apparaissent soudain deux gendarmes qui lui font signe de s'arrêter sur le bas-côté et de couper le moteur. Schnitzel est au bord de l'apoplexie.

Un adjudant souriant de toutes ses dents lui fait poliment la remarque, tout en faisant vérifier ses (faux) papiers par son collègue, qu'il n'a pas respecté l'arrêt au stop comme l'exige systématiquement le Code de la route. Schnitzel, sûr de son bon droit, réplique qu'il n'y avait aucune voiture circulant sur ce tronçon de route quand il s'y est engagé, qu'il n'a causé de tort à personne et qu'il a simplement profité de l'aubaine pour accélérer immédiatement, simplement parce que c'était tout à fait logique pour lui. Le gendarme le félicite d'avoir été si attentif, mais il lui fait remarquer, une deuxième fois, qu'on doit absolument marquer l'arrêt sur la bande blanche devant un panneau stop, sinon on est en infraction avec la loi; tel est bien son cas, cela est passible d'une amende de 135 euros et d'un retrait de quatre points sur son permis de conduire. Schnitzel, dont les lèvres commencent à prendre une couleur salement bleuâtre, voire violacée, affirme qu'il trouve cela complètement injustifié et surprend même le gendarme qui ne voulait pas le verbaliser du tout, mais seulement lui faire un peu la morale.

Schnitzel monte alors bêtement sur ses grands chevaux, car il est arrivé à la limite de ce que ses nerfs tendus sont encore capables de supporter : il déclare haut et fort que, de sa vie, il n'a jamais eu le moindre incident avec les forces de l'ordre qu'il trouve d'ailleurs de plus en plus tatillonnes et bêtement procédurières, qu'il n'est pas question que les gendarmes rackettent ainsi inconsidérément et impunément d'honnêtes citoyens, comme lui, qui n'ont commis aucune faute grave avérée au volant. Le ton monte de plusieurs décibels lorsqu'il fait des reproches aux gendarmes qui se comportent comme des bandits de grand chemin au lieu de s'occuper de mettre la main sur les vrais gangsters en cavale au lieu de s'acharner sur lui, pauvre paysan... Schnitzel, ayant perdu tout self-contrôle, oublie par là même toute prudence. « Puisque vous le prenez comme cela, monsieur, je vais devoir vous verbaliser doublement, d'abord pour le non-respect du stop dont vous semblez persister à faire fi, et secundo, pour les propos outranciers et insultants que vous avez tenus à l'égard des représentants de la loi, s'écrie l'adjudant. D'ailleurs, sortez immédiatement du véhicule et posez vos mains sur le capot, et surtout calmez-vous ou bien je vais vous passer les menottes. Il y a des limites à ne pas franchir et traiter la maréchaussée de « bandits de grand chemin » est une insulte sacrément bien formulée. »

Schnitzel obtempère malgré lui, contraint et forcé, car les gendarmes ont la main sur la crosse de leur pistolet. Il est aussi très confus, subitement conscient de son extrême bêtise qui risque maintenant de lui coûter très cher; il se demande ce qui lui a pris de prendre les gendarmes à rebrousse-poil; il ne faut jamais faire ça, grand Dieu, non, quand on ne veut surtout pas se faire remarquer. Mais il est déjà trop tard, il se sent fait comme un rat, ou plutôt comme une petite souris coincée dans une tapette. Mais Schnitzel continue à s'entêter, c'est plus fort que lui ! Quand on lui demande ce qu'il transporte, il répond des patates. D'où elles proviennent, il leur dit « des champs, d'où voulez-vous qu'elles viennent ? » Dans quelle localité exactement se trouvent ces fameux champs, il bredouille et invente « Saint-Amand-les-Fraises », et là ! Il a complètement perdu les pédales, car ce nom de commune n'existe absolument pas et les gendarmes qui vérifient forcément tout quand ils font du zèle s'en rendent compte assez rapidement.

Schnitzel a fait une nouvelle erreur fatidique, décidément, il n'a pas inventé la poudre, il est absolument nul quand il s'agit d'improviser ou simplement de mentir. Le deuxième gendarme, le brigadier ventru et nonchalant, décide de contrôler la marchandise, d'ouvrir quelques sacs et trouve effectivement de belles pommes de terre du pays, bien charnues, « bonnes pour faire des frites, dit-il à son supérieur. » Mais voilà qu'au contrôle du cinquième sac, il sent tout de suite que ce ne sont pas des tubercules qui sont emballés dans le jute, mais, ô miracle, des centaines de pièces d'or qui roulent et s'étalent sur et entre les autres sacs terreux, une apparition digne d'un conte de fées; il en reste là, tout baba, ébahi, même émerveillé comme on peut l'être lorsqu'on assiste à cette sorte de miracle; il appelle son chef en bredouillant pour qu'il vienne voir sa découverte, ce beau monceau d'or, que c'est beau, ça doit valoir une fortune...ce qu'on ne trouve pas dans les champs de nos jours !

Schnitzel, profitant du fait que l'attention des gendarmes est entièrement accaparée par l'or qu'ils ont sous leurs yeux et qui semble les hypnotiser, se met à courir aussi vite que possible en prenant les jambes à son cou, sautant comme une gazelle par-dessus les haies et les fils de fer barbelés sans même far d'accrocs à son pantalon; mais il ne connaît pas du tout les lieux et finit par se retrouver en plein champ ayant pour seul horizon les sillons luisants et les nuages trop bas couchés sur l'horizon. Vite essoufflé, dans cet environnement qui ne lui offre pas la moindre occasion de se cacher, il ralentit sa course juste à cause d'un point de côté, juste avant de prendre conscience de la présence d'un petit bois de frênes et de chênes salvateurs, distant d'une centaine de mètres. Quand il entend les sommations faites par les gendarmes; il sait qu'il se trouve dans leur ligne de tir. Après les trois appels d'usage, les képis décontenancés, aussi essoufflés que Schnitzel, font feu et le fugitif, craignant pour ses vieux os, préfère se jeter à terre, haletant, écrasant son visage en sueur dans des mottes de terre molles et grasses.

Fait comme un rat, Schnitzel lève les mains en signe de reddition, sale comme un sanglier sortant de la fange; il est menotté sans égards comme le malfrat qu'il est en réalité et il est attaché à l'intérieur d'une belle fourgonnette bleue, flambant neuve, qui va le ramener bien gentiment jusqu'à Alençon, chef-lieu du département de l'Orne, où un commissaire de police, particulièrement attentionné, va s'occuper de lui avec une patience à toute épreuve, paraît-il. Schnitzel en a des choses à raconter, à avouer, à regretter. Il en a traversé des épreuves, il en sait plus que tout autre sur cette affaire rocambolesque dans laquelle il a dû jouer de nombreux rôles : il va se faire un plaisir de rapporter tout ça en long, en large et en travers, en prenant tout son temps et en donnant un maximum de détails, tellement que, lorsque les autorités pourront enfin lire en entier le rapport final le concernant, ils auront l'impression d'avoir entre leurs mains un véritable roman policier.

113 Le 17 mai 1525 Massacre de Saverne

Gaspard Metzger se terrant au fond de sa cave entend bien les cris et les hurlements qui fusent derrière les remparts de Saverne; il aperçoit les mercenaires qui accourent comme à l'hallali pour la curée en criant « À mort les paysans, à mort les insurgés ! Tue, tue ! ». Il n'ose pas bouger, il faut laisser passer l'ouragan pour ne pas être emporté dans la tourmente; il demande à Annette de faire comme lui, de ne pas se faire remarquer, car il y a trop de soldats en délire pour risquer de sortir la tête de leur cachette. Mais la soldatesque, attirée par le sang et par le butin à ramasser, ne sait plus où donner de la tête; ces assassins ont tant à faire dans la ville qu'aucun Lorrain, heureusement pour Gaspard, ne s'intéresse aux ruines qui l'entourent. Si la journée se passe sans encombre pour nos deux fuyards, la terreur se lit au fond de leurs yeux noyés de larmes d'effroi pour Anne, de honte pour le receveur général déchu.

C'est le comte de Salm qui est chargé de pénétrer le premier dans Saverne avec le sire de Richartmesnil à la tête d'un détachement parmi lesquels se trouvent les cavaliers du capitaine Alphonse Grojean, très excités d'être en première ligne, jurant et injuriant les paysans ébranlés par la tournure des évènements qu'aucun d'eux n'acceptait de bonne grâce malgré la promesse inespérée d'avoir la vie sauve. C'est alors qu'une rixe éclate entre Lorrains et paysans déjà désarmés, mais furieux de ne pas avoir pu se battre pour leur liberté comme promis de longue date par Erasme Gerber. Les Lorrains, au contraire très bien armés et ivres de sang, tirent leurs épées et transforment cette rixe en un véritable massacre, suivi par le pillage systématique de la ville par la soldatesque enragée. L'enfer s'abat ainsi en quelques minutes sur le siège de la régence de l'évêque de Strasbourg et les diables lorrains et leurs mercenaires étrangers s'adonnent à leurs plus vils instincts dans un effroyable bain de sang. Sur les 22.000 paysans et habitants de Saverne, 17.000 sont passés par le fil de l'épée, y compris les femmes, les enfants et les vieillards; c'est pire encore que l'effroyable massacre qui a été perpétré la veille à Lupstein : le sang ruisselle partout, les soldats violent, volent, détruisent ce qu'ils ne peuvent pas emporter, Saverne est une ville martyre, une ville assassinée, elle est devenue une ville morte. Le duc Antoine de Lorraine reste coi, il n'a plus aucun contrôle sur ses troupes déchaînées.

Erasme Gerber, replié avec quelques lieutenants dans le château épiscopal de Saverne pour y organiser un dernier carré de résistance, en voyant le désastre dont il se rend lui-même responsable, accepte finalement de se rendre au sire de Laval contre l'assurance d'avoir la vie sauve pour lui et ses hommes. Même s'il ne peut décemment plus faire confiance en la parole du duc. Pour les paysans rescapés, le château du Haut-Barr est transformé en toute hâte en camp de prisonniers placé sous les ordres du comte de Salm qui est en même temps promu commandant de la place de Saverne; plus tard, celui qui n'aura pas su retenir ses hommes et garantir la parole donnée par le duc de Lorraine sera honoré par le titre ronflant de maréchal de Lorraine et de Bar, pour services rendus. Les fuyards sont tous tués, les blessés achevés dans les champs et dans les bois. Les rescapés enfermés au Haut-Barr sont laissés des jours entiers sans soins, sans eau et sans nourriture, les blessés mourant à petit feu devant leurs compagnons hébétés.

Des unités de paysans en route pour Saverne s'arrêtent à Bouxwiller où a lieu une importante réunion des différents chefs de bande, notamment de ceux des groupes de Stephansfeld, Sturzelbronn et Cleebourg qui sont dans une colère noire, accusant la ville de Strasbourg de les avoir trahis comme Judas a vendu le Christ pour 30 minables deniers. Le duc Antoine de Lorraine, fort d'avoir conduit une campagne victorieuse, envoie immédiatement des troupes sur Bouxwiller et sur Pfaffenhoffen en plein comté de Hanau-Lichtenberg, pour les écraser définitivement, sans en référer non plus au comte Philippe III, qui est pourtant le premier concerné; là aussi les troupes se comportent comme en pays conquis; ses mercenaires commettent des atrocités, pillages, incendies et viols, dans tous les villages des environs comme à Hattmatt, Griesbach et Ernolsheim. De nombreux paysans fuient à travers la campagne et trouvent refuge au château du Kochersberg occupé par une garnison de la ville de Strasbourg.

114 Le 17 mai 1525 Qui suis-je ?

À la tombée de la nuit, Gaspard décide de risquer un œil hors de la ruine et ce qu'il voit le laisse pantois; il se tient debout, paralysé par l'effroi, ne pouvant pas détourner le regard du spectacle de désolation qui l'afflige : des milliers de cadavres sont précipités dans les fossés de la ville et dans la Zorn, dont les eaux sont rouges du sang qui coule encore à flots. Les feux des incendies rougeoient dans les rues de la ville comme si l'Enfer s'était ouvert au cœur de la cité, un volcan de haine en éruption, ses flammes voraces dévorant tout sur leur passage, y compris les corps de ceux qui ont été abandonnés là, morts ou grièvement blessés. Les fumées grasses, âcres et malodorantes, par moment suffocantes quand le vent du soir les rabat vers le sol et ramène des bouffées chargées d'humeurs pestilentielles dans les poumons des survivants, ces fumées aggravent encore cette vision apocalyptique dont Gaspard Metzger comprend toute l'horreur dans son corps comme dans son âme; des larmes de honte, des larmes de dégoût coulent le long de ses joues creusées de cicatrices purulentes, maculées de terre et de cendres. Le garçonnet se met à pleurer à son tour, blotti dans les bras de sa mère, devant cet horrible cauchemar; Annette a beau essayer de le calmer en le ramenant à leur cachette souterraine, en le berçant tendrement, rien n'arrive à soulager la douleur sourde qui l'étreint.

Gaspard est devenu une statue de sel, il n'arrive plus même à ordonner ses pensées, comme si le spectacle qu'il a sous les yeux avalait toute son âme; il n'arrive plus à bouger du tout, il est cloué au sol, hypnotisé par la mort qui continue de faucher les derniers survivants geignant et agonisant. Ensuite, peu à peu, Gaspard sent en lui monter une immense colère, sans qu'il puisse en prendre le contrôle, comme gronde la terre avant que la lave n'atteigne le sommet d'un cratère. Il sent en lui la force inquiétante que soulève la rage qui enfle dans son cœur et le prend jusqu'au fond de ses tripes, comme un déchaînement irrépressible qui va l'emporter vers les ténèbres. Non, il le sait maintenant, non, il ne se terrera plus jamais comme un rat, comme il l'a fait ces derniers jours, plus jamais ! Non, il ne se comportera plus comme une bête fragile et farouche, se laissant dominer par un maître cruel et sans pitié, imbu de sa toute-puissance. Non, plus jamais il ne pliera, plus jamais il ne se laissera écraser par le poids du devoir et des ordres indignes. Gaspard est bien décidé à rester debout, tel qu'il est là, blessé, meurtri, affaibli, repoussant de saleté, sentant aussi mauvais qu'un porc vautré dans la fange.

L'important est qu'il reste debout, advienne que pourra. Toute sa vie, il a passé ses journées à obéir et à se montrer humble et soumis; cela lui est désormais bien égal, sa vie passée à n'être que l'ombre de lui-même dans l'écrasante ombre des puissants, il veut oublier cette vie-là, bien sûr, il ne peut pas l'effacer, mais il fera ce qu'il faudra pour ne plus revivre pareil destin. Maintenant, il veut vivre debout ou plutôt mourir s'il n'arrive pas à se défendre. En restant debout, comme un homme libéré digne de ce nom, comme un homme libre de choisir seul sa propre voie, en son âme et conscience, il veut aborder le reste de sa vie. Ne plus jamais se complaire dans la servitude, la compromission et dans la soumission. Non, il ne veut plus reculer devant rien, mais affronter désormais la réalité en face; il préfère encore que la mort prenne sa vie plutôt que de reprendre le cours de son existence lamentable qu'il a suivie jusqu'à présent, plutôt que de devoir ramper encore et encore... et subir les humiliations qui lui sont devenues intolérables et insupportables, il préfère finir sa vie en beauté, libre et fier de lui.

115 Le 17 mai 1525 Passage à tabac

Sans s'en rendre compte, Gaspard se retrouve encerclé par trois lansquenets imprudents qui l'abordent promptement, en le menaçant de leurs hallebardes : ils lui demandent qui il est et ce qu'il fait là à contempler bêtement le charnier et les incendies: « Je suis le receveur général du comté de Hanau-Lichtenberg, amenez-moi donc auprès du duc de Lorraine, et le plus tôt sera le mieux. J'ai des choses importantes à lui communiquer, insiste-t-il d'un ton déterminé. » Mais les soldats se moquent de lui, lui disant qu'ils sont à eux trois, le pape, l'empereur et le sultan d'Égypte; ils rient de son visage boursouflé, de ses nippes crasseuses, de sa démarche de vieillard boiteux; puis, s'enhardissant dans les effluves de l'alcool qui leur fait tourner la tête, ils le frappent à coups de poing auxquels Gaspard ne songe même pas à répondre ou à se protéger et quand il tombe à terre, refusant de lutter contre ses agresseurs enivrés, les soudards continuent à le rouer de coups de pied dans les côtes, dans le ventre et même dans la tête, un passage à tabac indécent. « Les supplices vont-ils continuer de pleuvoir sans fin sur mon corps, jusqu'à la fin de mon existence ? soupire-t-il avant de perdre connaissance ».

Heureusement, un officier voit les voyous s'acharner honteusement à trois sur le pauvre malheureux; il tire immédiatement son épée et fait reculer les spadassins qui préfèrent prendre la fuite avant qu'il puisse les dévisager pour pouvoir les retrouver dans leur unité stationnée dans les environs; ils préfèrent se fondre courageusement dans la masse de la soldatesque. L'officier n'est autre que le capitaine Alphonse

Grojean qui fait transporter le blessé dans son campement par deux de ses chevau-légers, pour faire donner les premiers soins à ce corps meurtri et décharné, s'il arrive à survivre à ses multiples blessures, fractures et contusions. Gaspard Metzger ne sait pas que c'est justement cet officier qui est à l'origine de la disparition de ses deux serviteurs, Anselme et Klemenz, ceux qui ont menti pour qu'il subisse la colère du comte et de ses officiers, ceux qui l'ont maudit à l'heure de leur propre mort.

Gaspard ne sait pas non plus que le comte Philippe III est revenu sur ses terres, qu'il est présent, là, tout près, dans le camp lorrain, à festoyer à Steinbourg avec les vainqueurs du carnage. Gaspard ne sait pas que le comte a, lui aussi, beaucoup de sang sur les mains et qu'il est fou de rage rien qu'en pensant à son receveur général qui reste introuvable, le traître. Gaspard ne sait pas que le capitaine Grojean l'interrogera demain avant de le déférer devant la Justice du comté de Hanau-Lichtenberg, avec les meneurs et sujets insurgés. Mais ce soir, personne ne songe au lendemain; comme partout dans les campements lorrains, on passe son temps à fêter de manière grandiose la victoire remportée sur les paysans qui ont osé remettre en cause les fondements de la société. Ne devrait-on pas plutôt pleurer de honte ces milliers d'êtres humains inutilement mis à mort de la plus infamante manière, d'avoir semé la mort en toute impunité, dans la plus grande lâcheté, sans autre raison que la cupidité et la vengeance, d'avoir taillé par le fer et par le feu une cicatrice béante abominable qui marquera pour toujours les rescapés de cette vague de haine et de mépris et les générations futures.

Dans le camp lorrain, après le sang versé toute la journée pour l'exemple, c'est le vin qui coule à flots toute la nuit; alors que chaque homme satisfait de la victoire, aussi honteuse soit-elle, compte le butin qu'il a amassé, alors que les soudards font bombance pour oublier leurs vils méfaits et continuent d'assouvir leurs plus bas instincts dans la luxure, Alphonse Grojean, lui qui a autant de sang sur les mains que les autres, lui qui a tué de pauvres gens par dizaines et peut-être davantage encore, se trouve subitement contraint, par une force étrange qu'il ne peut maîtriser, à prendre du recul malgré lui et à ouvrir ses yeux sur les crimes dont il devra répondre, sinon devant la justice des hommes, car les guerres excusent tout, mais pour sûr, devant la justice de Dieu. Grojean, qui n'est pas un homme à courir les églises et à suivre la messe très souvent, il l'avoue volontiers, est profondément croyant; il sait qu'il a pactisé avec le Diable; inévitablement, il songe aux siens, à son épouse et à ses enfants restés au pays; et quand il revoit leurs visages, leurs regards flous se confondent par moment avec ceux des femmes et des enfants qui ont perdu la vie dans les rues ensanglantées de Saverne.

Le capitaine Grojean se fait alors une promesse, un véritable serment, celui de protéger sa famille de tous les malheurs qui pèsent sur la terre et d'enfouir à jamais dans les tréfonds de son âme l'horrible tragédie qu'il vient de vivre; jamais il n'en parlera à personne, il devra faire ses comptes, il le sait, au moment du Jugement dernier; c'est ce qu'il pense très sincèrement, le cœur serré comme si un gantelet de fer le prenait dans son étau, au soir de cette journée maudite du 17 mai 1525, ici, debout sur cette bonne terre d'Alsace, qui fut jadis si prospère et si heureuse, avant que les Lorrains et leurs mercenaires ne viennent tout détruire en si peu de temps.

Personne n'a jamais su exactement ce qu'il est advenu de Gaspard Metzger; comment le comte Philippe III de Hanau-Lichtenberg a-t-il réagi envers le receveur général de Bouxwiller qui n'a plus en sa possession que deux bouts d'une carte établie pour retrouver le trésor enfoui quelque part dans le sol humide du comté ? Nul n'en a jamais rien su, un grand point d'interrogation plane donc sur ces évènements, car personne ne connaît le fin mot de l'histoire. Une chose est sûre, le comte Philippe a dû avoir bien du mal à reconnaître celui qui fut son humble et fidèle serviteur; d'abord parce que Gaspard Metzger est physiquement totalement changé, défiguré, donc méconnaissable, tant ses blessures laissent de cicatrices irréversibles. Mais le comte a-t-il l'esprit assez ouvert pour voir en son receveur général un homme debout et moralement transformé, parce que Gaspard naguère si docile et soumis ne semble plus avoir peur de rien; ça se remarque immédiatement dans l'intensité de son regard; il avance vers le comte d'un pas assuré, même s'il boîte et boîtera probablement jusqu'à la fin de sa vie. C'est qu'il est prêt à affronter la réalité en face, aussi dure et cruelle soit-elle, la vérité même la plus crue, et surtout à faire face à son seigneur dont il a tout à craindre de la colère noire de la soif de vengeance.

La fin de l'histoire, ce sera cette rencontre d'homme à homme, entre un Gaspard fier d'avoir fait son devoir, d'avoir scrupuleusement exécuté les ordres donnés et d'en avoir subi toutes les conséquences à son corps défendant, sans avoir eu le moindre soutien dans l'adversité, sans avoir rien à se reprocher, et un comte en grande partie ruiné par la guerre civile, auquel il doit rendre des comptes, quoi qu'il en coûte. Il vous reste, chers lecteurs, à utiliser les services du logiciel « The new Time Xplorer » pour découvrir la confrontation, avec l'aide de l'Intelligence artificielle c'est possible depuis 2025; ce face-à-face entre l'officier qui, malgré les apparences, montre la force et la grandeur d'âme de celui qui a accompli sa mission et qui accepte d'en assumer les conséquences, sans même ciller; car il se tient la tête haute face au comte qui, avec son pouvoir de haute justice, dont les jugements sont sans appel, a droit de vie et de mort sur les sujets qui lui sont soumis.

Des deux, je le pense sincèrement, c'est Gaspard qui paraîtra le plus fort, en son âme et conscience, parce que libéré de tous ses fardeaux, se sentant plus libre que jamais, alors que sa vie ne tient finalement plus qu'à un fil...

115 Le 17 mai 2025 A l'honneur

Le 17 mai 2025, le porte-parole du gouvernement annonce aux médias convoqués à une conférence de presse extraordinaire « qu'à l'initiative du ministre de l'Intérieur, et en accord avec le président de la République, est attribuée une récompense de 20.000 euros à chacun des trois jeunes gens, petits-enfants du professeur Paul-Henri Weissenberg, qui ont découvert le trésor du comte Philippe III de Hanau-Lichtenberg, caché depuis cinq siècles dans les Vosges du Nord près du village de Wimmenau. Le président les félicite particulièrement pour le courage dont ils ont fait preuve, pour l'honnêteté qu'ils ont démontrée aux yeux de tous, pour les efforts incroyables qu'ils ont déployés et pour le sens du risque calculé qu'ils ont mis dans la balance, dans cette affaire qui a défrayé la chronique, tout cela pour sauver le professeur des griffes des bandits. Yaélita et Mathias, venus à la rescousse depuis la lointaine Vendée, ainsi que leur cousin Max qui finit ses études d'informaticien à Strasbourg, pourront profiter un peu de cette manne, une petite partie du trésor qu'ils ont trouvé en creusant de leurs mains le sol sablonneux de la crête rocheuse du mont Englischberg, en risquant leur vie face à des bandits décidés, au passé peu glorieux, qui, malgré les efforts de nos jeunes héros, ont réussi à voler la fortune de l'ancien comté. »

« Néanmoins, grâce au travail assidu des enquêteurs, assistés par des logiciels tout nouvellement créés, laissant un rôle primordial à l'Intelligence artificielle, toute cette bande a pu être neutralisée avec brio par une coordination réussie entre les divers corps de la police et de la gendarmerie. Tout le monde espère maintenant que la Justice rendra un verdict sévère à l'encontre des malfrats, et particulièrement pour leurs chefs, Léonce et Stéphane Krebs, qui ont fait preuve d'un acharnement tel que de nombreuses personnes ont subi durant de longues journées une dure captivité, une séquestration digne d'un autre âge, dans le déroulement de cette affaire tristement crapuleuse. »

« Le président de la République souligne aussi le rôle essentiel joué par la start-up MAIA, récemment fondée dans la petite ville de Saverne, dirigée par un ingénieur informaticien de talent, Arthur Dubreuil. Le propre fils du professeur enlevé, Mike Weissenberg, également brillant inventeur dans le domaine de l'Intelligence artificielle a bien entendu activement participé à cet effort collectif après l'invention d'un logiciel qui a permis de dénouer tout l'imbroglio de cette sinistre aventure. Le président de la République souhaite soutenir ces précieux auxiliaires des services de la Sûreté nationale et de la Justice dans le développement d'outils informatiques qu'ils ont créés en leur versant des aides financières conséquentes, selon des modalités qui seront annoncées ultérieurement après le prochain Conseil des ministres. » Le porte-parole du gouvernement poursuit son annonce en précisant la nature du trésor de monnaies anciennes, qui est toujours en cours d'analyse par les services de l'État; la valeur du trésor n'a pas encore pu être estimée, mais, selon des informations non confirmées, elle pourrait dépasser plusieurs millions d'euros. Bien sûr, après cette allocution, les questions des journalistes fusent comme toujours, les médias veulent en savoir davantage, même s'ils savent bien que le porte-parole n'est pas autorisé à en dire davantage. Alors dans les médias, tout va bon train, on analyse l'allocution, presque mot à mot, et on part sur des dizaines d'hypothèses, de supputations; la mayonnaise médiatique prend plus ou moins bien en fonction de l'imagination souvent fertile, voire débordante, des gens du métier.

Ce qui est important, c'est que tout retrouve un rythme à peu près normal, les uns se sentant grandis par leurs engagements personnels dans la résolution de cette affaire; les autres, de l'autre côté de la barrière, sont désormais placés en lieu sûr dans l'attente d'un procès qui s'annonce plus que passionnant, plutôt retentissant à en croire l'accumulation de preuves retenues contre eux. On a du mal à imaginer la quantité d'énergie et d'efforts dont devra s'acquitter l'avocat de la défense, maître Dulac-Tomasi, le mieux payé de France et de Navarre, selon nos informations, pour tenter d'adoucir le sort des prévenus qui ont additionné autant de délits que faire se peut, en moins d'un mois. Certains diront qu'ils ont agi en connaissance de cause, que Krebs père et fils ne récolteront que ce qu'ils méritent et qu'ils pourront passer quelques longues années aux frais de l'administration pénitentiaire à l'ombre de leur cellule…et peut-être même, pourquoi pas, voyager de prison à prison, aller de celle de l'Elsau à Strasbourg jusqu'à Fresnes ou Fleury-Mérogis, avec un peu de chance, faire un crochet par les Baumettes à Marseille. Peut-être leur donnera-t-on l'occasion de faire un peu de tourisme carcéral à défaut d'avoir la possibilité de bronzer au bord d'une piscine sur la Côte d'Azur en sirotant de bons cocktails glacés…mais patience, ce n'est que partie remise, dans une vingtaine ou une trentaine d'années, ce serait de nouveau envisageable, l'espoir fait vivre, qui sait ?

Quant aux autres protagonistes qui ont suivi de près cette affaire, la famille Weissenberg finit bien tranquillement sa semaine de vacances à Gênes dans la bonne humeur générale, sans être dérangée par des rencontres désagréables. Clem, enfin le lieutenant-colonel Clément Boyard, a été rappelé d'urgence à Paris dans son service de la DGSE pour des raisons qui nous paraîtront forcément obscures, et a dû tirer sa révérence à ses meilleurs amis. Bien sûr, sa compagnie va leur manque, ils le lui ont tous fait comprendre, mais ils savent bien qu'ils le reverront dans peu de temps, comme il le leur a promis, avec quelques surprises à la clef, des attentions… « comestibles et gustatives », a-t-il ajouté. La brigade de gendarmerie de Lemberg est également à l'honneur, le lieutenant Schnautzer est promu capitaine et, même s'il est destiné à être muté dans un autre département avec son nouveau grade et qu'il sent qu'il aura un peu de mal à quitter son équipe lorraine à laquelle il s'est beaucoup attaché, il compte bien fêter l'évènement et l'issue positive de toutes ces enquêtes en puisant allègrement dans sa réserve personnelle de crémant d'Alsace, sa boisson préférée dont il doit d'ailleurs être l'un des plus fervents promoteurs, du moins en Lorraine, dans le pays de Bitche.

Les autorités supérieures sont également satisfaites des conclusions obtenues par les différents services de l'État qui s'en sont fort bien tirées, avis unanimement partagé; on se congratule encore. Même le colonel parisien, un peu psychorigide, bien connu pour sa froideur naturelle, est devenu depuis peu un homme transformé, se montrant tout sourire comme s'il faisait de la publicité pour un dentifrice révolutionnaire, surtout quand on évoque son rôle tenu avec tellement de brio : il a fait encadrer sa photo en grande tenue, celle qui a fait le tour du monde quand le cliché a été pris lors d'une pose prise devant les tas de pièces d'or du trésor étalé dans les locaux de la police. Mais le colonel est un homme qui a les pieds sur terre, il sait que bientôt la routine risque de reprendre le dessus dans sa petite vie bien réglée. Il sera bien obligé de passer une grande partie de son temps derrière ses dossiers ou dans des réunions aussi inutiles que lassantes, il aura moins l'occasion d'aller prouver ses qualités de meneur d'hommes et ses compétences techniques « sur le terrain » comme on dit, ce qu'il ne pourra malheureusement plus se permettre aussi facilement qu'avant, coincé le plus souvent entre un fauteuil en cuir de vachette et un bureau style Empire, en attendant d'être nommé, un jour qui sait, au poste de préfet de Police. Le colonel se revoit encore en train de surveiller ses agents et de discuter avec les pêcheurs des rives de l'Oise; il s'imagine souvent installer des souricières hardies durant la nuit pour mettre le grappin sur quelques beaux salopards qui méritent d'être jetés dans les cachots de la République, le plus tôt sera le mieux.

Promis, une fois qu'il sera à la retraite, il se mettra lui aussi à la pêche quand il aura acheté les meilleures cannes qui existent sur le marché; pêcher, ça n'a pas l'air d'être plus difficile que de faire son métier de colonel; il sait qu'il faut beaucoup de patience, et de cela, oui, il trouve qu'il en est tout à fait capable, si on ne lui met pas la pression. De plus, il connaît déjà un peu les bords de l'Oise et ça le chatouille de plus en plus d'aller taquiner les goujons et les gardons…pour commencer; pour le brochet, il attendra encore un peu, histoire de se roder avant de s'attaquer à ce requin d'eau douce, lui qui a l'expérience des requins du grand banditisme. Maintenant que le devoir est accompli et que, dans les prochains temps, la Justice rendra proprement ses verdicts, il aura aussi tout le temps de prendre ses marques dans les couloirs des ministères et de l'Élysée dont il connaît déjà l'ensemble de tous les huissiers par leur petit nom.

Remerciements

Merci à **Michaël Beck** de m'avoir mis sur la voie de l'Intelligence artificielle qui, dans la réalité, joue un grand rôle dans sa vie professionnelle, davantage encore que ce qu'en montre mon roman; mille fois merci d'avoir pris le temps, malgré sa charge de travail que je sais très importante, de relire ce livre avec autant d'intérêt; c'est une complicité entre nous, père et fils, qui m'a apporté beaucoup de joie.

Merci à mon ami **Pierre-Yves Urban**, auteur de romans et parolier, d'avoir mis à contribution ses propres qualités d'écriture pour me soutenir dans cette aventure et pour me donner avis précieux et sages conseils, ayant accepté de présider mon petit comité de lecture; il a tiré un peu mes oreilles, attiré mon attention sur des détails qui m'ont échappé et mis le doigt là où je n'avais rien vu. Que notre amitié continue à se construire, c'est un plaisir si agréable à partager.

Merci à mon ami **Raymond Rech,** toujours fidèle au poste pour la relecture, mais aussi pour la correction des épreuves, en chasseur futé de coquilles et d'erreurs, vraiment aguerri, car c'est le septième de mes ouvrages qu'il a pris sous l'acuité de sa loupe. Notre amitié déborde largement le contexte littéraire et nos rencontres sont autant d'occasions d'échanges qui sont pour moi un enrichissement constant.

Merci aux autres relecteurs pour leur regard perçant et au jugement tranchant qu'ils savent m'adresser si élégamment :

Estelle Beck, professeur d'espagnol à Fontainebleau en Seine-et-Marne, à qui rien ne peut vraiment échapper, bien qu'elle soit accaparée par ses nombreuses activités et responsabilités. Elle a relevé tant de choses qui ont levé bien des doutes, mais qui ont aussi abouti à l'inverse, se prendre les pieds dans les doutes, c'est ça la vraie vie, non ? Merci, ma fille !

Jacky et Nelly Voudon, des amis limousins très proches et très chers qui m'ont apporté leur concours depuis la Haute-Vienne; pas facile de se plonger dans l'histoire d'une région qu'on ne connaît guère ! Les avis de Jacky ont exigé de moi que je revoie entièrement la présentation de ce roman, le coup de pied (sympathique) dans la fourmilière a fait ses effets; la fourmi que je suis a tout chamboulé sur ses conseils pour un résultat un peu allégé, mais surtout plus percutant. Notre amitié s'en trouve du coup (de pied) encore renforcée.

Et enfin **Evelyne Beck**, ma douce moitié; elle est la première pour chaque nouveau livre à découvrir mon travail d'écriture, à en proscrire ce qui lui semble peu utile, à m'éviter des ratages et des fautes de goût, à partir à la chasse aux invraisemblances et aux parties les plus faibles de mes intrigues, et comme chasseresse, elle vise juste et bien, même si parfois cela fait un peu mal là où la flèche se plante. Pas de complaisance de sa part ! Evelyne sait vous ouvrir les yeux sur ce que vous ne voulez pas voir, je vous assure.

Enfin, un grand merci à tous ceux que je ne peux pas citer, qui pendant l'écriture du roman m'ont gentiment entouré, encouragé, parfois remis sur le droit chemin, ou bien rattrapé de justesse, me permettant ainsi de réussir à boucler triomphant des mois et des mois de travail pour fignoler ce nouveau roman.

Autres livres de l'auteur

Éditions Amazon :

Droit dans ses bottes : de l'Alsace à l'Ukraine
roman historique 2023

Les Alsaciens durant la Seconde Guerre mondiale
1939-1940 Dans la tourmente   2022
Les Alsaciens durant la Seconde Guerre mondiale
1941 La mise au pas   2022
Les Alsaciens durant la Seconde Guerre mondiale
1942 A la merci des nazis   2022
Les Alsaciens durant la Seconde Guerre mondiale
1943 Quand renaît l'espoir   2022
Les Alsaciens durant la Seconde Guerre mondiale
1944 Le temps de la revanche   2022
Les Alsaciens durant la Seconde Guerre mondiale
1945 Enfin libres !   2022

Climats et biodiversité en Alsace avant l'ère historique
2022
....

2000 ans de climat en Alsace-Lorraine
2011 **COPRUR**

Le temps au gré des jours, éphéméride climatique
2014 **Éditions Beck**

L'Alsace au fil des jours, éphéméride historique
2014 **Éditions du Belvédère**

Dans la Tourmente- Les Alsaciens durant la Seconde Guerre
mondiale- 1939-1941
2015 **Éditions du Belvédère**

Printed in Great Britain
by Amazon

34683635R00324